Jean-Paul Sartre

Der Pfahl im Fleische

Jean-Paul
Sartre

Der Pfahl im Fleische

Die Wege der Freiheit
Band 3

Deutsch von
Uli Aumüller

Aufbau-Verlag

Titel der französischen Originalausgabe

La Mort dans l'âme

Mit einem Nachwort von Vincent von Wroblewsky

Der Romanzyklus *Die Wege der Freiheit* umfaßt die Bände

Zeit der Reife
Der Aufschub
Der Pfahl im Fleische

Im Anhang zu diesem Band drucken wir das Kapitel *Eine komische Freundschaft* ab sowie einige kleinere Fragmente der unvollendet gebliebenen Fortsetzung des Romanzyklus, die den Titel *Die letzte Chance* tragen sollte.

Erster Teil

New York, Sonnabend, 15. Juni 1940, 9 a. m.

Ein Krake? Er nahm sein Messer, machte die Augen auf, es war ein Traum. Nein. Der Krake war da, er schröpfte ihn mit seinen Saugnäpfen: die Hitze. Er schwitzte. Er war gegen ein Uhr eingeschlafen; um zwei hatte die Hitze ihn geweckt, er hatte sich schweißüberströmt in ein kaltes Bad gestürzt, hatte sich dann, ohne sich abzutrocknen, wieder hingelegt; gleich darauf hatte die Esse wieder angefangen, unter seiner Haut zu fauchen, er hatte wieder angefangen zu schwitzen. Im Morgengrauen war er eingeschlafen, er hatte von einer Feuersbrunst geträumt; jetzt stand die Sonne sicher schon hoch, und Gomez schwitzte immer noch: seit achtundvierzig Stunden schwitzte er ununterbrochen. «Mein Gott!» stöhnte er und fuhr sich mit der feuchten Hand über die schweißnasse Brust. Das *war keine* Hitze, das war eine Krankheit der Atmosphäre: die Luft hatte Fieber, die Luft schwitzte, man schwitzte in Schweiß. Aufstehen. In einem Hemd schwitzen. Er richtete sich auf: «*Hombre!* Ich habe keine Hemden mehr.» Er hatte das letzte, das blaue, durchgeschwitzt, er mußte sich nämlich zweimal am Tag umziehen. Jetzt waren sie alle: er würde diesen feuchten, stinkenden Fummel tragen, bis die Wäsche aus der Wäscherei wieder da war. Er stand vorsichtig auf, konnte den Schweißausbruch aber nicht verhindern, die Tropfen liefen wie Läuse über seine Rippen, das kitzelte. Das verknautschte, tausendfach zerknitterte Hemd über der Sessellehne. Er befühlte es: nie trocknet etwas in diesem Scheißland. Sein Herz klopfte, er hatte einen Kater, als hätte er sich am Abend zuvor besoffen.

Er fuhr in seine Hose, ging zum Fenster und zog die Vorhänge auf: das Licht auf der Straße, grell wie eine Katastrophe; noch dreizehn Stunden Licht. Er sah voller Angst und Wut auf die Fahrbahn. *Dieselbe* Katastrophe: da drüben, auf der fetten, schwarzen Erde, unter dem Rauch, Blut und Schreie; hier, zwischen den roten Backsteinhäuschen, Licht, einfach nur Licht und Schweiß. Aber es war *dieselbe* Katastrophe. Zwei Neger gingen lachend vorbei, eine Frau betrat den Drugstore. «Mein Gott!» stöhnte er. «Mein Gott!» Er sah sich das Schreien all dieser Farben an: selbst wenn ich Zeit hätte, selbst wenn ich mit dem Herzen dabei wäre, wie soll ich bei diesem Licht *malen*! «Mein Gott!» sagte er. «Mein Gott!»

Es klingelte. Gomez machte auf. Es war Ritchie.

«Das ist Mord», sagte Ritchie, als er hereinkam.

Gomez zuckte zusammen:

«Was?»

«Diese Hitze: das ist Mord. Wie?» fügte er vorwurfsvoll hinzu. «Du bist noch nicht angezogen? Ramón erwartet uns um zehn.»

Gomez zuckte die Achseln:

«Ich bin spät eingeschlafen.»

Ritchie sah ihn lächelnd an, und Gomez fügte schnell hinzu:

«Es ist zu heiß. Ich kann nicht schlafen.»

«In der ersten Zeit ist das so», sagte Ritchie nachsichtig. «Du wirst dich dran gewöhnen.» Er sah ihn aufmerksam an. «Nimmst du Salztabletten?»

«Natürlich, aber sie wirken bei mir nicht.»

Ritchie schüttelte den Kopf, und seine Freundlichkeit bekam einen Anflug von Strenge: die Salzpastillen *mußten* das Schwitzen verhindern. Wenn sie bei Gomez nicht wirkten, dann war Gomez *nicht* wie alle anderen.

«Na, hör mal!» sagte Ritchie plötzlich stirnrunzelnd. «Du müßtest doch abgehärtet sein: in Spanien ist es ja auch heiß.»

Gomez dachte an die trockenen und tragischen Morgen von Madrid, an jenes edle Licht über der Alcalá, das noch Hoffnung war; er schüttelte den Kopf:

«Das ist nicht die gleiche Hitze.»

«Weniger feucht, was?» sagte Ritchie mit einer Art Stolz.

«Ja. Und menschlicher.»

Ritchie hatte eine Zeitung bei sich; Gomez streckte die Hand aus, um sie ihm wegzunehmen, aber er wagte es nicht. Die Hand fiel wieder herunter.

«Heute ist ein großer Tag», sagte Ritchie fröhlich, «das Fest von Delaware. Ich bin von dort, weißt du.»

Er schlug die Zeitung auf der dreizehnten Seite auf; Gomez sah ein Foto: La Guardia schüttelte die Hand eines dicken Mannes, beide lächelten entzückt.

«Der da links», sagte Ritchie, «ist der Gouverneur von Delaware. La Guardia hat ihn gestern im World's Fair empfangen. Das war toll.»

Gomez hatte Lust, ihm die Zeitung zu entreißen und die erste Seite anzusehen. Aber er dachte: ‹Ist mir scheißegal› und ging ins Badezimmer. Er ließ kaltes Wasser in die Wanne und rasierte sich schnell. Als er ins Bad stieg, rief Ritchie ihm zu:

«Wie weit bist du?»

«Am Ende. Ich habe kein einziges Hemd mehr und noch achtzehn Dollar. Und am Montag kommt Manuel zurück, dann muß ich ihm seine Wohnung wieder überlassen.»

Aber er dachte an die Zeitung: Ritchie las, während er auf ihn wartete; Gomez hörte ihn die Seiten umblättern. Er trocknete sich sorgfältig ab; umsonst: das Wasser quoll in das Handtuch. Er zog fröstelnd sein feuchtes Hemd an und ging wieder ins Schlafzimmer.

«Match der Giganten.»

Gomez sah Ritchie verständnislos an.

«Beim Baseball, gestern. Die Giganten haben gewonnen.»

«Ach so, beim Baseball . . .»

Er bückte sich, um seine Schnürsenkel zuzubinden. Er versuchte von unten die Schlagzeilen auf der ersten Seite zu lesen. Schließlich fragte er:

«Und Paris?»

«Hast du nicht Radio gehört?»

«Ich habe kein Radio.»

«Fertig, erledigt», sagte Ritchie in aller Ruhe. «Sie sind heute nacht einmarschiert.»

Gomez ging zum Fenster, legte die Stirn an die heiße Scheibe, sah auf die Straße, diese nutzlose Sonne, diesen nutzlosen Tag. Es würde nur noch nutzlose Tage geben. Er drehte sich um und ließ sich auf sein Bett fallen.

«Beeil dich», sagte Ritchie. «Ramón wartet nicht gerne.»

Gomez stand wieder auf. Schon war sein Hemd klatschnaß. Er ging zum Spiegel und band sich die Krawatte um:

«Ist er einverstanden?»

«Im Prinzip ja. Sechzig Dollar in der Woche, und du schreibst die Ausstellungsberichte. Aber er will dich sehen.»

«Er wird mich sehen», sagte Gomez. «Er wird mich sehen.»

Er drehte sich abrupt um:

«Ich brauche einen Vorschuß. Glaubst du, er macht mit?»

Ritchie zuckte die Achseln. Nach einer Weile sagte er:

«Ich habe ihm gesagt, daß du aus Spanien kommst, und er ahnt, daß du Franco nicht gerade ins Herz geschlossen hast; aber ich habe ihm nichts von . . . deinen Heldentaten gesagt. Erzähl ihm bloß nicht, daß du General warst: man weiß nicht, was er eigentlich denkt.»

General! Gomez betrachtete seine abgetragene Hose und die dunklen Flecken, die der Schweiß schon auf seinem Hemd bildete. Er sagte bitter:

«Keine Angst, ich habe keine Lust, damit zu prahlen. Ich weiß, was es hier wert ist, den Krieg in Spanien mitgemacht zu haben: seit sechs Wochen bin ich arbeitslos.»

Ritchie wirkte beleidigt:

«Die Amerikaner mögen keinen Krieg», erklärte er schroff.

Gomez nahm sein Jackett unter den Arm:

«Gehen wir.»

Ritchie faltete langsam seine Zeitung zusammen und stand auf. Auf der Treppe fragte er:

«Sind deine Frau und dein Sohn in Paris?»

«Ich hoffe nicht», sagte Gomez lebhaft. «Ich hoffe doch, daß Sarah schlau genug war, nach Montpellier zu fliehen.»

Er fügte hinzu:

«Ich habe seit dem 1. Juni nichts von ihnen gehört.»

«Wenn du den Job hast, kannst du sie nachkommen lassen», sagte Ritchie.

«Ja», sagte Gomez. «Ja, ja. Mal sehen.»

Die Straße, das Blenden der Fenster, die Sonne auf den langen, flachen Kasernen ohne Dach aus geschwärzten Backsteinen. Vor jeder Tür weiße Steinstufen; ein Hitzeschwaden vom East River her; die Stadt sah verkümmert aus. Kein Schatten: auf keiner Straße der Welt fühlte man sich auf so furchtbare Weise im Freien. Weißglühende Nadeln bohrten sich in seine Augen; er hob die Hand, um sie schützend über die Augen zu legen, und sein Hemd klebte an der Haut. Er erschauerte:

«Das ist Mord!»

«Gestern», sagte Ritchie, «ist ein armer Alter vor mir umgekippt: Sonnenstich. Brrr», machte er. «Ich sehe nicht gern Tote.»

‹Geh nach Europa, und du wirst bedient sein›, dachte Gomez.

Ritchie fügte hinzu:

«Es ist vierzig Blocks weit. Wir müssen den Bus nehmen.»

Sie blieben vor einer gelben Stange stehen. Eine junge Frau wartete. Sie sah sie sachkundig und mürrisch an, dann kehrte sie ihnen den Rücken zu.

«Ein schönes Mädchen», sagte Ritchie pennälerhaft.

«Sie sieht aus wie eine Nutte», sagte Gomez gehässig.

Er hatte sich unter diesem Blick schmutzig und verschwitzt gefühlt. Sie schwitzte nicht. Ritchie auch nicht: er war rosig und frisch in seinem schönen weißen Hemd, seine Stupsnase glänzte kaum. Der schöne Gomez. Der schöne General Gomez. Der General hatte sich über blaue, grüne, schwarze Augen hinter einem Schleier zukkender Wimpern gebeugt; die Nutte hatte nur einen kleinen Südländer mit fünfzig Dollar die Woche gesehen, der in seinem Anzug von der Stange schwitzte. ‹Sie hat mich für einen Kanaken gehalten.› Er sah trotzdem die schönen langen Beine an und bekam einen Schweißausbruch. ‹Seit vier Monaten habe ich keine Frau gehabt.› Früher war die Begierde eine trockene Sonne in seinem Bauch. Jetzt hatte der schöne General Gomez die beschämenden verstohlenen Gelüste eines Voyeurs.

«Zigarette?» schlug Ritchie vor.

«Nein. Meine Kehle brennt. Ich würde lieber was trinken.»

«Wir haben keine Zeit.»

Er gab ihm verlegen einen Klaps auf die Schulter:

«Versuch zu lächeln», sagte er.

«Was?»

«Versuch zu lächeln. Wenn Ramón dich mit diesem Gesicht sieht, kriegt er Angst vor dir. Ich verlange ja nicht, daß du unterwürfig bist», sagte er schnell auf eine Handbewegung von Gomez hin. «Beim Reingehen setzt du ein ganz unpersönliches Lächeln auf und behältst es auf den Lippen; dabei kannst du denken, woran du willst.»

«Ich werde lächeln», sagte Gomez.

Ritchie sah ihn besorgt an:

«Machst du dir um deinen Kleinen Sorgen?»

«Nein.»

Ritchie dachte mit schmerzhafter Anstrengung nach:

«Um Paris?»

«Ich pfeife auf Paris», sagte Gomez ungestüm.

«Es ist doch besser, daß sie es kampflos eingenommen haben, nicht wahr?»

«Die Franzosen konnten es verteidigen», antwortete Gomez neutral.

«Ach was! Eine Stadt in offenem Gelände.»

«Sie konnten es verteidigen. Madrid wurde zweieinhalb Jahre gehalten . . .»

«Madrid . . .», wiederholte Ritchie mit einer unbestimmten Handbewegung. Er fuhr fort: «Warum sollte Paris denn verteidigt werden? Das wäre ja blöd. Sie hätten den Louvre, die Oper, Notre-Dame zerstört. Je weniger Schäden, desto besser. Jetzt», fügte er voller Genugtuung hinzu, «wird der Krieg bald zu Ende sein.»

«Allerdings!» sagte Gomez ironisch. «Wenn es in dem Tempo weitergeht, haben wir in drei Monaten den Nazifrieden.»

«Der Frieden», sagte Ritchie, «ist weder demokratisch noch nazistisch: Frieden ist Frieden. Du weißt ganz genau, daß ich die Hitlerleute nicht mag. Aber das sind Menschen wie andere auch. Wenn Europa erst mal erobert ist, werden die Schwierigkeiten für sie anfangen, und sie werden mildere Saiten aufziehen müssen. Wenn sie vernünftig sind, geben sie jedem Land innerhalb einer europäischen Föderation die Selbstverwaltung. So was wie unsere Vereinigten Staaten.»

Er sprach langsam und konzentriert. Er fügte hinzu:

«Wenn es euch davon abhält, alle zwanzig Jahre Krieg zu führen, ist das immerhin etwas.»

Gomez sah ihn verärgert an: in Ritchies grauen Augen lag grenzenlose Gutwilligkeit. Er war fröhlich, er liebte die Menschheit, Kinder, Vögel, abstrakte Kunst; er meinte, man könnte alle Konflikte mit einem Minimum an Vernunft beilegen. Er empfand nicht viel Sympathie für die romanischen Einwanderer; mit den Deutschen verstand er sich besser. ‹Was bedeutet die Einnahme von Paris für ihn?› Gomez wandte den Kopf ab und sah die bunte Auslage des Zeitschriftenhändlers an: Ritchie kam ihm auf einmal unbarmherzig vor.

«Ihr Europäer», sagte Ritchie, «klammert euch immer an Symbole. Seit acht Tagen weiß man, daß Frankreich geschlagen ist. Schön: du hast dort gelebt, du hast Erinnerungen daran, ich verstehe, daß es dich traurig macht.

Aber die Einnahme von Paris? Was kann dir das ausmachen, wo die Stadt doch unversehrt ist? Nach dem Krieg kehren wir dorthin zurück.»

Gomez wurde von einer gewaltigen, jähzornigen Freude überwältigt:

«Was *das* mir ausmacht?» fragte er mit bebender Stimme. «Das freut mich! Als Franco in Barcelona einmarschiert ist, schüttelten sie den Kopf, sagten sie, daß es schade sei, aber nicht einer hat den kleinen Finger gerührt. Na schön! Jetzt sind sie dran! Das freut mich», schrie er im Lärm des Autobusses, der am Bürgersteig anhielt, «das freut mich!»

Sie stiegen hinter der jungen Frau ein, Gomez bemühte sich im Vorbeigehen, ihre Kniekehlen zu sehen; sie blieben auf der Plattform stehen. Ein dicker Mann mit Goldrandbrille rückte hastig von ihnen ab, und Gomez dachte: ‹Ich rieche bestimmt schlecht.› In der letzten Sitzreihe hatte ein Mann eine Zeitung aufgeschlagen. Gomez las über seine Schulter hinweg: ‹Toscanini in Rio gefeiert, wo er seit vierundfünfzig Jahren zum erstenmal spielt.› Und weiter unten: ‹Premiere in New York: Ray Milland und Loretta Young in *The Doctor takes a wife*.› Hier und da öffneten andere Zeitungen ihre Flügel: La Guardia empfängt den Gouverneur von Delaware; Loretta Young; Großfeuer in Illinois; Ray Milland; mein Mann hat mich geliebt, seit ich Pitts Deodorant benutze; kaufen Sie Chrysargyl, das Abführmittel für die Flitterwochen; ein Mann im Schlafanzug lächelte seine junge Frau an; La Guardia lächelte den Gouverneur von Delaware an; ‹Keinen Kuchen für die Bergleute›, erklärt Buddy Smith. Sie lasen; die großen schwarzweißen Seiten sprachen von ihnen, von ihren Sorgen, ihren Freuden; sie wußten, wer Buddy Smith war, und Gomez wußte es nicht; sie kehrten die fettgedruckten Buchstaben der Titelseite dem Boden oder dem Rücken des Fahrers zu: ‹Paris eingenommen› oder ‹Montmartre in Flammen›. Sie lasen, und die Zeitungen schrien in ihren Händen, ungehört. Gomez fühlte sich alt und müde. Paris war weit weg; er war der einzige unter hundertfünfzig Millionen Menschen, der sich deswegen sorgte; es war nichts weiter als eine kleine persönliche Sorge, kaum wichtiger als der Durst, der ihm in der Kehle brannte.

«Gib mir mal die Zeitung», sagte er zu Ritchie.

Die Deutschen besetzen Paris. Druck Richtung Süden. Einnahme von Le Havre. Sturm auf die Maginotlinie.

Die Buchstaben schrien, aber die drei Neger, die hinter ihm plauderten, lachten weiter, ohne es zu hören.

Die französische Armee intakt. Spanien nimmt Tanger ein.

Der Mann mit der Goldrandbrille durchsuchte methodisch seine Aktentasche, er zog einen Yale-Schlüssel heraus, den er befriedigt ansah. Gomez schämte sich, er hätte die Zeitung am liebsten wieder zusammengefaltet, als wäre darin auf indiskrete Weise von seinen intimsten Geheimnissen die Rede. Diese ungeheuren Schreie, die seine Hände zittern ließen, diese Hilferufe, dieses Röcheln waren grobe Ungehörigkeiten wie sein fremder Schweiß, wie sein zu starker Geruch. *Zweifel an Hitlers Wort; Präsident Roosevelt glaubt nicht ...; die Vereinigten Staaten werden ihr möglichstes für die Verbündeten tun;* die Regierung Seiner Majestät wird ihr möglichstes für die Tschechen tun; die Franzosen werden ihr möglichstes für die spanischen Republikaner tun. Verbandszeug, Medikamente, Dosenmilch. Ein Tropfen auf den heißen Stein. *Studentendemonstrationen in Madrid für die Rückgabe Gibraltars an Spanien.* Er sah das Wort Madrid und konnte nicht weiterlesen. ‹Recht so, Schweine, Schweine! Sollen sie Paris doch an allen Ecken anzünden; sollen sie es in Schutt und Asche legen.›

Tours (von unserem Sonderkorrespondenten Archambaud): Die Schlacht geht weiter, die Franzosen erklären, der feindliche Druck lasse nach; schwere Verluste der Nazis.

Natürlich läßt der Druck nach, er wird bis zum letzten Tag und bis zur letzten französischen Zeitung nachlassen; schwere Verluste, armselige Worte, letzte Worte der Hoffnung, die niemanden täuschen; schwere Verluste der Faschisten rings um Tarragona; der Druck läßt nach; Barcelona wird gehalten ... und am nächsten Tag kam die überstürzte Flucht.

Berlin (von unserem Sonderkorrespondenten Brooks Peters): Frankreich hat seine gesamte Industrie verloren; Montmédy ist eingenommen; die Maginotlinie im Sturm überrannt; der Feind auf der Flucht; Ruhmesgesang, Blechmusik, Sonne; sie singen in Berlin, in Madrid, in ihren Uniformen; Barcelona, Madrid, Valencia, Warschau, Paris; morgen London. In Tours liefen Herren in schwarzem Jackett durch die Flure des Hotels. Recht so! Recht so, sollen sie doch alles einnehmen, Frankreich, England, sollen sie doch in New York landen, recht so!

Der Herr mit der Goldrandbrille sah ihn an; Gomez schämte sich, als hätte er geschrien. Die Neger lächelten, die junge Frau lächelte, der Schaffner lächelte, *not to grin is a sin.*

«Wir steigen aus», sagte Ritchie lächelnd.

Auf den Plakaten, auf dem Titelblatt der Zeitschriften lächelte Amerika. Gomez dachte an Ramón und lächelte.

«Es ist zehn Uhr», sagte Ritchie, «wir kommen nur fünf Minuten zu spät.»

Zehn Uhr, drei Uhr in Frankreich: fahl, hoffnungslos verbarg sich ein Nachmittag unter diesem kolonialen Vormittag.

Drei Uhr in Frankreich.

«Jetzt sitzen wir schön in der Tinte», sagte der Mann.

Er saß versteinert auf seinem Sitz; Sarah sah, daß ihm der Schweiß über den Nacken rann; sie hörte die Meute der Hupen.

«Das Benzin ist alle!»

Er machte die Tür auf, sprang auf die Straße und baute sich vor seinem Auto auf. Er musterte es liebevoll:

«Verflucht!» stieß er hervor. «Verfluchte Scheiße!»

Er strich mit der Hand über die heiße Kühlerhaube: Sarah sah ihn durch die Scheibe vor dem leuchtenden Himmel, mitten in diesem ungeheuren Getöse stehen; die Autos, denen sie seit dem Morgen folgten, entfernten sich in einer Staubwolke. Hinter ihnen Hupen, Pfiffe, Sirenen; ein Gezwitscher von eisernen Vögeln, der Gesang des Hasses.

«Warum sind die denn so böse?» fragte Pablo.

«Weil wir ihnen die Straße versperren.»

Sie wäre gerne aus dem Auto gesprungen, aber die Verzweiflung drückte sie auf die Sitzbank. Der Mann hob den Kopf:

«Steigen Sie doch aus!» sagte er gereizt. «Hören Sie sie denn nicht? Helfen Sie mir schieben.»

Sie stiegen aus.

«Gehen Sie nach hinten», sagte der Mann zu Sarah. «Und schieben Sie fest.»

«Ich will auch schieben», sagte Pablo.

Sarah stemmte sich gegen den Wagen und schob in einem Alptraum mit geschlossenen Augen aus Leibeskräften. Der Schweiß durchnäßte ihre Bluse: durch die geschlossenen Lider bohrte sich ihr die Sonne in die Augen. Sie machte sie auf: vor ihr stemmte der Mann die linke Hand gegen die Tür und schob; mit der rechten bediente er das Lenkrad; Pablo hatte sich auf die hintere Stoßstange gestürzt und klammerte sich mit wildem Geschrei daran.

«Laß dich nicht ziehen», sagte Sarah.

Der Wagen rollte lahm auf den Straßenrandstreifen.

«Stop! Stop!» sagte der Mann. «Es reicht, es reicht, mein Gott!»

Die Hupen verstummten; der Strom floß wieder weiter. Die Wagen fuhren dicht an dem liegengebliebenen Auto vorbei, Gesichter drückten sich gegen die Scheiben; Sarah fühlte, wie sie unter den Blicken rot wurde, und flüchtete sich hinter das Auto. Ein großer Dünner am Steuer eines Chevrolets beugte sich zu ihnen hinüber:

«Blöde Idioten!»

Lastwagen, Lieferwagen, herrschaftliche Limousinen, Taxis mit schwarzen Fahnen, Cabriolets. Jedesmal, wenn ein Auto an ihnen vorbeifuhr, verlor Sarah ein bißchen Mut, und Gien rückte ein bißchen weiter weg. Dann kam der Zug der Handkarren, und Gien wich knarrend noch weiter zurück: schließlich bedeckte das schwarze Pech der Fußgänger die Straße. Sarah flüchtete an den Rand des Straßengrabens: Menschenmengen machten ihr angst. Sie gingen langsam, mühsam, das Leiden verlieh ihnen eine Familienähnlichkeit: jeder, der sich bei ihnen einreihte, würde ihnen ähnlich werden. Ich will nicht. Ich will nicht wie sie werden. Sie sahen sie nicht an; sie umgingen den Wagen, ohne ihn anzusehen: sie hatten keine Augen mehr. Ein Riese mit einem flachen Strohhut streifte das Auto, er hatte in jeder Hand einen Koffer, stieß blindlings gegen den Kotflügel, drehte sich um sich selbst und ging schwankend weiter. Er war bleich. Auf einem der Koffer waren bunte Aufkleber: Sevilla, Kairo, Sarajevo, Stresa.

«Er ist todmüde», schrie Sarah. «Er fällt gleich um.»

Er fiel nicht um. Sie blickte dem Strohhut mit dem rotgrünen Band nach, der fröhlich über dem Meer von Hüten tanzte.

«Nehmen Sie Ihren Koffer, und gehen Sie ohne mich weiter.»

Sarah erschauerte, ohne zu antworten: sie sah mit erschrecktem Abscheu auf die Menge.

«Hören Sie, was ich sage?»

Sie drehte sich zu ihm um:

«Kann man nicht warten, bis ein Auto vorbeikommt, und um einen Kanister Benzin bitten? Nach den Fußgängern kommen doch wieder Autos.»

Der Mann lächelte böse.

«Versuchen Sie's doch.»

«Und warum nicht, warum sollte man es nicht versuchen?»

Er spuckte verächtlich aus und gab eine Weile keine Antwort.

«Haben Sie sie denn nicht gesehen?» sagte er schließlich. «Sie fahren sich gegenseitig hinten rein: wie sollen sie da anhalten?»

«Aber wenn ich Benzin auftreiben würde?»

«Ich sage Ihnen, daß Sie keins auftreiben. Glauben Sie etwa, die würden Ihretwegen ihren Platz in der Schlange aufgeben?» Er musterte sie grinsend: «Wenn Sie ein schönes Kind und zwanzig Jahre wären, würde ich ja nichts sagen.»

Sarah tat so, als hörte sie nicht. Sie ließ nicht locker:

«Aber wenn ich trotzdem welches für Sie auftreiben würde?»

Er schüttelte stur den Kopf:

«Nichts zu machen. Ich fahre nicht weiter. Selbst wenn Sie zwanzig Liter auftreiben würden; selbst wenn Sie hundert für mich auftreiben würden. Ich habe kapiert.» Er verschränkte die Arme.

«Ist Ihnen das eigentlich klar», sagte er streng. «Alle zwanzig Meter bremsen, auskuppeln, einkuppeln. Hundertmal in der Stunde schalten: das bekommt einem Auto gut!»

Auf dem Spiegel waren braune Flecken. Er zog sein Taschentuch heraus und wischte sie sorgsam ab.

«Ich hätte mich nicht darauf einlassen dürfen.»

«Sie hätten bloß genug Benzin mitnehmen müssen», sagte Sarah.

Er schüttelte den Kopf, ohne zu antworten; sie hatte Lust, ihn zu kratzen. Sie beherrschte sich und sagte ruhig:

«Nun? Was werden Sie tun?»

«Hierbleiben und warten.»

«Worauf warten?»

Er antwortete nicht. Sie packte sein Handgelenk und drückte es mit aller Kraft:

«Wenn Sie hierbleiben, wissen Sie, was dann mit Ihnen passiert? Die Deutschen werden alle kräftigen Männer deportieren.»

«Klar! Und sie werden Ihrem Knirps die Hände abhakken und Sie besteigen, wenn sie es über sich bringen. Das ist doch alles Quatsch: die sind bestimmt nicht halb so schlimm, wie behauptet wird.»

Sarahs Kehle war trocken, und ihre Lippen bebten. Sie sagte tonlos:

«Gut. Wo sind wir?»

«Vierundzwanzig Kilometer vor Gien.»

‹Vierundzwanzig Kilometer! Ich werde doch nicht vor diesem Unmenschen weinen.›

Sie stieg ins Auto, nahm ihren Koffer, stieg wieder aus, nahm Pablo bei der Hand.

«Komm, Pablo!»

«Wohin?»

«Nach Gien.»

«Ist das weit?»

«Noch ziemlich, aber ich trage dich, wenn du müde wirst. Und außerdem», fügte sie trotzig hinzu, «werden wir bestimmt gute Menschen finden, die uns helfen.»

Der Mann baute sich vor ihnen auf und versperrte ihnen den Weg. Er runzelte die Stirn und kratzte sich unruhig am Schädel.

«Was wollen Sie?» fragte Sarah schroff.

Er wußte nicht, was er wollte. Er sah abwechselnd Sarah und Pablo an; er schien zu suchen.

«Na?» sagte er unsicher. «Geht man einfach so weg? Sagt man nicht mal danke?»

«Danke», sagte Sarah ganz schnell, «danke.»

Der Mann hatte gefunden, was er suchte: Wut. Er versetzte sich in Wut, und sein Gesicht wurde knallrot.

«Und meine zweihundert Francs? Wo sind die?»

«Ich schulde Ihnen nichts», sagte Sarah.

«Haben Sie mir etwa keine zweihundert Francs versprochen? Erst heute morgen? In Melun? In meiner Garage?»

«Ja, wenn Sie mich bis nach Gien fahren würden: aber Sie lassen mich mit meinem Kind mitten auf der Straße im Stich.»

«*Ich* lasse Sie nicht im Stich, sondern die Klapperkiste.»

Er schüttelte den Kopf, und die Adern an seinen Schläfen schwollen an. Seine Augen funkelten, und er schien froh zu sein. Sarah hatte keine Angst vor ihm.

«Ich will meine zweihundert Francs.»

Sie kramte in ihrer Tasche herum:

«Hier sind hundert Francs. Ich schulde sie Ihnen nicht, und Sie sind bestimmt reicher als ich. Ich gebe sie Ihnen, um Ruhe zu haben.»

Er nahm den Geldschein und steckte ihn in die Tasche; dann streckte er die Hand wieder aus. Er war knallrot, sein Mund stand auf, und er hatte abwesende Augen.

«Sie schulden mir noch hundert Francs.»

«Sie bekommen keinen Sou mehr. Lassen Sie mich durch.»

Er rührte sich nicht, er war einfach stur. Er will sie nicht wirklich, die hundert Francs. Er weiß nicht, was er will: vielleicht will er, daß der Kleine ihn vor dem Weggehen küßt: er übersetzt das in seine Sprache. Er trat auf sie zu, und sie ahnte, daß er den Koffer nehmen würde.

«Fassen Sie mich nicht an.»

«Ich will meine hundert Francs, oder ich nehme den Koffer.»

Sie sahen sich in die Augen. Er hatte überhaupt keine Lust, den Koffer zu nehmen, das war offensichtlich; und Sarah war so müde, daß sie ihn ihm gern überlassen hätte. Aber jetzt mußte die Szene zu Ende gespielt werden. Sie zögerten, als erinnerten sie sich nicht mehr an ihre Rolle; dann sagte Sarah:

«Versuchen Sie doch, ihn zu nehmen! Versuchen Sie es doch!»

Er packte den Koffer am Griff und fing an zu ziehen. Er hätte ihn ihr mit einem Ruck wegreißen können, aber er beschränkte sich darauf, mit abgewandtem Gesicht zu ziehen; Sarah zog in ihre Richtung. Pablo fing an zu weinen. Die Herde der Fußgänger war schon weit weg; es fuhren wieder Autos vorbei. Sarah kam sich lächerlich vor. Sie zog heftig am Griff; er zog stärker in seine Richtung und riß ihn ihr weg. Er sah Sarah und den Koffer erstaunt an; vielleicht hatte er ihn nie nehmen wollen, aber jetzt war es eine Tatsache: er hing an seinem Arm.

«Geben Sie mir den Koffer zurück», sagte Sarah.

Er antwortete nicht; er sah blöde und verstockt aus. Die Wut trieb Sarah zu den Autos:

«Haltet den Dieb!» schrie sie.

Ein langer schwarzer Buick fuhr nahe an ihnen vorbei.

«Na, na», sagte der Mann, «machen Sie keine Geschichten!»

Er packte sie an der Schulter, aber sie riß sich los; die Wörter und Gesten kamen ungezwungen und präzise aus ihr heraus. Sie sprang auf das Trittbrett des Buicks und klammerte sich am Türgriff fest.

«Haltet den Dieb! Haltet den Dieb!»

Ein Arm schoß aus dem Auto und stieß sie zurück.

«Steigen Sie runter, Sie werden noch totgefahren.»

Sie fühlte, wie sie verrückt wurde: es war angenehm.

«Anhalten», schrie sie. «Haltet den Dieb! Hilfe!»

«Steigen Sie doch runter! Wie soll ich denn anhalten: man würde ja auf mich drauffahren.»

Sarahs Wut verrauchte. Sie sprang auf den Boden und strauchelte. Der Garagenbesitzer fing sie im Fallen auf und stellte sie auf die Füße. Pablo schrie und weinte. Der Spaß war vorbei: Sarah wäre am liebsten gestorben. Sie durchsuchte ihre Tasche und zog hundert Francs heraus.

«Da! Nachher werden Sie sich schämen.»

Der Mann nahm den Geldschein, ohne aufzublicken, und ließ den Koffer los.

«Jetzt lassen Sie mich durch.»

Er trat beiseite. Pablo weinte immer noch.

«Wein nicht, Pablo», sagte sie unsanft. «Na, na, es ist ja vorbei: wir gehen.»

Sie entfernten sich. Der Mann brummte hinter ihnen:

«Wer hätte mir denn das Benzin bezahlt?»

Die langen dunklen Ameisen nahmen die ganze Straße ein; Sarah versuchte eine Weile, zwischen ihnen zu gehen, aber das Gellen der Hupen trieb sie in den Straßengraben zurück.

«Geh hinter mir.»

Sie knickte mit dem Fuß um und blieb stehen.

«Setz dich.»

Sie setzten sich ins Gras. Die Insekten krochen vor ihnen her, riesengroß, langsam, geheimnisvoll; er drehte ihnen den Rücken zu, er hielt seine nutzlosen hundert Francs noch fest in der Hand; die Autos knirschten wie

Hummer, zirpten wie Grillen. Die Menschen sind in Insekten verwandelt worden. Sie hatte Angst.

«Er ist böse», sagte Pablo. «Böse! Böse!»

«Niemand ist böse!» sagte Sarah leidenschaftlich.

«Warum hat er den Koffer genommen?»

«Er hatte Angst», sagte sie.

«Worauf warten wir?» fragte Pablo.

«Daß die Autos vorbei sind, damit wir auf der Straße gehen können.»

Vierundzwanzig Kilometer. Der Kleine kann höchstens acht laufen. Plötzlich kletterte sie auf die Böschung und winkte. Die Autos fuhren an ihr vorbei, und sie fühlte sich von versteckten Augen *gesehen*, von seltsamen Fliegen-, Ameisenaugen.

«Was machst du, Mama?»

«Nichts», sagte Sarah bitter. «Dummheiten.»

Sie stieg wieder in den Graben hinunter, nahm Pablos Hand, und sie sahen schweigend die Straße an. Die Straße und die Schutzpanzer, die sich auf ihr dahinschleppten. Gien, vierundzwanzig Kilometer. Nach Gien Nevers, Limoges, Bordeaux, Hendaye. In Hendaye die Konsulate, die Bittgänge, das demütigende Warten in den Büros. Es wäre ein großer Glücksfall, wenn sie einen Zug nach Lissabon fände. In Lissabon wäre es ein Wunder, wenn sie ein Schiff nach New York fände. Und in New York? Gomez hat keinen Pfennig, vielleicht lebt er mit einer Frau zusammen; Unglück und Schande bis zum Schluß. Er würde das Telegramm aufmachen, würde sagen: ‹Verflucht!› Er dreht sich zu einer dicken Blondine mit animalischen Lippen um, die eine Zigarette raucht, er sagt zu ihr: ‹Meine Frau rückt an, das ist ein harter Schlag!› Er steht auf dem Kai, die anderen winken mit den Taschentüchern; er winkt nicht, er betrachtet böse den Landesteg. ‹Ach geh!› dachte sie. ‹Wenn ich allein wäre, würdest du nie wieder etwas von mir hören; aber ich muß schließlich leben, um das Kind großzuziehen, das du mir gemacht hast.›

Die Autos waren verschwunden, die Straße blieb leer. Jenseits der Straße waren gelbe Felder und Hügel. Ein

Mann auf einem Fahrrad kam vorbei; er war blaß und verschwitzt; er trat wütend in die Pedale.

Er schaute Sarah verstört an und schrie, ohne anzuhalten:

«Paris steht in Flammen. Brandbomben.»

«Wie?»

Aber schon hatte er die Kolonne der Autos erreicht, sie sah, wie er sich hinten an einen Renault klammerte. Paris in Flammen. Wozu leben? Wozu dieses kleine Leben schützen? Damit er verbittert und ängstlich von Land zu Land irrt; damit er ein halbes Jahrhundert lang den Fluch wiederkäut, der auf seiner Rasse liegt? Damit er mit zwanzig Jahren auf einer Straße unter MG-Feuer mit seinen Gedärmen in der Hand stirbt? Von deinem Vater her wirst du stolz, sinnlich und böse sein. Von mir her wirst du Jude sein. Sie nahm seine Hand:

«Los! Komm! Es wird Zeit.»

Die Menge flutete über die Straße und die Felder, dicht, zäh, unnachgiebig: eine Überschwemmung. Kein Laut, außer dem Schlurfen der Schuhsohlen auf der Erde. Sarah hatte einen Augenblick lang Angst, sie wollte in die Felder fliehen; aber sie nahm sich zusammen, hielt Pablo fest, zog ihn mit, ließ sich treiben. Der Geruch. Der warme und schale, kränkliche, saure, parfümierte Geruch; der widernatürliche Geruch von denkenden Tieren. Zwischen zwei roten Nacken, die von Melonen geschützt wurden, sah sie in der Ferne die letzten Autos, die letzten Hoffnungen entschwinden. Pablo fing an zu lachen, und Sarah zuckte zusammen.

«Pst», sagte sie beschämt. «Du darfst nicht lachen.»

Er lachte lautlos weiter.

«Warum lachst du denn?»

«Es ist wie bei einer Beerdigung», erklärte er.

Sarah ahnte rechts und links von sich Gesichter und Augen, aber sie hatte nicht den Mut, sie anzusehen. Sie gingen; sie gingen stur weiter, wie sie stur weiterlebte: Mauern von Staub erhoben sich und rieselten auf sie herunter; sie gingen immer noch. Kerzengerade, mit erhobenem Haupt, heftete Sarah ihren Blick zwischen den Nakken in die weite Ferne und wiederholte für sich: ‹Ich werde nicht wie sie!› Aber nach einer Weile drang dieses kollektive Gehen in sie ein, stieg von ihren Schenkeln in ihren Bauch auf, fing an in ihr zu schlagen wie ein schweres, geplagtes Herz. Das Herz *aller.*

«Würden die Nazis uns umbringen, wenn sie uns kriegten?» fragte Pablo plötzlich.

«Pst!» sagte Sarah. «Weiß ich nicht.»

«Würden sie alle, die hier sind, umbringen?»

«Sei gefälligst still; ich sage dir doch, daß ich es nicht weiß.»

«Dann müssen wir laufen.»

Sarah hielt seine Hand fest.

«Lauf nicht. Bleib hier. Sie werden uns nicht umbringen.»

Links von ihr ein rasselnder Atem. Sie hörte ihn seit fünf Minuten, ohne ihn zu beachten. Er kroch in sie hinein, ließ sich in ihren Bronchien nieder, wurde *ihr* Atem. Sie wandte den Kopf und sah eine alte Frau mit schweißverklebten grauen Strähnen. Es war eine Alte aus der Stadt mit weißen Wangen und Tränensäcken unter den Augen; sie schnaufte. Bestimmt hatte sie sechzig Jahre in einem Hof in Montrouge, in einem Ladenzimmer in Clichy gelebt; jetzt hatte man sie auf die Straßen gehetzt; sie drückte ein längliches Bündel an die Hüfte; jeder Schritt war ein Fall: sie fiel von einem Fuß auf den anderen, und gleichzeitig fiel ihr Kopf. ‹Wer hat ihr geraten, in ihrem Alter loszuziehen? Sind die Leute nicht schon unglücklich genug?› Güte stieg in ihre Brüste wie Milch: ‹Ich werde ihr helfen, ich nehme ihr ihr Paket, ihre Müdigkeit, ihr Unglück ab.› Sie fragte leise:

«Sind sie ganz allein, Madame?»

Die Alte wandte nicht einmal den Kopf.

«Madame!» sagte Sarah lauter. «Sind Sie allein?»

Die Alte sah sie verschlossen an.

«Ich kann Ihr Bündel tragen», sagte Sarah.

Sie wartete einen Augenblick; sie sah das Bündel begehrlich an. Sie fügte drängend hinzu:

«Geben Sie es mir, bitte: ich trage es, solange der Kleine laufen kann.»

«Ich gebe mein Bündel nicht her», sagte die Alte.

«Sie sind doch todmüde; Sie schaffen es nicht.»

Die Alte warf ihr einen haßerfüllten Blick zu und ging einen Schritt zur Seite:

«Ich gebe mein Bündel keinem», antwortete sie.

Sarah seufzte und schwieg. Ihre ungenutzte Güte blähte sie auf wie Gas. Sie wollen nicht, daß man sie liebt. Einige Köpfe hatten sich nach ihr umgedreht, sie wurde rot. Sie wollen nicht, daß man sie liebt, sie sind es nicht gewohnt.

«Ist es noch weit, Mama?»

«Fast genauso weit wie eben», antwortete Sarah gereizt.

«Trag mich, Mama.»

Sarah zuckte die Achseln. ‹Er spielt Theater, er ist eifersüchtig, weil ich das Bündel der Alten tragen wollte.›

«Versuch noch ein bißchen zu laufen.»

«Ich kann nicht mehr, Mama. Trag mich.»

Sie riß wütend ihre Hand los; er wird mir meine ganze Kraft nehmen, und ich werde niemandem mehr helfen können. Sie würde den Kleinen tragen wie die Alte ihr Bündel, sie würde wie sie werden.

«Trag mich», sagte er, mit den Füßen aufstampfend. «Trag mich.»

«Du bist noch nicht müde, Pablo», flüsterte sie streng, «du bist gerade aus dem Auto ausgestiegen.»

Der Kleine trippelte weiter; Sarah ging mit geradeaus gerichtetem Gesicht und bemühte sich, nicht mehr an ihn zu denken. Nach einer Weile warf sie ihm einen verstohlenen Blick zu und sah, daß er weinte. Er weinte still, lautlos vor sich hin; ab und zu hob er seine kleinen Fäuste, um die Tränen auf seinen Backen zu zerdrücken. Sie schämte sich, sie dachte: ‹Ich bin zu hart. Gut zu allen aus Hoffart, hart zu ihm, weil er mir gehört.› Sie opferte sich allen, sie vergaß sich, sie vergaß, daß sie Jüdin war, daß sie selbst verfolgt wurde, sie flüchtete sich in eine große unpersönliche Barmherzigkeit, und in solchen Momenten haßte sie Pablo, weil er Fleisch von ihrem Fleische war und ihr ihre Rasse widerspiegelte. Sie legte ihre große Hand auf den Kopf des Kleinen, sie dachte: ‹Es ist nicht deine Schuld, daß du das Gesicht deines Vaters und die Rasse deiner Mutter hast.› Das pfeifende Röcheln der Alten drang ihr in die Lungen. ‹Ich darf nicht hilfsbereit sein.› Sie nahm den Koffer in die linke Hand und bückte sich.

«Leg die Arme um meinen Hals», sagte sie fröhlich. «Mach dich leicht. Hopp! Ich hebe dich hoch.»

Er war schwer, er lachte selig, und die Sonne trocknete seine Tränen; sie war wie die anderen geworden, ein Herdentier; Feuerzungen leckten bei jedem Atemzug über ihre Bronchien; ein scharfer, unnormaler Schmerz durchbohrte ihre Schulter; eine Erschöpfung, die weder hingebungsvoll noch gewollt war, rumorte in ihrer Brust. Die Erschöpfung einer Mutter und einer Jüdin, *ihre* Erschöpfung, *ihr* Los. Die Hoffnung schwand: sie würde nie in Gien ankommen. Weder sie noch sonst jemand. Niemand hatte Hoffnung, weder die Alte noch die beiden Nacken mit Melone, noch das Paar, das ein Tandem mit platten Reifen schob. Aber wir sind von der Menge erfaßt, und die Menge geht, und wir gehen; wir sind nur noch Füßchen dieses endlosen Ungeziefers. Warum gehen, wenn die Hoffnung gestorben ist? Warum leben?

Als sie zu schreien anfingen, war sie kaum überrascht; sie blieb stehen, während sie auseinanderliefen, auf die Böschungen sprangen, sich flach in die Straßengräben legten. Sie ließ den Koffer fallen und blieb aufrecht, allein und stolz mitten auf der Straße stehen; sie hörte das Brummen des Himmels, sie sah ihren schon langen Schatten zu ihren Füßen an, sie drückte Pablo an ihre Brust, ihre Ohren fingen an zu dröhnen; einen Augenblick lang war sie eine Tote. Aber der Lärm nahm ab, sie sah Kaulquappen durch das Wasser des Himmels ziehen, die Leute kamen aus den Gräben; man mußte weiterleben, weitergehen.

«Eigentlich», sagte Ritchie, «war er doch ganz nett: er hat uns zum Mittagessen eingeladen und hat dir hundert Dollar Vorschuß gegeben.»

«Ja, schon», sagte Gomez.

Sie waren im Erdgeschoß des Museum of Modern Art, im Saal für Sonderausstellungen. Gomez stand mit dem Rücken zu Ritchie und zu den Bildern: er lehnte die Stirn gegen die Scheibe und sah nach draußen auf den Asphalt und den kümmerlichen Rasen des kleinen Gartens. Er sagte, ohne sich umzudrehen:

«Jetzt kann ich vielleicht an was anderes denken als an die Fresserei.»

«Du mußt ganz schön froh sein», sagte Ritchie gütig.

Das war eine diskrete Aufforderung: ‹Du hast eine Stelle gefunden, alles ist bestens in der besten der neuen Welten; es gehört sich, daß du eine aufbauende Begeisterung äußerst.› Gomez warf Ritchie einen düsteren Blick über die Schulter zu: ‹Froh? *Du* bist froh, weil du mich nicht mehr am Hals hast.›

Er fühlte sich so undankbar wie möglich.

«Froh?» sagte er. «Mal sehen.»

Ritchies Gesicht wurde etwas härter:

«Bist du nicht froh?»

«Mal sehen», wiederholte Gomez grinsend.

Er ließ die Stirn wieder gegen die Scheibe fallen und sah das Gras mit einer Mischung von Begehrlichkeit und Ekel an. Bis zu diesem Morgen hatten die Farben ihn Gott sei Dank in Ruhe gelassen; er hatte die Erinnerungen an jene Zeit begraben, als er halluzinierend, verrückt vor Stolz auf seine Bestimmung durch die Straßen von Paris irrte und sich hundertmal am Tag wiederholte: ‹Ich bin Maler.› Aber Ramón hatte Geld gegeben, Gomez hatte Chili White Wine getrunken, er hatte zum erstenmal seit drei Jahren von Picasso gesprochen. Ramón hatte gesagt: «Ich weiß nicht, was ein Maler nach Picasso machen kann», und Gomez hatte gelächelt, er hatte gesagt: «Ich weiß es», eine dürre Flamme war in seinem Herzen wieder aufgeflackert. Als er aus dem Restaurant herauskam, war es, als hätte man ihn am grauen Star operiert: alle Farben hatten gleichzeitig aufgeleuchtet und empfingen ihn freudig, wie 1929, es war der Ball der Redoute, der Karneval, die Fantasia; die Leute und die Gegenstände wirkten greller; das Violett eines Kleides wurde noch violetter, die rote Tür eines Drugstores färbte sich scharlachrot, die Farben schlugen wild in den Dingen wie ein rasender Puls; das waren Aufwallungen, Vibrationen, die bis zur Explosion anschwollen; gleich würden die Gegenstände zerbrechen oder vom Schlag getroffen hinstürzen, und das schrie, das biß sich, es war ein Jahrmarkt. Gomez hatte die Achseln gezuckt: man gab ihm die Farben wieder, als er aufgehört hatte, an seine Bestimmung zu glauben; ich weiß zwar ganz genau, was man machen muß, aber machen wird es ein anderer. Er hatte sich bei Ritchie eingehakt; er hatte mit starrem Blick den Schritt beschleunigt, aber die Farben fielen ihn von der Seite an, sie platzten ihm in die Augen wie Ampullen mit Blut und Galle. Ritchie hatte ihn ins Museum geschoben, und jetzt war er hier, und da war dieses Grün jenseits der Scheibe, dieses *natürliche*, unvollendete, zweideutige Grün, eine organische Absonderung, wie Honig, wie kuhwarme Milch; dieses Grün mußte *genommen werden*; ich werde es anlocken, ich werde es zum Glühen bringen ... Was habe ich damit zu tun: ich male nicht mehr. Er seufzte: ‹Ein Kunstkritiker wird nicht dafür bezahlt, daß er sich mit irgendwas beschäftigt, er denkt über das Denken der anderen nach. Hinter ihm breiteten sich die Farben der anderen auf den Leinwänden aus: Extrakte, Essenzen, Gedanken. Diese hier hatten das Glück gehabt, zu etwas zu führen; man hatte sie aufgebläht, aufgeblasen, an die äußerste Grenze ihrer selbst getrieben, und sie hatten ihre Bestimmung erfüllt, man brauchte sie nur noch in den Museen aufzubewahren. Die Farben der anderen: jetzt war das sein Los.›

«Komm», sagte er, «ich muß mir meine hundert Dollar verdienen.»

Er drehte sich um: fünfzig Bilder von Mondrian an den weißen Wänden dieser Klinik: sterilisierte Malerei in einem klimatisierten Saal; nichts Suspektes; man war sicher vor Mikroben und Leidenschaften. Er trat nahe an ein Bild und betrachtete es lange. Ritchie beobachtete Gomez' Gesicht genau und lächelte im voraus.

«Das sagt mir nichts», murmelte Gomez.

Ritchie hörte auf zu lächeln, aber er zeigte sich sehr verständnisvoll.

«Natürlich», sagte er taktvoll. «Das kann nicht gleich wieder dasein, du mußt dich wieder hineinversetzen.»

«Mich hineinversetzen?» wiederholte Gomez gereizt. «Nicht in *das*.»

Ritchie wandte den Kopf dem Bild zu. Eine von zwei horizontalen Linien gekreuzte schwarze Vertikale hob sich von einem grauen Untergrund ab; über dem linken Ende der oberen Linie befand sich eine blaue Scheibe.

«Ich dachte, du magst Mondrian.»

«Das dachte ich auch», sagte Gomez.

Sie blieben vor einem anderen Gemälde stehen; Gomez sah es an und versuchte sich zu *erinnern*.

«Ist es denn wirklich nötig, daß du darüber schreibst?» fragte Ritchie beunruhigt.

«Nötig? Nein. Aber Ramón will, daß ich ihm meinen ersten Artikel widme. Ich glaube, er findet, daß das seriös wirkt.»

«Sei vorsichtig», sagte Ritchie. «Fang nicht mit einem Verriß an.»

«Warum denn nicht?» fragte Gomez störrisch.

Ritchie lächelte mit nachsichtiger Ironie:

«Man merkt, daß du das amerikanische Publikum nicht kennst. Es will vor allem nicht erschreckt werden. Mach dir erst mal einen Namen: sag einfache und vernünftige Dinge, und sag sie auf angenehme Weise. Und wenn du unbedingt jemanden angreifen möchtest, dann such dir auf keinen Fall Mondrian aus: er ist unser Gott.»

«Kein Wunder», sagte Gomez, «er stellt keine Fragen.»

Ritchie schüttelte den Kopf und schnalzte zum Zeichen der Mißbilligung mehrmals mit der Zunge.

«Er stellt eine ganze Menge Fragen», sagte er.

«Ja, aber keine peinlichen.»

«Ach so!» sagte Ritchie. «Du meinst Fragen zur Sexualität oder zum Sinn des Lebens oder zum Massenelend? Stimmt, du hast ja in Deutschland studiert. ‹Gründlichkeit›, was?» sagte er und schlug ihm auf die Schulter. «Findest du nicht, daß das ein bißchen altmodisch ist?»

Gomez antwortete nicht.

«Meiner Meinung nach», sagte Ritchie, «ist die Kunst nicht dazu da, peinliche Fragen zu stellen. Nimm mal an, einer kommt und fragt mich, ob ich meine Mutter begehrt habe: ich würde ihn rausschmeißen, außer er machte eine wissenschaftliche Umfrage. Unter diesen Umständen sehe ich nicht ein, wieso die Maler berechtigt sein sollten, mich öffentlich über meine Komplexe auszufragen. Ich bin wie alle», fügte er versöhnlich hinzu, «ich habe so meine Probleme. Nur, wenn sie mich eines Tages quälen, gehe ich nicht ins Museum, ich rufe einen Psychoanalytiker an. Schuster, bleib bei deinem Leisten: der Psychoanalytiker flößt mir Vertrauen ein, weil er als erstes selbst eine Psychoanalyse gemacht hat. Solange die Maler es nicht genauso machen, werden sie über alles kreuz und quer daherreden, und ich werde nicht von ihnen verlangen, mich mit mir selbst zu konfrontieren.»

«Was verlangst du denn von ihnen?» sagte Gomez zerstreut.

Er musterte das Bild mit mürrischem Ingrimm. Er dachte: ‹Das ist seicht.›

«Was ich von ihnen verlange, ist Unschuld», sagte Ritchie. «Dieses Bild . . .»

«Ja?»

«Es ist seraphisch», sagte er ekstatisch. «Wir Amerikaner wollen eine Malerei für glückliche Menschen oder für solche, die versuchen, es zu sein.»

«Ich bin nicht glücklich», sagte Gomez, «und ich wäre ein Schwein, wenn ich versuchen würde, es zu sein, wo alle meine Kameraden im Gefängnis oder erschossen sind.»

Ritchie schnalzte wieder mit der Zunge:

«Mein Lieber», sagte er, «ich verstehe deine menschlichen Sorgen durchaus. Der Faschismus, die Niederlage der Alliierten, Spanien, deine Frau, dein Kind: klar! Aber mitunter ist es gut, sich darüber hinwegzusetzen.»

«Nicht einen einzigen Augenblick!» sagte Gomez. «Nicht einen einzigen Augenblick!»

Ritchie wurde ein bißchen rot.

«Was hast du denn gemalt?» fragte er gekränkt. «Streiks? Blutbäder? Kapitalisten mit Zylinder? Soldaten, die auf das Volk schießen?»

Gomez lächelte.

«Weißt du, ich habe nie sehr an die Revolutionskunst geglaubt. Und jetzt habe ich ganz aufgehört, an sie zu glauben.»

«Ja und?» sagte Ritchie. «Dann sind wir uns ja einig.»

«Kann schon sein; ich frage mich bloß, ob ich nicht aufgehört habe; überhaupt an die Kunst zu glauben.»

«Und überhaupt an die Revolution?» fragte Ritchie.

Gomez antwortete nicht. Ritchie setzte sein Lächeln wieder auf:

«Ihr europäischen Intellektuellen macht mir Spaß: ihr habt einen Minderwertigkeitskomplex gegenüber dem Handeln.»

Gomez wandte sich abrupt ab und faßte Ritchie am Arm:

«Komm! Ich habe sie lange genug gesehen. Ich kenne Mondrian auswendig, ich kann jederzeit einen Artikel hinschmieren. Laß uns raufgehen.»

«Wohin denn?»

«In den ersten Stock, ich will die anderen sehen.»

«Welche anderen?»

Sie durchquerten die drei Ausstellungsräume. Gomez schob Ritchie vor sich her, ohne etwas anzusehen.

«Welche anderen?» wiederholte Ritchie verstimmt.

«Alle anderen. Klee, Rouault, Picasso: die, die peinliche Fragen stellen.»

Sie waren an der Treppe. Gomez blieb stehen. Er sah Ritchie unschlüssig an und sagte beinah schüchtern:

«Das sind die ersten Bilder, die ich seit 36 sehe.»
«Seit 36!» wiederholte Ritchie verblüfft.
«In dem Jahr bin ich nach Spanien gegangen. Damals habe ich Kupferstiche gemacht. Einer, den ich nicht fertigstellen konnte, ist auf meinem Tisch liegengeblieben.»
«Seit 36! Aber in Madrid? Die Gemälde im Prado?»
«Eingepackt, versteckt, verstreut.»
Ritchie schüttelte den Kopf:
«Du hast bestimmt sehr gelitten.»
Gomez lachte höhnisch:
«Nein.»
Ritchies Erstaunen bekam einen tadelnden Unterton:
«Ich persönlich», sagte er, «habe nie einen Pinsel angefaßt, aber ich *muß* in alle Ausstellungen gehen: das ist ein Bedürfnis. Wie kann ein Maler vier Jahre leben, ohne ein Bild zu sehen?»
«Warte», sagte Gomez, «wart's ab! In einer Minute werde ich wissen, ob ich noch ein Maler bin.»
Sie gingen die Treppe hinauf, traten in einen Saal. An der linken Wand hing ein Rouault, rot und blau. Gomez stellte sich vor das Bild.
«Einer der Weisen aus dem Morgenland», sagte Ritchie.
Gomez antwortete nicht.
«Ich mag Rouault nicht besonders», sagte Ritchie. «Dir gefällt das offensichtlich.»
«Sei doch still!»
Er sah noch eine Weile hin, dann senkte er den Kopf:
«Gehen wir.»
«Wenn du die Rouaults magst», sagte Ritchie, «hinten hängt einer, den ich viel schöner finde.»
«Nicht nötig», sagte Gomez. «Ich bin blind geworden.»
Ritchie sah ihn an, machte den Mund auf und schwieg. Gomez zuckte die Achseln.
«Man dürfte nicht auf Menschen geschossen haben.»
Sie gingen die Treppe hinunter, Ritchie ganz steif und mit verkrampftem Gesicht. ‹Er findet mich suspekt›, dachte Gomez. Ritchie war natürlich ein Engel; man konnte in seinen hellen Augen den Eigensinn der Engel

erkennen; seine Urgroßeltern, die auch Engel waren, hatten auf den Plätzen von Boston Hexen verbrannt. ‹Ich schwitze, ich bin arm, ich habe verdächtige Gedanken, Gedanken aus Europa; die schönen Engel Amerikas werden mich schon noch verbrennen.› Drüben die Lager, hier der Scheiterhaufen: er hatte nur die Qual der Wahl.

Sie waren am Verkaufstisch neben dem Eingang angekommen. Gomez blätterte zerstreut in einem Album mit Reproduktionen. Die Kunst ist optimistisch.

«Wir können jetzt großartige Fotos machen», sagte Ritchie. «Sieh dir diese Farben an: wie das Bild selbst.»

Ein toter Soldat, eine schreiende Frau: Spiegelbilder auf einem ruhigen Herzen. Die Kunst ist optimistisch; Leid ist gerechtfertigt, weil es dazu dient, Schönheit herzustellen: ‹Ich *bin nicht* ruhig, ich will *nicht* das Leid rechtfertigen, das ich gesehen habe. Paris . . .› Er drehte sich abrupt zu Ritchie um.

«Wenn die Malerei nicht *alles* ist, ist sie ein Jux.»

«Wie bitte?»

Gomez schlug das Album heftig zu:

«Man kann das Böse nicht malen.»

Mißtrauen hatte Ritchies Blick eisig werden lassen; er musterte Gomez mit provinzieller Miene. Plötzlich lachte er frei heraus und stieß ihm einen Finger zwischen die Rippen:

«Ich verstehe, alter Freund! Vier Jahre Krieg: da muß man ganz umlernen.»

«Nicht nötig», sagte Gomez. «Ich bin soweit, Kritiker zu werden.»

Schweigen trat ein; dann sagte Ritchie ganz schnell:

«Weißt du, daß im Untergeschoß ein Kino ist?»

«Ich bin noch nie hier gewesen.»

«Sie bringen Klassiker und Dokumentarfilme.»

«Willst du reingehen?»

«Ich muß hier in der Gegend bleiben», sagte Ritchie. «Ich habe um fünf sieben Blocks weiter ein *Date*.»

Sie traten an eine lackierte Holztafel und lasen das Programm:

«*The covered wagon*, das habe ich dreimal gesehen», sagte Ritchie. «Aber die Diamantenförderung in Transvaal, das kann amüsant sein. Kommst du mit?» fügte er lahm hinzu.

«Ich mag Diamanten nicht», sagte Gomez.

Ritchie wirkte erleichtert. Er lächelte ihn mit vorgewölbten Lippen breit an und schlug ihm auf die Schulter.

«*See you again*», sagte er auf englisch, als erlangte er gleichzeitig seine Muttersprache und seine Freiheit wieder.

‹Das wäre der richtige Moment, um ihm zu danken›, dachte Gomez. Aber er konnte sich kein Wort abringen. Er drückte ihm schweigend die Hand.

Draußen der Krake; tausend Saugnäpfe schröpften ihn, das Wasser perlte aus seinen Poren und durchnäßte mit einem Schlag sein Hemd, man fuhr ihm mit einer weißglühenden Klinge vor den Augen her. Macht nichts! Macht nichts! Er war fröhlich, weil er aus dem Museum heraus war: die Hitze war eine Katastrophe, aber sie war wirklich. Er war wirklich, der wilde Indianerhimmel, den die Spitze der Wolkenkratzer höher hinaufstieß als alle Himmel Europas; Gomez ging zwischen wirklichen Backsteinhäusern hindurch, die zu häßlich waren, als daß jemand daran dächte, sie zu malen, und das große Hochhaus in der Ferne, das wie die Schiffe von Claude Lorrain ein leichter Pinselstrich auf einer Leinwand zu sein schien, war wirklich, und die Schiffe von Claude Lorrain waren nicht wirklich: Bilder sind Träume. Er dachte an das Dorf in der Sierra Madre, in dem von morgens bis abends gekämpft worden war: auf der Straße war wirkliches Rot. ‹Ich werde nie wieder malen›, beschloß er mit bitterer Freude. Diesseits des Spiegels, *hier* genau, *hier*, erdrückt in der Schwüle dieses Glutofens, auf *diesem* glühenden Bürgersteig; die Wirklichkeit ließ rings um ihn ihre hohen Mauern aufragen, verstopfte alle Ritzen des Horizonts; es gab nichts anderes auf der Welt als diese Hitze und diese Steine, es sei denn Träume. Er bog in die Seventh Avenue ein; die Menge flutete über ihn hinweg, die Wellen führten auf ihrem Kamm Garben glänzender, toter Augen mit, der Bürgersteig zitterte, die überhitzten Farben bespritzten ihn, die Menge dampfte wie ein feuchtes Bettlaken in der Sonne; Lächeln und Augen, *not to grin is a sin*, unbestimmte oder scharfe, flinke oder langsame Augen, alle tot. Er versuchte die Komödie fortzusetzen: wirkliche Menschen; nein: ausgeschlossen! Alles ging unter seinen Händen in die Brüche, seine Freude schwand; sie hatten Augen wie auf Porträts. Wissen sie, daß Paris eingenommen ist? Denken sie daran? Sie hatten alle den gleichen eiligen Gang, der weiße Schaum ihrer Blicke streifte ihn im Vorbeigehen. ‹Das sind nicht die Wirklichen›, dachte er, ‹das sind Doppelgänger. Wo sind die Wirklichen? Irgendwo, aber nicht hier. Niemand ist hier; ich genausowenig wie die anderen.› Gomez' Doppelgänger war in den Autobus gestiegen, hatte die Zeitung gelesen, hatte Ramón angelächelt, von Picasso gesprochen, die Mondrians angesehen. Ich durchwanderte Paris, die Rue Royale ist menschenleer, die Place de la Concorde ist menschenleer, eine deutsche Fahne flattert über dem Abgeordnetenhaus, ein SS-Regiment marschiert unter dem Arc de Triomphe hindurch, der Himmel ist mit Flugzeugen übersät. Die Backsteinmauern stürzten ein, die Menge verschwand unter der Erde, Gomez ging allein in Paris herum. In Paris, in der Wirklichkeit, der *einzigen* Wirklichkeit; im Blut, im Haß, in der Niederlage und im Tod. «Die Franzosen, diese Schweine!» murmelte er und ballte die Fäuste. ‹Sie haben es nicht geschafft standzuhalten, sie sind getürmt wie die Hasen, ich wußte es, ich wußte es, daß sie verloren sind.› Er bog nach rechts in die 56. Straße ein, blieb vor einem französischen Lokal stehen: *À la petite Coquette*. Er sah die rot-grüne Fassade an, zögerte einen Augenblick, dann stieß er die Tür auf: er wollte sehen, was für ein Gesicht die Franzosen machten.

Drinnen war es dunkel und beinah kühl; die Vorhänge waren zugezogen, die Lampen brannten.

Gomez war froh, wieder in künstlichem Licht zu sein. Der hintere Raum, in Dunkelheit und Stille gehüllt, war das Restaurant. Ein großer Kerl mit Bürstenhaarschnitt und starren Augen hinter einem Zwicker saß an der Bar; von Zeit zu Zeit fiel sein Kopf nach vorn, aber er hob ihn mit viel Würde wieder hoch. Gomez setzte sich auf einen Barhocker. Er kannte den Barkeeper flüchtig.

«Einen doppelten Scotch», sagte er auf französisch. «Haben Sie eine Zeitung von heute?»

Der Barkeeper holte aus einer Schublade die *New York Times* und gab sie ihm. Es war ein blonder junger Mann, der traurig und pedantisch wirkte; man hätte meinen können, er wäre aus Lille, wenn er nicht einen burgundischen Akzent gehabt hätte. Gomez tat so, als überflöge er die *Times*, und hob plötzlich den Kopf. Der Barkeeper sah ihn müde an.

«Nicht besonders, die Nachrichten, was?» sagte Gomez.

Der Barkeeper schüttelte den Kopf.

«Paris ist eingenommen», sagte Gomez.

Der Barkeeper gab einen melancholischen Laut von sich, füllte ein kleines Glas mit Whisky und goß den Inhalt in ein großes Glas; er wiederholte den Vorgang und schob das große Glas Gomez hin. Der Amerikaner mit dem Kneifer wandte ihnen einen Moment lang glasige Augen zu, dann neigte sich sein Kopf schlaff, als grüßte er sie.

«Soda?»

«Ja.»

Gomez fuhr, ohne den Mut zu verlieren, fort:

«Ich glaube, Frankreich ist verloren.»

Der Barkeeper seufzte, ohne zu antworten, und Gomez dachte mit grausamer Freude, er wäre zu unglücklich, um zu reden. Er bohrte beinah liebevoll weiter:

«Glauben Sie nicht?»

Der Barkeeper goß den Sprudel in Gomez' Glas. Gomez ließ dieses weinerliche Mondgesicht nicht aus den Augen. Im richtigen Moment mit veränderter Stimme zu ihm sagen: ‹Was habt ihr für Spanien getan? Tja, jetzt seid ihr an der Reihe.›

Der Barkeeper hob den Blick und den Finger; er sprach plötzlich mit langsamer, friedlicher, etwas nasaler voller Stimme und einem starken burgundischen Akzent:

«Man muß für alles büßen», sagte er.

Gomez feixte:

«Ja», sagte er, «man muß für alles büßen.»

Der Barkeeper fuhr mit dem Finger durch die Lüfte über Gomez' Kopf: ein Komet, der das Ende der Welt verkündete. Er sah überhaupt nicht unglücklich aus:

«Frankreich wird erfahren, was es einbringt, seine natürlichen Verbündeten im Stich zu lassen.»

‹Was soll denn das heißen?› dachte Gomez erstaunt. Den unverschämten, gehässigen Triumph, den er auf seinem Gesicht aufblitzen lassen wollte, hatte er gerade in den Augen des Barkeepers entdeckt.

Er begann vorsichtig, um ihm auf den Zahn zu fühlen:

«Wenn die Tschechoslowakei . . .»

Der Barkeeper zuckte die Achseln und unterbrach ihn:

«Die Tschechoslowakei!» sagte er verächtlich.

«Ja und?» sagte Gomez. «Schließlich habt ihr sie fallenlassen!»

Der Barkeeper lächelte:

«Monsieur», sagte er, «schon unter Louis le Bien-Aimé konnte Frankreich sich keinen Fehler mehr leisten.»

«Ach!» sagte Gomez. «Sie sind Kanadier?»

«Ich bin aus Montreal», sagte der Barkeeper.

«Das hätten Sie sagen sollen.»

Gomez legte die Zeitung auf die Theke. Nach einer Weile fragte er:

«Kommen denn nie Franzosen zu Ihnen?»

Der Barkeeper wies mit dem Zeigefinger auf einen Punkt hinter Gomez' Rücken. Gomez drehte sich um: an einem weißgedeckten Tisch saß ein alter Mann träumend vor einer Zeitung. Ein *echter* Franzose, mit eingesunkenem, zerfurchtem, zerklüftetem Gesicht, glänzenden harten Augen und einem grauen Schnurrbart. Neben den schönen amerikanischen Wangen des Mannes mit dem Kneifer schienen seine aufs knappste aus einem dürftigen Stoff zugeschnitten zu sein. Ein *echter* Franzose mit echter Verzweiflung im Herzen.

«Nanu!» sagte er. «Ich hatte ihn nicht bemerkt.»

«Der Herr ist aus Roanne», sagte der Barkeeper. «Ein Stammgast.»

Gomez trank seinen Whisky in einem Zug und sprang auf den Fußboden. ‹Was habt ihr für Spanien getan?› Der Alte sah ihm entgegen, ohne Überraschung zu zeigen. Gomez stellte sich vor den Tisch und musterte gierig das alte Gesicht.

«Sie sind Franzose?»

«Ja», sagte der Alte.

«Ich lade Sie zu einem Glas ein», sagte Gomez.

«Danke. Heute ist nicht der richtige Tag.»

Grausamkeit ließ Gomez' Herz höher schlagen.

«Deswegen?» fragte er und legte den Finger auf die Schlagzeile der Zeitung.

«Deswegen.»

«Deswegen lade ich Sie ja zu einem Glas ein», sagte Gomez. «Ich habe zehn Jahre in Frankreich gelebt, meine Frau und mein Sohn sind noch dort. Whisky?»

«Dann ohne Soda.»

«Einen Scotch ohne Soda, einen mit», bestellte Gomez.

Sie schwiegen. Der Amerikaner mit dem Kneifer hatte sich auf seinem Hocker umgedreht und sah sie stumm an.

Plötzlich fragte der Alte:

«Sie sind doch hoffentlich kein Italiener?»

Gomez lächelte:

«Nein», sagte er. «Nein, ich bin kein Italiener.»

«Die Italiener sind Schweine», sagte der Alte.

‹Und die Franzosen?› Gomez schlug wieder seine sanfte Stimme an, um zu fragen:

«Haben Sie jemand drüben?»

«Nicht in Paris. Meine Neffen wohnen in Moulins.»

Er sah Gomez aufmerksam an:

«Ich merke schon, daß Sie noch nicht lange hier sind.»

«Und Sie?» fragte Gomez.

«Ich habe mich 97 hier niedergelassen. Eine Ewigkeit.»

Er fügte hinzu:

«Ich mag sie nicht.»

«Warum bleiben Sie dann?»

Der Alte zuckte die Achseln.

«Ich mache Geld.»

«Sind Sie Kaufmann?»

«Friseur. Mein Geschäft ist zwei Blocks von hier. Alle drei Jahre habe ich zwei Monate in Frankreich verbracht. Ich sollte dies Jahr wieder hinfahren, und jetzt das.»

«Jetzt das», sagte Gomez.

«Seit heute morgen», fuhr der Alte fort, «sind vierzig in mein Geschäft gekommen. Es gibt solche Tage. Und sie wollten alles: Rasieren, Haareschneiden, Kopfwaschen, elektrische Massage. Glauben Sie etwa, die hätten mit mir über meine Heimat gesprochen? Von wegen! Sie lasen wortlos ihre Zeitungen, und ich sah die Überschriften, während ich sie rasierte. Darunter waren Kunden, die seit zwanzig Jahren kommen, und sie haben nichts gesagt. Daß ich sie nicht geschnitten habe, liegt nur daran, daß sie Schwein gehabt haben: meine Hand hat gezittert. Schließlich habe ich die Arbeit Arbeit sein lassen und bin hierhergegangen.»

«Denen ist das scheißegal», sagte Gomez.

«Denen ist das nicht unbedingt scheißegal, aber ihnen fällt nicht das Richtige ein. Paris ist ein Name, der ihnen etwas sagt. Darum reden sie nicht davon: gerade weil es ihnen nahegeht. So sind sie nun mal.»

Gomez erinnerte sich an die Menge auf der Seventh Avenue.

«Glauben Sie etwa, daß alle, die auf der Straße rumlaufen, an Paris denken?»

«In gewisser Weise schon. Aber, wissen Sie, die denken nicht so wie wir. An etwas Unerfreuliches denken heißt für den Amerikaner alles tun, um nicht daran zu denken.»

Der Barkeeper brachte die Gläser. Der Alte nahm seines und hob es hoch.

«Na dann», sagte er, «auf Ihr Wohl.»

«Auf Ihr Wohl», sagte Gomez.

Der Alte lächelte traurig.

«Man weiß nicht so recht, was man sich wünschen soll, nicht?»

Er verbesserte sich nach kurzem Nachdenken:

«Doch: ich trinke auf Frankreich. Trotzdem auf Frankreich.»

Gomez wollte nicht auf Frankreich trinken.

«Auf den Kriegseintritt der Vereinigten Staaten.»

Der Alte lachte kurz.

«Da können Sie lange warten.»

Gomez trank sein Glas aus und drehte sich zu dem Barkeeper um.

«Noch mal dasselbe.»

Er mußte trinken. Eben glaubte er, daß er allein sich um Frankreich sorgte, der Fall von Paris war *seine* Sache: ein Unglück für Spanien und gleichzeitig eine gerechte Strafe für die Franzosen. Jetzt wußte er, daß der Fall von Paris um die Bar herumschlich, daß er in einer etwas vagen, abstrakten Form durch sechs Millionen Seelen kreiste. Es war beinah unerträglich: man hatte seine persönliche Verbindung mit Paris unterbrochen, er war nur noch ein frisch zugereister Emigrant, der, wie so viele andere, von einer kollektiven Obsession durchdrungen war.

«Ich weiß nicht, ob Sie mich verstehen werden», sagte der Alte, «aber jetzt lebe ich länger als vierzig Jahre hier, und erst seit heute morgen fühlte ich mich wirklich in der Fremde. Ich kenne sie, und ich mache mir keine Illusionen, das schwöre ich Ihnen. Aber ich habe trotzdem geglaubt, einer würde sich finden, der mir die Hand drückt oder ein Wort zu mir sagt.»

Seine Lippen fingen an zu beben; er wiederholte:

«Kunden, die seit zwanzig Jahren kommen.»

‹Er ist Franzose›, sagte sich Gomez. ‹Einer von denen, die uns *Frente crapular** genannt haben.› Aber es gelang ihm nicht, sich zu freuen: ‹Er ist zu alt›, entschied er. Der Alte blickte ins Leere, er sagte, ohne recht daran zu glauben:

* Verballhornung von (span.) *frente popular* – Volksfront und (franz.) *crapule* – Lumpenpack.

«Wohlgemerkt, es kann auch aus Taktgefühl sein.»
«Hm!» machte Gomez.
«Es ist möglich», sagte der Alte. «Es ist gut möglich. Bei denen ist alles möglich.»
Er fuhr im selben Ton fort:
«Ich hatte ein Haus in Roanne. Ich hatte vor, mich dort zur Ruhe zu setzen. Jetzt sage ich mir, daß ich hier krepieren werde: das ändert die Einstellung.»
‹*Natürlich*›, dachte Gomez, ‹*natürlich* wirst du hier krepieren.› Er wandte den Kopf ab; er hatte Lust zu gehen. Aber er besann sich, wurde plötzlich rot, sah den Alten durchdringend an und fragte zischend:
«Waren Sie für die Intervention in Spanien?»
«Welche Intervention?» fragte der Alte entgeistert.
Er musterte Gomez voller Interesse.
«Sie sind Spanier?»
«Ja.»
«Sie haben auch viel Schlimmes erlebt.»
«Die Franzosen haben uns nicht sehr geholfen», sagte Gomez neutral.
«Nein. Und sehen Sie: die Amerikaner helfen uns nicht. Menschen und Länder sind gleich: jeder für sich.»
«Ja», sagte Gomez, «jeder für sich.»
Er hat keinen Finger gerührt, um Barcelona zu verteidigen; jetzt ist Barcelona gefallen; Paris ist gefallen, und wir sind beide im Exil, beide gleich. Der Kellner stellte die beiden Gläser auf den Tisch; sie nahmen sie gleichzeitig, ohne den Blick voneinander abzuwenden.
«Ich trinke auf Spanien», sagte der Alte.
Gomez zögerte, dann stieß er hervor:
«Ich trinke auf die Befreiung Frankreichs.»
Sie schwiegen. Es war jämmerlich: zwei kaputte alte Marionetten in einer New-Yorker Bar. Und so was trank auf Frankreich, auf Spanien. Was für ein Elend! Der Alte faltete sorgfältig seine Zeitung zusammen und stand auf:
«Ich muß wieder ins Geschäft. Die letzte Runde geht auf meine Rechnung.»

«Nein», sagte Gomez. «Nein, nein. Barkeeper, alles auf meine Rechnung.»

«Dann vielen Dank.»

Der Alte ging zur Tür, Gomez merkte, daß er hinkte. ‹Armer Alter›, dachte er.

«Noch mal dasselbe», sagte er zu dem Barkeeper.

Der Amerikaner stieg von seinem Hocker und kam schwankend auf ihn zu:

«Ich bin besoffen», sagte er.

«So?» sagte Gomez.

«Haben Sie das nicht gemerkt?»

«Nein, denken Sie mal.»

«Und wissen Sie, warum ich besoffen bin?» fragte er.

«Ist mir scheißegal», sagte Gomez.

Der Amerikaner gab einen klangvollen Rülpser von sich und ließ sich auf den Stuhl fallen, von dem der Alte gerade aufgestanden war.

«Weil die Hunnen Paris eingenommen haben.»

Sein Gesicht verfinsterte sich, und er fügte hinzu:

«Das ist die schlechteste Nachricht seit 1927.»

«1927, was war denn da los?»

Er legte einen Finger auf den Mund.

«Pst!» sagte er. «Persönlich.»

Er legte den Kopf auf den Tisch und schien einzuschlafen. Der Barkeeper kam hinter der Theke hervor und ging zu Gomez:

«Passen Sie zwei Minuten für mich auf ihn auf», sagte er. «Es ist seine Zeit: ich muß ihm sein Taxi holen.»

«Was ist denn das für einer?» fragte Gomez.

«Er arbeitet in der Wall Street.»

«Stimmt es, daß er sich besoffen hat, weil Paris eingenommen ist?»

«Wenn er es sagt, muß es stimmen. Bloß, vorige Woche war es wegen der Ereignisse in Argentinien und in der Woche davor wegen der Katastrophe in Salt Lake City. Er besäuft sich jeden Sonnabend, aber nie ohne Grund.»

«Er ist zu sensibel», sagte Gomez.

Der Barkeeper ging schnell hinaus. Gomez stützte den

Kopf in die Hände und sah die Wand an; er sah deutlich den Kupferstich vor sich, den er auf dem Tisch liegengelassen hatte. Links hätte als Gegengewicht eine dunkle Masse hin gemußt. Ein Busch vielleicht. Ja, ein Busch. Er sah den Kupferstich, den Tisch, das große Fenster vor sich und fing an zu weinen.

Sonntag, 16. Juni

«Da! Da! Direkt über den Bäumen.»

Mathieu schlief, und der Krieg war verloren. Bis tief in seinen Schlaf hinein war er verloren. Die Stimme riß ihn aus dem Schlaf: er lag mit geschlossenen Augen, die Arme dicht am Körper, auf dem Rücken, und er hatte den Krieg verloren. Er erinnerte sich nicht mehr so recht daran, wo er war, aber er wußte, daß er den Krieg verloren hatte.

«Rechts!» sagte Charlot lebhaft. «Direkt über den Bäumen, sag ich dir! Hast du denn keine Augen im Kopf?»

Mathieu hörte Nipperts träge Stimme.

«Ach ja, da!» sagte Nippert. «Da!»

Wo sind wir? Im Gras. Acht Städter auf dem Land, acht Zivilisten in Uniform, jeweils zu zweit in Armeedecken eingerollt und mitten in einem Gemüsegarten auf einer Zeltbahn liegend. Wir haben den Krieg verloren; man hatte ihn uns anvertraut, und wir haben ihn verloren. Er war ihnen durch die Lappen gegangen und hatte sich mit Getöse irgendwo im Norden verloren.

«Ach, da, da!»

Mathieu machte die Augen auf und sah den Himmel; er war perlgrau, wolkenlos, bodenlos, nichts als Abwesenheit. Langsam entstand dort ein Morgen, ein Tropfen Licht, der auf die Erde fallen und sie in Gold tauchen würde. Die Deutschen sind in Paris, und wir haben den Krieg verloren. Ein Anfang, ein Morgen. Der erste Morgen der Welt, wie jeder Morgen: alles war noch zu tun, die ganze Zukunft war im Himmel. Er zog eine Hand unter der Decke hervor und kratzte sich am Ohr: es ist die Zukunft der anderen. In Paris blickten die Deutschen zu diesem Himmel auf, lasen dort ihren Sieg und dessen künftige Tage ab. *Ich* habe keine Zukunft mehr. Der seidige Morgen streichelte sein Gesicht; aber er spürte an seiner rechten Hüfte die Wärme von Nippert; an seinem linken Schenkel die Wärme von Charlot. Noch Jahre, die gelebt werden müssen: Jahre, die totgeschlagen werden müssen. Dieser heraufziehende Siegestag, blonder Morgenwind in den Pappeln, Mittagssonne auf den Kornfeldern, Duft der angewärmten Erde am Abend, er würde Minute für Minute totgeschlagen werden müssen; nachts werden die Deutschen uns gefangennehmen. Das Brummen wurde lauter, er sah das Flugzeug in der aufgehenden Sonne.

«Ein Makkaroni», sagte Charlot.

Verschlafene Stimmen fluchten zum Himmel. Sie hatten sich an die lässige Eskorte der deutschen Flugzeuge gewöhnt, an einen zynischen, geschwätzigen, harmlosen Krieg: das war *ihr* Krieg. Die Italiener verstanden keinen Spaß: sie warfen Bomben.

«Ein Makkaroni? Du spinnst wohl!» sagte Lubéron. «Hörst du nicht, wie regelmäßig der Motor läuft? Das ist eine Messerschmitt, ja. Modell 37.»

Unter den Decken entspannte man sich; die zurückgelehnten Gesichter lächelten dem deutschen Flugzeug zu. Mathieu hörte einige dumpfe Detonationen, und vier runde Wölkchen entstanden am Himmel.

«Idioten!» sagte Charlot. «Jetzt schießen sie auch noch auf die Deutschen.»

«Dabei können wir hops gehen», sagte Longin gereizt.

Und Schwartz fügte verächtlich hinzu:

«Das sind Jungs, die es noch nicht kapiert haben.»

Es gab noch zwei Detonationen, und zwei wattige dunkle Wolken tauchten über den Pappeln auf.

«Idioten!» wiederholte Charlot. «Idioten!»

Pinette hatte sich auf einen Ellbogen gestützt. Sein

hübsches kleines Pariser Gesicht war rosa und frisch. Er sah seine Kameraden hochmütig an:

«Sie tun ihre Pflicht», sagte er schroff.

Schwartz zuckte die Achseln:

«Wozu soll das jetzt gut sein?»

Die Flak war verstummt; die Wolken verzogen sich; man hörte nur noch ein glorreiches regelmäßiges Brummen.

«Ich sehe es nicht mehr», sagte Nippert.

«Doch, doch: da, wo mein Finger hinzeigt.»

Ein weißes Gemüse kam aus der Erde und zeigte auf das Flugzeug: Charlot schlief nackt unter den Decken.

«Lieg still», sagte Unteroffizier Pierné besorgt. «Deinetwegen werden wir noch entdeckt.»

«Ach Quatsch! Um diese Zeit hält er uns für Blumenkohl.» Trotzdem zog er den Arm ein, als das Flugzeug über ihn hinwegflog, die Männer blickten lächelnd diesem funkelnden kleinen Stück Sonne nach: das war eine Morgenunterhaltung, das erste Ereignis des Tages.

«Er dreht seine kleine Aperitifrunde», sagte Lubéron.

Sie waren acht, die den Krieg verloren hatten, fünf Schreiber, zwei Beobachter, ein Meteorologe nebeneinander zwischen Lauch und Karotten. Sie hatten den Krieg verloren, wie man seine Zeit verliert: ohne es zu merken. Acht: Schwartz, der Klempner, Nippert, der Bankangestellte, Longin, der Steuereinnehmer, Lubéron, der Kundenwerber, Charlot Wroclaw, Sonnen- und Regenschirme, Pinette, Pariser Busschaffner, und die beiden Lehrer: Mathieu und Pierné. Sie hatten sich neun Monate gelangweilt, mal in Tannenwäldern, mal in Weinbergen; eines schönen Tages hatte ihnen eine Stimme aus Bordeaux ihre Niederlage gemeldet, und sie hatten begriffen, daß sie im Unrecht waren. Eine ungeschickte Hand streifte Mathieus Backe. Mathieu drehte sich zu Charlot um:

«Was willst du, Süßer?»

Charlot hatte sich auf die Seite gelegt, Mathieu sah seine gutmütigen roten Backen und seinen weit auseinandergezogenen Mund.

«Ich möchte etwas wissen», sagte Charlot leise. «Marschieren wir heute wieder weiter?»

Auf seinem fröhlichen Gesicht kreiste ein ängstlicher Ausdruck, ohne sich irgendwo festsetzen zu können.

«Heute? Weiß ich nicht.»

Sie hatten Morsbronn am 12. verlassen; es hatte diesen ungeordneten Eilmarsch gegeben und dann auf einmal diesen Halt.

«Was sollen wir hier? Kannst du mir das sagen?»

«Sie sagen, wir warten aufs Fußvolk.»

«Wenn das Fußvolk nicht wegkommt, ist das doch kein Grund, daß wir uns mit ihm schnappen lassen.»

Er fügte bescheiden hinzu:

«Ich bin Jude, verstehst du. Und ich habe einen polnischen Namen.»

«Ich weiß», sagte Mathieu traurig.

«Seid still», sagte Schwartz. «Hört mal!»

Ein anhaltendes dumpfes Grollen. Am Tag zuvor und zwei Tage zuvor hatte es vom Morgengrauen bis in die Nacht gedauert. Niemand wußte, wer noch worauf schoß.

«Es muß bald sechs Uhr sein», sagte Pinette. «Gestern haben sie um fünf Uhr fünfundvierzig angefangen.»

Mathieu hob sein Handgelenk über die Augen und drehte es nach oben, um auf die Uhr zu sehen:

«Es ist fünf nach sechs.»

«Fünf nach sechs», sagte Schwartz. «Es würde mich wundern, wenn wir heute abzögen.» Er gähnte. «Na schön!» sagte er. «Noch ein Tag in diesem Kaff.»

Unteroffizier Pierné gähnte auch:

«Tja», sagte er, «wir müssen aufstehen.»

«Ja», sagte Schwartz. «Ja, ja. Wir müssen aufstehen.»

Niemand rührte sich. Eine Katze raste im Zickzack an ihnen vorbei. Plötzlich duckte sie sich, schien sprungbereit; dann vergaß sie ihr Vorhaben und entfernte sich gemächlich. Mathieu hatte sich auf den Ellbogen gestützt und blickte ihr nach. Er sah plötzlich ein Paar Beine, die sich in khakifarbenen Wickelgamaschen wölbten, und hob den Kopf: Leutnant Ulmann stand mit verschränkten Armen vor ihnen und musterte sie mit hochgezogenen Augenbrauen. Mathieu bemerkte, daß er sich nicht rasiert hatte.

«Was machen Sie da? Was machen Sie denn da? Sind Sie völlig verrückt. Wollen Sie mir gefälligst sagen, was Sie da machen?»

Mathieu wartete eine Weile, und da niemand antwortete, sagte er, ohne aufzustehen:

«Wir haben lieber im Freien geschlafen, Herr Leutnant.»

«Sieh mal an! Bei den feindlichen Flugzeugen, die in diesem Raum herumfliegen! Ihre Vorliebe kann uns teuer zu stehen kommen: Ihretwegen kann die Division bombardiert werden.»

«Die Deutschen wissen genau, daß wir hier sind, schließlich haben wir unsere Bewegungen alle am hellichten Tag gemacht», sagte Mathieu geduldig.

Der Leutnant schien nicht zu hören.

«Ich hatte es Ihnen verboten», sagte er. «Ich hatte Ihnen verboten, die Scheune zu verlassen. Und was sind das für Manieren, in Gegenwart eines Vorgesetzten liegenzubleiben!»

Am Boden regte es sich langsam, und die acht Männer setzten sich mit verschlafen blinzelnden Augen auf die Decken. Der nackte Charlot legte ein Taschentuch auf sein Geschlechtsteil. Es war kühl. Mathieu fröstelte und suchte nach seiner Jacke, um sie sich über die Schultern zu werfen.

«Und Sie sind auch dabei, Pierné! Schämen Sie sich nicht, als Unteroffizier? Sie sollten ein Vorbild sein.»

Pierné kniff die Lippen zusammen, ohne zu antworten.

«Unglaublich!» sagte der Leutnant. «Werden Sie mir jetzt endlich erklären, warum Sie die Scheune verlassen haben?»

Er redete ohne Überzeugung, mit heftiger, müder Stimme; er hatte Ringe unter den Augen, und sein frischer Teint war käsig.

«Es war uns zu heiß, Herr Leutnant. Wir konnten nicht schlafen.»

«Zu heiß? Was brauchten Sie denn? Ein klimatisiertes Schlafzimmer? Ich werde Sie heute nacht zum Schlafen in die Schule schicken. Zu den anderen. Wissen Sie denn nicht, daß wir im Krieg sind?»

Longin machte eine Handbewegung.

«Der Krieg ist vorbei, Herr Leutnant», sagte er mit einem komischen Lächeln.

«Er ist nicht vorbei. Sie sollten sich schämen zu sagen, er ist vorbei, wo dreißig Kilometer von hier Jungs sich umbringen lassen, um uns zu decken.»

«Die armen Kerle», sagte Longin. «Man befiehlt ihnen, sich abknallen zu lassen, während man dabei ist, den Waffenstillstand zu unterzeichnen.»

Der Leutnant wurde knallrot.

«Jedenfalls sind Sie noch Soldaten. Solange man Sie nicht nach Hause geschickt hat, werden Sie Soldaten sein und Ihren Vorgesetzten gehorchen.»

«Auch im Gefangenenlager?» fragte Schwartz.

Der Leutnant antwortete nicht: er sah die Soldaten mit verächtlicher Schüchternheit an; die Männer erwiderten seinen Blick ohne Ungeduld oder Verlegenheit: sie hatten kaum Freude daran, neuerdings einschüchternd zu wirken. Nach einer Weile zuckte der Leutnant die Achseln und drehte sich um:

«Tun Sie mir den Gefallen und stehen Sie schnellstens auf», sagte er über die Schulter hinweg.

Er entfernte sich kerzengerade mit tänzelndem Schritt. ‹Sein letzter Tanz›, dachte Mathieu; ‹in ein paar Stunden werden die deutschen Schäferhunde uns als wilden Haufen ohne Rangunterschied alle in Richtung Osten treiben.› Schwartz gähnte und weinte; Longin zündete sich eine Zigarette an; Charlot riß rings um sich büschelweise Gras aus. Sie hatten alle Angst aufzustehen.

«Habt ihr gehört», sagte Lubéron. «Er hat gesagt: ‹Ich lasse Sie in der Schule schlafen.› Das heißt, daß wir nicht abziehen.»

«Das hat er nur so gesagt», sagte Charlot. «Er weiß nicht mehr als wir.»

Unteroffizier Pierné platzte heraus:

«Wer weiß denn dann was?» fragte er. «Wer weiß denn was?»

Niemand antwortete. Nach einer Weile sprang Pinette auf:

«Gehen wir uns waschen?» fragte er.

«Meinetwegen gern», sagte Charlot gähnend.

Er stand auf. Mathieu und Unteroffizier Pierné standen auch auf.

«Baby Cadum!» rief Longin.

Rosa, nackt und ohne ein Härchen, mit seinen roten Backen und seinem dicken kleinen Bauch, den das hellgelbe Morgenlicht streichelte, hatte Charlot Ähnlichkeit mit dem schönsten Baby Frankreichs. Schwartz schlich sich wie jeden Morgen hinter ihn.

«Du hast ja eine Gänsehaut», sagte er und kitzelte ihn. «Du hast eine Gänsehaut, Baby.»

Charlot lachte, kreischte und wand sich wie gewöhnlich, aber schon spürbar lustloser. Pinette drehte sich zu Longin um, der mit sturer Miene rauchte.

«Kommst du nicht mit?»

«Wohin?»

«Dich waschen.»

«Scheiße noch mal!» sagte Longin. «Mich waschen! Für wen denn? Für die Fritzen? Die nehmen mich, wie ich bin.»

«Es ist nicht gesagt, daß sie dich nehmen.»

«Ach, komm!» sagte Longin. «Komm!»

«Man kann sich doch davonmachen, verflucht!» sagte Pinette.

«Du glaubst wohl an den Weihnachtsmann?»

«Selbst wenn sie dich gefangennähmen, ist das kein Grund, dreckig zu bleiben.»

«Ich will mich nicht für sie waschen.»

«Ist ja blöd, was du da sagst!» sagte Pinette. «Saublöd!»

Longin grinste, ohne zu antworten; er blieb mit einem

Ausdruck von Überlegenheit in den Decken liegen. Lubéron hatte sich auch nicht gerührt: er tat so, als schliefe er. Mathieu nahm seinen Beutel und ging zum Trog. Das Wasser floß aus zwei Gußrohren in den Steintrog; es war kalt und nackt wie eine Haut; die ganze Nacht hindurch hatte Mathieu sein hoffnungsvolles Gewisper, sein kindliches Fragen gehört. Er steckte den Kopf unter das Wasser, das elementare kleine Lied wurde zu dieser stummen, glatten Frische in seinen Ohren, in seiner Nase, zu diesem Strauß benetzter Rosen, Wasserblumen in seinem Herzen: das Baden in der Loire, das Schilf, die kleine grüne Insel, die Kindheit. Als er sich wieder aufrichtete, seifte Pinette sich wütend den Hals ein. Mathieu lächelte ihn an: er mochte Pinette.

«Longin ist blöd», sagte Pinette. «Wenn die Fritzen antanzen, müssen wir sauber sein.»

Er steckte einen Finger ins Ohr und drehte ihn energisch darin herum.

«Wenn du die Sauberkeit so liebst», rief Longin ihm von seinem Platz aus zu, «dann wasch dir auch die Füße.»

«Die Füße sieht man nicht.»

Mathieu fing an, sich zu rasieren. Die Klinge war abgenutzt und brannte ihm auf der Haut: ‹In der Gefangenschaft lasse ich meinen Bart wachsen.› Die Sonne ging auf. Ihre langen, schrägen Strahlen mähten das Gras; unter den Bäumen war das Gras zart und frisch, eine Schlafkuhle in den Weichen des Morgens. Die Erde und der Himmel waren voller Zeichen; Zeichen der Hoffnung. Im Laub der Pappeln hob auf ein unsichtbares Signal hin eine Vogelschar an, aus voller Kehle zu singen, es war eine ungeheuer stürmische, metallische kleine Salve, und dann verstummten sie geheimnisvoll. Angst kreiste zwischen dem Grün und dem prallen Gemüse wie auf Charlots Gesicht; es gelang ihr nicht, sich irgendwo festzusetzen. Mathieu wischte sorgfältig seine Klinge ab und steckte sie wieder in seinen Beutel. Sein Herz war in Einklang mit der Morgendämmerung, dem Tau, dem Schatten; in seinem Herzen erwartete er ein Fest. Er war früh aufgestanden und hatte sich wie für ein Fest rasiert. Ein Gartenfest, eine Erstkommunion oder eine Hochzeit, mit schönen Kleidern, die sich in den Laubengängen drehen, einem Tisch auf dem Rasen, dem milden Summen der vom Zukker trunkenen Wespen. Lubéron stand auf und pinkelte in die Hecke; Longin trat mit den Decken unterm Arm in die Scheune; er kam wieder heraus, näherte sich lässig der Wasserstelle und tauchte mit spöttischer, gelangweilter Miene einen Finger ins Wasser. Mathieu brauchte sein fahles Gesicht nicht lange anzusehen, um zu merken, daß es kein Fest geben würde, jetzt nicht und nie mehr.

Der alte Bauer war aus seinem Haus gekommen. Er sah sie pfeiferauchend an.

«Salut, Papa», sagte Charlot.

«Salut!» sagte der Bauer nickend. «Ja, ja. Salut!»

Er ging ein paar Schritte und stellte sich vor sie:

«Na? Seid ihr nicht abgezogen?»

«Wie Sie sehen», sagte Pinette kurz.

Der Alte grinste, er sah unfreundlich aus.

«Ich habe es euch ja gesagt. Ihr zieht nicht wieder ab.»

«Kann schon sein.»

Er spuckte zwischen seine Füße und wischte sich den Schnurrbart ab. «Und die Boches? Kommen die heute?»

Sie fingen an zu lachen:

«Kann schon sein, kann aber auch nicht sein», sagte Lubéron. «Uns geht es wie Ihnen, wir erwarten sie: wir machen uns zu ihrem Empfang schön.»

Der Alte sah sie komisch an.

«Bei euch ist das was anderes», sagte er. «Ihr werdet zurückkommen.»

Er zog an seiner Pfeife und fügte hinzu:

«Ich bin nämlich Elsässer.»

«Das wissen wir, Papa», sagte Schwartz. «Legen Sie eine andere Platte auf.»

Der Alte schüttelte den Kopf.

«Das ist ein komischer Krieg», sagte er. «Jetzt werden die Zivilisten umgebracht, und die Soldaten kommen mit heiler Haut davon.»

«Na, na! Sie wissen genau, daß sie Sie nicht umbringen werden.»

«Ich sage dir doch, daß ich Elsässer bin.»

«Ich bin auch Elsässer», sagte Schwartz.

«Das kann schon sein», sagte der Alte. «Bloß, als ich aus dem Elsaß weggegangen bin, gehörte es ihnen.»

«Sie werden Ihnen nichts antun», sagte Schwartz. «Das sind Menschen wie wir.»

«Wie wir», sagte der Alte mit plötzlicher Entrüstung. «Scheiße noch mal! Könntest *du* einem Kind die Hände abhacken?»

Schwartz lachte schallend.

«Er erzählt uns den Quatsch aus dem vorigen Krieg», sagte er augenzwinkernd zu Mathieu.

Er nahm sein Handtuch, trocknete seine muskulösen, dicken Arme ab, drehte sich zu dem alten Mann um und erklärte:

«Die sind doch nicht verrückt! Die werden Ihnen Zigaretten geben, jawohl, und Schokolade, das nennt sich Propaganda, und Sie brauchen sie nur zu nehmen, das verpflichtet zu nichts.»

Er fügte immer noch lachend hinzu:

«Ich sage Ihnen eins, Papa, heutzutage ist es besser, aus Straßburg zu stammen als aus Paris.»

«Ich will in meinem Alter kein Deutscher werden», sagte der Bauer. «Scheiße noch mal! Dann sollen sie mich lieber erschießen.»

Schwartz schlug sich auf den Schenkel:

«Hört ihr ihn? Scheiße noch mal!» ahmte er ihn nach. «*Ich* wäre lieber ein lebendiger Deutscher als ein toter Franzose.»

Mathieu hob schnell den Kopf und sah ihn an; Pinette und Charlot sahen ihn auch an. Schwartz hörte auf zu lachen, wurde rot und zuckte die Achseln. Mathieu wandte die Augen ab; er hatte keine Lust, den Richter zu spielen, und außerdem mochte er diesen kräftigen Dicken, der ruhig und hart im Nehmen war; um nichts in der Welt hätte er ihn noch verlegener machen wollen. Niemand gab einen Ton von sich; der Alte schüttelte den Kopf und warf einen grollenden Blick in die Runde.

«Ha!» sagte er. «Dieser Krieg durfte nicht verloren werden. Er durfte nicht verloren werden.»

Sie schwiegen; Pinette hustete, ging zur Wasserstelle und fummelte mit blödem Gesicht am Hahn herum. Der Alte klopfte seine Pfeife über dem Kies aus, scharrte mit dem Absatz über die Erde, um die Asche einzutreten, dann kehrte er ihnen den Rücken zu und ging mit langsamen Schritten in sein Haus zurück. Es blieb lange still; Schwartz stand mit ausgebreiteten Armen stocksteif da. Nach einer Weile schien er aufzuwachen. Er lachte gequält:

«Ich habe das bloß gesagt, um ihn auf den Arm zu nehmen.»

Keine Antwort: alle sahen ihn an. Und dann plötzlich, scheinbar ohne daß sich etwas geändert hatte, gab irgend etwas nach, trat eine Entspannung, eine Art regungslose Zerstreuung ein; der erzürnte kleine Verein, der sich um ihn gebildet hatte, löste sich auf, Longin stocherte mit dem Messer in seinen Zähnen herum, Lubéron räusperte sich, und Charlot fing mit unschuldigem Blick an zu trällern: sie schafften es nie, lange entrüstet zu bleiben, außer wenn es um Urlaub oder um die Verpflegung ging. Mathieu atmete plötzlich einen zaghaften Duft nach Wermut und Minze ein: nach den Vögeln erwachten die Gräser und Blumen; diese verbreiteten ihre Gerüche, wie jene ihre Rufe verbreitet hatten: ‹Stimmt ja›, dachte Mathieu, ‹es gibt auch noch die Gerüche.› Grüne und fröhliche, noch spitze, noch scharfe Gerüche: sie würden immer süßer, immer üppiger und weiblicher werden, je blauer der Himmel wurde und je näher die deutschen Raupenfahrzeuge kamen. Schwartz schniefte laut und sah die Bank an, die sie gestern vor die Hauswand gerückt hatten.

«Gut», sagte er, «gut, gut.»

Er setzte sich auf die Bank. Er ließ die Hände zwischen den Knien baumeln und beugte die Schultern, aber den Kopf hielt er hoch und sah streng vor sich hin. Mathieu zögerte einen Augenblick, dann setzte er sich neben ihn. Kurz darauf löste Charlot sich aus der Gruppe und stellte sich vor sie. Schwartz hob den Kopf und sah Charlot ernst an.

«Ich muß meine Wäsche waschen», sagte er.

Es wurde still. Schwartz sah Charlot immer noch an.

«*Ich* habe ihn nicht verloren, diesen Krieg ...»

Charlot wirkte verlegen; er fing an zu lachen. Aber Schwartz fuhr in seinem Gedankengang fort.

«Wenn alle es so gemacht hätten wie ich, hätten wir ihn vielleicht gewonnen. Ich habe mir nichts vorzuwerfen.»

Er kratzte sich überrascht die Backe:

«Komisch!» sagte er.

Komisch, dachte Mathieu. Ja, es ist komisch. Er blickt ins Leere, er denkt: ‹Ich bin Franzose›, und er findet das zum erstenmal in seinem Leben komisch. *Es ist komisch.* Frankreich, wir haben es nie gesehen: wir waren drin, es war der Luftdruck, die Anziehungskraft der Erde, der Raum, die Sichtweite, die ruhige Gewißheit, daß die Welt für den Menschen gemacht ist; es war so natürlich, Franzose zu sein, es war das einfachste, unaufwendigste Mittel, sich universell zu fühlen. Es gab nichts zu erklären: die anderen, die Deutschen, die Engländer, die Belgier mußten erklären, durch welches Mißgeschick oder welchen Fehler sie keine ganz vollständigen Menschen waren. Jetzt hat Frankreich sich auf den Rücken gelegt, und wir sehen es, wir sehen eine große kaputte Maschine, und wir denken: ‹Das war's.› Das: ein Zufall der Geographie, ein Vorfall der Geschichte. Wir sind noch Franzosen, aber es ist nicht mehr natürlich. Ein Vorfall hat genügt, damit wir begreifen, daß wir zufällig sind. Schwartz denkt, daß er zufällig ist, er versteht sich nicht mehr, er ist sich selbst peinlich; er denkt: ‹Wie kann man nur Franzose sein?› Er denkt: ‹Mit ein bißchen Glück hätte ich als Deutscher geboren werden können.› Also macht er ein strenges Gesicht und spitzt die Ohren, um sein Ersatzvaterland auf sich zurollen zu hören; er wartet auf die strahlenden Armeen, die ihn freudig empfangen werden, er wartet auf den Moment, in dem er unsere Niederlage gegen ihren Sieg eintauschen kann, in dem es ihm *natürlich* erscheinen wird, Sieger und Deutscher zu sein.

Schwartz stand gähnend auf:

«Na, dann werde ich mal meine Wäsche waschen», sagte er.

Charlot drehte sich um und ging zu Longin, der sich mit Pinette unterhielt. Mathieu blieb allein auf seiner Bank.

Auch Lubéron gähnte geräuschvoll.

«Man langweilt sich hier zu Tode!» stellte er fest.

Charlot und Longin gähnten. Lubéron sah ihnen beim Gähnen zu und gähnte noch einmal.

«Was fehlt», sagte er, «ist was zum Ficken.»

«Könntest du um sechs Uhr morgens einen hochkriegen?» fragte Charlot entrüstet.

«Ich? Jederzeit.»

«Also ich nicht! Ich habe genausowenig Lust zum Vögeln wie Arschtritte zu bekommen.»

Lubéron feixte.

«Wenn du verheiratet wärst, würdest du lernen, das ohne Lust zu machen, du Schlappschwanz! Und das Gute am Vögeln ist, daß du an nichts denkst.»

Sie schwiegen. Die Pappeln erschauerten, eine uralte Sonne zitterte zwischen ihren Blättern; in der Ferne hörte man das gutmütige Grollen des Geschützfeuers, so alltäglich, so beruhigend wie ein Naturgeräusch. Etwas machte sich in der Luft los, und eine Wespe veranstaltete ihren langen, weichen Sturzflug mitten unter sie.

«Hört mal!» sagte Lubéron.

«Was ist das . . .?»

Es war eine Art Leere rings um sie, eine befremdende Stille. Die Vögel sangen, ein Hahn krähte im Hühnerhof; in der Ferne schlug jemand gleichmäßig auf ein Stück Eisen; trotzdem war es still: das Geschützfeuer hatte aufgehört.

«He!» sagte Charlot. «He! Na so was!»

«Ja.»

Sie horchten, ohne sich aus den Augen zu lassen.

«So wird es anfangen», sagte Pierné unbeteiligt. «In einem bestimmten Moment wird es an der ganzen Front still sein.»

«An welcher Front? Es gibt keine Front.»

«Na überall.»

Schwartz trat schüchtern einen Schritt auf sie zu.

«Wißt ihr», sagte er, «ich glaube, erst muß ein Hornsignal kommen.»

«Du spinnst ja!» sagte Nippert. «Es gibt keine Verbindung mehr: wenn sie ihn seit vierundzwanzig Stunden unterzeichnet hätten, würden wir hier immer noch darauf warten.»

«Vielleicht ist der Krieg seit Mitternacht zu Ende», sagte Charlot, hoffnungsvoll lachend. «Die Feuereinstellung ist immer Mitternacht.»

«Oder mittags.»

«Nein, nein, du Spatzenhirn, Mitternacht: null Uhr, verstehst du?»

«Seid doch still», sagte Pierné.

Sie schwiegen. Pierné horchte und verzog vor Nervosität das Gesicht; Charlot hatte den Mund offen; durch die brausende Stille lauschten sie dem Frieden. Einem ruhmlosen Frieden ohne Horn, ohne Trommeln und Trompeten, der dem Tod glich.

«Scheiße!» sagte Lubéron.

Das Grollen hatte wieder angefangen: es hörte sich weniger dumpf, näher, bedrohlicher an. Longin verschränkte seine langen Hände und ließ die Fingergelenke knacken. Er sagte bitter:

«Mein Gott, worauf warten sie denn! Finden sie, daß wir noch nicht besiegt genug sind? Daß wir noch nicht genug Männer verloren haben? Muß Frankreich völlig im Eimer sein, bevor sie sich entschließen, mit dem Gemetzel aufzuhören?»

Sie waren nervös und schlaff, schwächlich entrüstet, sie hatten die typische bleifarbene Haut wie bei Verdauungsstörungen. Ein Trommelwirbel am Horizont hatte genügt, daß die große Woge des Krieges wieder über sie hereinbrach. Pinette wandte sich abrupt Longin zu. Seine Augen waren wutentbrannt, mit der Hand umklammerte er den Rand der Wasserstelle.

«*Welches* Gemetzel, he? *Welches* Gemetzel? Wo sind sie, die Gefallenen und die Verwundeten? Wenn du sie gesehen hast, dann hast du Glück. Ich habe nur Schißhasen wie dich gesehen, die die Straßen entlangliefen und die Hosen voll hatten.»

«Was hast du denn, Kleiner?» fragte Longin giftig besorgt. «Fühlst du dich nicht wohl?»

Er warf den anderen einen komplizenhaften Blick zu:

«Das war ein lieber kleiner Kerl, unser Pinette, wir hatten ihn gern, weil er genau wie wir 'ne ruhige Kugel schob, er wäre nicht vorgetreten, wenn nach einem Freiwilligen gefragt wurde. Schade, daß er jetzt das Maul aufreißt, wo der Krieg zu Ende ist.»

Pinettes Augen funkelten.

«Von wegen das Maul aufreißen, du Idiot!»

«Du reißt es wohl auf! Du willst den kleinen Soldaten markieren.»

«Das ist besser, als sich in die Hosen zu scheißen wie du.»

«Hört ihr das: ich scheiße mir in die Hose, weil ich sage, daß die französische Armee Dresche gekriegt hat.»

«Du weißt, daß die französische Armee Dresche gekriegt hat?» fragte Pinette, vor Wut stotternd. «Hast du vertrauliche Mitteilungen von Weygand?»

Longin lächelte unverschämt und gequält:

«Ich brauche keine vertraulichen Mitteilungen von Weygand: die eine Hälfte unserer Verbände ist auf der Flucht und die andere eingekesselt; genügt dir das nicht?»

Pinette fuhr mit der Hand durch die Luft und fegte jeden Einwand beiseite:

«Wir sammeln uns an der Loire; wir schließen uns in Saumur den Nordarmeen an.»

«Das glaubst du, du kleiner Schlauberger?»

«Der Hauptmann hat's mir gesagt. Du brauchst bloß Fontainat zu fragen.»

«Da müssen sie sich aber tummeln, die Nordarmeen, die haben nämlich die Deutschen auf den Fersen, verstehst du. Und was uns angeht, es würde mich wundern, wenn wir rechtzeitig zum Treffpunkt kämen.»

Pinette hatte den Kopf gesenkt und sah Longin schnaubend und mit dem Fuß stampfend von unten an. Er schüttelte heftig die Schultern, als wollte er eine Meute abschütteln. Schließlich sagte er wütend und gehetzt:

«Selbst wenn wir bis Marseille zurückweichen würden, selbst wenn wir durch ganz Frankreich marschieren würden, bleibt immer noch Nordafrika.»

Longin verschränkte die Arme und lächelte vor Verachtung:

«Warum nicht Saint-Pierre-et-Miquelon, du Blödian?»

«Du fühlst dich wohl stark? Was, du fühlst dich wohl stark?» fragte Pinette und ging auf ihn los.

Charlot warf sich zwischen sie:

«Na! Na!» sagte er. «Ihr werdet euch doch nicht streiten? Alles ist sich einig, daß der Krieg nichts regelt und daß nie wieder gekämpft werden darf. Verflucht noch mal!» sagte er mit glühender Überzeugung. «Nie wieder!»

Er sah sie alle bohrend an, er bebte vor Leidenschaft. Der Leidenschaft, alles zu versöhnen: Pinette und Longin, Deutsche und Franzosen.

«Schließlich müßte man mit ihnen auskommen können», sagte er beinah flehend, «sie wollen uns doch nicht fressen.»

Pinette richtete seine Wut gegen ihn.

«Wenn der Krieg verloren ist, werden Leute wie du dafür verantwortlich sein.»

Longin feixte:

«Noch einer, der es nicht kapiert hat, das ist alles.»

Schweigen trat ein; dann wandten sich alle Köpfe langsam Mathieu zu. Er war darauf gefaßt: am Ende jeder Auseinandersetzung wollten sie seinen Schiedsspruch hören, weil er gebildet war.

«Wie denkst du darüber?» fragte Pinette.

Mathieu senkte den Kopf und antwortete nicht.

«Bist du taub? Wir fragen dich, wie du darüber denkst.»

«Ich denke nichts», sagte Mathieu.

Longin kam über den Pfad und stellte sich vor ihn:

«Ach nein? Ein Lehrer denkt doch andauernd.»

«Nun, wie du siehst: nicht andauernd.»

«Du bist doch schließlich nicht blöd: du weißt genau, daß Widerstand unmöglich ist.»

«Wie sollte ich das wissen?»

Pinette kam auch herüber. Sie standen rechts und links von Mathieu wie sein guter und sein böser Engel.

«*Du* bist doch kein Feigling», sagte Pinette. «Du kannst nicht wollen, daß die Franzosen die Waffen strecken, bevor sie es überhaupt probiert haben!»

Mathieu zuckte die Achseln:

«Wenn *ich* kämpfen würde, könnte ich eine Meinung haben. Aber abknallen lassen sich ja die anderen, gekämpft werden wird an der Loire: ich will nicht für sie entscheiden.»

«Siehst du wohl», sagte Longin und musterte Pinette spöttisch. «Man entscheidet nicht für die anderen, ob sie ins Gras beißen sollen.»

Mathieu sah sie beunruhigt an:

«Das habe ich nicht gesagt.»

«Wie, das hast du nicht gesagt? Du hast es doch gerade gesagt.»

«Wenn es noch eine Chance gäbe», sagte Mathieu, «eine ganz kleine Chance . . .»

«Und dann?»

Mathieu schüttelte den Kopf:

«Wie soll man das wissen?»

«Was soll das heißen?» fragte Pinette.

«Das soll heißen», erklärte Charlot, «daß man nur noch zu warten braucht und versuchen muß, sich nicht zuviel Sorgen zu machen.»

«Nein!» rief Mathieu. «Nein!»

Er sprang mit geballten Fäusten auf.

«Ich warte seit meiner Kindheit!»

Sie sahen ihn verständnislos an, es gelang ihm, sich zu beruhigen.

«Was macht es aus, was wir entscheiden oder nicht entscheiden», sagte er. «Wer fragt uns nach unserer Meinung? Ist euch unsere Situation klar?»

Sie wichen erschrocken zurück.

«Schon gut», sagte Pinette, «schon gut, wir wissen Bescheid.»

«Du hast recht», sagte Longin, «ein Landser hat keine Meinung.»

Mathieu graute vor seinem kalten, geifernden Lächeln.

«Ein Gefangener noch weniger», erwiderte er schroff.

Alles fragt uns nach unserer Meinung. *Alles.* Ein großes Fragen umzingelt uns: das ist eine Farce. Man stellt uns wie Menschen die Frage; man will uns weismachen, daß wir noch Menschen sind. O nein. Nein. Nein. Was für eine Farce, diese von einem Schattenkrieg an Scheinmenschen gerichtete Schattenfrage.

«Wozu nützt es dir, eine Meinung zu haben? Nicht du wirst entscheiden.»

Er schwieg. Er dachte plötzlich: ‹Ich werde leben müssen.› Leben, Tag um Tag die verschimmelten Früchte der Niederlage ernten, diese totale Wahl, die er heute ablehnte, als kleine Zusammenbrüche auskosten. ‹Mein Gott! Ich wollte ihn nicht, diesen Krieg, auch nicht diese Niederlage; durch welchen Trick zwingt man mich, sie auf mich zu nehmen?› Er fühlte, wie die Wut eines in die Falle gegangenen Tieres in ihm aufstieg, und als er den Kopf hob, sah er dieselbe Wut in ihren Augen funkeln. Alle zusammen in den Himmel schreien: ‹Wir haben mit diesen Geschichten nichts zu tun! Wir sind unschuldig!› Sein Impuls erstarb: die Unschuld strahlte zwar in der Morgensonne, man konnte sie auf den Grashalmen berühren. Aber sie trog: wahr war dieser nicht greifbare gemeinsame Fehler, *unser* Fehler. Phantomkrieg, Phantomniederlage, Phantomschuld. Er sah Pinette und Longin nacheinander an und machte die Hände auf: er wußte nicht, ob er ihnen helfen oder sie um Hilfe bitten wollte. Sie sahen ihn auch an, und dann wandten sie den Kopf ab und gingen weg. Pinette sah auf seine Füße; Longin lächelte steif und verlegen vor sich hin; Schwartz blieb mit Nippert abseits; sie unterhielten sich auf elsässisch, sie sahen schon aus wie zwei Komplizen; Pierné machte krampfhaft die rechte Hand auf und zu. Mathieu dachte: ‹Das ist aus uns geworden.›

Marseille, 14 Uhr

Natürlich verurteilte er Traurigkeit *streng*, aber wenn sie einen überkommen hatte, war es verteufelt schwer, sie wieder loszuwerden. ‹Ich habe bestimmt einen unglücklichen Charakter›, dachte er. Er hatte viele Gründe, sich zu freuen: insbesondere hätte er sich dazu beglückwünschen können, die Bauchfellentzündung überstanden zu haben, geheilt zu sein. Statt dessen dachte er: ‹Ich überlebe mich› und grämte sich. Im Zustand der Traurigkeit werden gerade die Gründe, sich zu freuen, traurig, und man freut sich traurig. ‹Im übrigen›, dachte er, ‹bin ich tot.› Soweit es von ihm abhing, war er im Mai 1940 in Sedan gestorben: das Ärgerliche waren all die Jahre, die er noch zu leben hatte. Er seufzte wieder, blickte einer dicken, grünen Fliege nach, die an der Decke entlanglief, und schloß: ‹Ich bin Durchschnitt.› Diese Vorstellung war ihm zutiefst unangenehm. Bis dahin hatte Boris es sich zur Regel gemacht, sich nie Fragen über sich selbst zu stellen, und er fühlte sich äußerst wohl dabei; andererseits war es, solange es nur darum ging, sich auf anständige Weise umbringen zu lassen, nicht so wichtig, daß er Durchschnitt war: im Gegenteil, es gab weniger, dem er nachtrauern mußte. Aber jetzt hatte sich alles verändert: man bestimmte ihn dazu, zu leben, und er mußte erkennen, daß er weder eine Berufung noch Talent, noch Geld hatte. Kurz, keine der erforderlichen Eigenschaften, außer eben Gesundheit. ‹Wie ich mich langweilen werde!› dachte er. Und er fühlte sich frustriert. Die Fliege flog summend auf, Boris steckte die Hand unter sein Hemd und streichelte die Narbe, die in Leistenhöhe quer über seinen Bauch lief; er spürte gern diese kleine Fleischfurche unter seinen Fingern. Er sah an die Decke, er streichelte seine Narbe, und sein Herz war schwer. Francillon betrat den Raum, ging gemächlich zwischen den leeren Betten auf Boris zu und blieb plötzlich, den Überraschten spielend, stehen.

«Ich habe dich im Hof gesucht», sagte er.

Boris antwortete nicht. Francillon verschränkte entrüstet die Arme:

«Um zwei Uhr nachmittags liegst du noch in der Falle!»

«Ich langweile mich zu Tode», sagte Boris.

«Hast du Katzenjammer?»

«Ich habe keinen Katzenjammer: ich langweile mich zu Tode.»

«Keine Sorge», sagte Francillon. «Das hört schon wieder auf.»

Er setzte sich an Boris' Bett und drehte sich eine Zigarette. Francillon hatte große Augen, die ihm aus dem Kopf traten, und eine Adlernase; er sah schrecklich aus. Boris hatte ihn sehr gern: manchmal bekam er bei seinem bloßen Anblick einen Lachkoller.

«Bald haben wir's hinter uns!»

«Wie lange noch?»

«Vier müssen wir noch runterreißen.»

Boris zählte an den Fingern ab.

«Das heißt am 18.»

Francillon brummte zustimmend, leckte über das gummierte Papier, zündete die Zigarette an und beugte sich vertraulich zu Boris:

«Ist niemand hier?»

Alle Betten waren leer: die anderen waren auf dem Hof oder in der Stadt.

«Wie du siehst», sagte Boris. «Außer, es liegen Spione unter den Betten.»

Francillon beugte sich noch weiter vor:

«In der Nacht zum 18. hat Blin Dienst», erklärte er.

«Die Kiste wird startbereit auf dem Rollfeld stehen. Er läßt uns um zwölf Uhr rein, um zwei fliegen wir ab, um sieben sind wir in London. Was sagst du dazu?»

Boris sagte nichts dazu. Er betastete seine Narbe, er dachte: ‹Die haben Schwein›, und er wurde immer trauriger. ‹Gleich fragt er mich, wie ich mich entschieden habe.›

«Na? Wie denkst du darüber?»

«Ich denke, daß ihr Schwein habt», sagte Boris.

«Wieso Schwein? Du brauchst bloß mitzukommen. Du wirst doch nicht behaupten, wir hätten dich nicht gefragt.»

«Nein», gab Boris zu. «Das behaupte ich nicht.»

«Na und? Wie hast du dich entschieden?»

«Nix habe ich entschieden», sagte er verdrießlich.

«Du wirst doch wohl nicht in Frankreich bleiben?»

«Weiß ich nicht.»

«Der Krieg ist nicht zu Ende», sagte Francillon stur. «Die das behaupten, sind Feiglinge und Lügner. Du mußt da sein, wo gekämpft wird; du darfst nicht in Frankreich bleiben.»

«Das sagst du mir», sagte Boris bitter.

«Nun?»

«Nun, nichts. Ich warte auf eine Freundin, das habe ich dir doch gesagt. Ich entscheide mich, wenn sie da war.»

«Das darf von keiner Freundin abhängen: das ist eine Männersache.»

«So ist es nun mal», sagte Boris unfreundlich.

Francillon wirkte eingeschüchtert und schwieg. ‹Glaubt er jetzt, daß ich schlottere?› Boris sah ihm forschend in die Augen; aber Francillon schenkte ihm ein vertrauensvolles Lächeln, das ihn beruhigte.

«Um sieben kommt ihr an?» fragte Boris.

«Um sieben.»

«Das muß toll sein, die englische Küste am frühen Morgen. Es gibt große weiße Klippen bei Dover.»

«So!» sagte Francillon.

«Ich bin noch nie geflogen», sagte Boris.

Er zog seine Hand unter dem Hemd hervor.

«Kratzt du auch manchmal deine Narbe?»

«Nein.»

«Ich kratze sie andauernd: das geht mir auf die Nerven.»

«Bei der Stelle, wo ich sie habe, ist es schwieriger, sie im Beisein anderer zu kratzen.»

Ein Schweigen entstand, dann fuhr Francillon fort:

«Wann kommt deine Freundin?»

«Weiß ich nicht. Sie sollte aus Paris kommen, stell dir das mal vor!»

«Dann muß sie sich ranhalten», sagte Francillon. «Wir können nämlich nicht warten.»

Boris seufzte und drehte sich auf den Bauch. Francillon setzte beiläufig hinzu:

«Meiner sage ich nichts, und dabei sehe ich sie jeden Tag. Am Abend vor dem Abflug hinterlasse ich ihr ein paar Zeilen; wenn sie sie bekommt, sind wir schon in London.»

Boris schüttelte den Kopf, ohne zu antworten.

«Ich wundere mich über dich!» sagte Francillon. «Serguine, ich wundere mich über dich!»

«Du kannst das nicht verstehen», sagte Boris.

Francillon schwieg, streckte die Hand aus und nahm ein Buch. Sie werden am frühen Morgen über die Klippen von Dover fliegen. Man durfte nicht daran denken: Boris glaubte nicht an den Weihnachtsmann, er wußte, daß Lola nein sagen würde.

«*Krieg und Frieden*», las Francillon. «Was ist das denn?»

«Ein Roman über den Krieg.»

«Über den von 1914?»

«Nein. Über einen anderen. Aber es ist immer dasselbe.»

«Ja», sagte Francillon lachend, «es ist immer dasselbe.»

Er hatte das Buch irgendwo aufgeschlagen und las stirnrunzelnd mit einem Ausdruck von schmerzlichem Interesse.

Boris ließ sich auf sein Bett zurückfallen. Er dachte: ‹*Ihr* kann ich das nicht antun, ich kann nicht zum zweitenmal weggehen, ohne sie nach ihrer Meinung zu fragen. Wenn ich ihretwegen bliebe›, dachte er, ‹wäre das ein Liebesbeweis. Ach du Schande›, dachte er, ‹ein komischer Liebesbeweis.› Aber hatte man das Recht, wegen einer Frau dazubleiben? Francillon und Gabel verneinten es natürlich. Aber sie waren zu jung, sie wußten nicht, was Liebe ist. ‹Was ich gerne von jemandem erfahren würde›, dachte Boris, ‹ist nicht etwa, was Liebe ist: ich habe es am eigenen Leibe erfahren. Sondern was sie wert ist. Hat man das Recht dazubleiben, um eine Frau glücklich zu machen? So gesehen würde ich eher nein denken. Aber hat man das Recht wegzugehen, wenn man jemanden damit unglücklich macht?› Er erinnerte sich an einen Ausspruch von Mathieu: ‹Ich bin nicht feige genug, um davor Angst zu haben, jemandem weh zu tun, wenn es sein muß.› Ja, klar: nur tat Mathieu immer das Gegenteil von dem, was er sagte; er brachte es nie über sich, den Leuten weh zu tun. Boris hielt mit angehaltenem Atem inne: ‹Wenn es nur eine Laune wäre? Wenn meine Lust, wegzugehen, von bloßem Egoismus, von der Angst, mich im Zivilleben zu langweilen, diktiert wäre? Vielleicht bin ich ein Abenteurer. Vielleicht ist es leichter, sich töten zu lassen, als zu leben. Und wenn ich aus Bequemlichkeit, aus Angst, um eine Frau in Reichweite zu haben, bliebe?› Er drehte sich um: Francillon beugte sich mit argwöhnischer Aufmerksamkeit über das Buch, als hätte er sich vorgenommen, die Lügen des Autors aufzudecken. ‹Wenn ich zu ihm sagen kann: ich gehe mit, wenn die Wörter aus meinem Mund kommen können, sage ich sie.› Er räusperte sich, öffnete ein wenig die Lippen und wartete. Aber die Wörter kamen nicht; ich kann ihr diesen Kummer nicht antun. Boris begriff, daß er nicht weggehen wollte, ohne Lola um Rat gefragt zu haben. ‹Sie wird bestimmt nein sagen, und dann ist es erledigt. Und wenn sie nicht rechtzeitig käme?› dachte er betroffen. ‹Wenn sie zum 18. nicht da wäre? Müßte ich allein entscheiden? Angenommen, ich bin geblieben, sie kommt am 20. und sagt: ‚Ich hätte dich gehen lassen.‘ Ich stünde ganz schön blöd da. Oder angenommen: ich fliege, sie kommt am 19., sie bringt sich um. Ach, Scheiße!› Alles geriet in seinem Kopf durcheinander, er schloß die Augen und ließ sich in den Schlaf sinken.

«Serguine», rief Berger von der Tür her. «Im Hof wartet ein Mädchen auf dich.»

Boris fuhr hoch, und Francillon hob den Kopf.

«Das ist deine Freundin.»

Boris schwang die Beine aus dem Bett und rieb sich die Kopfhaut.

«Das wäre zu schön», sagte er gähnend. «Nein: heute ist der Besuchstag meiner Schwester.»

«So!» wiederholte Francillon blöde. «Heute ist der Besuchstag deiner Schwester? Das Mädchen, das letztes Mal bei dir war?»

«Ja.»

«Sie ist nicht übel», sagte Francillon ohne Begeisterung.

Boris legte die Wickelgamaschen an und zog seine Jacke über; er grüßte Francillon mit zwei Fingern, ging durch den Raum und stieg pfeifend die Treppe hinunter. Mitten auf den Stufen blieb er stehen und fing an zu lachen: ‹Komisch›, dachte er. ‹Es ist komisch, wie traurig ich bin.› Es machte ihm keinen besonderen Spaß, Ivich zu sehen. ‹Wenn man traurig ist, hilft sie einem nicht›, dachte er, ‹sie bedrückt einen.›

Sie wartete im Hof des Lazaretts auf ihn: herumgehende Soldaten musterten sie im Vorbeigehen, aber sie beachtete sie nicht. Sie lächelte ihm von weitem zu:

«Guten Tag, Brüderchen!»

Als die Soldaten Boris auftauchen sahen, lachten und riefen sie; sie mochten ihn gern. Boris winkte ihnen zu, aber er stellte unfroh fest, daß keiner zu ihm sagte: ‹Du Glückspilz› oder ‹die hätte ich auch gern im Bett.› Tatsächlich war Ivich seit ihrer Fehlgeburt sehr gealtert und häßlich geworden. Natürlich war Boris immer noch stolz auf sie, aber anders.

«Guten Tag, kleines Ungeheuer», sagte er und fuhr mit den Fingerspitzen über Ivichs Hals.

Es schwebte jetzt immer ein Fieber- und Eau-de-Cologne-Geruch um sie herum. Er betrachtete sie unparteiisch:

«Du siehst schlecht aus», sagte er.

«Ich weiß. Ich sehe beschissen aus.»

«Du schminkst dir nie mehr die Lippen.»

«Nein», sagte sie hart.

Sie schwiegen. Sie trug eine ochsenblutrote Bluse mit Stehkragen, sehr russisch, die sie noch blasser machte. Wenn sie wenigstens bereit wäre, ihre Schultern oder ihren Busen etwas zu zeigen: sie hatte wunderschöne runde Schultern. Aber sie hatte sich auf hochgeschlossene Blusen und sehr lange Röcke festgelegt: als schämte sie sich ihres Körpers.

«Bleiben wir hier?» fragte sie.

«Ich kann raus; ich darf.»

«Das Auto wartet auf uns», sagte Ivich.

«Ist er etwa da?» fragte Boris erschrocken.

«Wer?»

«Der Schwiegervater.»

«Ach was!»

Sie gingen über den Hof und aus dem Tor. Als Boris Monsieur Sturels riesigen grünen Buick sah, wurde er ärgerlich:

«Laß ihn nächstes Mal an der Straßenecke warten», sagte er.

Sie stiegen in den Wagen; er war lächerlich geräumig, man ging darin verloren.

«Man könnte hier drin Versteck spielen», sagte Boris gepreßt.

Der Chauffeur drehte sich um und lächelte Boris zu; es war ein vierschrötiger, unterwürfiger Kerl mit grauem Schnurrbart.

«Wohin soll ich Madame fahren?»

«Was meinst du?» fragte Boris.

Ivich überlegte:

«Ich will Menschen sehen.»

«Also auf die Canebière?»

«Auf die Canebière, o nein! Ja, ja, meinetwegen.»

«Zu den Kais, Ecke Canebière», sagte Boris.

«Jawohl, Monsieur Serguine.»

‹Faultier!› dachte Boris. Der Wagen fuhr los, und Boris sah aus dem Fenster: er hatte keine Lust zu reden, weil der Chauffeur sie hören konnte.

«Und Lola?» fragte Ivich.

Er drehte sich zu ihr um: sie schien sich völlig wohl zu fühlen; er legte einen Finger auf den Mund, aber sie wiederholte ihre Frage mit voller, lauter Stimme, als wäre der Chauffeur Luft.

«Lola. Hast du Nachricht?»

Er zuckte die Achseln, ohne zu antworten.

«He!»

«Keine Nachricht», sagte er.

Als Boris in Tours behandelt wurde, war Lola in seine Nähe gezogen. Anfang Juni war er nach Marseille evakuiert worden, und sie war nach Paris zurückgefahren, um für alle Fälle Geld von der Bank abzuheben, bevor sie nachkam. Dann waren die «Ereignisse» dazwischengekommen, und seitdem wußte er nichts mehr. Ein Stoß warf ihn gegen Ivich; sie nahmen so wenig Platz auf dem Rücksitz des Buicks ein, daß es ihn an die Zeit nach ihrer Ankunft in Paris erinnerte: zum Spaß hielten sie sich für zwei in der Hauptstadt verlorene Waisenkinder, und oft drängten sie sich auf einer Bank im *Dôme* oder in der *Coupole* so aneinander. Er hob den Kopf, um mit Ivich darüber zu reden, sah aber ihr trübsinniges Gesicht und sagte nur:

«Paris ist eingenommen, hast du's gehört?»

«Ja, ich hab's gehört», sagte Ivich gleichgültig.

«Und dein Mann?»

«Auch keine Nachricht.»

Sie beugte sich zu ihm und sagte schnell und leise:

«Ich wünschte, er würde verrecken.»

Boris warf einen Blick zu dem Chauffeur hinüber und sah, daß er sie im Rückspiegel ansah. Er stieß Ivichs Ellbogen an, und sie verstummte: aber auf ihren Lippen blieb ein böses, ernstes Lächeln. Der Wagen hielt unten an der Canebière. Ivich sprang auf den Bürgersteig und sagte mit herrischer Ungezwungenheit zu dem Chauffeur:

«Holen Sie mich um fünf im *Café Riche* ab.»

«Auf Wiedersehen, Monsieur Serguine», sagte der Chauffeur sanft.

«Salut», sagte Boris gereizt.

Er dachte: ‹Ich fahre mit der Straßenbahn zurück.› Er nahm Ivichs Arm, und sie gingen die Canebière hoch. Offiziere kamen vorbei; Boris grüßte sie nicht, und es schien sie nicht zu kümmern. Boris war entrüstet, weil die Frauen sich nach ihm umdrehten.

«Grüßt du die Offiziere nicht mehr?» fragte Ivich.

«Wozu?»

«Die Frauen drehen sich nach dir um», sagte sie außerdem.

Boris antwortete nicht; eine Dunkelhaarige lächelte ihn an, Ivich drehte sich schnell um:

«Ja, ja, er ist schön», sagte sie hinter der Dunkelhaarigen her.

«Ivich!» flehte Boris. «Mach nicht auf uns aufmerksam.»

Das war die neue Nummer. Eines Morgens hatte jemand zu ihm gesagt, er wäre schön, und seitdem sagten es ihm alle nach, Francillon und Gabel nannten ihn «Weiberliebling». Natürlich ging Boris nicht darauf ein, aber es war ärgerlich, weil Schönheit keine männliche Eigenschaft ist. Es wäre besser gewesen, wenn diese ganzen Weiber sich um ihren eigenen Mist gekümmert und die Typen im Vorbeigehen ein bißchen zu Ivich herübergelinst hätten, aber nicht zuviel: gerade soviel, daß sie sich hübsch fand.

Auf der Terrasse des *Café Riche* waren fast alle Tische besetzt; sie setzten sich mitten zwischen schöne dunkelhaarige Frauen, Offiziere, elegante Soldaten, alte Männer mit fetten Händen; ein harmloser und gutgesinnter Kreis von Leuten, die man umbringen sollte, aber ohne ihnen weh zu tun. Ivich hatte angefangen, an ihren Locken zu zerren. Boris fragte sie:

«Ist was nicht in Ordnung?»

Sie zuckte die Achseln. Boris streckte die Beine aus und stellte fest, daß er sich langweilte.

«Was willst du trinken?» fragte er.

«Ist der Kaffee hier gut?»

«Leidlich.»

«Ich habe wahnsinnige Lust auf einen Kaffee. Dort machen sie einen widerlichen.»

«Zwei Kaffee», sagte Boris zum Kellner. Er wandte sich Ivich zu und fragte: «Wie geht es mit den Schwiegereltern?»

Die Leidenschaft auf Ivichs Gesicht erlosch.

«Es geht», sagte sie. «Ich werde wie sie.» Mit einem Auflachen fügte sie hinzu: «Meine Schwiegermutter behauptet, ich hätte Ähnlichkeit mit ihr.»

«Was tust du den ganzen Tag über?»

«Na ja, gestern bin ich um zehn aufgestanden, habe mich so langsam wie möglich fertiggemacht, so habe ich die Zeit bis halb zwölf rumgebracht; ich habe Zeitung gelesen . . .»

«Du kannst nicht Zeitung lesen», sagte Boris streng.

«Nein. Das kann ich nicht. Beim Mittagessen wurde über den Krieg gesprochen, und Mutter Sturel hat bei dem Gedanken an ihren teuren Sohn eine Träne vergossen; wenn sie weint, zieht sie die Lippen nach oben, ich denke immer, sie fängt an zu lachen. Danach haben wir gestrickt, und sie hat mir Vertrauliches von Frau zu Frau erzählt: Georges war von zarter Gesundheit, als er klein war, stell dir vor, er hatte mit genau acht Jahren Darmentzündung, wenn sie zwischen ihrem Sohn und ihrem Mann wählen müßte, das wäre schrecklich, aber es wäre ihr lieber, wenn ihr Mann stürbe, weil sie mehr Mutter als Ehefrau ist. Danach hat sie über ihre Krankheiten gesprochen, Gebärmutter, Darm und Blase, anscheinend ist das ganz und gar nicht in Ordnung.»

Boris hatte einen hervorragenden Witz auf der Zunge: er war ihm so schnell eingefallen, daß er noch zweifelte, ob er ihn nicht irgendwo gelesen hatte. Aber nein. ‹Frauen unter sich reden über ihr Interieur oder über ihre

Interieurs.› Das hörte sich in dieser Form ein bißchen gelehrt an, das hatte Ähnlichkeit mit einer Maxime von La Rochefoucauld. ‹Eine Frau muß immer über ihr Interieur reden oder über ihre Interieurs›, oder ‹Wenn eine Frau nicht über ihr Interieur redet, dann redet sie gerade über ihre Interieurs›. So, ja, vielleicht ... Er fragte sich, ob er es Ivich weitersagen sollte. Aber Ivich verstand immer weniger Spaß. Er sagte bloß:

«Ich verstehe. Und dann?»

«Dann bin ich bis zum Abendessen wieder oben in meinem Zimmer geblieben.»

«Und was hast du da gemacht?»

«Nichts. Nach dem Abendessen haben wir Nachrichten gehört, und dann haben wir sie kommentiert. Es scheint, daß nichts verloren ist, daß wir ganz gelassen bleiben müssen und daß Frankreich schon Schlimmeres erlebt hat. Danach bin ich wieder nach oben in mein Zimmer gegangen und habe mir auf meinem elektrischen Kocher Tee gemacht. Ich verstecke ihn, weil er bei jedem dritten Mal die Sicherungen durchhaut. Ich habe mich in einen Sessel gesetzt und habe gewartet, bis sie schlafen.»

«Und dann?»

«Habe ich aufgeatmet.»

«Du solltest Bücher abonnieren», sagte Boris.

«Wenn ich lese, tanzen mir die Buchstaben vor den Augen», sagte sie. «Ich denke die ganze Zeit an Georges. Ich kann nicht anders, als zu hoffen, daß wir die Nachricht von seinem Tod bekommen.»

Boris mochte seinen Schwager nicht und hatte nie verstanden, was Ivich im September 1938 dazu getrieben hatte, von zu Hause wegzulaufen und sich diesem langen Lulatsch an den Hals zu werfen. Aber er gab gerne zu, daß es kein schlechter Kerl war; als Georges erfahren hatte, daß sie schwanger war, hatte er sich sogar sehr korrekt gezeigt: *er* hatte darauf bestanden, sie zu heiraten. Nur war es zu spät: Ivich haßte ihn, weil er ihr ein Kind gemacht hatte. Sie sagte, daß sie sich anwiderte, sie hatte sich auf dem Land versteckt und hatte nicht einmal ihren

Bruder wiedersehen wollen. Sie hätte sich bestimmt umgebracht, wenn sie nicht solche Angst vorm Sterben gehabt hätte.

«Was für ein Gesöff!»

Boris zuckte zusammen.

«Was?»

«Das!» sagte sie und zeigte auf die Kaffeetasse.

Boris probierte den Kaffee und sagte friedfertig:

«Er schmeckt nicht besonders, das muß man sagen!» Er dachte einen Augenblick nach und gab zu bedenken: «Ich kann mir vorstellen, daß er immer schlechter wird.»

«Ein Land von Besiegten!» sagte Ivich.

Boris sah sich vorsichtig um. Aber niemand beachtete sie: die Leute sprachen leise und zerknirscht über den Krieg. Als kämen sie von einer Beerdigung. Der Kellner ging mit einem leeren Tablett vorbei. Ivich sah ihn mit tintenschwarzen Augen an.

«Er schmeckt widerlich!» warf sie ihm an den Kopf.

Der Kellner sah sie überrascht an: er hatte einen grauen Schnurrbart; Ivich hätte seine Tochter sein können.

«Der Kaffee», sagte Ivich. «Er schmeckt widerlich; Sie können ihn mitnehmen.»

Der Kellner musterte sie neugierig: sie war viel zu jung, um ihn einzuschüchtern. Als er begriffen hatte, mit wem er es zu tun hatte, lächelte er aggressiv:

«Sie wünschen einen Mokka? Wissen Sie vielleicht nicht, daß Krieg ist?»

«Ich weiß es vielleicht nicht», erwiderte sie heftig, «aber mein Bruder, der verwundet worden ist, weiß es sicher besser als Sie.»

Rot vor Verlegenheit, wandte Boris die Augen ab. Sie war frech und schlagfertig geworden, aber er trauerte der Zeit nach, als sie, alle Haare im Gesicht, schweigend schmollte: das machte weniger Scherereien.

«Ich würde mich nicht gerade an dem Tag, an dem die Boches in Paris einmarschiert sind, über einen Kaffee beschweren», brummte der Kellner unwillig.

Er ging: Ivich stampfte mit dem Fuß.

«Sie reden nur noch über den Krieg; sie stecken eine Niederlage nach der anderen ein, und man könnte meinen, sie sind stolz darauf. Sollen sie ihren Krieg doch verlieren, sollen sie ihn ein für allemal verlieren, und dann soll nicht mehr darüber geredet werden.»

Boris unterdrückte ein Gähnen: Ivichs Szenen amüsierten ihn nicht mehr. Als sie ein junges Mädchen war, machte es Spaß, zu sehen, wie sie strampelnd und schielend an ihren Haaren zerrte, das stimmte einen für den ganzen Tag fröhlich. Jetzt blieben ihre Augen trübe, man hätte meinen können, sie übertreibe; in solchen Momenten hatte sie Ähnlichkeit mit ihrer Mutter. ‹Sie ist eine verheiratete Frau›, dachte er schockiert. ‹Eine verheiratete Frau mit Schwiegereltern, einem Mann an der Front und einem Familienauto.› Er sah sie ratlos an und wandte die Augen ab, weil er fühlte, daß sie ihn anwidern würde. ‹Ich gehe weg!› Er straffte sich plötzlich: sein Entschluß war gefaßt. ‹Ich gehe weg. Ich gehe mit ihnen, ich kann nicht mehr in Frankreich bleiben.› Ivich redete.

«Was?» fragte er.

«Die Eltern.»

«Ja und?»

«Ich sage, sie hätten in Rußland bleiben sollen; du hörst mir nicht zu.»

«Wenn sie dageblieben wären, hätte man sie eingelocht.»

«Jedenfalls durften sie uns nicht naturalisieren lassen. Wir hätten nach Hause zurückkehren können.»

«Unser Zuhause ist Frankreich», sagte Boris.

«Nein, Rußland.»

«Frankreich, weil sie uns ja haben naturalisieren lassen.»

«Eben deshalb hätten sie es nicht tun dürfen», sagte Ivich.

«Ja, aber sie haben es getan.»

«Das ist mir ganz egal. Da sie es nicht hätten tun dürfen, ist es so, als hätten sie überhaupt nichts getan.»

«Wenn du in Rußland wärst», sagte Boris, «würde es dir dreckig gehen.»

«Das wäre mir egal, weil es ein großes Land ist und ich stolz wäre. Hier schäme ich mich die ganze Zeit.»

Sie schwieg eine Weile, sie schien zu zögern. Boris sah sie scheinheilig an; er hatte keine Lust, ihr zu widersprechen. ‹Sie wird schon aufhören müssen›, dachte er optimistisch. ‹Ich kann mir nicht vorstellen, was sie noch sagen könnte.› Aber Ivich war erfinderisch: sie hob eine Hand in die Luft und machte eine komische Tauchbewegung, als würde sie sich ins Wasser stürzen:

«Ich hasse die Franzosen!» sagte sie.

Ein Herr, der neben ihnen seine Zeitung las, hob den Kopf und musterte sie verträumt. Boris sah ihm gerade in die Augen. Aber gleich darauf erhob sich der Herr: eine junge Frau kam auf ihn zu; er verbeugte sich, sie setzte sich, und sie faßten sich lächelnd bei den Händen. Beruhigt wandte Boris sich wieder Ivich zu. Es war die große Szene: sie murmelte zwischen den Zähnen hervor:

«Ich hasse sie, ich hasse sie!»

«Du haßt sie, weil sie schlechten Kaffee machen!»

«Ich hasse sie wegen allem.»

Boris hatte gehofft, der Sturm würde sich von selbst legen; aber jetzt merkte er, daß er sich getäuscht hatte und daß er sich tapfer wehren mußte.

«Ich mag sie», sagte er. «Jetzt, wo sie den Krieg verloren haben, werden alle über sie herfallen; aber ich habe sie in der vordersten Linie gesehen, und ich versichere dir, daß sie getan haben, was sie konnten.»

«Siehst du!» sagte Ivich. «Siehst du!»

«Was soll ich sehen?»

«Warum sagst du: *sie* haben getan, was sie konnten? Wenn du dich als Franzose fühltest, würdest du *wir* sagen.»

Boris hatte aus Bescheidenheit nicht «wir» gesagt. Er schüttelte den Kopf und runzelte die Stirn.

«Ich fühle mich weder als Franzose noch als Russe», sagte er. «Aber als ich mit den anderen Landsern da oben war, habe ich mich bei ihnen wohl gefühlt.»

«Das sind Hasen», sagte sie.

Boris tat so, als hätte er sie mißverstanden.

«Ja: alte Hasen.»

«Nein, nein: Hasenfüße, die weglaufen. So!» sagte sie, indem sie die rechte Hand über den Tisch laufen ließ.

«Du bist wie alle Frauen», sagte Boris. «Du schätzt nur militärischen Heldenmut.»

«Das ist es nicht. Aber da sie diesen Krieg führen wollten, hätten sie ihn bis zu Ende führen müssen.»

Boris hob erschöpft die Hand: ‹da sie ihn führen wollten, hätten sie ihn bis zu Ende führen müssen.› Natürlich. Dasselbe hatte er noch am Tag zuvor mit Gabel und Francillon wiederholt. Aber ... seine Hand fiel schlaff herunter: wenn jemand nicht so denkt wie man selbst, ist es schon schwierig und anstrengend, ihm zu beweisen, daß er unrecht hat. Wenn er aber derselben Meinung ist und man ihm erklären muß, daß er sich irrt, verheddert man sich.

«Laß mich in Ruhe», sagte er.

«Hasenfüße!» sagte Ivich, vor Wut lächelnd.

«Die Männer, mit denen ich zusammen war, waren keine Hasenfüße», sagte Boris. «Manche waren sogar tolle Draufgänger.»

«Du hast mir gesagt, sie hätten Angst vorm Sterben gehabt.»

«Und du? Hast du keine Angst vorm Sterben?»

«Ich bin eine Frau.»

«Nun, sie hatten Angst vorm Sterben und waren Männer», sagte Boris. «Das nennt man Mut. Sie wußten, was sie riskierten.»

Ivich sah ihn argwöhnisch an:

«Du willst doch wohl nicht sagen, daß *du* Angst hattest?»

«Ich hatte keine Angst vorm Sterben, weil ich glaubte, deswegen dabeizusein.»

Er sah seine Fingernägel an und fügte beiläufig hinzu:

«Das Komische ist, daß ich trotzdem Schiß hatte.»

Ivich fuhr auf:

«Wovor denn?»

«Ich weiß nicht. Vielleicht vor dem Krach.»

Tatsächlich hatte es nicht länger als zehn Minuten gedauert – zwanzig vielleicht, nur zu Beginn des Angriffs. Aber er war nicht böse, daß Ivich ihn für einen Angsthasen hielt: das würde sie munter machen. Sie sah ihn unschlüssig an, verblüfft darüber, daß man Angst haben konnte, wenn man ein Russe, ein Serguine und ihr eigener Bruder war. Schließlich schämte er sich und fügte eilig hinzu:

«Ich habe jedenfalls nicht die ganze Zeit Angst gehabt.»

Sie lächelte ihn erleichtert an, und er dachte traurig: ‹Wir sind uns in nichts mehr einig.› Schweigen trat ein; Boris trank einen Schluck von seinem Kaffee und hätte ihn beinah wieder ausgespuckt: es war, als hätte man ihm seine ganze Traurigkeit in den Mund geschüttet. Aber er dachte, daß er fliegen würde, und fühlte sich etwas gestärkt.

«Was wirst du jetzt tun?» fragte Ivich.

«Ich denke, sie werden mich demobilisieren», sagte Boris. «Tatsächlich sind wir ja fast alle geheilt, aber sie behalten uns hier, weil sie nicht wissen, was sie mit uns machen sollen.»

«Und danach?»

«Ich ... ich werde mich um eine Stelle als Lehrer bewerben.»

«Du hast keine Agrégation.»

«Nein. Aber ich kann Lehrer an einem Collège werden.»

«Macht es dir Spaß, zu unterrichten?»

«O nein!» sagte er ungestüm. Er wurde rot und fügte demütig hinzu: «Ich bin nicht dazu geschaffen.»

«Und wozu bist du geschaffen, Brüderchen?»

«Das frage ich mich.»

Ivichs Augen glänzten:

«Soll ich dir sagen, wozu wir geschaffen waren? Reich zu sein.»

«Darum geht es nicht», sagte er gereizt.

Er sah sie einen Moment an und wiederholte: «Darum geht es nicht!» und hielt seine Tasse ganz fest.

«Worum geht es denn?»

«Ich war in bester Form», sagte er, «und dann hat man mir meinen Tod gestohlen. Ich weiß nichts, ich bin für nichts begabt, ich habe zu nichts mehr Lust.»

Er seufzte und schwieg beschämt, daß er von sich gesprochen hatte: ich kann mich einfach nicht damit abfinden, Durchschnitt zu sein. Im Grunde ist es etwa das, was sie gerade gesagt hat.

Ivich fuhr in ihrem Gedanken fort.

«Hat Lola denn kein Geld?» fragte sie.

Boris fuhr in die Höhe und schlug auf den Tisch: sie hatte die Gabe, seine Gedanken zu lesen und sie in unannehmbare Worte zu kleiden.

«Ich will Lolas Geld nicht!»

«Warum denn nicht? Vor dem Krieg hat sie dir doch welches gegeben.»

«Aber sie wird mir keins mehr geben.»

«Dann bringen wir uns doch beide um!» sagte sie leidenschaftlich.

Er seufzte. ‹Jetzt fängt sie schon wieder an›, dachte er verdrossen. ‹Das paßt nicht mehr zu ihrem Alter.› Ivich sah ihn lächelnd an:

«Wir mieten ein Zimmer am alten Hafen und drehen das Gas auf.»

Boris bewegte zum Zeichen der Ablehnung nur den Zeigefinger der rechten Hand hin und her. Ivich bedrängte ihn nicht weiter: sie senkte den Kopf und zog an ihren Locken: Boris begriff, daß sie ihn etwas fragen wollte. Nach einer Weile sagte sie, ohne ihn anzusehen:

«Ich habe gedacht . . .»

«Was?»

«Ich habe gedacht, du würdest mich mitnehmen und wir drei würden von Lolas Geld leben.»

Boris mußte dreimal schlucken.

«So!» sagte er. «Das hast du gedacht.»

«Boris», sagte Ivich mit plötzlicher Erregung, «ich kann nicht mehr mit diesen Leuten zusammenleben.»

«Behandeln sie dich schlecht?»

«Im Gegenteil, sie fassen mich mit Glacéhandschuhen an: die Frau ihres Sohnes, was denkst du denn. Aber ich hasse sie, ich hasse Georges, ich hasse ihre Dienstboten . . .»

«Lola haßt du auch», gab Boris zu bedenken.

«Lola, das ist was anderes.»

«Das ist was anderes, weil sie weit weg ist und du sie seit zwei Jahren nicht gesehen hast.»

«Lola singt, und außerdem trinkt sie, und außerdem ist sie schön . . . Boris!» rief sie. «Die sind *häßlich*! Wenn du mich bei denen läßt, bringe ich mich um, nein, ich bringe mich nicht um, noch was Schlimmeres. Wenn du wüßtest, wie alt und böse ich mich manchmal fühle!»

‹Scheiße›, dachte Boris. Er trank ein bißchen Kaffee, damit sein Speichel durch die Kehle lief; er dachte: ‹Man kann nicht *zwei* Menschen unzufrieden machen.› Ivich zog nicht mehr an ihren Haaren. Ihr blasses breites Gesicht hatte Farbe bekommen, sie sah ihn fest und angstvoll an, sie ähnelte ein wenig der Ivich von früher. Vielleicht wird sie sich verjüngen? Vielleicht wird sie wieder hübsch. Er sagte:

«Unter der Bedingung, daß du für uns kochst, kleines Ungeheuer.»

Sie nahm seine Hand und drückte sie mit aller Kraft:

«Willst du? O Boris! Willst du?»

Ich werde Lehrer in Guéret. Nein, nicht in Guéret: das ist ein Gymnasium. In Castelnaudary. Ich werde Lola heiraten: ein Collègelehrer kann nicht in wilder Ehe leben; gleich morgen fange ich an, meinen Unterricht vorzubereiten. Er fuhr sich mit der Hand durchs Haar und zog sanft an einer Strähne, um sich von ihrer Festigkeit zu vergewissern: ‹Ich werde kahl werden›, entschied er; ‹jetzt ist es sicher: meine Haare werden ausfallen, bevor ich sterbe.›

«Natürlich will ich.»

Er sah ein Flugzeug in den frühen Morgen hineinfliegen und dachte wieder: ‹Die Klippen, die schönen weißen Klippen, dic Klippen von Dover.›

Drei Uhr in Padoux

Mathieu hatte sich ins Gras gesetzt; er blickte den schwarzen Wirbeln über der Mauer nach. Hin und wieder lohte eine Flamme im Rauch auf, färbte ihn mit ihrem Blut, barst: dann sprangen Funken durch den Himmel wie Flöhe.

«Die werden noch was in Brand setzen», sagte Charlot.

Schmetterlinge aus Ruß schweiften um sie herum; Pinette fing einen und zerdrückte ihn nachdenklich zwischen den Fingern.

«Alles, was von einer Karte zehn zu tausend übrigbleibt», sagte er, auf seinen geschwärzten Daumen zeigend.

Longin stieß die Gittertür auf und kam in den Garten: er weinte.

«Longin weint!» sagte Charlot.

Longin wischte sich die Augen.

«Die Hunde! Ich habe gedacht, es hätte mich erwischt.»

Er ließ sich ins Gras fallen; er hatte ein Buch mit zerrissenem Einband in der Hand.

«Ich mußte das Feuer mit einem Blasebalg anfachen, während sie ihre Papiere reinwarfen. Ich habe den ganzen Rauch in die Schnauze gekriegt.»

«Sind sie fertig?»

«Denkst du. Sie haben uns rausgeschmissen, weil sie die Geheimdokumente verbrennen wollen. Von wegen geheim: Befehle, die ich selbst getippt habe.»

«Das stinkt», sagte Charlot.

«Das riecht angesengt.»
«Nein, ich meine: wenn sie die Archive verbrennen, stinkt's.»
«Ja eben: das stinkt, das riecht angesengt. Das sage ich doch.»
Sie lachten. Mathieu zeigte auf das Buch und fragte:
«Wo hast du das gefunden?»
«Dahinten», sagte Longin unbestimmt.
«Wo, dahinten? In der Schule?»
«Ja», sagte er. Er drückte das Buch mißtrauisch an sich.
«Sind noch mehr da?» fragte Mathieu.
«Es waren noch mehr da, aber die von der Intendanz haben sich bedient.»
«Was ist das?»
«Eine Geschichtsschwarte.»
«Was für eine?»
«Ich weiß den Titel nicht.»
Er warf einen Blick auf den Einband, dann fügte er widerwillig hinzu:
«*Histoire des deux Restaurations.*»
«Von wem?» fragte Charlot.
«Vau-la-belle», las Longin.
«Vaulabelle, wer ist das?»
«Woher soll ich das denn wissen?»
«Leihst du es mir mal?» fragte Mathieu.
«Wenn ich es durch habe.»
Charlot ließ sich ins Gras fallen und nahm ihm das Buch aus der Hand:
«Na, hör mal! Das ist ja Band drei.»
Longin riß es ihm weg:
«Das kann dir doch egal sein. Ich will mich ablenken.»
Er schlug das Buch irgendwo auf und tat so, als läse er, um es besser in Besitz zu nehmen. Nachdem diese Formalität erledigt war, hob er wieder den Kopf:
«Der Hauptmann hat die Briefe seiner Frau verbrannt», sagte er.
Er sah sie einfältig mit hochgezogenen Brauen an und mimte mit Augen und Lippen im voraus das Erstaunen,

das er hervorzurufen hoffte. Pinette tauchte aus seinem schmollenden Grübeln auf und wandte sich ihm interessiert zu:

«Sag bloß?»

«Ja. Und die Fotos von ihr hat er auch verbrannt, ich habe sie in den Flammen gesehen. Ein Klasseweib.»

«Sag bloß!»

«Wenn ich's dir doch sage.»

«Was hat er gesagt?»

«Er hat nichts gesagt. Er hat zugesehen, wie sie verbrannten.»

«Und die anderen?»

«Die haben auch nichts gesagt. Ullrich hat Briefe aus seiner Brieftasche geholt und ins Feuer geworfen.»

«Komische Idee», murmelte Mathieu.

Pinette wandte sich ihm zu:

«Verbrennst du die Fotos von deiner Mieze nicht?»

«Ich habe keine Mieze.»

«Ach, deshalb.»

«Hast du die von deiner Frau verbrannt?» fragte Mathieu.

«Ich warte, bis die Fritzen in Sicht sind.»

Sie schwiegen; Longin hatte ernsthaft angefangen zu lesen. Mathieu warf ihm einen neidischen Blick zu und stand auf. Charlot legte Pinette die Hand auf die Schulter.

«Wie wär's mit einer Revanchepartie?»

«Meinetwegen.»

«Was spielt ihr?» fragte Mathieu.

«Schiffe versenken.»

«Kann man das zu dritt spielen?»

«Nein.»

Pinette und Charlot setzten sich rittlings auf die Bank; Unteroffizier Pierné, der auf seinen Knien schrieb, rückte ein Stück, um ihnen Platz zu machen.

«Schreibst du deine Memoiren?»

«Nein», sagte Pierné, «ich mache Physik.»

Sie fingen an zu spielen. Nippert lag mit verschränkten Armen auf dem Rücken und schlief; mit dem Gurgeln eines Ausgusses rann die Luft des Himmels in seinen offenen Mund. Schwartz hatte sich abseits gesetzt und träumte. Niemand redete, Frankreich war tot. Mathieu gähnte, er sah zu, wie die Geheimdokumente am Himmel in Rauch aufgingen, er sah die fette schwarze Erde zwischen dem Gemüse an, und sein Kopf leerte sich: er war tot; dieser gleißende und tote Nachmittag war ein Grab.

Lubéron kam in den Garten. Er aß, seine Wimpern zuckten unter seinen großen Albinoaugen, seine Ohren bewegten sich mit seinen Kinnbacken.

«Was ißt du da?» fragte Charlot.

«Ein Stück Brot.»

«Wo hast du es her?»

Er zeigte, ohne zu antworten, nach draußen und kaute weiter. Charlot verstummte abrupt und musterte ihn leicht entsetzt: Unteroffizier Pierné sah ihn mit erhobenem Bleistift und zurückgelegtem Kopf ebenfalls an. Lubéron kaute immer noch gemächlich: Mathieu bemerkte seine wichtige Miene und begriff, daß er Neuigkeiten mitbrachte; da bekam er Angst wie die anderen und trat einen Schritt zurück. Lubéron schluckte geruhsam alles hinunter und wischte sich die Hände an der Hose ab. ‹Das war kein Brot›, dachte Mathieu. Schwartz kam näher, und sie warteten schweigend.

«Tja, es ist soweit!» sagte Lubéron.

«Was? Was?» fragte Pierné grob. «Was ist?»

«Es ist soweit.»

«Der . . .»

«Ja.»

Ein stählerner Blitz, dann Stille; das weiche blaue Fleisch dieses Tages hatte wie mit einem Sensenhieb Ewigkeit bekommen. Kein Laut, kein Lufthauch, die Zeit war erstarrt, der Krieg hatte sich zurückgezogen: eben noch waren sie in ihm, in Sicherheit, sie konnten noch an Wunder, an das unsterbliche Frankreich, an den amerikanischen Beistand, an die hinhaltende Verteidigung, an den Kriegseintritt Rußlands glauben; jetzt lag der Krieg hinter ihnen, abgeschlossen, vollendet, verloren. Mathieus letzte Hoffnungen wurden zu Erinnerungen an Hoffnung.

Longin fing sich als erster. Er streckte seine langen Hände aus, als wollte er die Nachricht vorsichtig betasten. Er fragte schüchtern:

«Das heißt . . . er ist unterzeichnet?»

«Seit heute morgen.»

Neun Monate lang hatte Pierné den Frieden herbeigewünscht. Den Frieden um jeden Preis. Nun saß er blaß und schwitzend da; der Schock hatte ihn wütend gemacht.

«Woher weißt du es?» schrie er.

«Guiccioli hat es mir gesagt.»

«Woher weiß er es?»

«Radio. Sie haben es vorhin angestellt.»

Er hatte die geduldige, neutrale Stimme eines Rundfunksprechers angenommen; es machte ihm Spaß, den Unerbittlichen zu spielen.

«Ja, aber das Geschützfeuer?»

«Das Feuer wird um Mitternacht eingestellt.»

Charlot war auch rot, aber seine Augen sprühten:

«Sag bloß!»

Pierné stand auf. Er fragte:

«Sind Einzelheiten bekannt?»

«Nein», sagte Lubéron.

Charlot räusperte sich:

«Und wir?»

«Was, wir?»

«Wann kommen wir nach Hause?»

«Ich sage dir doch, daß keine Einzelheiten bekannt sind.»

Sie schwiegen. Pinette stieß mit dem Fuß nach einem Kieselstein, der zwischen die Karotten rollte.

«Waffenstillstand!» sagte er wutschnaubend. «Waffenstillstand!»

Pierné schüttelte den Kopf; sein linkes Lid fing in seinem aschgrauen Gesicht an zu schlagen wie ein Fensterladen an einem windigen Tag.

«Die Bedingungen werden hart sein», sagte er mit einem befriedigten Grinsen.

Sie fingen alle an zu grinsen.
«Und ob!» sagte Longin. «Und ob!»
Schwartz grinste auch; Charlot drehte sich zu ihm um und sah ihn erstaunt an. Schwartz hörte auf zu lachen und wurde knallrot. Charlot schaute ihn immer noch an, als sähe er ihn zum erstenmal.
«Jetzt bist du auf einmal ein Fritz», sagte er leise zu ihm.
Schwartz machte eine heftige, unbestimmte Handbewegung, drehte sich auf dem Absatz um und ging aus dem Garten; Mathieu fühlte sich zerschlagen vor Müdigkeit. Er ließ sich auf die Bank fallen.
«Ist das heiß», sagte er.
Man sieht uns an. Immer dichter werdend, sah die Menge mit an, wie sie die historische Pille schluckten, sie alterte, wich zurück und flüsterte: ‹Die Besiegten von 1940, die Soldaten der Niederlage, ihretwegen liegen wir in Ketten.› Sie blieben da, unverändert unter diesen verändernden Blicken, eingeordnet, abgeschätzt, erklärt, angeklagt, entschuldigt, verurteilt, eingesperrt in diesen unauslöschlichen Tag, begraben im Brummen der Fliegen und des Geschützfeuers, in dem Geruch nach erwärmtem Gras, in der Luft, die über den Karotten zitterte, in den Augen ihrer Söhne, ihrer Enkel und Urenkel bis ins unendliche schuldig, für immer die Besiegten von 1940. Er gähnte, die Millionen Menschen sahen ihn gähnen: ‹Er gähnt, das ist allerhand, ein Besiegter von 1940 entblödet sich nicht, zu gähnen!› Mathieu brach dieses unzählige Gähnen ab, er dachte: ‹Wir sind nicht allein.›
Er sah seine Kameraden an, sein vergänglicher Blick begegnete auf ihnen dem ewigen Medusenblick der Geschichte: zum erstenmal war Größe auf ihre Häupter herniedergestiegen; sie *waren* die sagenhaften Soldaten eines verlorenen Krieges. Zu Standbildern geworden! ‹Mein Gott, ich habe gelesen, habe gegähnt, bin mit meinen Problemen hausieren gegangen, ich entschied mich nicht zu wählen, und in Wirklichkeit hatte ich schon gewählt, ich hatte diesen Krieg, diese Niederlage gewählt, und ich

wurde in diesem Tag erwartet. Alles muß neu gemacht werden, es ist nichts mehr zu machen›: die beiden Gedanken drangen ineinander und hoben sich gegenseitig auf; übrig blieb die stille Oberfläche des Nichts.

Charlot schüttelte die Schultern und den Kopf; er fing an zu lachen, und die Zeit fing wieder an zu verstreichen. Charlot lachte, er lachte gegen die Geschichte an, er wehrte sich mit dem Lachen gegen die Versteinerung; er sah sie verschmitzt an, er sagte:

«Da stehn wir nun, Jungs. Da stehn wir ganz schön blöd da.»

Sie wandten sich ihm bestürzt zu, und dann entschloß sich Lubéron zu lachen. Er zog gequält die Nase kraus, und das Lachen kam aus seinen Nasenlöchern:

«Das kann man wohl sagen! Die haben uns ganz schön in die Pfanne gehaun.»

«Jetzt ist Sense», sagte Charlot wie im Rausch, «Feierabend, wir sind am Arsch!»

Longin lachte ebenfalls.

«Die Soldaten von 1940 oder die Sprintkönige!» sagte er.

«Die Giganten der Landstraße.»

«Olympiameister im Fußmarsch.»

«Keine Sorge», sagte Lubéron, «wir werden bei unserer Heimkehr gut empfangen; man wird uns beglückwünschen!»

Longin röchelte glücklich:

«Sie werden uns vom Bahnhof abholen. Mit dem Gesangverein und den Turnvereinen.»

«Und ich erst, als Jude!» sagte Charlot, Tränen lachend. «Stellt euch nur mal die Antisemiten in meinem Viertel vor!»

Mathieu ließ sich von diesem unangenehmen Lachen anstecken, es wurde ein entsetzlicher Moment: man hatte ihn vor Fieber zitternd in eiskalte Laken geworfen; dann zerbrach seine Standbildewigkeit, zerstob in Gelächter. Sie lachten, sie lehnten die Verpflichtungen der Größe im Namen des Pöbels ab, man braucht sich keine Sorgen zu machen, Hauptsache, man ist gesund, hat zu essen und zu trinken, ich scheiße auf die halbe Welt, und die andere Hälfte kann mich am Arsch lecken, sie lehnten aus nüchterner Klarsichtigkeit die Tröstungen der Größe ab, sie versagten sich sogar das Recht zu leiden; *tragisch*: nicht einmal das, *historisch*: nicht einmal das, wir sind Schmierenkomödianten, wir sind keine Träne wert; *prädestiniert*: nicht einmal das, die Welt ist ein Zufall. Sie lachten, sie stießen sich an den Mauern des Absurden und des Schicksals, die sie sich gegenseitig zuwarfen; sie lachten, um sich zu bestrafen, um sich zu läutern, um sich zu rächen: unmenschlich, allzu menschlich, jenseits und diesseits der Verzweiflung: Menschen. Einen Moment noch öffneten die Münder den Vorwurf ihrer schwarzen Wunden gegen das Himmelsblau; Nippert schnarchte immer noch, auch sein weit offenstehender Mund war eine Beschwerde. Dann wurde das Lachen schwerfällig, schleppte sich hin, hörte nach ein paar Stößen auf; die Zeremonie war beendet, der Waffenstillstand sanktioniert; sie waren offiziell *danach*. Die Zeit verstrich sachte, ein von der Sonne aufgewärmter Kräutertee: man mußte wieder anfangen zu leben.

«So ist das nun!» sagte Charlot.

«So ist das!» sagte Mathieu.

Lubéron zog verstohlen eine Hand aus der Tasche, legte sie an die Lippen und fing an zu kauen; sein Mund hüpfte unter seinen Hasenaugen.

«So ist das», sagte er. «So ist das.»

Pierné setzte eine kleinliche Siegermiene auf:

«Was habe ich euch gesagt?»

«Was hast du uns denn gesagt?»

«Stellt euch nicht blöd. Delarue, erinnerst du dich, was ich dir nach Finnland gesagt habe? Und nach Narvik? Erinnerst du dich? Du hast mich als Unkenrufer beschimpft, und da du redegewandter bist als ich, hast du mich immer durcheinandergebracht.»

Er war rot geworden: hinter der Brille sprühten seine Augen vor Groll und vor Triumph.

«Er durfte nicht gemacht werden, dieser Krieg; ich habe immer gesagt, daß er nicht gemacht werden durfte: dann stünden wir heute anders da.»

«Schlimmer», sagte Pinette.

«Schlimmer konnte es nicht kommen: nichts ist schlimmer als Krieg.»

Er rieb sich salbungsvoll die Hände, und sein Gesicht glänzte vor Unschuld: er rieb sich die Hände, er wusch, was diesen Krieg anging, seine Hände in Unschuld, er hatte ihn nicht gemacht, er hatte ihn nicht einmal erlebt; er hatte zehn Monate lang geschmollt und sich geweigert, zu sehen, zu sprechen, zu fühlen, indem er gegen die Befehle mit dem manischen Eifer protestierte, mit dem er sie ausführte, zerstreut, nervös, in einer seelischen Abwesenheit verschanzt. Jetzt wurde er für seine Qual belohnt. Er hatte saubere Hände, und seine Vorhersagen hatten sich erfüllt: die Besiegten, das waren die anderen, die Pinettes, Lubérons, Delarues, die anderen. Nicht er. Pinettes Lippen fingen an zu zittern.

«Na und?» fragte er abgehackt. «Alles in Ordnung? Bist du froh?»

«Froh?»

«Du hast sie bekommen, deine Niederlage!»

«*Meine* Niederlage? Na, hör mal, es ist genauso deine wie meine.»

«Du hast sie herbeigewünscht: es ist deine. Wir haben sie nicht herbeigewünscht und möchten sie dir nicht wegnehmen.»

Pierné lächelte verständnislos:

«Wer hat dir denn gesagt, daß ich sie herbeigewünscht habe?» fragte er geduldig.

«Du, gerade eben erst.»

«Ich habe gesagt, daß ich sie vorhergesehen habe. Sie vorhersehen und herbeiwünschen ist ja wohl zweierlei, oder?»

Pinette sah ihn an, ohne zu antworten, sein ganzes Gesicht war zusammengerutscht, seine Lippen schoben sich vor wie ein Tiermaul; er rollte schöne, große, düpierte Augen. Pierné baute seinen Vorteil aus:

«Und warum sollte ich sie herbeigewünscht haben? Kannst du mir das sagen? Bin ich vielleicht von der fünften Kolonne?»

«Du bist Pazifist», antwortete Pinette gequält.

«Ja und?»

«Das kommt auf dasselbe raus.»

Pierné zuckte die Achseln und spreizte niedergeschlagen die Hände. Charlot lief zu Pinette und legte ihm den Arm um die Schulter.

«Streitet euch doch nicht», sagte er gutmütig. «Wozu denn? Wir haben verloren, niemand ist schuld, niemand hat sich was vorzuwerfen. Wir haben Pech gehabt, das ist alles.»

Longin lächelte wie ein Politiker:

«Ist das Pech?»

«Na klar!» sagte Charlot versöhnlich. «Alles was recht ist: das ist einfach Pech. Und sogar großes. Aber was soll's, ich sage mir: jeder kommt dran. Letztes Mal haben wir gewonnen, diesmal sie, nächstes Mal sind wir wieder dran.»

«Es wird kein nächstes Mal geben», sagte Longin.

Er hob den Finger und fügte mit seltsamer Miene hinzu:

«Wir haben den allerletzten gemacht, das ist die Wahrheit. Sieger oder Besiegte, das ist Jacke wie Hose: die kleinen Jungs von 1940 haben geschafft, was ihren Papas nicht gelungen ist. Schluß mit den Nationen, Schluß mit dem Krieg. Heute sind wir am Boden; morgen sind es die Engländer: die Boches nehmen alles ein, schaffen überall Ordnung, und auf geht's mit den Vereinigten Staaten von Europa.»

«Ich scheiße auf die Vereinigten Staaten», sagte Pinette. «Wir werden Hitlers Lakaien sein.»

«Hitler? Was ist denn schon Hitler?» fragte Longin erhaben. «Natürlich war einer nötig. Wie sollen sich die Länder verstehen, wenn du ihnen freien Lauf läßt? Sie sind wie Menschen, jedes zieht in seine Richtung. Aber wer wird in hundert Jahren von deinem Hitler sprechen? Er wird mausetot sein und der Nazismus ebenfalls.»

«Du Vollidiot!» schrie Pinette. «Wer wird diese hundert Jahre denn erleben?»

Longin wirkte schockiert:

«So darf man nicht denken, Kleiner: man muß ein bißchen weiter als bis zu seiner Nasenspitze sehen; man muß an das Europa von übermorgen denken.»

«Und wird Europa von übermorgen mir was zu fressen geben?»

Longin hob eine beschwichtigende Hand und bewegte sie in der Sonne:

«Ach was!» sagte er. «Ach was! Ach was! Wer gewieft ist, wird immer zurechtkommen.»

Die bischöfliche Hand senkte sich, strich über Charlots krauses Haar:

«Meinst du nicht auch?»

«Davon gehe ich nicht ab», sagte Charlot, «da wir diesen Waffenstillstand nun einmal unterzeichnen mußten, ist es gut, daß es gleich gemacht worden ist: es gibt weniger Tote, und die Fritzen haben keine Zeit, wütend zu werden.»

Mathieu sah ihn wie vor den Kopf geschlagen an. Alle! Alle! Sie kniffen: Schwartz häutete sich, Nippert klammerte sich an den Schlaf, Pinette an die Wut, Pierné an die Unschuld; Lubéron vergrub sich in den Augenblick und fraß, stopfte alle seine Löcher mit Fressen; Longin hatte das Jahrhundert verlassen. Jeder von ihnen hatte sich schnell die Haltung zugelegt, die es ihm erlaubte zu leben. Er richtete sich abrupt auf und sagte laut:

«Ihr ekelt mich an.»

Sie sahen ihn ohne Überraschung an, kläglich lächelnd: er war erstaunter als sie; der Satz hallte noch in seinen Ohren, und er fragte sich, wie er ihn hatte aussprechen können. Er zögerte einen Augenblick zwischen Verwirrung und Wut, dann entschied er sich für Wut: er kehrte ihnen den Rücken, stieß das Türchen auf und überquerte die Straße. Sie war grell und leer; Mathieu sprang in die

Dornen, die seine Wickelgamaschen zerkratzten, und ging durch das abschüssige Wäldchen bis zum Bach hinunter. «Scheiße», sagte er laut. Er sah den Bach an und wiederholte: «Scheiße! Scheiße!», ohne zu wissen, warum. Hundert Meter von ihm entfernt wusch ein Soldat, mit nacktem Oberkörper, von der Sonne gesprenkelt, seine Wäsche, er ist da, er pfeift vor sich hin, er knetet dieses feuchte Mehl, er hat den Krieg verloren, und er weiß es nicht. Mathieu setzte sich; er schämte sich: ‹Wer hat mir das Recht gegeben, so streng zu sein? Sie haben gerade erfahren, daß sie erledigt sind, sie arrangieren sich, so gut sie können, weil sie es nicht gewohnt sind. Ich bin es gewohnt und bin deshalb nicht mehr wert. Und schließlich habe ich auch die Flucht gewählt. Und die Wut.› Er hörte ein leises Knacken, und Pinette setzte sich ans Wasser. Er lächelte Mathieu zu, Mathieu lächelte ihm zu, und sie saßen längere Zeit da, ohne miteinander zu reden.

«Guck dir den Jungen da an», sagte Pinette. «Er hat keine Ahnung.»

Über das Wasser gebeugt, wusch der Soldat mit einer obsoleten Beharrlichkeit seine Wäsche; ein anachronistisches Flugzeug dröhnte über ihnen. Der Soldat hob den Kopf, und sie mußten über die Besorgnis lachen, mit der er durch das Laub in den Himmel sah: diese ganze kleine Szene hatte das Pittoreske historischer Rekonstruktionen.

«Sollen wir's ihm sagen?»

«Ach, laß doch», sagte Mathieu, «was soll's.»

Sie schwiegen. Mathieu tauchte die Hand ins Wasser und bewegte die Finger. Seine Hand war blaß und silbrig und hatte ringsum einen himmelblauen Hof. Blasen stiegen an die Oberfläche. Von einem feststehenden Strudel mitgerissen, blieb ein dünner Zweig herumwirbelnd an seinem Handgelenk hängen, löste sich ab, prallte wieder dagegen. Mathieu zog die Hand heraus.

«Es ist heiß», sagte er.

«Ja», sagte Pinette. «Man möchte am liebsten schlafen.»

«Du möchtest schlafen?»

«Nein, aber ich werde es trotzdem versuchen.»

Er legte sich auf den Rücken, verschränkte die Hände unter dem Nacken und machte die Augen zu. Mathieu tauchte einen trockenen Zweig in den Bach und bewegte ihn hin und her. Nach einer Weile machte Pinette die Augen wieder auf.

«Scheiße!»

Er richtete sich wieder auf und wühlte mit beiden Händen in den Haaren.

«Ich kann nicht schlafen.»

«Warum nicht?»

«Ich bin sauer.»

«Da ist doch nichts dabei», sagte Mathieu. «Das ist gesund.»

«Wenn ich sauer bin», sagte Pinette, «muß ich zuschlagen; sonst ersticke ich.»

Er sah Mathieu neugierig an:

«Bist du nicht sauer?»

«Doch.»

Pinette beugte sich über seine Schuhe und machte sich daran, sie aufzubinden:

«Ich werde nicht mal einen Schuß abgegeben haben», sagte er bitter.

Er zog die Socken aus, er hatte zarte kleine Kinderfüße, auf denen Dreckstreifen waren.

«Ich werde mal ein Fußbad nehmen.»

Er tauchte seinen rechten Fuß ins Wasser, nahm ihn in die Hand und rieb ihn. Der Dreck ging in Kügelchen ab. Plötzlich sah er Mathieu von unten an.

«Sie werden uns einkassieren, was?»

Mathieu nickte.

«Und uns mitnehmen?»

«Möglich.»

Pinette rieb sich wütend den Fuß:

«Ohne diesen Waffenstillstand hätten sie mich nicht so leicht gekriegt.»

«Was hättest du gemacht?»

«Ich hätte alles kurz und klein geschlagen.»

«Kleiner Stier!» sagte Mathieu.

Sie lächelten sich an, aber Pinette verfinsterte sich plötzlich, und seine Augen wurden argwöhnisch:
«Du hast gesagt, daß wir dich anekeln.»
«Ich habe nicht dich gemeint.»
«Du hast alle gemeint.»
Mathieu lächelte immer noch:
«Willst du mich schlagen?»
Pinette senkte den Kopf, ohne zu antworten.
«Schlag zu», sagte Mathieu. «Ich schlage zurück. Vielleicht beruhigt uns das.»
«Ich würde nicht wagen, dir weh zu tun», sagte Pinette verdrießlich.
«Dann eben nicht.»
Pinettes linker Fuß glitzerte vor Wasser und Sonne. Sie sahen ihn beide an, und Pinette bewegte die Zehen.
«Deine Füße sind ulkig», sagte Mathieu.
«Sie sind winzig, nicht? Ich kann eine Streichholzschachtel nehmen und aufmachen.»
«Mit deinen Zehen?»
«Na klar.»
Er lächelte; aber die Wut schüttelte ihn plötzlich, und er packte brutal seinen Knöchel.
«Ich werde nicht mal einen Fritz abgeknallt haben! Die kommen an und brauchen mich nur aufzulesen.»
«Richtig», sagte Mathieu.
«Das ist nicht gerecht.»
«Das ist weder gerecht noch ungerecht: das ist einfach so.»
«Das ist nicht gerecht: wir büßen für die anderen, für die Jungs von der Corap-Armee und für Gamelin.»
«Wenn wir in der Corap-Armee gewesen wären, hätten wir es wie die Kumpel gemacht.»
«Das meinst du!»
Er breitete die Arme aus, atmete tief ein, ballte mit geschwellter Brust die Fäuste und sah Mathieu hochmütig an:
«Sehe ich so aus, als würde ich vor dem Feind türmen?»

Mathieu lächelte ihn an:

«Nein.»

Pinette ließ die langen Muskeln seiner blonden Arme hervortreten und genoß eine Weile ganz für sich seine Jugend, seine Kraft, seinen Mut. Er lächelte, aber seine Augen zürnten weiter, und die Brauen blieben gesenkt.

«Ich wäre lieber gefallen.»

«Das sagt man so.»

Pinette lächelte und starb: eine Kugel durchbohrte sein Herz. Tot und triumphierend wandte er sich Mathieu zu. Das Denkmal von Pinette, gefallen für das Vaterland, wiederholte:

«Ich wäre gefallen.»

Und dann belebten die Wut und das Leben diesen versteinerten Körper wieder.

«Ich bin nicht schuld; ich habe alles getan, was man mir gesagt hat. Es ist nicht meine Schuld, daß sie mich nicht richtig eingesetzt haben.»

Mathieu sah ihn mit einer Art Zärtlichkeit an; Pinette war durchsichtig in der Sonne, das Leben stieg, sank, kreiste so schnell im blauen Geäst seiner Venen, er mußte sich so hager, so gesund, so leicht fühlen: wie hätte er an die schmerzlose Krankheit glauben können, die angefangen hatte ihn zu verzehren, die seinen nagelneuen jungen Körper auf den schlesischen Kartoffelfeldern oder auf den pommerschen Autobahnen krümmen sollte, die ihn vor Müdigkeit, Traurigkeit und Schwere aufblähen sollte. Die Niederlage will gelernt sein.

«Ich habe von niemand etwas verlangt», sagte Pinette. «Ich habe ruhig meine Arbeit getan; gegen die Fritzen hatte ich nichts; ich hatte keinen Schwanz von ihnen gesehen; der Nazismus, der Faschismus, ich wußte nicht mal, was das ist; und Danzig, also entschuldige: als ich das Kaff zum erstenmal auf einer Karte gesehen habe, war ich schon eingezogen. Schön: dann kommt Daladier, der den Krieg erklärt, und Gamelin, der ihn verliert. Was habe ich damit zu tun? Was habe ich falsch gemacht? Glaubst du etwa, sie hätten mich um Rat gefragt?»

Mathieu zuckte die Achseln:

«Wir sehen ihn seit fünfzehn Jahren kommen. Wir hätten uns rechtzeitig damit beschäftigen müssen, um ihn zu vermeiden oder um ihn zu gewinnen.»

«Ich bin kein Abgeordneter.»

«Du hast gewählt.»

«Natürlich», sagte Pinette unsicher.

«Wen?»

Pinette blieb stumm.

«Siehst du», sagte Mathieu.

«Ich mußte meinen Militärdienst machen», sagte Pinette verstimmt. «Und dann bin ich krank geworden: ich hätte nur ein einziges Mal wählen können.»

«Und hast du das eine Mal gewählt?»

Pinette antwortete nicht. Mathieu lächelte:

«Ich auch nicht, ich habe auch nicht gewählt», sagte er sanft.

Der Soldat wrang bachaufwärts seine Hemden aus. Er wickelte sie in ein rotes Handtuch und ging pfeifend zur Straße hinauf.

«Erkennst du die Melodie, die er pfeift?»

«Nein», sagte Mathieu.

«*Wir hängen unsere Wäsche auf der Siegfriedlinie auf.*»

Sie lachten. Pinette wirkte etwas entspannter:

«Ich habe hart gearbeitet», sagte er. «Und ich habe nicht immer genug zu essen gehabt. Dann habe ich diese Stelle bei der Pariser Transportgesellschaft bekommen und habe meine Frau geheiratet: ich mußte sie ja schließlich ernähren, oder? Sie ist nämlich aus guter Familie, weißt du. Obwohl es am Anfang nicht ganz glatt zwischen uns lief. Danach», fügte er schnell hinzu, «hat sich das gelegt, aber ich will dir damit nur sagen: man kann sich nicht um alles auf einmal kümmern.»

«Natürlich nicht», sagte Mathieu.

«Was konnte ich sonst tun?»

«Nichts.»

«Ich hatte keine Zeit, mich um Politik zu kümmern. Ich kam kaputt nach Hause, und dann gab's Streit, und schließlich ist man doch verheiratet, um seine Frau jede Nacht zu vögeln, oder?»

«Ich nehm's an.»

«Also?»

«Also nichts. So verliert man einen Krieg.»

Pinette bekam noch einen Wutanfall.

«Daß ich nicht lache! Selbst wenn ich mich um Politik gekümmert hätte: selbst wenn ich nur das getan hätte, was hätte das geändert?»

«Du hättest dein möglichstes getan.»

«Hast du es getan?»

«Nein.»

«Und wenn du es getan hättest, könntest du dir dann sagen, daß nicht du den Krieg verloren hast?»

«Nein.»

«Also?»

Mathieu antwortete nicht, er hörte das Sirren einer Mücke und wedelte mit der Hand vor seiner Stirn herum. Das Sirren hörte auf. ‹Ich habe am Anfang auch geglaubt, dieser Krieg wäre eine Krankheit. Wie blöde! Ich bin er, Pinette ist er, Longin ist er. Für jeden von uns ist er er selbst; er ist nach unserem Bilde gemacht, und man hat den Krieg, den man verdient.› Pinette schniefte lange, ohne Mathieu aus den Augen zu lassen; Mathieu fand, daß er dumm aussah, und eine Welle der Wut strömte ihm in den Mund und in die Augen: ‹Genug! Genug! Ich hab's satt, der zu sein, der klarsieht!› Die Mücke schwirrte um seine Stirn, eine höhnische Ruhmeskrone. ‹Wenn ich gekämpft hätte, wenn ich auf den Abzug gedrückt hätte, wäre irgendwo einer gefallen ...› Er hob plötzlich die Hand und schlug sich gegen die Schläfe; er nahm die Finger herunter und sah etwas winzig kleines, gezacktes Blutiges auf seinem Zeigefinger, einer, der auf den Kieselsteinen verbluten würde, ein Schlag auf die Schläfe, ein Druck des Zeigefingers auf den Abzug, die bunten Glasstücke des Kaleidoskops würden jäh stehenbleiben, das Blut würde die Gräser auf dem Pfad besprühen, ich hab's satt! Ich hab's satt! In einem unbekannten Akt untertauchen wie in einem Wald. Einem Akt. Einem Akt, der verpflichtet und den man nie ganz versteht. Er sagte leidenschaftlich:

«Wenn man nur *irgend etwas* tun könnte . . .»

Pinette sah ihn interessiert an:

«Was?»

Mathieu zuckte die Achseln.

«Nichts», sagte er. «Vorläufig nichts.»

Pinette zog seine Socken an; seine blassen Augenbrauen zogen sich oben auf der Stirn zusammen. Er fragte plötzlich:

«Habe ich dir meine Frau gezeigt?»

«Nein», sagte Mathieu.

Pinette richtete sich auf, suchte in seiner Jackentasche herum und zog ein Foto aus der Brieftasche. Mathieu sah eine ziemlich schöne Frau mit hartem Ausdruck und dem Schatten eines Schnurrbarts an den Mundwinkeln. Quer über das Foto hatte sie geschrieben: ‹Von Denise für ihr Püppchen, 12. Januar 1939.› Pinette wurde rot:

«So nennt sie mich. Ich kann es ihr nicht abgewöhnen.»

«Irgendeinen Namen muß sie dir ja geben.»

«Sie ist nämlich fünf Jahre älter als ich», sagte Pinette würdig.

Mathieu gab ihm das Foto zurück.

«Sie sieht gut aus.»

«Im Bett», sagte Pinette, «ist sie toll. Das kannst du dir gar nicht vorstellen.»

Er war noch röter geworden. Er fügte verlegen hinzu:

«Sie kommt aus einer guten Familie.»

«Das hast du mir schon gesagt.»

«So?» sagte Pinette erstaunt. «Das habe ich dir schon gesagt? Ich habe dir schon gesagt, daß ihr Vater Zeichenlehrer war?»

«Ja.»

Pinette steckte das Foto sorgsam in die Brieftasche zurück.

«Das finde ich beschissen.»

«Was findest du beschissen?»

«Das sieht vielleicht aus, so nach Hause zu kommen.»

Er hatte die Hände über den Knien verschränkt.

«Ach wo!» sagte Mathieu.

«Ihr Vater ist ein Held von 1914», sagte Pinette. «Drei ehrenvolle Erwähnungen, das Kriegskreuz. Er redet die ganze Zeit davon.»

«Na und?»

«Na, das sieht vielleicht aus, so nach Hause zu kommen.»

«Armer Kleiner», sagte Mathieu. «Du wirst nicht so bald nach Hause kommen.»

Pinettes Wut war verraucht. Er nickte traurig.

«Das ist mir lieber», sagte er. «Ich habe keine Lust, nach Hause zu gehen.»

«Armer Kleiner», wiederholte Mathieu.

«Sie liebt mich», sagte Pinette, «aber sie hat einen schwierigen Charakter: sie ist von sich überzeugt. Und dann noch ihre Mutter, die sich auch aufplustert. Ein Weib hat vor einem zu kuschen, oder? Sonst ist zu Hause der Teufel los.»

Er stand plötzlich auf:

«Ich hab's satt hier. Kommst du mit?»

«Wohin denn?» sagte Mathieu.

«Ich weiß nicht. Zu den anderen.»

«Meinetwegen», sagte Mathieu ohne Begeisterung.

Er stand ebenfalls auf, sie gingen zur Straße hinauf.

«Sieh mal», sagte Pinette, «da ist Guiccioli.»

Breitbeinig, eine Hand schützend über die Brauen gelegt, sah Guiccioli sie feixend an.

«Ein guter Witz.»

«Was?»

«Ein guter Witz. Ihr seid schön drauf reingefallen.»

«Worauf denn?»

«Auf den Waffenstillstand», sagte Guiccioli, immer noch lachend.

Pinette strahlte.

«War das Schwindel?»

«Und ob!» sagte Guiccioli. «Lubéron ist gekommen und

hat uns angeödet: er wollte Neuigkeiten, wir haben ihm welche gegeben.»

«Also kein Waffenstillstand?» sagte Pinette ganz aufgeregt.

«Nicht die Spur von einem Waffenstillstand.»

Mathieu sah Pinette aus den Augenwinkeln an:

«Was ändert das?»

«Das ändert alles», sagte Pinette. «Du wirst schon sehen. Du wirst sehen, was das ändert.»

Vier Uhr

Kein Mensch auf dem Boulevard Saint-Germain; keiner in der Rue Danton. Die Eisenläden waren nicht einmal heruntergelassen, die Schaufenster funkelten: sie hatten beim Weggehen bloß die Türklinke abgezogen. Es war Sonntag. Seit drei Tagen war Sonntag; es gab in Paris nur noch einen einzigen Tag für die ganze Woche. Ein typischer, beliebiger Sonntag, kaum etwas steifer als gewöhnlich, etwas chemischer, zu still, schon voll von heimlicher Fäulnis. Daniel trat an ein großes Geschäft, Wolle und Stoffe; die pyramidenförmig aufgeschichteten bunten Knäuel vergilbten schon, sie rochen alt; im Laden nebenan verblaßten Babyausstattungen und Blusen; mehliger Staub lagerte sich auf den Regalen ab. Lange weiße Streifen verschmierten die Scheiben. Daniel dachte: ‹Die Schaufensterscheiben weinen.› Hinter den Schaufenstern ging es hoch her: Fliegen summten zu Millionen herum. Sonntag. Wenn die Pariser zurückkämen, würden sie einen verfaulten Sonntag auf ihre tote Stadt gesenkt finden. Wenn sie zurückkommen! Daniel gab dem furchtbaren Lachreiz nach, mit dem er seit dem Morgen durch die Straßen lief. Wenn sie zurückkommen!

Die träge kleine Place Saint-André-des-Arts überließ sich der Sonne; es war dunkle Nacht im vollen Licht. Die Sonne war künstlich: ein Magnesiumblitz, der die Nacht verbarg, der in einer zwanzigstel Sekunde erlöschen würde und der nicht erlosch. Er lehnte die Stirn an die große Scheibe der *Brasserie Alsacienne*, hier habe ich mit

Mathieu gefrühstückt: das war im Februar während seines Urlaubs, es wimmelte von Helden und von Engeln. Er erkannte schließlich im Halbdunkel unstete Flecken, Kellerpilze: es waren Papiertischtücher. Wo sind die Helden? Wo sind die Engel? Zwei Eisenstühle waren auf der Terrasse stehengeblieben; Daniel nahm einen bei der Lehne, trug ihn an den Rand des Bürgersteigs und setzte sich wie ein Rentner unter den militärischen Himmel, in diese gleißende Hitze, in der Kindheitserinnerungen grassierten. Er spürte in seinem Rücken den magnetischen Druck der Stille, er sah die verlassene Brücke an, die mit Vorhängeschlössern abgesperrten Kästen der Quais, die Uhr ohne Zeiger. ‹Sie hätten ein bißchen auf das alles draufhauen sollen›, dachte er. ‹Ein paar Bomben, um es uns zu zeigen.› Eine Gestalt glitt an der Polizeipräfektur jenseits der Seine entlang, wie von einem Rollband befördert. Paris war genaugenommen nicht leer: es bevölkerte sich mit kleinen Einminutengetümmeln, die in alle Richtungen emporschossen und unter diesem Ewigkeitslicht sogleich wieder aufgesaugt wurden. ‹Die Stadt ist hohl›, dachte Daniel. Unter seinen Füßen spürte er die Tunnel der Metro, hinter sich, vor sich, über sich durchlöcherte Felswände: zwischen Himmel und Erde knackten Tausende verlassener Louis-Philippe-Salons, Empire-Eßzimmer und Sitzecken, es war zum Totlachen. Er drehte sich abrupt um: jemand war an die Scheibe gestoßen. Daniel sah das große Glasfenster lange an, sah aber nur sein eigenes Spiegelbild. Die Kehle von einer komischen Angst zugeschnürt, aber eigentlich ganz froh, stand er auf: es war amüsant, am hellichten Tag nächtliche Ängste zu haben. Er trat an die Fontaine Saint-Michel und sah den verwitterten Drachen an. Er dachte: ‹Alles ist erlaubt.› Er konnte unter dem glasigen Blick all dieser dunklen Fenster seine Hose herunterlassen, konnte einen Pflasterstein herauslösen und in die Scheibe der Brasserie werfen, er konnte schreien: ‹Es lebe Deutschland!›, nichts würde geschehen. Höchstens würde sich im sechsten Stock irgendeines Hauses ein verstörtes Gesicht an die Fensterscheibe drücken, aber das war unwichtig; sie hatten nicht mehr die Kraft, sich zu entrüsten: der anständige Mann da oben würde sich zu seiner Frau umdrehen und würde rein sachlich zu ihr sagen: «Auf dem Platz ist ein Kerl, der seine Hose ausgezogen hat», und sie würde hinten aus dem Zimmer antworten: «Stell dich doch nicht ans Fenster, man weiß nicht, was passieren kann.» Daniel gähnte. Die Scheibe einschmeißen? Ach was! Man würde das soviel besser sehen, wenn sie mit dem Plündern anfingen. ‹Ich hoffe doch›, dachte er, ‹daß sie alles verwüsten.› Er gähnte noch einmal: er fühlte eine ungeheure und unnütze Freiheit in sich. Hin und wieder wurde ihm von seiner Freude übel.

Als er wegging, kam aus der Rue de la Huchette eine Karawane. ‹Sie bewegen sich jetzt in Kolonnen.› Es war die zehnte, der er seit dem Morgen begegnete. Daniel zählte neun Personen: zwei Alte, die Einkaufskörbe trugen, zwei kleine Mädchen, drei harte, verknöcherte Männer mit Schnurrbärten: hinter ihnen kamen zwei junge Frauen, die eine schön und blaß, die andere herrlich schwanger, auf deren Lippen so etwas wie ein Lächeln schwebte. Sie gingen langsam: niemand sprach. Daniel hustete, und sie wandten sich ihm alle auf einmal zu: in ihren Augen war weder Sympathie noch Tadel, nichts als ungläubiges Erstaunen. Eines der beiden kleinen Mädchen beugte sich, ohne Daniel aus den Augen zu lassen, zu dem anderen, es murmelte ein paar Worte, und beide lachten hingerissen: Daniel fühlte sich so ungewöhnlich wie eine Gemse, die ihren trägen unschuldigen Blick auf Alpinisten richtet. Sie gingen bizarr und veraltet, in ihrer Einsamkeit versunken vorbei. Daniel überquerte die Fahrbahn, um sich am Pont Saint-Michel auf die Steinbrüstung zu stützen. Die Seine funkelte; sehr weit weg, im Nordwesten, stieg Rauch über den Häusern auf. Plötzlich kam ihm der Anblick unerträglich vor, er wandte sich ab, machte kehrt und ging wieder auf den Boulevard.

Die Karawane war verschwunden. Stille und Leere, so weit das Auge reichte: ein horizontaler Abgrund. Daniel war müde: die Straßen führten nirgendwohin; ohne Menschen sahen sie alle gleich aus. Der Boulevard Saint-Michel, gestern ein Goldstrom nach Süden, war jetzt dieser mit dem Bauch nach oben verendete Wal. Daniel ließ seine Schritte auf diesem hohlen, aufgeblähten dicken Bauch hallen, er zwang sich, wollüstig zu erschauern, er sagte laut: «Ich habe Paris gehaßt.» Umsonst: nichts Lebendes mehr außer dem Grün, außer den starken grünen Armen der Kastanienbäume; er hatte das schale, süßliche Gefühl, durch Unterholz zu gehen. Schon streifte ihn der widerliche Flügel der Langeweile, als er glücklicherweise an einem Zaun ein weiß-rotes Plakat sah. Er trat näher und las: «Wir werden siegen, weil wir die Stärkeren sind», breitete die Arme aus und lächelte verzückt, befreit: sie laufen, sie laufen, sie hören nicht so bald auf zu laufen. Er hatte den Kopf gehoben und sein Lächeln dem Himmel zugewandt, er atmete tief: ein seit zwanzig Jahren laufender Prozeß, Spione sogar unter seinem Bett; jeder Vorbeigehende war ein Belastungszeuge oder ein Richter oder beides; alles, was er sagte, konnte gegen ihn verwandt werden. Und dann, ganz plötzlich, wildes Durcheinander. Sie laufen, die Zeugen, die Richter, die anständigen Leute, sie laufen unter der Sonne, und das Himmelsblau läßt Flugzeuge auf ihre Köpfe fallen. Die Mauern von Paris schrien noch ihren Stolz und ihre Verdienste heraus: wir sind die Stärkeren, die Tugendhafteren, die Kreuzfahrer der Demokratie, die Verteidiger Polens, der Menschenwürde und der Heterosexualität, der Weg zum Eisen wird versperrt bleiben,* wir hängen unsere Wäsche auf der Siegfriedlinie auf. An den Wänden von Paris posaunten die Plakate noch ein erkaltetes kleines Ruhmeslied heraus. Aber *sie*, sie liefen, sie legten sich flach in die Straßengräben, sie baten um Gnade. Eine Gnade in Ehren

* Nachdem die Alliierten in Narvik gelandet waren, um den Deutschen den Zugriff auf das norwegische Eisenerz unmöglich zu machen, erklärte der damalige französische Ministerpräsident Paul Reynaud pathetisch im Radio: «Der Weg zum Eisen ist und bleibt versperrt.» Wenig später eroberten die Deutschen ganz Norwegen. *Anm. d. Übers.*

natürlich, alles ist verloren, außer der Ehre, nehmt alles in Ehren: hier mein Hintern, tretet in Ehren hinein, ich lecke euch euren, wenn ihr mich am Leben laßt. Sie laufen, sie kriechen. Ich, der Schuldige, herrsche über ihre Stadt.

Er ging mit gesenkten Augen, er genoß es, er hörte die Autos ganz dicht neben sich über die Fahrbahn gleiten, er dachte: ‹Marcelle wischt in Dax ihr Kleines ab, Mathieu ist bestimmt in Gefangenschaft, Brunet ist wahrscheinlich gefallen, alle meine Zeugen sind tot oder abgelenkt; ich habe mich wieder ...› Plötzlich sagte er sich: ‹*Was für* Autos?›, er hob abrupt den Kopf, sein Herz schlug bis in die Schläfen, und er sah *sie*. Sie standen, rein und ernst, zu fünfzehn oder zwanzig auf langen getarnten Autos, die langsam zur Seine rollten, sie glitten kerzengerade stehend dahin, sie streiften ihn mit ihrem ausdruckslosen Blick, und andere kamen nach ihnen, andere genau solche Engel, die ihn genauso ansahen. Daniel hörte in der Ferne Militärmusik, es kam ihm vor, als füllte sich der Himmel mit Fahnen, und er mußte sich an eine Kastanie lehnen. *Allein* auf diesem langen Boulevard, einziger Franzose, einziger Zivilist, und die gesamte feindliche Armee sah ihn an. Er hatte keine Angst, er überließ sich vertrauensvoll diesen Tausenden von Augen, er dachte: ‹Unsere Sieger!›, und Wollust umfing ihn. Er erwiderte kühn ihren Blick, er mästete sich an diesen blonden Haaren, diesen wettergebräunten Gesichtern, in denen die Augen wie Gletscherseen wirkten, an diesen schmalen Taillen, diesen unglaublich langen und muskulösen Schenkeln. Er murmelte: «Wie schön sie sind!» Er berührte den Boden nicht mehr: sie hatten ihn in ihre Arme hochgehoben, sie drückten ihn an ihre Brust und ihren flachen Bauch. Etwas stürzte vom Himmel: es war das uralte Gesetz. Zusammengebrochen die Gesellschaft der Richter, getilgt das Urteil; in wilder Flucht die gräßlichen kleinen Khakisoldaten, Vorkämpfer der Menschen- und Bürgerrechte. ‹Welche Freiheit!› dachte er, und seine Augen wurden feucht. Er war der einzige Überlebende der Katastrophe.

Der einzige Mensch angesichts dieser Engel des Hasses und des Zorns, dieser Würgeengel, deren Blicke ihm wieder eine Kindheit gaben. ‹Das sind die neuen Richter›, dachte er, ‹das ist das neue Gesetz!› Wie lachhaft da über ihrem Kopf die Wunder des zarten Himmels, die Unschuld der Schäfchenwolken wirkte: es war der Sieg der Verachtung, der Gewalt und der Unaufrichtigkeit, es war der Sieg der Erde. Ein Panzer rollte vorbei, majestätisch und langsam, mit Laub bedeckt, er dröhnte kaum. Hinten stand ein blutjunger Mann, er hatte die Jacke über die Schultern geworfen, die Hemdsärmel bis über die Ellbogen aufgerollt und verschränkte seine schönen nackten Arme. Daniel lächelte ihm zu, der junge Mann sah ihn lange hart an, seine Augen funkelten, dann plötzlich, während der Panzer sich entfernte, lächelte er auch. Er kramte schnell in seiner Hosentasche und warf einen kleinen Gegenstand, den Daniel im Flug auffing: es war ein Päckchen englischer Zigaretten. Daniel drückte das Päckchen so fest, daß er die Zigaretten unter seinen Fingern zerbrechen fühlte. Er lächelte immer noch. Eine unerträgliche, köstliche Erregung stieg ihm von den Schenkeln in die Schläfen; er sah nicht mehr ganz klar, er wiederholte ein wenig keuchend: «Wie in Butter – sie dringen in Paris ein wie in Butter.» Andere Gesichter zogen an seinem getrübten Blick vorbei, andere und wieder andere, immer noch ebenso schöne; sie werden uns Böses antun, die Herrschaft des Bösen bricht an, welche Wonne! Er wäre gern eine Frau gewesen, um ihnen Blumen zuzuwerfen.

Kreischendes Aufspringen, Scheiße, Scheiße, los, los, die Straße leerte sich, ein Blechgeschepper erfüllte sie bis zum Rand, ein Stahlblitz durchpflügte den Himmel, sie kommen zwischen den Häusern hindurch, an Mathieu gedrückt, schrie Charlot im Schatten der Scheune: sie fliegen tief über dem Boden. Die gierigen und trägen Möwen kreisten auf der Suche nach Futter ein wenig über dem Dorf, dann flogen sie scheppernd von Dach zu Dach davon, Köpfe zeigten sich vorsichtig, Männer kamen aus der

Scheune, aus den Häusern, andere sprangen aus den Fenstern, es wimmelte, es war der reinste Rummel. Stille. Sie standen alle still da, etwa hundert, Pioniere, Funker, Wetterdienstleute, Telefonisten, Schreiber, Beobachter, alle, außer den Fahrern, die seit dem Vortag am Steuer ihrer Wagen warteten; sie nahmen Platz – für *welches* Schauspiel? –, sie setzten sich im Schneidersitz mitten auf die Fahrbahn, denn die Straße war ausgestorben, und es kamen keine Autos mehr, sie setzten sich auf die Bürgersteigkante, auf die Fenstergesimse, und andere blieben an die Häuserwände gelehnt stehen.

Mathieu hatte sich auf ein Bänkchen vor dem Lebensmittelgeschäft gesetzt; Charlot und Pierné setzten sich neben ihn. Niemand sprach, sie waren da, um zusammenzusein und um sich anzusehen; sie sahen sich, wie sie waren: der große Rummel, die Menge, viel zu ruhig, mit hundert grauen Gesichtern; die Straße verglühte in der Sonne, wand sich unter dem aufgerissenen Himmel, verbrannte Fersen und Hintern, sie ließen sich verbrennen; der General wohnte bei dem Arzt: das dritte Fenster im ersten Stock, das war sein Auge, aber sie scherten sich einen Dreck um den General: sie sahen sich an, und sie machten sich angst. Sie litten unter einem Fehlstart, niemand sprach darüber, aber er hämmerte laut in den Brustkästen, man spürte ihn in den Armen, in den Schenkeln, schmerzhaft wie einen Muskelkater, er war ein Kreisel, der sich in den Herzen drehte. Einer seufzte wie ein träumender Hund; er sagte im Traum: «In der Intendanz gibt es Büchsenfleisch.» Mathieu dachte: ‹Ja, aber sie haben Gendarmen vor der Tür aufgestellt›, und Guiccioli antwortete: «Du Blödmann, sie haben Gendarmen vor die Tür gestellt.» Ein anderer träumte mit tonloser, verschlafener Stimme: «Wie der Bäcker, er hat Brot, sag ich dir, ich hab's gesehen, aber er hat seinen Laden verrammelt.» Mathieu träumte den Traum weiter, aber ohne zu reden, er sah ein Rinderfilet, und das Wasser lief ihm im Mund zusammen; Grimaud richtete sich ein wenig auf, zeigte auf die Reihen geschlossener Fensterläden und sagte:

«Mal unter uns, was haben sie denn in diesem Nest? Gestern haben sie mit uns geplaudert, jetzt verstecken sie sich.» Am Tag zuvor standen die Häuser offen wie Austern, jetzt hatten sie sich verschlossen; drinnen stellten Männer und Frauen sich tot, schwitzten im Dunkeln und haßten sie. Nippert sagte: «Weil wir besiegt sind, sind wir Pestkranke.» Charlots Magen knurrte, Mathieu sagte: «Dein Magen knurrt.» Und Charlot antwortete: «Er knurrt nicht, er brüllt.» Ein Gummiball fiel mitten zwischen sie, Latex fing ihn im Flug, ein fünf- bis sechsjähriges Mädchen tauchte auf und sah ihn schüchtern an. «Ist das dein Ball?» fragte Latex. «Komm ihn dir holen.» Alle sahen sie an, Mathieu hatte Lust, sie auf den Schoß zu nehmen; Latex versuchte seine laute Stimme zu dämpfen: «Na komm, komm, komm auf meinen Schoß.» Von überall her erklang es flüsternd: «Komm! Komm! Komm!» Die Kleine rührte sich nicht. «Komm, Schätzchen. Komm, komm, Herzchen, komm!» – «Mein Gott!» sagte Latex, «jetzt machen wir schon den Kindern angst.» Die Männer lachten, sie sagten zu ihm: «*Du* machst ihr angst, mit deiner Fresse!» Mathieu lachte, Latex wiederholte säuselnd: «Komm, Häschen!» Plötzlich schrie er wütend: «Wenn du nicht kommst, behalte ich ihn.» Er hob den Ball über den Kopf, um ihn ihr zu zeigen, tat so, als steckte er ihn ein, die Kleine heulte, alle standen auf, alle fingen an zu schreien: «Gib ihn ihr zurück; du Schwein, du bringst ein Kind zum Weinen, nein, nein, steck ihn ein, schmeiß ihn aufs Dach.» Mathieu stand gestikulierend da, Guiccioli schob ihn mit vor Wut funkelnden Augen beiseite und stellte sich vor Latex hin: «Gib ihn ihr zurück, verflucht noch mal, wir sind doch keine Wilden!» Mathieu stampfte wutschnaubend mit dem Fuß; Latex beruhigte sich als erster, er senkte die Augen und sagte: «Regt euch nicht auf! Wir geben ihn ihr ja wieder.» Er warf ungeschickt den Ball, er prallte gegen eine Mauer, sprang zurück, die Kleine stürzte sich auf ihn und lief weg. Ruhe. Alle setzten sich wieder hin. Mathieu setzte sich traurig und beruhigt wieder hin; er dachte: ‹Wir sind keine Pestkranken.› Nichts anderes: nichts anderes als die Gedanken aller. Manchmal war er nur eine ängstliche Leere, und dann wieder wurde er alle, seine Angst legte sich, die Gedanken aller quollen in schweren Tropfen in seinem Kopf hervor und kullerten aus seinem Mund, wir sind keine Pestkranken. Latex streckte die Hände aus und musterte sie traurig: «Ich habe sechs, so wie ich vor euch stehe, mein Ältester ist sieben, und ich habe nie die Hand gegen sie erhoben.»

Sie hatten sich wieder hingesetzt, ausgestoßen, verhungert, übernächtigt, unter diesem belebten Himmel, an diesen großen blinden Häusern, die Haß ausschwitzten. Sie schwiegen: es hatte nur noch zu schweigen, das abscheuliche Ungeziefer, das diesen schönen Junitag besudelte. Geduld! Der Ausrotter wird kommen, man wird alle Straßen mit Fly-Tox aussprühen. Longin zeigte auf die Fensterläden und sagte: «Sie warten, daß die Fritzen kommen und sie von uns befreien.» Nippert sagte: «Ich wette mit dir, daß sie zu den Fritzen liebenswürdiger sind.» Und Guiccioli: «Und ob! Wenn schon besetzt, dann besser von den Siegern. Da ist mehr los, und außerdem blüht der Handel. *Wir* bringen Unglück.» – «Sechs Kinder», sagte Latex, «das älteste ist sieben. Ich habe ihnen nie angst gemacht.» Und Grimaud sagte: «Man haßt uns.»

Bei dem Geräusch von Schritten hoben sich alle Köpfe, aber sie senkten sich gleich wieder, und Major Prat ging zwischen Schädeln über die Straße. Niemand grüßte ihn; er blieb vor dem Haus des Arztes stehen, die Köpfe hoben sich wieder, und die Blicke hefteten sich auf seine Epauletten, während er den eisernen Türklopfer anhob und dreimal klopfte. Die Tür ging einen Spalt breit auf, und er schlüpfte durch die schmale Öffnung ins Haus; von fünf Uhr fünfundvierzig bis fünf Uhr sechsundfünfzig gingen nacheinander alle Stabsoffiziere steif und verlegen zwischen den schweigenden Soldaten hindurch: die Köpfe neigten sich bei ihrem Hindurchgehen und hoben sich gleich darauf wieder. Payen sagte: «Beim General wird gefeiert.» Charlot wandte sich Mathieu zu und sagte: «Was treiben die da?» Mathieu antwortete: «Halt 's Maul.»

Charlot sah ihn an und schwieg. Seit die Offiziere vorbeigekommen waren, waren die Männer grauer, trüber, zusammengesunkener; Pierné sah Mathieu mit besorgter Überraschung an: er entdeckt seine eigene Blässe auf meinen Backen.

Man hörte Singen, Mathieu fuhr auf, das Singen kam näher:

Tant qu'il y aura de la merde dans le pot,
*ça puera dans la chambre.**

Etwa dreißig Kerle bogen um die Ecke, besoffen, ohne Gewehre, ohne Jacken und Mützen; sie kamen mit großen Schritten die Straße herunter, sie sangen, sie sahen aufgebracht und fröhlich aus; ihre Gesichter waren rot von Sonne und Wein. Als sie diese graue Larve erblickten, die sich sachte unten am Boden regte und ihnen ihre vielfachen Köpfe entgegenstreckte, blieben sie wie angewurzelt stehen und hörten auf zu singen. Ein dicker Bärtiger trat einen Schritt vor; er war nackt bis zur Taille und besoffen, er hatte Muskelpakete und ein goldenes Kettchen um den Hals. Er fragte:

«Seid ihr etwa tot?»

Niemand antwortete, er wandte den Kopf und spuckte aus; er hatte Mühe, das Gleichgewicht zu halten.

Charlot sah sie kurzsichtig blinzelnd an. Er fragte:

«Ihr gehört wohl nicht zu uns?»

«Und das, gehört das zu uns?» fragte der Bärtige und schlug sich auf das Geschlechtsteil. «Verflucht noch mal, nein, wir gehören nicht zu euch, das fehlte noch.»

«Wo kommt ihr her?»

Er machte eine vage Handbewegung:

«Von da oben.»

«Hat es da oben geknallt?»

«Ach Scheiße! Nein, es hat nicht geknallt, außer daß unser Hauptmann getürmt ist, als es mulmig wurde, und daß wir es genauso gemacht haben, aber nicht in dieselbe Richtung, um ihn nicht zu treffen.»

* Solange noch Scheiße im Topf ist, wird's im Zimmer stinken.

Die Männer hinter dem Bärtigen lachten, und zwei große Kerle fingen herausfordernd an zu singen:

Traîne tes couilles par terre
Prends ta pine à la main, mon copain
Nous partons en guerre
*À la chasse aux putains.**

Alle Köpfe drehten sich zum Auge des Generals; Charlot winkte erschrocken:

«Seid still.»

Die Sänger verstummten; sie standen mit weit offenem Mund schwankend da; sie sahen plötzlich hundemüde aus.

«Unsere Stabsoffiziere sind da drüben», sagte Charlot und zeigte auf das Haus.

«Ich scheiße auf eure Stabsoffiziere», sagte der Bärtige laut. Seine goldene Kette glitzerte in der Sonne; er sah zu den auf der Fahrbahn Sitzenden hinunter und fügte hinzu: «Und wenn sie euch zur Sau machen, Jungs, braucht ihr nur mit uns zu kommen, dann machen sie euch nicht mehr zur Sau.»

«Mit uns!» skandierten die anderen hinter ihm. «Mit uns! Mit uns! Mit uns!»

Es wurde still. Der Blick des Bärtigen war auf Mathieu hängengeblieben. Mathieu wandte die Augen ab.

«Na? Wer kommt mit? Eins, zwei, drei.»

Niemand rührte sich. Der Bärtige schloß verächtlich:

«Das sind keine Männer, das sind Hinterlader. Kommt, Jungs, ich will hier keinen Schimmel ansetzen: die sind zum Kotzen.»

Sie marschierten weiter; die Männer rückten auseinander, um sie durchzulassen, Mathieu zog seine Füße unter die Bank ein.

Traîne tes couilles par terre ...

* Schleif deinen Sack an der Erde,
Nimm deinen Schwengel in die Hand,
Auf geht's in den Krieg,
Auf die Jagd nach Nutten.

Die Männer sahen zum Auge des Generals hinüber: Gesichter hatten sich an die Scheiben gedrückt, aber die Offiziere zeigten sich nicht.

Nous partons en guerre ...

Sie verschwanden: niemand gab einen Ton von sich; das Singen verklang allmählich. Erst da atmete Mathieu auf.

«Erstens», sagte Nippert, ohne seine Kameraden anzusehen, «steht es noch nicht mal fest, daß wir nicht abziehen. Das wäre das eine!»

«Doch», sagte Longin. «Es steht fest.»

«Was steht fest?»

«Es steht fest, daß wir nicht abziehen.»

«Wieso?»

«Kein Benzin mehr.»

«Für die Offiziere ist immerhin noch was da», sagte Guiccioli. «Die Kanister sind voll.»

«Unsere LKWs haben kein Benzin mehr.»

Guiccioli lachte kurz auf:

«Natürlich nicht.»

«Ich sage euch, wir sind verraten!» schrie Longin mit voller Piepsstimme. «Verraten, an die Deutschen ausgeliefert, verraten!»

«Laß uns in Frieden», sagte Ménard gelangweilt.

«Laß uns in Frieden», wiederholte Mathieu, «laß uns in Frieden!»

«So ein Mist!» sagte ein Telefonist. «Redet doch nicht dauernd von Abziehen, wir werden's schon sehen. Das hängt einem langsam zum Hals raus.»

Mathieu stellte sie sich vor, wie sie auf der Straße marschierten und sangen und vielleicht Blumen pflückten. Er schämte sich, aber es war die große, gemeinsame Scham. Er fand das gar nicht so unangenehm.

«Hinterlader», sagte Latex. «Er hat uns als Hinterlader beschimpft, dieser Schnösel. Uns Familienväter. Und hast du die Kette gesehen, die er um den Hals hat? Du kleiner Lude! Du hast gut reden.»

«Hört mal!» sagte Charlot. «Hört mal!»

Man hörte das Dröhnen eines Flugzeugs, eine müde Stimme murmelte:

«Geht in Deckung, Jungs. Die fangen wieder an.»

«Zum zehntenmal seit heute morgen», sagte Nippert.

«Hast du mitgezählt? Ich zähle nicht mal mehr.»

Sie standen ohne Hast auf, drängelten gegen die Tür, gingen in die Flure. Ein Flugzeug flog dicht über die Dächer hinweg, das Dröhnen wurde leiser, sie kamen mit einem forschenden Blick zum Himmel wieder heraus und setzten sich wieder hin.

«Das war ein Jäger», sagte Mathieu.

«Es furzt!» sagte Lubéron.

Man hörte in der Ferne das trockene Knattern eines Maschinengewehrs.

«Flak?»

«Flak, Quatsch! Das Flugzeug schießt, Mensch!»

Sie sahen sich an.

«Nicht gut, ausgerechnet heute auf den Straßen rumzulaufen», sagte Grimaud.

Sie antworteten nicht, aber die Augen glänzten, und ein schiefes kleines Lächeln huschte über die Münder. Etwas später sagte Longin bloß:

«Die werden nicht weit gekommen sein.»

Guiccioli stand auf, steckte die Hände in die Tasche und machte drei Kniebeugen, um sich zu lockern; er wandte ein leeres Gesicht mit einer bösen Falte um den Mund zum Himmel.

«Wo gehst du hin?»

«Ich sehe mich mal um.»

«Wo?»

«Da drüben. Ich sehe mal nach, was aus ihnen geworden ist.»

«Paß auf die Makkaroni auf!»

«Keine Angst.»

Er schlenderte davon. Alle hatten Lust, ihn zu begleiten, aber Mathieu wagte nicht aufzustehen. Es blieb lange still; die Gesichter hatten wieder Farbe angenommen und wandten sich einander angeregt zu.

«Das wäre zu schön, wenn man auf den Straßen herumspazieren könnte wie in Friedenszeiten.»

«Was haben die sich gedacht? Daß sie zu Fuß bis nach Paris latschen würden? Es gibt Jungs, die keine Ahnung haben.»

«Wenn das ginge, hätten wir's schon längst gemacht.»

Sie schwiegen nervös und angespannt; sie warteten; einem großen Dünnen, der an dem eisernen Rolladen des Lebensmittelgeschäfts lehnte, zitterten die Hände. Nach einer Weile kam Guiccioli genauso lässig zurück.

«Und?» rief Mathieu.

Guiccioli zuckte die Achseln: die Männer hatten sich mit den Händen aufgestützt und richteten funkelnde Augen auf ihn.

«Krepiert», sagte er.

«Alle?»

«Woher soll ich das wissen? Ich habe nicht gezählt.»

Er war leichenblaß, lautlose Rülpser blähten seine Lippen.

«Wo waren sie? Auf der Straße?»

«Scheiße! Wenn ihr so neugierig seid, braucht ihr ja nur hinzugehen.»

Er setzte sich; an seinem Hals glitzerte ein goldenes Kettchen: er nahm es in die Hand, drehte es hin und her, ließ es dann plötzlich los. Er sagte gleichsam widerwillig:

«Ich habe den Sanitätern Bescheid gesagt.»

Die armen Schweine! Das Kettchen glitzerte, faszinierte. Würde einer sagen: ‹Die armen Schweine›? Alle hatten es auf der Zunge; würde einer so heuchlerisch sein, zu sagen: ‹Die armen Schweine›? Wäre es überhaupt Heuchelei? Das goldene Kettchen funkelte auf dem braunen Hals; Grausamkeit, Entsetzen, Mitleid, Groll machten die Runde, es war gräßlich und behaglich; wir sind der Traum eines Ungeziefers, unsere Gedanken verdichten sich, werden immer weniger menschlich; haarige Tausendfüßlergedanken laufen überall hin, springen von einem Kopf zum anderen: das Ungeziefer wacht gleich auf.

«Delarue, verflucht! Bist du taub?»

Delarue, das bin ich. Er drehte sich abrupt um. Pinette lächelte ihm von weitem zu: *er sieht Delarue.*

«He!»

«Komm!»

Er erschauerte, plötzlich allein und nackt, ein Mensch. *Ich.* Er machte eine Handbewegung, um Pinette zu verscheuchen, aber schon hatte sich die Gruppe wieder gegen ihn zusammengeschlossen; ihre Ungezieferaugen verbannten ihn, sie sahen ihn mit überraschtem Ernst an, als hätten sie ihn noch nie gesehen, als sähen sie ihn durch undurchdringlichen Schlamm. ‹Ich bin nicht mehr wert als sie, ich habe nicht das Recht, sie zu verraten.›

«Komm doch.»

Delarue stand auf. Der unbeschreibliche Delarue, der von Skrupeln geplagte Delarue, der Lehrer Delarue ging mit langsamen Schritten zu Pinette hinüber. Hinter ihm der Sumpf, das Tier mit den zweihundert Füßen. Hinter ihm zweihundert Augen: er hatte Angst im Rücken. Und wieder diese Beklommenheit. Sie setzte behutsam ein, wie eine Liebkosung, und dann ließ sie sich bescheiden und vertraut in seiner Magengrube nieder. Es war nichts: einfach nur Leere. Leere in ihm und um ihn. Er lief in verdünntem Gas herum. Der brave Soldat Delarue hob seine Mütze auf, der brave Soldat Delarue fuhr sich mit der Hand durchs Haar, der brave Soldat Delarue wandte Pinette ein erschöpftes Lächeln zu.

«Was ist, Süßer?» fragte Delarue.

«Amüsierst du dich mit denen?»

«Nein.»

«Warum bleibst du dann da?»

«Wir sind gleich», sagte Mathieu.

«Wer ist gleich?»

«Wir und sie.»

«Na und?»

«Na, da ist es besser, zusammenzubleiben.»

Pinettes Augen flammten auf:

«Ich bin nicht wie sie!» sagte er und warf den Kopf zurück.

Mathieu schwieg. Pinette sagte:

«Komm mit.»

«Wohin?»

«Zur Post.»

«Zur Post? Gibt es eine Post?»

«Und ob. Es gibt eine Poststelle unten im Dorf.»

«Und was willst du da, auf der Post?»

«Mach dir keine Gedanken.»

«Sie ist bestimmt zu.»

«Für mich ist sie auf», sagte Pinette.

Er hakte sich bei Mathieu unter und zog ihn mit:

«Ich habe eine Kleine gefunden», fügte er hinzu.

Seine Augen glänzten vor fiebriger Munterkeit, er lächelte vornehm:

«Ich will sie dir vorstellen.»

«Wozu?»

Pinette sah ihn streng an:

«Du bist doch mein Kumpel, oder?»

«Klar», sagte Mathieu. Er fragte:

«Ist die Postbeamtin deine Kleine?»

«Das Fräulein von der Post, ja.»

«Ich dachte, du wolltest keine Weibergeschichten?»

Pinette lachte gezwungen:

«Wo wir ja nicht kämpfen, muß man sich die Zeit vertreiben.»

Mathieu wandte sich ihm zu und fand, daß er selbstgefällig aussah.

«Du bist gar nicht mehr wiederzuerkennen, Kleiner. Verwandelt dich die Liebe?»

«Na ja!» sagte Pinette. «Na ja! Ich hätte schlechter landen können. Wenn du ihre Titten sähest: große Klasse. Und gebildet: in Geographie oder in Rechnen hängt sie dich ab.»

«Und deine Frau?» fragte Mathieu.

Pinette verzog das Gesicht:

«Scheiß drauf!» sagte er brutal.

Sie waren vor einem einstöckigen Häuschen angekommen, die Fensterläden waren geschlossen, die Türklinke war abgezogen. Pinette klopfte dreimal:

«Ich bin's!» rief er.

Er wandte sich lächelnd an Mathieu:

«Sie hat Angst, daß sie vergewaltigt wird.»

Mathieu hörte ein Schlüsselklirren:

«Kommen Sie schnell herein», sagte eine Frauenstimme.

Sie tauchten in einen Geruch von Tinte, Leim und Papier ein. Eine lange Bank mit einem Gitter darüber teilte den Raum. Im Hintergrund erkannte Mathieu eine offene Tür. Die Frau wich zu dieser Tür zurück und zog sie hinter sich zu; man hörte, daß sie einen Riegel vorlegte. Sie blieben eine Weile in dem für das Publikum bestimmten schmalen Gang stehen, dann tauchte die Postbeamtin hinter ihrem Schalter, in Deckung, wieder auf. Pinette beugte sich vor und lehnte seine Stirn an das Gitter.

«Bestrafen Sie uns? Das ist nicht nett.»

«Oh!» sagte sie. «Man muß vorsichtig sein.»

Sie hatte eine schöne, warme, dunkle Stimme. Mathieu sah ihre schwarzen Augen leuchten.

«So», sagte Pinette, «man hat Angst vor uns!»

Sie lachte:

«Man hat keine Angst, aber auch kein Vertrauen.»

«Wegen meinem Freund? Dabei ist er doch dasselbe wie Sie, er ist Beamter: Sie sind unter Bekannten, das müßte Sie beruhigen.»

Er sprach mit eleganter Stimme und lächelte feinsinnig.

«Kommen Sie», sagte er, «stecken Sie wenigstens einen Finger durchs Gitter. Nur einen Finger.»

Sie steckte einen langen, dünnen Finger durch das Gitter, und Pinette drückte einen Kuß auf den Fingernagel.

«Hören Sie auf», sagte sie, «oder ich ziehe ihn wieder weg.»

«Das wäre unhöflich», sagte er. «Mein Freund muß Ihnen den Finger drücken.»

Er wandte sich Mathieu zu.

«Gestatte, daß ich dir das Fräulein das-seinen-Namen-nicht-sagen-will vorstelle. Sie ist eine mutige kleine Französin: sie hätte sich evakuieren lassen können, aber sie wollte ihren Posten nicht verlassen, für den Fall, daß man sie brauchen sollte.»

Er bewegte die Schultern und lächelte: er hörte nicht auf zu lächeln. Seine Stimme war weich und singend und hatte einen leichten englischen Akzent.

«Guten Tag, Mademoiselle», sagte Mathieu.

Sie bewegte den Finger durch das Gitter, und er drückte ihn.

«Sie sind Beamter?» fragte sie.

«Ich bin Lehrer.»

«Und ich Postbeamtin.»

«Das sehe ich.»

Ihm war heiß, und er langweilte sich; er dachte an die grauen, trägen Gesichter, die er zurückgelassen hatte.

«Das Fräulein trägt die Verantwortung für alle Liebesbriefe im Dorf», sagte Pinette.

«Ach, wissen Sie», sagte sie bescheiden, «mit den Liebesbriefen hier . . .»

«Also, wenn ich in Ihrem Nest wohnte», sagte Pinette, «würde ich allen Mädchen hier Liebesbriefe schreiben, damit sie durch Ihre Hände gehen. Sie wären Postillon d'amour.»

Er lachte etwas verwirrt:

«Postillon d'amour! Postillon d'amour!»

«Das fehlte noch», sagte sie. «Das würde meine Arbeit verdoppeln.»

Ein langes Schweigen trat ein. Pinette hatte noch sein ungezwungenes Lächeln, aber er wirkte verkrampft, und sein Blick stöberte überall herum. Ein Federhalter war mit einem Bindfaden am Gitter befestigt; Pinette nahm ihn, tauchte ihn in die Tinte und kritzelte ein paar Wörter auf ein Postanweisungsformular.

«Da», sagte er und reichte ihr die Anweisung.

«Was ist das?» fragte sie, ohne sie zu nehmen.

«Nehmen Sie sie doch! Sie sind Postbeamtin: tun Sie Ihre Pflicht.»

Schließlich nahm sie sie und las:

«*Zahlen Sie tausend Küsse an Mademoiselle Namenlos* ... So!» sagte sie, zwischen Wut und hemmungslosem Lachen hin und her gerissen, «jetzt hat er mir eine Postanweisung verdorben!»

Mathieu hatte die Nase voll.

«Na, ich gehe dann mal», sagte er.

Pinette wirkte irritiert.

«Du bleibst nicht?»

«Ich muß wieder zurück.»

«Ich bringe dich zurück», sagte Pinette überstürzt. «Doch, doch! Ich bringe dich zurück.»

Er wandte sich an die Postbeamtin.

«Ich komme in fünf Minuten wieder: machen Sie mir die Tür noch mal auf?»

«Oh, er geht einem auf die Nerven», stöhnte sie. «Andauernd rein und raus. Entscheiden Sie sich endlich!»

«Gut, gut!» sagte er. «Ich bleibe. Aber denken Sie dran: *Sie* haben mich gebeten zu bleiben.»

«Ich habe um gar nichts gebeten.»

«Doch!»

«Nein!»

«Scheiße!» murmelte Mathieu zwischen den Zähnen hervor.

Er wandte sich an die Kleine:

«Auf Wiedersehen, Mademoiselle.»

«Auf Wiedersehen», sagte die Postbeamtin ziemlich kühl.

Mathieu ging hinaus und lief mit leerem Kopf. Es wurde dunkel; die Soldaten saßen da, wie er sie verlassen hatte. Er trat mitten unter sie, und Stimmen stiegen vom Boden auf:

«Was gibt's Neues?»

«Nichts», sagte Mathieu.

Er ging wieder zu seiner Bank und setzte sich zwischen Charlot und Pierné. Er fragte:

«Sind die Offiziere immer noch beim General?»
«Ja.»
Mathieu gähnte; er sah die Männer im Dunkeln traurig an. Er murmelte: *Wir.* Aber das zog nicht mehr: er war allein. Er legte den Kopf zurück und sah die ersten Sterne an. Der Himmel war sanft wie eine Frau; die ganze Liebe der Erde war in den Himmel aufgestiegen. Mathieu blinzelte:
«Eine Sternschnuppe, Jungs. Wünscht euch was.»
Lubéron furzte:
«Da hast du meinen Wunsch», sagte er.
Mathieu gähnte noch einmal.
«Na schön», sagte er, «ich hau mich in die Falle. Kommst du mit, Charlot?»
«Ich schwanke noch: falls wir heute nacht abziehen sollten, möchte ich lieber bereit sein.»
Mathieu lachte derb:
«Idiot!» sagte er.
«Schon gut, schon gut!» sagte Charlot beflissen. «Ich komme.»
Mathieu ging in die Scheune und warf sich angezogen ins Heu. Er war todmüde: er war immer müde, wenn er unglücklich war. Eine rote Kugel fing an zu kreisen, Frauengesichter beugten sich über den Balkon und fingen auch an zu kreisen. Mathieu träumte, er wäre der Himmel; er beugte sich über den Balkon und sah die Erde an. Die Erde war grün und hatte einen weißen Bauch, sie hüpfte wie ein Floh. Mathieu dachte: ‹Sie darf mich nicht anfassen.› Aber sie hob fünf riesige Finger und packte Mathieu bei der Schulter.
«Aufstehen! Schnell!»
«Wie spät ist es?» fragte Mathieu. Er spürte einen heißen Atem auf seinem Gesicht.
«Zwanzig nach zehn», sagte Guicciolis Stimme. «Steh leise auf, geh zur Tür und sieh hinaus, ohne dich zu zeigen.»
Mathieu setzte sich auf und gähnte.
«Was ist denn los?»

«Die Autos der Offiziere warten hundert Meter von hier auf der Straße.»

«Na und?»

«Tu, was ich dir sage; du wirst schon sehen.»

Guiccioli verschwand; Mathieu rieb sich die Augen. Er rief leise:

«Charlot! Charlot! Longin! Longin!»

Keine Antwort. Er stand auf und taumelte verschlafen zur Tür. Sie stand weit offen. Ein Mann versteckte sich im Dunkeln.

«Wer ist da?»

«Ich bin's», sagte Pinette.

«Ich dachte, du wärst beim Vögeln.»

«Sie stellt sich an; ich kriege sie nicht vor morgen rum. Mein Gott», seufzte er, «meine Lippen tun mir vor lauter Lächeln weh.»

«Wo ist Pierné?»

Pinette zeigte auf eine dunkle Toreinfahrt auf der anderen Straßenseite.

«Da drüben, mit Longin und Charlot.»

«Was tun wir hier?»

«Weiß nicht.»

Sie warteten schweigend. Die Nacht war kalt und klar, der Mond schien. Ihnen gegenüber, unter der Toreinfahrt, regte sich vage ein Pulk Schatten. Mathieu drehte den Kopf zum Haus des Arztes: das Auge des Generals war geschlossen, aber ein schwaches Licht drang unter der Tür hindurch. *Ich* bin *da*. Die Zeit stürzte ein mit ihrem großen Zukunftsschreckgespenst. Übrig blieb nur eine flakkernde lokale kleine Dauer. Es gab weder Frieden noch Krieg, weder Frankreich noch Deutschland mehr: einfach nur diesen schwachen Schein unter einer Tür, die vielleicht aufgehen würde. Würde sie aufgehen? Nichts anderes zählte, Mathieu hatte nichts mehr, was ihm gehörte, außer dieser winzigen Zukunft. Wird sie aufgehen? Eine abenteuerliche Freude erleuchtete sein betrübtes Herz. Wird sie aufgehen? Das war wichtig: es kam ihm vor, als würde die Tür beim Aufgehen endlich eine Antwort auf all die Fragen geben, die er sich sein Leben lang gestellt hatte. Mathieu fühlte, daß ein Freudenschauer in seinen Lenden entstehen würde; er schämte sich, er sagte sich inständig: ‹Wir haben den Krieg verloren.› Augenblicklich wurde ihm die Zeit wiedergegeben, die kleine Zukunftsperle löste sich in einer unermeßlichen, trostlosen Zukunft auf. Vergangenheit, Zukunft, so weit das Auge reichte, von den Pharaonen bis zu den Vereinigten Staaten von Europa. Seine Freude erlosch, das Licht unter der Tür ging aus, die Tür knarrte, drehte sich langsam, öffnete sich über der Dunkelheit; der Schatten unter der Toreinfahrt zuckte, die Straße knackte wie ein Wald, dann wurde sie wieder still. Zu spät: es gibt kein Abenteuer.

Nach einer Weile erschienen Gestalten auf der Freitreppe; nacheinander kamen die Offiziere die Stufen herunter; die ersten, die unten waren, blieben mitten auf der Fahrbahn stehen, um auf die anderen zu warten, und die Straße verwandelte sich: 1912, eine Garnisonstadtstraße im Schnee, es wär spät, das Abendfest beim General war zu Ende; bildschön standen Leutnant Sautin und Leutnant Cadine eingehakt da, Major Prat hatte die Hand auf Hauptmann Maurons Schulter gelegt, sie warfen sich in die Brust, lächelten, posierten gefällig unter dem Magnesium des Mondes, noch eins, das letzte, ich nehme die ganze Gruppe auf, fertig. Major Prat machte eine Drehung auf dem Absatz, sah den Himmel an und hob zwei Finger hoch, als wollte er das Dorf segnen. Der General kam auch heraus, ein Oberst schloß leise die Tür hinter ihm: der Divisionsstab war vollzählig, etwa zwanzig Offiziere, es war eine verschneite Nacht mit klarem Himmel, man hatte bis Mitternacht getanzt, die schönste Erinnerung an die Garnison. Der kleine Trupp setzte sich auf Zehenspitzen in Bewegung. Im ersten Stock war lautlos ein Fenster aufgegangen; eine weiße Gestalt beugte sich hinaus und sah ihnen nach.

«Nicht zu fassen!» murmelte Pinette.

Sie gingen ruhig, mit sanfter Feierlichkeit; auf ihren vom Mondlicht berieselten Statuengesichtern war so viel

Einsamkeit und Stille, daß es frevelhaft war, sie anzusehen; Mathieu fühlte sich schuldig und geläutert.

«Nicht zu fassen! Nicht zu fassen!»

Hauptmann Mauron zögerte. Hatte er es gehört? Sein anmutiger, gebeugter großer Körper schwankte etwas und drehte sich zur Scheune; Mathieu sah seine Augen glänzen. Pinette brummte und machte eine Bewegung, um nach draußen zu stürzen. Aber Mathieu erwischte sein Handgelenk und drückte es fest. Noch eine Weile sah der Hauptmann forschend in die Finsternis, dann wandte er sich ab und gähnte gleichmütig, wobei er sich mit den in Handschuhen steckenden Fingern auf die Lippe klopfte. Der General ging vorbei, Mathieu hatte ihn nie von so nahem gesehen. Ein imposanter dicker Mann mit schieferfarbigem Gesicht, der sich schwer auf den Arm des Obersts stützte. Es folgten die Ordonnanzen, die die Feldkoffer trugen; eine tuschelnde, heitere Gruppe von Leutnants bildete den Schluß.

«Offiziere!» sagte Pinette beinah laut.

‹Eher Götter›, dachte Mathieu. Götter, die nach einem kurzen Aufenthalt auf der Erde in den Olymp zurückkehren. Der olympische Zug tauchte in der Nacht unter; eine elektrische Lampe tanzte auf der Straße im Kreis und erlosch. Pinette wandte sich Mathieu zu; der Mond beleuchtete sein hübsches, verzweifeltes Gesicht.

«Offiziere!»

«Tja!»

Pinettes Lippen fingen an zu zittern; Mathieu hatte Angst, er würde anfangen zu schluchzen.

«Komm, komm!» sagte Mathieu. «Na, komm, Süßer, beruhige dich.»

«Das muß man gesehen haben, um es zu glauben», sagte Pinette. «Verkehrte Welt.»

Er umklammerte Mathieus Hand und drückte sie, als hätte er eine letzte Hoffnung:

«Vielleicht weigern sich die Fahrer wegzufahren?»

Mathieu zuckte die Achseln: schon hatten die Motoren angefangen zu brummen, das war ein angenehmer Zikadengesang, weit weg, tief in der Nacht. Nach einer Weile fuhren die Autos los, und das Motorengeräusch verlor sich. Pinette verschränkte die Arme:

«Offiziere! Jetzt glaube ich allmählich, daß Frankreich am Arsch ist.»

Mathieu drehte sich um: Schatten lösten sich in Trauben von den Mauern, Soldaten kamen schweigend aus den Gassen, Toreinfahrten, Scheunen. Richtige Soldaten, einfache Soldaten, in unmöglichen Klamotten, unmöglich aussehend, die vor dem dunklen Weiß der Fassaden entlangglitten; im Nu war die Straße voll. Sie hatten so traurige Gesichter, daß Mathieus Herz sich zusammenzog.

«Komm», sagte er zu Pinette.

«Wohin?»

«Raus, zu den Kumpels.»

«Ach, Scheiße!» sagte Pinette. «Ich hau mich in die Falle: mir ist nicht nach Quatschen zumute.»

Mathieu zögerte: er war müde, und heftige Stiche bohrten in seinem Schädel; er hätte gern geschlafen und an nichts mehr gedacht. Aber sie sahen traurig aus, und er sah ihre Rücken, die sich im Mondlicht nebeneinander duckten, und er fühlte sich als einer von ihnen.

«Ich will ein bißchen quatschen», sagte er. «Gute Nacht.»

Er überquerte die Straße und verschwand in der Menge. Das kreidige Licht des Mondes beleuchtete versteinerte Gesichter, niemand sprach. Plötzlich hörte man deutlich das Motorengeräusch.

«Sie kommen zurück!» sagte Charlot. «Sie kommen zurück.»

«Ach was, Blödmann! Sie sind jetzt auf der Landstraße.»

Sie lauschten trotzdem mit unbestimmter Hoffnung. Das Brummen wurde leiser und verklang. Latex seufzte:

«Aus.»

«Endlich allein!» sagte Grimaud.

Niemand lachte. Einer fragte leise und angstvoll:

«Was wird nun aus uns?»

Keine Antwort; den Männern war es völlig egal, was

aus ihnen wurde; sie hatten eine andere Sorge, einen heimlichen Kummer, die sie nicht aussprechen konnten. Lubéron gähnte; er sagte nach einem langen Schweigen:

«Es führt zu nichts, wach zu bleiben. In die Heia, Jungs, ab in die Heia!»

Charlot machte eine weitausholende mutlose Geste:

«Gut!» sagte er. «Ich gehe schlafen: was soll ich sonst machen.»

Die Männer sahen sich unruhig an: sie hatten keine Lust, sich zu trennen, keinen Grund zusammenzubleiben. Plötzlich erhob sich eine Stimme, eine bittere Stimme:

«Sie haben uns nie gemocht.»

Der dort sprach für alle, alle fingen an zu sprechen:

«Nein! Nein, nein! Das kann man wohl sagen, du hast recht, das ist wahr. Sie haben uns nie gemocht, nie, nie, nie! Für sie war der Feind nicht die Fritzen, sondern wir; wir haben den ganzen Krieg zusammen mitgemacht, und sie haben uns sitzenlassen.»

Jetzt wiederholte Mathieu mit den anderen:

«Sie haben uns nie gemocht! Nie!»

«Als ich sie vorbeigehen sah», sagte Charlot, «war ich so enttäuscht, daß ich beinah umgefallen wäre.»

Ein unruhiges Zischen überdeckte seine Stimme: das war schon nicht mehr ganz das, was gesagt werden mußte. Jetzt mußte das Geschwür ausgedrückt werden, man konnte nicht mehr haltmachen, man mußte sagen: ‹Niemand mag uns. Niemand mag uns: die Zivilisten werfen uns vor, daß wir es nicht geschafft haben, sie zu verteidigen, und unsere Frauen sind nicht stolz auf uns, unsere Offiziere haben uns im Stich gelassen, die Dorfbewohner hassen uns, und die Fritzen kommen im Dunkeln näher.› Man mußte sagen: ‹Wir sind die Sündenböcke, die Besiegten, die Feiglinge, das Ungeziefer, der Abschaum der Welt, wir haben den Krieg verloren, wir sind häßlich, wir sind schuldig, und niemand, niemand, niemand auf der Welt mag uns.› Mathieu wagte es nicht, aber Latex sagte hinter ihm in sachlichem Ton:

«Wir sind Parias!»

Stimmen kamen von überallher; sie wiederholten hart, ohne Mitleid:

«Parias!»

Die Stimmen verstummten. Mathieu sah Longin an, ohne besonderen Grund, einfach so, weil er ihm gegenüberstand, und Longin sah ihn an. Charlot und Latex sahen sich an, alle sahen sich an, alle schienen zu warten, als wäre noch etwas zu sagen. Es war nichts mehr zu sagen, aber plötzlich lächelte Longin Mathieu an, und Mathieu erwiderte sein Lächeln; Charlot lächelte, Latex lächelte; auf allen Mündern ließ der Mond fahle Blumen aufblühen.

Montag, 17. Juni

«Komm», sagte Pinette. «Los, komm!»

«Nein.»

«Los, los! Komm doch.»

Er sah Mathieu flehend und verführerisch an.

«Fall mir nicht auf den Wecker», sagte Mathieu.

Die beiden standen unter den Bäumen, mitten auf dem Platz, ihnen gegenüber die Kirche, rechts von ihnen das Bürgermeisteramt. Vor dem Bürgermeisteramt saß Charlot auf der untersten Stufe der Freitreppe und träumte. Er hatte ein Buch auf den Knien. Soldaten spazierten gemächlich herum, einzeln oder in Grüppchen: sie wußten nichts mit ihrer Freiheit anzufangen. Mathieu hatte einen schweren, schmerzenden Kopf, als hätte er getrunken.

«Ist dir eine Laus über die Leber gelaufen?» sagte Pinette.

«Ja», sagte Mathieu.

Da war dieser ermüdende Freundschaftsrausch gewesen: die Männer loderten im Mondlicht, und es lohnte sich, zu leben. Und dann waren die Fackeln erloschen; sie waren schlafen gegangen, weil sie nichts anderes zu tun hatten und weil sie es noch nicht gewohnt waren, sich zu lieben. Jetzt, am Tag nach dem Fest, würde man sich am liebsten umbringen.

«Wieviel Uhr ist es?» fragte Pinette.

«Zehn nach fünf.»

«Scheiße! Ich komme schon zu spät.»

«Na, dann beeil dich, geh hin.»

«Ich will nicht allein hingehen.»
«Hast du Angst, sie frißt dich?»
«Das ist es nicht», sagte Pinette. «Das ist es nicht . . .»
Nippert ging dicht an ihnen vorbei, ohne sie zu sehen, die Augen nach innen gekehrt, völlig versunken.
«Nimm Nippert mit», sagte Mathieu.
«Nippert? Du bist wohl verrückt?»
Von seinem blinden Blick und seinem tänzelnden Schritt neugierig gemacht, sahen sie Nippert nach.
«Wetten, daß er in die Kirche geht?» fragte Pinette.
Er wartete einen Moment, dann schlug er sich auf den Schenkel:
«Er geht rein, er geht rein! Ich habe gewonnen.»
Nippert war verschwunden; Pinette wandte sich Mathieu zu und sah ihn unschlüssig an:
«Da sind bestimmt mehr als fünfzig drin, seit heute morgen. Ab und zu kommt einer raus, um zu pinkeln, und dann geht er gleich wieder rein. Was meinst du wohl, was die machen?»
Mathieu antwortete nicht. Pinette kratzte sich am Kopf:
«Ich möchte mal reinsehen.»
«Du kommst schon zu spät zu deinem Schäferstündchen», sagte Mathieu.
«Ist mir doch egal», sagte Pinette.
Er ging lässig davon; Mathieu trat an einen Kastanienbaum. Ein auf der Straße fallen gelassenes großes Bündel: das war alles, was vom Divisionsstab übrig war; solche gab es in allen Dörfern; die Fritzen würden sie im Vorbeigehen auflesen. ‹Worauf warten sie denn, mein Gott? Sie sollten sich beeilen!› Die Niederlage war alltäglich geworden: sie war die Sonne, die Bäume, das Wetter und dieser heimliche Wunsch, tot zu sein; aber er hatte vom Vorabend noch einen erkalteten Geschmack von Brüderlichkeit im Mund. Der Postunteroffizier kam mit den zwei Küchenbullen näher; Mathieu sah ihnen entgegen: nachts, im Mondlicht, hatten diese Münder ihn angelächelt. Nichts mehr davon; ihre harten, verschlossenen Gesichter verkündeten, daß man Mondstrahlen und mitter-

nächtlichen Ekstasen mißtrauen soll: jeder für sich und Gott für alle, man ist nicht zum Amüsement auf der Erde. Für sie war es auch der Tag nach einem Fest. Mathieu zog sein Taschenmesser heraus und fing an, in die Rinde des Kastanienbaums zu schnitzen. Er hatte Lust, seinen Namen irgendwo in der Welt hinzuschreiben.

«Ritzt du deinen Namen ein?»

«Ja.»

«Haha!»

Sie lachten und gingen vorbei. Weitere Soldaten kamen dicht hinter ihnen her: Männer, die Mathieu nie gesehen hatte. Schlecht rasiert, mit glänzenden Augen und komischen Gesichtern; einer hinkte. Sie gingen über den Platz und setzten sich auf den Bürgersteig vor der geschlossenen Bäckerei. Danach kamen andere und wieder andere, die Mathieu auch nicht kannte, ohne Gewehr und ohne Wickelgamaschen, mit grauen Gesichtern und altem Schlamm an den Schuhen. Die hätte man mögen können. Pinette, der zu Mathieu zurückkam, warf ihnen einen gehässigen Blick zu.

«Na?» fragte Mathieu.

«Die Kirche ist voll.» Er fügte enttäuscht hinzu: «Sie singen.»

Mathieu klappte sein Messer wieder zu; Pinette fragte:

«Ritzt du deinen Namen ein?»

«Ich wollte», sagte Mathieu und steckte das Messer in die Tasche. «Aber es dauert zu lange.»

Ein großer Kerl blieb neben ihnen stehen; er hatte ein müdes, verschwommenes Gesicht: ein Nebel über seinem aufgeknöpften Kragen.

«Salut, Jungs», sagte er ohne Lächeln.

Pinette musterte ihn.

«Salut», sagte Mathieu.

«Sind Offiziere in der Gegend?»

Pinette lachte.

«Hörst du?» fragte er Mathieu. Er wandte sich an den Mann und fügte hinzu: «Nein, alter Freund, nein. Es sind keine Offiziere da: wir sind in einer Republik.»

«Ich verstehe», sagte der Mann.

«Von welcher Division bist du?»

«Von der zweiundvierzigsten.»

«Von der zweiundvierzigsten?» murmelte Pinette. «Nie gehört. Wo liegt ihr?»

«Epinal.»

«Was drückt ihr euch hier herum?»

Der Soldat zuckte die Achseln, Pinette fragte plötzlich beunruhigt:

«Zieht eure Division sich hierhin zurück? Mit den Offizieren und dem ganzen Saftladen?»

Der Soldat lachte ebenfalls und zeigte auf vier Typen, die auf dem Bürgersteig saßen.

«Da ist die Division», sagte er.

Pinettes Augen funkelten:

«Knallt es in Epinal?»

«Es hat geknallt. Jetzt ist es da eher ruhig.»

Er machte auf dem Absatz kehrt und ging zu seinen Kameraden hinüber. Pinette sah ihm nach.

«Von der Zweiundvierzigsten, na so was! Kennst du die Zweiundvierzigste? Ich habe bis jetzt nie was davon gehört.»

«Das war kein Grund, ihn von oben herab zu behandeln», sagte Mathieu.

Pinette zuckte die Achseln.

«Dauernd kommen Männer, von denen du nicht mal weißt, woher sie sind», sagte er verächtlich. «Man fühlt sich nicht mehr zu Hause.»

Mathieu antwortete nicht: er sah die Kratzer auf dem Stamm der Kastanie an.

«Los!» sagte Pinette. «Komm doch mit! Wir gehen zu dritt in die Felder; da sehen wir niemand mehr, das wird schön.»

«Was soll ich denn bei dir und deinem Mädchen? Dafür braucht ihr mich doch nicht.»

«Wir machen es nicht gleich», sagte Pinette kläglich. «Wir müssen reden.»

Er unterbrach sich plötzlich:

«Sieh dir das an! Sieh dir das mal an: noch ein Fremder.»

Ein Soldat kam auf sie zu, klein, untersetzt und stocksteif. Ein blutbefleckter Verband bedeckte sein rechtes Auge.

«Vielleicht sind wir mitten in einer großen Schlacht», sagte Pinette mit hoffnungsvoll bebender Stimme. «Vielleicht fängt es jetzt an zu knallen!»

Mathieu antwortete nicht. Pinette rief den mit dem Verband an:

«Hör mal!»

Der Mann blieb stehen und sah ihn mit seinem einen Auge an.

«Hat es da drüben gekracht?»

Der Mann sah ihn an, ohne zu antworten. Pinette wandte sich Mathieu zu.

«Man kann nichts aus ihnen rausholen.»

Der Mann ging weiter. Nach ein paar Metern blieb er stehen, lehnte den Rücken gegen einen Kastanienbaum und rutschte auf die Erde. Jetzt saß er da, die Knie am Kinn.

«Dem geht's nicht gut», sagte Pinette.

«Komm!» sagte Mathieu.

Sie gingen hin.

«Geht's nicht gut, alter Junge?» fragte Pinette.

Der Soldat antwortete nicht.

«He! Geht's nicht gut?»

«Wir helfen dir», sagte Mathieu zu dem Soldaten.

Pinette beugte sich vor, um ihn unter die Achseln zu fassen, und richtete sich gleich wieder auf.

«Nicht nötig.»

Der Mann blieb mit weit offenen Augen und halb aufgesperrtem Mund sitzen. Er sah sanft und lächelnd aus.

«Nicht nötig?»

«Na Mensch! Sieh ihn dir doch an.»

Mathieu bückte sich und legte den Kopf an die Jacke des Soldaten.

«Du hast recht», sagte er.

«Na, dann müssen wir ihm die Augen zudrücken», sagte Pinette.

Er machte es mit den Fingerspitzen, gesammelt, der Kopf war in den Nacken eingezogen, die Unterlippe schob sich vor. Mathieu sah ihn an und nicht den Toten: der Tote zählte nicht mehr.

«Man könnte meinen, du hättest dein Leben lang nichts anderes getan», sagte er.

«Oh!» sagte Pinette. «Tote habe ich jede Menge gesehen. Aber das ist der erste, seit wir im Krieg sind.»

Der Tote lächelte mit geschlossenen Augen seinen Gedanken nach. Sterben schien leicht zu sein. Leicht und beinah fröhlich. ‹Warum soll man denn dann leben?› Alles fing an im Himmel zu schweben. Die Lebenden, die Toten, die Kirche, die Bäume. Mathieu zuckte zusammen. Eine Hand hatte seine Schulter berührt. Es war der große Kerl mit dem Nebelgesicht; er sah den Toten mit seinen verwaschenen Augen an.

«Was hat er?»

«Er ist tot.»

«Das ist Gérin», erklärte er.

Er drehte sich nach Osten:

«He, Jungs! Kommt mal schnell her!»

Die vier Soldaten standen auf und fingen an zu laufen.

«Gérin ist tot!» rief er ihnen zu.

«Scheiße!»

Sie umringten den Toten und sahen ihn mißtrauisch an.

«Komisch, daß er nicht umgefallen ist.»

«Das kommt manchmal vor. Manche bleiben aufrecht.»

«Bist du sicher, daß er tot ist?»

«Die behaupten es.»

Sie beugten sich alle auf einmal über den Toten. Einer hielt sein Handgelenk, ein anderer horchte an seinem Herzen, der dritte holte einen Taschenspiegel heraus und hielt ihn vor seinen Mund wie im Kriminalroman. Sie richteten sich befriedigt wieder auf.

«So ein Idiot!» sagte der Große kopfschüttelnd.

Sie schüttelten ihre vier Köpfe und wiederholten im Chor:

«So ein Idiot!»

Ein kleiner Dicker wandte sich an Mathieu:

«Er hat zwanzig Kilometer runtergerissen. Wenn er auf seinem Hintern sitzen geblieben wäre, würde er noch leben.»

«Er wollte nicht, daß die Fritzen ihn kriegen», sagte Mathieu entschuldigend.

«Ja und? Die haben Ambulanzen, die Fritzen. Ich habe unterwegs mit ihm geredet. Er blutete wie ein Schwein, aber man konnte ihm nichts sagen. Der Herr war dickköpfig. Nichts zu machen. Er sagte, er wollte nach Hause.»

«Woher kommt er denn?» fragte Pinette.

«Aus Cahors. Er ist da Bäcker.»

Pinette zuckte die Achseln:

«Jedenfalls liegt das nicht in dieser Richtung.»

«Nein.»

Sie schwiegen und sahen den Toten ratlos an.

«Was machen wir mit ihm? Sollen wir ihn begraben?»

«Sonst kann man nichts mehr machen.»

Sie faßten ihn an den Achseln und unter den Knien. Er lächelte sie immer noch an, aber er sah von Minute zu Minute toter aus.

«Wir helfen euch ein bißchen.»

«Nicht nötig.»

«Doch! Doch!» sagte Pinette lebhaft. «Wir haben nichts zu tun, das lenkt ab.»

Der große Soldat sah ihn fest an.

«Nein», sagte er. «Das muß unter uns bleiben. Er gehört zu uns, *wir* müssen ihn begraben.»

«Wo schafft ihr ihn hin?»

Der kleine Dicke deutete mit einer Kopfbewegung nach Norden:

«Da irgendwo.»

Sie setzten sich mit der Leiche in Bewegung; sie sahen genauso tot aus wie sie.

«Kann es sein, daß der Kamerad da vielleicht gläubig war?» fragte Pinette.

Sie sahen ihn verdutzt an. Pinette wies auf die Kirche:

«Da drin sind lauter Pfaffen.»

Der große Soldat hob würdevoll und abweisend die Hand:

«Nein. Nein, nein. Das muß unter uns bleiben.»

Er machte kehrt und folgte den anderen. Sie gingen über den Platz und verschwanden.

«Was hatte der Junge?» rief Charlot.

Mathieu drehte sich um: Charlot hatte den Kopf gehoben und sein Buch neben sich auf die Stufe gelegt.

«Er hatte, daß er tot war.»

«Zu blöd», sagte Charlot, «ich habe nicht daran gedacht, hinzusehen; ich habe ihn erst gesehen, als sie ihn wegtrugen. Er ist doch hoffentlich nicht von uns?»

«Nein.»

«Ah, gut!» sagte er.

Sie kamen näher. Aus den Fenstern des Bürgermeisteramts drangen Gesang und unmenschliche Schreie.

«Was ist denn da drin los?» fragte Mathieu.

Charlot lächelte:

«Das totale Bordell», sagte er bloß.

«Und da kannst du lesen?»

«Ich lese nicht richtig», sagte Charlot demütig.

«Was ist das für ein Schmöker?»

«Der Vaulabelle.»

«Ich dachte, Longin läse ihn.»

«Longin!» sagte Charlot ironisch. «Denkst du! Der ist nicht mehr in der Lage zu lesen, der Longin.»

Mit dem Daumen deutete er über seine Schulter hinweg auf das Gebäude:

«Er ist da drin, besoffen wie ein Schwein.»

«Longin? Der trinkt doch nur Wasser.»

«Na, dann sieh mal nach, ob der nicht besoffen ist!»

«Wie spät ist es?» fragte Pinette.

«Fünf Minuten nach halb sechs.»

Pinette wandte sich an Mathieu:

«Du kommst nicht mit? Dein letztes Wort?»

«Mein letztes Wort. Ich komme nicht mit.»

«Dann rutsch mir doch den Buckel runter.»

Er senkte seine schönen kurzsichtigen Augen zu Charlot hinunter:

«Das ödet mich vielleicht an.»

«Was ödet dich an, Kleiner?»

«Er hat eine Mieze gefunden», sagte Mathieu.

«Wenn sie dich anödet, brauchst du sie bloß an mich weiterzureichen.»

«Kann ich nicht», sagte Pinette. «Sie liebt mich.»

«Dann sieh mal zu.»

Pinette machte eine verwünschende Handbewegung, kehrte ihnen den Rücken zu und ging. Charlot sah ihm lächelnd nach:

«Er gefällt den Frauen.»

«Ja», sagte Mathieu.

«Ich beneide ihn nicht», sagte Charlot. «Wenn ich mir jetzt bloß vorstelle, ein Weib zu besteigen ...»

Er sah Mathieu neugierig an:

«Er soll einem stehen, wenn man Angst hat.»

«Und?»

«Bei mir ist das nicht so, er ist ganz zusammengeschrumpelt.»

«Hast du Angst?»

«Angst, nein. Es ist mir auf den Magen geschlagen.»

«Ich verstehe.»

Charlot packte Mathieu plötzlich beim Ärmel; er senkte die Stimme:

«Setz dich, ich muß dir was sagen.»

Mathieu setzte sich.

«Manche erzählen haarsträubenden Quatsch», sagte Charlot leise.

«Was für Quatsch?»

«Weißt du», sagte Charlot verlegen, «das ist *wirklich* Quatsch.»

«Sag schon.»
«Na ja, der Gefreite Cabel sagt, die Fritzen würden uns kastrieren.»
Er lachte, ohne Mathieu aus den Augen zu lassen.
«Stimmt», sagte Mathieu. «Das ist Quatsch.»
Charlot lachte immer noch:
«Ich glaube auch nicht dran. Das wäre viel zuviel Arbeit.»
Sie schwiegen. Mathieu hatte den Vaulabelle genommen und blätterte darin herum; er hoffte insgeheim, Charlot würde ihn das Buch mitnehmen lassen. Charlot sagte beiläufig:
«Kastrieren sie die Juden bei sich zu Hause?»
«Ach was.»
«Man hat mir so was erzählt», sagte Charlot im gleichen Ton.
Plötzlich faßte er Mathieu bei den Schultern: Mathieu konnte den Anblick dieses verschreckten Gesichts nicht ertragen und sah auf seine Knie.
«Was werden sie mir tun?» fragte Charlot.
«Nicht mehr als den anderen.»
Ein Schweigen trat ein. Mathieu fügte hinzu:
«Zerreiß dein Soldbuch und schmeiß deine Hundemarke weg.»
«Schon längst passiert.»
«Also?»
«Sieh mich an», sagte Charlot.
Mathieu konnte sich nicht entschließen, den Kopf zu heben.
«Du sollst mich ansehen!»
«Ich sehe dich ja an», sagte Mathieu. «Und?»
«Sehe ich jüdisch aus?»
«Nein», sagte Mathieu, «du siehst nicht jüdisch aus.»
Charlot seufzte; ein Soldat kam schwankend aus dem Rathaus, ging drei Stufen hinunter, verfehlte die vierte, flog zwischen Mathieu und Charlot hindurch und knallte mitten auf die Fahrbahn.
«Ist der voll!» sagte Mathieu.

Der Typ stemmte sich auf die Ellbogen hoch und übergab sich, dann fiel sein Kopf wieder herunter, und er rührte sich nicht mehr.

«Sie haben in der Intendanz Wein geklaut», erklärte Charlot. «Du hättest sie sehen sollen, mit Karaffen, die sie wer weiß wo gefunden haben, und einem großen Kessel voll Wein! Widerlich!»

Longin tauchte an einem Fenster im Erdgeschoß auf und rülpste. Er hatte rote Augen und eine ganz schwarze Backe.

«Du hast dich ja schön zugerichtet!» rief Charlot ihm streng zu.

Longin sah sie blinzelnd an; als er sie erkannt hatte, hob er tragisch die Arme hoch:

«Delarue!»

«He?»

«Mein Ruf ist hin.»

«Dann geh doch weg.»

«Ich kann nicht allein weggehen.»

«Ich komme», sagte Mathieu.

Er stand auf und drückte den Vaulabelle an sich.

«Du bist die Güte selbst», sagte Charlot.

«Man muß sich eben die Zeit vertreiben.»

Er ging zwei Stufen hinauf, und Charlot rief hinter ihm:

«He, gib mir meinen Vaulabelle wieder.»

«Schon gut, schrei nicht so laut», sagte Mathieu verdrossen.

Er warf ihm das Buch zu, stieß die Tür auf, trat in einen Flur mit weißen Wänden und blieb angstvoll stehen: eine schrille, schlaftrunkene Stimme sang den *Artilleur de Metz*. Das erinnerte ihn an die Anstalt in Rouen, 1924, als er seine Tante besuchte, eine Witwe, die vor Kummer verrückt geworden war: Irre sangen hinter den Fenstern. An der linken Wand war unter einem Gitter ein Plakat angeschlagen; er trat näher, las: «Allgemeine Mobilmachung» und dachte: ‹Ich bin Zivilist gewesen.› Die Stimme schlief zwischendurch ein, fiel in sich zusammen, entleerte sich gurgelnd und erwachte wieder in einem Schrei. ‹Ich bin

Zivilist gewesen, das ist lange her.› Er betrachtete die beiden gekreuzten Fähnchen auf dem Plakat und sah sich in einem Alpakajackett und mit einem steifen Kragen. Er hatte weder das eine noch das andere jemals getragen; aber er stellte sich Zivilisten so vor. ‹Mir würde davor grauen, wieder Zivilist zu werden›, dachte er. ‹Im übrigen ist das eine aussterbende Rasse.› Er hörte Longin, der «Delarue» rief, sah links eine offene Tür und ging hinein. Die Sonne stand schon tief; ihre langen, staubigen Strahlen schnitten den Raum entzwei, ohne ihn hell zu machen. Die Kehle von einem starken Weingeruch zugeschnürt, zwinkerte Mathieu und erkannte zuerst nur eine Wandkarte, die einen Fleck auf dem Weiß der Wand bildete; dann sah er Ménard, der mit baumelnden Beinen oben auf einem Schränkchen saß und seine Knobelbecher im Purpurrot des Sonnenuntergangs schwenkte. Er war es, der sang; seine feuchtfröhlichen Augen rollten über seinem offenen Maul; seine Stimme strömte ganz von selbst aus ihm heraus, sie lebte von ihm wie ein ungeheurer Parasit, der ihm die Eingeweide und das Blut aussaugte, um sie in Lieder zu verwandeln; träge, mit hängenden Armen, sah er benommen das Ungeziefer an, das ihm aus dem Mund kam. Nicht ein Möbelstück: man hatte sich wohl an den Tischen und Stühlen vergriffen. Ein Willkommensschrei lief durch den Raum:

«Delarue! Guten Tag, Delarue!»

Mathieu blickte nach unten und sah Männer. Einer war in seiner Kotze zusammengesackt, ein anderer lag der Länge nach da und schnarchte; ein dritter lehnte an der Wand; er hatte den Mund offen wie Ménard, aber er sang nicht: ein graumelierter Bart zog sich von einem Ohr zum anderen, und seine Augen hinter dem Zwicker waren geschlossen.

«Salut, Delarue! Delarue, salut!»

Rechts von ihm waren welche, die etwas weniger hinüber waren. Guiccioli saß auf dem Fußboden, mit einem Kochgeschirr voll Wein zwischen den gespreizten Beinen; Latex und Grimaud hatten sich im Türkensitz hingehockt: Grimaud hielt seinen Trinkbecher am Henkel und schlug mit ihm auf den Boden, um zu Ménards Gesang den Takt zu schlagen; Latex' Hand verschwand bis zum Gelenk in seinem Hosenschlitz. Guiccioli sagte ein paar Worte, die von der Stimme des Sängers übertönt wurden.

«Was sagst du?» fragte Mathieu und legte die Hand ans Ohr.

Guiccioli sah wütend zu Ménard hinauf:

«Sei doch mal still, mein Gott! Da platzt einem ja das Trommelfell.»

Ménard hörte auf zu singen. Er sagte kläglich:

«Ich kann nicht aufhören.»

Und sofort danach stimmte er unter dem Zwang seiner Stimme *Les Filles de Camaret* an.

«Jetzt stehen wir schön da!» sagte Guiccioli.

Er war gar nicht so unzufrieden; er sah Mathieu stolz an:

«Er ist nämlich lustig», sagte er. «Wir hier sind alle lustig: wir sind Gangster, Draufgänger; wir sind die Bande der Krakeeler!»

Grimaud nickte zustimmend und lachte. Er sagte konzentriert, als spräche er in einer Fremdsprache:

«Wir blasen nicht Trübsal.»

«Das sehe ich», sagte Mathieu.

«Willst du einen Schluck trinken?» fragte Guiccioli.

Mitten im Zimmer stand ein Kupferkessel voll saurem Rotwein aus der Intendanz. Es schwamm allerhand darin herum.

«Das ist ja ein Einmachkessel», sagte Mathieu. «Wo habt ihr den denn her?»

«Geht dich nichts an», sagte Guiccioli. «Trinkst du, ja oder nein?»

Das Sprechen wurde ihm schwer, und er hatte Mühe, die Augen offenzuhalten, aber er blieb aggressiv.

«Nein», sagte Mathieu. «Ich komme, um Longin mitzunehmen.»

«Wohin mitzunehmen?»

«An die frische Luft.»

Guiccioli nahm sein Kochgeschirr in beide Hände und trank:

«Ich werde dich nicht daran hindern, ihn mitzunehmen», sagte er. «Er quatscht die ganze Zeit von seinem Bruder, er ödet alle an. Denk daran, daß wir hier die Bande der Spaßvögel sind; wir wollen hier keine Trauerklöße.»

Mathieu faßte Longin am Arm.

«Los, komm!»

Longin machte sich ärgerlich los:

«Moment! Laß mir Zeit, mich daran zu gewöhnen.»

«Nimm dir Zeit», sagte Mathieu.

Er machte kehrt, um einen Blick in den Schrank zu werfen. Durch die Scheiben sah er dicke Leinenbände. Lesestoff. Er hätte egal was gelesen: sogar den *Code civil.* Der Schrank war abgeschlossen: er versuchte vergeblich, ihn aufzumachen.

«Schlag die Scheibe ein», sagte Guiccioli.

«Nein!» sagte Mathieu gereizt.

«Warum schlägst du sie nicht ein? Du wirst schon sehen, daß die Fritzen sich keinen Zwang antun werden.»

Er wandte sich an die anderen:

«Die Fritzen werden alles kaputtmachen, und Delarue will den Schrank nicht einschlagen.»

Die Männer lachten.

«Bourgeois!» sagte Grimaud verächtlich.

Latex zog Mathieu an der Jacke.

«He, Delarue, sieh dir das mal an.»

Mathieu drehte sich um.

«Was?»

Latex holte sein Glied aus dem Hosenschlitz:

«Sieh dir das an!» sagte er. «Und zieh deinen Hut: damit habe ich sechs gemacht.»

«Sechs was?»

«Sechs Würmer. Und zwar schöne, die jedesmal an die zwanzig Pfund wogen; ich weiß nicht, wer sie jetzt ernähren soll. Aber du wirst uns noch mehr machen», sagte er zärtlich, über seine Eichel gebeugt. «Du wirst uns noch Dutzende machen, du Lustmolch!»

Mathieu wandte die Augen ab.

«Zieh deinen Hut, du Anfänger!» schrie Latex wütend.

«Ich habe keinen Hut», sagte Mathieu.

Latex warf einen Blick in die Runde:

«Sechs in acht Jahren. Wer bietet mehr?»

Mathieu ging wieder zu Longin:

«Nun? Kommst du mit?»

Longin sah ihn finster an:

«Ich mag nicht, wenn man mich drängt.»

«Ich dränge dich ja nicht, du hast mich gerufen.»

Longin hielt ihm den Finger unter die Nase:

«Ich mag dich nicht besonders, Delarue. Ich habe dich nie besonders gemocht.»

«Ganz meinerseits», sagte Mathieu.

«Gut!» sagte Longin befriedigt. «So verstehen wir uns vielleicht. Erstens», fragte er und sah Mathieu argwöhnisch an, «warum sollte ich nicht trinken? Was hätte ich davon, nicht zu trinken?»

«Du kriegst das heulende Elend», sagte Guiccioli.

«Wenn ich nicht trinken würde, wäre es noch schlimmer.»

Ménard sang:

Si je meurs, je veux qu'on m'enterre
*Dans la cave où y a du bon vin.**

Mathieu sah Longin an.

«Du kannst trinken, soviel du willst», sagte er.

«He?» grunzte Longin enttäuscht.

«Ich sage», schrie Mathieu, «daß du trinken kannst, soviel du willst: mir ist das schnuppe.»

Er dachte: ‹Ich brauche nur zu gehen.› Aber er konnte sich nicht entschließen. Er beugte sich über sie, er atmete den vollen, süßen Geruch ihrer Trunkenheit und ihres Unglücks ein; er dachte: ‹Wo sollte ich hingehen?›, und

* Wenn ich sterbe, will ich beerdigt werden
Im Keller, wo's guten Wein gibt.

ihm wurde schwindlig. Sie widerten ihn nicht an, diese Besiegten, die die Niederlage bis zur Neige austranken. Wenn ihn jemand anwiderte, dann er selbst. Longin bückte sich, um seinen Becher aufzuheben, und fiel auf die Knie.

«Scheiße.»

Er kroch zum Kessel, steckte den Arm bis zum Ellbogen in den Wein, zog den triefenden Becher heraus und beugte sich vor, um zu trinken. Aus seinen beiden zitternden Mundwinkeln rann die Flüssigkeit in den Kessel.

«Mir ist nicht gut», sagte er.

«Kotz dich aus», riet Guiccioli.

«Wie macht man das?» fragte Longin. Er war leichenblaß und atmete mühsam.

Guiccioli steckte sich zwei Finger in den Mund, beugte sich zur Seite, röchelte ein bißchen und brach etwas Schleim.

«So», sagte er und wischte sich mit dem Handrücken den Mund ab.

Immer noch kniend, nahm Longin seinen Becher in die linke Hand und schob sich die rechte in den Rachen.

«He!» schrie Latex. «Du kotzt gleich in den Wein.»

«Delarue!» schrie Guiccioli. «Schubs ihn weg! Schubs ihn schnell weg!»

Mathieu stieß Longin weg, der auf den Hintern fiel, ohne die Finger aus dem Mund zu nehmen. Alle sahen ihn aufmunternd an. Longin zog die Finger heraus und rülpste.

«Nimm nicht die andere Hand», sagte Guiccioli. «Es kommt gleich.»

Longin hustete und wurde knallrot.

«Das kommt überhaupt nicht», protestierte er hustend.

«Bist du eine Nervensäge!» schrie Guiccioli wütend. «Wenn man nicht kotzen kann, trinkt man nicht.»

Longin kramte in seiner Tasche, kniete sich wieder hin und kauerte sich neben den Kessel.

«Was machst du denn?» schrie Grimaud.

«Ich mache mir einen feuchten Umschlag», sagte Longin und zog sein weintriefendes Taschentuch aus dem Kessel. Er legte es auf seine Stirn und sagte mit kindlicher Stimme:

«Delarue, könntest du es mir bitte hinten zubinden?»

Mathieu nahm die beiden Enden des Taschentuchs und band sie in Longins Nacken zu.

«Ah!» sagte Longin, «schon besser.»

Das Taschentuch verdeckte sein linkes Auge; Rotwein lief über seine Backen und in seinen Hals.

«Du siehst aus wie Jesus Christus», sagte Guiccioli lachend.

«Da hast du recht», sagte Longin. «Ich bin auch so was Ähnliches wie Jesus Christus.»

Er gab Mathieu seinen Becher zum Nachfüllen.

«Nein!» sagte Mathieu. «Du hast schon genug getrunken.»

«Tu, was ich dir sage», schrie Longin. «Tu, was ich dir sage, zum Teufel!» Er fügte klagend hinzu: «Ich habe Heimweh!»

«Verflucht noch mal», sagte Guiccioli, «gib ihm schnell was zu trinken, sonst fängt er wieder mit seinem Bruder an.»

Longin sah ihn arrogant an:

«Warum soll ich nicht von meinem Bruder sprechen, wenn ich Lust habe? Willst du mich etwa daran hindern?»

«Ach, laß uns in Ruhe!» sagte Guiccioli.

Longin wandte sich Mathieu zu:

«Mein Bruder ist in Hossegor», erklärte er.

«Dann ist er nicht Soldat?»

«Denkst du: er ist ausgemustert. Er geht mit seinem Weib im Kiefernwald spazieren; sie sagen sich: ‹Armer Paul, er hat Pech gehabt›, und sie knutschen sich, während sie an mich denken. Ha, ich werd's ihnen zeigen, von wegen armer Paul.»

Er dachte einen Augenblick nach und schloß:

«Ich mag meinen Bruder nicht.»

Grimaud lachte Tränen.

«Was gibt's denn da zu lachen?» fragte Longin gereizt.

«Willst du ihm etwa das Lachen verbieten?» fragte Guiccioli entrüstet. «Mach weiter, Kleiner», sagte er väterlich zu Grimaud, «lach dich kaputt, schütte dich aus, wir sind hier, um uns zu amüsieren.»

«Ich lache wegen meiner Frau», sagte Grimaud.

«Deine Frau interessiert mich einen Dreck», sagte Longin.

«Wenn du von deinem Bruder sprichst, kann ich genausogut von meiner Frau quatschen.»

«Was ist mit deiner Frau?»

Grimaud legte einen Finger auf die Lippen:

«Pst!» machte er. Er beugte sich zu Guiccioli und sagte vertraulich: «Ich habe eine Frau, die ist häßlich wie ein Hintern.»

Guiccioli wollte etwas sagen.

«Kein Wort!» sagte Grimaud gebieterisch. «Wie ein Hintern, das ist unbestreitbar. Warte», fügte er hinzu, hob sich ein bißchen an und streckte die linke Hand unter das Hinterteil, um an seine Gesäßtasche zu kommen. «Ich zeige sie dir, da mußt du kotzen.»

Nach ein paar ergebnislosen Versuchen ließ er sich wieder zurückfallen.

«Na, jedenfalls: sie ist häßlich wie ein Hintern, das kannst du mir glauben. Wieso sollte ich lügen, das bringt mir doch nichts.»

Longin wirkte interessiert:

«Ist sie *wirklich* häßlich?» fragte er.

«Ich sage dir: wie ein Hintern.»

«Was ist denn so häßlich an ihr?»

«Alles. Sie hat Titten bis zu den Knien und einen Hängearsch. Und wenn du ihre Beine sehen würdest, eine Katastrophe! O-Beine.»

«Dann mußt du sie mir abtreten», sagte Longin lachend, «das ist eine Frau für mich. Ich habe immer nur alte Hexen vernascht, die Schönen waren für meinen Bruder.»

Grimaud zwinkerte schlau.

«O nein, ich werde sie dir nicht abtreten, Freundchen. Denn wenn ich sie dir abtrete, ist nicht gesagt, ob ich eine andere finde, wo ich doch schließlich auch keine Schönheit bin. So ist das Leben», schloß er mit einem Seufzer. «Man muß sich mit dem zufriedengeben, was man hat.»

Et voilà, sang Ménard, *la vie, la vie*
*Que les bons moines ont.**

«So ist das Leben!» sagte Longin. «So ist das Leben! Wir sind Tote, die sich an ihr Leben erinnern. Verflucht noch mal, das war kein schönes Leben.»

Guiccioli warf ihm sein Kochgeschirr ins Gesicht. Das Kochgeschirr streifte Longins Backe und fiel in den Kessel.

«Leg eine andere Platte auf», sagte Guiccioli wutschnaubend. «Ich habe auch meine Probleme, aber ich falle den anderen damit nicht auf den Wecker. Wir sind hier unter Spaßvögeln, verstehst du?»

Longin wandte Mathieu verzweifelte Augen zu:

«Bring mich von hier weg», sagte er leise. «Bring mich weg!»

Mathieu bückte sich, um ihn unter den Achseln zu fassen; Longin wand sich wie eine Natter und sackte ihm weg.

Mathieu verlor die Geduld:

«Ich hab's satt», sagte er. «Kommst du nun mit oder nicht?»

Longin hatte sich auf den Rücken gelegt und sah ihn verschmitzt an:

«Du möchtest wohl gerne, daß ich mitkomme, hm? Das möchtest du wohl.»

«Ist mir scheißegal. Ich möchte nur, daß du dich entscheidest, so oder so.»

«Na, dann trink einen Schluck», sagte Longin. «Du hast Zeit, einen Schluck zu trinken, während ich überlege.»

Mathieu antwortete nicht. Grimaud hielt ihm seinen Becher hin.

«Da!»

* Und so ist das Leben, das Leben,
das die guten Mönche haben.

«Danke», sagte Mathieu und lehnte mit einer Handbewegung ab.

«Warum trinkst du nicht?» fragte Guiccioli verblüfft. «Es ist genug für alle da: tu dir keinen Zwang an.»

«Ich habe keinen Durst.»

Guiccioli lachte:

«Er sagt, er hat keinen Durst! Weißt du denn nicht, du Trauerkloß, daß wir die Bande der Trinker-ohne-Durst sind?»

«Ich habe keine Lust zu trinken.»

Guiccioli zog die Augenbrauen hoch:

«Warum hast du keine Lust wie die anderen? Warum?»

Er sah Mathieu streng an:

«Ich dachte, du wärst mit allen Wassern gewaschen. Delarue, du enttäuschst mich!»

Longin richtete sich auf einen Ellbogen auf:

«Merkt ihr denn nicht, daß er uns verachtet?»

Es wurde still. Guiccioli richtete fragende Augen auf Mathieu, dann, plötzlich, sackte er zusammen, und seine Lider schlossen sich. Er lächelte jämmerlich und sagte mit geschlossenen Augen:

«Wer uns verachtet, braucht nur abzuhauen. Wir halten niemanden zurück, wir sind unter uns.»

«Ich verachte niemanden», sagte Mathieu.

Er hielt inne: ‹Sie sind betrunken, und ich habe nicht getrunken.› Das verlieh ihm gegen seinen Willen eine Überlegenheit, deren er sich schämte. Er schämte sich der geduldigen Stimme, die er ihnen gegenüber annehmen mußte, ‹Sie haben sich vollaufen lassen, weil sie nicht mehr konnten!› Aber niemand konnte ihr Elend teilen, es sei denn, er war genauso voll wie sie. ‹Ich hätte nie hierherkommen dürfen›, dachte er.

«Er verachtet uns», wiederholte Longin mit apathischer Wut. «Er kommt sich vor wie im Kino, es ist für ihn zum Totlachen, besoffene Typen zu sehen, die vor sich hin faseln.»

«Du vielleicht!» sagte Latex. «Ich fasele nicht.»

«Ach, laß doch!» sagte Guiccioli gequält.

Grimaud sah Mathieu versonnen an:

«Wenn er uns verachtet, pisse ich ihm auf den Scheitel.»

Guiccioli lachte:

«Wir pissen dir auf den Scheitel», wiederholte er. «Wir pissen dir auf den Scheitel.»

Ménard hatte aufgehört zu singen; er rutschte vom Schrank herunter, sah sich gehetzt um, dann schien er sich zu beruhigen, stieß einen Seufzer der Erleichterung aus und fiel ohnmächtig um. Niemand beachtete ihn: sie sahen gerade vor sich hin und warfen Mathieu ab und an einen bösen Blick zu. Mathieu wußte nicht mehr, was er mit sich anfangen sollte: er war arglos hereingekommen, um Longin zu helfen. Aber er hätte voraussehen müssen, daß Scham und Skandal mit ihm hereinkommen würden. Seinetwegen waren diese Männer sich ihrer selbst bewußt geworden; er sprach ihre Sprache nicht mehr, und doch war er, ohne es zu wollen, ihr Richter und ihr Zeuge geworden. Er war angewidert von diesem Kessel voll Wein und Unrat, und gleichzeitig warf er sich diesen Widerwillen vor: ‹Wer bin ich, daß ich es ablehne zu trinken, wenn meine Kameraden besoffen sind?›

Latex kraulte sich nachdenklich den Unterleib. Plötzlich wandte er sich mit herausfordernd aufblitzenden Augen Mathieu zu; dann zog er sein Kochgeschirr zwischen die Beine und tauchte seinen Schwanz in den Wein.

«Ich tunke ihn ein, weil das stärkt.»

Guiccioli lachte prustend. Mathieu wandte den Kopf ab und begegnete Grimauds ironischem Blick:

«Du fragst dich wohl, wo du hingeraten bist?» fragte Grimaud. «Ha, du kennst uns nicht, Freundchen: bei uns muß man auf alles gefaßt sein.»

Er beugte sich vor und rief mit komplizenhaftem Augenzwinkern:

«He, Latex! Wetten, daß du den Wein nicht trinkst?»

Latex zwinkerte zurück.

«Ich werd mich grad bremsen.»

Er hob das Kochgeschirr hoch und trank laut schlürfend, wobei er Mathieu beobachtete. Longin grinste; alle lächelten. Sie hauen meinetwegen so auf die Pauke. Latex stellte sein Kochgeschirr ab und schnalzte mit der Zunge.

«Das schmeckt nach mehr.»

«Na?» fragte Guiccioli. «Was sagst du jetzt? Sind wir keine Witzbolde? Sind wir keine kleinen Witzbolde?»

«Und das ist gar nichts», sagte Grimaud. «Das ist noch gar nichts.» Mit seinen zitternden Händen versuchte er seinen Hosenschlitz aufzuknöpfen; Mathieu beugte sich zu Guiccioli hinunter:

«Gib mir dein Kochgeschirr», sagte er sanft. «Ich will mich mit euch amüsieren.»

«Es ist in den Kessel gefallen», sagte Guiccioli mißmutig. «Du brauchst es bloß rauszufischen.»

Mathieu tauchte die Hand in den Kessel, rührte mit den Fingern im Wein, tastete den Boden ab und zog das volle Kochgeschirr heraus. Grimauds Hände wurden regungslos; er sah sie an, dann steckte er sie in die Tasche und sah Mathieu an.

«Aha!» sagte Latex besänftigt. «Ich wußte ja, daß du dich nicht bremsen kannst.»

Mathieu trank. Im Wein waren weiche, farblose Klümpchen. Er spuckte sie aus und füllte das Kochgeschirr noch einmal. Grimaud lachte gutmütig:

«Wer uns sieht», sagte er, «kann nicht anders: er muß trinken. Wer uns sieht, kriegt eben Lust.»

«Besser Lust als Mitleid», sagte Guiccioli aufgekratzt.

Mathieu rettete erst eine Fliege, die im Wein herumzappelte, dann trank er. Latex sah ihm mit Kennermiene zu:

«Das ist kein Besäufnis», sagte er. «Das ist Selbstmord.»

Das Kochgeschirr war leer.

«Es fällt mir sehr schwer, mich zu besaufen», sagte Mathieu.

Er füllte das Kochgeschirr zum drittenmal. Der Wein war schwer und schmeckte merkwürdig süß.

«Ihr habt doch nicht etwa reingepißt?» fragte Mathieu, argwöhnisch geworden.

«Du bist wohl plemplem?» fragte Guiccioli entrüstet. «Meinst du, wir würden Wein versauen?»

«So!» sagte Mathieu. «Und außerdem ist es mir scheißegal.»

Er trank in einem Zug und schnaufte.

«Na?» fragte Guiccioli interessiert. «Fühlst du dich besser?»

Mathieu schüttelte den Kopf:

«Noch nicht so richtig.»

Er nahm das Kochgeschirr; er beugte sich mit zusammengebissenen Zähnen über den Kessel, als er Longins feixende Stimme hinter seinem Rücken hörte:

«Er will uns zeigen, daß er Alkohol besser verträgt als wir.»

Mathieu drehte sich um:

«Das stimmt nicht! Ich besaufe mich, um mich zu amüsieren.»

Longin hatte sich stocksteif wieder hingesetzt; der Verband war ihm über die Nase gerutscht. Über dem Verband sah Mathieu seine starren, runden Augen wie die eines alten Huhns.

«Ich mag dich nicht besonders, Delarue!» sagte Longin.

«Das hast du schon mal gesagt.»

«Die Kumpel mögen dich auch nicht besonders», sagte Longin. «Du schüchterst sie ein, weil du gebildet bist, du brauchst aber nicht zu denken, daß sie dich mögen.»

«Warum sollten sie mich mögen?» fragte Mathieu zwischen den Zähnen hervor.

«Du machst nichts so wie alle anderen», fuhr Longin fort. «Sogar wenn du dich besäufst, ist es anders als bei uns.»

Mathieu sah Longin ratlos an, dann drehte er sich um und warf das Kochgeschirr in die Glastür des Schranks.

«Ich kann mich nicht besaufen», sagte er laut. «Ich kann nicht. Ihr seht doch, daß ich nicht kann.»

Niemand gab einen Ton von sich; Guiccioli legte eine

große Scherbe, die ihm auf die Knie gefallen war, auf den Fußboden. Mathieu trat zu Longin, faßte ihn fest am Arm und stellte ihn wieder auf die Füße.

«Was soll das? Wieso mischst du dich ein?» schrie Longin. «Kümmer dich um deinen eigenen Dreck, du feiner Pinkel!»

«Ich bin reingekommen, um dich zu holen», sagte Mathieu, «und ich werde mit dir weggehen.»

Longin wehrte sich wütend.

«Laß mich in Ruhe, sag ich dir, laß mich los. Laß mich los, verflucht noch mal, oder ich werde unangenehm.»

Mathieu fing an, ihn aus dem Raum zu ziehen. Longin hob die Hand und versuchte, ihm die Finger in die Augen zu bohren.

«Du Schwein», sagte Mathieu.

Er ließ Longin los und gab ihm zwei leichte Kinnhaken; Longin wurde schlaff und drehte sich um sich selbst; Mathieu fing ihn im Fallen auf und lud ihn sich auf die Schultern wie einen Sack.

«Seht ihr», sagte er. «Wenn ich will, kann ich auch ein Witzbold sein.»

Er haßte sie. Er ging hinaus und stieg mit seiner Last die Treppe hinunter. Charlot lachte schallend, als er vorbeiging.

«Der ist vielleicht voll, der Bruder!»

Mathieu ging über die Straße und setzte Longin an einer Kastanie ab. Longin machte ein Auge auf, wollte sprechen und kotzte.

«Geht's besser?» fragte Mathieu.

Longin kotzte noch einmal.

«Das tut gut», sagte er zwischen zwei Schluckauf.

«Ich gehe jetzt», sagte Mathieu. «Wenn du ausgekotzt hast, versuch mal richtig zu pennen.»

Er war außer Atem, als er an der Poststelle ankam. Er klopfte. Pinette machte ihm auf und sah ihn entzückt an.

«So!» sagte er. «Du hast dich doch noch entschlossen.»

«Zu guter Letzt, ja», sagte Mathieu.

Die Postbeamtin tauchte im Dunkeln hinter Pinette auf.

«Mademoiselle hat heute keine Angst mehr», sagte Pinette. «Wir machen einen kleinen Spaziergang durch die Felder.»

Die Kleine warf ihm einen finsteren Blick zu. Mathieu lächelte sie an. Er dachte: ‹Sie kann mich nicht ausstehen›, aber es war ihm unsäglich egal.

«Du riechst nach Wein», sagte Pinette.

Mathieu lachte, ohne zu antworten. Die Postbeamtin zog ihre schwarzen Handschuhe an, schloß die Tür zweimal ab, und sie gingen los. Sie hatte die Hand auf Pinettes Arm gelegt, und Pinette hakte Mathieu ein. Soldaten grüßten sie im Vorbeigehen.

«Wir machen einen Sonntagsspaziergang», rief Pinette ihnen zu.

«Oh!» sagten sie. «Ohne die Offiziere ist jeden Tag Sonntag.»

Mondstille unter der Sonne; plumpe Bildnisse aus Gips rings in der Wüste *werden die künftigen Arten daran erinnern, was die menschliche Rasse war.* Lange, weiße Ruinen vergossen in Rinnsalen ihren schwarzen Schweiß. Im Nordwesten ein Triumphbogen, im Norden ein römischer Tempel; im Süden führt eine Brücke zu einem anderen Tempel; Wasser vermodert in einem Becken, ein Messer aus Stein ragt in den Himmel. Stein; im Zucker der Geschichte eingemachter Stein; Rom, Ägypten, das Steinzeitalter: das ist von einem berühmten Platz übrig. Er wiederholte: ‹Alles, was übrig ist›, aber die Freude war ein bißchen stumpf geworden. Nichts ist eintöniger als eine Katastrophe; er gewöhnte sich allmählich daran. Er lehnte sich an das Zaungitter, noch glücklich, aber müde, und hatte einen fiebrigen Sommergeschmack im Mund: er war den ganzen Tag herumgegangen; jetzt konnten seine Beine ihn kaum noch tragen, aber er mußte trotzdem weitergehen. In einer toten Stadt muß man gehen. ‹Ich verdiene eine kleine Belohnung›, dachte er. Irgend etwas, etwas, was nur für ihn an einer Straßenecke blühte. Aber es war nichts da. Überall Wüste: winzige Splitter von Palästen hüpften schwarz-weiß darin herum, Tauben, uralte Vögel, die dadurch, daß sie sich von Statuen ernährt hatten, zu Steinen geworden waren. Die einzige heitere Note in dieser mineralischen Landschaft war die Nazifahne auf dem Hôtel Crillon.

Oh! Die Flagge aus blutigem Fleisch auf der Seide der Meere und der arktischen Blumen.

Mitten auf dem Blutfetzen der Kreis, weiß wie der der Laterna magica auf den Bettlaken meiner Kindheit; mitten im Kreis der Knoten schwarzer Schlangen, Sigel des Bösen, mein Sigel. Ein roter Tropfen bildet sich jede Sekunde in den Falten der Fahne, löst sich, fällt auf den Schotter: die Tugend blutet. Er murmelte: «Die Tugend blutet!» Aber das machte ihm nicht mehr ganz soviel Spaß wie am Tag zuvor. Drei Tage lang hatte er mit niemandem gesprochen, und seine Freude war abgestumpft; eine Weile trübte die Müdigkeit sein Sehvermögen, und er fragte sich, ob er nicht nach Hause gehen sollte. Nein. Er konnte nicht nach Hause gehen: ‹Meine Anwesenheit wird *überall* verlangt.› Gehen. Er begrüßte erleichtert das laute Aufreißen des Himmels: das Flugzeug glänzte in der Sonne, das war die Wachablösung, die tote Stadt hatte einen anderen Zeugen, sie hob ihre tausend toten Köpfe zu anderen Augen auf. Daniel lächelte: *ihn* suchte das Flugzeug zwischen den Grabsteinen. ‹Für mich allein ist es da.› Er hatte Lust, mitten auf den Platz zu stürzen und mit seinem Taschentuch zu winken. Wenn sie ihre Bomben abwürfen! Das wäre eine Auferstehung, die Stadt würde von hämmerndem Lärm widerhallen, wie als sie arbeitete, schöne Parasitenblumen würden sich an den Fassaden festhaken. Das Flugzeug flog vorbei; rings um Daniel entstand wieder planetarische Stille. Gehen! Rastlos über die Oberfläche dieses erkalteten Gestirns gehen.

Er ging mit schleppenden Schritten weiter; der Staub machte seine Schuhe weiß. Er zuckte zusammen: die Stirn gegen irgendeine Scheibe gelehnt, beobachtete ein müßiger siegreicher General mit den Händen auf dem Rücken vielleicht diesen im Museum der Pariser Altertümer verirrten Eingeborenen. Alle Fenster wurden deutsche Augen; er straffte sich und ging locker weiter, sich zum Spaß in den Hüften wiegend. ‹Ich bin der Nekropolenwärter.› Die Tuilerien, der Quai des Tuileries; bevor er die Fahrbahn überquerte, wandte er aus Gewohnheit den Kopf nach links und nach rechts, sah aber nichts als einen langen Laubtunnel. Er wollte gerade auf den Pont de Solférino einbiegen, als er mit klopfendem Herzen stehenblieb: die Belohnung. Ein Schauer lief ihm von den Kniekehlen bis zum Nacken, und seine Füße wurden kalt, er rührte sich nicht und hielt den Atem an, alles Leben in ihm zog sich in seine Augen zurück: mit den Augen verschlang er den schlanken jungen Mann, der ihm unschuldig den Rücken zukehrte und sich über das Wasser beugte. ‹Welch wundersame Begegnung!› Daniel wäre nicht ergriffener gewesen, wenn der Abendwind eine Stimme geworden wäre, die ihn anrief, oder wenn die Wolken seinen Namen an den lila Himmel geschrieben hätten, so offenkundig war, daß dieses Kind für ihn dort hingestellt worden war, daß seine langen, breiten Hände unten an den Seidenmanschetten Wörter seiner Geheimsprache waren: ‹Er ist ein Geschenk.› Der Junge war groß und zart, hatte zerzauste blonde Haare und runde, beinah weibliche Schultern, schmale Hüften, ein festes, etwas kräftiges Kreuz, exquisite kleine Ohren; er mochte neunzehn oder zwanzig Jahre alt sein. Daniel sah diese Ohren an, er dachte: ‹Welch wundersame Begegnung› und hatte beinah Angst. Sein ganzer Körper *stellte sich tot*, wie Insekten, denen Gefahr droht; die schlimmste Gefahr für mich ist die Schönheit. Seine Hände wurden immer kälter, eiserne Finger gruben sich in seinen Hals. Die Schönheit, die heimtückischste der Fallen, bot sich mit einem Lächeln des Einverständnisses und der Nachgiebigkeit an, winkte ihm zu, tat so, als wartete sie auf ihn. Was für eine Lüge: dieser zarte, dargebotene Nacken wartete auf nichts und niemand: er schmiegte sich an den Jackenkragen und genoß sich selbst, sie genossen sich selbst und ihre Wärme, die langen, warmen, blonden Schenkel, die man im grauen Flanell ahnte. Er lebt, er sieht den Fluß an, er denkt, rätselhaft und einsam wie eine Palme; er gehört mir, und er weiß nichts von mir. Daniel bekam würgende Angst, und eine Sekunde lang kippte alles um: das Kind, winzig und fern, rief ihn aus der Tiefe des Abgrunds; die Schönheit rief ihn; Schönheit, mein Schicksal. Er dachte: ‹Jetzt geht alles von vorne los.› Alles: die Hoffnung, das Unglück, die Scham, die Torheiten. Und dann, plötzlich, fiel ihm wieder ein, daß Frankreich erledigt war: *Alles ist erlaubt!* Die Wärme strahlte von seinem Bauch in die Fingerspitzen, seine Müdigkeit wurde weggeblasen, das Blut strömte in seine Schläfen: ‹Als einzige sichtbare Vertreter des Menschengeschlechts, als einzige Überlebende einer verschwundenen Nation ist es unvermeidlich, daß wir uns ansprechen: was wäre natürlicher?› Er ging einen Schritt auf den zu, den er schon das Wunder taufte, er fühlte sich jung und gut, gewichtig durch die erregende Offenbarung, die er ihm brachte. Und gleich darauf blieb er stehen: er hatte bemerkt, daß das Wunder an allen Gliedern zitterte; eine krampfhafte Bewegung schleuderte seinen Körper mal zurück, mal drückte sie seinen Bauch gegen die Brüstung und beugte seinen Nacken übers Wasser. ‹Kleiner Idiot!› dachte Daniel ärgerlich. Das Kind war dieser außergewöhnlichen Minute nicht würdig, es war bei der Verabredung nicht ganz da, kindische Sorgen lenkten diese Seele ab, die sich für die frohe Botschaft bereit halten sollte. ‹Kleiner Idiot!› Plötzlich hob das Wunder in einer seltsamen, steifen Bewegung den rechten Fuß, als wollte es über das Geländer klettern. Daniel stand sprungbereit da, als der Kleine sich unruhig, mit dem Bein in der Luft umdrehte. Er erblickte Daniel, und Daniel sah wilde Augen in einem kreideweißen Gesicht; der Kleine zögerte eine Sekunde, sein Fuß fiel, über den Stein schrammend, wieder herunter, dann setzte er sich lässig in Bewegung und ließ die Hand über die Brüstungskante gleiten. ‹*Du* willst dich umbringen!›

Daniels Entzücken gefror mit einem Schlag. Das war nur ein kopfloser, gemeiner Bengel, der unfähig war, die Konsequenzen seiner Dummheiten zu ertragen. Ein Schwall von Begehren entflammte ihn; er ging mit der eisigen Freude des Jägers hinter dem Jungen her. Er frohlockte kalt; er fühlte sich befreit, ganz sauber, so böse wie möglich. Eigentlich war ihm das lieber, aber zum Spaß grollte er dem Kleinen weiter: ‹Du willst dich umbringen, kleiner Schwachkopf? Wenn du glaubst, das wäre einfach! Das haben Schlauere als du nicht geschafft.› Der Junge war sich einer Gegenwart hinter seinem Rücken bewußt; er machte jetzt zu hohe und zu steife, große Schritte wie ein Pferd. Mitten auf der Brücke bemerkte er plötzlich die Existenz seiner rechten Hand, die im Gehen über die Brüstung streifte: sie hob sich steif und prophetisch unten an seinem Arm, er senkte sie mit Gewalt, stopfte sie in die Tasche und ging mit hochgezogenen Schultern weiter. ‹Er sieht *nicht ganz geheuer* aus›, dachte Daniel, ‹so mag ich sie.› Der junge Mann beschleunigte den Schritt; Daniel ebenfalls. Ein hartes Lachen kam ihm auf die Lippen: ‹Er leidet, er hat es eilig, Schluß zu machen, aber er kann nicht, weil ich hinter ihm bin. Geh nur, ich verlasse dich nicht.› Am Ende der Brücke zögerte der Kleine, dann bog er auf den Quai d'Orsay ein; er kam zu einer Treppe, die zum Flußufer führte, blieb stehen, drehte sich ungeduldig nach Daniel um und wartete. Blitzartig sah Daniel ein reizendes, bleiches Gesicht, eine kurze Nase, einen weichlichen kleinen Mund, stolze Augen. Er senkte scheinheilig die Lider, näherte sich langsam, ging an dem Kind vorbei, ohne es anzusehen, warf dann nach ein paar Schritten einen Blick über die Schulter: der Kleine war verschwunden. Daniel beugte sich gemächlich über das Geländer und sah ihn am Ufer, wo er in die Betrachtung eines Ankerrings versunken war, dem er gedankenvoll Fußtritte gab; Daniel mußte schnellstens und unauffällig hinunter. Zum Glück war zwanzig Meter weiter noch eine Treppe, eine schmale Eisenleiter hinter einem Mauervorsprung. Daniel stieg langsam und lautlos hinunter: es machte ihm wahnsinnig Spaß. Am Fuß der Leiter preßte er sich an die Mauer: am äußersten Rand des Ufers sah das Kind ins Wasser. Die grünliche, schweflig schillernde Seine führte seltsame wabbelige und dunkle Gegenstände mit sich; es war nicht sehr verlockend, einen Kopfsprung in diesen kranken Fluß zu machen. Der Kleine bückte sich, hob einen Kiesel auf und ließ ihn ins Wasser fallen, dann versank er wieder in seine manische Betrachtung. ‹Ach komm, heute nicht; in fünf Minuten kriegt er Schiß. Muß man ihm die Zeit dazu lassen? Versteckt bleiben, abwarten, bis er von seiner Verworfenheit ganz durchdrungen ist, und wenn er weggeht, in schallendes Gelächter ausbrechen? Das ist riskant: ich kann mich für immer verhaßt machen. Wenn ich mich jetzt gleich auf ihn stürze, wie um ihn daran zu hindern, sich zu ertränken, wird er mir dankbar sein, daß ich ihn dessen für fähig gehalten habe, und vor allem dafür, daß ich ihm eine Konfrontation mit sich selbst erspart habe, auch wenn er mir der Form halber grollt.› Daniel fuhr sich mit der Zunge über die Lippen, atmete tief ein und sprang aus seinem Versteck. Der junge Mann drehte sich erschreckt um; er wäre gefallen, wenn Daniel ihn nicht am Arm gepackt hätte; er sagte:

«Ich . . .»

Aber er erkannte Daniel und schien sich zu beruhigen; der Schrecken in seinen Augen wich der Wut. *Vor einem anderen* hat er Angst.

«Was soll das?» fragte er hochmütig.

Daniel konnte nicht gleich antworten: das Verlangen verschlug ihm den Atem.

«Junger Narziß!» sagte er mühsam. «Junger Narziß!»

Nach einer Weile fügte er hinzu:

«Narziß hat sich zu weit vorgebeugt, junger Mann: er ist ins Wasser gefallen.»

«Ich bin nicht Narziß», sagte der Kleine, «ich habe einen guten Gleichgewichtssinn und kann auf Ihre Dienste verzichten.»

‹Er ist Student›, dachte Daniel. Er fragte unvermittelt:

«Wolltest du dich umbringen?»

«Sind Sie verrückt?»

Daniel fing an zu lachen, und das Kind wurde rot:

«Lassen Sie mich in Ruhe!» sagte es düster.

«Wann es mir gefällt!» sagte Daniel und hielt es noch fester.

Der Kleine senkte seine schönen Augen, und Daniel hatte gerade noch Zeit, sich zurückzuwerfen, um einem Tritt mit dem Absatz auszuweichen. ‹Fußtritte!› dachte Daniel, als er wieder ins Gleichgewicht kam. ‹Ziellose Fußtritte, sogar ohne mich anzusehen.› Er war entzückt. Sie schnauften schweigend: der Kleine hielt den Kopf gesenkt, und Daniel konnte seine erstaunlich feinen Haare bewundern.

«Na? Man tritt hinterlistig mit dem Fuß wie eine Frau?»

Der Kleine bewegte den Kopf von rechts nach links, als versuchte er vergeblich, ihn wieder zu heben. Nach einer Weile sagte er mit demonstrativer Grobheit:

«Hauen Sie ab.»

In seiner Stimme lag mehr Starrsinn als Sicherheit, aber er hatte endlich den Kopf hochgehoben und sah Daniel mit einer Kühnheit, die sich selbst erschreckte, ins Gesicht. Schließlich glitten seine Augen zur Seite, und Daniel konnte in aller Ruhe diesen hübschen, düsteren Kopf ansehen, der sich ihm gleichsam darbot. ‹Stolz und Schwäche›, dachte er. ‹Und Unaufrichtigkeit. Ein von einer abstrakten Verirrung aufgewühltes kleines Bürgergesicht; charmante Züge, aber ohne Entgegenkommen.› Im gleichen Augenblick bekam er einen Fußtritt an die Wade und konnte sich nicht verbeißen, vor Schmerz das Gesicht zu verziehen.

«Verdammter kleiner Idiot! Was hält mich eigentlich davon ab, dir ordentlich den Hintern zu versohlen.»

Die Augen des Jungen funkelten:

«Versuchen Sie's doch!»

Daniel schüttelte ihn:

«Und wenn ich es versuchte? Wenn ich Lust bekäme, dir auf der Stelle die Hose runterzuziehen, würdest du mich daran hindern?»

Der Kleine wurde blutrot und lachte.

«Sie machen mir keine Angst.»

«Donnerwetter noch mal!» sagte Daniel.

Er packte ihn am Nacken und versuchte ihn nach vorn zu beugen.

«Nein, nein!» schrie der Junge verzweifelt. «Nein, nein!»

«Wirst du noch mal versuchen, mich zu treten?»

«Nein, aber lassen Sie mich los.»

Daniel ließ ihn sich wieder aufrichten. Der Kleine stand ganz still; er sah gehetzt aus. ‹Du bist schon an die Kandare genommen worden, Pferdchen; irgend jemand hat mir den Gefallen getan, mit dem Abrichten anzufangen. Ein Vater? Ein Onkel? Ein Liebhaber? Nein, kein Liebhaber: später werden wir das leidenschaftlich gern machen, aber vorerst sind wir unschuldig.›

«Du wolltest dich also umbringen», sagte er, ohne ihn loszulassen. «Warum?»

Der Kleine schwieg verstockt.

«Schmoll, solange du willst», sagte Daniel. «Mir macht das nichts aus. Jedenfalls ist es danebengegangen.»

Der Kleine lächelte schwach und verständnisinnig in sich hinein. ‹Wir treten auf der Stelle›, dachte Daniel verstimmt. ‹Wir müssen aus der Sackgasse rauskommen.› Er schüttelte ihn wieder:

«Warum lächelst du? Willst du es mir wohl sagen?»

Der junge Mann sah ihm in die Augen:

«Sie werden mich schon noch loslassen müssen.»

«Ganz recht», sagte Daniel. «Ich lasse dich sogar sofort los.»

Er gab den Nacken frei und steckte die Hände in die Tasche:

«Und jetzt?» fragte er.

Der Kleine rührte sich nicht; er lächelte weiter. ‹Er verarscht mich.›

«Hör gut zu, ich bin ein ausgezeichneter Schwimmer, ich habe schon zwei Menschen gerettet, einen im Meer bei hohem Seegang.»

Der Kleine ließ ein hinterhältiges, spöttisches Mädchenlachen hören:

«Das ist ja eine Manie!»

«Vielleicht», sagte Daniel. «Vielleicht ist das eine Manie. Spring rein!» fügte er hinzu und breitete die Arme aus. «Spring doch rein, wenn dir danach ist. Ich lasse dich einen gehörigen Schluck trinken, dann wirst du schon sehen, wie angenehm das ist. Anschließend ziehe ich mich gemächlich aus, springe ins Wasser, schlage dich bewußtlos und ziehe dich halbtot wieder raus.»

Er lachte.

«Du mußt nämlich wissen, daß man einen mißlungenen Selbstmord selten noch mal versucht! Wenn ich dich wiederbelebt habe, wirst du nicht mehr daran denken.»

Der Kleine trat einen Schritt auf ihn zu, als wollte er ihn schlagen:

«Was gibt Ihnen das Recht, in diesem Ton mit mir zu sprechen? Was gibt Ihnen das Recht?»

Daniel lachte immer noch.

«Haha! Was mir das Recht gibt? Überleg mal! Überleg mal gut!»

Er umfaßte plötzlich fest sein Handgelenk:

«Solange ich da bin, kannst du dich nicht umbringen, selbst wenn du danach lechzt. Ich bin dein Herr über Leben und Tod.»

«Sie werden nicht immer dasein», sagte der Kleine mit seltsamer Miene.

«Da täuschst du dich», sagte Daniel. «Ich werde *immer* dasein.» Er erschauerte vor Wonne: er hatte in den schönen haselnußbraunen Augen einen Funken Neugier entdeckt.

«Selbst wenn es stimmt, daß ich mich umbringen will, was geht Sie das an? Sie kennen mich nicht einmal.»

«Du hast es selbst gesagt: das ist eine Manie», antwortete Daniel fröhlich. «Ich habe die Manie, Leute daran zu hindern, zu tun, was sie wollen.»

Er sah ihn gütig an:

«Ist es denn so schlimm?»

Der Kleine antwortete nicht. Er bot alle Kräfte auf, um nicht zu weinen. Daniel war so gerührt, daß ihm Tränen in die Augen traten. Zum Glück war der Junge zu sehr in Anspruch genommen, um es zu merken. Nach ein paar Sekunden gelang es Daniel, seine Lust, ihm übers Haar zu streichen, im Zaum zu halten; dann kam seine rechte Hand von selbst aus der Tasche und legte sich mit der tastenden Geste eines Blinden auf den blonden Kopf. Er zog sie zurück, als hätte er sich verbrannt: ‹Zu früh! Wie ungeschickt . . .› Der Kleine schüttelte heftig den Kopf und ging ein paar Schritte am Ufer entlang. Daniel wartete mit angehaltenem Atem: ‹Zu früh, Idiot, das war viel zu früh.› Um sich zu bestrafen, schloß er wütend: ‹Wenn er weggeht, lasse ich ihn anstandslos gehen.› Aber sobald er das erste Schluchzen hörte, lief er zu ihm und legte die Arme um ihn. Der Kleine ließ sich an seine Brust sinken.

«Armer Kleiner!» sagte Daniel erschüttert. «Armer Kleiner!»

Er hätte seine rechte Hand dafür gegeben, ihn trösten oder mit ihm weinen zu können. Nach einer Weile hob der Kleine den Kopf. Er weinte nicht mehr, aber zwei Tränen liefen über sein reizendes Gesicht; Daniel hätte sie am liebsten mit der Zunge auffangen und trinken mögen, um den salzigen Geschmack dieses Schmerzes in seiner Kehle zu schmecken. Der junge Mann sah ihn argwöhnisch an.

«Wie kommt es, daß Sie hier waren?»

«Ich kam gerade vorbei», sagte Daniel.

«Sind Sie denn nicht Soldat?»

Daniel hörte die Frage ungern.

«Deren Krieg interessiert mich nicht.»

Er fuhr schnell fort:

«Ich mache dir einen Vorschlag. Bist du immer noch entschlossen, dich umzubringen?»

Der Kleine antwortete nicht, setzte aber eine düstere, entschlossene Miene auf.

«Sehr gut», sagte Daniel. «Dann hör zu. Ich habe dir zum Spaß angst gemacht, aber ich habe nichts gegen

Selbstmord, wenn er reiflich überlegt ist, und dein Tod ist mir schnurzegal, denn ich kenne dich ja nicht. Ich sehe also nicht ein, warum ich dich daran hindern sollte, dich umzubringen, wenn du triftige Gründe hast.»

Er sah erfreut die Farbe aus den Wangen des jungen Mannes weichen. ‹Du dachtest schon, du wärst davongekommen›, dachte er.

«Sieh mal», fuhr er fort und zeigte ihm die dicke Fassung seines Rings. «Dadrin habe ich ein tödliches Gift. Ich trage diesen Ring immer, sogar nachts, und wenn ich in einer Situation wäre, die mein Stolz nicht ertragen könnte . . .»

Er hielt inne und schraubte die Fassung ab. Der Kleine sah sich mit angeekeltem Mißtrauen die beiden braunen Pillen an.

«Du wirst mir deinen Fall erklären. Wenn ich deine Motive berechtigt finde, gehört eine dieser Pillen dir: das ist immerhin angenehmer als ein kaltes Bad. Willst du sie sofort?» fragte er, als hätte er seine Meinung plötzlich geändert.

Der Kleine fuhr sich mit der Zunge über die Lippen, ohne zu antworten.

«Willst du sie? Ich schenke sie dir; du schluckst sie in meiner Gegenwart, und ich lasse dich nicht allein.» Er nahm seine Hand und sagte: «Ich halte deine Hand und schließe dir die Augen.»

Der Kleine schüttelte den Kopf:

«Was beweist mir, daß es Gift ist?» fragte er mühsam.

Daniel lachte jugendlich und unbeschwert:

«Hast du Angst, es könnte ein Abführmittel sein? Schluck sie, dann wirst du schon sehen.»

Der Kleine antwortete nicht: seine Wangen blieben blaß und seine Pupillen erweitert, aber er lächelte Daniel hinterhältig und kokett von der Seite an.

«Na, willst du sie nicht?»

«Nicht gleich.»

Daniel schraubte die Fassung seines Rings wieder zu: «Wie du willst», sagte er kühl. «Wie heißt du?»

«Muß ich Ihnen meinen Namen sagen?»

«Ja, deinen Vornamen.»

«Na gut, wenn's sein muß . . . Philippe.»

«Also gut, Philippe», sagte Daniel und schob seinen Arm unter den des jungen Mannes, «wenn dir daran liegt, dich zu erklären, gehen wir doch zu mir.»

Er schob ihn zur Treppe und zog ihn eilig die Stufen hinauf; dann gingen sie Arm in Arm die Quais entlang. Philippe senkte eigensinnig den Kopf; er hatte wieder angefangen zu zittern, aber er überließ sich Daniel und streifte ihn bei jedem Schritt mit seiner Hüfte. Schöne, fast ungetragene Schuhe aus Pekarileder, die aber mindestens ein Jahr alt sind, gut geschnittener Flanellanzug, weiße Krawatte auf blauem Seidenhemd. Das war 1938 in Montparnasse modern, sorgsam vernachlässigte Frisur: in alldem steckt einiger Narzißmus. Warum ist er nicht Soldat? Zu jung wahrscheinlich, aber er könnte auch älter sein, als er aussieht; bei unterdrückten Kindern zieht sich die Kindheit in die Länge. Jedenfalls ist es sicher nicht das Elend, das ihn zum Selbstmord treibt. Als sie am Pont Henri IV vorbeigingen, fragte er plötzlich:

«Wolltest du wegen der Deutschen ins Wasser gehen?»

Philippe schien erstaunt und schüttelte den Kopf. Er war schön wie ein Engel. ‹Ich werde dir helfen›, dachte Daniel leidenschaftlich, ‹ich werde dir helfen.› Er wollte Philippe retten, einen Mann aus ihm machen. ‹Ich werde dir alles geben, was ich habe, du wirst alles wissen, was ich weiß.› Die Markthallen waren leer und dunkel, sie rochen nicht mehr. Aber die Stadt sah anders aus. Eine Stunde zuvor war das Ende der Welt da, und Daniel fühlte sich historisch. Jetzt kamen die Straßen langsam wieder zu sich, Daniel spazierte zu jener Stunde durch einen Vorkriegssonntag, wo sich im Todeskampf der Woche und der Sonne der Wendepunkt zu einem ganz neuen schönen Montag ankündigt. Etwas war im Beginnen: eine neue Woche, eine neue Liebesgeschichte. Er hob den Kopf und lächelte: eine aufflammende Fensterscheibe warf ihm den ganzen Sonnenuntergang zurück, das war ein Zeichen; ein köstlicher Geruch nach zerdrückten Erdbeeren stieg ihm plötzlich in die Nase, das war noch ein Zeichen; in der Ferne lief ein Schatten über die Rue Montmartre, noch ein Zeichen. Jedesmal, wenn das Schicksal ihm die strahlende Schönheit eines Gotteskindes in den Weg stellte, zwinkerten Himmel und Erde ihm verschmitzt zu. Er verging vor Begehren, er rang bei jedem Schritt nach Luft, aber er war es so sehr gewohnt, schweigend neben arglosen jungen Leben herzugehen, daß er die lange Homosexuellengeduld schließlich um ihrer selbst willen liebte. ‹Ich beobachte dich heimlich, du bist nackt in meinem Blick, ich besitze dich aus der Entfernung, ohne etwas von mir zu geben, mit dem Riechen und dem Sehen; ich kenne schon deine hohlen Lenden, ich streichle sie mit meinen reglosen Händen, ich dringe in dich ein, und du ahnst es nicht einmal.› Er beugte sich vor, um den Duft dieses gebeugten Nackens zu riechen, und wurde plötzlich von einem starken Naphtalingeruch getroffen. Er richtete sich sofort wieder auf, abgekühlt, amüsiert: er liebte diese Wechsel von Erregung und Kälte, er liebte die Aufregung leidenschaftlich. ‹Mal sehen, ob ich ein guter Detektiv bin›, dachte er heiter. ‹Da haben wir einen jungen Dichter, der an dem Tag, an dem die Deutschen in Paris einmarschieren, ins Wasser gehen will; warum? Einziges, aber wesentliches Indiz: sein Anzug riecht nach Naphthalin, das heißt, daß er ihn nicht mehr trug. Warum sich am Tag seines Selbstmords umziehen? Weil er die Kleidung, die er noch gestern trug, nicht mehr anziehen konnte. Es war also eine Uniform, in der er erkannt und gefaßt worden wäre. Er ist Soldat. Aber was tut er hier? Hätte er im Hôtel Continental oder beim Luftwaffenministerium gedient, wäre er längst mit den anderen nach Tours abgehauen. Das heißt? Es ist klar. Vollkommen klar.› Er blieb stehen und deutete auf die Toreinfahrt:

«Da sind wir.»

«Ich will nicht», sagte Philippe plötzlich.

«Was?»

«Ich will nicht mit raufgehen.»

«Willst du dich lieber von den Deutschen erwischen lassen?»

«Ich will nicht», wiederholte Philippe und sah auf seine Füße. «Ich habe Ihnen nichts zu sagen, und ich kenne Sie nicht.»

«Ach, deshalb!» sagte Daniel. «Ach, deshalb!»

Er nahm seinen Kopf zwischen die Hände und hob ihn mit Gewalt hoch:

«Du kennst mich nicht, aber ich kenne dich», sagte er. «Ich kann sie dir erzählen, deine Geschichte.»

Er sah Philippe tief in die Augen und fuhr fort:

«Du warst in der Nordarmee, unter den Soldaten ist Panik ausgebrochen, und du bist getürmt. Danach war es nicht mehr möglich, dein Regiment wiederzufinden, nehme ich an. Du bist nach Hause gegangen, deine Familie hatte sich aus dem Staub gemacht, und du hast dir Zivilkleidung angezogen und bist schnurstracks losgegangen, um dich in die Seine zu stürzen. Nicht, daß du besonders patriotisch wärst, aber du kannst den Gedanken nicht ertragen, daß du ein Feigling bist. Habe ich recht?»

Der Kleine rührte sich nicht, aber seine Augen waren noch größer geworden; Daniel hatte einen trockenen Mund, er fühlte die Angst wie eine Flut in sich aufsteigen; er wiederholte mehr heftig als selbstsicher:

«Habe ich recht?»

Philippe gab ein leises Murren von sich, und sein Körper entspannte sich; die Angst wich, die Freude verschlug Daniel den Atem, sein Herz spielte verrückt und klopfte in seiner Brust blind drauflos.

«Komm mit rauf», murmelte er. «Ich kenne das Heilmittel.»

«Das Heilmittel wogegen?»

«Gegen all das. Ich habe dir viel beizubringen.»

Philippe wirkte erschöpft und erleichtert. Daniel schob ihn durch das Portal. Die schönen Knaben, die er am Montmartre oder am Montparnasse aufgabelte, hatte er noch nie mit nach Hause zu nehmen gewagt. Aber heute trabten die Concierge und die meisten Mieter über die Landstraßen zwischen Montargis und Gien, heute wurde gefeiert. Sie gingen schweigend hinauf. Daniel steckte den Schlüssel ins Schloß, ohne Philippes Arm loszulassen. Er machte die Tür auf und trat beiseite:

«Geh rein.»

Philippe ging mit schläfrigen Schritten hinein.

«Die Tür gegenüber: da ist der Salon.»

Er drehte ihm den Rücken zu, schloß die Tür ab, steckte den Schlüssel in die Tasche. Als er in den Salon kam, stand Philippe vor der Etagere und sah sich angeregt die Figürchen an.

«Sie sind toll.»

«Nicht übel», sagte Daniel. «Sie sind nicht übel. Und vor allem sind sie *echt*. Ich habe sie selbst von den Indianern gekauft.»

«Und das?» fragte Philippe.

«Das ist das Porträt eines toten Kindes. Wenn in Mexiko einer ins Gras biß, holte man den Totenmaler. Er setzte sich hin und malte den Leichnam wie einen Lebenden. Das kam dann dabei heraus.»

«Waren Sie in Mexiko?» fragte Philippe mit einem Unterton von Achtung.

«Ich war zwei Jahre dort.»

Philippe betrachtete verzückt das Porträt dieses schönen bleichen Kindes mit dem verächtlichen Ausdruck, das seinen Blick aus dem Schoß des Todes mit dem Dünkel und dem Ernst eines Eingeweihten erwiderte. ‹Sie sehen sich ähnlich›, dachte Daniel. ‹Beide blond, beide anmaßend und bleich, eines diesseits des Bildes, das andere jenseits, das Kind, das sterben wollte, und das Kind, das tatsächlich gestorben ist, sehen sich an; was sie trennte, war der Tod: nichts, die glatte Oberfläche der Leinwand.›

«Toll!» wiederholte Philippe.

Daniel wurde plötzlich von einer ungeheuren Müdigkeit übermannt. Er seufzte und ließ sich in einen Sessel fallen. Malvina sprang auf seinen Schoß.

«Na, na!» sagte er und streichelte sie. «Sei brav, Malvina, sei lieb.»

Er wandte sich Philippe zu und sagte mit schwacher Stimme:

«In der Hausbar ist Whisky. Nein: rechts, in dem chinesischen Schränkchen; da. Da findest du auch Gläser. Schenk uns ein; spiel die Haustochter.»

Philippe füllte zwei Gläser, reichte eines Daniel und blieb vor ihm stehen. Daniel leerte sein Glas in einem Zug und fühlte sich gestärkt.

«Wenn Sie ein Dichter wären», sagte er und siezte ihn plötzlich, «würden Sie das Außergewöhnliche an unserer Begegnung empfinden.»

Der Kleine stieß ein komisches, provozierendes Lachen aus:

«Wer sagt Ihnen, daß ich keiner bin?»

Er sah Daniel gerade ins Gesicht: seit er das Zimmer betreten hatte, hatten sich sein Aussehen und sein Verhalten geändert. ‹Ihn schüchtern die Familienväter ein›, dachte Daniel verstimmt. ‹Er hat vor mir keine Angst mehr, weil er erraten hat, daß ich keiner bin.› Er tat so, als zögerte er:

«Ich frage mich», sagte er nachdenklich, «ob du mich interessieren wirst.»

«Das hätten Sie sich etwas früher fragen sollen», sagte Philippe.

Daniel lächelte:

«Noch ist es Zeit. Wenn du mich langweilst, werfe ich dich raus.»

«Die Mühe brauchen Sie sich nicht zu machen», sagte Philippe.

Er ging zur Tür.

«Bleib», sagte Daniel. «Du weißt genau, daß du mich brauchst.»

Philippe lächelte friedlich und setzte sich wieder auf seinen Stuhl. Poppée ging an ihm vorbei, er fing sie und setzte sie auf seine Knie, ohne daß sie protestierte. Er streichelte sie zart, wollüstig.

«Ein Pluspunkt für dich», sagte Daniel erstaunt. «Das ist das erste Mal, daß sie sich das gefallen läßt.»

Philippe lächelte breit, gewunden und eingebildet.

«Wie viele Katzen haben Sie?» fragte er mit gesenkten Augen.

«Drei.»

«Ein Pluspunkt für Sie.»

Er kraulte Poppées Kopf, die angefangen hatte zu schnurren. ‹Der kleine Halunke scheint sich wohler zu fühlen als ich›, dachte Daniel, ‹er weiß, daß er mir gefällt.› Um ihn aus der Fassung zu bringen, fragte er plötzlich:

«Nun? Wie ist es gekommen?»

Philippe ließ Poppée herunter, indem er die Knie spreizte; die Katze sprang auf den Boden und lief weg.

«Na, so wie Sie es erraten haben», sagte er. «Mehr gibt es nicht zu sagen.»

«Wo warst du?»

«Im Norden. In einem Kaff namens Parny.»

«Und dann?»

«Nichts weiter. Wir saßen seit zwei Tagen fest, und dann kamen die Panzer und die Flugzeuge.»

«Gleichzeitig?»

«Ja.»

«Hattest du Angst?»

«Eigentlich nicht. Oder die Angst ist anders, als man denkt.»

Sein Gesicht war härter und älter geworden. Er blickte überdrüssig ins Leere:

«Die Männer sind gerannt; ich bin mitgerannt.»

«Und dann?»

«Bin ich gelaufen, dann habe ich einen Lastwagen gefunden, dann bin ich wieder gelaufen; vorgestern bin ich hier angekommen.»

«Woran hast du gedacht, als du gelaufen bist?»

«Ich habe nicht gedacht.»

«Warum hast du bis heute damit gewartet, dich umzubringen?»

«Ich wollte meine Mutter wiedersehen», sagte Philippe.

«War sie nicht da?»

«Nein. Sie war nicht da.»

Er hob den Kopf und musterte Daniel mit funkelnden Augen.

«Es wäre ein Fehler, wenn Sie mich für einen Feigling hielten», sagte er mit klarer, schneidender Stimme.

«Wirklich? Warum bist du dann weggelaufen?»

«Ich bin gerannt, weil die anderen gerannt sind.»

«Dabei wolltest du dich doch umbringen.»

«Na ja. Ich habe jedenfalls daran gedacht.»

«Warum?»

«Es würde zu lange dauern, Ihnen das zu erklären.»

«Wer treibt dich zur Eile?» sagte Daniel. «Komm, gieß dir Whisky nach.»

Philippe schenkte sich ein. Seine Wangen waren rosa geworden. Er lachte auf:

«Wenn es nur um mich ginge, wäre es mir egal, feige zu sein. Ich bin Pazifist. Militärische Haltung, was ist das denn? Mangel an Phantasie. Die mutigen Leute da oben, das waren Bauern, rohe Kerle. Nur hat das Unglück es gewollt, daß ich in eine Heldenfamilie hineingeboren wurde.»

«Ich verstehe», sagte Daniel. «Dein Vater ist Berufsoffizier.»

«Reserveoffizier», sagte Philippe. «Aber er ist 27 an den Kriegsfolgen gestorben: er hatte einen Monat vor dem Waffenstillstand Giftgas abbekommen. Dieser glorreiche Tod hat meine Mutter auf den Geschmack gebracht: 1933 hat sie einen General geheiratet.»

«Womöglich wird sie enttäuscht», sagte Daniel. «Generäle sterben im Bett.»

«Der nicht», sagte Philippe haßerfüllt, «der ist wie Bayard: er vögelt, tötet, betet und denkt nicht.»

«Ist er an der Front?»

«Wo sonst? Bestimmt bedient er selbst ein Maschinengewehr oder robbt an der Spitze seiner Truppe auf den Feind los. Sie können sich darauf verlassen, daß er seine Männer bis zum letzten abschlachten läßt.»

«Ich stelle ihn mir dunkel und behaart mit einem Schnurrbart vor.»

«Genau», sagte Philippe. «Die Frauen beten ihn an, weil er nach Bock riecht.»

Sie sahen sich lachend an.

«Du scheinst ihn nicht besonders zu mögen», sagte Daniel.

«Ich hasse ihn», sagte Philippe.

Er wurde rot und sah Daniel starr an.

«Ich habe einen Ödipuskomplex», sagte er. «Ein klassischer Fall.»

«Bist du in deine Mutter verliebt?» fragte Daniel ungläubig.

Philippe antwortete nicht: er machte ein wichtiges und unheilvolles Gesicht. Daniel beugte sich vor:

«Nicht eher in deinen Stiefvater?» fragte er sanft.

Philippe fuhr auf und wurde knallrot, dann brach er in Gelächter aus und sah Daniel in die Augen:

«Sie machen wohl Witze!» sagte er.

«Doch, hör mal!» sagte Daniel, ebenfalls lachend. «Schließlich wolltest du dich seinetwegen umbringen.»

Philippe lachte immer noch.

«Überhaupt nicht! Absolut nicht.»

«Wessentwegen denn dann? Du läufst an die Seine, weil es dir an Mut gefehlt hat, und trotzdem verkündest du, daß du Mut hast. Du hast Angst vor seiner Verachtung.»

«Ich habe Angst vor der Verachtung meiner Mutter», sagte Philippe.

«Deiner Mutter? Ich bin sicher, daß sie durch und durch nachsichtig ist.»

Philippe biß sich auf die Lippen, ohne zu antworten.

«Als ich dir die Hand auf die Schulter legte, hast du einen Schreck bekommen», sagte Daniel. «Du dachtest, er wäre es, nicht wahr?»

Philippe stand mit funkelnden Augen auf.

«Er hat ... er hat die Hand gegen mich erhoben.»

«Wann?»

«Vor knapp zwei Jahren. Seitdem spüre ich ihn immer hinter mir.»

«Hast du nie geträumt, du lägst nackt in seinen Armen?»

«Sie sind ja verrückt», sagte Philippe, aufrichtig entrüstet.

«Sicher ist jedenfalls, daß er dich beherrscht. Du kriechst auf allen vieren, der General besteigt dich, er läßt dich Volten ausführen wie eine Stute. Du bist nie du selbst: bald denkst du wie er und bald gegen ihn. Der Pazifismus ist dir doch weiß Gott scheißegal, du wärst nicht mal darauf gekommen, wenn dein Stiefvater nicht Soldat wäre.»

Er stand auf und umfaßte Philippes Schultern.

«Willst du, daß ich dich befreie?»

Wieder von Mißtrauen erfaßt, machte Philippe sich frei.

«Wie könnten Sie das?»

«Ich habe dir ja gesagt, daß ich dir viel beibringen kann.»

«Sind Sie Psychoanalytiker?»

«So was Ähnliches.»

Philippe schüttelte den Kopf:

«Angenommen, es stimmt», fragte er, «aus welchem Grund sollten Sie sich für mich interessieren?»

«Ich bin ein Seelenamateur», sagte Daniel lächelnd. Er fügte bewegt hinzu: «Deine Seele muß auserlesen sein, wenn man sie nur von allem befreit, was sie einengt.»

Philippe antwortete nicht, aber er wirkte geschmeichelt. Daniel ging ein paar Schritte und rieb sich die Hände:

«Wir müssen damit anfangen, alle Werte zu beseitigen», sagte er mit freudiger Erregung. «Bist du Student?»

«Ich war's», sagte Philippe.

«Jura?»

«Literatur.»

«Sehr gut. Dann verstehst du, was ich meine: den methodischen Zweifel, ja? Rimbauds systematische Verrükkung aller Sinne. Wir zerstören alles. Aber nicht mit Worten: mit Taten. Alles, was du übernommen hast, wird in Rauch aufgehen. Was übrigbleibt, bist du. Einverstanden?»

Philippe sah ihn neugierig an.

«So wie die Dinge liegen», fuhr Daniel fort, «was riskierst du da?»

Philippe zuckte die Achseln.

«Nichts.»

«Ausgezeichnet», sagte Daniel, «ich adoptiere dich. Wir fangen gleich mit der Höllenfahrt an. Du darfst aber ja keine Übertragung auf mich herstellen», fügte er mit einem scharfen Blick hinzu.

«Ich bin doch nicht blöd», sagte Philippe und erwiderte seinen Blick.

«Du wirst geheilt sein, wenn du mich wie eine alte Pelle abgeworfen hast», sagte Daniel, ohne ihn aus den Augen zu lassen.

«Keine Angst», sagte Philippe.

«Wie eine alte Pelle!» sagte Daniel lachend.

«Wie eine alte Pelle!» wiederholte Philippe.

Beide lachten; Daniel füllte Philippes Glas nach.

«Setzen wir uns da hin», sagte das Mädchen plötzlich.

«Warum da?»

«Das ist weicher.»

«Seht euch das an», sagte Pinette. «Sie mögen das Weiche, die Fräuleins von der Post.»

Er zog seine Jacke aus und warf sie auf die Erde:

«Da», sagte er, «setz deine Weichheit auf meine Jacke.»

Sie ließen sich am Rand eines Kornfelds ins Gras fallen. Pinette schloß die Faust, beobachtete die Kleine aus den Augenwinkeln, steckte den Daumen in den Mund und tat so, als bliese er: sein Bizeps sprang, wie von einer Pumpe aufgepumpt, hervor, und die Kleine lachte ein bißchen:

«Du kannst mal anfassen.»

Sie legte einen schüchternen Finger auf Pinettes Arm: augenblicklich verschwand der Muskel, und Pinette ahmte das Zischen eines Ballons nach, aus dem die Luft herausgeht.

«Oh!» machte die Kleine.

Pinette wandte sich Mathieu zu:

«Wie findest du das? Wenn Mauron mich sähe, wie ich ohne Jacke am Straßenrand sitze, der würde vielleicht Augen machen!»

«Mauron», sagte Mathieu, «der rennt noch immer.»

«Wenn er wüßte, wie wenig mich das kratzt!» Zu der Postbeamtin gebeugt, erklärte er: «Mauron ist der Hauptmann. Er ist in der freien Natur.»

«In der freien Natur?» wiederholte sie.

«Er glaubt, das ist besser für seine Gesundheit.» Er grinste: «Wir sind unsere eigenen Herren; es gibt keinen mehr, der befiehlt, wir können machen, was wir wollen: wenn du Lust hast, können wir in die Schule gehen und im Bett des Hauptmanns heia machen; das Dorf gehört uns.»

«Nicht mehr lange», sagte Mathieu.

«Ein Grund mehr, es auszunutzen.»

«Ich bleibe lieber hier», sagte die Kleine.

«Warum denn? Wo doch niemand was dagegen sagen kann.»

«Es sind noch Leute im Dorf.»

Pinette sah sie großartig von oben herab an:

«Stimmt», sagte er, «du bist Beamtin. Du mußt wegen deiner Behörde aufpassen. Wir», sagte er und lachte Mathieu komplizenhaft an, «wir brauchen auf niemand Rücksicht zu nehmen, wir haben weder Heim noch Herd. Weder Treu noch Glauben. Wir sind auf der Durchreise: *ihr* bleibt, und wir reisen weiter, wir gehen weg, wir sind Zugvögel, Zigeuner. Was? Wir sind Wölfe. Kampftiere, wir sind große böse Wölfe, ha!»

Er hatte einen Grashalm ausgerissen und kitzelte die Kleine damit am Kinn; er sang und sah ihr dabei ständig lächelnd in die Augen:

«Wer hat Angst vorm bösen Wolf?»

Die Kleine wurde rot, lächelte und sang:

«Wir nicht! Wir nicht!»

«Ha!» sagte Pinette fröhlich. «Ha, Puppe! Ha», fuhr er abwesend fort, «Püppchen, Püppchen, Fräulein Puppe!»

Er verstummte plötzlich. Der Himmel war rot; auf der Erde war es kühl und blau. Unter seinen Händen, unter seinem Hintern spürte Mathieu das krause Leben des Grases, der Insekten und der Erde, sprödes, feuchtes Haar voller Läuse; nackte Angst an seinen Handflächen. Eingekeilt! Millionen von Menschen zwischen den Vogesen und dem Rhein eingekeilt, weil sie außerstande waren, Menschen zu sein: dieser ebene Wald würde sie überleben, als könnte man nicht auf der Welt bleiben, wenn man nicht eine Landschaft oder eine Wiese oder irgendeine unpersönliche Allgegenwart war. Unter den Händen das Gras war verlockend wie ein Selbstmord; das Gras und die Nacht, die es zu Boden drückte, und die gefangenen Gedanken, die bäuchlings in dieser Nacht herumliefen, und dieser Weberknecht, der sich neben seinem Schuh wiegte, der sich plötzlich in alle seine endlosen Beinchen aufsplitterte und verschwand. Das Mädchen seufzte.

«Was ist denn los, Baby?» fragte Pinette.

Sie antwortete nicht. Sie hatte ein sittsames und fiebriges kleines Gesicht mit einer langen Nase und einem schmalen Mund, dessen Unterlippe etwas vorstand.

«Was ist los? Hm, was ist los? Sag mir, was los ist.»

Sie schwieg. Hundert Meter von ihnen entfernt, zwischen der Sonne und dem Feld, gingen dunkel in einem Golddunst vier Soldaten vorbei. Einer von ihnen blieb stehen und drehte sich, vom Licht verdunkelt, nicht schwarz, eher lila gegen die Rottöne des Sonnenuntergangs, nach Osten; er war barhäuptig. Der nachfolgende stieß gegen ihn, schob ihn weiter, und ihre Oberkörper zogen über dem Korn entlang wie Schiffe; ein weiterer glitt mit erhobenen Armen hinter ihnen her; ein Nachzügler peitschte die Ähren mit einer Reitgerte.

«Schon wieder!» sagte Pinette.

Er hatte das Mädchen am Kinn gefaßt und sah sie an: ihre Augen standen voller Tränen.

«Na, hör mal, du bist gar nicht lustig.»

Er bemühte sich, militärisch grob mit ihr zu reden, aber er war unsicher: auf dem Weg durch seinen kindlichen Mund nahmen die Wörter eine Saft- und Kraftlosigkeit an.

«Ich kann nichts dafür», sagte sie.

Er zog sie an sich.

«Na komm, nicht weinen. Weinen wir denn etwa?» fügte er lachend hinzu.

Sie ließ den Kopf an Pinettes Schulter sinken, und er streichelte ihr Haar; er sah stolz aus.

«Sie werden euch mitnehmen», sagte sie.

«Ach was!»

«Sie werden euch mitnehmen», wiederholte sie weinend.

Pinettes Gesicht wurde hart:

«Ich brauche kein Mitleid.»

«Ich will nicht, daß sie euch mitnehmen.»

«Wer hat dir denn gesagt, daß sie uns mitnehmen? Du wirst schon sehen, wie die Franzosen kämpfen; du wirst in der ersten Reihe sitzen.»

Sie blickte mit ihren aufgerissenen, großen Augen zu ihm auf; sie hatte solche Angst, daß sie nicht mehr weinte.

«Ihr dürft nicht kämpfen.»

«Ts, ts, ts.»

«Ihr dürft nicht kämpfen, der Krieg ist aus.»

Er sah sie amüsiert an:

«Ha!» sagte er. «Ha, ha!»

Mathieu wandte sich ab, er wäre gerne weggegangen.

«Wir kennen uns erst seit gestern», fuhr die Kleine fort. Ihre Unterlippe zitterte, sie neigte ihr langes Gesicht, sie sah edel, scheu und traurig aus wie ein Pferd.

«Morgen», sagte sie.

«Ach, bis morgen . . .», sagte Pinette.

«Bis morgen ist es nur eine Nacht.»

«Eben: eine Nacht», sagte er zwinkernd. «Zeit genug, um sich ein bißchen zu amüsieren.»

«Ich habe keine Lust, mich zu amüsieren.»

«Du hast keine Lust, dich zu amüsieren? Hast du wirklich keine Lust, dich zu amüsieren?»

Sie sah ihn an, ohne zu antworten. Er sagte:

«Hast du Kummer?»

Sie sah ihn immer noch mit halboffenem Mund an.

«Meinetwegen?» fragte er.

Er beugte sich mit etwas scheuer Zärtlichkeit über sie, richtete sich aber fast sofort wieder auf und verzog den Mund, er sah böse aus.

«Komm», sagte er, «komm! Mach dir keine Sorgen, Puppe: es werden andere kommen. Einer verloren, zehn gewonnen.»

«Die anderen interessieren mich nicht.»

«Das wirst du nicht sagen, wenn du sie erst gesehen hast. Das sind komische Burschen, weißt du. Und gut gebaut! Solche Schultern, solche Hüften.»

«Von wem sprechen Sie?»

«Na, von den Fritzen!»

«Das sind keine Menschen.»

«Was willst du denn noch?»

«Für mich sind das Tiere.»

Pinette lächelte sachlich:

«Da irrst du dich», sagte er bedächtig. «Das sind schöne Jungs und gute Soldaten. Mit dem Franzosen können sie es nicht aufnehmen, aber es sind gute Soldaten.»

«Für mich sind das Tiere», wiederholte sie.

«Wiederhol es nicht zu oft», sagte er, «weil du dich schön ärgern wirst, daß du es gesagt hast, wenn du deine Meinung erst geändert hast. Sie sind die Sieger, verstehst du. Ein Hüne, der gerade den Krieg gewonnen hat, da kannst du nicht widerstehen, da geht's einfach mit dir durch, da juckt's dich. Geh und frag die Pariserinnen! Die amüsieren sich jetzt, die Pariserinnen. Ha! Die machen die Beine breit.»

Das Mädchen machte sich schroff los.

«Sie widern mich an.»

«Was fällt dir denn ein, Kleines?» fragte Pinette.

«Ich bin Französin!» sagte das Mädchen.

«Die Pariserinnen sind auch Französinnen, das hält sie nicht ab.»

«Lassen Sie mich los», sagte sie. «Ich will gehen.»

Pinette wurde blaß und fing an zu grinsen.

«Seien Sie nicht böse», sagte Mathieu. «Das hat er gesagt, um Sie auf den Arm zu nehmen.»

«Er übertreibt», sagte sie. «Für wen hält er mich?»

«Es ist nicht leicht, besiegt zu sein», sagte Mathieu sanft. «Man braucht Zeit, sich daran zu gewöhnen. Sie wissen ja nicht, wie nett er sonst ist, ein richtiges Lamm.»

«Ha!» sagte Pinette. «Ha, ha!»

«Er ist eifersüchtig», sagte Mathieu.

«Auf mich?» fragte die Kleine besänftigt.

«Natürlich, er denkt an die ganzen Kerle, die versuchen werden, Ihnen den Hof zu machen, während er Steine klopft.»

«Oder die Radieschen von unten sieht», sagte Pinette, immer noch grinsend.

«Ich verbiete Ihnen, sich umbringen zu lassen», schrie sie.

Er lächelte.

«Du redest wie eine Frau», sagte er. «Wie ein kleines Mädchen, wie ein ganz kleines Mädchen», fügte er hinzu und kitzelte sie.

«Böser!» sagte sie und wand sich unter dem Gekitzel. «Du Böser!»

«Machen Sie sich um ihn nicht zuviel Sorgen», sagte Mathieu gereizt. «Das wird ganz reibungslos vor sich gehen, und im übrigen haben wir keine Munition.»

Sie wandten sich ihm gleichzeitig zu und warfen ihm den gleichen haßerfüllten und ernüchterten Blick zu, als hätte er sie daran gehindert, sich zu lieben. Mathieu sah Pinette hart an; nach einer Weile senkte Pinette den Kopf und riß schmollend einen Grasbüschel zwischen seinen Knien aus. Auf der Straße flanierten Soldaten. Einer trug ein Gewehr; er hielt es wie eine Kerze und spielte den Clown.

«Tu's doch!» sagte ein dunkler, x-beiniger, untersetzter Kleiner.

Der Soldat faßte das Gewehr mit beiden Händen am

Lauf, schwenkte es einen Moment wie einen Golfschläger und schlug mit dem Kolben ungestüm gegen einen Kiesel, der zwanzig Schritt weit flog. Pinette sah ihnen mit gerunzelter Stirn zu.

«Manche gehen gleich zu weit», sagte er.

Mathieu antwortete nicht. Die Kleine hatte Pinettes Hand auf ihre Knie gelegt und spielte damit.

«Sie tragen ja einen Ehering», sagte sie.

«Hattest du ihn nicht gesehen?» fragte er und verkrampfte die Hand ein bißchen.

«Doch, ich hatte ihn gesehen. Sind Sie verheiratet?»

«Schließlich trage ich einen Ehering.»

«Ja», sagte sie traurig.

«Sieh mal, was ich damit mache.»

Er zog mit verzerrtem Gesicht an seinem Finger, riß den Ehering herunter und warf ihn ins Korn.

«Oh, was soll das!» sagte die Kleine schockiert.

Er nahm das Messer vom Tisch, Ivich blutete, er stach sich fest in die Handfläche, Gesten, Gesten, kleine Destruktionen, wozu führt das, ich habe das für die Freiheit gehalten, er gähnte.

«War er aus Gold?»

«Ja.»

Sie reckte sich und küßte ihn leicht auf die Lippen. Mathieu setzte sich auf:

«Ich mache mich aus dem Staub!» sagte er.

Pinette sah ihn unruhig an.

«Bleib doch noch ein bißchen.»

«Ihr braucht mich nicht.»

«Bleib doch hier!» sagte Pinette. «Du hast sowieso nichts zu tun . . .»

Mathieu lächelte und deutete auf die Kleine:

«Sie ist nicht so versessen drauf, daß ich bleibe.»

«Sie? Aber klar doch, sie mag dich gern.» Er beugte sich über sie und sagte drängend: «Das ist ein Freund. Du magst ihn doch gern, nicht?»

«Ja», sagte die Kleine.

‹Sie kann mich nicht ausstehen›, dachte Mathieu; aber

er blieb. Die Zeit verrann nicht einmal mehr: sie lag zitternd über dieser rotgelben Ebene. Eine zu schroffe Bewegung, und Mathieu würde sie wieder in seinen Knochen spüren, wie das Aufflackern eines alten Rheumatismus. Er legte sich auf den Rücken. Der Himmel, der Himmel, rosa und nichtig; wenn man in den Himmel fallen könnte! Nichts zu machen, wir sind Kreaturen von unten, alles Übel rührt daher.

Die vier Soldaten, die er durch das Korn hatte gleiten sehen, waren um das Feld herumgegangen, um wieder auf die Straße zu kommen: sie tauchten im Gänsemarsch auf der Wiese auf. Es waren Pioniere, Mathieu kannte sie nicht; der Gefreite, der an der Spitze ging, hatte Ähnlichkeit mit Pinette, er war in Hemdsärmeln, wie er, er hatte das Hemd über seiner dichtbehaarten Brust aufgeknöpft; der nächste, ein gebräunter Dunkelhaariger, hatte seine Jacke lose über die Schulter geworfen, er hielt eine Ähre in der linken Hand, mit der rechten holte er die Körner heraus; er drehte die Hand um, hob sie zum Mund, streckte die Zunge heraus und leckte die kleinen goldenen Spindeln mit einer Kopfbewegung auf. Der dritte, größer und älter, kämmte mit den Fingern sein blondes Haar. Sie gingen langsam, verträumt, mit der Geschmeidigkeit von Zivilisten: der Blonde senkte die im Haar wühlenden Hände, fuhr mit ihnen zart über seine Schultern und seinen Hals, als wollte er sich an den Rundungen dieses Körpers freuen, der endlich aus der formlosen militärischen Aufmachung an die Sonne entsprungen war. Sie blieben fast gleichzeitig hintereinander stehen und sahen Mathieu an. Unter diesen Augen aus einem anderen Zeitalter fühlte Mathieu sich zu Gras werden, er war eine Wiese, die von Tieren angesehen wird. Der Dunkelhaarige sagte:

«Ich habe mein Koppel verloren.»

Die Stimme störte diese liebliche, unmenschliche Welt nicht: das war keine Sprache; gerade eben eines der Geräusche, die zusammenwirken, um Stille herzustellen. Zwischen den Lippen des Blonden drang ein ganz ähnliches Rauschen hervor:

«Mach dir nichts draus, die Fritzen hätten es sowieso genommen.»

Der vierte kam lautlos an; er blieb stehen, hob den Kopf, und sein Gesicht spiegelte die Leere des Himmels.

«He!» sagte er.

Er bückte sich, pflückte eine Mohnblume, steckte sie in den Mund. Als er sich wieder aufrichtete, sah er Pinette, der die Kleine an sich drückte; er lachte:

«Du gehst ja ran.»

«Na klar», gab Pinette zu.

«Es wird kühler, hm?»

«Sieht so aus.»

«Macht nichts.»

Die vier Köpfe nickten in typisch französischem Einverständnis; das Einverständnis schwand, übrig blieb nur eine unermeßliche Muße, und die Köpfe wackelten weiter hin und her. ‹Zum erstenmal in ihrem Leben ruhen sie sich aus›, dachte Mathieu.

Sie ruhten sich aus von den Gewaltmärschen, den Kleiderappellen, vom Exerzieren, von den Urlauben, von ihren Erwartungen, ihren Hoffnungen, sie ruhten sich aus vom Krieg und von einer noch älteren Müdigkeit: vom Frieden. Mitten in den Kornfeldern, am Waldrand, am Dorfausgang ruhten sich noch mehr in kleinen Gruppen aus: Schwärme Genesender zogen über das Land.

«Heda, Pirard!» rief der Gefreite.

Mathieu drehte sich um. Pirard, der Bursche von Hauptmann Mauron, war am Straßenrand stehengeblieben und pinkelte: er war ein bretonischer Bauer, knausrig und brutal. Mathieu sah ihn überrascht an: der Sonnenuntergang rötete sein erdfarbenes Gesicht, seine Augen hatten sich geweitet, er hatte seinen mißtrauischen, listigen Ausdruck verloren; zum erstenmal vielleicht sah er die am Himmel gezogenen Zeichen und die geheimnisvolle Chiffre der Sonne an. Ein klarer Strahl quoll aus seinen Händen, die an seinem Hosenschlitz vergessen zu sein schienen.

«Heda, Pirard!»

Pirard zuckte zusammen.
«Was machst du da?» fragte der Gefreite.
«Ich schnappe frische Luft», sagte Pirard.
«Du pißt, du Schwein! Es sind junge Damen hier.»
Pirard senkte den Blick auf seine Hände, schien überrascht und knöpfte sich hastig wieder zu.
«Ich hab's gar nicht gemerkt», sagte er.
«Ist nicht schlimm», sagte das Mädchen.
Sie schmiegte sich an Pinettes Brust und lächelte den Gefreiten an. Ihr Kleid hatte sich hochgeschoben, sie dachte nicht daran, es herunterzuziehen: man lebte in der Unschuld. Sie sahen sich ihre Schenkel an, aber nett, mit traurigem Entzücken: das waren Engel, sie hatten ausdruckslose Blicke.
«Schön», sagte der Dunkelhaarige. «Dann macht's mal gut. Wir setzen unsere Runde fort.»
«Die Aperitifrunde», sagte der große Blonde lachend.
«Guten Appetit», sagte Mathieu.
Sie lachten: alle wußten, daß es im Dorf nichts mehr zu essen gab; alle Vorräte in der Intendanz waren in den ersten Morgenstunden geplündert worden.
«An Appetit fehlt's nicht.»
Sie rührten sich nicht; sie hörten auf zu lachen, und ein wenig Furcht stieg in den Augen des Gefreiten auf: als hätten sie Angst wegzugehen. Mathieu hätte sie beinah aufgefordert, sich zu setzen.
«Gehn wir!» sagte der Gefreite allzu ruhig.
Sie setzten sich wieder in Richtung Straße in Bewegung; ihr Weggehen verursachte einen flüchtigen Riß in der Abendkühle; ein wenig Zeit floß durch diesen Spalt ab, die Deutschen machten einen Satz nach vorn, fünf eiserne Finger krallten sich um Mathieus Herz. Und dann schloß sich der blutende Schlitz, die Zeit gerann wieder, es gab nur einen Park, in dem Engel flanierten. ‹Wie leer es ist!› dachte Mathieu. Jemand Ungeheures war plötzlich abgezogen und hatte die Natur der Obhut der gemeinen Soldaten überlassen. *Eine Stimme geht unter einer uralten Sonne um: Pan ist tot, sie haben die gleiche Abwesenheit empfun-*

den. Wer ist diesmal tot? Frankreich? Die Christenheit? Die Hoffnung? Die Erde und die Felder kehrten langsam wieder zu ihrer ursprünglichen Nutzlosigkeit zurück; inmitten der Felder, die sie weder bestellen noch verteidigen konnten, wurden diese Männer grundlos. Alles schien neu, und doch war der Abend vom schwarzen Rand der kommenden Nacht gesäumt; mitten in dieser Nacht würde sich ein Komet auf die Erde stürzen. Werden sie Bomben werfen? Man erwartete die Zeremonie in Kürze. War dies der erste Tag der Welt oder der letzte? Das Korn, die Mohnblumen, die zusehends schwärzer wurden, alles schien gleichzeitig zu entstehen und zu sterben. Mathieu ließ den Blick über diese friedliche Zweideutigkeit schweifen, er dachte: ‹Das Paradies der Verzweiflung.›

«Deine Lippen sind kalt», sagte Pinette.

Er war über die Kleine gebeugt und küßte sie.

«Frierst du?» fragte er.

«Nein.»

«Hast du es gern, daß ich dich küsse?»

«Ja. Sehr.»

«Und warum sind deine Lippen dann kalt?»

«Stimmt es, daß sie die Frauen vergewaltigen?» fragte sie.

«Du bist ja verrückt.»

«Küß mich», sagte sie leidenschaftlich. «Ich will an nichts mehr denken.»

Sie nahm seinen Kopf in die Hände, zog ihn an sich und legte sich zurück.

«Puppe», sagte er. «Puppe!»

Er legte sich auf sie, Mathieu sah nur noch Haare im Gras. Aber gleich darauf hob der Kopf sich wieder, die mürrische, stolze Maske war abgefallen; die Augen, von sanfter, glatter Nacktheit, sahen Mathieu an, ohne ihn zu sehen; sie gingen vor Einsamkeit über.

«Liebster, komm, komm», stöhnte die Kleine.

Aber das Gesicht, steif, weiß, blind, senkte sich nicht. ‹Er tut seine Männerarbeit›, dachte Mathieu, während er diese verschwommenen Augen ansah. Pinette hatte diese Frau unter sich gelegt, er drückte sie in die Erde, verschmolz sie mit der Erde, mit dem schwankenden Gras; er hatte die Wiese unter seinen Bauch gebettet, sie rief ihn, er würde mit dem Bauch Wurzeln in ihr schlagen, sie war Wasser, Frau, Spiegel; sie spiegelte auf ihrer ganzen Oberfläche den unschuldigen Helden künftiger Schlachten, den Mann, den ruhmreichen, sieghaften Soldaten; die auf dem Rücken liegende, keuchende Natur erteilte ihm die Absolution von allen Niederlagen, murmelte: «Liebster, komm, komm.» Aber er wollte bis zum Schluß den Mann spielen, er stützte sich mit den Handflächen auf den Boden, und seine verkürzten Arme sahen aus wie Flossen, er reckte den Kopf über dieser schwellenden Gefügigkeit, er wollte von unten bewundert, widergespiegelt, begehrt werden, im Dunkeln, ohne sein Wissen, er wollte die Herrlichkeit, die wie animalische Wärme von der Erde in seinen Körper überging, außer acht lassen, wollte in die Leere, in die Angst aufsteigen, um zu denken: ‹Und dann?› Die Kleine schlang ihm den Arm um den Hals und drückte auf seinen Nacken. Der Kopf tauchte in die Herrlichkeit und in die Liebe ein, die Wiese schloß sich wieder. Mathieu stand lautlos auf und ging weg; er ging durch die Wiese, er wurde einer der Engel, die auf der noch hellen Straße zwischen den Flecken der Pappeln flanierten. Das Paar war im schwarzen Gras verschwunden; Soldaten kamen mit Blumensträußen vorbei; einer hob im Gehen seinen Strauß ans Gesicht, steckte die Nase in die Blumen, sog in den Blumen seine Muße, seinen Kummer und seine nicht zu rechtfertigende Grundlosigkeit ein. Die Nacht zerfraß das Laub, die Gesichter: alle sahen sich ähnlich; Mathieu dachte: ‹Ich sehe ihnen ähnlich.› Er ging noch ein bißchen weiter, sah einen Stern aufleuchten und streifte einen dunklen, pfeifenden Spaziergänger. Der Spaziergänger drehte sich um, Mathieu sah seine Augen, und sie lächelten sich an, es war ein Lächeln des Vorabends, ein Lächeln der Freundschaft.

«Es ist kühl», sagte der andere.

«Ja», sagte Mathieu, «es wird allmählich kühl.»

Sonst hatten sie sich nichts zu sagen, und der Spaziergänger ging weiter. Mathieu blickte ihm nach; müssen die Menschen denn alles verloren haben, sogar die Hoffnung, damit man in ihren Augen liest, daß der Mensch gewinnen könnte? Pinette schlief mit einer Frau; Guiccioli und Latex hatten sich stockbetrunken auf dem Fußboden des Rathauses herumgewälzt; auf den Wegen führten einsame Engel ihre Angst herum: ‹Niemand braucht mich.› Er ließ sich am Straßenrand zu Boden fallen, weil er nicht mehr wußte, wohin. Die Nacht drang ihm durch den Mund, die Augen, die Nasenlöcher, die Ohren in den Kopf: er war niemand und nichts mehr. Nichts mehr als Unglück und Nacht. Er dachte: ‹Charlot!› und sprang auf die Füße: er dachte an Charlot, der ganz allein war mit seiner Angst, und schämte sich; ich habe bei diesen betrunkenen Schweinen den großen Melancholiker gespielt, und währenddessen war er allein und hatte Angst, in aller Bescheidenheit, und ich hätte ihm helfen können.

Charlot saß an derselben Stelle; er beugte sich über sein Buch. Mathieu trat näher und fuhr ihm mit der Hand durchs Haar.

«Du verdirbst dir die Augen.»

«Ich lese nicht», sagte Charlot. «Ich denke.»

Er hatte den Kopf gehoben, und seine dicken Lippen deuteten ein Lächeln an.

«Woran denkst du?»

«An mein Geschäft. Ich frage mich, ob sie es geplündert haben.»

«Das ist ziemlich unwahrscheinlich», sagte Mathieu.

Er zeigte auf die schwarzen Fenster des Rathauses.

«Was machen die da drin?»

«Ich weiß nicht», sagte Charlot. «Seit einer Weile höre ich nichts mehr.»

Mathieu setzte sich auf eine Stufe.

«Dir geht's nicht besonders, hm?»

Charlot lächelte traurig.

«Bist du meinetwegen wiedergekommen?» fragte er.

«Ich langweile mich. Ich dachte, du brauchtest vielleicht Gesellschaft. Das wäre mir gerade recht.»

Charlot schüttelte den Kopf, ohne zu antworten.

«Soll ich gehen?» fragte Mathieu.

«Nein», sagte Charlot, «du störst mich nicht. Aber du kannst mir nicht helfen. Was wirst du mir sagen: daß die Deutschen keine Wilden sind? Daß man mutig sein muß? Das weiß ich alles.»

Er seufzte und legte das Buch behutsam neben sich.

«Du müßtest Jude sein», sagte er. «Sonst kannst du es nicht verstehen.» Er legte die Hand auf Mathieus Knie und sagte entschuldigend: «Nicht ich habe Angst, sondern meine Rasse in mir. Da kann man nichts machen.»

Mathieu schwieg; sie blieben schweigend nebeneinander sitzen, der eine ratlos, der andere völlig unbrauchbar, und warteten darauf, daß die Dunkelheit sie einhüllte.

Es war die Stunde, in der die Gegenstände über ihre Umrisse treten und im flaumigen Abenddunst aufgehen; die Fenster glitten in einer langen reglosen Bewegung ins Halbdunkel, das Zimmer war ein Schleppkahn, es fuhr in die Irre; die Whiskyflasche war ein Aztekengott; Philippe war diese hochaufgeschossene graue Pflanze, die nicht einschüchterte; die Liebe war viel mehr als die Liebe, und die Freundschaft war nicht ganz Freundschaft. Aus dem Verborgenen sprach Daniel über Freundschaft, er war nur noch eine warmherzige, ruhige Stimme. Er holte Atem, und Philippe nutzte es aus, um zu sagen:

«Es ist so dunkel! Meinen Sie nicht, man könnte Licht machen?»

«Wenn der Strom nicht abgeschaltet ist», sagte Daniel unfreundlich.

Er stand unwillig auf: der Moment für die Prüfung bei Licht war da. Er machte das Fenster auf, beugte sich über die Leere und sog den Veilchenduft der Stille ein: ‹So oft habe ich hier an derselben Stelle vor mir fliehen wollen und hörte Schritte lauter werden, sie liefen über meine Gedanken.› Die Nacht war mild und unnahbar, das so oft zerrissene Fleisch der Nacht war vernarbt. Eine pralle, jungfräuliche Nacht, schöne Nacht ohne Menschen, schöne Blutorange ohne Kerne. Er ließ widerwillig die Jalousien herunter, drehte den Schalter, und das Zimmer warf sich aus dem Dunkel, die Dinge kehrten in sich selbst zurück. Philippes Gesicht drängte sich an Daniels Augen, Daniel spürte in seinem Blick diesen frisch geschnittenen, ungeheuer großen und deutlichen zurückgelehnten Kopf sich regen, diesen Kopf mit den ganz benommenen Augen, die ihn gebannt anstarrten, als sähen sie ihn zum erstenmal. ‹Ich muß vorsichtig sein›, dachte er. Er hob verlegen die Hand, um der ganzen Phantasmagorie ein Ende zu machen, kniff mit den Fingern das Revers seines Jacketts zusammen, lächelte: er hatte Angst, entblößt zu werden.

«Was siehst du mich so an? Findest du mich schön?»

«Sehr schön», sagte Philippe neutral.

Daniel drehte sich um und sah sein schönes dunkles Gesicht ohne Mißfallen im Spiegel wieder. Philippe hatte den Blick gesenkt; er prustete hinter vorgehaltener Hand.

«Du lachst wie ein Schulmädchen.»

Philippe hörte auf zu lachen. Daniel ließ nicht locker: «Warum lachst du?»

«Nur so.»

Er war halb betrunken von Wein, Ungewißheit, Müdigkeit. Daniel dachte: ‹Er ist reif. Wenn nur alles *lachend* ginge, wie ein Schülerstreich, würde der Kleine sich auf das Sofa zurücklegen, liebkosen, hinters Ohr küssen lassen: er würde sich nur mit unbändigem Lachen wehren.› Daniel wandte ihm abrupt den Rücken zu und ging ein paar Schritte im Zimmer hin und her: ‹Zu früh, viel zu früh, keine Dummheiten! Morgen würde er losgehen und sich umbringen, oder er würde versuchen, mich umzulegen.› Bevor er zu Philippe zurückging, knöpfte er sein Jakkett zu und zog es sich über die Schenkel, um seine offensichtliche Erregung zu verbergen.

«So ist das!» sagte er.

«So ist das», sagte Philippe.

«Sieh mich an.»

Er sah ihm tief in die Augen und nickte befriedigt; er sagte langsam:

«Du bist kein Feigling, ich wußte es ja.»

Er streckte den Zeigefinger aus und tippte ihm auf die Brust:

«Du und in Panik fliehen? Ach woher! Das sieht dir nicht ähnlich. Du bist ganz einfach weggegangen; du wolltest, daß diese Sache ohne dich geregelt wird. Warum solltest du dich für Frankreich umbringen lassen? Hm? Warum? Frankreich ist dir doch scheißegal, hm? Es ist dir scheißegal, du kleines Luder!»

Philippe nickte, Daniel ging wieder im Zimmer auf und ab.

«Mit alldem ist Schluß», sagte er in fröhlicher Erregung. «Schluß, aus. Du hast eine Chance, die ich in deinem Alter nicht hatte. Nein, nein», sagte er lebhaft mit einer Handbewegung, «nein, nein, ich meine nicht unsere Begegnung. Deine Chance ist das *historische* Zusammentreffen: du willst die bürgerliche Moral untergraben? Nun, die Deutschen sind hier und werden dir helfen. Ha, du wirst diese große Entrümpelung sehen; du wirst die Familienväter kriechen sehen, du wirst sehen, wie sie die Stiefel lecken und ihre dicken Hintern den Fußtritten hinhalten; du wirst deinen Stiefvater flach auf dem Bauch sehen: er ist der große Besiegte in diesem Krieg, wie du ihn wirst verachten können.»

Er lachte Tränen und wiederholte: «Was für eine Entrümpelung!», dann drehte er sich plötzlich zu Philippe um:

«Man muß sie lieben.»

«Wen?» fragte Philippe erschrocken.

«Die Deutschen. Sie sind unsere Verbündeten.»

«Die Deutschen lieben», wiederholte Philippe. «Aber ich . . . ich kenne sie nicht.»

«Wir werden welche kennenlernen, keine Angst: wir werden bei den Gauleitern, bei den Feldmarschällen dinieren; sie werden uns in ihren dicken schwarzen Mercedes spazierenfahren, während die Pariser zu Fuß gehen.»

Philippe unterdrückte ein Gähnen; Daniel schüttelte ihn an den Schultern:

«Man muß die Deutschen lieben», sagte er eindringlich. «Das wird deine erste geistliche Übung sein.»

Der Kleine wirkte nicht besonders ergriffen; Daniel ließ ihn los, breitete die Arme ganz weit auseinander und sagte mit schalkhaftem Pathos:

«Die Zeit der Mörder ist da.»

Philippe gähnte zum zweitenmal: Daniel sah seine spitze Zunge.

«Ich bin müde», sagte Philippe entschuldigend. «Ich habe seit zwei Nächten kein Auge zugetan.»

Daniel wollte böse werden, aber er war auch hundemüde, wie nach jeder neuen Begegnung. Dadurch, daß er Philippe begehrt hatte, taten ihm die Leisten weh. Er hatte es plötzlich eilig, wieder allein zu sein.

«Schön», sagte er, «ich gehe. Schlafanzüge findest du in der Kommodenschublade.»

«Nicht nötig», sagte der Kleine lahm, «ich muß nach Hause.»

Daniel sah ihn lächelnd an:

«Mach, was du willst, aber du läufst Gefahr, in eine Patrouille zu geraten, und Gott weiß, was sie mit dir machen werden: du bist hübsch wie ein Mädchen, und die Deutschen sind alle homosexuell. Und mal angenommen, du kommst bis nach Hause, dann findest du dort das wieder, wovor du fliehen willst. An den Wänden hängen Fotos von deinem Stiefvater, nicht? Und das Parfum deiner Mutter schwebt in ihrem Zimmer?»

Philippe schien ihn nicht zu hören. Er gab sich einen Ruck, um aufzustehen, fiel aber auf das Sofa zurück:

«Aaah», sagte er schläfrig.

Er sah Daniel an und lächelte ihm ratlos zu:

«Ich glaube, ich bleibe besser hier.»

«Dann gute Nacht.»

«Gute Nacht», sagte Philippe gähnend.

Daniel ging durchs Zimmer; als er am Kamin vorbeikam, drückte er auf eine Zierleiste, und ein Fach des Bücherregals drehte sich um die eigene Achse und gab eine Reihe gelb eingebundener Bücher frei.

«Das», sagte er, «ist die Hölle. Das wirst du später lesen: es geht darin um dich.»

«Um mich?» wiederholte Philippe verständnislos.

«Ja, jedenfalls um deinen Fall.»

Er schob das Fach wieder zurück und machte die Tür auf. Der Schlüssel steckte noch außen. Daniel zog ihn heraus und warf ihn Philippe zu:

«Wenn du Angst vor Gespenstern oder Dieben hast, kannst du dich einschließen», sagte er ironisch.

Er machte die Tür hinter sich zu, ging im Dunkeln hinten ins Zimmer, schaltete die Nachttischlampe an und setzte sich auf sein Bett. Endlich allein! Sechs Stunden Fußmarsch und vier Stunden lang diese eingeengte Rolle eines Fürsten des Bösen: ‹Ich bin todmüde.› Er seufzte zum bloßen Vergnügen, sein Alleinsein zu spüren, zum bloßen Vergnügen, nicht gehört zu werden, er stöhnte wehleidig: ‹Tun mir die Eier weh!› Zum bloßen Vergnügen, nicht gesehen zu werden, zog er eine weinerliche Fratze. Dann lächelte er und ließ sich wie in einem warmen Bad nach hinten sinken: er war diese langen, abstrakten Begierden, diese vergeblichen, flüchtigen Erektionen gewohnt; er wußte aus Erfahrung, daß er weniger leiden würde, wenn er liegen blieb. Die Lampe warf einen Lichtkreis an die Decke, die Kopfkissen waren kühl. Reglos, tot, lächelnd ruhte Daniel sich aus. ‹Ruhig, ruhig: ich habe die Wohnungstür abgeschlossen, ich habe den Schlüssel in der Tasche; außerdem bricht er vor Müdigkeit gleich zusammen, er wird bis Mittag schlafen. Pazifist: hör sich das einer an! Alles in allem ist nicht so viel dabei herausgekommen. Man hätte bestimmt Fäden ziehen können, aber ich habe sie nicht gefunden.› Mit den Nathanaels, den Rimbauds wurde Daniel fertig; aber die neue Generation irritierte ihn: ‹Was für eine komische Mischung: Narzißmus und soziale Ideen, das paßt nicht zusammen.› Immerhin war es im großen ganzen nicht so schlecht gelaufen: der Kleine war da, unter Verschluß. Im Zweifelsfall wäre es nicht schlecht, die Karte der ‹systematischen Verrückung aller Sinne› auszuspielen. Das zog immer ein bißchen, das schmeichelte. ‹Ich kriege dich›, dachte er, ‹ich werde dir deine Prinzipien austreiben, mein Engel. Soziale Ideen! Du wirst schon sehen, was aus ihnen wird!› Diese erkaltete Glut lag ihm auf dem Magen, er hatte Lust auf einen gehörigen Schuß Zynismus, um sie wegzufegen: ‹Wenn ich ihn lange behalten kann, ist es ein gutes Geschäft: ich muß ausspannen, ich brauche jemand zu Hause. Die Spielhallen, *Graff et Toto,* das *Tante d'Honfleur, Marius,* das *Sens interdit*: Schluß damit. Schluß mit dem Warten in der Umgebung der Gare de l'Est und mit der abscheulichen Vulgarität der Urlauber, deren Füße riechen: ich werde solide.› (*Schluß mit dem Schrecken!*) Er setzte sich aufs Bett und zog sich aus: ‹Das wird ein ernsthaftes Verhältnis›, beschloß er. Er fühlte sich schläfrig, er war ruhig, er stand auf, um seine Sachen zu holen, er stellte fest, daß er ruhig war, er dachte: ‹Seltsam, daß ich keine Angst habe.› Augenblicklich war jemand hinter seinem Rücken, er drehte sich um, sah niemanden, und die Angst riß ihn entzwei. ‹Noch einmal! Noch einmal!› Alles fing wieder an, er wußte alles, er konnte alles vorhersehen, er konnte die kommenden Unglücksjahre Minute für Minute erzählen, die langen, langen Jahre, alltäglich, langweilig und hoffnungslos, und dann das niederträchtige, schmerzliche Ende: alles war da. Er sah die geschlossene Tür an, er schnaufte, er dachte: ‹Diesmal gehe ich daran zugrunde›, und er hatte den bitteren Geschmack der künftigen Leiden im Mund.

«Das brennt ja ganz schön!» sagte ein Alter.

Alles war auf der Straße, Soldaten, Alte und Mädchen. Der Lehrer zeigte mit seinem Stock in Richtung Horizont; am Stockende drehte sich eine künstliche Sonne, eine Feuerkugel, die bleiche Morgenröten aussandte: das brennende Roberville.

«Das brennt ja ganz schön!»

«Ja, ja! Ja, ja!»

Die Alten wiegten sich ein bißchen mit den Händen auf dem Rücken, sie sagten mit ihren tiefen, ruhigen Stimmen: «Ja, ja! Ja, ja!»

Charlot ließ Mathieus Arm los, er sagte:

«Wie furchtbar!»

Ein Alter erwiderte ihm:

«Das ist das Los des Bauern. Wenn es nicht der Krieg ist, ist es Hagel oder Frost: für den Bauern gibt es keinen Frieden auf Erden.»

Die Hände der Soldaten tasteten im Dunkeln die Mädchen ab und beschworen Gelächter herauf; hinter seinem Rücken hörte Mathieu das Geschrei der Jungen, die in den verlassenen Dorfgassen spielten. Eine Frau kam näher: sie hatte ein Kind auf dem Arm.

«Haben die Franzosen das Feuer gelegt?» fragte sie.

«Sie spinnen wohl, Mütterchen», sagte Lubéron. «Die Fritzen natürlich.»

Ein Alter schüttelte ungläubig den Kopf:

«Die Fritzen?»

«Ja klar, die Fritzen, die Boches, wer denn sonst?»

Der Alte wirkte nicht überzeugt:

«Die waren schon mal hier, die Boches, im vorigen Krieg. Und sie haben keinen großen Schaden angerichtet: das waren keine schlechten Kerle.»

«Warum sollten wir das Feuer gelegt haben?» fragte Lubéron entrüstet. «Wir sind doch keine Wilden.»

«Und warum sollten sie es gelegt haben? Wo sollten sie sich denn dann einquartieren?»

Ein bärtiger Soldat hob die Hand:

«Das waren bestimmt Blödmänner von uns, die sich aufspielen wollten: sie werden geschossen haben: wenn die Fritzen einen einzigen Toten hatten, haben sie das Dorf angesteckt.»

Die Frau drehte sich unruhig zu ihm um.

«Und ihr?» fragte sie.

«Was, wir?»

«Ihr werdet doch keine Dummheiten machen?»

Die Soldaten lachten:

«Oh!» sagte einer voller Überzeugung. «Bei uns könnt ihr ruhig schlafen. Wir kennen das Leben.»

Sie sahen sich an und lachten verständnisinnig:

«Wir kennen das Leben, wir kennen das Lied.»

«Meint ihr etwa, wir würden uns einen Tag vor dem Frieden mit den Fritzen anlegen.»

Die Frau streichelte den Kopf ihres Kleinen; sie fragte zögernd:

«Ist Frieden?»

«Ja, es ist Frieden», sagte der Lehrer mit Nachdruck. «Es ist Frieden. Das muß man sich klarmachen.»

Ein Erschauern ging durch die Menge; Mathieu hörte hinter seinem Rücken ein wirres kleines Rauschen fast fröhlicher Worte.

«Es ist Frieden, es ist Frieden.»

Sie sahen zu, wie Roberville brannte, und wiederholten untereinander: der Krieg ist aus, es ist Frieden; Mathieu sah die Straße an: sie kam in zweihundert Meter Entfernung aus der Nacht hervor, lief unbestimmt weiß bis zu seinen Füßen und floß hinter ihm an den Häusern mit den geschlossenen Läden vorbei. Schöne, abenteuerliche, tödliche Straße, schöne Einbahnstraße. Sie hatte die Wildheit uralter Flüsse wiederangenommen: morgen wird sie Schiffe voller Mörder ins Dorf tragen. Charlot seufzte, und Mathieu drückte wortlos seinen Arm.

«Da kommen sie!» sagte eine Stimme.

«Hä?»

«Die Fritzen, sag ich dir: da kommen sie!»

Das Dunkel hatte sich geregt, Soldaten in Schützenlinie, das Gewehr unterm Arm, kamen nacheinander aus dem schwarzen Wasser der Nacht. Sie rückten langsam, vorsichtig, schußbereit vor.

«Da kommen sie! Da kommen sie!»

Mathieu wurde gestoßen, angerempelt: eine weit auslaufende, unbestimmte Schwingung schüttelte die Menge rings um ihn.

«Hauen wir ab, Jungs», schrie Lubéron.

«Bist du bekloppt? Sie haben uns gesehen, wir können nur noch auf sie warten.»

«Auf sie warten? Sie werden uns abknallen, jawohl.»

Die Menge gab einen ungeheuren Schmerzensseufzer von sich; die schrille Stimme des Lehrers zerriß die Nacht:

«Die Frauen nach hinten. Ihr Männer, laßt eure Gewehre fallen, wenn ihr welche habt. Und hebt die Hände hoch.»

«Ihr Idiotenpack», schrie Mathieu außer sich. «Ihr seht doch, daß das Franzosen sind.»

«Franzosen . . .»

Es gab einen Stillstand, ein Auf-der-Stelle-Treten, und dann sagte jemand argwöhnisch:

«Franzosen? Wo kommen die denn her?»

Es waren Franzosen, ein Dutzend von einem Leutnant angeführte Männer. Sie hatten schwarze, harte Gesichter. Die Dorfleute stellten sich an die Straßenränder und sahen ihnen unfreundlich entgegen. Franzosen, ja, aber solche, die aus einer fremden und gefährlichen Gegend kamen. Mit Gewehren. Nach Einbruch der Nacht. Franzosen, die aus dem Dunkel und dem Krieg kamen, die den Krieg in diesen schon befriedeten Marktflecken zurückbrachten. Franzosen. Pariser vielleicht oder aus Bordeaux; nicht ganz und gar Deutsche. Sie gingen, ohne jemanden anzusehen, zwischen zwei Spalieren zaghafter Feindseligkeit hindurch; sie sahen stolz aus. Der Leutnant gab einen Befehl, und sie blieben stehen.

«Was ist das hier für eine Division?» fragte er.

Er sprach niemand Bestimmten an. Es herrschte Schweigen, und er wiederholte seine Frage.

«Die einundsechzigste», sagte einer widerwillig.

«Wo sind eure Offiziere?»

«Verduftet.»

«Was?»

«Verduftet», wiederholte der Soldat mit sichtlicher Genugtuung. Der Leutnant verzog den Mund und fragte nicht weiter.

«Wo ist das Rathaus?»

Charlot trat, gefällig wie immer, vor:

«Links, am Ende der Straße. Nach hundert Metern sind Sie da.»

Der Leutnant drehte sich abrupt zu ihm um und sah ihn von oben herab an:

«Was ist das für eine Art, mit einem Vorgesetzten zu reden? Können Sie nicht Haltung annehmen? Und würden Sie daran ersticken, wenn Sie ‹Herr Leutnant› sagten?»

Ein paar Sekunden lang war es still. Der Offizier sah Charlot in die Augen; die Männer rings um Mathieu sahen den Offizier an. Charlot stand stramm.

«Zu Befehl, Herr Leutnant.»

«Schon gut.»

Der Offizier warf einen verächtlichen Blick in die Runde, machte eine Handbewegung, und der kleine Trupp setzte sich wieder in Marsch. Ohne einen Ton von sich zu geben, sahen die Männer ihm nach, wie er in der Nacht verschwand.

«Sind wir die Offiziere denn immer noch nicht los?» fragte Lubéron gequält.

«Die Offiziere?» wiederholte eine nervöse, bittere Stimme. «Du kennst sie nicht. Die werden uns bis zum Schluß zur Sau machen.»

Eine Frau schrie plötzlich:

«Die werden hier doch wohl nicht kämpfen?»

In der Menge wurde gelacht, und Charlot sagte beschwichtigend:

«Wo denken Sie hin, Madame: die sind doch nicht verrückt.»

Wieder Stille: alle Köpfe hatten sich wieder nach Norden gewandt. Isoliert, außer Reichweite, schon legendär hatte Roberville das Pech, im Feindesland, jenseits der Grenze zu brennen. Aufruhr, Krieg, Feuersbrunst, das gilt für Roberville; uns kann so was nicht passieren. Langsam, gemächlich lösten die Männer sich aus der Menge und gingen aufs Dorf zu. Sie gingen nach Hause, sie würden gleich ihr Nickerchen machen, um ganz frisch zu sein, wenn die Fritzen frühmorgens eintrudelten. ‹Was für eine Schweinerei!› dachte Mathieu.

«Na gut», sagte Charlot, «ich verzieh mich.»

«Haust du dich in die Falle?»

«Kann schon sein.»

«Soll ich mitgehen?»

«Nicht nötig», sagte Charlot gähnend.

Er ging weg; Mathieu blieb allein. ‹Wir sind Sklaven›, dachte er, ‹Sklaven, jawohl.› Aber er nahm es den Kameraden nicht übel, es war nicht ihre Schuld: sie hatten zehn Monate Zwangsarbeit hinter sich; jetzt war Machtübernahme, sie gingen in die Hände der deutschen Offiziere über, sie würden den *Feldwebel* und den *Oberleutnant* grüßen; das war kein großer Unterschied, die Kaste der Offiziere ist international; die Zwangsarbeit ging weiter, das war alles. ‹Mir selbst nehme ich es übel›, dachte er. Aber er machte sich Vorwürfe, daß er es sich übelnahm, denn das war so, als würde er sich über die anderen erheben. Nachsichtig gegen alle, streng gegen sich selbst: schon wieder eine List des Hochmuts. Unschuldig und schuldig, zu streng und zu nachsichtig, ohnmächtig und verantwortlich, mit allen solidarisch und von jedem abgelehnt, vollkommen hellsichtig und gänzlich hereingelegt, Sklave und Souverän: ‹Ich bin eben wie alle.› Jemand ergriff seinen Arm. Die Postbeamtin. Ihre Augen glühten im Gesicht.

«Halten Sie ihn zurück, wenn Sie sein Freund sind.»

«He?»

«Er will kämpfen: halten Sie ihn zurück.»

Pinette tauchte bleich, mit roten Augen und einem bösen Lächeln hinter ihr auf.

«Was hast du denn vor, Süßer?» fragte Mathieu.

«Ich sage Ihnen doch, daß er kämpfen will, ich habe es gehört: er ist zu dem Hauptmann gegangen und hat gesagt, er wollte kämpfen.»

«Zu welchem Hauptmann?»

«Der gerade mit seinen Männern vorbeigekommen ist.»

Pinette hatte die Hände hinterm Rücken und grinste.

«Das war kein Hauptmann, das war ein Leutnant.»

«Stimmt es, daß du kämpfen willst?» fragte Mathieu.

«Ihr ödet mich alle an», erwiderte er.

«Sehen Sie!» sagte die Postbeamtin. «Sehen Sie! Er hat gesagt, er wollte kämpfen. Ich habe es gehört.»

«Wer sagt Ihnen denn, daß sie kämpfen werden?»

«Haben Sie sie denn nicht gesehen? Das Verbrechen steht in ihren Augen geschrieben. Und er», sagte sie und zeigte mit dem Finger auf Pinette, «sehen Sie ihn an, er macht mir angst, das ist ein Ungeheuer!»

Mathieu zuckte die Achseln:

«Was soll ich da tun?»

«Sind Sie nicht sein Freund?»

«Eben deshalb.»

«Wenn Sie sein Freund sind, müssen Sie ihm sagen, daß er kein Recht mehr hat, sich umbringen zu lassen.»

Sie umklammerte Mathieus Schultern.

«Er hat kein Recht mehr dazu!»

«Warum denn nicht?»

«Das wissen Sie genau.»

Pinette lächelte grausam und schwach:

«Ich bin Soldat, ich muß kämpfen: dazu sind Soldaten da.»

«Dann hättest du mich nicht abholen dürfen!»

Sie packte ihn beim Arm und fügte mit bebender Stimme hinzu:

«Du gehörst mir!»

Pinette machte sich los:

«Ich gehöre niemand.»

«Doch!» sagte sie. «Du gehörst mir!» Sie wandte sich an Mathieu und forderte ihn leidenschaftlich auf: «Sagen Sie es ihm doch! Sagen Sie ihm, daß er kein Recht mehr hat, sich umbringen zu lassen! Es ist Ihre Pflicht, es ihm zu sagen.»

Mathieu schwieg; sie ging auf ihn los, ihr Gesicht loderte; zum erstenmal fand Mathieu sie begehrenswert.

«Sie behaupten doch, Sie wären sein Freund, und da ist es Ihnen egal, wenn ihm was Schlimmes passiert?»

«Nein, das ist mir nicht egal.»

«Finden Sie es gut, daß er wie ein kleiner Junge auf eine ganze Armee losballern will? Wenn das wenigstens noch was nützte! Aber Sie wissen genau, daß niemand mehr kämpft.»

«Ich weiß!» sagte Mathieu.

«Und? Worauf warten Sie, um es ihm zu sagen?»

«Daß er mich nach meiner Meinung fragt.»

«Henri! Ich flehe dich an, frag ihn um Rat: er ist älter als du, er muß es wissen.»

Pinette hob die Hand, um abzuwinken, aber ihm kam eine Idee, er ließ den Arm wieder fallen und kniff die Augen mit einem tückischen Ausdruck zusammen, den Mathieu nicht an ihm kannte:

«Soll ich die Sache mit ihm besprechen?»

«Ja, denn mich liebst du ja nicht genug, um auf mich zu hören.»

«Na schön, einverstanden. Dann geh du aber weg.»

«Warum denn?»

«Vor dir rede ich nicht.»

«Warum denn nicht?»

«Darum! Das sind keine Frauenangelegenheiten.»

«Das sind *meine* Angelegenheiten, schließlich geht es um dich.»

«Oh!» sagte er ganz außer sich. «Du fällst mir auf den Wecker.»

Er bohrte seinen Ellbogen in Mathieus Rippen. Mathieu sagte schnell:

«Es ist gar nicht nötig, daß Sie weggehen: wir gehen ein Stück die Straße entlang; Sie brauchen nur hier auf uns zu warten.»

«Ja, und dann kommt ihr nicht wieder.»

«Du spinnst ja!» sagte Pinette. «Wo sollen wir denn hin?

Wir werden zwanzig Meter von dir entfernt sein, du wirst uns die ganze Zeit sehen.»

«Und wenn dein Freund dir sagt, daß du nicht kämpfen sollst, wirst du dann auf ihn hören?»

«Klar», sagte Pinette. «Ich tue immer, was er sagt.»

Sie hängte sich an Pinettes Hals:

«Schwörst du mir, daß du wiederkommst? Auch wenn du beschließt zu kämpfen? Auch wenn dein Freund dir zurät? Alles ist mir lieber, als dich nicht wiederzusehen. Schwörst du es mir?»

«Ja, ja, ja.»

«Sag, daß du es schwörst! Sag: Ich schwöre es.»

«Ich schwöre es», sagte Pinette.

«Und Sie», sagte sie zu Mathieu, «schwören Sie, daß Sie ihn mir zurückbringen?»

«Natürlich.»

«Bleibt nicht lange weg», sagte sie, «und geht nicht vom Weg ab.»

Sie gingen ein paar Schritte in Richtung Roberville die Straße entlang; Büsche und Bäume tauchten aus dem Dunkel auf. Nach einer Weile drehte Mathieu sich um: kerzengerade, angespannt, von der Nacht fast ausgelöscht, versuchte die Postbeamtin sie im Dunkeln auszumachen. Einen Schritt weiter, und sie verschwand ganz. Im selben Augenblick rief sie:

«Geht nicht zu weit, ich sehe euch nicht mehr!»

Pinette lachte; er legte die Hände wie einen Trichter vor den Mund und rief:

«Ho! Hoho! Hohohoho!»

Sie gingen weiter. Pinette lachte immer noch:

«Sie möchte mir gerne weismachen, daß sie Jungfrau ist; deshalb.»

«So?»

«Sie behauptet es jedenfalls. Ich habe nichts davon gemerkt.»

«Solche Mädchen gibt es: du glaubst, sie lügen, und dann sind sie wirklich Jungfrauen.»

«Denkst du!» sagte Pinette grinsend.

«Das kommt vor.»

«Ach Quatsch! Und selbst dann wäre es ein komischer Zufall, daß das gerade bei mir vorkommt.»

Mathieu lächelte, ohne zu antworten; Pinette machte eine Kopfbewegung ins Leere:

«Und überhaupt! Ich habe sie ja nicht vergewaltigt. Wenn ein Mädchen anständig ist, schaffst du es nie, sie umzulegen. Nimm zum Beispiel meine Frau: wir hatten beide eine solche Lust darauf, aber vor der Hochzeitsnacht war nichts drin.»

Er fuhr, jeden Widerspruch wegwischend, mit der Hand durch die Luft:

«Kein Gewäsch: das Mädchen hat es da, wo ich denke, gejuckt, und ich habe ihm einen Gefallen getan.»

«Und wenn du ihr ein Kind gemacht hast?»

«Ich?» sagte Pinette verblüfft. «Na, hör mal! Du kennst mich nicht! Ich bin der zuverlässigste Typ. Meine Frau wollte keine, weil wir zu arm waren, und ich habe gelernt aufzupassen. Nein», sagte er, «nein. Sie hat ihren Spaß gehabt, ich meinen: wir sind quitt.»

«Wenn es wirklich das erste Mal war», sagte Mathieu, «wäre es ein seltener Fall, wenn sie Spaß gehabt hätte.»

«Ihr Pech!» sagte er unfreundlich. «In dem Fall ist sie selbst schuld.»

Sie schwiegen. Nach einer Weile hob Mathieu den Kopf und suchte Pinettes Augen im Dunkeln.

«Stimmt es, daß sie kämpfen werden?»

«Es stimmt.»

«Im Dorf?»

«Wo denn sonst?»

Mathieus Herz zog sich zusammen. Und dann, plötzlich, dachte er an Longin, der unter seinem Baum kotzte, an Guiccioli, der sich auf dem Fußboden wälzte, an Lubéron, der zusah, wie Roberville brannte, und schrie:

«Das ist der Frieden.» Er lachte vor Wut.

«Warum lachst du?»

«Wegen der Kumpel», sagte Mathieu. «Sie werden eine komische Überraschung erleben.»

«Und ob.»
«Will der Leutnant dich wirklich?»
«Wenn ich ein Gewehr habe. Er hat zu mir gesagt: ‹Komm, wenn du ein Gewehr hast.›»
«Bist du fest entschlossen?»
Pinette lachte ungestüm.
«Es gibt . . .», begann Mathieu.
Pinette wandte sich ihm abrupt zu:
«Ich bin volljährig. Ich brauche keinen Rat.»
«Gut», sagte Mathieu. «Na schön, dann kehren wir um.»
«Nein», sagte Pinette. «Geh weiter!»
Sie gingen ein paar Schritte. Plötzlich sagte Pinette:
«Spring in den Graben.»
«Was?»
«Los! Spring!»
Sie sprangen, kletterten die Böschung hinauf und waren mitten im Kornfeld.
«Links ist ein Pfad, der ins Dorf zurückführt», erklärte Pinette.
Mathieu stolperte und fiel auf ein Knie.
«Verflucht!» sagte er. «Zu was für einer Dummheit verleitest du mich?»
«Ich kann sie ums Verrecken nicht mehr sehen», antwortete Pinette.
Sie hörten von der Straße her eine Frauenstimme:
«Henri! Henri!»
«Was für eine Klette!» sagte Pinette.
«Henri, laß mich nicht allein!»
Pinette zog Mathieu am Arm, und sie legten sich flach ins Korn; man hörte die Postbeamtin auf der Straße laufen; eine Ährengranne kratzte Mathieus Backe, ein Tier entfloh zwischen seinen Händen.
«Henri! Laß mich nicht allein, du kannst tun, was du willst, aber laß mich nicht allein, komm zurück; Henri, ich sage nichts, das verspreche ich, aber komm zurück, geh nicht so von mir weg! Henri-i-i-i! Geh nicht weg, ohne mich zu küssen!»
Die Kleine lief keuchend an ihnen vorbei.

«Zum Glück ist der Mond noch nicht da», flüsterte Pinette.

Mathieu sog einen starken Erdgeruch ein; die Erde unter seinen Händen war feucht und weich, er hörte Pinettes rauhen Atem und dachte: ‹Sie werden im Dorf kämpfen.› Die Kleine rief noch zweimal mit vor Angst heiserer Stimme, und plötzlich machte sie kehrt und lief in umgekehrter Richtung.

«Sie liebt dich», sagte Mathieu.

«Pech für sie!» antwortete Pinette.

Sie standen wieder auf, Mathieu sah im Nordosten, direkt über den Ähren, die flackernde Feuerkugel. *Wenn die Fritzen nur einen Toten hatten, haben sie alles angesteckt.*

«Nun?» fragte Pinette herausfordernd. «Willst du sie nicht trösten?»

«Sie geht mir auf die Nerven», sagte Mathieu. «Und außerdem lassen mich Weibergeschichten sowieso kalt. Aber es war nicht gut von dir, sie umzulegen, wenn du sie gleich danach sitzenlassen wolltest.»

«Ach, Scheiße!» sagte Pinette. «Bei dir hat man immer unrecht.»

«Da ist der Pfad», sagte Mathieu.

Sie gingen eine Weile. Pinette sagte:

«Der Mond!»

Mathieu hob den Kopf und sah ein anderes Feuer am Horizont: eine silberne Feuersbrunst.

«Wir werden schöne Schießscheiben abgeben!» sagte Pinette.

«Jedenfalls», sagte Mathieu, «glaube ich nicht, daß sie vor morgen früh kommen.»

Ohne Pinette anzusehen, fügte er nach einer Weile hinzu:

«Ihr werdet bis zum letzten Mann umgebracht.»

«Es ist Krieg», sagte Pinette hochfahrend.

«Eben nicht», sagte Mathieu, «es ist eben *kein* Krieg mehr.»

«Der Waffenstillstand ist nicht unterzeichnet.»

Mathieu nahm Pinettes Hand und drückte sie leicht: sie war eiskalt.

«Bist du sicher, daß du dich zusammenschießen lassen möchtest?»

«Ich möchte mich nicht zusammenschießen lassen: ich möchte einen Fritz abknallen.»

«Das läuft auf dasselbe raus.»

Pinette zog seine Hand weg, ohne zu antworten. Mathieu wollte sprechen, er dachte: ‹Er stirbt für nichts›, und das war erstickend. Aber plötzlich wurde ihm kalt, und er schwieg. ‹Mit welchem Recht kann ich ihn davon abhalten? Was habe ich ihm zu bieten?› Er wandte sich zu Pinette um, sah ihn an und pfiff leise: Pinette war außer Reichweite; er ging blindlings in seine letzte Nacht; er ging, aber er rückte nicht voran: er war schon angekommen; sein Tod und seine Geburt hatten sich wieder vereinigt, er ging unter dem Mond, und die nächste Sonne beschien schon seine Verwundungen. Er hatte aufgehört, sich selbst nachzulaufen, er war vollständig in sich selbst anwesend, der ganze Pinette auf einmal, dicht und geschlossen. Mathieu seufzte und nahm schweigend seinen Arm, nahm den Arm eines edlen, sanften, mutigen und zarten jungen Busschaffners, der am 18. Juni 1940 getötet worden war. Er lächelte ihn an; aus der Tiefe der Vergangenheit lächelte Pinette ihn an; Mathieu sah das Lächeln und fühlte sich völlig allein. ‹Um diese Schale zu zerbrechen, die ihn von mir trennt, müßte man keine andere Zukunft mehr wollen als seine, keine andere Sonne mehr als die, die er morgen zum letztenmal sehen wird; um zur selben Zeit dieselben Minuten zu erleben, müßte man denselben Tod sterben wollen.› Er sagte langsam:

«Eigentlich sollte ich statt deiner ins Gras beißen. Ich habe nämlich keinen besonderen Grund mehr zu leben.»

Pinette sah ihn freudig an; sie waren fast wieder Zeitgenossen geworden.

«Du?»

«Ich habe mich von Anfang an geirrt.»

«Dann brauchst du nur mitzukommen», sagte Pinette. «Man wischt alles aus und fängt wieder neu an.»

Mathieu lächelte:

«Man wischt alles aus, aber man fängt nicht wieder neu an», sagte er.

Pinette legte ihm den Arm um den Hals.

«Delarue, alter Freund», sagte er leidenschaftlich, «komm mit mir, komm mit. Weißt du, das würde mich freuen, wenn wir zusammen wären: die anderen kenne ich nicht.»

Mathieu zögerte: sterben, in die Ewigkeit dieses schon toten Lebens eingehen, zu zweit sterben ... Er schüttelte den Kopf:

«Nein.»

«Was, nein?»

«Ich will nicht.»

«Hast du Schiß?»

«Nein. Ich finde es blöd.»

Sich die Hand mit einem Messer aufschneiden, seinen Ehering wegwerfen, auf die Fritzen ballern: und dann? Kaputtschlagen, zerstören, das ist keine Lösung; eine unüberlegte Laune ist nicht die Freiheit. Wenn ich nur *bescheiden* sein könnte.

«Wieso ist das blöd?» fragte Pinette verärgert. «Ich will einen Fritz abknallen; daran ist nichts Blödes.»

«Du kannst hundert abknallen, der Krieg ist trotzdem verloren.»

Pinette grinste.

«Ich werde die Ehre retten!»

«In wessen Augen?»

Pinette ging mit gesenktem Kopf weiter, ohne zu antworten.

«Und selbst wenn man dir ein Denkmal setzte?» sagte Mathieu. «Wenn man deine Asche unterm Arc de Triomphe verscharrte. Würde es sich dafür lohnen, ein ganzes Dorf niederbrennen zu lassen?»

«Soll es doch niederbrennen», sagte Pinette. «Krieg ist Krieg.»

«Da leben Frauen und Kinder.»

«Die brauchen sich nur in die Felder zu verziehen. Ah!» sagte er mit blödem Gesicht. «Das muß knallen!»

Mathieu legte ihm die Hand auf die Schulter:

«Liebst du deine Frau denn so sehr?»

«Was hat sie denn damit zu tun?»

«Willst du dich etwa nicht ihretwegen abschießen lassen?» fragte Mathieu.

«Geh mir nicht auf die Nerven!» schrie Pinette. «Ich habe deine Haarspaltereien satt. Wenn das alles ist, was Bildung einbringt, bedaure ich nicht, daß ich keine habe.»

Sie hatten die ersten Häuser des Dorfes erreicht; plötzlich fing Mathieu auch an zu schreien:

«Ich hab's satt!» schrie er. «Ich hab's satt! Ich hab's satt!»

Pinette blieb stehen und sah ihn an:

«Was ist denn mit dir los?»

«Nichts», sagte Mathieu verdutzt. «Ich werde verrückt.»

Pinette zuckte die Achseln.

«Ich muß in die Schule», sagte er. «Die Gewehre sind im Klassenzimmer.»

Die Tür war offen: sie gingen hinein. Auf dem Fliesenboden im Flur schliefen Soldaten. Pinette zog seine Taschenlampe heraus; ein Lichtkreis zeichnete sich auf der Wand ab.

«Da ist es.»

Es waren Gewehre da, haufenweise. Pinette nahm eines, inspizierte es lange im Licht seiner Taschenlampe, legte es wieder hin, nahm ein anderes, das er sorgfältig untersuchte. Mathieu schämte sich, daß er geschrien hatte: man muß abwarten und einen klaren Kopf behalten. Sich für eine gute Gelegenheit aufheben. Unüberlegte Launen machen nichts besser. Er lächelte Pinette an.

«Du siehst aus, als würdest du dir eine Zigarre aussuchen.»

Zufrieden hängte Pinette sich das Gewehr um.

«Ich nehme es. Gehen wir.»

«Gib mir deine Lampe», sagte Mathieu.

Er leuchtete mit der Lampe über die Gewehre: sie sahen langweilig und bürokratisch aus, wie Schreibmaschinen. Es war schwer zu glauben, daß man mit diesen Geräten töten konnte. Er bückte sich und nahm irgendeins.

«Was machst du da?» fragte Pinette erstaunt.

«Das siehst du doch», sagte Mathieu, «ich nehme ein Gewehr.»

«Nein», sagt die Frau und knallt ihm die Tür vor der Nase zu.

Er bleibt mit hängenden Armen auf der Treppe stehen, mit dem bedrückten Gesicht, das er macht, wenn er keinen mehr einschüchtern kann, er murmelt: «Alte Hexe», laut genug, daß ich es höre, leise genug, daß sie es nicht hört, nein, lieber Jacques: alles, aber nicht ‹alte Hexe›. Senke jetzt, senke deine blauen Augen, sieh auf deine Füße: die Gerechtigkeit, dein schönes Männerspielzeug, ist in Scherben, komm mit *deinem* unendlich schmerzlichen Schritt zum Auto zurück, ich weiß: der liebe Gott ist dir Rechenschaft schuldig, aber ihr werdet euch am Tag des Jüngsten Gerichts einigen (er kommt mit seinem unendlich schmerzlichen Schritt zum Auto zurück). Was ‹alte Hexe› betrifft, nein; ihm wäre etwas anderes eingefallen, er hätte ‹alte Schachtel, alte Spinatwachtel, altes Stück› gesagt, aber nicht ‹alte Hexe›, du beneidest ihn um seinen Jargon; nein, er hätte nichts gesagt, die Leute hätten uns die Tür sperrangelweit aufgemacht, sie hätten uns ihr Bett, ihre Bettwäsche, ihre Nachthemden gegeben, er hätte sich auf die Bettkante gesetzt, seine große Hand flach auf der roten Steppdecke, er hätte errötend gesagt: ‹Odette, die halten uns für Mann und Frau›, und ich hätte nichts gesagt, er hätte gesagt: ‹Ich schlafe auf dem Fußboden›, und ich hätte gesagt: ‹Ach nein, was soll's, eine Nacht ist schnell vorbei, was soll's, schlafen wir in einem Bett›; komm, Jacques, komm, halt mir die Augen zu, erdrücke mein Denken, beschäftige mich, sei schwer, fordernd, besitzergreifend, laß mich nicht mit ihm allein; er kam, er ging die Stufen hinunter, so durchsichtig, so vorhersehbar, daß er einer Erinnerung glich, du wirst schnaufen und die rechte Augenbraue hochziehen, du wirst auf der Motorhaube herumtrommeln, du wirst mich tief ansehen, er machte *sein* Schnaufen, *sein* Brauenhochziehen, *seinen* tiefen, nachdenklichen Blick, er war da, über sie gebeugt; er schwebte in dieser riesigen, rohen Nacht, die sie mit den Fingerspitzen streichelte, er schwebt, unbeständig, routiniert und uralt, ich sehe durch ihn hindurch den dunklen, kompakten Bauernhof, die Landstraße, den streunenden Hund, alles ist neu, alles, außer ihm, das ist kein Ehemann, das ist eine allgemeine Vorstellung; ich rufe ihn an, aber er hilft nicht. Sie lächelte ihn an, weil man die immer anlächeln muß, sie bot ihm die Ruhe und Sanftheit der Natur, den vertrauensvollen Optimismus der glücklichen Frau; heimlich verschmolz sie mit der Nacht, sie löste sich in dieser großen, weiblichen Nacht auf, die, irgendwo in ihrem Herzen, Mathieu barg; er lächelte nicht, er rieb sich die Nase, eine Geste, die er von seinem Bruder übernommen hat, sie zuckte zusammen: ‹Was habe ich nur gedacht, ich schlafe im Stehen, ich bin noch nicht diese zynische alte Frau, ich habe geträumt›, die Sprache versank in der Nacht ihrer Brust, alles ist vergessen, an der Oberfläche blieb nur ihre zweifache und ruhige Allgemeinheit. Sie fragte munter:

«Nun?»

«Nichts zu machen. Sie behaupten, sie hätten keine Scheune; dabei sehe ich sie, ihre Scheune. Sie steht hinten im Hof. Ich sehe doch nicht aus wie ein Straßenräuber.»

«Weißt du», sagte sie, «nach vierzehn Stunden Fahrt sehen wir wahrscheinlich nicht sehr gepflegt aus.»

Er sah sie aufmerksamer an, und sie fühlte, wie ihre Nase unter seinem Blick wie ein Leuchtturm aufblitzte; gleich sagt er, daß meine Nase glänzt. Er sagte:

«Du hast Tränensäcke unter den Augen, mein armes Herz: du mußt hundemüde sein.»

Sie holte schnell ihre Puderdose aus der Tasche und sah sich streng im Spiegel an, ich sehe beängstigend aus: im Mondlicht wirkte ihr Gesicht schwarz gefleckt; Häßlichkeit geht ja noch, aber mir graut vor Schmutz.

«Was machen wir jetzt?» fragte Jacques ratlos.

Sie hatte die Puderquaste herausgenommen und fuhr damit leicht über die Wangen und unter den Augen her.

«Was du willst», sagte sie.

«Ich frage dich um Rat.»

Er hatte die Hand mit der Puderquaste aufgefangen und hielt sie mit autoritärem Lächeln fest. Ich frage dich um Rat, dieses Mal frage ich dich um Rat, jedesmal wenn ich dich um Rat frage, armer Freund, du weißt genau, daß du ihn nicht befolgen wirst. Aber er mußte das Denken der anderen kritisieren, um sich seines eigenen bewußt zu werden. Sie sagte aufs Geratewohl:

«Fahren wir weiter, vielleicht finden wir freundlichere Leute.»

«Vielen Dank! Eine Erfahrung reicht mir. Ha!» sagte er scharf. «Ich hasse die Bauern!»

«Sollen wir die ganze Nacht durchfahren?»

Er riß die Augen auf:

«Die ganze Nacht?»

«Morgen früh wären wir in Grenoble, wir könnten uns bei Blériots ausruhen, nachmittags weiterfahren und in Castellane übernachten: übermorgen wären wir in Juan.»

«Daran ist nicht zu denken!»

Er machte sein ernstes Gesicht und fügte hinzu:

«Ich bin viel zu müde. Ich würde am Steuer einschlafen, und wir würden im Straßengraben aufwachen.»

«Ich kann dich ablösen.»

«Liebling, mach dir ein für allemal klar, daß ich dich nachts nie fahren lassen werde. Bei deiner Kurzsichtigkeit wäre das Mord. Die Straßen sind von Karren, Lastwagen, Autos verstopft: Leute, die nie am Steuer gesessen haben und aus Angst blindlings losgefahren sind. Nein, nein: da sind Männerreflexe nötig.»

Fensterläden gingen auf; ein Kopf erschien im Fenster:

«Kann man hier denn nicht in Ruhe schlafen?» fragte eine barsche Stimme. «Unterhalten Sie sich woanders, verflucht noch mal!»

«Vielen Dank, Monsieur», sagte Jacques mit schneidender Ironie, «Sie sind sehr höflich und sehr gastfreundlich.»

Er sprang ins Auto, schlug die Tür zu und startete brutal: Odette sah ihn aus den Augenwinkeln an: am besten schweige ich; er fährt mindestens achtzig, ohne Licht, weil er Angst vor Flugzeugen hat; zum Glück ist Vollmond; sie wurde gegen die Tür geschleudert:

«Was machst du?»

Er war, fast ohne zu bremsen, in eine Querstraße eingebogen. Sie fuhren noch eine Weile, dann hielt er abrupt an und stellte das Auto am Ende des Weges unter einer Baumgruppe ab.

«Wir werden hier schlafen.»

«Hier?»

Er machte die Tür auf und stieg, ohne zu antworten, aus. Sie stellte sich lautlos hinter ihn, die Luft war beinah kühl.

«Willst du draußen schlafen?»

«Nein.»

Sie sah bedauernd das dunkle, zarte Gras an, sie bückte sich und befühlte es wie Wasser.

«O Jacques! Es wäre so schön hier; wir könnten die Decken und ein Kissen nehmen.»

«Nein», wiederholte er. Er fügte bestimmt hinzu: «Wir schlafen im Wagen, man weiß ja nicht, wer sich jetzt auf den Straßen herumtreibt.»

Sie sah, wie er, die Hände in den Taschen, mit seinem jugendlichen, tänzelnden Schritt auf und ab ging; die Geige des Teufels spielt in den Bäumen, Jacques muß im Takt springen und tanzen. Er wandte ihr ein sorgenvolles, gealtertes Gesicht mit ausweichenden Augen zu: ‹Irgend etwas stimmt nicht; man könnte meinen, er schämt sich›; er kam zum Auto zurück, die Jugendlichkeit und der Schwung des magischen Instruments waren über ihn gekommen, ihm bis in die Füße gedrungen und hoben ihn munter an. ‹Er haßt es, im Wagen zu schlafen. Wen bestraft er? Sich oder mich?› Sie fühlte sich schuldig, ohne zu wissen, weshalb.

«Warum machst du so ein Gesicht?» fragte er. «Wir sind auf den Straßen, unterwegs ins Abenteuer: du müßtest froh sein.»

Sie senkte die Augen: ‹Ich wollte nicht weg, Jacques, die Deutschen sind mir egal, ich wollte zu Hause bleiben: wenn der Krieg andauert, sind wir von ihm abgeschnitten, wir werden nicht mal wissen, ob er tot ist.› Sie sagte:

«Ich denke an meinen Bruder und an Mathieu.»

«In diesem Moment», sagte Jacques mit bitterem Lächeln, «ist Raoul in Carcassonne, in seinem Bett.»

«Mathieu ist nicht . . .»

«Du mußt dir sagen», entgegnete Jacques verstimmt, «daß mein Bruder zum Hilfsdienst eingezogen worden ist und folglich keinerlei Gefahr läuft. Er wird in Gefangenschaft kommen, weiter nichts. Du stellst dir vor, alle Soldaten wären Helden. Nein, nein, meine Liebe: Mathieu ist Schreiber bei irgendeinem Stab; bei ihm ist es genauso ruhig wie im Hinterland; vielleicht sogar ruhiger als bei uns im Moment. In ihrem Jargon nennen sie das ‹Druckposten›. Ich bin deswegen übrigens froh für ihn.»

«Es ist kein Spaß, Gefangener zu sein», sagte Odette, ohne aufzublicken.

Er musterte sie ernst:

«Unterstell mir nichts, was ich nicht gesagt habe! Mathieus Schicksal macht mir große Sorgen. Aber er ist ein widerstandsfähiger, pfiffiger Bursche. Doch, doch, viel pfiffiger, als du denkst, trotz seinem zerstreuten Gehabe; ich kenne ihn besser als du: in seinem ewigen Zögern ist auch Pose, er hat sich eine Persönlichkeit zurechtgemacht. Wenn er erst mal da ist, wird er ein warmes Plätzchen finden: ich sehe ihn schon als Schreiber eines deutschen Offiziers, oder er wird Küchenbulle . . . das paßte haargenau zu ihm!» Er lächelte und wiederholte selbstgefällig: «Küchenbulle, jawohl, Küchenbulle; haargenau. Wenn du wissen willst, was ich insgeheim denke», fügte er vertraulich hinzu, «so meine ich, daß die Gefangenschaft ihn vernünftiger machen wird; er wird als anderer Mensch zu uns zurückkommen.»

«Wie lange wird sie dauern?» fragte Odette mit zugeschnürter Kehle.

«Wie soll ich das wissen?»

Er schüttelte den Kopf und fügte hinzu:

«Ich kann dir nur sagen, daß der Krieg meiner Ansicht nach nicht lange weitergehen kann. Das nächste Ziel der deutschen Armee ist England ... und der Ärmelkanal ist ziemlich schmal ...»

«Die Engländer werden sich verteidigen», sagte Odette.

«Natürlich, natürlich.» Er breitete niedergeschlagen die Arme aus. «Ich weiß nicht mal, ob wir es wünschen sollen.»

Was sollen wir wünschen? Was soll ich wünschen? Anfangs schien das ganz einfach: sie hatte geglaubt, man müßte den Sieg wünschen, wie 1914. Aber niemand schien ihn herbeizusehnen. Sie hatte fröhlich gelächelt, wie sie ihre Mutter bei der Nivelle-Offensive hatte lächeln sehen, sie hatte laut wiederholt: «Aber ja, wir werden siegen! Man muß sich sagen, daß wir nicht verlieren *können.*» Und ihr graute dabei vor ihr selbst, weil sie den Krieg bis hin zum Sieg haßte. Aber die Leute schüttelten, ohne zu antworten, den Kopf, als hätte sie etwas Taktloses gesagt. Also hatte sie geschwiegen, sie hatte versucht, von allen übersehen zu werden; sie hörte ihnen zu, wie sie von Deutschland, von England, von Rußland sprachen, es gelang ihr nicht einmal, zu verstehen, was sie wollten; sie dachte: ‹Wenn er da wäre, würde er es mir erklären.› Aber er war nicht da, er schrieb nicht einmal: in neun Monaten hatte er Jacques zwei Briefe geschickt. Was denkt er? Er muß es wissen, er muß es verstehen. Und wenn er es nicht verstand? Wenn niemand es verstand? Sie hob plötzlich den Kopf: sie hätte bei Jacques gern diesen Ausdruck behaglicher Sicherheit wiedergefunden, der sie manchmal noch beruhigte; sie hätte in seinem Blick gern gelesen, daß alles in Ordnung war, daß die Männer Gründe zur Hoffnung hatten, die ihr entgingen. Hoffnung worauf? Stimmt es, daß ein Sieg der Alliierten nur Rußland nutzen konnte? Sie befragte dieses allzu bekannte Gesicht, und plötzlich erschien es ihr neu: sie sah vor Unruhe schwarze Augen; in den Mundwinkeln war noch etwas Hochmut übrig, aber das war die trotzige Arroganz eines ertappten Kindes. ‹Er hat irgendwas; bei ihm stimmt was nicht.› Seit ihrer Abfahrt von Paris war er sonderbar, mal zu heftig, mal fast zu sanft. Es war schrecklich, wenn sich sogar die Männer schuldig zu fühlen schienen. Er sagte:

«Ich bin ganz wild darauf, zu rauchen.»

«Hast du keine Zigaretten mehr?»

«Nein.»

«Nimm», sagte sie. «Ich habe noch vier.»

Es waren De Rezskes; er verzog den Mund, nahm argwöhnisch eine heraus:

«Stroh!» sagte er und steckte das Päckchen in die Tasche.

Bei seinem ersten Zug roch Odette den Tabakduft; die Lust zu rauchen trocknete ihr die Kehle aus. Lange Zeit, lange nachdem sie aufgehört hatte, ihn zu lieben, machte es ihr Spaß, den Durst zu verspüren, wenn er neben ihr trank, den Hunger, während er aß, müde zu sein und ihn schlafen zu sehen, das war beruhigend: er nahm ihr ihre Begierden ab, heiligte sie und stillte sie auf eine männlichere, moralischere und endgültigere Weise für sie. Jetzt . . .

Sie sagte leicht auflachend:

«Gib mir wenigstens eine.»

Er sah sie verständnislos an, dann zog er die Augenbrauen hoch.

«Oh, entschuldige, Liebling: das habe ich ganz mechanisch gemacht.»

Er zog das Päckchen aus der Tasche.

«Du kannst das Päckchen behalten», sagte sie, «gib mir bloß eine.»

Sie rauchten schweigend. Sie hatte Angst vor sich selbst; sie erinnerte sich an die heftigen, unwiderstehlichen Gelüste, von denen sie als junges Mädchen aufgewühlt worden war. Vielleicht kamen sie jetzt wieder. Er hustete zwei- oder dreimal, um eine klare Stimme zu bekommen: ‹Er will mit mir sprechen. Aber er nimmt sich Zeit, wie immer.› Sie rauchte geduldig: ‹Er wird zum Thema kommen wie die Krebse: von der Seite.› Er hatte sich aufgerichtet; er setzte ein entsprechendes Gesicht auf und sah sie streng an.

«Tja, liebe Odette!» sagte er.

Sie lächelte ihn für alle Fälle unbestimmt an: er legte ihr die Hand auf die Schulter:

«Du mußt jetzt doch zugeben, daß es eine Schnapsidee ist.»

«Ja», sagte sie. «Ja: es ist eine Schnapsidee.»

Er sah sie immer noch an. Er drückte seine Zigarette auf dem Trittbrett des Wagens aus und zertrat sie mit dem Fuß; er stellte sich neben sie und sagte mit Nachdruck, wie um sie davon zu überzeugen:

«Wir waren überhaupt nicht in Gefahr.»

Sie antwortete nicht; er fuhr beharrlich und sanft fort:

«Ich bin sicher, daß die Deutschen sich anständig benehmen werden; sie werden sich bemühen, sich anständig zu benehmen.»

Genau das hatte sie immer gedacht. Aber sie las in Jacques' Augen die Antwort, die er von ihr erwartete. Sie sagte:

«Wer weiß? Und wenn sie Paris verwüstet hätten?»

Er zuckte die Achseln.

«Warum sollten sie? Auf solche Ideen kann nur eine Frau kommen!»

Er beugte sich über sie und erklärte ihr geduldig:

«Hör zu, Odette, versuch zu verstehen: Berlin wird bestimmt wünschen, daß Frankreich gleich nach dem Waffenstillstand Partner der Achse wird; vielleicht zählt man dort sogar auf unser Prestige in Amerika, um die Vereinigten Staaten aus dem Krieg herauszuhalten. Kannst du mir folgen? Mit einem Wort: sogar als Besiegte haben wir Trümpfe. Für unsere Politiker», fügte er auflachend hinzu, «wird es sogar eine gute Partie sein, wenn sie sich imstande fühlen, sie zu spielen. Gut. Unter diesen Umständen ist es nicht einmal vorstellbar, daß die Deutschen es riskieren, die öffentliche Meinung Frankreichs durch unnötige Gewalttätigkeiten gegen sich aufzubringen.»

«Ganz meine Meinung», sagte sie gereizt.

«So?»

Er sah sie an und biß sich auf die Lippe: er sah so irritiert aus, daß sie schnell hinzufügte:

«Aber trotzdem, kann man da sicher sein? Nimm mal an, es wird aus den Fenstern auf sie geschossen . . .?»

Jacques' Augen funkelten.

«Wenn Gefahr bestanden hätte, wäre ich geblieben, ich habe mich damit abgefunden wegzufahren, weil ich sicher war, daß keine bestand.»

Sie sah ihn wieder vor sich, wie er mit großer panischer Ruhe in den Salon kam, sie hörte ihn noch, während er sich mit zitternder Hand eine Zigarette anzündete, mit seiner festesten Stimme sagen: «Odette, pack deine Koffer, der Wagen steht unten, in einer halben Stunde fahren wir ab.» Worauf will er hinaus? Er lachte unangenehm.

«Jedenfalls», sagte er sozusagen abschließend, «nennt man das Aufgeben der Stellung.»

«Du hattest doch gar keine Stellung.»

«Ich war Blockwart», sagte er. Er wies mit der Handfläche einen möglichen Einwand zurück: «Ich weiß, es ist lächerlich; und ich habe nur auf Champenois' Drängen hin angenommen. Aber selbst damit hätte ich mich nützlich machen können. Und außerdem sollten wir ein Vorbild sein.»

Sie sah ihn unfreundlich an: ‹Ja, ja, *ja*, du hättest in Paris bleiben müssen, rechne nicht damit, daß ich dir das Gegenteil sage.› Er seufzte:

«Na ja! Was geschehen ist, ist geschehen. Es wäre zu bequem, wenn man nur miteinander vereinbare Pflichten hätte. Ich langweile dich, armes Herz», fügte er hinzu. «Das sind männliche Skrupel.»

«Ich glaube, ich kann sie verstehen», sagte sie.

«Natürlich, Kindchen, natürlich.» Er lächelte maskulin und einsam, dann nahm er ihr Handgelenk und sagte beruhigend: «Was konnte mir denn passieren? Schlimmstenfalls hätten sie die kräftigen Männer nach Deutschland gebracht, ja und? Mathieu ist auch dort. Allerdings hat er nicht mein verflixtes Herz. Erinnerst du dich, wie dieser Idiot von Stabsarzt mich für untauglich erklärt hat?»

«Ja.»

«Ich war fuchsteufelswild, ich hätte sonstwas getan: erinnerst du dich? Erinnerst du dich, wie wütend ich war?»

«Ja.»

Er setzte sich auf das Trittbrett des Wagens und legte den Kopf in die Hände; er sah gerade vor sich hin.

«Charvoz ist geblieben», sagte er mit starren Augen.

«Was?»

«Er ist geblieben. Ich habe ihn heute morgen in der Garage getroffen, er schien sich zu wundern, daß ich wegfuhr.»

«Bei ihm ist das was anderes», sagte sie mechanisch.

«Ja, allerdings», sagte er bitter. «Er ist Junggeselle.»

Odette stand links von ihm, sie sah seinen Schädel an, der stellenweise unter den Haaren hervorschimmerte, sie dachte: ‹Das ist es also!›

Seine Augen waren unbestimmt. Er sagte zwischen den Zähnen hervor:

«Ich hatte niemanden, dem ich dich anvertrauen konnte.»

Sie wurde steif:

«Wie bitte?»

«Ich sage, daß ich dich niemandem anvertrauen konnte. Wenn ich es gewagt hätte, dich allein zu deiner Tante fahren zu lassen ...»

«Willst du damit sagen», fragte sie mit bebender Stimme, «daß du meinetwegen gefahren bist?»

«Es war eine Gewissensfrage», entgegnete er.

Er sah sie liebevoll an:

«In den letzten Tagen warst du so nervös: du hast mir angst gemacht.» Sie war vor Verblüffung sprachlos: ‹Warum denn das? Warum fühlt er sich verpflichtet?› Er fuhr mit nervöser Munterkeit fort:

«Du hast die Fensterläden zugelassen, wir lebten den ganzen Tag im Dunkeln, du hast Konserven gehamstert, ich trat auf Sardinenbüchsen ... Und dann glaube ich, daß Lucienne dir nicht gut tat, du warst verändert, als sie von uns wegging: sie ist sehr verschreckt, auch sehr leichtgläubig, was die Geschichten von Vergewaltigungen und abgehackten Händen angeht.»

Ich will nicht. Ich will ihm nicht sagen, was er von mir hören will. Was bleibt mir auf der Welt, wenn ich ihn verachte? Sie trat einen Schritt zurück. Er starrte sie mit stählernem Blick an, als wollte er sagen: ‹Sag es. Nun sag es schon!› Und wieder fühlte sie sich unter diesem Adlerblick, unter diesem Gattenblick schuldig, vielleicht hat er geglaubt, ich wollte wegfahren, vielleicht sah ich so aus, als hätte ich Angst, vielleicht hatte ich Angst, ohne es zu wissen. Was ist wahr? Bisher war das wahr, was Jacques sagte; wenn ich ihm nicht mehr glaube, woran könnte ich glauben; sie senkte den Kopf und sagte:

«Ich wäre nicht gern in Paris geblieben.»

«Hattest du Angst?» fragte er gütig.

«Ja», sagte sie. «Ich hatte Angst.»

Als sie den Kopf wieder hob, sah er sie lachend an.

«Na, komm!» sagte er. «Das ist alles nicht so schlimm: eine Nacht unter freiem Himmel paßt zwar nicht mehr ganz zu unserm Alter. Aber wir sind noch jung genug, um es reizvoll zu finden.» Er streichelte leicht ihren Nakken «Hyères, 1936, erinnerst du dich? Wir haben im Zelt geschlafen, das ist eine meiner schönen Erinnerungen.»

Sie antwortete nicht; sie hatte den Türgriff umfaßt und hielt ihn mit aller Kraft fest. Er unterdrückte ein Gähnen:

«Es ist spät. Sollen wir schlafen gehen?»

Sie nickte. Ein Nachttier schrie, und Jacques lachte schallend.

«Ländlich!» sagte er. «Leg dich hinten in den Wagen», fügte er fürsorglich hinzu. «Da kannst du die Beine etwas ausstrecken; ich schlafe am Steuer.»

Sie stiegen ins Auto; er schloß die rechte Wagentür ab und drückte an der linken die Sperre herunter.

«Liegst du gut?»

«Sehr gut.»

Er holte den Revolver heraus und untersuchte ihn belustigt:

«Das ist eine Situation, die meinen Großvater, den alten Piraten, entzückt hätte», sagte er. Er fügte fröhlich hinzu: «Wir haben in der Familie alle ein bißchen was von Seeräubern.»

Sie sagte nichts. Er drehte sich auf seinem Sitz um und faßte sie beim Kinn.

«Küß mich, Liebling.»

Sie fühlte seinen warmen, offenen Mund, der sich auf den ihren preßte; er leckte leicht ihre Lippen wie früher, und sie erschauerte; gleichzeitig fühlte sie eine Hand unter ihre Achsel gleiten und ihre Brust streicheln.

«Arme Odette», sagte er zärtlich. «Armes kleines Mädchen, armes Kindchen.»

Sie warf sich zurück. Sie sagte:

«Ich bin todmüde.»

«Gute Nacht, Liebste», sagte er lächelnd.

Er drehte sich um, legte die Arme verschränkt über das Steuer und ließ den Kopf auf die Hände fallen. Sie blieb aufrecht, beklommen sitzen: sie lauerte. Zwei Seufzer, das ist es noch nicht. Er regt sich noch. Sie konnte an nichts denken, solange er mit diesem Bild von ihr im Kopf wach war; ich habe nie an etwas denken können, wenn er bei mir war. Es ist soweit: er hatte *seine* drei Grunzlaute von sich gegeben; sie entspannte sich ein wenig: das ist nur noch ein Tier. Er schlief, der Krieg schlief, die Welt der Männer schlief in diesen Kopf versenkt; aufrecht im Dunkeln, zwischen den beiden kreidigen Fenstern, am Grunde eines Mondsees wachte Odette, ein uraltes Gefühl fiel ihr wieder ein, ich lief über einen kleinen rosa Weg, ich war zwölf, ich bin mit freudig klopfendem Herzen stehengeblieben, ich habe laut gesagt: «Ich bin unentbehrlich.» Sie wiederholte: «Ich bin unentbehrlich», aber sie wußte nicht, wofür; sie versuchte an den Krieg zu denken, es kam ihr vor, als würde sie gleich die Wahrheit herausfinden: ‹Stimmt es, daß der Sieg nur Rußland nutzen wird?› Sie gab sofort auf, und ihre Freude verwandelte sich in Ekel: ‹Ich weiß nicht genug darüber.›

Sie hatte Lust zu rauchen. Nicht wirklich Lust, das war Nervosität. Die Lust wurde größer und größer, erfüllte ihre Brust. Eine keinen Widerspruch duldende, besitzergreifende Lust wie in der Zeit ihrer gebieterischen Kindheit; er hatte das Päckchen in seine Jackentasche gesteckt. Warum sollte er rauchen? Dieser Tabakgeschmack in seinem Mund muß so langweilig, so konventionell sein, warum sollte er eher rauchen als ich? Sie beugte sich über ihn; er schnaufte, sie schob die Hand in die Tasche, zog die Zigaretten heraus, dann zog sie die Sperre hoch, öffnete leise die Tür und schlüpfte hinaus. Der Mond zwischen den Blättern, die Mondflecken auf der Straße, dieser kühle Hauch, dieser Tierschrei gehören mir. Sie zündete eine Zigarette an, der Krieg schläft, Berlin schläft, Moskau, Churchill, das Politbüro, unsere Politiker schlafen, alles schläft, niemand sieht *meine* Nacht, ich bin unentbehrlich, die Konservendosen waren für meine Kriegspaten. Sie merkte plötzlich, daß sie Tabak haßte; sie zog noch zweimal an ihrer Zigarette, dann warf sie sie weg: sie wußte nicht einmal mehr, weshalb sie hatte rauchen wollen. Das Laub rauschte leise, die Flur knackte wie Parkettboden. Die Sterne waren Tiere: sie hatte Angst; er schlief, und sie war wieder in der dunklen Welt ihrer Kindheit, in dem Wald der Fragen ohne Antworten; er kannte die Namen der Sterne, wußte die genaue Entfernung der Erde zum Mond, die Zahl der Einwohner der hiesigen Gegend, ihre Geschichte und ihre Tätigkeiten; er schläft, ich verachte ihn, und ich weiß nichts; sie fühlte sich verloren in dieser unbenutzbaren Welt, in dieser Welt, die man *sehen* und *anfassen* konnte. Sie lief zum Auto, sie wollte ihn sofort wecken, wollte Wissenschaft, Industrie und Moral wecken. Sie legte die Hand auf die Klinke, beugte sich zur Tür und sah durch die Scheibe einen großen offenen Mund. ‹Wozu?› dachte sie. Sie setzte sich aufs Trittbrett und dachte, wie jede Nacht, an Mathieu.

Der Leutnant lief die dunkle Treppe hinauf; sie liefen und schwenkten hinter ihm her. Er blieb im Stockdunkeln stehen, stieß mit dem Nacken eine Falltür auf, und sie wurden von einem silbrigen Licht geblendet.

«Mir nach.»

Sie sprangen in den kalten, klaren Himmel voller Erinnerungen und leiser Geräusche. Eine Stimme sagte:

«Wer da?»

«Ich bin's», sagte der Leutnant.

«Stillgestanden!»

«Rührt euch», sagte er.

Sie standen auf einer quadratischen Plattform oben auf dem Glockenturm. Vier Pfeiler stützten an den vier Ekken die Überdachung. Zwischen den Pfeilern war ein etwa ein Meter hohes Steingeländer. Der Himmel war überall. Der Mond warf den schrägen Schatten eines Pfeilers auf den Boden.

«Nun?» sagte der Leutnant. «Alles in Ordnung hier?»

«Alles in Ordnung, Herr Leutnant.»

Drei Männer standen ihm gegenüber; alle drei lang und dünn mit Gewehren. Mathieu und Pinette standen eingeschüchtert hinter dem Leutnant.

«Bleiben wir hier, Herr Leutnant?» fragte einer der drei Chasseure.

«Ja», sagte der Leutnant. Er fügte hinzu: «Ich habe Closson mit vier Mann ins Rathaus geschickt, die anderen besetzen mit mir die Schule. Dreyer hält die Verbindung.»

«Wie lauten die Befehle?»

«Feuer frei. Sie können die Munition verschießen.»

«Was ist denn das?»

Gedämpfte Rufe, schleifende Füße: das kam von der Straße herauf. Der Leutnant lächelte:

«Das sind die Zuckerpuppen vom Stab, die ich in den Rathauskeller schmeißen lasse. Da werden sie etwas beengt sein, aber es ist ja nur für diese Nacht: morgen früh werden die Boches sie in Empfang nehmen, wenn sie mit uns aufgeräumt haben.»

Mathieu sah die Chasseure an: er schämte sich für die Kameraden, aber die drei Gesichter blieben gleichmütig.

«So!» sagte der Leutnant. «Um elf versammeln sich die Bewohner des Kaffs auf dem Platz; schießen Sie nicht auf sie. Ich schicke sie für die Nacht in die Wälder. Wenn sie weg sind, feuern Sie auf alles, was über die Straße geht. Und kommen Sie unter keinem Vorwand runter: wir würden auf Sie schießen.»

Er ging auf die Falltür zu. Die Soldaten musterten Mathieu und Pinette schweigend.

«Herr Leutnant . . .», sagte Mathieu.

Der Leutnant drehte sich um:

«Sie hatte ich vergessen. Diese Männer wollen kämpfen», sagte er den anderen. «Sie haben Gewehre, und ich habe ihnen Patronentaschen geben lassen. Sehen Sie zu, was Sie mit ihnen machen können. Wenn sie zu schlecht schießen, nehmen Sie ihnen die Patronentaschen wieder ab.»

Er sah die Chasseure voller Zuneigung an.

«Adieu, Jungs. Adieu.»

«Adieu, Herr Leutnant», sagten sie höflich.

Er zögerte eine Sekunde und schüttelte den Kopf, dann stieg er rückwärts die ersten Stufen hinunter und zog die Falltür über sich zu. Die drei Männer sahen Mathieu und Pinette ohne Neugier oder Sympathie an. Mathieu ging zwei Schritte zurück und lehnte sich an einen Pfeiler. Sein Gewehr störte ihn: mal trug er es allzu ungezwungen, und mal hielt er es wie eine Kerze. Schließlich legte er es behutsam auf den Boden. Pinette gesellte sich zu ihm; beide drehten dem Mond den Rücken zu. Die drei Chasseure dagegen standen im vollen Licht. Das gleiche schwarze Moos ließ ihre kreideweißen Gesichter schmutzig wirken; sie hatten den gleichen starren Nachtvogelblick.

«Als wären wir auf Besuch», sagte Pinette.

Mathieu lächelte; die drei Männer lächelten nicht. Pinette trat dicht neben Mathieu und flüsterte:

«Sie sind uns nicht grün.»

«Kann man wohl sagen!» sagte Mathieu.

Sie schwiegen verlegen. Mathieu beugte sich vor und sah genau unter sich das dunkle Gekräusel der Kastanienbäume.

«Ich rede mal mit ihnen», sagte Pinette.

«Bleib bloß ruhig.»

Schon ging Pinette auf die Chasseure zu.

«Ich heiße Pinette. Der da ist Delarue.»

Er blieb stehen und wartete. Der Größte nickte, aber sie nannten nicht ihre Namen. Pinette räusperte sich. Er sagte:

«Wir wollen kämpfen.»

Sie antworteten immer noch nicht. Der große Blonde verzog das Gesicht und wandte den Kopf ab. Pinette zögerte irritiert.

«Was haben wir zu tun?»

Der große Blonde hatte sich zurückgelehnt; er gähnte. Mathieu sah, daß er Gefreiter war.

«Was haben wir zu tun?» wiederholte Pinette.

«Nichts.»

«Wie, nichts?»

«Vorläufig nichts.»

«Und dann?»

«Wir sagen's euch.»

Mathieu lächelte ihnen zu:

«Wir fallen euch auf den Wecker, was? Ihr wärt lieber allein?»

Der große Blonde sah ihn nachdenklich an, dann wandte er sich an Pinette:

«Was bist du denn?»

«Busschaffner.»

Der Gefreite lachte auf. Aber seine Augen lachten nicht:

«Glaubst du, du bist schon Zivilist? Wart's ab.»

«Ach, du meinst hier?»

«Ja.»

«Beobachter.»

«Und er?»

«Telefonist.»

«Hilfsdienst?»

«Ja.»

Der Gefreite sah ihn angestrengt an, als hätte er Mühe, seine Aufmerksamkeit auf ihn zu konzentrieren:

«Wo hapert's denn? Du siehst kräftig aus . . .»

«Das Herz.»

«Habt ihr schon mal auf Menschen geschossen?»

«Noch nie», sagte Mathieu.

Der Gefreite drehte sich zu seinen Kameraden um. Alle drei schüttelten den Kopf.

«Wir werden unser Bestes tun», sagte Pinette mit erstickter Stimme.

Es blieb lange still. Der Gefreite sah sie an und kratzte sich am Kopf. Endlich seufzte er und schien sich zu entschließen. Er stand auf und sagte schroff:

«Ich bin Clapot. Mir müßt ihr gehorchen. Die anderen sind Chasseriau und Dandieu, und ihr braucht bloß zu tun, was sie euch sagen, weil wir seit vierzehn Tagen kämpfen und es gewohnt sind.»

«Seit vierzehn Tagen?» wiederholte Pinette ungläubig. «Wieso denn das?»

«Wir haben euren Rückzug gedeckt», antwortete Dandieu.

Pinette wurde rot und senkte den Kopf. Mathieu fühlte, wie seine Kinnbacken sich spannten. Clapot erklärte in verbindlicherem Ton:

«Befehl, den Feind aufzuhalten.»

Sie sahen sich wortlos an. Mathieu fühlte sich unbehaglich; er dachte: ‹Wir werden nie zu ihnen gehören. Sie haben vierzehn Tage hintereinander gekämpft, und wir sind auf den Straßen abgehaun. Es wäre zu bequem, wenn es genügte, sich ihnen anzuschließen, wenn sie das letzte Feuerwerk abschießen. Nie einer von ihnen, nie. Unsere sind unten im Keller, sie verkommen in Scham und Unglück, und unser Platz ist bei ihnen, und wir haben sie im letzten Moment aus Stolz im Stich gelassen.› Er beugte sich vor, er sah die schwarzen Häuser, die glänzende

Straße, er dachte wieder: ‹Mein Platz ist unten, mein Platz ist unten›, und er wußte in seinem Innern, daß er nie wieder hinuntergehen könnte. Pinette setzte sich rittlings auf das Geländer, wahrscheinlich um sich Haltung zu geben.

«Komm da runter!» sagte Clapot. «Du verrätst uns noch.»

«Die Deutschen sind noch weit weg.»

«Was weißt du denn? Du sollst da runterkommen.»

Pinette sprang verdrießlich auf den Boden, und Mathieu dachte: ‹Sie werden uns nie akzeptieren.› Pinette ging ihm auf die Nerven: er war unruhig, er redete, wenn er hätte im Hintergrund bleiben, den Atem anhalten, übersehen werden müssen. Mathieu zuckte zusammen: eine gewaltige, dumpfe, schwere Detonation war in seinen Ohren explodiert. Noch eine zweite, eine dritte: Bronzerufe, der Boden bebte unter seinen Füßen. Pinette lachte nervös:

«Du brauchst keine Angst zu haben: die Uhr schlägt.»

Mathieu warf einen verstohlenen Blick zu den Soldaten hinüber und sah voller Genugtuung, daß sie auch zusammengezuckt waren.

«Elf Uhr», sagte Pinette.

Mathieu erschauerte: er fror, aber es war nicht unangenehm. Er war himmelhoch, über den Dächern, über den Menschen, und er fror, und es war dunkel. ‹Nein, ich werde nicht wieder runtergehen. Ich werde um nichts in der Welt wieder runtergehen.›

«Die Zivilisten ziehen ab.»

Alle beugten sich über das Geländer. Er sah schwarze Tiere, die sich unter dem Laub hin und her bewegten wie auf dem Meeresgrund. In der Hauptstraße gingen Türen leise auf; Männer, Frauen, Kinder schlüpften hinaus. Die meisten trugen Bündel oder Koffer. Kleine Gruppen bildeten sich auf der Straße: sie schienen zu warten. Dann verschmolzen die Gruppen zu einem Zug, der sich langsam nach Süden in Bewegung setzte.

«Wie eine Beerdigung», sagte Pinette.

«Die armen Leute!» sagte Mathieu.

«Mach dir keine Sorgen um sie!» erwiderte Dandieu unfreundlich. «Sie werden ihr Kaff schon wiederfinden. Es ist ganz selten, daß die Deutschen Feuer legen.»

«Und das da?» sagte Mathieu und zeigte auf Roberville.

«Das ist was anderes: die Bauern haben mit uns geschossen.»

Pinette lachte:

«Dann war es allerdings anders als hier! Was die hier für einen Schiß hatten, die Bauern.»

Dandieu sah ihn an:

«Ihr habt ja nicht gekämpft: die Zivilisten konnten schließlich nicht anfangen.»

«Wer ist schuld?» fragte Pinette wütend. «Wer ist schuld, daß wir nicht gekämpft haben?»

«Keine Ahnung.»

«Die Offiziere! Die Offiziere haben den Krieg verloren.»

«Red nicht schlecht von den Offizieren», sagte Clapot. «Du hast kein Recht, schlecht von ihnen zu reden.»

«Ich werd mich grad bremsen.»

«Nicht vor uns», sagte Clapot fest. «Ich sag dir nämlich: außer dem Leutnant, der nicht schuld ist, sind alle unsere Offiziere gefallen.»

Pinette wollte sich rechtfertigen; er streckte die Arme nach Clapot aus, und dann ließ er sie wieder fallen:

«Wir können uns nicht verständigen», sagte er verzagt.

Chasseriau sah Pinette neugierig an:

«Wozu seid ihr eigentlich hierhergekommen?»

«Ich hab dir doch schon gesagt, wir sind hier, um zu kämpfen.»

«Warum denn? Ihr wart doch nicht gezwungen.»

Pinette grinste pennälerhaft:

«Nur so. Um uns zu amüsieren.»

«Na, ihr werdet euch schon amüsieren!» sagte Clapot unsanft, «das sage ich euch.»

Dandieu lachte mitleidig:

«Hörst du sie: sie statten uns einen kleinen Besuch ab, um sich zu amüsieren, um zu sehen, wie das Kämpfen ist;

sie wollen gerne Scheibenschießen spielen. Und sie sind nicht mal dazu gezwungen!»

«Und dich, du Trottel», fragte Pinette, «wer zwingt dich zu kämpfen?»

«Bei uns ist das was anderes: wir sind Chasseure.»

«Ja und?»

«Wenn man Chasseur ist, kämpft man.»

Er schüttelte den Kopf:

«Wenn das nicht wäre, würde ich doch nicht zum Spaß auf Menschen schießen, Mann.»

Chasseriau sah Pinette mit einer Mischung aus Verdutztheit und Widerwillen an:

«Ist dir klar, daß ihr euer Leben aufs Spiel setzt?»

Pinette zuckte die Achseln, ohne zu antworten.

«Wenn es dir nämlich klar ist», fuhr Chasseriau fort, «bist du noch blöder, als du aussiehst. Es ist doch unsinnig, sein Leben aufs Spiel zu setzen, wenn man nicht dazu gezwungen ist.»

«Wir waren dazu gezwungen», sagte Mathieu schroff. «Wir waren dazu gezwungen. Wir hatten die Schnauze voll, und außerdem wußten wir nicht mehr, was wir machen sollten.»

Er zeigte auf die Schule unter ihnen:

«Für uns hieß es Kirchturm oder Keller.»

Dandieu wirkte beeindruckt; sein Gesicht entspannte sich etwas. Mathieu baute seinen Vorteil aus:

«Was hättet ihr an unserer Stelle getan?»

Sie antworteten nicht. Er ließ nicht locker:

«Was hättet ihr getan?»

Dandieu schüttelte den Kopf:

«Ich hätte vielleicht den Keller gewählt. Du wirst sehen: es ist kein Spaß.»

«Natürlich nicht», sagte Mathieu, «aber es ist auch kein Spaß, im Keller zu sein, wenn die anderen kämpfen.»

«Das kann man wohl sagen», sagte Chasseriau.

«Ja», gab Dandieu zu. «Da kann man sicher nicht stolz drauf sein.»

Sie sahen weniger feindselig aus. Clapot musterte Pinette irgendwie überrascht, dann wandte er sich ab und trat an das Geländer. Die fiebrige Härte in seinem Blick wich, er wirkte versonnen und mild, er schaute unbestimmt die milde Nacht, das kindliche, legendäre Land an, und Mathieu wußte nicht, ob es die Milde der Nacht war, die sich in diesem Gesicht spiegelte, oder ob die Einsamkeit dieses Gesichts sich in dieser Nacht spiegelte.

«He, Clapot!» sagte Dandieu.

Clapot richtete sich auf und machte wieder sein scharfes Spezialistengesicht.

«Was denn?»

«Ich sehe mich mal unten in dem Zimmer um: ich habe da was gesehen.»

«Geh.»

Als Dandieu die Falltür hochhob, drang eine Frauenstimme zu ihnen herauf:

«Henri! Henri!»

Mathieu beugte sich über die Straße. Nachzügler liefen kreuz und quer wie aufgescheuchte Ameisen; auf der Straße neben der Post sah er einen kleinen Schatten.

«Henri!»

Pinettes Gesicht wurde finster, aber er sagte nichts. Frauen hatten die Postbeamtin beim Arm genommen und versuchten, sie wegzuziehen. Sie wehrte sich schreiend.

«Henri! Henri!»

Sie riß sich los, rannte in die Post und schloß die Tür hinter sich.

«So was Blödes!» stieß Pinette hervor.

Er kratzte mit den Fingernägeln über das Steingeländer:

«Sie mußte mit den anderen gehen.»

«Natürlich», sagte Mathieu.

«Ihr wird was zustoßen.»

«Wer ist schuld?»

Er antwortete nicht. Die Falltür hob sich:

«Helft mir mal.»

Sie schlugen die Klappe zurück: Dandieu tauchte aus

dem Dunklen auf: er trug zwei Strohsäcke auf dem Rükken.

«Das habe ich gefunden.»

Clapot lächelte zum erstenmal: er sah hocherfreut aus.

«Wir haben Schwein», sagte er.

«Was wollt ihr damit machen?» fragte Mathieu.

Clapot sah ihn erstaunt an.

«Wozu, meinst du, ist ein Strohsack denn da? Zum Fliegen fangen?»

«Wollt ihr etwa schlafen?»

«Zuerst werden wir mal was futtern», sagte Chasseriau.

Mathieu sah ihnen zu, wie sie die Strohsäcke herumschoben und Büchsenfleisch aus ihren Beuteln holten: ‹Begreifen sie denn nicht, daß sie sterben werden?› Chasseriau hatte einen Dosenöffner entdeckt; er machte mit schnellen, präzisen Handbewegungen drei Dosen auf, dann setzten sie sich und zogen ihre Messer aus der Tasche.

Clapot warf einen Blick über die Schulter auf Mathieu:

«Habt ihr Hunger?» fragte er.

Mathieu hatte seit zwei Tagen nichts gegessen; das Wasser lief ihm im Mund zusammen.

«Ich nicht!» sagte er.

«Und dein Kamerad?»

Pinette antwortete nicht. Er stand über das Geländer gebeugt und sah die Post an.

«Los», sagte Clapot. «Eßt was: an Freßbarem fehlt's nicht.»

«Wer kämpft», sagte Chasseriau, «darf auch essen.»

Dandieu wühlte in seinem Beutel und zog zwei Dosen heraus, die er Mathieu hinhielt. Mathieu nahm sie und klopfte Pinette auf die Schulter. Pinette zuckte zusammen:

«Was ist denn?»

«Für dich: iß!»

Mathieu nahm den Dosenöffner, den Dandieu ihm hinhielt; er setzte ihn an dem Weißblechrand an und drückte mit aller Kraft drauf. Aber die Klinge rutschte, ohne zu greifen, sprang aus der Rille und traf seinen linken Daumen.

«Bist du ungeschickt», sagte Pinette. «Hast du dir weh getan?»

«Nein», sagte Mathieu.

«Gib mal her.»

Pinette machte die beiden Dosen auf, und sie aßen schweigend neben einem Pfeiler: sie hatten nicht gewagt, sich zu setzen. Sie stocherten mit ihren Messern im Büchsenfleisch herum und spießten die Stücke mit der Messerspitze auf. Mathieu kaute gründlich, aber seine Kehle war gelähmt; er schmeckte das Fleisch nicht und hatte Mühe zu schlucken. Auf den Strohsäcken sitzend, beugten die drei Chasseure sich eifrig über ihr Essen; ihre Messer glänzten im Mondlicht.

«Ganz unter uns», sagte Chasseriau träumerisch, «wir essen auf einem Kirchturm.»

Auf einem Kirchturm. Mathieu senkte die Augen. Unter ihren Füßen war dieser Geruch nach Stein und Weihrauch, diese Kühle und die Kirchenfenster, die schwach in der Finsternis des Glaubens schimmerten. Unter ihren Füßen waren Vertrauen und Hoffnung. Er fror; er sah den Himmel, er atmete den Himmel ein, er dachte mit dem Himmel, er war nackt auf einem sehr hohen Gletscher; ganz weit unter ihm war seine Kindheit.

Clapot hatte den Kopf zurückgelegt; er aß und sah den Himmel an:

«Sieh dir den Mond an», sagte er halblaut.

«He?» sagte Chasseriau.

«Der Mond. Ist er nicht größer als sonst?»

«Nein.»

«Ach, ich fand ihn größer als sonst.»

Er sah plötzlich nach unten:

«Eßt doch mit bei uns: man ißt nicht im Stehen.»

«Komm!» sagte Mathieu zu Pinette.

Sie setzten sich; Mathieu spürte Clapots Wärme an seiner Hüfte. Sie schwiegen: es war ihre letzte Mahlzeit, und die war heilig.

«Wir haben Rum», sagte Dandieu. «Nicht viel: gerade für jeden ein Schluck.»

Sie ließen eine Feldflasche herumgehen, und jeder hob sie da an die Lippen, wo die anderen getrunken hatten. Pinette beugte sich zu Mathieu hinüber:

«Ich glaube, sie haben uns aufgenommen.»

«Ja.»

«Die sind nicht übel. Ich kann sie gut leiden.»

«Ich auch.»

Pinette straffte sich in einem Aufflackern von Stolz: seine Augen funkelten:

«Wir wären genauso wie sie, wenn wir den Befehl dazu bekommen hätten.»

Mathieu sah ihre drei Gesichter an und nickte.

«Stimmt's etwa nicht?»

«Kann schon sein», sagte Mathieu.

Seit einer Weile sah Pinette Mathieus Hände an; schließlich berührte er ihn am Ellbogen:

«Was hast du? Blutest du?»

Mathieu sah auf seine Hände hinunter: er hatte sich den linken Daumen aufgerissen:

«Ach!» sagte er. «Das war sicher eben mit dem Dosenöffner.»

«Und du hast es einfach bluten lassen, du Dummkopf?»

«Ich habe nichts gespürt», sagte Mathieu.

«Oh!» schimpfte Pinette entzückt. «Was würdest du tun, wenn ich nicht da wäre?»

Mathieu sah seinen Daumen an und war erstaunt, daß er einen Körper hatte: er spürte nichts mehr, weder den Fleisch- noch den Alkoholgeschmack, noch den Schmerz. Ich dachte, ich wäre aus Eis. Er lachte:

«Einmal, in einem Tanzlokal, hatte ich einen Dolch . . .»

Er sprach nicht weiter. Pinette sah ihn überrascht an.

«Und?»

«Nichts. Ich habe kein Glück mit Schneidegeräten.»

«Gib mal deine Hand her», sagte Clapot.

Er hatte eine Gazerolle und ein blaues Fläschchen aus seinem Gepäck geholt. Er goß die brennende Flüssigkeit auf Mathieus Daumen und verband ihn mit Gaze. Mathieu bewegte den verbundenen Finger und sah ihn lächelnd an: so viel Pflege, damit das Blut nicht zu früh fließt.

«So!» sagte Clapot.

«So», sagte Mathieu.

Clapot sah auf seine Uhr:

«In die Falle, Jungs: es ist gleich zwölf.»

Sie umringten ihn.

«Dandieu!» sagte er und deutete auf Mathieu. «Du übernimmst mit ihm die Wache.»

«Gut.»

Chasseriau, Pinette und Clapot legten sich nebeneinander auf die Strohsäcke. Dandieu holte eine Decke aus seinem Gepäck und warf sie über die drei. Pinette streckte sich wollüstig, zwinkerte Mathieu verschmitzt zu und schloß die Augen.

«Ich beobachte von hier aus», sagte Dandieu. «Du von da. Wenn es knallt, tu nichts, ohne es mir vorher zu sagen.»

Mathieu ging in seine Ecke und spähte in die Landschaft. Er dachte, daß er sterben würde, und das kam ihm komisch vor. Er sah die dunklen Dächer an, das sanfte Phosphoreszieren der Straße zwischen den blauen Bäumen, das ganze prächtige und unbewohnbare Land, und er dachte: ‹Ich sterbe für nichts.› Ein weiches Schnarchen ließ ihn auffahren, er drehte sich um: die Männer schliefen schon; Clapot, mit geschlossenen Augen jünger aussehend, lächelte selig; Pinette lächelte auch. Mathieu beugte sich über ihn und sah ihn lange an; er dachte: ‹Schade!› Auf der anderen Seite der Plattform hatte Dandieu sich vorgebeugt und hatte die Hände in der Haltung eines Torwarts auf den Schenkeln.

«He!» sagte Mathieu leise.

«He!»

«Warst du Torwart?»

Dandieu drehte sich überrascht zu ihm um:

«Woher weißt du das?»

«Das sieht man.»

Er fügte hinzu:

«Warst du gut?»

«Mit ein bißchen Glück wäre ich Profi geworden.»

Sie winkten sich kurz zu, und Mathieu stellte sich wieder auf seinen Posten. Er dachte: ‹Ich werde für nichts sterben›, und er bemitleidete sich selbst. Eine Sekunde lang rauschten seine Erinnerungen wie Laub im Wind. *Alle* seine Erinnerungen: ‹Ich liebte das Leben.› Eine unruhige Frage blieb tief in seiner Brust: ‹Durfte ich die Kameraden im Stich lassen? Darf ich für nichts sterben?› Er richtete sich auf, stützte die Hände aufs Geländer, schüttelte wütend den Kopf. ‹Jetzt reicht's aber. Pech für die da unten, Pech für die ganze Welt. Schluß mit den Schuldgefühlen, den Vorbehalten, den Einschränkungen: niemand ist mein Richter, niemand denkt an mich, niemand wird sich an mich erinnern, niemand kann für mich entscheiden.› Er entschied ohne Schuldgefühle, in Kenntnis der Lage. Er entschied, und augenblicklich purzelte sein gewissenhaftes, bemitleidenswertes Herz von Ast zu Ast; kein Herz mehr: aus. ‹Ich entscheide, daß der Tod der geheime Sinn meines Lebens war; daß ich gelebt habe, um zu sterben; ich sterbe, um zu beweisen, daß es unmöglich ist, zu leben; meine Augen werden die Welt auslöschen und für immer beenden.›

Die Erde wandte diesem Sterbenden ihr zurückgelegtes Gesicht zu, der umgekippte Himmel floß mit all seinen Sternen durch ihn: aber Mathieu hielt Ausschau und verschmähte diese nutzlosen Geschenke.

Dienstag, 18. Juni, 5 Uhr 45

«Lola!»

Sie erwachte im Ekel wie jeden Morgen, sie richtete sich wie jeden Morgen wieder in ihrem verfaulten alten Körper ein.

«Lola! Schläfst du?»

«Nein», sagte sie, «wieviel Uhr ist es?»

«Viertel vor sechs.»

«Viertel vor sechs? Und mein kleines Luder ist wach? Du hast dich aber verändert.»

«Komm!» sagte er.

Nein, dachte sie. Ich will nicht, daß er mich anfaßt.

«Boris . . .»

Mein Körper ekelt mich an, auch wenn er dich nicht anekelt, ist es Betrug, er ist verfault, und du weißt es nicht, wenn du es wüßtest, würde dir vor ihm grauen.

«Boris, ich bin so müde . . .»

Aber schon hatte er sie bei den Schultern gefaßt; er lag schwer auf ihr. *In eine Wunde* wirst du eindringen. Wenn er mich berührte, wurde ich Samt. Jetzt ist mein Körper aus trockenem Ton; unter seinen Fingern werde ich rissig und zerbröckle, er kitzelt mich. Er zerriß sie bis tief in den Bauch, er bewegte sich in ihrem Bauch wie ein Messer hin und her, er sah allein und manisch aus, ein Insekt, eine Fliege, die an einer Fensterscheibe hochkrabbelt und fällt und wieder hochkrabbelt. Sie fühlte nur den Schmerz; er schnauft, er ist in Schweiß gebadet, er empfindet Lust; in meinem Blut empfindet er Lust, in meinem Leiden. Sie dachte: ‹Natürlich! Er hat sechs Monate lang keine Frau gehabt; er liebt wie ein Soldat in einem Bordell.› Etwas regte sich in ihr, ein Flügelschlagen; doch nein: nichts. Er preßte sich an sie, nur ihre Brüste bewegten sich, dann löste er sich plötzlich von ihr, und Lolas Brüste schmatzten wie ein Schröpfkopf, der abgezogen wird; sie wollte lachen, aber sie sah Boris' Gesicht an, und das Lachen verging ihr; er machte ein hartes und angespanntes Gesicht, er vögelt so, wie man sich besäuft, bestimmt will er etwas vergessen. Schließlich ließ er sich halbtot auf sie fallen; sie streichelte ihm mechanisch den Nacken und das Haar; sie war kalt und ruhig, aber sie spürte große Glockenschläge vom Bauch bis zur Brust schwingen: das war Boris' Herz, das in ihr schlug. Ich bin zu alt, ich bin viel zu alt. Diese ganze Gymnastik erschien ihr grotesk, und sie schob ihn sanft von sich.

«Geh runter.»

«Was?»

Er hatte den Kopf gehoben und sah sie überrascht an.

«Wegen meinem Herzen», sagte sie. «Es schlägt zu stark, und du erstickst mich.»

Er lächelte sie an, legte sich neben sie und blieb mit der Stirn im Kissen, mit geschlossenen Augen und einer komischen Falte im Mundwinkel auf dem Bauch liegen. Sie stützte sich auf einen Ellbogen und sah ihn an: er sah so vertraut, so bekannt aus, sie konnte ihn nicht mehr beobachten. Genausowenig wie wenn er ihre eigene Hand gewesen wäre; ich habe nichts gefühlt. Und gestern, als er im Hof aufgetaucht ist, schön wie ein Mädchen, habe ich nichts gefühlt. Nichts, nicht einmal diesen Fiebergeschmack im Mund, nicht einmal dieses dumpfe Schwellen im Unterleib; sie sah diesen allzu bekannten Kopf an und dachte: ‹Ich bin allein.› Kleiner Strohkopf, kleiner Strohkopf, der so oft hinterhältige Geheimnisse wälzte, wie oft hatte sie ihn in die Hände genommen und gedrückt; sie mühte sich verbissen, fragte, bettelte, sie hätte ihn am liebsten aufgebrochen wie einen Granatapfel und das, was darin war, ausgeleckt; schließlich entwich das Geheimnis, und wie in Granatäpfeln war nur ein bißchen süßes Wasser darin. Sie sah ihn grollend an, sie nahm es ihm übel, daß er sie nicht hatte erregen können, sie sah die bittere Falte an seinem Mund an: ‹Wenn er seine Fröhlichkeit verloren hat, was bleibt dann von ihm?› Boris machte die Augen auf und lächelte sie an:

«Ich bin wahnsinnig froh, daß du da bist, verrücktes altes Haus.»

Sie erwiderte sein Lächeln: jetzt habe *ich* ein Geheimnis, und du kannst ruhig versuchen, es mir zu entlocken. Er richtete sich auf, warf das Laken zurück und sah Lolas Körper aufmerksam an; er fuhr ihr mit leichter Hand über die Brüste; sie wurde verlegen.

«Marmor», sagte er.

Sie dachte an das widerliche Tier, das in der Dunkelheit ihres Fleisches wucherte, und das Blut stieg ihr in die Wangen.

«Ich bin stolz auf dich», sagte Boris.

«Warum?»

«Darum! Die Typen im Lazarett sind auf den Arsch gefallen, als sie dich gesehen haben.»

Lola lachte auf:

«Haben sie dich nicht gefragt, was du mit dieser alten Schachtel anstellst? Haben sie mich nicht für deine Mutter gehalten?»

«Lola», sagte Boris vorwurfsvoll. Er lachte, von einer Erinnerung aufgeheitert, und sein Gesicht wurde einen Augenblick lang wieder jugendlich.

«Worüber lachst du?»

«Über Francillon. Sein Püppchen hat eine tolle Figur und ist noch keine achtzehn; er hat gesagt: ‹Wenn du willst, tausche ich sofort.›»

«Er ist sehr höflich», sagte Lola.

Ein Gedanke huschte wie eine Wolke über Boris' Gesicht, und seine Augen verdunkelten sich. Sie sah ihn unfreundlich an: ‹Ja, ja, du hast deine kleinen Sorgen wie alle. Wenn ich ihm meine erzählte, was würde er machen? Was würdest du machen, wenn ich dir sagen würde: ‚Ich habe einen Gebärmuttertumor, ich muß mich operieren lassen, und in meinem Alter kann das leicht schiefgehen.' Du würdest deine großen Dirnenaugen aufreißen, du würdest sagen: ‚Das ist nicht wahr!' Ich würde sagen, doch, du würdest sagen, daß es unmöglich ist, daß man das mit Medikamenten, mit Bestrahlungen sehr gut heilen kann, daß ich mir unnötige Sorgen mache. Ich würde sagen: ‚Ich bin nicht wegen des Geldes nach Paris gefahren, sondern um Le Goupil aufzusuchen, und er hat sich eindeutig geäußert.' Du würdest mir sagen, daß Le Goupil ein Idiot ist, daß ich mich gerade nicht an ihn hätte wenden dürfen, du würdest es leugnen, würdest protestieren, würdest gehetzt den Kopf schütteln, und schließlich würdest du aufgeben und schweigen, du würdest mich mit entsetzten und gehässigen Augen ansehen.› Sie hob den nackten Arm und packte Boris an den Haaren:

«Na los, kleines Luder! Rück damit raus. Sag mir, was du hast.»

«Ich habe nichts», sagte er verlogen.

«Ich wundere mich über dich. Du hast nicht die Gewohnheit, morgens um fünf aufzuwachen.»

Er wiederholte ohne Überzeugung:

«Ich habe nichts.»

«Ich verstehe», sagte sie. «Du hast mir was zu sagen, möchtest aber, daß ich es aus dir raushole.»

Er lächelte und steckte das Gesicht in Lolas Achselhöhle. Er schnupperte und sagte:

«Du riechst gut.»

Sie zuckte die Achseln:

«Nun? Erzählst du's oder nicht?»

Er schüttelte erschrocken den Kopf. Sie schwieg und legte sich auch auf den Rücken: ‹Na schön, dann eben nicht! Was kann mir das denn ausmachen? Er redet mit mir, er schläft mit mir, aber sterben werde ich allein.› Sie hörte Boris seufzen und drehte den Kopf zu ihm. Er hatte ein trauriges, hartes Gesicht, das sie nicht an ihm kannte. Sie dachte ohne Schwung: ‹Also gut, ich kümmere mich um dich.› Sie würde ihn ausfragen, belauern, seine

Mienen interpretieren müssen, wie damals, als sie eifersüchtig war, sie würde sich ins Zeug legen müssen, damit er endlich das gestand, was er rasend gern gestehen wollte. Sie setzte sich auf:

«Gut! Bring mir meinen Morgenrock und eine Zigarette.»

«Warum den Morgenrock? So bist du viel besser.»

«Gib mir den Morgenrock. Ich friere.»

Er stand auf, nackt und braun, sie wandte die Augen ab; er nahm den Morgenrock vom Fußende und gab ihn ihr. Sie zog ihn über; er zögerte eine Sekunde, dann zog er seine Hose an und setzte sich auf einen Stuhl.

«Du hast eine Jungfrau gefunden und willst heiraten?» fragte sie.

Er sah sie so fassungslos an, daß sie rot wurde.

«Schon gut, schon gut», sagte sie.

Ein kurzes Schweigen entstand, und dann fuhr sie fort:

«Was willst du also machen, wenn du entlassen wirst?»

«Ich werde dich heiraten», sagte er.

Sie nahm eine Zigarette und zündete sie an.

«Warum?» fragte sie.

«Ich muß ein anständiges Leben führen. Ich kann dich nicht nach Castelnaudary mitnehmen, wenn du nicht meine Frau bist.»

«Was willst du denn in Castelnaudary?»

«Geld verdienen», sagte er streng. «Nein, im Ernst: ich werde Lehrer am Collège.»

«Aber warum in Castelnaudary?»

«Du wirst sehen», sagte er, «es wird in Castelnaudary sein.»

«Und du meinst, ich werde Madame Serguine heißen und einen Hut aufsetzen, wenn ich die Frau des Schuldirektors besuche?»

«Prinzipal heißt das», sagte Boris. «Ja, das wirst du tun. Und ich werde am Ende des Schuljahrs die Preisverleihungsrede halten.»

«Hm!» machte Lola.

«Ivich wird mit uns zusammenleben», sagte Boris.
«Sie kann mich nicht leiden.»
«Ja schon. Aber so ist das eben.»
«Will sie es?»
«Ja. Sie langweilt sich bei ihren Schwiegereltern tot; sie dreht durch; du würdest sie nicht wiedererkennen.»
Schweigen trat ein; Lola beobachtete ihn aus den Augenwinkeln.
«Habt ihr das alles so verabredet?» fragte sie.
«Ja.»
«Und wenn es mir nicht gefällt?»
«Lola, wie kannst du so was sagen!» sagte er.
«Weil du natürlich annimmst, daß ich schon überglücklich bin, sobald es darum geht, mit dir zusammenzuleben.»
Sie glaubte in Boris' Augen einen Funken aufleuchten zu sehen.
«Stimmt das denn nicht?» fragte Boris.
«Doch, das stimmt», sagte sie. «Aber du bist ein kleines Luder, du bist deiner Reize zu sicher.»
Der Funke erlosch; er blickte auf seine Knie, und Lola sah, daß seine Kinnbacken mahlten.
«Und so ein Leben gefällt dir?» fragte sie.
«Ich werde immer froh sein, wenn ich mit dir zusammenleben kann», sagte Boris ritterlich.
«Du hast gesagt, dir würde davor grauen, Lehrer zu werden.»
«Was soll ich jetzt anderes machen? Ich werde dir sagen, wie es ist», fuhr er fort. «Als ich kämpfte, habe ich mir keine Fragen gestellt. Aber jetzt frage ich mich, wozu ich geeignet bin.»
«Du wolltest schreiben.»
«Ich habe nie ernsthaft daran gedacht: ich habe nichts zu sagen. Verstehst du, ich habe geglaubt, ich würde fallen, es ist anders gekommen.»
Lola sah ihn aufmerksam an.
«Tut es dir leid, daß der Krieg vorbei ist?»
«Er ist nicht vorbei», sagte Boris. «Die Engländer kämp-

fen; in spätestens sechs Monaten werden die Amis mitmachen.»

«Für dich ist er jedenfalls vorbei.»

«Ja», sagte Boris, «für mich.»

Lola sah ihn immer noch an.

«Für dich und für alle Franzosen», sagte sie.

«Nicht für alle!» sagte er hitzig. «In England sind welche, die bis zum Schluß kämpfen werden.»

«Ich verstehe», sagte Lola.

Sie zog an ihrer Zigarette und warf die Kippe auf den Fußboden. Sie sagte leise:

«Hast du die Möglichkeit, dorthin zu kommen?»

«O Lola!» sagte Boris mit einem Ausdruck der Bewunderung und Dankbarkeit. «Ja», sagte er, «ja. Ich habe die Möglichkeit.»

«Was für eine?»

«Ein Flugzeug.»

«Ein Flugzeug?» wiederholte sie verständnislos.

«In der Nähe von Marignane liegt zwischen zwei Hügeln ein kleiner Privatflugplatz. Da ist vor vierzehn Tagen ein Militärflugzeug gelandet, weil es nicht in Ordnung war. Jetzt ist es repariert.»

«Aber du bist kein Flieger.»

«Ich habe Freunde, die fliegen können.»

«Was für Freunde?»

«Francillon, den ich dir vorgestellt habe. Und dann noch Gabel und Terrasse.»

«Haben sie dir vorgeschlagen, mit ihnen zu fliegen?»

«Ja.»

«Und?»

«Ich habe abgelehnt», sagte er hastig.

«Wirklich? Hast du nicht heimlich angenommen und gedacht: ich werde die Alte nach und nach darauf vorbereiten?»

«Nein», sagte er.

Er sah sie zärtlich an. Er hatte selten diese beinah feuchten Augen: ‹Früher hätte ich mich für so einen Blick umgebracht.›

«Du bist eine verschrobene alte Schachtel», sagte er. «Aber ich kann dich nicht im Stich lassen. Du würdest nur Dummheiten machen, wenn ich nicht da wäre, um dir zu sagen, was du tun mußt.»

«Also?» sagte Lola. «Wann heiraten wir?»

«Wann du willst», sagte er gleichgültig. «Hauptsache, wir sind verheiratet, wenn das neue Schuljahr anfängt.»

«Fängt das Schuljahr im September an?»

«Nein. Im Oktober.»

«Sehr gut», sagte sie. «Dann haben wir Zeit.»

Sie stand auf und ging im Zimmer hin und her. Auf dem Fußboden lagen Kippen mit Lippenrot: Boris hatte sich gebückt und hob sie mit blödem Gesicht auf.

«Wann müssen deine Freunde abfliegen?» fragte sie.

Boris legte die Kippen sorgfältig auf der Marmorplatte des Nachttischchens ab.

«Morgen abend», sagte er, ohne sich umzudrehen.

«So bald!» sagte sie.

«Ja: es muß schnell gehen.»

«So bald!»

Sie ging zum Fenster und machte es auf: sie sah die schwankenden Masten der Fischerboote an, die ausgestorbenen Kais, den rosa Himmel und dachte: ‹Morgen abend.› Ein Tau war noch zu durchschneiden, ein einziges. Wenn das Tau durchschnitten wäre, würde sie sich umdrehen. ‹Ob nun morgen abend oder an einem anderen Tag›, dachte sie. Das Wasser bewegte sanft seine morgenroten Lachen. Lola hörte in der Ferne eine Schiffssirene. Als sie sich ganz frei fühlte, drehte sie sich zu ihm um.

«Wenn du weg willst», sagte sie, «halte ich dich nicht zurück.»

Lola hatte den Satz mühsam herausgebracht, aber jetzt fühlte sie sich leer und erleichtert. Sie sah Boris an und dachte, ohne zu wissen, warum: ‹Der arme Kleine, der arme Kleine.› Boris war plötzlich aufgestanden. Er kam zu ihr und packte sie am Arm:

«Lola.»

«Du tust mir weh», sagte sie.

Er ließ sie los; aber er sah sie argwöhnisch an.

«Würde dich das nicht unglücklich machen?»

«Doch», sagte sie vernünftig. «Das würde mich unglücklich machen, aber es wäre mir noch lieber, als wenn du Lehrer in Castelnaudary würdest.»

Er schien etwas beruhigt:

«Könntest du dort auch nicht leben?»

«Nein», sagte sie. «Ich auch nicht.»

Er krümmte die Schultern und ließ die Arme hängen; zum erstenmal in seinem Leben schien ihn sein Körper zu stören. Lola war ihm dankbar, daß er seine Freude nicht deutlich zeigte.

«Lola!» sagte er.

Er streckte die Hand aus und legte sie auf Lolas Schulter; am liebsten hätte sie diese Hand von ihrer Schulter gerissen, aber sie beherrschte sich. Sie lächelte ihn an, sie fühlte das Gewicht seiner Hand, und schon gehörte er ihr nicht mehr, er war in England, schon waren sie, jeder auf seiner Seite, tot.

«Ich hatte abgelehnt, weißt du!» sagte er mit bebender Stimme. «Ich hatte abgelehnt!»

«Ich weiß.»

«Ich werde dich nicht betrügen», sagte er. «Ich werde mit keiner schlafen.»

Sie lächelte.

«Mein armer Kleiner.»

Er war jetzt zuviel. Sie wünschte, es wäre schon der nächste Abend. Er schlug sich plötzlich an die Stirn.

«Scheiße!»

«Was ist denn noch?» fragte sie.

«Ich fliege nicht! Ich kann nicht fliegen!»

«Warum nicht?»

«Ivich! Ich hab dir doch gesagt, daß sie mit uns zusammenleben wollte.»

«Boris!» sagte Lola wütend. «Wenn du meinetwegen nicht bleibst, verbiete ich dir, Ivichs wegen zu bleiben.»

Aber das war eine Wut von *vorher*, die gleich wieder verrauchte.

«Ich kümmere mich um Ivich», sagte sie.
«Nimmst du sie zu dir?»
«Warum nicht?»
«Ihr könnt euch doch nicht ausstehen.»
«Was macht das schon?» sagte Lola.
Sie fühlte sich schrecklich erschöpft. Sie sagte:
«Zieh dich an oder leg dich hin, sonst erkältest du dich.»
Er nahm ein Handtuch und rieb sich den Oberkörper ab. Er sah verwirrt aus. ‹Komisch›, dachte sie, ‹er hat gerade über sein ganzes Leben entschieden.› Sie setzte sich aufs Bett; er rieb sich energisch ab, blieb aber düster.
«Was ist denn noch?» fragte sie.
«Alles in Ordnung», sagte er. «Ich habe vielleicht geschwitzt!»
Sie stand mühsam auf, faßte ihn bei seiner Stirnlocke und hob seinen Kopf hoch.
«Sieh mich an. Was ist denn noch?»
Boris wandte die Augen ab:
«Ich finde dich komisch.»
«Wieso denn komisch?»
«Du scheinst nicht besonders böse zu sein, daß ich weggehe. Das schockiert mich.»
«Das schockiert dich?» wiederholte Lola. «Das schokkiert dich?»
Sie lachte schallend.

Mathieu brummte, setzte sich auf und rieb sich den Schädel. Ein Hahn krähte, die Sonne war heiß und fröhlich, stand aber noch tief.

«Schönes Wetter», sagte Mathieu.

Niemand antwortete: sie knieten alle hinter der Brüstung. Mathieu schaute auf seine Armbanduhr und sah, daß es sechs Uhr war: er hörte ein vielfältiges fernes Brummen. Er kroch auf allen vieren zu den Kameraden hinüber.

«Was ist das? Ein Flugzeug?»

«Nein: das sind sie. Motorisierte Infanterie.»

Mathieu reckte sich über ihre Schultern.

«Paß auf», sagte Clapot. «Bleib in Deckung: sie haben Feldstecher.»

Zweihundert Meter vor den ersten Häusern bog die Landstraße nach Westen ab, verschwand hinter einem grasbewachsenen Hügel, lief zwischen den hohen Gebäuden der Mühle hindurch, die sie verdeckten, und führte schräg am Dorf vorbei in südwestliche Richtung. Sehr weit weg sah Mathieu Autos, die zu stehen schienen, er dachte: ‹Das sind Deutsche!›, und er bekam Angst. Eine komische, fast religiöse Angst, eine Art heiliges Grauen. Zu Tausenden verschlangen fremde Augen das Dorf. Augen von Übermenschen und Insekten. Mathieu wurde von einer entsetzlichen Evidenz überwältigt: sie werden meine Leiche *sehen.*

«In einer Minute sind sie da», sagte er gegen seinen Willen.

Sie antworteten nicht. Nach einer Weile sagte Dandieu mit schleppender, langsamer Stimme:

«Es wird mit uns nicht lange dauern.»

«Zurück», sagte Clapot.

Sie krochen zurück und setzten sich alle vier auf einen Strohsack. Chasseriau und Dandieu sahen aus wie zwei Backpflaumen, und Pinette wurde ihnen auch schon ähnlich: sie hatten dieselbe fahle Gesichtsfarbe und dieselben sanften, trüben großen Augen. ‹Ich habe auch solche Rehaugen›, dachte Mathieu. Clapot hatte sich auf die Fersen gehockt; er redete über die Schulter hinweg mit ihnen:

«Sie werden am Eingang des Kaffs haltmachen und Motorradfahrer als Späher vorschicken. Schießt ja nicht auf sie.»

Chasseriau gähnte; das gleiche Gähnen, fade wie Übelkeit, öffnete Mathieus Mund. Er versuchte sich gegen die Angst zu wehren und sich an der Wut zu erhitzen, er dachte: ‹Wir sind Kämpfer, verflucht noch mal! Keine Opfer!› Aber es war keine echte Wut. Er gähnte wieder. Chasseriau sah ihn voller Sympathie an:

«Am Anfang ist es hart», sagte er. «Du wirst sehen, danach geht's besser.»

Clapot drehte sich um und hockte sich vor sie:

«Es gibt nur eine Anweisung», sagte er, «die Schule und das Rathaus verteidigen; sie dürfen sie nicht erreichen. Die Kameraden unten geben das Signal; sobald sie anfangen zu schießen, Feuer frei. Und denkt dran: solange sie kämpfen können, geben wir nur Feuerschutz.»

Sie sahen ihn gehorsam und eifrig an.

«Und dann?» fragte Pinette.

Clapot zuckte die Achseln:

«Oh! Danach . . .»

«Ich glaube nicht, daß wir uns lange halten», sagte Dandieu.

«Man kann nie wissen. Wahrscheinlich haben sie ihr kleines Infanteriegeschütz: wir müssen zusehen, daß sie es nicht in Stellung bringen können. Das wird haarig für uns, aber für sie womöglich auch, weil die Straße und der Platz einen Winkel bilden.»

Er ging wieder auf die Knie und kroch zur Brüstung. Er beobachtete im Schutz eines Pfeilers das Land.

«Dandieu!»

«He?»

«Komm mal her.»

Er erklärte, ohne sich umzudrehen:

«Dandieu, wir zwei nehmen sie von vorn. Chasseriau, du stellst dich rechts auf und Delarue links. Pinette, du postierst dich auf der anderen Seite, für den Fall, daß sie uns umgehen wollen.»

Chasseriau zog einen Strohsack vor die westliche Brüstung; Mathieu nahm die Decke und kniete sich darauf.

Pinette tobte:

«Ich drehe diesen Arschfickern den Rücken zu.»

«Beklag dich bloß nicht», sagte Chasseriau. «Ich kriege die Sonne mitten in die Fresse.»

An seinen Pfeiler gepreßt, hatte Mathieu das Rathaus gegenüber; wenn er sich leicht nach rechts beugte, konnte er die Straße sehen. Der Platz war ein giftiger dunkler Graben, eine Falle; es tat ihm weh, ihn anzusehen. In den Kastanienbäumen sangen Vögel.

«Paßt auf.»

Mathieu hielt den Atem an: zwei schwarze Motorradfahrer mit Helmen kamen auf der Straße angerast; zwei übernatürliche Reiter. Er suchte vergeblich, ihre Gesichter zu erkennen: sie hatten keine. Zwei schlanke Taillen, vier lange parallele Schenkel, ein Paar runde, glatte Köpfe ohne Augen und Münder. Sie fuhren mit der mechanischen Ruckartigkeit, mit der steifen Würde beweglicher Figuren, die unter dem Zifferblatt alter Uhren herumwandern, wenn die Stunde schlägt. Die Stunde würde gleich schlagen.

«Nicht schießen!»

Die Motorradfahrer fuhren knatternd um den Platz herum. Nichts regte sich, außer den Spatzen, die aufflogen: dieser betrügerische Platz stellte sich tot. Gebannt dachte Mathieu: ‹Das sind Deutsche.› Sie wendeten vor dem Rathaus, fuhren direkt unter Mathieu vorbei, der ihre dicken Lederhände auf den Lenkstangen zittern sah, und bogen in die Hauptstraße ein. Nach einer Weile tauchten sie wieder auf, kerzengerade, auf ihren ruckenden Sätteln festgeschraubt, und fuhren mit Vollgas den Weg zurück, den sie gekommen waren. Mathieu war froh, daß Clapot verboten hatte zu schießen: sie erschienen ihm unverwundbar. Die Vögel flatterten noch einen Moment herum, dann verschwanden sie im Laub. Clapot sagte:

«Jetzt sind wir dran.»

Eine Bremse quietschte, Autotüren knallten. Mathieu hörte Stimmen und Schritte: ihn überfiel eine Übelkeit, die dem Schlaf ähnlich war: er mußte kämpfen, um die Augen offenzuhalten. Er sah durch halbgeschlossene Augen auf die Landstraße und war versöhnlich gestimmt. Wenn wir hinuntergingen und unsere Gewehre wegwürfen, würden sie uns umringen; sie würden vielleicht sagen: ‹Französische Freunde, der Krieg ist aus.› Die Schritte kamen näher, sie haben uns nichts getan, sie denken nicht an uns, sie wollen uns nichts Böses tun. Er schloß die Augen ganz: der Haß würde bis in den Himmel spritzen. Sie werden meine Leiche sehen, sie werden sie mit Füßen treten. Er hatte keine Angst vorm Sterben, er hatte Angst vor dem Haß.

Es ist soweit! Es knallte laut in seinen Ohren, er machte die Augen wieder auf: die Straße war verlassen und still; er versuchte zu glauben, daß er geträumt hatte. Niemand hat geschossen, niemand . . .

«Die Idioten!» murmelte Clapot.

Mathieu fuhr auf:

«Welche Idioten?»

«Die im Rathaus. Sie haben zu früh geschossen. Die müssen Schiß haben, sonst hätten sie sie rankommen lassen.»

Mathieus Blick wanderte mühsam die Fahrbahn entlang, glitt über das Pflaster, über Grasbüschel zwischen den Pflastersteinen, bis zur Straßenecke. Niemand. Stille;

ein Dorf im August, mit Männern auf den Feldern. Aber er wußte, daß man jenseits dieser Mauern seinen Tod ausheckte: sie sind darauf aus, uns soviel Böses wie möglich anzutun. Er verfiel in einen sanften Dämmerzustand; er liebte alle Welt, die Franzosen, die Deutschen, Hitler. In einem verschwommenen Traum hörte er Schreie, denen eine heftige Explosion und Splittern von Glas folgte, dann fing es wieder an zu knallen. Er umklammerte sein Gewehr, damit es nicht herunterfiel.

«Zu kurz, die Granate», sagte Clapot mit zusammengebissenen Zähnen.

Es knallte pausenlos; die Fritzen hatten angefangen zu schießen; zwei weitere Granaten explodierten. ‹Wenn es nur eine Minute aufhören würde, damit ich mich fangen könnte.› Aber es schoß, es knallte, es explodierte immer lauter, in seinem Kopf drehte sich immer schneller ein Zahnrad: jeder Zahn war ein Schuß. ‹Mein Gott! Wenn ich obendrein noch ein Feigling wäre!› Er drehte sich um und sah seine Kameraden an: auf ihren Fersen hockend, bleich, mit glänzenden, harten Augen beobachteten Clapot und Dandieu den Platz. Pinette kehrte ihnen mit steifem Nacken den Rücken zu; er hatte den Veitstanz oder einen Lachkoller: seine Schultern zuckten. Mathieu versteckte sich hinter dem Pfeiler und beugte sich behutsam vor. Es gelang ihm, die Augen offenzuhalten, aber er konnte sich nicht überwinden, den Kopf zum Rathaus zu drehen: er sah in den verlassenen, ruhigen Süden, er entfloh nach Marseille, ans Meer. Es gab wieder eine Explosion, der ein schepperndes Poltern auf dem Schieferdach des Kirchturms folgte. Mathieu riß die Augen auf, aber die Straße sauste heimlich weg, die Gegenstände sausten, huschten, gerieten durcheinander, entfernten sich, es war ein Traum, die Grube wurde tiefer, zog ihn an, *es war ein Traum,* das Feuerrad kreiste, kreiste wie der Drehstab des Zuckerwattehändlers, er wollte gerade in seinem Bett aufwachen, als er eine Kröte bemerkte, die in die Schlacht kroch. Einen Moment lang sah Mathieu dieses flache Tier gleichgültig an, dann wurde die Kröte ein Mensch. Mathieu sah ungeheuer scharf die beiden Falten in seinem ausrasierten Nacken, seine grüne Jacke, sein Koppel, seine weichen schwarzen Stiefel. ‹Er muß querfeldein gekommen sein, jetzt kriecht er auf das Rathaus zu, um seine Granate zu werfen.› Der Deutsche kroch auf Ellbogen und Knien, seine rechte Hand, die er in die Luft hielt, umklammerte einen Stab mit einem topfförmigen Metallzylinder an der Spitze. «Aber», sagte Mathieu, «aber, aber . . .»; die Straße hörte auf zu fließen, das Rad blieb stehen, Mathieu sprang auf die Füße, legte an, seine Augen wurden hart: stehend und fest, in einer Welt fester Körper hatte er einen Feind vor dem Lauf seines Gewehrs und zielte in aller Ruhe auf dessen Kreuz. Er grinste leicht vor Überlegenheit: die berühmte deutsche Armee, die Übermenschenarmee, die Heuschreckenarmee, das war dieser arme Kerl, der dadurch, daß er sich irrte, rührend war, der sich in Irrtum und Unwissenheit verbohrte, der sich mit dem komischen Eifer eines Kindes abmühte. Mathieu beeilte sich nicht, er nahm seinen Mann aufs Korn, er hatte ungestört Zeit: die deutsche Armee ist *verwundbar*. Er schoß, der Mann machte einen komischen Satz auf den Bauch und warf die Arme nach vorn: es sah aus, als lernte er schwimmen. Belustigt schoß Mathieu noch einmal, und der arme Kerl schwamm zwei oder drei Stöße, wobei er seine Granate losließ, die auf die Fahrbahn rollte, ohne zu explodieren. Jetzt lag er still da, harmlos und grotesk, verendet. «Ich habe ihn kaltgemacht», sagte Mathieu halblaut, «ich habe ihn kaltgemacht.» Er sah den Toten an, er dachte: ‹Sie sind wie alle!› Und er fühlte sich munter.

Eine Hand legte sich auf seine Schulter: Clapot sah sich die Arbeit des Amateurs an. Er betrachtete kopfschüttelnd das verendete Tier, dann drehte er sich um:

«Chasseriau!»

Chasseriau kam auf den Knien angerutscht:

«Paß hier ein bißchen mit auf», sagte Clapot.

«Ich brauche Chasseriau nicht», sagte Mathieu beleidigt.

«Die versuchen das noch mal», sagte Clapot. «Wenn sie zu mehreren kommen, schaffst du es nicht.»

Man hörte eine Maschinengewehrsalve. Clapot zog die Augenbrauen hoch:

«He!» sagte er und kroch auf seinen Platz zurück. «Das schießt ja ganz schön.»

Mathieu wandte sich Chasseriau zu.

«Na!» sagte er lebhaft. «Ich glaube, wir geben den Fritzen Zunder.»

Chasseriau antwortete nicht. Er sah unbeholfen, schwerfällig, fast schlafend aus.

«Merkst du nicht, wie lange sie brauchen?» fragte Mathieu gereizt. «Ich hätte gedacht, sie würden uns in Null Komma nichts fertigmachen.»

Chasseriau musterte ihn erstaunt, dann sah er auf seine Uhr.

«Es ist noch keine drei Minuten her, daß die Motorradfahrer da waren», sagte er.

Mathieus Aufregung legte sich; er lachte. Chasseriau lag auf der Lauer. Mathieu sah seinen Toten an und lachte. Jahrelang hatte er versucht zu handeln. Umsonst: man stahl ihm seine Handlungen nach und nach; er war eine Null. Aber jetzt hatte man ihm überhaupt nichts gestohlen. Er hatte auf den Abzug gedrückt, und diesmal war etwas geschehen. ‹Etwas Endgültiges›, dachte er und lachte noch lauter. Sein Ohr wurde von Detonationen und Schreien durchlöchert, aber er hörte sie kaum; er sah voller Genugtuung seinen Toten an; er dachte: ‹Er hat es zu spüren bekommen, verdammt noch mal! Der hat's kapiert, der hat's kapiert!› *Sein* Toter, *sein* Werk, die Spur *seiner* Anwesenheit auf Erden. Ihn überkam der Wunsch, noch mehr zu töten: das war amüsant und leicht; er wollte Deutschland in Trauer stürzen.

«Paß auf.»

Ein Kerl kroch mit einer Granate in der Hand an der Mauer entlang. Mathieu zielte auf dieses merkwürdige, begehrenswerte Wesen; sein Herz schlug laut.

«Scheiße!»

Daneben. Das Ding schrumpfte zusammen, wurde ein verstörter Mensch, der sich verständnislos umsah. Chasseriau schoß. Der Kerl entspannte sich wie eine Feder, richtete sich auf, sprang mit einer Armbewegung hoch, warf seine Granate und fiel mitten auf der Straße auf den Rükken. Im selben Augenblick zersprangen Fensterscheiben, Mathieu sah in einem blendenden, fahlen Licht Schatten, die sich im Erdgeschoß des Rathauses wanden, dann Dunkelheit; gelbe Flecken zogen über seine Augen. Er war wütend auf Chasseriau.

«Scheiße!» wiederholte er wutschnaubend. «Scheiße! Scheiße!»

«Mach dir keine Sorgen», sagte Chasseriau. «Er hat ja danebengetroffen: die Kameraden sind im ersten Stock.»

Mathieu blinzelte und schüttelte den Kopf, um die gelben Flecken loszuwerden, die ihn blendeten.

«Paß auf», sagte er, «ich bin blind.»

«Das geht vorbei», sagte Chasseriau. «Verflucht», sagte er, «sieh dir den Kerl an, den ich umgelegt habe, wie der strampelt.»

Mathieu beugte sich vor; er sah etwas besser. Der Fritz lag mit weit offenen Augen auf dem Rücken und zappelte mit den Beinen. Mathieu legte an.

«Du bist wohl verrückt!» sagte Chasseriau. «Verplemper deine Patronen nicht!»

Verdrießlich setzte Mathieu sein Gewehr wieder ab. ‹Vielleicht kommt er davon, der Idiot da!› dachte er.

Die Rathaustür ging weit auf. Ein Mann erschien auf der Schwelle und ging mit einer Art Würde vorwärts. Er war nackt bis zur Taille: wie ein Gehäuteter. Von seinen purpurroten und wie abgehobelten Backen hingen Fleischspäne herunter. Er fing plötzlich an zu heulen, zwanzig Gewehre gingen gleichzeitig los, er schwankte, fiel nach vorn und schlug auf die Stufen der Treppe auf.

«Das ist keiner von uns», sagte Chasseriau.

«Nein», sagte Mathieu mit wuterstickter Stimme. «Einer von uns, er heißt Latex.»

Seine Hände zitterten, seine Augen taten ihm weh: er wiederholte mit meckernder Stimme:
«Latex hieß er. Er hatte sechs Kinder.»
Und dann, plötzlich, beugte er sich vor, zielte auf den Verwundeten, dessen große Augen ihn anzusehen schienen.
«Das wirst du mir büßen, du Schwein.»
«Du spinnst ja!» sagte Chasseriau. «Ich hab dir doch gesagt, du sollst deine Patronen nicht verplempern.»
«Leck mich am Arsch», sagte Mathieu.
Er beeilte sich nicht: ‹Wenn das Schwein mich sieht, wird er nicht gerade begeistert sein.› Er zielte auf den Kopf, er schoß: der Kopf platzte, aber der Kerl strampelte immer noch.
«Du Schwein!» schrie Mathieu. «Du Schwein!»
«Paß auf, verflucht noch mal! Paß auf! Links!»
Fünf oder sechs Deutsche waren aufgetaucht. Chasseriau und Mathieu fingen an zu schießen, aber die Deutschen hatten die Taktik geändert. Sie blieben stehen, versteckten sich in den Winkeln und schienen abzuwarten.
«Clapot! Dandieu! Kommt her», sagte Chasseriau. «Hier ist dicke Luft.»
«Kann nicht», sagte Clapot.
«Pinette!» schrie Mathieu.
Pinette antwortete nicht. Mathieu wagte nicht, sich umzudrehen.
«Paß auf!»
Die Deutschen waren losgerannt. Mathieu schoß, aber schon hatten sie die Fahrbahn überquert.
«Mein Gott!» rief Clapot ihnen von seinem Platz aus zu. «Jetzt sind schon unter den Bäumen Fritzen. Wer hat sie durchgelassen?»
Sie antworteten nicht. Unter den Bäumen wimmelte es. Chasseriau schoß blindlings.
«Das wird ein schöner Schlamassel, die da wieder rauszukriegen.»
Die Männer in der Schule hatten angefangen zu schießen; die hinter den Bäumen versteckten Deutschen erwi-

derten das Feuer. Das Rathaus schoß kaum noch. Dicht am Boden rauchte die Straße leicht.

«Nicht in die Bäume schießen», schrie Clapot. «Das ist verschossenes Pulver.»

Im selben Augenblick explodierte eine Handgranate an der Fassade des Rathauses in Höhe des ersten Stocks.

«Sie klettern auf die Bäume», sagte Chasseriau.

«Wenn sie auf die Bäume klettern», sagte Mathieu, «kriegen wir sie.»

Er versuchte das Laub mit dem Blick zu durchdringen; er sah einen Arm, der sich hob, und schoß. Zu spät: das Rathaus explodierte, die Fenster im ersten Stock wurden herausgerissen; wieder wurde er von diesem schrecklichen gelben Licht geblendet. Er schoß ziellos: er hörte dicke reife Früchte von Ast zu Ast purzeln; er wußte nicht, ob die Kerle herunterfielen oder -stiegen.

«Das Rathaus schießt nicht mehr», sagte Clapot.

Sie lauschten mit angehaltenem Atem. Die Deutschen schossen immer noch, aber das Rathaus erwiderte das Feuer nicht mehr. Mathieu fröstelte. Tot. Blutende Fleischstücke auf einem kaputten Fußboden, in leeren Räumen.

«Nicht unsere Schuld», sagte Chasseriau. «Es waren zu viele.»

Plötzlich drangen Rauchschwaden aus den Fenstern im ersten Stock; durch den Rauch sah Mathieu rotschwarze Flammen. Jemand fing im Rathaus an zu schreien, eine schrille, tonlose Stimme, eine Frauenstimme. Mathieu fühlte plötzlich, daß er sterben würde. Chasseriau schoß.

«Bist du verrückt!» sagte Mathieu. «Jetzt schießt du aufs Rathaus, wo du mir vorwirfst, ich würde Patronen verplempern.»

Chasseriau zielte auf die Fenster des Rathauses; er schoß dreimal in die Flammen.

«Wegen dem Kerl, der da brüllt», sagte er. «Ich kann's nicht mehr hören.»

«Er brüllt immer noch», sagte Mathieu.

Sie horchten erstarrt. Die Stimme wurde schwächer.

«Es ist vorbei.»
Aber plötzlich gingen die Schreie noch lauter wieder los, unmenschlich. Ungeheure, tiefe Laute, die zu schrillen Tönen wurden. Mathieu schoß auch auf das Fenster, aber ohne Erfolg.
«Der will einfach nicht krepieren!» sagte Chasseriau.
Auf einmal hörte das Geheul auf.
«Uff!» sagte Mathieu.
«Aus», sagte Chasseriau. «Krepiert, abgekratzt.»
Unter den Bäumen und auf der Straße regte sich nichts mehr Die Sonne vergoldete den Giebel des brennenden Rathauses. Chasseriau sah auf seine Uhr.
«Sieben Minuten», sagte er.
Mathieu wand sich in den Flammen, er war nur noch ein Brennen, er erstickte. Er mußte die Hände auf seine Brust legen und sie langsam bis zu seinem Bauch führen, um sich zu vergewissern, daß er unverletzt war. Clapot sagte plötzlich:
«Auf den Dächern sind welche.»
«Auf den Dächern?»
«Genau gegenüber, sie schießen auf die Schule. Scheiße, jetzt haben wir's!»
«Was?»
«Sie bringen ein Maschinengewehr in Stellung. Pinette!» rief er.
Pinette rutschte nach hinten.
«Komm her! Die Jungs in der Schule werden eingedeckt.»
Pinette hockte sich auf alle viere: er sah sie abwesend an.
Sein Gesicht war grau.
«Was nicht in Ordnung?» fragte Mathieu.
«Doch, doch», sagte er kurz.
Er schleppte sich zu Clapot und kniete sich hin.
«Schieß», sagte Clapot. «Schieß auf die Straße, um sie abzulenken. Wir kümmern uns um das Maschinengewehr.»
Pinette fing wortlos an zu schießen.

«Besser, verflucht noch mal», sagte Clapot. «Man schießt nicht mit geschlossenen Augen.»

Pinette zitterte und schien sich einen gewaltigen Ruck zu geben; ihm stieg wieder etwas Blut in die Backen; er zielte mit aufgerissenen Augen. Clapot und Dandieu neben ihm schossen ununterbrochen. Clapot stieß einen Triumphschrei aus.

«Getroffen!» schrie er. «Getroffen! Es hält die Schnauze.»

Mathieu horchte: man hörte nichts mehr.

«Ja», sagte er. «Aber die Kameraden schießen nicht mehr.»

Die Schule war still. Drei Deutsche, die sich unter den Bäumen versteckt hatten, liefen über die Fahrbahn und warfen sich gegen die Schultür, die aufging. Sie gingen hinein, und einen Augenblick später sah man, wie sie sich aus den Fenstern im ersten Stock beugten, winkten und riefen. Clapot schoß, und sie verschwanden. Kurz darauf hörte Mathieu zum erstenmal an diesem Morgen das Pfeifen einer Kugel. Chasseriau sah auf seine Uhr:

«Zehn Minuten», sagte er.

«Ja», sagte Mathieu, «das ist der Anfang vom Ende.»

Das Rathaus brannte, die Deutschen hatten die Schule besetzt: es war, als wäre Frankreich zum zweitenmal besiegt.

«Schießt, verdammte Scheiße!»

Deutsche hatten sich vorsichtig am Anfang der Hauptstraße gezeigt. Chasseriau, Pinette und Clapot feuerten. Die Köpfe verschwanden.

«Jetzt haben sie uns entdeckt.»

Wieder Stille. Lange Stille. Mathieu dachte: ‹Was haben sie vor?› Auf der leeren Straße vier Tote; etwas weiter noch zwei: alles, was wir tun konnten. Jetzt mußte die Aufgabe beendet werden: sich abknallen lassen. Und was bedeutet es für die? Zehn Minuten Verzögerung des vorgesehenen Zeitplans.

«Jetzt sind wir dran», sagte Clapot plötzlich.

Ein gedrungenes kleines Ungeheuer rollte auf die Kirche zu; es funkelte in der Sonne.

«Schnellfeuerkanone», stieß Dandieu hervor.

Mathieu kroch zu ihnen hinüber. Sie schossen, aber es war niemand zu sehen: das Geschütz schien von ganz allein zu rollen. Sie schossen pflichtgemäß, weil noch Patronen da waren. Sie hatten schöne, ruhige, müde Gesichter, ihre letzten Gesichter.

«Zurück!»

Ein dicker Mann in Hemdsärmeln tauchte plötzlich links neben dem Geschütz auf. Er versuchte nicht, sich zu decken: er gab mit erhobenem Arm in aller Ruhe seine Befehle. Mathieu richtete sich abrupt auf: dieser kleine Mann mit der nackten Brust entfachte seine Begierde.

«Zurück und hinlegen!»

Die Geschützmündung hob sich langsam. Mathieu hatte sich nicht gerührt: er kniete und zielte auf den Feldwebel.

«Hörst du nicht!» schrie Clapot ihm zu.

«Laß mich!» knurrte Mathieu.

Er schoß als erster, der Kolben seines Gewehrs schlug ihm gegen die Schulter; es gab eine gewaltige Detonation wie ein verstärktes Echo seines Schusses, er sah rot, dann hörte er ein langes, weiches Reißen.

«Daneben!» sagte Clapot. «Sie haben zu hoch gezielt.»

Der Feldwebel schlug mit den Beinen in der Luft um sich. Mathieu sah ihn lächelnd an. Er wollte ihm gerade den Rest geben, als zwei Soldaten auftauchten und ihn wegtrugen. Mathieu kroch rückwärts und legte sich neben Dandieu. Schon hob Clapot die Falltür hoch.

«Schnell runter!»

Dandieu schüttelte den Kopf.

«Unten sind keine Fenster.»

Sie sahen sich an.

«Wir können die Patronen nicht verkommen lassen», sagte Chasseriau.

«Hast du noch viele?»

«Zwei Magazine.»

«Und du, Dandieu?»

«Eins.»

Clapot klappte die Falltür wieder zu.

«Wir können sie nicht verkommen lassen», sagte er. «Du hast recht.»

Mathieu hörte einen rauhen Atem hinter sich; er drehte sich um: Pinette war leichenblaß geworden und atmete mühsam.

«Bist du verwundet?»

Pinette sah ihn aufgescheucht an:

«Nein.»

Clapot musterte Pinette aufmerksam:

«Wenn du runter willst, Kleiner, du bist nicht gezwungen hierzubleiben. Wir sind keinem mehr was schuldig. Verstehst du, es sind unsere Patronen, unsere. Wir können sie doch nicht einfach verkommen lassen.»

«Ach was, Scheiße!» sagte Pinette. «Warum sollte ich runtergehen, wenn Delarue nicht runtergeht?»

Er rutschte zur Brüstung und fing an zu ballern.

«Pinette!» schrie Mathieu.

Pinette antwortete nicht. Die Kugeln pfiffen über sie hinweg.

«Laß ihn doch», sagte Clapot. «Das lenkt ihn ab.»

Das Geschütz feuerte zweimal hintereinander; sie hörten einen dumpfen Aufschlag über sich, eine Lawine von Putz löste sich von der Decke; Chasseriau zog seine Uhr hervor.

«Zwölf Minuten.»

Mathieu und Chasseriau krochen an die Brüstung. Mathieu hatte sich neben Pinette geduckt; Chasseriau stand vorgebeugt rechts von ihm.

«Zwölf Minuten ist gar nicht so schlecht», sagte Chasseriau. «Gar nicht so schlecht.»

Die Luft pfiff, heulte, schlug Mathieu mitten ins Gesicht: heiße, zähe Luft wie Brei. Mathieu fiel auf den Hintern. Blut machte ihn blind; seine Hände waren bis zu den Gelenken rot; er rieb sich die Augen und verschmierte das Blut auf seinen Händen mit dem auf seinem Gesicht.

Aber es war nicht sein Blut: Chasseriau saß auf der südlichen Brüstung, ohne Kopf; aus seinem Hals sprudelten Blut und Blasen.

«Ich will nicht», sagte Pinette, «ich will nicht!»

Er sprang plötzlich auf, lief zu Chasseriau und schlug ihm mit dem Gewehrkolben mitten vor die Brust. Chasseriau schwankte und kippte über die Brüstung. Mathieu sah ihn ungerührt fallen: das war nur der Anfang seines eigenen Sterbens.

«Feuer frei!» schrie Clapot.

Plötzlich wimmelte der Platz von Soldaten. Mathieu nahm seinen Posten wieder ein und fing an zu schießen, Dandieu schoß neben ihm.

«Ein Blutbad», sagte Dandieu lachend.

Er ließ sein Gewehr los, das auf die Straße fiel, legte sich auf Mathieu und sagte:

«Alter Freund! Alter Freund!»

Mathieu stieß ihn mit einer Schulterbewegung weg. Dandieu fiel zurück, und Mathieu schoß weiter. Er schoß noch, als das Dach über ihm einstürzte. Er bekam einen Balken auf den Kopf, ließ sein Gewehr los und fiel um. ‹Fünfzehn Minuten!› dachte er wütend. ‹Ich gäbe wer weiß was dafür, fünfzehn Minuten durchzuhalten!› Ein Gewehrkolben ragte aus dem Chaos aus zerbrochenem Holz und zersplitterten Schiefern; er zog ihn zu sich heran: das Gewehr war blutverklebt, aber geladen.

«Pinette!» schrie Mathieu.

Niemand antwortete. Das eingestürzte Dach blockierte den ganzen nördlichen Teil der Plattform; Schutt und Balken versperrten die Falltür; eine Eisenstange hing von der klaffenden Decke herunter; Mathieu war allein.

«Verflucht noch mal», sagte er laut, «es soll nicht heißen, wir hätten keine fünfzehn Minuten durchgehalten.»

Er trat an die Brüstung und fing stehend an zu schießen. Es war eine ungeheure Revanche; jeder Schuß rächte ihn für einen früheren Skrupel. ‹Einen Schuß für Lola, die ich nicht zu bestehlen gewagt habe, einen Schuß für Marcelle, die ich hätte sitzenlassen sollen, einen Schuß für

Odette, mit der ich nicht vögeln wollte. Diesen für die Bücher, die ich nicht zu schreiben gewagt habe, den hier für die Reisen, die ich mir nicht gegönnt habe, den da für alle Kerle, die ich am liebsten gehaßt hätte und zu verstehen versucht habe.› Er schoß, die Gesetze flogen in die Luft, du sollst deinen Nächsten lieben wie dich selbst, peng, in diese Idiotenfresse, du sollst nicht töten, peng, auf den falschen Fuffziger gegenüber. Er schoß auf den Menschen, auf die Tugend, auf die Welt: die Freiheit ist der Terror; das Feuer brannte im Rathaus, brannte in seinem Kopf: die Kugeln pfiffen, frei wie die Luft, die Welt wird hochgehen, ich mit ihr, er schoß, er sah auf seine Uhr: vierzehn Minuten, dreißig Sekunden; er brauchte nur noch eine Frist von einer halben Minute, gerade so viel Zeit, um auf den schönen Offizier zu schießen, der so stolz auf die Kirche zulief; er schoß auf den schönen Offizier, auf alle Schönheit der Erde, auf die Straße, auf die Blumen, auf die Gärten, auf alles, was er geliebt hatte. Die Schönheit machte einen obszönen Kopfsprung, und Mathieu schoß weiter. Er schoß: er war rein, er war allmächtig, er war frei.

Fünfzehn Minuten.

Zweiter Teil

Nacht, Sterne; ein rotes Licht im Norden, das ist ein brennendes Dorf. Im Osten und im Westen langes, scharfes, aufblitzendes Wetterleuchten: ihre Geschütze. Sie sind überall, morgen haben sie mich. Er geht in das schlafende Dorf; er überquert einen Platz, nähert sich irgendeinem Haus, klopft, keine Antwort, drückt die Klinke herunter, die Tür geht auf. Er tritt ein, er macht die Tür wieder zu; Dunkelheit. Ein Streichholz. Er ist in einem Flur, ein Spiegel kommt vage aus dem Dunkel hervor, er sieht sich darin: ich müßte mich dringend rasieren. Das Streichholz geht aus. Er hat Zeit gehabt, eine Treppe zu erkennen, die links hinunterführt. Er tastet sich zu ihr hin: es ist eine Wendeltreppe, Brunet geht hinunter, er sieht eine unbestimmte, verschwommene Helligkeit, noch eine Windung: der Keller. Er riecht nach Wein und nach Pilzen. Fässer, ein Haufen Stroh. Ein dicker Mann in Nachthemd und Hose sitzt auf dem Stroh neben einer halbnackten Blonden, die ein Kind im Arm hat. Sie sehen Brunet an, ihre drei Münder stehen offen, sie haben Angst. Brunet geht die Treppenstufen hinunter, der Mann sieht ihn immer noch an. Brunet geht hinunter, der Mann sagt plötzlich: «Meine Frau ist krank.» – «Na und?» fragt Brunet. – «Ich wollte nicht, daß sie die Nacht über im Wald bleibt.» – «Das sagst du mir», sagt Brunet. «Aber mir ist das völlig egal.» Er ist jetzt im Keller. Der Mann sieht ihn mißtrauisch an: «Was wollen Sie denn dann?» – «Hier schlafen», sagte Brunet. Der Mann verzieht das Gesicht; er sieht ihn immer noch an. «Sind Sie Feldwebel?» Brunet antwortet nicht. «Wo sind Ihre Männer?» fragt der Mann argwöhnisch. – «Tot», sagt Brunet. Er geht zu dem Strohhaufen, der Mann sagt: «Und die Deutschen? Wo sind die?» – «Überall.» – «Ich will nicht, daß sie Sie hier finden», sagt der Mann. Brunet zieht seine Jacke aus, faltet sie zusammen, legt sie auf ein Faß. «Hören Sie?» schreit der Mann. – «Ich höre», sagt Brunet. – «Ich habe eine Frau und ein Kind: ich will nicht für Ihre Dummheiten büßen.» – «Keine Sorge», sagt Brunet. Er setzt sich, die Frau sieht ihn haßerfüllt an: «Da oben sind Franzosen, die kämpfen werden, da sollten Sie dabeisein.» Brunet sieht sie an, sie zieht ihr Nachthemd über die Brüste, sie schreit: «Verschwinden Sie! Verschwinden Sie! Wo Sie schon den Krieg verloren haben, brauchen Sie uns nicht auch noch draufgehen zu lassen.» Brunet sagt zu ihr: «Keine Sorge. Sie brauchen mich nur zu wecken, wenn die Deutschen da sind.» – «Und was machen Sie dann?» – «Ich ergebe mich.» – «Drecksack!» sagt die Frau. «Wenn man bedenkt, daß manche sich haben abschlachten lassen.» Brunet gähnt, streckt sich und lächelt. Er kämpft seit acht Tagen, ohne zu schlafen und fast ohne zu essen, zwanzigmal wäre er beinah gefallen. Jetzt ist Schluß mit dem Kämpfen, der Krieg ist verloren, und es gibt Arbeit. Viel Arbeit. Er legt sich aufs Stroh, er gähnt, er schläft ein. «Los, raus», sagt der Mann, «sie sind da.» Brunet macht die Augen auf, er sieht ein dickes rotes Gesicht, er hört Knalle und Explosionen. «Sind sie da?» – «Ja. Und es geht rund. Ich kann Sie nicht hierbehalten.» Die Frau hat sich nicht gerührt. Sie sieht Brunet mit ihren wilden Augen an und drückt ihr schlafendes Kind an sich. «Ich gehe», sagt Brunet. Er steht auf, er gähnt, er geht zu einem Kellerfenster, wühlt in seinem Beutel, holt eine Spiegelscherbe und einen Rasierapparat heraus. Der Mann sieht ihn an, fassungslos vor Entrüstung: «Sie werden sich doch nicht etwa rasieren?» – «Warum nicht?» fragt Brunet. Der Mann wird rot vor Wut: «Ich sage Ihnen doch, daß sie mich erschießen, wenn sie Sie hier finden.» Brunet sagt: «Das geht ganz schnell.» Der

Mann zieht ihn am Arm, damit er geht: «Ich will das nicht, ich habe Frau und Kind, wenn ich das gewußt hätte, hätte ich Sie nicht reingelassen.» Brunet macht sich mit einem Ruck los, er sieht angeekelt diesen dicken Waschlappen an, der sich darauf versteift zu leben, der unter jedem Regime leben wird, demütig, betrogen, zäh, der für nichts leben wird. Der Dicke stürzt sich wieder auf ihn, Brunet stößt ihn gegen die Wand. «Ruhe, oder ich schlage zu.» Der Mann verhält sich ruhig, er kauert sich schnaufend zusammen, er rollt seine Alkoholikeraugen, ein starker Geruch nach Tod und Jauche geht von ihm aus. Brunet fängt an, sich zu rasieren, ohne Seife und ohne Wasser, seine Haut brennt; die Frau neben ihm zittert vor Angst und Haß, Brunet beeilt sich: wenn es zu lange dauert, wird sie noch verrückt. Er steckt seinen Rasierapparat wieder in den Beutel: die Klinge kann man noch zweimal benutzen: «Siehst du, ich bin schon fertig. Es war nicht nötig, soviel Theater zu machen.» Der Mann antwortet nicht, die Frau schreit: «Verschwinden Sie, Sie gemeiner Hund, Sie dreckiger Feigling, Ihretwegen werden wir erschossen!» Brunet zieht seine Jacke an, er fühlt sich sauber, frisch und straff, sein Gesicht ist rot. «Verschwinden Sie! Verschwinden Sie!» Er grüßt mit zwei Fingern, er sagt: «Trotzdem vielen Dank.» Er steigt die dunkle Treppe hinauf, geht durch ein Vorzimmer: die Haustür steht weit offen; draußen der weiße Wasserfall des Tages, das besessene Geknatter der Maschinengewehre, das Haus ist dunkel und kühl. Er geht zur Haustür: er muß in dieses schaumige Licht eintauchen. Ein kleiner Platz, die Kirche, das Kriegerdenkmal, Mist vor den Türen. Zwischen zwei braunen Häusern die Landstraße, ganz rosa vom Morgen. Die Deutschen sind da, etwa dreißig geschäftige Männer, emsig tätige Arbeiter, sie schießen mit einer Schnellfeuerkanone auf die Kirche, vom Kirchturm wird auf sie geschossen, es wirkt wie ein Arbeitsplatz. Mitten auf dem Platz, im Kreuzfeuer, gehen französische Soldaten in Hemdsärmeln, mit rosigen verschlafenen Augen, in eiligen kleinen Schritten auf den Zehenspitzen wie bei einem Schönheitswettbewerb. Sie heben ihre blassen Hände über die Köpfe, und die Sonne tanzt zwischen ihren Fingern. Brunet sieht sie an, er sieht den Kirchturm an, rechts von ihm steht ein großes Gebäude in Flammen, er spürt die Hitze auf der Backe: er sagt: «Scheiße.» Er geht die drei Stufen der Treppe hinunter. So: er ist gefangen. Er behält die Hände in den Taschen, sie sind schwer wie Blei. «Hände hoch!» Ein Deutscher zielt mit einem Gewehr auf ihn. Er wird rot, seine Hände heben sich langsam, jetzt sind sie oben über seinem Kopf: ‹Dafür werden sie bluten müssen.› Er geht zu den Franzosen und tanzt mit ihnen, es ist wie im Film, nichts scheint wirklich zu sein, diese pfeifenden Kugeln können nicht töten, das Geschütz schießt blind. Ein Franzose macht einen Diener und fällt. Brunet steigt über ihn hinweg. Er biegt gerade langsam um die Ecke des braunen Hauses in die Hauptstraße ein, als der Kirchturm einstürzt. Keine Fritzen, keine Kugeln mehr, der Film ist aus, das ist wirkliches Land, er steckt die Hände wieder in die Tasche. Man ist unter Franzosen. Ein Haufen kleiner Franzosen in Khaki, ungewaschen, unrasiert, mit rauchgeschwärzten Gesichtern, die lachen, scherzen, tuscheln, ein Wogen von unbedeckten Köpfen, von Feldmützen, kein Helm: man erkennt sich wieder, man begrüßt sich: «Ich habe dich im Dezember in Saverne gesehen.» – «He, Girard! Salut, wir müssen erst den Krieg verlieren, damit man sich wiedersieht, wie geht's Lisa?» Ein deutscher Soldat mit gelangweilter Miene und umgehängtem Gewehr hütet die Herde der kleinen Besiegten, begleitet mit langen, langsamen Schritten ihr eiliges Trippeln. Brunet trippelt mit den anderen, aber er ist so groß wie der Fritz, so gut rasiert. Die rosa Straße verläuft sich zwischen dem Gras, kein Lüftchen geht, eine Niederlagenhitze. Die Männer riechen stark, sie schnattern, und die Vögel singen. Brunet wendet sich seinem Nebenmann zu, einem sanft aussehenden Dicken, der durch den Mund atmet: «Von wo kommt ihr?» – «Wir sind von Saverne runtergekommen und haben die Nacht in Bauernhöfen verbracht.» – «Ich bin ganz alleine gekommen», sagt Brunet. «Komisch, ich hielt das Dorf für verlassen.» Zwei Reihen vor ihm geht, mit nacktem Oberkörper, ein gebräunter junger Blonder mit einer dicken Blutkruste zwischen den Schulterblättern. Hinter Brunets Rücken hat sich ein gewaltiges natürliches Tosen erhoben, Gelächter, Rufe, das Scharren der Füße auf der Erde, es hat Ähnlichkeit mit dem Rauschen des Windes in den Bäumen. Er dreht sich um: jetzt sind Tausende von Männern hinter ihm, man hat sie von überallher zusammengetrieben, aus den Feldern, den Dörfern, den Höfen. Brunets Kopf und Schultern ragen einsam über diese wogende Ebene: «Ich heiße Moûlu», sagt der Dicke, «ich bin aus Bar-le-Duc.» Er fügt stolz hinzu: «Ich kenne die Gegend.» Am Straßenrand brennt ein Bauernhof, die Flammen sind in der Sonne schwarz, ein Hund heult. «Hörst du den Köter?» sagt Moûlu zu seinem Nebenmann. «Sie haben ihn eingesperrt.» Der Nebenmann ist bestimmt aus dem Norden, blond, ziemlich groß, mit milchweißer Haut, er sieht dem Fritz, der sie bewacht, ähnlich. Er runzelt die Stirn und richtet seine großen blauen Augen auf Moûlu: «He?» – «Der Hund. Er ist drin.» – «Na und?» sagt der Schtimi*. «Ist doch ein Hund.» – «Wau, wau! Wau! Wau!» Diesmal bellt nicht der Hund: es ist der junge Kerl mit dem nackten Rücken. Einer zieht ihn mit und legt ihm die Hand auf den Mund, Brunet hat genug Zeit gehabt, sein großes, verstörtes blasses Gesicht mit den wimpernlosen Augen zu sehen. «Charpin scheint's nicht besonders zu gehen», sagt Moûlu zu dem Schtimi. Der Schtimi sieht ihn an: «He?» – «Ich sage: deinem Kameraden Charpin geht es nicht besonders.» Der Schtimi lacht, seine Zähne sind weiß: «Er war schon immer etwas komisch.» Die Straße steigt an, ein angenehmer Geruch nach erhitztem Stein und verbranntem Holz begleitet sie, der Hund heult hinter ihnen. Sie kommen auf den höchsten Punkt der Steigung; die Straße fällt steil ab. Moûlu zeigt auf die endlose Kolonne: «Oh, sieh dir das

* (franz.) *le ch'timi* – abfälliger Jargonausdruck für die Bewohner der nördlichen Departements.

an! Wo kommen die denn alle her?» Er dreht sich zu Brunet um: «Wie viele sind wir?» – «Ich weiß nicht. Vielleicht zehntausend, vielleicht mehr.» Moûlu sieht ihn ungläubig an. «Kannst du das so über den Daumen peilen?» Brunet denkt an den 14. Juli, an den 1. Mai; am Boulevard Richard-Lenoir wurden welche aufgestellt, die Schätzung wurde nach der Dauer des Vorbeimarsches gemacht. Schweigende, heiße Menschenmassen; wenn man mittendrin war, brannte man. Diese Masse ist laut, aber kalt und tot. Er lächelt, er sagt: «Ich bin's gewohnt.» – «Wo gehen wir hin?» fragt der Schtimi. – «Weiß nicht.» – «Wo sind die Fridolins? Wer befiehlt?» Es sind keine Fridolins da, außer einem Dutzend, über die Straße verstreut. Die riesige Herde strömt hinunter, als gäbe sie einfach ihrem Gewicht nach. «Komisch», sagt Moûlu. – «Ja», sagt Brunet, «komisch.» Komisch; sie könnten sich auf die Deutschen stürzen, sie erwürgen und querfeldein entfliehen: wozu? Sie gehen vor sich hin, wohin die Straße sie führt. Jetzt sind sie unten, in einer Mulde; nun geht es wieder aufwärts, sie schwitzen. Moûlu holt ein Bündel Briefe mit einem Gummiband aus der Tasche und dreht es eine Weile in seinen ungeschickten dicken Fingern hin und her. Der Schweiß macht Flecken auf das Papier, die violette Tinte läuft stellenweise aus. Er streift das Gummiband ab, er macht sich daran, die Briefe, ohne sie noch einmal zu lesen, methodisch in winzige Stücke zu reißen, die er nach und nach mit der Handbewegung eines Sämanns verstreut. Brunet sieht den atemlos fliegenden Schnipseln nach: die meisten fallen als Konfetti auf die Schultern der Soldaten und von dort auf ihre Füße; einer flattert eine Sekunde und legt sich dann auf ein Grasbüschel. Das Gras neigt sich ein bißchen und trägt ihn wie einen Baldachin. An der Straße liegt noch mehr Papier, zerrissen, zerknittert, zusammengeknüllt, es liegt in den Gräben zwischen kaputten Gewehren und zerbeulten Helmen. Wenn die Schrift groß und breit ist, schnappt Brunet im Vorbeigehen ein Wort auf: iß ordentlich, bleib in Deckung, Hélène ist mit den Kindern gekommen, in deine Arme, Liebster. Die ganze Straße ist ein beschmutzter langer Liebesbrief. Weiche kleine Ungeheuer kriechen am Boden und sehen die fröhliche Herde der Besiegten aus ihren Augen ohne Augäpfel an: Gasmasken; Moûlu stößt Brunet am Ellbogen an, er zeigt auf eine Maske: «Immerhin ein Glück, daß wir die nicht gebraucht haben.» Brunet antwortet nicht; Moûlu sucht sich andere Komplizen: «He, Lambert!» Ein Kerl vor Brunet dreht sich um, Moûlu zeigt ihm ohne Kommentar eine Maske; sie fangen an zu lachen, und die Männer um sie herum lachen: sie haben sie gehaßt, diese parasitären Larven, sie hatten Angst vor ihnen, und doch mußten sie sie versorgen und pflegen. Jetzt liegen sie kaputt unter ihren Füßen, sie sehen sie, und das erinnert sie daran, daß der Krieg aus ist. Bauern, die wie jeden Tag auf ihren Feldern arbeiten, sehen, auf ihre Spaten gestützt, zu, wie sie vorbeigehen; Lambert wird ganz lustig, er ruft ihnen zu: «Salut, Papa! Wir sind entlassen.» Zehn Stimmen, hundert Stimmen wiederholen mit so etwas wie Herausforderung: «Wir sind entlassen, wir sind entlassen! Wir gehen nach Haus.» Die Bauern antworten nichts, sie scheinen sie nicht einmal zu hören. Ein blonder Krauskopf, der aussieht wie ein Pariser, fragt Lambert: «Wie lange, glaubst du, wird es dauern?» – «Nicht lange», sagt Lambert, «nicht lange, Blondkopf.» – «Glaubst du? Bist du sicher?» – «Du brauchst dich doch nur umzusehen. Wo sind denn die Männer, die uns bewachen sollen? Wenn wir richtige Gefangene wären, solltest du mal sehen, wie wir umstellt wären.» – «Warum haben sie uns dann gefangengenommen?» fragt Moûlu. «Gefangengenommen? Sie haben uns nicht gefangengenommen: sie haben uns beiseite geschafft, damit wir ihnen nicht zwischen den Beinen rumlaufen, solange sie vorrücken.» – «Auch so», seufzt der Blondkopf, «kann es lange dauern.» – «Bist du verrückt? Die können gar nicht so schnell laufen, wie wir weg sind.» Er sieht aufgekratzt aus, er grinst. «Die Fritzen reißen sich kein Bein aus, für die ist das ein Spaziergang: eine kleine Nutte in Paris, ein Gläschen Wein in Dijon, eine Bouillabaisse in Marseille. In Marseille ist allerdings Schluß, da müssen sie schon haltmachen: da liegt das Meer davor. Dann werden sie uns freilassen. Mitte August sind wir zu Hause.» Der Blonde schüttelt den Kopf: «Zwei Monate, das dauert. Das ist lang.» – «Hör mal, du hast es aber eilig. Sie müssen die Gleise reparieren, damit der Zug fahren kann.» – «Den Zug, den schenke ich ihnen», sagt Moûlu. «Wenn es nur das ist, ich würde auch nach Hause latschen.» – «Scheiße, ich aber nicht. Ich marschiere jetzt seit vierzehn Tagen, ich hab die Schnauze voll, ich will mich ausruhen.» – «Hast du denn keine Lust, mit deiner Biene herumzuspielen?» – «Womit sollte ich das denn machen? Ich bin zuviel marschiert, ich habe nichts mehr in der Hose. Ich will schlafen, und zwar allein.» Brunet hört ihnen zu, er sieht ihre Nacken an, er denkt, daß es viel Arbeit geben wird. Pappeln, Pappeln, eine Brücke über einen Bach, Pappeln. «Man kriegt Durst», sagt Moûlu. «Nicht so sehr Durst, eher Hunger», sagt der Schtimi, «ich habe seit gestern nichts gefuttert.» Moûlu trippelt und schwitzt, er schnauft, er zieht seine Jacke aus, legt sie über den Arm, er knöpft sein Hemd auf, er sagt mit einem Lächeln: «Jetzt können wir unsere Jacke ausziehen, wir sind frei.» Plötzlicher Halt; Brunet stößt mit der Brust gegen Lamberts Rücken. Lambert dreht sich um; er hat einen Backenbart und lebhafte kleine Augen unter dichten schwarzen Brauen: «Kannst du nicht aufpassen, du Trottel? Hast du keine Augen im Kopf?» Unverschämt mustert er Brunets Uniform: «Schluß mit den Spießen. Niemand befiehlt. Es gibt nur noch Menschen.» Brunet sieht ihn ohne Wut an, und der Kerl schweigt. Brunet fragt sich, was er wohl im Zivilleben macht. Kleinhändler? Angestellter? Mittelstand jedenfalls. Solche gibt es zu Hunderttausenden: keinerlei Sinn für Autorität und persönlichen Anstand. Eiserne Disziplin wird nötig sein. Moûlu fragt: «Warum halten wir?» Brunet antwortet nicht. Auch ein Kleinbürger, der da, genauso wie der andere, aber dümmer: es wird nicht leicht sein, mit so was zu arbeiten. Moûlu seufzt wohlig und fächelt sich Luft zu:

«Vielleicht haben wir Zeit, uns hinzusetzen.» Er legt seinen Beutel auf die Straße und setzt sich darauf; der deutsche Soldat nähert sich ihnen, wendet ihnen sein schönes, ausdrucksloses langes Gesicht zu, ein vager Anflug von Sympathie taucht in seinen Augen auf. Er sagt beflissen: «Arme Franzosen, Krieg ist aus. Nach Hause. Nach Hause.» – «Was sagt er, was sagt er, daß wir nach Hause gehen, natürlich gehen wir nach Hause. Mensch, Julien, hörst du das, wir gehen nach Hause, frag ihn, wann, los, sag zu ihm: wann gehen wir nach Hause?» – «Sag mal, Fritz, wann gehen wir nach Hause?» Sie duzen ihn servil und vertraulich. Er ist die ganze siegreiche Armee und nur ein Landser. Der Deutsche wiederholt mit leerem Blick: «Nach Hause, nach Hause.» – «Aber *wann*, he?» – «Arme Franzosen, nach Hause.» Es geht weiter, Pappeln, Pappeln. Moûlu stöhnt, er schwitzt, er hat Durst, er ist müde, er möchte haltmachen, aber niemand kann dieses eigensinnige Marschieren, das niemand befiehlt, bremsen. Einer stöhnt: «Mein Schädel tut mir weh» und marschiert weiter, das Geschnatter erlahmt, lange Pausen treten ein; sie sagen zueinander: «Wir werden doch nicht etwa bis nach Berlin gehen?» Und sie gehen weiter; sie folgen den vor ihnen Gehenden, sie werden von den hinter ihnen Gehenden geschoben. Ein Dorf, ein Haufen Helme, Masken und Gewehre auf dem Marktplatz. «Poudroux: hier bin ich vorgestern durchgekommen», sagt Moûlu. – «Sag bloß, ich gestern abend», sagt der Blondkopf. «Auf dem Lastwagen war ich: vor den Türen standen Leute, sie sahen nicht so aus, als wären sie gut auf uns zu sprechen.» Sie sind immer noch da, vor den Türen, mit verschränkten Armen, schweigend. Frauen mit schwarzen Haaren, schwarzen Augen, schwarzen Kleidern, alte Männer. Zuschauer. Vor diesen Zeugen straffen sich die Gefangenen, die Gesichter werden zynisch und spitz, Hände winken, es wird gelacht, gerufen: «Salut, Mütterchen! Salut, Papa! Wir sind entlassen, der Krieg ist aus, Salut.» Sie ziehen vorbei und grüßen, sie flirten mit Blicken, lächeln herausfordernd, die Zeugen schweigen und schauen zu. Nur die fette, gutmütige Lebensmittelhändlerin murmelt: «Die armen Jungs.» Der Schtimi lächelt selig, er sagt zu Lambert: «Ein Glück, daß wir nicht im Norden sind.» – «Wieso?» – «Sie würden uns Möbel auf den Kopf schmeißen.» Ein Brunnen, zehn Männer, hundert Männer lösen sich aus den Reihen, gehen hin und trinken. Moûlu läuft hin, er beugt sich unbeholfen, gierig vor; sie suhlen sich in ihrer Müdigkeit, und ihre Schultern zittern; das Wasser läuft über ihre Gesichter. Die Wache scheint sie nicht einmal zu sehen: sie können im Dorf bleiben, wenn sie wollen und wenn sie den Mut haben, den Blicken zu trotzen. Aber nein; sie kommen einer nach dem anderen zurück, sie beeilen sich, als hätten sie Angst, ihren Platz zu verlieren; Moûlu läuft wie eine Frau, mit wippenden Knien, sie rempeln sich an, sie lachen, sie kreischen Anstoß erregend und provozierend wie Tunten; ihre Münder reißen unter ihren Augen geprügelter Hunde zu erheiterten Wunden auf. Moûlu wischt sich die Lippen ab, er sagt: «Das war gut.» Er sieht Brunet erstaunt an: «Hast du nicht getrunken? Hast du denn keinen Durst?» Brunet zuckt die Achseln, ohne zu antworten; schade, daß diese Herde nicht von fünfhundert Soldaten mit aufgepflanztem Bajonett umstellt ist, die den Nachzüglern in den Hintern piken und die Schwätzer mit Kolbenschlägen traktieren: dann würdet ihr das Maul nicht mehr so aufreißen. Er sieht nach rechts, nach links, er dreht sich um, er sucht ein Gesicht wie sein eigenes in diesem Wald von verlassenen Gesichtern, die von einer ununterdrückbaren Heiterkeit berauscht, gequält sind. Wo sind die Genossen? Einen Kommunisten erkennt man auf den ersten Blick. Ein Gesicht. Ein einziges hartes, ruhiges Gesicht, ein Männergesicht. Aber nein: klein, lebhaft und gewöhnlich, marschieren sie nach vorn gebeugt, die ganze französische Intelligenz tummelt sich auf ihren verdreckten Gesichtern, zieht die Mundwinkel an Fäden, verengt oder bläht die Nasenflügel, legt die Stirn in Falten, läßt die Augen aufleuchten; sie schätzen ab, unterscheiden, diskutieren, beurteilen, kritisieren, wägen das Für und das Wider ab, genießen einen Einwand, beweisen und ziehen Schlüsse, ein endloser Syllogismus, zu dem jeder Kopf eine Behauptung abgibt. Sie marschieren gehorsam, sie stellen im Marschieren Überlegungen an, sie sind ruhig: der Krieg ist aus, es hat keinen Schaden gegeben; die Deutschen sehen nicht so gemein aus. Ruhig, weil sie glauben, daß sie ihre neuen Herren mit einem Blick eingeschätzt haben; ihre Gesichter haben wieder angefangen, Intelligenz abzusondern, weil das ein spezifisch französischer Luxusartikel ist, den man den Fritzen zu gegebener Zeit gegen kleine Vorteile andrehen kann. Pappeln, Pappeln, die Sonne sticht, es ist Mittag: «Sie kommen!» Die Intelligenz vergeht, die ganze Herde stöhnt vor Wollust, es ist kein Schrei, nicht einmal ein Seufzer: eine Art bewunderndes Nachgeben, das sanfte Rauschen von Laub, das sich unter dem Gewicht des Regens neigt. «Sie kommen!» Es läuft von vorne nach hinten, es geht von Kopf zu Kopf wie eine gute Nachricht, sie kommen, sie kommen! Die Reihen rücken wieder enger zusammen, drängen sich an die Straßenränder, die lange Raupe erschauert: die Deutschen ziehen auf der Straße vorbei, auf Motorrädern, in Kettenfahrzeugen, Lastwagen, rasiert, ausgeruht, braungebrannt, schöne, ruhige und unbestimmte Gesichter wie Almen. Sie sehen niemanden an, ihr Blick ist starr nach Süden gerichtet, sie dringen stehend und schweigend in Frankreich ein, sieh dir das an, man transportiert sie gratis, das Fußvolk auf Rädern, das nenne ich Krieg führen, sieh dir die Maschinengewehre an, oh, und die kleinen Geschütze, Mensch! Das ist ja toll, kein Wunder, daß wir den Krieg verloren haben. Sie sind entzückt, daß die Deutschen so stark sind. Um so weniger schuldig fühlen sie sich: «Unschlagbar, da gibt's nichts, unschlagbar.» Brunet sieht diese hingerissenen Besiegten an, er denkt: ‹Das ist das Material. Es ist nun mal, wie es ist, ich habe kein anderes.› Man kann überall arbeiten, und sicher sind ein paar Brauchbare darunter. Die Deutschen sind vorbei, die Raupe kriecht von der Straße herunter auf einen Basketballplatz, den sie mit ihrem schwarzen Pech überzieht, sie setzen sich, sie legen sich, sie machen sich aus Zeitungen vom Mai große Hüte gegen die Sonne; es sieht aus wie auf dem Rasen einer Rennbahn oder wie im Bois de Vincennes an einem Sonntag. «Wieso machen wir halt?» – «Weiß nicht», sagt Brunet. Verärgert sieht er diese auf dem Rücken liegende Menge an, er hat keine Lust, sich zu setzen, aber das ist blöd, man darf sie nicht verachten, das ist das sicherste Mittel, schlechte Arbeit zu leisten, und außerdem, wer weiß, wohin wir gehen, er muß seine Kräfte schonen, er setzt sich. Ein Deutscher geht hinter ihm vorbei, dann noch einer: sie sehen ihn freundschaftlich lachend an, sie fragen mit väterlicher Ironie: «Wo sind die Engländer?» Brunet sieht ihre weichen schwarzen Stiefel an, er antwortet nicht, und sie gehen weiter; ein langer Feldwebel bleibt zurück und wiederholt mit traurigem Vorwurf: «Wo sind die Engländer? Arme Franzosen, wo sind die Engländer?» Niemand antwortet; er schüttelt mehrmals den Kopf. Als die Fritzen weg sind, stößt Lambert eine Antwort hervor: «In meinem Arsch sind die Engländer, wenn du wüßtest, wie die mich mal können.» – «Na ja!» sagt Moûlu. – «He?» – «Die Engländer», erklärt Moûlu, «kann schon sein, daß sie die Fritzen in die Scheiße ziehen, aber bis sie selbst in der Scheiße sitzen, und zwar gewaltig, dauert's nicht lange.» – «Das ist nicht gesagt.» – «Aber sicher, du Blödmann! Das ist doch klar. Die markieren den starken Mann, weil sie auf ihrer Insel sind, aber wart's nur ab, bis die Deutschen über den Kanal sind, dann wirst du schon sehen! Ich sage dir nämlich, wenn der französische Soldat es nicht geschafft hat, werden die Tommies den Krieg schon gar nicht gewinnen.» Wo sind die Genossen? Brunet fühlt sich einsam. Seit zehn Jahren hat er sich nicht so einsam gefühlt. Er hat Hunger und Durst; er schämt sich, daß er Hunger und Durst hat; Moûlu wendet sich ihm zu: «Gleich geben sie uns was zu beißen.» – «Wirklich?» – «Der Feldwebel hat so was gesagt: sie teilen Brot und Konserven aus.» Brunet lächelt: er weiß, daß man ihnen nichts zu essen geben wird. Sie müssen mürbe gemacht werden; sie können nie mürbe genug gemacht werden. Auf einmal stehen welche auf, dann noch welche, dann alle, es geht weiter; Moûlu ist wütend, er schimpft: «Wer hat gesagt, wir sollen weitergehen?» Niemand antwortet, Moûlu schreit: «Geht nicht, Jungs, sie geben uns was zu beißen.» Blind und taub ist die Herde schon wieder auf der Straße angekommen. Sie marschieren. Ein Wald; blasse, gelbrote Strahlen dringen durch die Blätter, drei liegengebliebene 75er-Geschütze bedrohen noch den Osten; die Männer sind froh, weil es schattig ist; ein deutsches Pionierregiment zieht vorbei. Der Blondkopf sieht ihnen mit einem feinen Lächeln zu, es macht ihm Spaß, seine Sieger mit halbgeschlossenen Augen zu beobachten, er spielt Katz und Maus mit ihnen, er genießt seine Überlegenheit; Moûlu packt Brunet am Arm und schüttelt ihn: «Da! Da! Der graue Schornstein.» – «Ja und?» – «Das ist Baccarat.» Er stellt sich auf die Zehenspitzen, legt die Hände trichterförmig vor den Mund, er ruft: «Baccarat! Weitergeben, Jungs: wir kommen nach Baccarat!» Die Männer sind müde, die Sonne scheint ihnen in die Augen, sie wiederholen gehorsam: «Baccarat, Baccarat», aber es ist ihnen völlig egal. Der Blondkopf fragt Brunet: «Baccarat, werden da die Spitzen gemacht?» – «Nein», sagt Brunet, «Glas.» – «So!» sagt der Blondkopf unbestimmt und respektvoll. «So! So!» Die Stadt ist schwarz unter dem blauen Himmel, die Gesichter werden traurig, einer sagt traurig: «Komisch, eine Stadt zu sehen.» Sie gehen eine verlassene Straße hinunter; der Bürgersteig und die Fahrbahn sind mit Glasscherben übersät. Der Blondkopf grinst, er zeigt mit dem Finger drauf, er sagt: «Da ist das Glas von Baccarat.» Brunet hebt den Kopf: die Häuser sind unversehrt, aber alle Fensterscheiben sind kaputt; hinter ihm wiederholt eine Stimme: «Sieht komisch aus, eine Stadt.» Eine Brücke; die Kolonne hält; Millionen von Augen richten sich auf den Fluß: fünf splitternackte Fritzen spielen im Wasser, bespritzen sich und stoßen kleine Schreie aus; zwanzigtausend graue, in ihren Uniformen schwitzende Franzosen sehen diese Bäuche und Hintern an, die zehn Monate lang vom Wall der Kanonen und Panzer geschützt wurden und sich jetzt mit ruhiger Unverschämtheit in ihrer Verletzbarkeit zur Schau stellen. Das war es, nur das war es: ihre Sieger waren dieses weiße und verwundbare Fleisch. Ein tiefer, dumpfer Seufzer zerreißt die Menge. Sie haben ohne Wut den Vorbeimarsch einer siegreichen Armee auf Triumphwagen ertragen; aber diese nackten Fridolins, die im Wasser Bockspringen machen, sind eine Beleidigung. Lambert beugt sich über die Brüstung, sieht das Wasser an und murmelt: «Muß das gut tun!» Es ist weniger als ein Wunsch: höchstens die Sehnsucht eines Toten. Tot, vergessen, verschüttet in einem verjährten Krieg, marschiert die Menge weiter in der Trockenheit, der Hitze und den Staubwolken; ein Tor öffnet sich knarrend, hohe Mauern rücken näher, hinten in einem riesigen Hof sieht Brunet durch die flimmernde Luft eine Kaserne mit geschlossenen Fensterläden; er geht voran, man schiebt ihn von hinten, er dreht sich um: «Drängelt doch nicht so, wir kommen alle rein.» Er geht durch das Portal, Moûlu lacht vor Freude: «Schluß für heute.» Schluß mit der Welt der Zivilisten und der Sieger, der Pappeln und der Flüsse, die in der Sonne glitzern, sie werden in diesen Mauern ihren dreckigen alten Krieg begraben, sie werden in ihrem eigenen Saft kochen, ohne Zeugen, unter sich. Brunet geht voran, man schiebt ihn, er geht bis hinten in den Hof, er bleibt am Fuß der langen grauen Steilwand stehen, Moûlu stößt ihn mit dem Ellbogen an: «Das ist die Kaserne der *Garde mobile.*» Hundert geschlossene Fensterläden; drei Stufen führen zu einer Tür mit einem Vorhängeschloß. Links von den Stufen, zwei Meter vom Kasernengebäude entfernt, hat man eine ein Meter hohe und zwei Meter lange kleine Ziegelmauer errichtet, Brunet geht hin und lehnt sich dagegen. Der Hof füllt sich, ein stetiger Strom drängt die zuerst Gekommenen zusammen, drückt sie gegen die Kasernenwand; es kommen mehr, immer noch mehr; auf einmal drehen sich die schweren Torflügel und schließen sich. «So», sagt Moûlu, «jetzt sind wir zu Haus.» Lambert sieht das Tor an und sagt voller Genugtuung: «Ein ganzer Haufen ist nicht reingekommen: die müssen draußen schlafen.» Brunet zuckt die Achseln: «Ob du nun im Hof schläfst oder auf der Straße . . .» – «Das ist nicht dasselbe», sagt Lambert. Der Blondkopf nickt: «Wir sind nicht draußen», erklärt er. Lambert verdeutlicht: «Wir sind in einem Haus ohne Dach.» Brunet dreht sich um; mit dem Rücken zur Kaserne sieht er sich die Örtlichkeiten genau an: vor ihm fällt der Hof bis zur Außenmauer sanft ab. Zwei hundert Meter voneinander entfernte Wachtürme sind auf der Mauer: sie sind leer. Eine Reihe frisch eingerammter Pfähle, zwischen denen man Draht und Seile gespannt hat, unterteilt den Hof in zwei ungleiche Teile. Der kleinere Teil – ein relativ schmaler Streifen zwischen der Mauer und den Pfählen – bleibt frei. In dem anderen – zwischen den Pfählen und der Kaserne – drängt sich alles zusammen. Die Männer fühlen sich unbehaglich, sie sehen aus wie Besucher, keiner wagt sich zu setzen; sie halten ihre Beutel und ihr Gepäck in der Hand; Schweiß rinnt über ihre Backen, die französische Intelligenz ist aus ihren Gesichtern verschwunden, die Sonne scheint in ihre leeren Augen, sie fliehen aus der Vergangenheit und der nahen Zukunft in einen ungemütlichen, provisorischen Rausch. Brunet will sich nicht eingestehen, daß er Durst hat, er hat seinen Beutel abgelegt und die Hände in die Taschen gesteckt. Er pfeift vor sich hin. Ein Unteroffizier salutiert; Brunet lächelt ihn an, ohne seinen Gruß zu erwidern. Der Unteroffizier kommt näher: «Worauf warten wir?» – «Ich weiß nicht.» Er ist groß, dünn und stark, er hat große, von seiner Wichtigkeit getrübte Augen; ein Schnurrbart steht quer in seinem knochigen Gesicht; er macht lebhafte, grimmige Gesten, die erlernt sind. «Wer hat das Kommando?» fragt er. «Wer wohl? Die Fritzen.» – «Aber bei uns? Wo sind die Verantwortlichen?» Brunet lacht ihm ins Gesicht. «Suchen Sie sie.» In die Augen des Unteroffiziers tritt vorwurfsvolle Verachtung: er möchte gern als Zweiter kommandieren, möchte den Rausch des Gehorchens mit der Lust des Befehlens verbinden; aber Brunet will überhaupt nicht mehr kommandieren; sein Kommando ist zu Ende gegangen, als der letzte seiner Männer gefallen ist. Jetzt hat er anderes im Kopf. Der Unteroffizier fragt ungeduldig: «Warum läßt man diese armen Kerle stehen?» Brunet antwortet nicht; der Unteroffizier wirft ihm einen wütenden Blick zu und findet sich damit ab, als Erster zu kommandieren. Er stellt sich breitbeinig auf, legt die Hände um den Mund und ruft: «Alles hinsetzen! Durchsagen.» Köpfe drehen sich unruhig um, aber die Körper rühren sich nicht. «Alles hinsetzen!» wiederholt der Unteroffizier. «Alles!» Einige setzen sich schläfrig; Stimmen wiederholen als Echo: alles hinsetzen; die Menge wogt und legt sich hin. Der Ruf kreist über den Köpfen, alles hinsetzen, zieht zum anderen Ende des Hofs, prallt gegen die Mauer und kommt auf geheimnisvolle Weise umgekehrt zurück: «Alles aufstehen, stehen bleiben, Befehle abwarten.» Der Unteroffizier sieht Brunet unruhig an: er hat dahinten, am Portal, einen Konkurrenten. Männer springen wieder auf, nehmen ihre Beutel, drücken sie an die Brust und werfen gehetzte Blicke um sich. Aber die meisten bleiben sitzen, und nach und nach setzen sich die, die aufgestanden waren, wieder hin. Der Unteroffizier betrachtet sein Werk mit einem kurzen selbstgefälligen Lächeln. «Man brauchte nur zu befehlen.» Brunet sieht ihn an und sagt: «Setzen Sie sich, Herr Unteroffizier.» Der Unteroffizier blinzelt, Brunet wiederholt: «Setzen Sie sich: der Befehl lautet hinsetzen.» Der Unteroffizier zögert, dann läßt er sich neben Lambert und Moûlu auf die Erde nieder: er legt die Arme um die Knie, er sieht Brunet mit halboffenem Mund von oben bis unten an. Brunet erklärt ihm: «Ich bleibe stehen, weil ich Feldwebel bin.» Brunet will sich nicht setzen: Krämpfe steigen ihm von den Waden in die Schenkel, aber er will sich nicht setzen. Er sieht Tausende von Rücken und Schulterblättern, er sieht Nacken, die sich bewegen, Schultern, die zucken; diese Menge hat nervöse Ticks. Er sieht zu, wie sie in der Sonne brät und zappelt, er denkt ohne Ärger und ohne Freude: ‹Das ist das Material.› Sie warten erstarrt; sie scheinen keinen Hunger mehr zu haben: die Hitze hat sicher ihren Magen durcheinandergebracht. Sie haben Angst und warten. Worauf warten sie? Auf einen Befehl, eine Katastrophe oder auf die Nacht: irgend etwas, was sie von sich selbst befreit. Ein dicker Reservist hebt sein fahles Gesicht, er zeigt auf einen der Wachtürme: «Warum sind die Wachposten nicht da? Was machen die?» Er wartet einen Moment, die Sonne flutet in seine nach oben gekehrten Augen; schließlich zuckt er die Achseln und sagt streng und enttäuscht: «Bei denen ist es genau wie bei uns: es hapert an der Organisation.» Als einziger stehend, sieht Brunet auf die Schädel, er denkt: ‹Die Genossen sind da drin, versteckt wie Nadeln in einem Heuhaufen, ich werde Zeit brauchen, sie wieder zu sammeln.› Er sieht den Himmel an und das schwarze Flugzeug am Himmel, dann senkt er die Augen, er dreht den Kopf und bemerkt rechts von sich einen großen Mann, der nicht sitzt. Ein Gefreiter; er raucht eine Zigarette. Das Flugzeug fliegt dröhnend vorbei, umgepflügt wie ein Feld, changiert die Menge von Schwarz zu Weiß, blüht auf: zu Tausenden entfalten sich an Stelle der harten, schwarzen Schädel große Kamelien: Brillen funkeln, Glasscherben mitten unter den Blumen. Der Gefreite hat sich nicht gerührt: er beugt seine breiten Schultern und sieht unter sich auf den Boden. Brunet registriert voller Sympathie, daß er rasiert ist. Der Gefreite dreht sich um und sieht Brunet an: er hat große, trübe übernächtigte Augen; ohne seine platte Nase wäre er beinah schön. Brunet denkt: ‹Ich habe dieses Gesicht schon irgendwo gesehen.› Aber wo? Er erinnert sich nicht mehr: er hat so viele Gesichter gesehen! Er gibt es auf; das ist nicht so wichtig, und außerdem scheint der andere ihn nicht wiedererkannt zu haben. Auf einmal ruft Brunet: «He!» Der Mann blickt auf: «Was?» Brunet ist unzufrieden: er hatte überhaupt keine Lust, den Mann zu rufen. Nur stand der andere und war einigermaßen sauber und rasiert . . . «Komm hierher», sagt Brunet ohne Herzlichkeit. «Wenn du stehen bleiben willst, kannst du dich an die kleine Mauer lehnen.» Der andere bückt sich, hebt sein Gepäck auf, steigt über die Körper und kommt zu Brunet. Er ist kräftig, aber ein bißchen fett, er sagt: «Salut, Alter.» – «Salut», sagt Brunet. – «Ich werde mich hier niederlassen», sagt der Mann. – «Bist du allein?» fragt Brunet. – «Meine Männer sind tot», sagt der andere. – «Meine auch», sagt Brunet. «Wie heißt du?» – «Wie?» fragt der andere. – «Ich frage, wie du heißt.» – «Ach so, ja: Schneider. Und du?» – «Brunet.» Sie schweigen. ‹Was mußte ich diesen Kerl hierherrufen, er wird mich stören.› Brunet sieht auf seine Uhr: fünf; die Sonne steht hinter der Kaserne, aber der Himmel bleibt drückend. Keine Wolke, kein Lufthauch: das tote Meer. Niemand spricht; rings um Brunet legen einige den Kopf in die Arme und versuchen zu schlafen; aber die Unruhe hält sie wach: sie richten sich wieder auf, sie seufzen oder fangen an, sich zu kratzen. «He!» sagt Moûlu. «He, he!» Brunet dreht sich um: hinter ihm geht, von einem deutschen Posten geführt, ein Dutzend Offiziere dicht an den Mauern entlang. «Es gibt also noch welche?» stößt der Blondkopf hervor. «Haben sich nicht alle aus dem Staub gemacht?» Die Offiziere entfernen sich schweigend, ohne jemanden anzusehen; die Männer grinsen verlegen und wenden den Kopf von den Vorbeigehenden ab: als hätten sie voreinander Angst. Brunet sucht Schneiders Blick, und sie lächeln sich an. Unten auf der Erde gibt es eine kleine Explosion von Schreien: der Unteroffizier und der Blondkopf schnauzen sich an. «Alle!» sagt der Blondkopf. «Im Auto, mit dem Motorrad, sie sind alle getürmt und haben uns in der Scheiße gelassen.» Der Unteroffizier verschränkt die Arme: «Daß man sich so was anhören muß. Wirklich trostlos.» – «Die Boches haben es uns ja selbst gesagt», antwortet der Blondkopf. «Sie haben es uns gesagt, als sie uns geschnappt haben, da haben sie zu uns gesagt: ‹Die französische Armee ist eine Armee ohne Führer!›» – «Und den letzten Krieg, haben sie den etwa nicht gewonnen, die Führer?» – «Das waren nicht dieselben.» – «Und ob das dieselben waren! Bloß hatten sie andere Truppen.» – «Und? Haben *wir* etwa den Krieg verloren?

Die einfachen Soldaten? Sag's doch, wenn du schon dabei bist.» – «So ist es», antwortet der Unteroffizier. «Ich sage, daß ihr vor dem Feind ausgerissen seid und Frankreich verraten habt.» Lambert, der ihnen wortlos zuhört, wird rot und beugt sich zu dem Unteroffizier: «Dann sag doch mal, Freundchen, wie es kommt, daß du hier bist, wenn du nicht ausgerissen bist? Glaubst du etwa, du bist auf dem Feld der Ehre gefallen und wir sind hier im Paradies? Mir schwant, daß sie dich gestellt haben, weil du nicht schnell genug stiftengehen konntest.» – «Ich bin nicht dein Freundchen: ich bin Unteroffizier und könnte dein Vater sein. Außerdem bin ich nicht abgehauen: sie haben mich gefangengenommen, als ich keine Patronen mehr hatte.» Von allen Seiten kriechen Männer zu ihnen hin; der Blondkopf ruft sie lachend als Zeugen an: «Hört ihr ihn?» Alles lacht. Der Blondkopf wendet sich wieder dem Unteroffizier zu. «Jawohl, Papa, jawohl, du hast zwanzig Fallschirmjäger abgeschossen und hast ganz alleine einen Panzer aufgehalten. Ich kann dasselbe behaupten: es gibt keine Beweise.» Der Unteroffizier deutet auf drei helle Stellen an seiner Jacke, seine Augen lodern: «Militärmedaille, Ehrenlegion, Kriegskreuz: die habe ich 1914 bekommen, da wart ihr noch nicht mal geboren; das sind meine Beweise.» – «Wo sind denn deine Blechorden?» – «Ich habe sie abgerissen, als die Deutschen kamen.» Alles um ihn herum schreit; sie liegen auf dem Bauch und strekken Kopf und Beine hoch wie Seehunde; sie bellen, und die Leidenschaft rötet ihre Gesichter; der Unteroffizier im Schneidersitz überragt sie, einer gegen alle. «He, sag mal, du Spinner», schreit einer, «meinst du, ich hätte Lust gehabt zu kämpfen, als das Radio von Papa Pétain uns in die Ohren geblasen hat, Frankreich hätte um den Waffenstillstand gebeten?» Und ein anderer: «Sollten wir uns etwa totschießen lassen, während die Generäle in einem historischen Schloß mit den Fritzen herumpalaverten?» – «Warum denn nicht?» antwortet der Unteroffizier aufbrausend. «Der Krieg ist doch zum Totschießen da, oder?» Fassungslos vor Entrüstung schweigen sie eine Sekunde:

der Unteroffizier nutzt das aus, um fortzufahren: «Ich habe euch schon lange durchschaut, euch Jungs vom Jahrgang 40, kleine Drückeberger, Weiberhelden, Nörgelfritzen. Man hat ja nicht mehr gewagt, mit euch zu reden; der Hauptmann mußte seine Mütze in die Hand nehmen, um euch anzusprechen: ‹Verzeihung, Entschuldigung, würde es Sie sehr stören, das Kartoffelschälen zu übernehmen?› Ich habe gedacht: ‹Aufgepaßt! Demnächst wird es krachen, und was machen sie dann, meine harten Burschen, meine schweren Jungs?› Und was kam dann? Urlaub. Als ich gesehen habe, daß es Urlaub gibt, war bei mir Sense! Urlaub! Weil ihr zu aufgeblasen wart, hat man euch zu euren Weibern geschickt, damit sie euch einen runterholen und ein bißchen die Luft ablassen. Hatten wir 1914 etwa Urlaub?» – «Ja, ihr hattet Urlaub, klar hattet ihr welchen.» – «Woher willst du das denn wissen, du Schnösel? Warst du dabei?» – «Ich nicht, aber mein Alter, und der hat's mir gesagt.» – «Dann hat er den Krieg in Marseille mitgemacht, dein Alter. Wir haben nämlich zwei Jahre auf Urlaub gewartet, und selbst dann wurde er wegen dem kleinsten Mist gesperrt. Weißt du, wie lange ich in zweiundfünfzig Kriegsmonaten zu Hause war? Zweiundzwanzig Tage. Jawohl, zweiundzwanzig Tage, Kleiner, da staunst du, was? Und dabei haben mir manche noch gesagt, ich hätte Schwein.» – «Schon gut», sagt Lambert, «erzähl uns nicht dein Leben.» – «Ich erzähle euch nicht mein Leben, ich erkläre euch, warum wir unseren Krieg gewonnen haben und warum ihr euren verloren habt.» Le Blondinets Augen funkeln vor Wut: «Wenn du so schlau bist, kannst du uns vielleicht erklären, warum ihr den Frieden verloren habt?» – «Den Frieden?» sagt der Unteroffizier erstaunt. Die Männer schreien: «Ja, den Frieden, den Frieden! Du hast den Frieden verloren.» – «Ihr», sagt der Blondkopf, «ihr Veteranenaffen, wie habt ihr eure Söhne verteidigt? Habt ihr Deutschland bezahlen lassen? Habt ihr es entwaffnet? Und das Rheinland? Und das Ruhrgebiet? Und der Spanische Bürgerkrieg? Und Abessinien?» – «Und der Versailler Vertrag», sagt ein Langer mit einem

Zuckerhutschädel, «habe ich ihn etwa unterschrieben?» – «Ich etwa?» sagt der Unteroffizier, entrüstet lachend. – «Ja, du! Genau du! Du hast doch gewählt, oder? Ich habe nicht gewählt, ich bin zweiundzwanzig, ich habe noch nie gewählt.» – «Was beweist das?» – «Das beweist, daß du wie ein Idiot gewählt hast und uns in die Scheiße geritten hast. Du hattest zwanzig Jahre Zeit, diesen Krieg vorzubereiten oder zu verhindern, und was hast du gemacht? Ich sag dir nämlich eins, Freundchen, ich bin genauso gut wie du; wenn ich Führer und Waffen gehabt hätte, hätte ich genauso gut gekämpft wie du. Aber womit hätte ich denn kämpfen sollen? Ich hatte nicht mal Patronen.» – «Wer ist schuld?» fragt der Unteroffizier. «Wer hat für Stalin gestimmt? Wer hat wegen jedem Furz gestreikt, nur um den Chef zu ärgern? Wer hat Lohnerhöhungen verlangt? Wer hat sich geweigert, Überstunden zu machen? Autos und Fahrräder, he? Kleine Nutten, bezahlten Urlaub, Sonntage auf dem Land, Jugendherbergen und Kino? Ihr wart stinkfaul. *Ich* habe gearbeitet, sogar sonntags und mein ganzes Scheißleben ...» Der Blondkopf wird knallrot: er kriecht auf allen vieren zu dem Unteroffizier und schreit ihm ins Gesicht: «Sag das noch mal, daß ich nicht gearbeitet habe! Sag das noch mal! Meine Mutter ist Witwe, du Arschloch! Und ich bin mit elf von der Schule abgegangen, um meine Mutter zu unterstützen.» Es wäre ihm zur Not egal, den Krieg verloren zu haben, aber er duldet nicht, daß man ihn beschuldigt, nicht zu arbeiten, Brunet denkt: ‹Aus dem kann man vielleicht was rausholen.› Der Unteroffizier hat sich jetzt auch auf alle viere erhoben, und beide schreien sich Stirn an Stirn an. Schneider hat sich vorgebeugt, als wollte er eingreifen; Brunet legt ihm die Hand auf den Arm: «Laß nur: sie vertreiben sich die Zeit.» Schneider läßt es bleiben und richtet sich mit einem komischen Blick zu Brunet wieder auf. «Na, na», sagt Moûlu, «ihr werdet euch doch nicht schlagen!» Der Unteroffizier setzt sich mit einem Auflachen wieder hin: «Du hast ja recht!» sagt er. «Es ist ein kleines bißchen zu spät, sich zu schlagen: wenn er Rabatz haben wollte, hätte er sich nur die Deutschen vorzuknöpfen brauchen.» Der Blonde zuckt die Achseln und setzt sich auch wieder hin. «Ach, du kotzt mich an!» sagt er. Langes Schweigen: sie sitzen nebeneinander; der Blonde reißt Grasbüschel aus und vergnügt sich damit, sie zu flechten; die anderen warten eine Weile, dann kriechen sie auf allen vieren an ihre Plätze zurück. Moûlu reckt sich und lächelt; er sagt versöhnlich: «Ist doch alles nicht so ernst gemeint! Ist nicht ernst gemeint.» Brunet denkt an die Genossen: sie verloren Schlachten mit zusammengebissenen Zähnen und marschierten von Niederlage zu Niederlage dem Sieg entgegen. Er sieht Moûlu an: ‹Diese Sorte kenne ich nicht.› Er muß sprechen: Schneider ist da, Brunet spricht mit ihm. «Siehst du, Eingreifen war nicht nötig.» Schneider antwortet nichts. Brunet feixt, er äfft Moûlu nach: «Das war nicht so ernst gemeint.» Schneider antwortet nichts: sein massiges, schönes Gesicht bleibt neutral. Das reizt Brunet, und er dreht ihm den Rücken zu: er haßt passiven Widerstand. «Ich möchte was essen», sagt Lambert. Moûlu zeigt auf die Fläche zwischen der Mauer und den Pfählen; er spricht langsam und inbrünstig, er sagt ein Gedicht auf: «Das Essen wird von da kommen, das Gittertor wird aufgehen, die Lastwagen werden reinfahren, und sie werden uns Brot über den Drahtzaun werfen.» Brunet sieht Schneider aus den Augenwinkeln an und lacht: «Siehst du», wiederholt er, «wir brauchen uns gar nicht aufzuregen. Die Niederlage, der Krieg sind nicht so ernst gemeint. Was zählt, ist das Fressen.» Ein kurzes ironisches Leuchten huscht durch Schneiders Augen. Er sagt mitfühlend: «Was haben sie dir getan, Alter? Du scheinst nicht gut auf sie zu sprechen zu sein.» – «Sie haben mir nichts getan», sagt Brunet schroff. «Aber ich höre sie.» Schneider hat die Augen auf seine halb geschlossene rechte Hand gesenkt, er sieht die Nägel an, er sagt mit seiner lauten, gelassenen Stimme: «Es ist schwer, Leuten zu helfen, wenn sie einem nicht sympathisch sind.» Brunet runzelt die Stirn: ‹Mein Gesicht war oft auf der Titelseite der *Humanité* zu sehen, und ich bin leicht zu erkennen.› «Wer sagt dir denn, daß ich ihnen helfen will?» Schneiders Gesicht ist ausdruckslos geworden; er sagt träge: «Wir müssen uns alle gegenseitig helfen.» – «Klar», sagt Brunet. Er ärgert sich über sich selbst: erstens hätte er nicht schimpfen dürfen. Aber vor allem nimmt er sich übel, daß er seine Wut diesem Schwachkopf gezeigt hat, der sich weigert, sie zu teilen. Er lächelt, er beruhigt sich, er sagt lächelnd: «Auf sie habe ich es nicht abgesehen.» – «Auf wen denn?» Brunet sieht Schneider aufmerksam an. Er sagt: «Auf die, von denen sie angeschmiert wurden.» Schneider lacht böse auf. Er korrigiert: «Von denen *wir* angeschmiert wurden. Wir sitzen alle im selben Boot.» Brunet fühlt seine Gereiztheit wiederaufkommen, er erstickt, er sagt nachsichtig: «Meinetwegen. Aber, weißt du, ich habe mir keine Illusionen gemacht.» – «Ich auch nicht», sagt Schneider. «Und was ändert das? Angeschmiert oder nicht, wir sind hier.» – «Ja und? Ob hier oder woanders.» Er ist jetzt ganz ruhig, er denkt: ‹Überall, wo Menschen sind, habe ich meinen Platz und meine Arbeit.› Schneider hat die Augen auf das Portal gerichtet; er sagt nichts mehr. Brunet sieht ihn ohne Antipathie an: ‹Was ist das für einer? Ein Intellektueller? Ein Anarchist? Was hat er im Zivilleben gemacht? Zuviel Fett, ein bißchen nachlässig, aber insgesamt hält er sich gut: vielleicht ist er brauchbar.› Der Abend bricht grau und rosa über die Mauern, über die unsichtbare dunkle Stadt herein. Die Männer haben starre Augen; sie sehen durch die Mauern auf die Stadt; sie denken an nichts, sie regen sich kaum noch, die große Geduld des Soldaten ist mit dem Abend in sie eingekehrt: sie warten. Sie haben auf Post, auf Urlaub, auf den deutschen Angriff gewartet, und so haben sie auf das Ende des Krieges gewartet. Der Krieg ist zu Ende, und sie warten immer noch. Sie warten auf die Lastwagen mit Brot, auf die deutschen Wachposten, auf den Waffenstillstand, nur um ein kleines bißchen Zukunft vor sich zu haben, um nicht zu sterben. Weit weg im Abend, in der Vergangenheit schlägt eine Glocke. Moûlu lächelt: «He, Lambert! Das ist vielleicht der Waffenstillstand.» Lambert lacht; sie zwinkern sich verständnisinnig zu. Lambert erklärt den anderen: «Wir haben verabredet, daß wir dann eine ungeheure Freßorgie machen!» – «Die machen wir am Tag des Friedensschlusses», sagt Moûlu. Der Blondkopf lacht bei dieser Vorstellung, er sagt: «Am Tag des Friedensschlusses besaufe ich mich vierzehn Tage!» – «Vierzehn Tage! Einen Monat!» sagen die Männer um ihn herum. «Wir saufen uns tot, verdammt noch mal!» Man muß nacheinander, geduldig ihre Hoffnungen zerstören, ihre Illusionen kaputtmachen, muß ihnen ihre furchtbare Situation ungeschminkt vor Augen führen, ihnen alles und alle vermiesen, bei ihnen selbst angefangen. Erst dann ... Diesmal sieht Schneider ihn an, als läse er seine Gedanken. Ein harter Blick. Brunet erwidert den Blick. «Das wird schwierig», sagt Schneider. Brunet wartet mit hochgezogenen Augenbrauen. Schneider wiederholt: «Das wird schwierig.» – «Was wird schwierig?» – «Uns ein Bewußtsein zu geben. Wir sind keine Klasse. Einfach nur eine Herde. Wenig Arbeiter: Bauern, Kleinbürger. Wir arbeiten nicht mal: wir sind abstrakt.» – «Keine Sorge», sagt Brunet gegen seinen Willen. «Wir werden arbeiten ...» – «Ja, klar. Aber wie Sklaven, das ist keine Arbeit, die mündig macht, und wir werden immer nur Hilfstruppen sein. Was für eine gemeinsame Aktion kannst du von uns verlangen? Ein Streik gibt den Streikenden das Bewußtsein ihrer Kraft. Aber selbst wenn alle französischen Gefangenen die Arme verschränkten, ginge es der deutschen Wirtschaft deshalb nicht schlechter.» Sie sehen sich kalt an; Brunet denkt: ‹Du hast mich also erkannt; dein Pech, ich werde dich im Auge behalten.› Plötzlich leuchtet Haß in Schneiders Gesicht auf, dann erlischt alles. Brunet weiß nicht, wem dieser Haß galt. Eine Stimme, überrascht und entzückt: «Ein Fridolin!» – «Wo? Wo?» Alles hebt den Kopf. In dem linken Wachturm ist ein Soldat aufgetaucht, er hat einen Helm auf, eine Maschinenpistole in der Faust, eine Handgranate im Stiefel; ein weiterer folgt ihm mit einem Gewehr. «Na also», sagt einer, «es wurde auch Zeit, daß sie sich um uns kümmern.» Alles sieht erleichtert aus: endlich ist die Welt der

Menschen wieder da mit ihren Gesetzen, ihrer Beständigkeit, ihren Verboten; die menschliche Ordnung. Die Köpfe wenden sich dem anderen Wachturm zu. Er ist noch leer, aber die Männer warten vertrauensvoll, wie man auf die Öffnung der Postschalter oder auf das Vorbeifahren des *Train bleu* wartet. Ein Helm taucht über dem Rand der Mauer auf, dann zwei: zwei behelmte Ungeheuer, die zu zweit ein Maschinengewehr tragen, das sie auf sein Gestell montieren und auf die Gefangenen richten. Niemand hat Angst; die Männer machen es sich bequem: die beiden Wachtürme sind besetzt, die Posten auf der Mauer künden eine Nacht ohne Zwischenfälle an; kein Befehl wird die Gefangenen aus ihrem Schlaf reißen und auf die Straßen jagen; sie fühlen sich in Sicherheit. Ein großer Kerl mit einer Stahlbrille hat ein Brevier aus der Tasche gezogen und liest, vor sich hin murmelnd, darin. ‹Er macht Reklame›, denkt Brunet. Aber die Wut gleitet an ihm ab, ohne in ihn einzudringen. Er ruht sich aus. Zum erstenmal seit fünfzehn Jahren schleppt ein Tag sich langsam hin, endet in einem schönen Abend, ohne daß er etwas zu tun hat. Eine uralte Mußestimmung steigt aus seiner Kindheit auf, der Himmel ist da, auf der Mauer, ganz rosa, ganz nah, unbrauchbar. Brunet sieht ihn schüchtern an, dann sieht er auf die Männer zu seinen Füßen, die sich hin und her bewegen, die tuscheln, die ihr Gepäck aus- und einpacken: Emigranten auf dem Deck eines Schiffs. Er denkt: ‹Es ist nicht ihre Schuld›, und er hat Lust, ihnen zuzulächeln. Er denkt, daß ihm die Füße weh tun; er setzt sich neben Schneider und bindet seine Schuhe auf. Er gähnt, er fühlt seinen Körper, nutzlos wie der Himmel, er sagt: «Es wird kühl.» Morgen wird er sich an die Arbeit machen. Auf der Erde ist es grau, er hört ein leises Klappern, ein dichtes, unregelmäßiges leises Geräusch, er horcht, er versucht den Rhythmus herauszufinden, zum Spaß denkt er, daß es Morsen ist, auf einmal denkt er: ‹Da klappert einer mit den Zähnen.› Er richtet sich auf; vor sich erkennt er einen nackten Rücken mit schwarzem Schorf, es ist der Mann, der auf der Straße geschrien hat, er kriecht zu ihm hin: der Mann hat eine Gänsehaut. «He!» sagt Brunet. Der Mann antwortet nicht. Brunet holt einen Pullover aus seinem Beutel. «He!» Er berührt ihn an der nackten Schulter, der Mann fängt an zu brüllen; er dreht sich um und sieht Brunet keuchend an, Rotz läuft ihm aus beiden Nasenlöchern in den Mund. Brunet sieht ihn zum erstenmal von vorn: ein blutjunger, schöner Junge mit blauen Backen und tiefen, aber wimpernlosen Augen. «Reg dich nicht auf, Kleiner», sagt Brunet sanft. «Ich will dir nur den Pullover geben.» Der Mann nimmt den Pullover mit ängstlichem Gesicht, zieht ihn gehorsam an und bleibt regungslos mit ausgebreiteten Armen sitzen. Die Ärmel sind zu lang, sie gehen ihm bis zu den Fingernägeln. Brunet lacht: «Krempel sie um.» Der Mann antwortet nicht, er klappert mit den Zähnen; Brunet nimmt seine Arme und krempelt die Ärmel um. «Heute abend kommt es», sagt der Mann. «Im Ernst?» sagt Brunet. «Und was kommt heute abend?» – «Das Blutbad», sagt der Mann. – «Gut», sagt Brunet. «Gut, gut.» Er wühlt in der Tasche des Mannes, zieht ein schmutziges, blutiges Taschentuch heraus, wirft es weg, nimmt sein eigenes Taschentuch und hält es ihm hin: «Inzwischen kannst du dich ja mal schneuzen.» Der Mann schneuzt sich, steckt das Taschentuch ein und fängt an zu faseln. Brunet streichelt sanft seinen Kopf wie bei einem Tier, er sagt: «Hast ja recht.» Der Mann beruhigt sich, seine Zähne klappern nicht mehr. Brunet wendet sich an seine Nebenmänner: «Wer kennt ihn?» Ein kleiner Dunkelhaariger mit aufgewecktem Gesicht richtet sich auf die Ellbogen auf: «Das ist Charpin», sagt er. – «Sieh ab und zu nach ihm», sagt Brunet. «Damit er keinen Mist macht.» – «Ich behalte ihn im Auge», sagt der Mann. – «Wie heißt du?» fragt Brunet. – «Vernier.» – «Was warst du?» – «Ich war Drucker in Lyon.» Drucker: eine Chance von eins zu drei; ich rede morgen mit ihm. «Gute Nacht», sagt Brunet. – «Gute Nacht», sagt der Drucker. Brunet geht an seinen Platz zurück. Er setzt sich wieder hin, er zieht Bilanz. Moûlu: Kaufmann, das ist sicher. Mit dem ist nicht viel anzufangen. Mit dem Unteroffizier auch nicht: unverbesserlich, ein Cagoule*-Typ. Lambert: ein Nörgler. Augenblicklich unter seinem Zynismus in völliger Auflösung. Kann gewonnen werden. Der Schtimi: ein Bauer. Belanglos. Brunet mag keine Bauern. Der Blondkopf: Lambert und er sind vom selben Kaliber; aber der Blondkopf ist intelligenter, und außerdem achtet er die Arbeit, der ist leicht zu kriegen. Der Drucker: wahrscheinlich ein junger Genosse. Brunet wirft einen Blick auf Schneider, der reglos, mit weit offenen Augen raucht. ‹Mit dem werden wir ja sehen.› Der Priester hat sein Brevier weggelegt, er spricht; neben ihm liegen drei junge Männer und hören ihm mit frommer Zutraulichkeit zu. Schon drei: ‹Er wird mich schlagen, zumindest in der ersten Zeit. Diese Burschen haben es gut›, denkt Brunet. ‹Sie können am hellichten Tag arbeiten; am Sonntag werden sie ihre Messe lesen.› Moûlu seufzt: «Heute abend kommen sie nicht mehr.» – «Wer?» fragt Lambert. – «Die Lastwagen, es ist zu dunkel.» Er streckt sich auf dem Boden aus und legt den Kopf auf seinen Beutel. «Warte», sagt Lambert, «ich habe eine Zeltplane. Wie viele sind wir?» – «Sieben», sagt Moûlu. – «Sieben», sagt Lambert, «das reicht für uns alle. Wir können alle sieben darauf schlafen.» Er breitet seine Plane vor der Treppe aus. «Wer hat Decken?» Moûlu holt seine heraus, der Unteroffizier und der Schtimi falten ihre auseinander; der Blondkopf hat keine. Brunet auch nicht. «Macht nichts», sagt Lambert, «wir kriegen das schon hin.» Ein Gesicht taucht schüchtern und lächelnd aus dem Dunkel auf: «Wenn ihr mich auf der Plane schlafen laßt, teile ich meine Decke.» Lambert und der Blondkopf sehen den Eindringling kalt an: «Für dich ist kein Platz mehr», sagt der Blondkopf. Und Moûlu fügt liebenswürdiger hinzu: «Verstehst du, wir sind hier unter Kameraden.» Das Lächeln entschwindet, von der Nacht verschluckt. Da hat sich mitten in der Menge eine Gruppe gebildet, eine zufällige Gruppe, ohne Freundschaft, ohne wirkliche Solidarität, die sich aber schon gegen die anderen abschließt;

* Name für eine rechtsradikale Vereinigung.

Brunet ist darin. «Komm», sagt Schneider, «wir legen uns beide unter meine Decke.» Brunet zögert: «Später, ich habe noch keine Lust zu schlafen.» – «Ich auch nicht», sagt Schneider. Sie bleiben nebeneinander sitzen, während die anderen sich in ihre Decken einrollen. Schneider raucht wegen der Wachposten hinter vorgehaltener Hand. Er holt ein Päckchen Gauloises heraus, er hält es Brunet hin. «Zigarette? Zum Anstecken gehst du hinter das Mäuerchen, da sehen sie die Flamme nicht.» Brunet hat Lust zu rauchen. Er lehnt ab: «Danke, im Moment nicht.» Er wird doch nicht den Pennäler spielen, er ist keine sechzehn mehr: den Deutschen in Kleinigkeiten nicht gehorchen heißt soviel wie ihre Autorität anerkennen. Die ersten Sterne leuchten auf; jenseits der Mauer, weit weg, hört man schrille Musik, die Musik der Sieger. Über zwanzigtausend zerschlagene Körper rollt der Schlaf hinweg, jeder Körper ist eine Welle. Dieses dunkle Gewoge schnaubt wie das Meer. Brunet hat es allmählich satt, nichts zu tun; einen schönen Himmel nimmt man flüchtig wahr. Lieber schlafen. Er wendet sich gähnend Schneider zu, und plötzlich werden seine Augen hart, er strafft sich: Schneider paßt nicht auf, seine Zigarette ist ausgegangen, und er hat sie nicht wieder angezündet, sie hängt an seiner Unterlippe; er sieht traurig in den Himmel, das ist der richtige Moment, ihm auf den Zahn zu fühlen. «Bist du aus Paris?» fragt Brunet. – «Nein.» Brunet tut unbeteiligt; er sagt: «Ich wohne in Paris, aber ich bin aus Combloux bei Saint-Etienne.» Schweigen. Nach einer Weile sagt Schneider widerwillig: «Ich bin aus Bordeaux.» – «So! So!» sagt Brunet. «Ich kenne Bordeaux gut. Schöne Stadt, aber nichts los, was? Hast du da gearbeitet?» – «Ja.» – «Was denn?» – «Als was ich gearbeitet habe?» – «Ja.» – «Als Sekretär. Bei einem Anwalt.» – «Aha!» sagt Brunet. Er gähnt; er muß unbedingt Schneiders Soldbuch zu sehen bekommen. «Und du?» fragt Schneider. Brunet fährt auf: «Ich?» – «Ja.» – «Vertreter.» – «Für was?» – «Für alles mögliche.» – «Ich verstehe.» Brunet rutscht an dem Mäuerchen herunter, zieht die Knie ans Gesicht und sagt mit schon ferner Stimme, als zöge er vor dem Einschlafen Bilanz über seinen Tag: «Da sitzen wir nun.» – «Da sitzen wir nun», sagt Schneider mit der gleichen Stimme. «Da sitzen wir nun.» – «Schöne Scheiße», sagt Brunet. – «Das war doch klar», sagt Schneider. – «Wenn wir schon besiegt sind», sagt Brunet, «ist es noch ein Glück, daß es so schnell gegangen ist: der Aderlaß ist nicht so schlimm.» Schneider grinst: «Sie werden uns tröpfchenweise zur Ader lassen: das läuft auf dasselbe raus.» Brunet wirft ihm einen Blick zu: «Du scheinst mir ganz schön defätistisch zu sein.» – «Ich bin nicht defätistisch: ich stelle die Niederlage fest.» – «Was für eine Niederlage?» fragt Brunet. «Ich kenne keine Niederlage.» Er unterbricht sich; er denkt, Schneider wird protestieren, aber da irrt er sich. Schneider sieht mit pennälerhaftem Gesicht auf seine Füße: die Zigarettenkippe hängt immer noch in seinem Mundwinkel. Brunet kann jetzt nicht mehr an sich halten: er muß seinen Gedanken entwickeln; aber es ist *nicht mehr* derselbe Gedanke. Wenn dieser Schwachkopf ihn nur ausgefragt hätte, würde Brunet ihn damit ködern; jetzt ekelt es ihn an, zu sprechen: die Wörter werden über diese gleichgültige dicke Masse hinweggleiten, ohne sie anzukratzen. «Die Franzosen halten den Krieg aus Chauvinismus für verloren. Sie bilden sich immer noch ein, sie wären allein auf der Welt, und wenn ihre unbesiegbare Armee eine Schlappe erleidet, reden sie sich ein, alles wäre im Eimer.» Schneider gibt ein leises Schnaufen von sich, Brunet beschließt, sich damit zufriedenzugeben. Er fährt fort: «Der Krieg fängt erst an, alter Freund. In sechs Monaten wird man vom Kap bis zur Behringstraße kämpfen.» Schneider lacht. Er sagt: «*Wir?*» – «Wir Franzosen», sagt Brunet, «müssen den Krieg auf anderen Feldern fortsetzen. Die Deutschen werden unsere Industrie militarisieren wollen. Das Proletariat kann und muß sie daran hindern.» Schneider reagiert nicht; sein athletischer Körper bleibt regungslos. Brunet mag das nicht; das drückende, irritierende Schweigen ist seine Spezialität: er hat sich auf seinem eigenen Terrain schlagen lassen; er wollte Schneider zum Sprechen bringen, und schließlich hat er selbst geplappert. Er schweigt auch, Schneider schweigt weiter: das kann lange dauern. Brunet wird allmählich unruhig: dieser Kopf ist zu leer oder zu voll. Nicht weit von ihnen kläfft einer schwach. Diesmal bricht Schneider das Schweigen. Er spricht mit einer Art Warmherzigkeit: «Hörst du ihn? Er hält sich für einen Hund.» Brunet zuckt die Achseln: es ist nicht der richtige Moment, sich von einem Träumenden rühren zu lassen, ich habe keine Zeit zu verlieren. «Die armen Kerle», sagt Schneider mit dumpfer, bewegter Stimme. «Die armen Kerle!» Brunet schweigt. Schneider fährt fort: «Sie werden nie nach Hause zurückkehren. Nie.» Er hat sich Brunet zugewandt und sieht ihn haßerfüllt an. «Heda!» sagt Brunet lachend. «Sieh mich nicht so an: ich kann nichts dafür.» Schneider fängt an zu lachen, sein Gesicht wird weich, seine Augen erlöschen: «Nein, du kannst wirklich nichts dafür.» Sie schweigen; Brunet kommt ein Gedanke, er rückt näher an Schneider heran und fragt ihn leise: «Wenn du das denkst, warum versuchst du dann nicht zu fliehen?» – «Ach was!» sagt Schneider. – «Bist du verheiratet?» – «Ich habe sogar zwei Kinder.» – «Verstehst du dich nicht mit deiner Frau?» – «Ich? Wir lieben uns sehr.» – «Also?» – «Ach was!» sagt Schneider. «Und du? Wirst du fliehen?» – «Ich weiß nicht», sagt Brunet, «mal abwarten.» Er versucht Schneiders Gesicht zu sehen, aber der Hof ist in Dunkelheit gehüllt; man sieht überhaupt nichts mehr außer dem schwarzen Schatten der Wachtürme gegen den Himmel. «Ich glaube, ich werde mal schlafen», sagt Brunet gähnend. – «Gut», sagt Schneider, «ich auch.» Sie legen sich auf die Zeltplane, schieben ihre Beutel an die Mauer; Schneider faltet die Decke auseinander, und sie wickeln sich darin ein. «Gute Nacht», sagt Schneider. – «Gute Nacht.» Brunet dreht sich auf den Rücken und legt den Kopf auf seinen Beutel, er behält die Augen offen, er fühlt Schneiders Wärme, er ahnt, daß Schneider die Augen aufhat, er denkt: ‹Was mußte ich mir diesen Kerl auf den Hals laden?› Er fragt sich, wer wen manipuliert hat. Hin und wieder fährt zwischen dem Sterngebüsch ein leuchtender Streifen quer über den Himmel; Schneider bewegt sich leise unter der Decke und flüstert: «Schläfst du, Brunet?» Brunet antwortet nicht, er wartet. Ein Moment vergeht, und dann hört er ein leises, näselndes Schnarchen: Schneider schläft, Brunet wacht als einziger, einziges Licht mitten unter diesen zwanzigtausend Nächten. Er lächelt, schließt die Augen und entspannt sich, zwei Araber lachen im Wäldchen: «Wo ist Abd-el-Krim?» Die Alte antwortet: «Ich würde mich nicht besonders wundern, wenn er im Bekleidungsgeschäft wäre.» Genau da sitzt er seelenruhig vor einer Werkbank und brüllt: «Mörder! Mörder!» Er reißt die Knöpfe seiner Tunika ab; jeder Knopf macht beim Abgehen einen kurzen Knall und einen Blitz. «Hinter die Mauer, los!» sagt Schneider. Brunet setzt sich auf, kratzt sich am Schädel, findet eine fremde Nacht voller Geräusche vor: «Was ist denn?» – «Los! Los!» Brunet schlägt die Decke zurück und wirft sich mit Schneider flach hinter das Mäuerchen. Eine Stimme klagt: «Mörder!» Jemand schreit auf deutsch, dann das Knattern der Maschinengewehre. Brunet linst über die Mauer, im Schein der Feuerstöße sieht er ein ganzes Volk verkrüppelter Bäume, die ihre knorrigen, gewundenen Äste in den Himmel recken, seine Augen tun ihm weh, sein Kopf ist leer, er sagt: «Die leidende Menschheit.» Schneider zieht ihn nach hinten: «Die leidende Menschheit kann mich mal: sie schlachten uns ab.» Die Stimme schluchzt: «Wie Hunde! Wie Hunde!» Das Maschinengewehr schießt nicht mehr, Brunet fährt sich mit der Hand über die Stirn, wird ganz wach: «Was geht hier vor?» – «Ich weiß nicht», sagt Schneider. «Sie haben zweimal geschossen; das erstemal vielleicht in die Luft, aber das zweitemal richtig.» Um sie herum raunt der Dschungel: «Was ist denn? Was ist denn? Was war denn los?» Improvisierte Führer antworten: «Seid still, bewegt euch nicht, bleibt liegen»; die Wachtürme sind schwarz vor dem milchigen Himmel, drin sind Männer, die mit dem Finger am Abzug der Maschinengewehre auf der Lauer liegen. Hinter der Mauer kniend, sehen Brunet und Schneider in der Ferne das runde Auge einer Taschenlampe. Sie kommt, von einer unsichtbaren Hand geschwenkt, näher, sie streicht mit ihrer Helligkeit über platte, graue Larven. Zwei heisere Stimmen sprechen deutsch; Brunet bekommt das Licht mitten ins Gesicht; er macht geblendet die Augen zu, eine Stimme fragt mit starkem Akzent: «Wer hat geschrien?» Brunet sagt: «Ich weiß nicht.» Der Unteroffizier steht auf, er ist selig, er steht kerzengerade im elektrischen Licht, zugleich korrekt und zurückhaltend: «Ein Soldat ist verrückt geworden, er hat angefangen zu schreien, seine Kameraden haben Angst gekriegt und sind aufgestanden, da hat der Wachposten geschossen.» Die Deutschen haben nicht verstanden; Schneider redet auf deutsch mit ihnen, die Deutschen schimpfen und reden auch; Schneider dreht sich zu dem Unteroffizier um: «Sie sagen, wir sollen fragen, ob es Verwundete gibt.» Der Unteroffizier richtet sich auf, legt mit einer schneidigen, präzisen Bewegung die Hände um den Mund; er schreit: «Verwundete melden!» Von allen Seiten antworten ihm schwache Stimmen; zwei Scheinwerfer gehen plötzlich an, es schneit feenhaftes Licht, das die demütig daliegende Menge streichelt; Deutsche laufen mit Tragen über den Hof, französische Sanitäter schließen sich ihnen an: «Wo ist der Verrückte?» fragt der deutsche Offizier eifrig. Niemand antwortet, aber der Verrückte steht da, mit weißen, bebenden Lippen, Tränen laufen ihm über die Backen, die Soldaten umringen ihn und ziehen ihn fort, er läßt es sich stumpfsinnig gefallen, er wischt sich mit Brunets Taschentuch Nase und Mund ab. Halb aufgerichtet sehen die Männer diesen Burschen an, der ihr Leid zu Ende gelitten hat; es riecht nach Niederlage und Tod. Die Deutschen verschwinden, Brunet gähnt; das Licht sticht ihm in die Augen; Moûlu fragt: «Was werden sie mit ihm machen?» Brunet zuckt die Achseln, Schneider sagt bloß: «Die Nazis mögen keine Verrückten.» Männer kommen und gehen mit Tragen, Brunet sagt: «Ich glaube, wir können uns wieder hinlegen.» Sie legen sich wieder hin. Brunet lacht: genau an der Stelle, wo er gelegen hat, ist ein Loch in der Zeltplane. Ein Loch mit versengten Rändern. Er zeigt es, Moûlu wird ganz grün, und seine Hände zittern: «Oh!» sagt er. «Oh, oh!» Brunet sagt lächelnd zu Schneider: «Im Grunde hast du mir das Leben gerettet.» Schneider lächelt nicht, er sieht Brunet ernst und verlegen an, er sagt langsam: «Ja. Ich habe dir das Leben gerettet.» – «Vielen Dank immerhin», sagt Brunet und rollt sich in die Decke ein. «Ich schlafe hinter der Mauer», sagt Moûlu. Die Scheinwerfer gehen plötzlich aus, der Wald knistert, knackt, rauscht, wispert. Die Augen voll Sonne, den Kopf voll Schlaf, richtet Brunet sich wieder auf, er sieht auf seine Uhr: sieben; die Männer legen geschäftig die Zeltplanen zusammen und rollen die Decken ein. Brunet fühlt sich dreckig und verklebt: er hat in der Nacht geschwitzt, und das Hemd klebt ihm am Körper. «Meine Fresse», sagt der Blondkopf, «habe ich Kohldampf!» Moûlus Augen befragen melancholisch das große, verschlossene Portal: «Noch ein Tag ohne was zu beißen!» Lambert reißt wütend die Augen auf: «Red das Unglück nicht herbei.» Brunet steht auf, besichtigt den Hof, sieht eine Gruppe rund um einen Gartenschlauch, geht hin: ein splitternackter Dicker läßt sich wie ein Weib kreischend abduschen. Brunet zieht sich aus, ist dran, bekommt einen eiskalten, harten Strahl in den Rücken und auf den Bauch; er zieht sich wieder an, ohne sich abzutrocknen, hält den Schlauch und duscht die drei nächsten ab. Die Dusche hat wenig Liebhaber, die Männer hängen an ihrem Nachtschweiß. «Wer ist dran?» fragt Brunet. Niemand antwortet, er legt den Schlauch wütend wieder hin, er denkt: ‹Sie lassen sich gehen.› Er sieht sich um, er denkt: ‹So. Das sind die Männer.› Das wird hart. Er nimmt die Jacke unter den Arm, um seine Tressen zu verstecken, und geht zu einer halblaut redenden Gruppe, um mal die Stimmung zu erkunden. Es steht neun zu eins, daß sie übers Fressen reden. Brunet hätte nichts dagegen: ein hervorragender Ausgangspunkt, das Fressen; das ist einfach und konkret, das ist echt: einer, der Hunger hat, läßt sich wie Teig bearbeiten. Sie reden nicht übers Fressen: ein großer Dünner mit roten Augen erkennt ihn wieder: «Warst du nicht neben dem Verrückten?» – «Ja», sagt Brunet. – «Was hat er eigentlich gemacht?» – «Er hat geschrien.» – «Das war alles? Scheiße, Mensch. Das Ergebnis: vier Tote, zwanzig Verwundete.» – «Woher weißt du das?» – «Gartiser hat's uns gesagt.» Gartiser ist ein untersetzter Mann mit schlaffen Backen; er hat wichtigtuerische und bekümmerte Augen. «Bist du Sani?» fragt Brunet. Gartiser nickt: ja, er ist Sanitäter, die Fritzen haben ihn in die Ställe hinter der Kaserne mitgenommen, um die Verwundeten zu versorgen. «Einer ist mir unter den Händen weggestorben. Ganz schön blöd», sagt einer. «Ganz schön blöd, hier acht Tage vor der Entlassung zu krepieren.» – «Acht Tage?» fragt Brunet. – «Acht Tage, vierzehn Tage meinetwegen. Sie müssen uns einfach nach Hause schicken, weil sie uns nicht ernähren können.» Brunet fragt: «Und der Verrückte?» Gartiser spuckt zwischen seine Füße: «Red nicht drüber.» – «Was?» – «Sie wollten ihn zum Schweigen bringen, einer hat ihm die Hand auf den Mund gelegt, da hat er ihn gebissen. O Mann! Wenn du die gesehen hättest! Sie haben angefangen in ihrem Kauderwelsch zu brüllen, man hat nichts mehr verstanden, sie stoßen ihn in eine Stallecke, sie prügeln alle auf ihn ein, mit Fäusten, mit den Kolben, zuletzt fanden sie es zum Lachen, und ein paar von unseren Leuten haben sie aufgestachelt, weil dieser Hurensohn an allem schuld wäre. Am Ende sah der Junge gar nicht gut aus, das Gesicht ein einziger Brei und ein raushängendes Auge, sie haben ihn auf eine Trage gelegt und haben ihn weggebracht, ich weiß nicht, wohin, aber sie haben sich wohl weiter mit ihm amüsiert, ich habe ihn nämlich bis drei Uhr morgens brüllen hören.» Er zieht einen kleinen Gegenstand aus der Tasche, der in ein Stück Zeitung eingewickelt ist: «Seht euch das an.» Er faltet das Papier auseinander: «Ein Zahn. Den habe ich heute morgen an der Stelle gefunden, wo er hingefallen ist.» Er packt ihn sorgfältig wieder ein, steckt ihn wieder in die Tasche und sagt: «Ich behalte ihn als Andenken.» Brunet dreht sich um und geht langsam zurück zur Treppe. Moûlu ruft ihm von weitem zu: «Kennst du die Bilanz?» – «Welche Bilanz?» – «Von heute nacht: zwanzig Tote und dreißig Verwundete.» – «Scheiße!» sagt Brunet. – «Nicht schlecht», sagt Moûlu. Er lächelt irgendwie geschmeichelt und wiederholt: «Für eine erste Nacht nicht schlecht.» – «Was müssen die Patronen verschwenden?» fragt Lambert. «Wenn sie uns loswerden wollen, haben sie ein ganz einfaches Mittel: sie brauchen uns nur verhungern zu lassen, wie sie schon angefangen haben.» – «Sie lassen uns nicht verhungern», sagt Moûlu. – «Woher willst du das wissen?» Moûlu lächelt: «Du brauchst es nur zu machen wie ich: sieh das Portal an, das lenkt dich ab, und außerdem werden die Lastwagen da reinkommen.» Motorenlärm übertönt seine Stimme. «Sieh mal das Flugzeug», ruft der Schtimi. Es ist ein Aufklärer, er fliegt in fünfzig Meter Höhe schwarz und glänzend über den Hof, er wendet über die linke Tragfläche, zweimal, dreimal; zwanzigtausend Augen folgen ihm, der ganze Hof dreht sich mit ihm. «Vielleicht bombardieren sie uns», sagt der Blonde mit einer Art Gleichmut. – «Uns bombardieren?» sagt Moûlu. «Warum denn das?» – «Weil sie uns nicht ernähren können.» Schneider sieht das Flugzeug blinzelnd an; er verzieht wegen der Sonne das Gesicht und sagt: «Ich glaube eher, daß sie uns fotografieren . . .» – «Wozu?» fragt Moûlu. Schneider erklärt lakonisch: «Kriegsberichterstatter . . .» Moûlus dicke Backen werden knallrot, seine Angst verwandelt sich in Wut, er richtet sich plötzlich auf, streckt die Arme zum Himmel und fängt an zu schreien: «Streckt ihnen die Zunge raus, Jungs, streckt ihnen die Zunge raus, ich glaube, die fotografieren uns.» Brunet amüsiert sich: bebende Wut ist durch die Menge gegangen; ein Soldat reckt die Faust, ein anderer steckt mit eingezogenen Schultern und vorgeschobenem Bauch den kleinen Finger in den Hosenschlitz und richtet den Daumen wie einen Penis auf das Flugzeug; der Schtimi hat sich auf alle viere fallen lassen: er senkt den Kopf und streckt den Hintern in die Luft: «Meinen Arsch können sie fotografieren.» Schneider sieht Brunet an: «Siehst du», sagt er. «Wir haben noch Reserven.» – «Ach was», sagt Brunet, «das beweist nichts!» Das Flugzeug fliegt in die Sonne davon. «Na», sagt Moûlu, «wird man meine Rübe im *Franqueforteur* sehen?» Lambert ist verschwunden, er kommt ganz aufgeregt wieder: «Ich glaube, man kann sich ganz billig einrichten.» – «Was?» – «Hinter der Kaserne gibt es Möbel, Matratzen, Kannen, Wassertöpfe, man braucht sich nur zu bücken und zuzugreifen, aber dalli, dalli, sonst ist alles weg.» Er sieht seine Kameraden mit glänzenden Augen an: «Kommt ihr mit, Jungs?» – «Und ob», sagt der Blonde und springt auf die Füße. Moûlu rührt sich nicht. «Komm doch, Moûlu», sagt Lambert. – «Nein», sagt Moûlu. «Ich schone mich. Solange ich nicht gegessen habe, rühre ich mich nicht mehr.» – «Dann paß auf die Sachen auf», sagt der Unteroffizier. Er steht auf und läuft hinter den anderen her. Als sie an der Kasernenecke sind, schreit Moûlu ihnen kraftlos nach: «Ihr vergeudet eure Kräfte, ihr Idioten!» Er seufzt, er sieht Schneider und Brunet streng an, er flüstert: «Ich dürfte nicht mal schreien.» – «Gehn wir?» fragt Schneider. – «Was sollen wir denn mit einem Wassertopf?» fragt Brunet. – «Ach, nur um sich die Füße zu vertreten.» Auf der anderen Seite der Kaserne ist noch ein Hof und ein langes, einstöckiges Gebäude mit vier Türen: die Stallungen. In einer Ecke liegen alte Strohsäcke, Matratzen, Gitterbetten, wacklige Schränke und Tische kreuz und quer auf einem Haufen. Die Soldaten drängen sich um diese Abfälle; einer geht mit einer Matratze beladen über den Hof, ein anderer trägt eine Schneiderpuppe aus Korb weg. Brunet und Schneider gehen um die Stallungen herum und entdecken einen kleinen Grashügel. «Sollen wir raufsteigen?» fragt Schneider. – «Meinetwegen.» Brunet ist unbehaglich zumute: ‹Was will der Junge? Freundschaft? Dazu bin ich zu alt.› Oben auf dem Hügel sehen sie drei frisch zugeschüttete Gruben. «Siehst du», sagt Schneider, «sie haben nur drei umgebracht.» Brunet setzt sich neben den Gräbern ins Gras. «Gib mir mal dein Messer.» Schneider gibt es ihm, Brunet klappt es auf und fängt an, seine Tressen abzutrennen. «Du machst einen Fehler», sagt Schneider. «Unteroffiziere sind von der Arbeit befreit.» Brunet zuckt die Achseln, ohne zu antworten, steckt die Tressen in die Tasche und steht auf. Sie kommen in den ersten Hof zurück: die Männer richten sich ein; ein ziemlich schöner Junge mit unverschämtem Gesicht wiegt sich in einem Schaukelstuhl; vor ein aufgebautes Zelt haben zwei Männer einen Tisch und zwei Stühle geschleppt; sie spielen triumphierend Karten; Gartiser kauert im Schneidersitz auf einem Perserbettvorleger mit Brandflecken. «Das erinnert mich an den Flohmarkt», sagt Brunet. – «Oder an einen arabischen Markt», sagt Schneider. Brunet geht zu Lambert: «Was habt ihr mitgebracht?» Lambert hebt stolz den Kopf: «Teller!» sagt er und zeigt auf einen Stoß angeschlagener Teller mit geschwärztem Boden. «Was wollt ihr damit machen? Sie essen?» – «Laß doch», sagt Moûlu. «Dadurch kriegen wir vielleicht was zu beißen.» Der Vormittag zieht sich hin: die Männer sind wieder in Apathie verfallen; sie versuchen zu schlafen oder legen sich auf den Rücken, mit dem Gesicht zum Himmel und starren, mit offenen Augen; sie haben Hunger. Der Blonde reißt Gras aus, das zwischen den Kieseln wächst, und kaut darauf herum; der Schtimi hat sein Messer herausgeholt und schnitzt an einem Stück Holz. Eine Gruppe von Männern macht unter einem verrosteten Kessel Feuer an, Lambert steht auf, geht nachsehen und kommt enttäuscht zurück: «Brennesselsuppe», erklärt er und läßt sich zwischen den Blonden und Moûlu fallen. «Das hat keinen Nährwert.» Ablösung der deutschen Wachposten. «Sie gehen essen», sagt der Unteroffizier abwesend. Brunet setzt sich neben den Drucker. Er sagt zu ihm: «Hast du gut geschlafen?» – «Nicht schlecht», sagt der Drucker. Brunet sieht ihn zufrieden an: er sieht sauber und ordentlich aus und hat einen fröhlichen Glanz in den Augen; die Chancen stehen zwei zu drei. «Sag mal, was ich dich fragen wollte: hast du in Paris gearbeitet?» – «Nein», sagt der Drucker, «in Lyon.» – «Wo denn?» – «In der Druckerei Levrault.» –

«Aha!» sagt Brunet. «Levrault, da weiß ich Bescheid. Ihr habt 1936 einen schönen Streik gemacht, mutig und gut organisiert.» Der Drucker läßt ein gutes, stolzes Lachen hören. Brunet fragt: «Dann hast du also Pernu gekannt?» – «Pernu, den Gewerkschaftsvertreter?» – «Ja.» – «Und ob!» Brunet steht auf: «Komm, wir drehen eine Runde, ich muß mit dir sprechen.» Als sie in dem anderen Hof sind, sieht Brunet ihn an: «Bist du in der Partei?» – Der Drukker zögert, Brunet sagt: «Ich bin Brunet von der *Humanité*.» – «Ach so ist das», sagt der Drucker. «Ich habe schon gedacht ...» – «Hast du Genossen hier?» – «Zwei oder drei.» – «Mutige?» – «Ganz harte. Aber ich habe sie gestern in der Kolonne verloren.» – «Versuch sie wiederzufinden», sagt Brunet. «Und komm mit ihnen zu mir: wir müssen uns organisieren.» Er setzt sich wieder neben Schneider; er wirft ihm einen verstohlenen Blick zu, Schneiders Gesicht ist ruhig und ausdruckslos. «Wie spät ist es?» fragt Schneider. – «Zwei», sagt Brunet. – «Sieh mal, der Hund», sagt der Blonde. Ein großer schwarzer Hund läuft mit hängender Zunge über den Hof; die Männer sehen ihn komisch an. «Wo kommt der denn her?» fragt der Unteroffizier. – «Weiß nicht», sagt Brunet. «Vielleicht war er im Stall.» Lambert hat sich auf den Ellbogen gestützt, er sieht dem Hund verdutzt nach. Er sagt wie zu sich selbst: «Hundefleisch schmeckt nicht so schlecht, wie man sagt.» – «Hast du schon mal welches gegessen?» Lambert antwortet nicht; er macht eine gereizte Handbewegung, dann läßt er sich fatalistisch wieder auf den Rücken fallen: die beiden, die vor dem Zelt Karten spielten, haben ihre Karten auf dem Tisch liegenlassen und sind lässig aufgestanden; der eine trägt eine Zeltplane unter dem Arm. «Zu spät», sagt Lambert. Der Hund verschwindet hinter der Kaserne; sie folgen ihm gemächlich und verschwinden hinter ihm. «Kriegen sie ihn? Kriegen sie ihn nicht?» fragt der Schtimi. Nach einer Weile kommen die beiden Männer zurück: sie haben die Zeltplane um einen riesigen Gegenstand gewickelt und tragen sie jeder an einem Ende wie eine Hängematte. Als sie an Brunet vorbeikommen, fällt ein Tropfen von der Plane herunter und zerspritzt rot auf den Kieseln. «Schlechtes Material», merkt der Unteroffizier an. «Die Plane müßte undurchlässig sein.» Er schüttelt den Kopf, er brummt: «Immer dasselbe. Wie sollten wir da den Krieg gewinnen?» Die beiden Männer werfen ihr Bündel ins Zelt. Der eine kriecht auf allen vieren hinein, der andere geht Holz suchen, um Feuer zu machen. Der Blonde seufzt: «Zwei werden immerhin überleben.» Brunet schläft ein, ein Schrei von Moûlu läßt ihn wieder aufschrecken: «Da! Da! Was zu fressen.» Das Tor geht langsam auf. Hundert Männer sind aufgestanden: «Ein Lastwagen.» Der Lastwagen kommt herein, getarnt, mit Blumen und Blättern auf der Kühlerhaube, ein Frühling, tausend Männer stehen auf, der Lastwagen fährt zwischen die Mauern und die Absperrung. Brunet ist aufgestanden, er wird bis zum Drahtzaun gestoßen, gezogen, geschoben. Der Lastwagen ist leer. Hinten ein Fritz mit nacktem Oberkörper, der ihnen unverschämt entgegensieht. Braune Haut, blondes Haar, lange, sehnige Muskeln, er sieht aus wie ein Luxusmensch, wie einer dieser schönen jungen Männer, die in Sankt Moritz halbnackt Ski laufen. Tausend Augenpaare haben sich auf ihn gerichtet, das amüsiert ihn: mit einem Lächeln sieht er diese ausgehungerten Nachttiere an, die sich an die Gitterstäbe ihres Käfigs drängen, um ihn besser zu sehen. Nach einer Weile lehnt er sich zurück und ruft den Posten auf dem Wachturm etwas zu, die ihm lachend antworten. Die Menge wartet geblendet, sie beobachtet die Bewegungen ihres Herrn genau, sie keucht vor Ungeduld und Freude. Der Fritz bückt sich, nimmt einen Laib Brot vom Boden des Lastwagens, holt ein Messer aus der Tasche, klappt es auf, wetzt es an seinem Stiefel und schneidet eine Scheibe ab. Hinter Brunet hat ein Mann angefangen zu schnaufen. Der Fritz hebt die Scheibe an die Nase und tut so, als beschnupperte er sie voller Wonne mit halbgeschlossenen Augen, die Tiere knurren, Brunet fühlt, wie ihm die Wut die Kehle zuschnürt. Der Deutsche sieht sie wieder an, lächelt, hält das Stück Brot zwischen Zeigefinger und Daumen wie eine Wurfscheibe. Er hat zu kurz geworfen – vielleicht absichtlich –, sie fällt zwischen den Lastwagen und den Zaun. Männer bücken sich schon, um unter dem Draht hindurchzukriechen: der Posten auf dem Wachturm schreit einen knappen Befehl und richtet seine Maschinenpistole auf sie. Die Männer bleiben mit offenem Mund und irren Augen an die Absperrung gedrückt stehen. Dicht hinter Brunet murmelt Moûlu: «Das geht böse aus, ich möchte weg.» Aber die drängende Menge drückt ihn gegen Brunet, er versucht vergebens, sich frei zu machen, er schreit: «Zurück, geht doch zurück, ihr Idioten; seht ihr denn nicht, daß das wieder so wird wie heute nacht?» Auf dem Lastwagen schneidet der Deutsche noch eine Scheibe Brot ab; er wirft sie, sie dreht sich in der Luft und fällt zwischen die erhobenen Köpfe; Brunet wird von einer gewaltigen Strömung erfaßt, er fühlt, wie er hin und her gestoßen, geschoben, geschlagen wird; er sieht Moûlu, den ein Wirbel davonträgt und der die Hände hochhebt, als ertränke er. ‹Ihr Schweine!› denkt er. «Ihr Schweine!» Er möchte die Männer um ihn herum boxen und treten. Eine zweite Scheibe Brot fällt, eine dritte, die Männer schlagen sich; ein Kräftiger reißt aus, er hält eine Scheibe fest in der Hand, er wird eingeholt, umzingelt, er stopft sich die ganze Scheibe in den Mund und schiebt mit der Handfläche nach; man läßt von ihm ab, er geht mit langsamen Schritten und unruhig rollenden Augen weg. Der Fritz hat seinen Spaß, er schleudert Scheiben nach links, nach rechts, er macht Finten, um die Menge hereinzulegen. Ein Stück Brot fällt vor Brunets Füße, ein Obergefreiter sieht es, er taucht nach unten, wobei er Brunet anstößt; Brunet packt ihn an den Schultern und drückt ihn an sich. Schon stürzt sich die Meute auf die im Staub liegende Scheibe Brot. Brunet stellt den Fuß darauf und scharrt mit der Schuhsohle über den Boden. Aber zehn Hände fassen ihn am Bein, ziehen es weg, sammeln die erdigen Brotkrumen auf. Der Obergefreite schlägt wütend um sich: noch ein Stück ist an seinen Schuh gefallen. «Laß mich los, du blöder Hund, du sollst mich loslassen.» Brunet hält stand, der Mann versucht zu schlagen, Brunet pariert mit dem Ellbogen und drückt mit aller Kraft; er ist froh. «Du erdrückst mich», sagt der Mann tonlos. Brunet drückt noch fester, er sieht über seinem Kopf die weißen Brotscheiben fliegen, er drückt, er ist froh, der Mann in seinen Armen gibt nach. «Vorbei», sagt eine Stimme. Brunet legt den Kopf zurück: der Boche klappt gerade sein Messer zu. Brunet lockert den Arm: der Obergefreite taumelt, geht zwei Schritte zur Seite, um sein Gleichgewicht wiederzufinden, hustet und sieht Brunet mit haßerfüllter Verblüffung an. Brunet lächelt; der Mann sieht Brunets Schultern an, zögert, dann murmelt er: «Blöder Hund» und wendet sich ab. Die Menge verläuft sich enttäuscht, kleinlaut. Ein paar Privilegierte kauen noch verschämt mit der Hand vor dem Mund und rollenden Kinderaugen. Der Obergefreite hat sich an einem Pfahl aufgestellt; eine Scheibe Brot liegt im kohlschwarzen Staub zwischen dem Lastwagen und der Absperrung; er sieht sie an. Der Deutsche springt vom Lastwagen, geht an der Mauer entlang, macht die Tür einer Hütte auf. Die Augen des Obergefreiten glänzen; er lauert. Die Posten haben den Kopf abgewandt; er wirft sich auf Hände und Füße, kriecht unter dem Draht hindurch, streckt die Hand aus; ein Brüllen: der Posten legt auf ihn an. Er will zurückkriechen, der andere Posten gibt ihm ein Zeichen, sich nicht zu rühren. Er wartet, leichenblaß, die Hand noch ausgestreckt, den Hintern in der Luft. Der Deutsche vom Lastwagen ist zurückgekehrt, kommt gemächlich näher, hebt den Mann mit der einen Hand hoch und gibt ihm mit der anderen schallende Ohrfeigen. Brunet lacht Tränen. Eine Stimme sagt leise hinter ihm: «Du magst uns nicht besonders.» Brunet zuckt zusammen und dreht sich um. Es ist Schneider. Ein Schweigen tritt ein; Brunet sieht dem Obergefreiten nach, der von dem Fritz mit kräftigen Fußtritten zu der Hütte getrieben wird, dann sagt Schneider mit neutraler Stimme: «Wir haben Hunger.» Brunet zuckt die Achseln: «Warum sagst du ‹wir›? Hast du etwa Brot aufgehoben?» – «Natürlich», sagt

Schneider. «Wie alle anderen auch.» – «Stimmt nicht», sagt Brunet, «ich habe dich gesehen.» Schneider schüttelt den Kopf: «Ob ich nun welches aufgehoben habe oder nicht.» Mit gesenkter Stirn scharrt Brunet mit dem Absatz in der Erde, um die Brotkrumen im Staub zu vergraben; ein seltsames Gefühl läßt ihn abrupt den Kopf heben; im selben Augenblick erlischt etwas in Schneiders Augen, übrig bleibt nur eine schwache Wut, die sein Gesicht vergröbert. Schneider sagt: «Ja, wir sind verfressen! Ja, wir sind feige und unterwürfig. Ist das etwa unsere Schuld? Man hat uns alles genommen, unseren Beruf, unsere Familie, unsere Verantwortung. Um mutig zu sein, muß man was zu tun haben; sonst träumt man. Wir haben *nichts* mehr zu tun, nicht mal uns unser Essen zu verdienen, wir zählen nicht mehr. Wir träumen; wenn wir feige sind, dann im Traum. Gib uns Arbeit, und du wirst sehen, wie wir aufwachen.» Der Fritz ist wieder aus der Hütte herausgekommen; er raucht; der Obergefreite kommt humpelnd hinter ihm her: er trägt Hacke und Schaufel. «Ich habe keine Arbeit für euch», sagt Brunet. «Aber auch ohne Arbeit kann man sich anständig verhalten.» Ein nervöses Zucken hebt Schneiders Oberlippe, sie fällt wieder herunter; Schneider lächelt. «Ich hätte dich für realistischer gehalten. Natürlich kannst du dich anständig verhalten. Aber was ändert das: damit hilfst du keinem, das dient nur deiner persönlichen Genugtuung. Es sei denn», fügte er ironisch hinzu, «du glaubst an die Wirksamkeit eines Vorbilds.» Brunet sieht Schneider kalt an. Er sagt: «Du hast mich erkannt, nicht wahr?» – «Ja», sagt Schneider. «Du bist Brunet von der *Humanité*. Ich habe dein Foto oft gesehen.» – «Hast du die *Humanité* gelesen?» – «Ab und zu.» – «Bist du einer von uns?» – «Nein, aber ich bin nicht gegen euch.» Brunet verzieht den Mund. Über die Körper hinwegsteigend, gehen sie langsam zur Treppe zurück: von der Heftigkeit ihres Verlangens und ihrer Enttäuschung erschöpft, haben die Männer sich wieder hingelegt; sie sind fahl, und ihre Augen glänzen. Die beiden Kartenspieler haben neben ihrem Zelt angefangen, Manille zu spielen; unter dem

Tisch liegen Knochen und Asche. Brunet sieht Schneider verstohlen an; er sucht den vertrauten Zug auf diesem Gesicht wiederzufinden, der ihm am Tag zuvor aufgefallen war. Aber er hat diese große Nase, diese Backen schon zu oft gesehen: sein Eindruck hat sich verflüchtigt. Er sagt gepreßt: «Weißt du, was es heißt, Kommunist zu sein, wenn man in die Hände der Nazis gefallen ist?» Schneider lächelt, ohne zu antworten. Brunet fügt hinzu: «Mit Schwätzern werden wir hart umspringen.» Schneider lächelt immer noch; er sagt: «Ich bin kein Schwätzer.» Brunet bleibt stehen, Schneider bleibt auch stehen, Brunet fragt: «Willst du bei uns mitarbeiten?» – «Was wollt ihr machen?» – «Ich werd's dir sagen. Antworte erst.» – «Warum nicht?» Brunet versucht dieses glatte, etwas weiche große Gesicht zu durchschauen, er sagt, ohne Schneider aus den Augen zu lassen: «Das wird nicht immer witzig sein.» – «Ich habe nichts mehr zu verlieren», sagt Schneider. «Und außerdem wird es mich ablenken.» Sie setzen sich wieder, Schneider streckt sich aus, die Hände im Nacken; er schließt die Augen und sagt: «Trotzdem. Du magst uns nicht besonders, und das beunruhigt mich.» Brunet legt sich auch lang. ‹Was ist das für einer? Ein Sympathisant? Hm! Du hast es gewollt›, denkt er. ‹Du hast es gewollt. Jetzt lasse ich dich nicht mehr los.› Er schläft ein, er wacht wieder auf, es ist Abend, er schläft wieder ein, es ist Nacht, es ist Tag; er richtet sich auf, er sieht sich um, er fragt sich, wo er ist, es fällt ihm wieder ein, sein Kopf ist leer. Der Blondkopf hat sich aufgesetzt, er sieht abgestumpft und düster aus; die Arme hängen zwischen seinen gespreizten Beinen. «Geht's dir nicht gut?» fragt Brunet. – «Nicht besonders, mir ist hundeelend. Glaubst du, sie geben uns heute morgen was zu essen?» – «Ich weiß nicht.» – «Glaubst du, sie wollen uns verhungern lassen?» – «Glaube ich nicht.» – «Ich langweile mich tot!» seufzt der Blondkopf. «Ich bin es nicht gewohnt, nichts zu tun.» – «Dann komm mit und wasch dich.» Der Blonde sieht ohne Begeisterung zu dem Wasserschlauch hinüber: «Das ist bestimmt kalt.» – «Los, komm.» Sie stehen auf, Schneider schläft, Moûlu schläft, der Unteroffizier liegt mit weit offenen Augen auf dem Rücken, er kaut auf seinem Schnurrbart; am Boden sind Tausende von Augen, Tausende von offenen Augen und andere, die von der Hitze und der Sonne allmählich geöffnet werden; der Blonde schwankt: «Scheiße, ich kann mich nicht mehr auf den Beinen halten, ich fliege noch auf die Schnauze.» Brunet entrollt den Schlauch, schließt ihn an den Wasserhahn an und dreht auf. Er fühlt sich schwer. Der Blonde hat sich nackt ausgezogen; er ist zäh und behaart, hat dicke Muskelpakete. Seine Haut wird unter dem Wasserstrahl rot und straff, aber sein Gesicht bleibt grau. «Jetzt ich», sagt Brunet. Der Blonde nimmt den Schlauch, er sagt: «Ist der schwer!» Er läßt ihn los und hebt ihn wieder auf. Er richtet den Strahl auf Brunet, wankt und legt den Schlauch plötzlich hin. Er sagt: «Das haut mich um.» Sie ziehen sich wieder an. Der Blonde bleibt lange mit einer Wickelgamasche in der Hand auf der Erde sitzen, er sieht das Wasser an, das sich zwischen den Kieseln ausbreitet, er folgt den schlammigen Rinnsalen mit den Augen, er sagt: «Wir verlieren unsere Kräfte.» Brunet dreht den Hahn zu, er hilft dem Blonden hoch, er führt ihn zur Treppe zurück. Lambert ist aufgewacht, er sieht sie lachend an: «Ihr geht nicht gerade; ihr seht aus, als wärt ihr voll.» Der Blonde läßt sich auf die Zeltplane fallen, er brummt: «Das hat mich völlig fertiggemacht, das soll mir nicht noch mal passieren.» Er sieht seine zitternden behaarten, großen Hände an: «So was kann man nicht spielen.» – «Komm, wir gehen spazieren», sagt Brunet. – «Nie mehr!» Er rollt sich in seine Decken ein und macht die Augen zu. Brunet geht auf den hinteren Hof; er ist leer; dreißig Runden Dauerlauf. Bei der zehnten Runde wird ihm schwindlig; bei der neunzehnten muß er sich an eine Mauer stützen; aber er hält durch, er will seinen Körper zwingen, er läuft bis zum Schluß und bleibt außer Atem stehen. Sein Herz schlägt bis in die Schläfen, aber er ist glücklich: ‹Der Körper ist da, um zu gehorchen, ich werde das jeden Tag machen, ich werde bis fünfzig gehen.› Er spürt keinen Hunger, er ist glücklich, keinen Hunger zu spüren: ‹Heute ist mein fünfter Fastentag, ich halte mich noch ganz gut.› Er geht auf den vorderen Hof zurück. Schneider schläft immer noch mit offenem Mund; alle Männer liegen reglos und stumm da, sie sehen aus wie Leichen. Brunet würde gern mit dem Drucker reden, aber der Drucker schläft noch. Er setzt sich wieder; sein Herz schlägt immer noch so heftig; der Schtimi fängt an zu lachen. Brunet dreht sich um: der Schtimi lacht, die Augen auf den Stab gesenkt, an dem er schnitzt; er hat schon ein Datum eingraviert; jetzt ritzt er mit der Messerspitze Blumen ein. «Was gibt's da zu lachen?» fragt Lambert. «Findest du das komisch?» Der Schtimi lacht immer noch. Er erklärt, ohne aufzublicken: «Ich lache, weil ich seit drei Tagen nicht geschissen habe.» – «Das ist normal», sagt Lambert. «Was hättest du auch zu scheißen?» – «Manche scheißen aber», sagt Moûlu. «Ich habe welche gesehen.» – «Das sind kleine Glückspilze», sagt Lambert. «Die haben Dosenfleisch mitgebracht.» Der Unteroffizier richtet sich auf. Er sieht Moûlu an und zieht an seinem Schnurrbart: «Na und? Deine Lastwagen?» – «Sie kommen», sagt Moûlu. «Sie kommen.» Aber seine Stimme klingt nicht mehr sehr überzeugend. «Sie werden sich beeilen müssen», sagt der Unteroffizier. «Sonst finden sie niemand mehr vor.» Moûlu sieht immer noch auf das Portal; man hört ein feuchtes, summendes Gurgeln, Moûlu entschuldigt sich, er sagt: «Das ist mein Magen!» Schneider ist aufgewacht. Er reibt sich die Augen, lächelt und murmelt: «Ein Milchkaffee . . .» – «Mit Croissants», sagt der Blonde. – «Ich hätte lieber eine gute Suppe», sagt der Schtimi. «Mit ein bißchen Rotwein drin.» Der Unteroffizier fragt: «Hat keiner Zigaretten?» Schneider reicht ihm sein Päckchen hin, aber Brunet hält ihn gereizt zurück: er mag keine individuelle Großzügigkeit. «Legen wir sie lieber zusammen.» – «Meinetwegen», sagt Schneider. «Ich habe anderthalb Päckchen.» – «Ich ein Päckchen», sagt Brunet. Er zieht es aus der Tasche und legt es auf die Zeltplane. Moûlu holt eine Blechbüchse aus seinem Beutel und macht sie auf: «Ich habe noch siebzehn.» – «Ist das alles?» fragt Brunet. «Lambert, hast du keine?» – «Nein», sagt Lambert. – «Stimmt ja gar nicht», sagt Moûlu, «dein Päckchen war gestern abend noch voll.» – «Ich habe heute nacht welche geraucht.» – «Quatsch! Ich habe dich schnarchen hören.» – «Ach Scheiße!» sagt Lambert. «Ich gebe dem Unteroffizier gern eine, wenn er keine hat, aber wenn ich sie nicht in einen Topf werfen will, ist das meine Sache.» – «Lambert», sagt Brunet, «es steht dir frei, deine Zeltplane zu nehmen und woanders hinzugehen, aber wenn du bei uns bleiben willst, mußt du Mannschaftsgeist beweisen und dich daran gewöhnen, daß alles zusammengelegt wird. Gib deine Zigaretten her.» Lambert zuckt die Achseln und wirft wütend ein Päckchen auf Schneiders Decke. Moûlu zählt die Zigaretten: «Achtzig. Das macht elf pro Nase, und drei müssen ausgelost werden. Teilen wir sie aus?» – «Nein», sagt Brunet. «Wenn du sie austeilst, haben manche heute abend alle geraucht. Ich hebe sie auf. Ihr bekommt an drei Tagen täglich drei; am vierten zwei. Einverstanden?» Die Männer sehen ihn an. Sie begreifen vage, daß sie im Begriff sind, sich einen Führer zu geben. Brunet wiederholt: «Einverstanden?» Eigentlich ist es ihnen egal: sie wollen fressen, *das* interessiert sie. Moûlu zuckt die Achseln und sagt: «Einverstanden.» Die anderen nicken. Brunet teilt an jeden drei Zigaretten aus und steckt die anderen in seinen Beutel. Der Unteroffizier zündet eine an, zieht viermal, macht sie aus und klemmt sie sich hinters Ohr. Der Schtimi nimmt eine von seinen, schneidet das Papier auf und steckt den Tabak in den Mund. «Das betäubt den Hunger», erklärt er kauend. Schneider hat nichts gesagt. Brunet denkt: ‹Vielleicht ist er ein guter Neuzugang.› Er denkt an Schneider und dann noch an etwas anderes; plötzlich fragt er sich, woran er denkt, er kann sich nicht mehr daran erinnern. Er bleibt eine Weile mit starren Augen, eine Hand voller Kieselsteine, sitzen, dann steht er schwerfällig auf: der Drucker ist aufgewacht: «Na?» fragt Brunet. – «Ich weiß nicht, wo sie sind», sagt der Drucker. «Ich bin dreimal auf dem Hof rumgegangen, ich habe sie nicht auftreiben können.» – «Such weiter», sagt Brunet, «verlier nicht den Mut.» Er setzt sich wieder, er sieht auf seine Uhr, er sagt: «Das kann doch nicht sein. Wieviel Uhr habt ihr, Jungs?» – «Fünf nach halb fünf», sagt Moûlu. – «Dann stimmt es, es stimmt tatsächlich. Fünf nach halb fünf, und ich habe nichts getan, ich dachte, es wäre zehn Uhr morgens.» Es kommt ihm vor, als hätte man ihm Zeit gestohlen. ‹Und der Drucker hat seine Kameraden nicht wiedergefunden . . .› Hier ist alles langsam. Langsam, zögernd, kompliziert; man wird Monate brauchen, bis man etwas auf die Beine gestellt hat. Der Himmel ist tiefblau, die Sonne ist stechend. Sie wird nach und nach schwächer, der Himmel wird rosa, Brunet sieht den Himmel an, er denkt an Möwen, er ist müde, sein Kopf brummt, er hat keinen Hunger, er denkt: ‹Ich habe den ganzen Tag keinen Hunger gehabt›, er schläft ein, er träumt, daß er Hunger hat, er wird wach, er hat keinen Hunger, eher eine leichte Übelkeit und einen Feuerreif um den Schädel. Der Himmel ist blau und heiter, die Luft kühl; weit weg, auf dem Land, kräht heiser ein Hahn, die Sonne ist verdeckt, aber ihre Strahlen verbreiten sich als goldener Dunst über der Mauer; große violette Schatten liegen noch über dem Hof. Der Hahn ist verstummt, Brunet denkt: ‹Welche Stille›, es kommt ihm eine Weile so vor, als wäre er allein auf der Welt. Er setzt sich mühsam auf: die Männer sind da, rings um ihn, Tausende von reglosen, liegenden Männern. Wie ein Schlachtfeld. Aber alle Augen sind weit offen. Ringsum sieht Brunet zwischen zerzausten Haaren nach oben gekehrte Gesichter mit lauernden Augen. Er dreht sich zu Schneider um und sieht dessen starre Augen. Er sagt leise: «Schneider! He, Schneider!» Schneider antwortet nicht. In der Ferne sieht Brunet eine lange, weiche, sabbernde Schlange: den Wasserschlauch. Er denkt: ‹Ich muß mich waschen.› Sein Kopf ist schwer, es kommt ihm vor, als zöge er ihn nach hinten, er legt sich wieder hin, er hat den Eindruck zu schweben. ‹Ich muß mich waschen.› Er versucht sich wieder aufzurichten, aber sein Körper gehorcht ihm nicht mehr; seine Beine und Arme sind schlaff, er spürt sie nicht mehr, sie stehen neben ihm wie Gegenstände. Die Sonne kommt über der Mauer zum Vorschein: ‹Ich muß mich waschen›, es ärgert ihn, ein Toter unter diesen Toten mit offenen Augen zu sein, er reißt sich zusammen, er sammelt seine Glieder, er wirft sich nach vorn, jetzt steht er, seine Beine wanken, er schwitzt, er geht ein paar Schritte, er hat Angst zu fallen. Er geht zu dem Drucker, er sagt: «Salut!» Der Drucker richtet sich auf und sieht ihn komisch an. «Salut!» sagt Brunet. «Salut!» – «Willst du dich nicht setzen?» fragt der Drucker. «Geht's dir nicht gut?» – «Mir geht's gut», sagt Brunet. «Mir geht's sogar sehr gut. Ich bleibe lieber stehen.» Er ist nicht sicher, ob er wieder aufstehen kann, wenn er sich setzt. Der Drucker hat sich gesetzt, er sieht frisch und munter aus, seine Haselnußaugen strahlen in seinem hübschen Mädchengesicht. «Einen habe ich wiedergefunden», sagt er fröhlich. «Perrin heißt er. Er ist Eisenbahner in Orléans. Er hat seine Kameraden verloren, er sucht sie. Wenn er sie findet, kommen alle drei mittags hierher.» Brunet sieht auf seine Uhr: es ist zehn, er wischt sich mit dem Ärmel seine schweißnasse Stirn ab, er sagt: «Gut.» Es kommt ihm so vor, als wollte er etwas anderes sagen, aber er weiß nicht mehr, was. Er bleibt eine Weile schwankend über dem Drucker stehen und wiederholt: «Gut! Sehr gut!» Und dann geht er mühsam mit glühendem Kopf wieder los; er läßt sich schwerfällig auf die Zeltplane fallen, er denkt: ‹Ich habe mich nicht gewaschen.› Schneider hat sich auf seinen Ellbogen gestützt und sieht ihn beunruhigt an: «Geht's dir nicht gut?» – «Doch», sagt Brunet gereizt. «Doch, doch. Mir geht's gut.» Er holt ein Taschentuch heraus und legt es sich wegen der Sonne aufs Gesicht. Er ist nicht müde: nicht richtig. Sein Kopf ist leer, und ihm ist, als führe er in einem Fahrstuhl abwärts. Jemand hustet über seinem Kopf. Er reißt sein Taschentuch weg: es ist der Drucker mit drei anderen, Brunet sieht sie überrascht an, er sagt mit belegter Stimme: «Ist es schon zwölf?» Dann versucht er, sich aufzurichten: er schämt sich, daß er überrascht worden ist; er denkt, daß er nicht rasiert ist, daß er genauso schmutzig ist wie die anderen; er gibt sich einen heftigen Ruck und kommt wieder auf die Beine. «Salut», sagt er. Die Männer sehen ihn neugierig an; es sind Jungs, wie er sie mag: solide und sauber, mit harten Augen. Gute Werkzeuge. Er sieht sie an, er denkt: ‹Hier haben sie nur noch mich›, und er fühlt sich besser. Er sagt: «Gehen wir ein Stück?» Sie folgen ihm. Er biegt um die Kasernenecke, geht hinten auf den anderen Hof, dreht sich um, lächelt sie an. «Ich kenne dich», sagt ein Dunkelhäutiger mit geschorenem Schädel. – «Es kam mir auch so vor, als hätte ich dich schon irgendwo gesehen», sagt Brunet. – «Ich war 1937 mal bei dir», sagt der Dunkelhäutige, «ich heiße Stephen; ich war in der Internationalen Brigade.» Die anderen nennen auch ihre Namen: Perrin aus Orléans, Dewrouckère, Bergarbeiter in Lens. Brunet lehnt sich an die Stallmauer. Er sieht sie an, er denkt mürrisch, daß sie jung sind. Er fragt sich, ob sie Hunger haben. «Nun?» sagt Stephen. «Was ist zu tun?» Brunet sieht sie an, er erinnert sich nicht mehr, was er ihnen sagen wollte; er schweigt, er liest Verwunderung in ihren Augen, endlich kriegt er die Zähne auseinander. «Nichts. Vorläufig ist nichts zu tun. Die Stellung halten und in Kontakt bleiben.» – «Willst du mit zu uns kommen?» fragt Perrin. «Wir haben ein Zelt.» – «Nein», sagt Brunet schnell. «Bleiben wir, wo wir sind, und versucht, mit möglichst vielen Männern zusammenzukommen, macht die Genossen ausfindig, versucht ein bißchen rauszukriegen, was die anderen so denken. Und keine Propaganda. Noch nicht.» Dewrouckère verzieht das Gesicht: «Was die denken, weiß ich», sagt er. «Gar nichts. Die denken an ihren Magen.» Brunet kommt es so vor, als hätte sein Kopf angefangen zu schwellen; er macht die Augen halb zu, er sagt: «Das kann sich ändern. Gibt es in euren Abschnitten Priester?» – «Ja», sagt Perrin. «In meinem. Die machen aber eine komische Arbeit.» – «Laßt sie machen», sagt Brunet. «Fallt nicht auf. Und wenn sie sich an euch ranmachen, laßt sie nicht abblitzen. Verstanden?»

Sie nicken, und Brunet sagt: «Wir treffen uns morgen mittag.» Sie sehen ihn an, sie zögern ein bißchen, er sagt mit einem Anflug von Gereiztheit: «Geht! Geht! Ich bleibe hier.» Sie gehen. Brunet sieht ihnen nach, er wartet, bis sie um die Ecke gebogen sind, bevor er einen Fuß vorsetzt: er ist nicht sicher, daß er nicht zusammenbricht. Er denkt: ‹Dreißig Runden Dauerlauf.› Er geht schwankend zwei Schritte, die Wut treibt ihm das Blut ins Gesicht, in seinem Schädel hämmert es heftig: ‹Dreißig Runden, und zwar sofort!› Er reißt sich von der Mauer los, er geht drei Meter, er liegt auf dem Bauch. Er steht wieder auf und fällt wieder hin, er hat sich die Hand aufgescheuert. Dreißig Runden, jeden Tag. Er klammert sich an einen Eisenring in der Mauer, er zieht sich hoch, er nimmt Anlauf. Zehn Runden, zwanzig Runden, seine Beine schlottern, jeder Schritt ist wie ein Fallen, aber er weiß, daß er zusammenbrechen wird, wenn er stehenbleibt. Neunundzwanzig Runden; nach der dreißigsten läuft er um die Kasernenecke und geht erst langsamer, als er auf dem vorderen Hof ist. Er steigt über die Körper, er erreicht die Treppe. Niemand hat sich geregt: eine Bank verendeter Fische, die mit dem Bauch nach oben dahintreiben. Er lächelt. Er allein steht. ‹Jetzt muß ich mich rasieren.› Er hebt seinen Beutel auf, geht zu einem Fenster, nimmt seinen Rasierapparat, lehnt die Spiegelscherbe schräg auf den Fenstersims und rasiert sich trocken; vor Schmerz macht er die Augen halb zu. Sein Rasierapparat fällt herunter, er bückt sich, um ihn aufzuheben, läßt den Spiegel los, der zu seinen Füßen zerbricht, fällt auf die Knie. Diesmal *weiß* er, daß er nicht wieder aufstehen kann. Er kriecht auf allen vieren an seinen Platz und läßt sich auf den Rücken fallen; sein Herz spielt verrückt und schlägt wild in seiner Brust. Bei jedem Schlag durchbohrt eine glühende Spitze seinen Schädel. Schneider hebt wortlos seinen Kopf an und schiebt ihm eine zusammengefaltete Decke unter den Nacken. Wolken ziehen vorbei; eine hat Ähnlichkeit mit einer Nonne, eine andere mit einer Gondel. Jemand zieht ihn am Ärmel: «Aufstehen! Wir ziehen um.» Er steht verständnislos auf, man schiebt ihn zur Treppe, die Tür ist offen; eine stetige Flut von Gefangenen strömt in die Kaserne. Er merkt, daß er eine Treppe hinaufsteigt, er will stehenbleiben, man schiebt ihn von hinten, eine Stimme sagt: «Noch höher.» Er strauchelt, er fällt mit den Händen nach vorn. Schneider und der Drucker haken ihn unter und tragen ihn. Er will sich losmachen, aber er hat nicht die Kraft dazu. Er sagt: «Ich verstehe nicht.» Schneider lacht leise: «Du brauchst was zu essen.» – «Genau wie ihr, nicht mehr.» – «Du bist größer und kräftiger», sagt der Drucker. «Du brauchst mehr.» Brunet kann nicht mehr sprechen; sie schleppen ihn bis auf den Dachboden hinauf. Ein langer, dunkler Flur geht vom einen Ende der Kaserne zum anderen. Auf beiden Seiten des Flurs sind Verschläge mit Holzgittern dazwischen. Sie gehen in einen hinein. Drei leere Kisten, das ist alles. Kein Fenster. Alle zwei oder drei Verschläge ist eine Luke; die des Nachbarverschlags gibt ihnen seitlich einfallendes Licht, das die langen Schatten der Holzstäbe schräg auf den Fußboden wirft. Schneider breitet seine Decke auf dem Boden aus, und Brunet läßt sich darauffallen. Er sieht einen Augenblick das über ihn gebeugte Gesicht des Druckers, er sagt: «Bleib nicht hier, quartier dich weiter hinten ein, und komm morgen mittag hierher.» Das Gesicht verschwindet, und der Traum beginnt. Der Schatten der Gitterstäbe kriecht langsam über den Fußboden, kriecht und dreht sich über die auf dem Rücken liegenden Körper, klettert über die Kisten, dreht sich, dreht sich, verblaßt, die Nacht steigt an der Wand hoch; durch die Gitterstäbe sieht die Luke aus wie eine Quetschung, eine blasse Quetschung, ein blauer Fleck und dann, auf einmal, wie ein helles, fröhliches Auge, die Gitterstäbe fangen wieder an zu kreisen, sie drehen sich, der Schatten dreht sich wie ein Leuchtfeuer, das Tier ist im Käfig, Menschen bewegen sich einen Moment und verschwinden, das Schiff treibt mit all seinen in ihren Käfigen verhungerten Sträflingen ab. Eine Streichholzflamme, ein Wort, in roten Buchstaben schräg auf eine der Kisten gemalt, taucht aus dem

Halbdunkel auf: ZERBRECHLICH, im Nachbarkäfig sind Schimpansen, die ihre neugierigen Köpfe an die Gitterstäbe drücken, die ihre langen Arme durch die Gitterstäbe stecken, sie haben traurige und faltige Augen, der Affe ist das Tier, das nach dem Menschen die traurigsten Augen hat. Etwas ist geschehen, er fragt sich, was geschehen ist, eine Katastrophe. Was für eine Katastrophe? Vielleicht ein Erkalten der Sonne? Eine Stimme ertönt in der Tiefe der Käfige: «Eines Abends werde ich Ihnen zärtliche Dinge sagen.» Eine Katastrophe, keiner kann ihr entgehen. Was für eine Katastrophe? Was wird die Partei tun? Ein köstlicher Geschmack von frischer Ananas, ein junger, etwas fröhlicher, kindlicher Geschmack, er kaut die Ananas, er zermalmt ihre weichen nachgiebigen Fasern, wann habe ich zum letztenmal welche gegessen? Ich habe Ananas gemocht, das war wie wehrloses, entrindetes Holz; er kaut. Der junge, gelbe Geschmack von zartem Holz *steigt* sanft aus seiner Kehle wie das zögernde Aufgehen der Sonne, er entfaltet sich auf der Zunge, er will etwas *sagen*, was will er sagen, dieser Sonnensirup? Ich habe Ananas gemocht, oh, es ist lange her, das war damals, als ich Skifahren, die Berge, Boxen, kleine Segeljachten, Frauen liebte. Zerbrechlich. Was ist zerbrechlich? Wir sind alle zerbrechlich. Der Geschmack auf der Zunge kreist, ein Sonnenwirbel, ein uralter, vergessener Geschmack, ich hatte mich vergessen, *das Flimmern der Sonne in den Kastanienblättern, der Sonnenregen auf meiner Stirn, ich las in der Hängematte, das weiße Haus hinter mir, hinter mir die Touraine, ich liebte die Bäume, die Sonne und das Haus, ich liebte die Welt und das Glück, oh, früher!* Er regt sich, er schlägt um sich: «Ich habe was zu tun, ich habe gleich etwas zu tun.» Er hat eine dringende Verabredung, mit wem? Mit der Krupskaja. Er fällt zurück: Zerbrechlich. Was habe ich mit denen gemacht, die mich liebten; sie haben mir gesagt: ‹Du liebst uns nicht genug.› Sie haben mich erwischt, sie haben mich entrindet, *ein junger, zarter Trieb, klebrig vor Saft*, wenn ich hier rauskomme, esse ich eine ganze Ananas. Er richtet sich halb auf, eine dringende Verabredung, er fällt zurück in eine stille Kindheit, in einen Park, *biegt das Gras auseinander, und ihr werdet eine Sonne finden; was hast du mit deinen Begierden gemacht?* Ich habe keine Begierden, ich bin eine Rinde, der Saft ist abgestorben; die Affen an den Gitterstäben sehen ihn mit ihren fiebrigen Augen an, etwas ist geschehen. Er erinnert sich, er richtet sich auf, er ruft: «Der Drucker.» Er fragt: «Ist der Drucker gekommen?» Niemand antwortet, er fällt in seinen klebrigen Saft zurück, in die SUBJEKTIVITÄT, wir haben den Krieg verloren, und ich werde hier krepieren, Mathieu beugt sich vor und flüstert: ‹Du hast uns nicht genug geliebt, du hast uns nicht genug geliebt›, die Affen lachen schallend und schlagen sich auf die Schenkel: ‹Du hast nichts geliebt, nein, nein, gar nichts.› Der Schatten der Gitterstäbe dreht sich langsam auf seinem Gesicht, Schatten, Sonne, Schatten, das macht ihm Spaß. Ich bin in der Partei, ich liebe die Genossen; mit den anderen habe ich keine Zeit zu verlieren, ich habe eine Verabredung. ‹Eines Abends werde ich Ihnen zärtliche Dinge sagen, eines Abends werde ich Ihnen sagen, daß ich Sie liebe.› Er hat sich aufgesetzt, er schnauft, er sieht sie an, Moûlu lächelt selig zur Decke hinauf, ein kühler Schatten streichelt ihn, gleitet über seine Backe, die Sonne läßt seine Zähne aufblitzen: «He, Moûlu!» Moûlu lächelt immer noch, er sagt, ohne sich zu regen: «Hörst du sie?» – «Was soll ich hören?» fragt Brunet. – «Die Lastwagen.» Er hört nichts; er hat Angst vor dem ungeheuren Verlangen, das ihn plötzlich überwältigt, dem Verlangen zu leben, dem Verlangen zu lieben, weiße Brüste zu liebkosen, Schneider liegt rechts von ihm, er ruft ihn zu Hilfe: «He, Schneider!» Schneider antwortet mit schwacher Stimme: «Mir geht's schlecht.» Brunet sagt: «Hol dir die Zigaretten aus meinem Beutel. Drei pro Tag.» Sein Kreuz rutscht über den Fußboden, er liegt wieder mit zurückgelehntem Kopf, er sieht an die Decke, ich liebe sie, natürlich liebe ich sie, aber *sie müssen nützlich sein*, was ist das für ein Verlangen? Der Körper, der sterbliche Körper, ein Wald von Begierden, auf jedem Ast ein Vogel, sie servieren den westfälischen Schinken auf Holzbrettchen, das Messer schneidet das Fleisch, man spürt beim Schneiden das leichte Haften des feuchten Holzes, sie haben mich erwischt, ich bin nichts als ein Verlangen, und wir sitzen alle in der Scheiße, und ich werde hier krepieren. Was für ein Verlangen? Man hebt ihn an, man setzt ihn auf, Schneider löffelt ihm Suppe ein: «Was ist das?» – «Gerstensuppe.» Brunet lacht: das war es, nur das. Dieses gewaltige, verwerfliche Verlangen war nur Hunger. Er schläft ein, man wacht bei ihm, er ißt seine zweite Suppe. Er spürt ein Brennen im Magen; die Gitterstäbe drehen sich, die Stimme ist verstummt; er sagt: «Einer hat gesungen.» – «Ja», sagt Moûlu. – «Er singt nicht mehr.» – «Er ist tot», sagt Moûlu. «Sie haben ihn gestern weggetragen.» Noch eine Suppe und diesmal mit Brot. Er sagt: «Es geht besser.» Er setzt sich ohne Hilfe auf, er lächelt: ‹Die Kindheit, die Liebe, die ‚Subjektivität', das war nichts: nichts als ein Traum in entkräftetem Zustand.› Fröhlich ruft er Moûlu an: «Na, sind die Lastwagen doch noch gekommen?» – «Jawohl!» sagt Moûlu. «Jawohl!» Moûlu kratzt mit seinem Messer auf einem Kommißbrot herum, er bohrt hinein und schneidet es an manchen Stellen aus, schnitzt es. Er erklärt, ohne aufzusehen: «Das ist übriggebliebenes Kommißbrot, es ist schimmlig. Wenn du die blauen Stellen ißt, kriegst du Dünnpfiff, aber drumrum, das kann man essen.» Er gibt Brunet einen Streifen Brot, den nächsten steckt er in seinen großen Mund und sagt stolz: «Sechs Tage haben wir nichts zu fressen gehabt. Ich bin fast verrückt geworden.» Brunet lacht, er denkt an die ‹Subjektivität›: «Ich auch», sagt er. Er schläft ein, er wird von der Sonne geweckt, er fühlt sich noch schwach, aber er kann aufstehen. Er fragt: «Hat der Drucker mich besucht?» – «Ach weißt du, in den letzten Tagen haben wir nicht so sehr auf Besucher geachtet.» – «Wo ist Schneider?» fragt Brunet. – «Ich weiß nicht.» Brunet geht auf den Flur; Schneider spricht mit dem Drucker; beide lachen. Brunet sieht sie gereizt an. Der Drucker kommt zu ihm, er sagt: «Schneider und ich, wir haben gearbeitet.» Brunet dreht sich zu Schneider um, er denkt: ‹Er schleicht sich überall ein.› Schneider lächelt ihn an, er sagt: «Wir sind seit vorgestern überall ein bißchen rumgelaufen, wir haben neue Genossen ausfindig gemacht.» – «Hm!» sagt Brunet unfreundlich. «Ich muß sie sehen.» Er geht die Treppe hinunter, Schneider und der Drucker gehen hinter ihm her. Auf dem Hof bleibt er stehen und zwinkert geblendet: ein schöner Tag. Auf den Treppenstufen sitzen friedlich rauchende Männer, sie sehen aus, als wären sie zu Hause, sie ruhen sich nach der Mühsal der Woche aus; hin und wieder nickt einer und läßt ein paar Worte fallen, dann nicken alle. Brunet sieht sie wütend an, er denkt: ‹Da haben wir's! Sie richten sich häuslich ein.› Der Hof, die Wachtürme, die Mauer gehören *ihnen*, sie sitzen vor ihrer Tür, sie kommentieren mit bedächtiger bäuerlicher Weisheit alle Vorkommnisse im Dorf: ‹Was kann man mit solchen Kerlen anfangen? Etwas besitzen ist ihre Passion; man steckt sie in den Knast, und nach drei Tagen weiß man nicht mehr, ob sie Gefangene oder Besitzer des Gefängnisses sind.› Andere gehen spazieren, zu zweit oder zu dritt, sie laufen munter herum, sie plaudern, sie lachen, sie schwenken um: Bürger, die eine Parade machen. Fahnenjunker in Phantasieuniformen kommen vorbei, ohne jemanden anzusehen, und Brunet hört ihre vornehmen Stimmen: «Nein, alter Freund, entschuldige bitte, sie haben sich nicht für zahlungsunfähig erklärt; es war zwar die Rede davon, aber die Banque de France hat sie wieder flottgemacht.» Dicht umringt spielen zwei Männer mit Brille auf ihren Knien Schach; ein kahlköpfiges Männchen liest mit gerunzelter Stirn; ab und zu legt er sein Buch weg und schlägt aufgeregt in einem Riesenschinken nach. Brunet tritt hinter ihn: der Schinken ist ein Wörterbuch. «Was machst du da?» fragt Brunet. – «Ich lerne Deutsch.» Rings um den Wasserschlauch kreischen splitternackte Männer und stoßen sich lachend herum; auf einen Pfahl gestützt, plaudert der Elsässer Gartiser auf deutsch mit einem deutschen Posten, der ihm nickend zuhört. Ein Bissen Brot hat genügt! Ein Bissen Brot, und dieser trostlose Hof, in dem die besiegte Armee mit dem Tode rang, hat sich in einen Strand, ein Sonnenbad, einen Jahrmarkt verwandelt. Zwei splitternackte Männer bräunen sich, auf einer Decke liegend, in der Sonne; Brunet würde ihre goldbraunen Hintern am liebsten mit Fußtritten traktieren: steckt ihre Dörfer, ihre Städte an, schickt sie ins Exil, sie werden überall versessen ihr eigensinniges kleines Glück, ihr Armeleuteglück wiederaufbauen; und damit soll man nun arbeiten. Er kehrt ihnen den Rücken zu und geht auf den anderen Hof, er bleibt betroffen stehen: Rücken, Tausende von Rücken, das Bimmeln eines Glöckchens, Tausende von Schädeln neigen sich. «Nicht zu fassen!» sagt er. Schneider und der Drucker lachen: «Na ja, heute ist Sonntag. Wir wollten dich überraschen.» – «Ach deshalb!» sagt Brunet. «Heute ist Sonntag!» Er sieht sie entgeistert an: welcher Starrsinn! Sie haben sich einen synthetischen Sonntag fabriziert, einen richtigen Stadt- und Landsonntag, weil sie auf einem Kalender gelesen haben, daß heute Sonntag ist. Auf dem anderen Hof war Sonntag auf dem Dorf, Sonntag auf der Provinzhauptstraße, hier ist Sonntag in der Kirche; fehlt nur noch das Kino. Er wendet sich an den Drucker: «Kein Kino heute abend?» Der Drucker lächelt: «Die *Jeunesse ouvrière chrétienne* macht ein ‹Feuer›.» Brunet ballt die Fäuste, er denkt an die Pfaffen, er denkt: ‹Die haben ganz schön gearbeitet, während ich krank war. Man darf nie krank werden.› Der Drucker sagt schüchtern: «Ein schöner Tag.» – «Natürlich», stößt Brunet hervor. Natürlich: ein schöner Tag. Ein schöner Tag über ganz Frankreich: die herausgerissenen und verbogenen Gleise glänzen in der Sonne, die Sonne vergoldet die vergilbten Blätter der entwurzelten Bäume, das Wasser schillert in den Bombenkratern, die Toten verwesen in den Kornfeldern, und ihr Bauch summt unter einem wolkenlosen Himmel. Habt ihr schon vergessen? Die Menschen sind wie Gummi. Die Köpfe haben sich wieder gehoben, der Priester spricht. Brunet versteht nicht, was er sagt, aber er sieht sein rotes Gesicht, seine grauen Haare, seine Stahlbrille und seine kräftigen Schultern; er erkennt ihn wieder: es ist der Kerl mit dem Brevier, der ihm am ersten Abend aufgefallen war. Er geht näher hin. Zwei Schritte von ihm entfernt hört der schnurrbärtige Unteroffizier mit leuchtenden Augen und demütiger Miene begeistert zu: «... daß viele von euch gläubig sind, ich weiß aber auch, daß andere mir nur aus Neugier zuhören, um sich zu bilden, oder einfach nur, um die Zeit totzuschlagen. Ihr seid alle meine Brüder, meine lieben Brüder, meine Waffenbrüder und meine Brüder in Gott, ich spreche zu euch allen, Katholiken, Protestanten, Atheisten, denn das Wort Gottes richtet sich an alle. Die Botschaft, die ich an diesem Tag der Trauer, der auch der Tag des Herrn ist, an euch richte, besteht aus folgenden schlichten Worten: ‹Verzweifelt nicht!› ... denn die Verzweiflung ist nicht nur eine Sünde wider die wunderbare göttliche Güte: selbst die Ungläubigen werden mir zustimmen, daß sie ein Anschlag des Menschen auf sich selbst ist und, wenn ich so sagen darf, ein moralischer Selbstmord. Sicher sind unter euch, meine lieben Brüder, welche, die, von einer sektiererischen Lehre getäuscht, gelernt haben, im wunderbaren Ablauf der Ereignisse unserer Geschichte nur eine Abfolge unbedeutender und zusammenhangloser Zufälle zu sehen. Sie werden auch heute wiederholen, daß wir besiegt wurden, weil wir nicht genug Panzer hatten, weil wir nicht genug Flugzeuge hatten. Von denen hat der Herr gesagt, sie hätten Ohren, nicht zu hören, und Augen, nicht zu sehen, und als sich der göttliche Zorn über Sodom und Gomorrha entlud, fanden sich in den gottlosen Städten sicher verstockte Sünder, die behaupteten, der Feuerregen, der ihre Städte in Schutt und Asche legte, sei nur ein atmosphärischer Niederschlag oder ein Meteor. Meine Brüder, versündigten jene sich nicht an sich selbst? Denn wenn der Blitz nur zufällig auf Sodom niedergefahren ist, gibt es kein Menschenwerk, gibt es keine Frucht seiner Geduld und seines Fleißes, die nicht von einem Tag auf den anderen ohne Sinn und Verstand von blinden Kräften zunichte gemacht werden kann. Warum bauen? Warum pflanzen? Warum eine Familie gründen? Hier stehen wir, besiegt und gefangen, in unserem berechtigten Nationalstolz gedemütigt, an unseren Körpern leidend, ohne Nachricht von unseren Lieben. Ja und? Das alles sollte ohne Ziel sein? Ohne andere Ursache als das Spiel mechanischer Kräfte? Wenn das wahr wäre, meine Brüder, dann sage ich euch: wir müßten uns der Verzweiflung anheimgeben, denn nichts ist entmutigender und ungerechter, als für nichts zu leiden. Aber, meine Brüder, ich frage nun diese Freigeister: ‹Und warum hatten wir nicht genug Panzer? Warum hatten wir nicht genug Geschütze?› Gewiß werden sie antworten: ‹Weil wir nicht genug produzierten.› Und da enthüllt sich plötzlich das Antlitz des sündigen Frankreichs, das seit einem Vierteljahrhundert seine Pflichten und seinen Gott vergessen hatte. Warum nämlich produzierten wir nicht genug? Weil wir nicht arbeiteten. Und woher, meine Brüder, rührt diese Welle der Faulheit, die über uns gekommen war wie die Heuschrecken über die Felder Ägyptens? Weil wir durch unsere inneren Zwistigkeiten entzweit waren: die von zynischen Agitatoren angeführten Arbeiter waren so weit gekommen, daß sie ihre Arbeitgeber haßten; die von Egoismus verblendeten Arbeitgeber kümmerten sich wenig darum, die berechtigtsten Forderungen zu erfüllen; die Kaufleute waren neidisch auf die Beamten, die Beamten lebten wie die Made im Speck; anstatt in Ruhe und Frieden im Interesse der Allgemeinheit zu diskutieren, gerieten unsere Abgeordneten im Parlament aneinander, beschimpften sich und wurden manchmal sogar handgreiflich. Und warum diese Zwietracht, meine lieben Brüder, warum diese Interessenkonflikte, warum dieser Sittenverfall? Weil ein niedriger Materialismus sich wie eine Epidemie im Lande ausgebreitet hatte. Und was ist Materialismus anderes als der Zustand des Menschen, der sich von Gott abgewandt hat: er denkt, daß er aus Erde ist und wieder zu Erde wird, seine einzige Sorge sind seine irdischen Interessen. Ich antworte unseren Skeptikern: ‹Ihr habt recht, meine Brüder: wir haben den Krieg verloren, weil wir nicht genug *Material* hatten. Aber ihr habt nur teilweise recht, weil eure Antwort *materialistisch* ist, und weil ihr Materialisten seid, sind wir besiegt worden.› Das Frankreich als älteste Tochter der Kirche hat die glänzende Reihe seiner Siege in die Geschichte eingeprägt; das gottlose Frankreich hat die Niederlage von 1940 erlitten.» Er macht eine Pause; die Männer hören schweigend, mit offenem Mund zu; der Unteroffizier nickt zustimmend. Brunet richtet den Blick wieder auf den Priester; er ist betroffen von dessen triumphierender Miene: seine glänzenden Augen schweifen vom einen Ende des Publikums zum anderen, seine Backen röten sich, er hebt die Hand und ergreift mit beinah fröhlichem Schwung wieder das Wort: «Daher, meine Brüder, geben wir die Vorstellung auf, unsere Niederlage sei eine Frucht des Zufalls: sie ist zugleich unsere Strafe und unsere Schuld. Nicht Zufall, meine Brüder: Sühne; das ist die frohe Botschaft, die ich euch heute bringe.» Er macht wieder eine Pause und forscht in den ihm zugewandten Gesichtern, um die erzielte Wirkung abzuschätzen. Dann beugt er sich vor und fährt mit einschmeichelnderer Stimme fort: «Eine harte und unerfreuliche Botschaft, das gebe ich zu, aber dennoch eine frohe Botschaft. Verkündet man dem, der sich für das unschuldige Opfer einer Katastrophe hält und verständnislos die Hände ringt, nicht eine frohe Botschaft, wenn man ihm offenbart, daß er seine eigene Schuld sühnt? Deshalb sage ich euch: freut euch, meine Brüder! Freut euch aus der Tiefe eurer Not, denn wo Schuld ist und wo Sühne ist, ist auch Erlösung. Und ich sage euch: freut euch abermals, freut euch im Hause eures Vaters, denn es gibt einen weiteren Grund, euch zu freuen. Unser Herr, der für alle Menschen gelitten hat, der unsere Schuld auf sich genommen hat, der gelitten hat und noch leidet, sie zu sühnen, Unser Herr hat euch erwählt. Ja, euch alle, Bauern, Arbeiter, Bürger, die ihr nicht ganz unschuldig und gewiß nicht die Schuldigsten seid, er hat euch für ein unvergleichliches Los erwählt: er hat bestimmt, daß eure Leiden wie die seinen die Sünden und Vergehen ganz Frankreichs sühnen, daß Gott nicht aufgehört hat zu lieben und daß er wider Willen gestraft hat. Meine Brüder, hier muß entschieden werden: entweder werdet ihr seufzen, euch die Haare raufen und sagen: ‹Warum widerfährt mir dieses Unglück. Mir und nicht meinem Nachbarn, der ein böser Reicher war, mir und nicht den Politikern, die mein Land ins Verderben geführt haben?› Dann hat nichts mehr einen Sinn, ihr könnt nur noch in Haß und Groll sterben. Oder ihr werdet sagen: ‹Wir waren nichts, und nun sind wir die Auserwählten im Leiden, die Laienbrüder, die Märtyrer.› Während ein Mann der Vorsehung, ein würdiger Sohn derer, die der Herr immer geschickt hat, wenn Frankreich kurz vor dem Untergang stand . . .» Brunet macht sich auf Zehenspitzen davon. Er findet Schneider und den Drucker an die Kasernenwand gelehnt wieder. Er sagt: «Er versteht sein Geschäft.» – «Und ob!» sagt der Drucker. «Er liegt zwei Buden von mir entfernt, abends hört man nur ihn: er übt sich an den Kameraden.» Zwei Männer gehen an ihnen vorbei, ein großer Dünner mit langem Schädel, der einen Kneifer trägt, und ein kleiner Dicker mit verächtlichem Mund. Der Große sagt mit sanfter, passender Stimme: «Er hat sehr gut gesprochen. Sehr einfach. Und er hat gesagt, was gesagt werden mußte.» Brunet lacht: «Kann man wohl sagen!» Sie gehen ein paar Schritte. Der Drucker sieht Brunet vertrauensvoll an; er fragt: «Nun?» – «Nun», wiederholt Brunet. – «Was hältst du von der Predigt?» – «Es ist Gutes und Schlechtes dran. In gewisser Weise arbeitet er für uns: er hat ihnen erklärt, daß die Gefangenschaft keine Vergnügungsreise wird; und ich glaube, daß er da ein bißchen dick auftragen wird: das liegt in seinem Interesse wie in unserem. Solange die Jungs sich einbilden, daß sie ihre Freundin Ende des Monats wiedersehen, kann man nichts mit ihnen anfangen.» – «He?» Die schönen Augen des Druckers sind weit aufgerissen, seine Backen sind grau. Brunet fährt fort: «In der Hinsicht ist es in Ordnung, ihr könnt euch seiner sogar bedienen. Ihr sprecht unter vier Augen mit euren Männern und sagt ihnen: ‹Hast du den Pfaffen gehört? Er hat gesagt, daß uns der Arsch ganz schön auf Grundeis gehen wird›.» Der Drucker fragt mühsam: «Meinst du denn, daß es lange dauert?» Brunet sieht ihn hart an: «Glaubst du an den Weihnachtsmann?» Der Drucker schweigt, er schluckt; Brunet wendet sich an Schneider und fährt fort: «Andererseits habe ich allerdings nicht gedacht, daß sie so schnell Stellung beziehen würden, ich dachte, sie würden erst mal abwarten. Von wegen; seine Predigt war ein regelrechtes politisches Programm: Frankreich, die älteste Tochter der Kirche, und Pétain Führer der Franzosen. Zum Kotzen.» Plötzlich sieht er den Drucker an: «Was hält man in deiner Umgebung von ihm?» – «Die Männer mögen ihn.» – «So?» – «Man kann ihm nicht viel vorwerfen. Er teilt alles, was er hat; aber er läßt es dich spüren. Er scheint immer zu sagen: das gebe ich dir um der Liebe Gottes willen. Ich würde lieber nicht rauchen als seinen Tabak rauchen; aber ich bin der einzige.» – «Ist das alles, was du über ihn weißt?» – «Weißt du», sagt der Drucker entschuldigend, «er ist nur abends da.» – «Was treibt er tagsüber?» – «Krankenrevier.» – «Es gibt jetzt ein Krankenrevier?» – «Ja. Im anderen Gebäude.» – «Ist er Sani?» – «Nein, aber er ist mit dem Stabsarzt befreundet und spielt mit ihm und zwei verwundeten Offizieren Bridge.» – «Ha, ha!» lacht Brunet. «Und was sagen die Jungs dazu?» – «Sie sagen nichts dazu: sie ahnen es, aber sie wollen es nicht wissen. Ich habe es von Gartiser erfahren, der ist Sani.» – «Schön, du wirst es ihnen beibringen; du wirst sie fragen, wie es kommt, daß die Pfaffen immer mit den Offizieren zusammenstecken.» – «Gut.» Schneider sieht sie seit einer Weile mit einem komischen Lächeln an. Er sagt: «Das andere Gebäude ist das der Fritzen.» – «Aha!» sagt Brunet. Schneider wendet sich an den Drucker, er lächelt immer noch: «Verstehst du, was du sagen mußt: daß der Pfaffe seine Kameraden im Stich läßt, um zu den Fritzen zu gehen und ihnen in den Arsch zu kriechen.» – «Ach, weißt du», sagt der Drucker lahm, «ich kann mir nicht vorstellen, daß er viele Boches sieht.» Schneider zuckt mit geheuchelter Ungeduld die Schultern: Brunet hat den Eindruck, daß er sich amüsiert. «Hast *du* etwa das Recht, im Gebäude der Deutschen herumzuspazieren?» fragt Schneider den Drucker. Der Drucker zuckt, ohne zu antworten, die Achseln. Schneider triumphiert: «Siehst du! Seine Absichten sind mir scheißegal: vielleicht will er Frankreich retten. Aber *objektiv* ist er ein französischer Gefangener, der seine Tage beim Feind verbringt. *Das* müssen die Kameraden erfahren.» Verstört wendet sich der Drucker Brunet zu. Brunet hat Schneiders Ton überhaupt nicht gefallen, aber er will ihn nicht desavouieren. Er sagt: «Geh behutsam vor. Versuch vorläufig nicht, ihn schlechtzumachen. Außerdem gibt es hier mehr als fünfzig von denen, das könntest du nicht allein schaffen. Versuche in der Unterhaltung zu sagen: ‹Der Pfaffe meint, daß wir nicht so bald nach Hause kommen, und er muß es wissen, weil er mit den Offizieren verkehrt und mit den Fritzen quatscht.› Sie müssen nach und nach kapieren, daß ein Pfaffe nicht auf unserer Seite steht. Verstanden?» – «Ja», sagt der Drucker. – «Ist einer von uns mit dem Pfarrer in einer Bude?» – «Ja.» – «Ist der helle?» – «Einigermaßen.» – «Er soll sich einwickeln lassen, er soll so tun, als wäre er überzeugt, wir brauchen einen Informanten.» Er lehnt sich an die Wand, denkt einen Moment nach und sagt zum Drukker: «Hol mir deine Kameraden. Zwei oder drei. Neue.» Als sie allein sind, sagt Brunet zu Schneider: «Ich hätte lieber ein bißchen gewartet; in einem oder zwei Monaten sind die Männer soweit. Aber die Pfaffen sind zu stark. Wenn wir nicht gleich anfangen, werden wir abgehängt. Bist du immer noch einverstanden, mit uns zu arbeiten?» – «Was arbeiten?» fragt Schneider. Brunet runzelt die Stirn: «Ich dachte, du wolltest mit uns arbeiten. Hast du deine Meinung geändert?» – «Ich habe meine Meinung nicht geändert», sagt Schneider. «Ich frage dich, was ihr arbeiten wollt.» – «Du hast doch den Pfaffen gehört», sagt Brunet. «Diese Burschen sind nicht auf den Kopf gefallen: in einem Monat findest du sie überall. Außerdem würde es mich nicht besonders wundern, wenn die Fritzen zwei oder drei Quislinge unter uns auftun und sie beauftragen, uns das Richtige unterzujubeln. Vor dem Krieg konnte man ihnen solide Organisationen entgegensetzen, die Partei, die Gewerkschaften. Hier nichts. Es geht also darum, *irgend etwas* wieder aufzubauen. Natürlich wird sich das oft auf Palaver beschränken, ich habe das nie sehr gemocht, aber wir haben schließlich keine andere Wahl. Also: die gesunden Elemente ausfindig machen, sie organisieren, eine geheime Gegenpropaganda in Gang bringen, das sind die unmittelbaren Ziele. Zwei Themen sind zu entwickeln; wir lehnen die Anerkennung des Waffenstillstands ab; die Demokratie ist die einzige Regierungsform, die wir heutzutage akzeptieren können. Weiterzugehen ist unnötig: anfangs muß man vorsichtig sein. Ich übernehme es, die Genossen aus der KP wiederzufinden. Aber da sind noch die anderen, die Sozialisten, die Liberalen, alle, die mehr oder weniger unbestimmt ‹links› sind, Sympathisanten wie du.» Schneider lächelt kalt: «Die Weichen.» – «Sagen wir: die Lauen.» Brunet fügt schnell hinzu: «Aber man kann lau und trotzdem in Ordnung sein. Ich bin nicht sicher, ob ich ganz ihre Sprache spreche. Du wirst diese Schwierigkeit nicht haben, weil es deine ist.» – «Gut», sagt Schneider. «Dann ginge es im Grunde darum, den Geist der Volksfront ein bißchen wiederzubeleben?» – «Das wäre gar nicht so schlecht», sagt Brunet. Schneider nickt. Er sagt: «Das ist also meine Arbeit. Aber . . . bist du sicher, daß es *deine* ist?» Brunet sieht ihn erstaunt an: «Meine?» – «Oh!» sagt Schneider gleichgültig, «wenn du sicher bist . . .» – «Sprich dich doch aus», sagt Brunet. «Ich mag keine Andeutungen.» – «Ich habe nichts auszusprechen. Ich meinte bloß: was macht die Partei zur Zeit. Was sind ihre Befehle, ihre Direktiven? Ich nehme an, du kennst sie.» Brunet sieht ihn lächelnd an: «Bist du dir über die Situation im klaren?» fragt er. «Die Deutschen sind seit vierzehn Tagen in Paris, in ganz Frankreich geht es drunter und drüber: manche Genossen sind gefallen oder in Gefangenschaft, andere haben sich mit ihrer Division Gott weiß wohin verzogen, nach Pau oder nach Montpellier, wieder andere sind im Knast.

Wenn du wissen willst, was die Partei zur Zeit macht, werde ich es dir sagen: sie ist dabei, sich zu reorganisieren.» – «Ich verstehe», sagt Schneider nachgiebig. «Und du versuchst deinerseits, die Genossen, die hier sind, zu erreichen. Sehr gut.» – «Schön», sagt Brunet abschließend. «Wenn du einverstanden bist . . .» – «Aber natürlich bin ich einverstanden, mein Lieber», sagt Schneider. «Zumal es mich nichts angeht. Ich bin kein Kommunist. Du sagst mir, daß die Partei sich reorganisiert: mehr will ich nicht wissen. Was ich gern wissen wollte, wenn ich an deiner Stelle wäre . . .» Er wühlt in seiner Jackentasche, als suchte er eine Zigarette, nimmt die Hand nach einer Weile wieder heraus und läßt sie neben der Wand herabhängen. «Auf welcher Grundlage reorganisiert sie sich? Das ist die Frage.» Ohne Brunet anzusehen, fügt er hinzu: «Die Sowjets sind mit Deutschland verbündet.» – «Ach was», sagt Brunet ungeduldig. «Sie haben einen Nichtangriffspakt geschlossen, und das ganz provisorisch. Bedenk doch mal, Schneider: nach München konnte die Sowjetunion nicht mehr . . .» Schneider seufzt: «Ich weiß», sagt er. «Ich weiß alles, was du mir sagen wirst. Du wirst mir sagen, daß die Sowjetunion das Vertrauen in die Alliierten verloren hat und daß sie eine Hinhaltetaktik betreibt, bis sie stark genug ist, um den Fritzen den Krieg zu erklären. Ist es so?» Brunet zögert. «Nicht ganz», sagt er. «Ich denke eher, sie ist sicher, daß sie von ihnen angegriffen wird.» – «Aber du glaubst, daß sie alles tut, um den Tag der Entscheidung rauszuschieben.» – «Vermutlich.» – «Dann», sagt Schneider langsam, «wäre ich, wenn ich du wäre, nicht so sicher, daß die Partei eindeutig gegen die Nazis Stellung beziehen wird: das könnte der Sowjetunion schaden.» Er starrt Brunet mit seinen trüben Augen an. Er hat einen stumpfen, melancholischen, aber schwer erträglichen Blick. Brunet wendet gereizt den Kopf ab: «Stell dich doch nicht dümmer, als du bist. Du weißt genau, daß es sich nicht um eine öffentliche Stellungnahme handelt. Die Partei ist seit 1939 in der Illegalität, und ihre Aktionen bleiben geheim.» Schneider lächelt: «Geheim, ja. Aber was heißt das? Zum Beispiel, daß man die *Humanité* heimlich drucken wird? Dann hör zu: von zehntausend verteilten Exemplaren werden jedesmal wenigstens hundert den Boches in die Hände fallen; das ist unvermeidlich: in der Illegalität schafft man es mit ein bißchen Glück, den Herkunftsort der Flugblätter, die Druckereien, die Redaktion und so weiter, geheimzuhalten, aber nicht die Flugblätter selbst, weil sie dazu da sind, verbreitet zu werden. Ich gebe der Gestapo drei Monate, bis sie genau über die Politik der KP auf dem laufenden ist.» – «Na und? Sie können sie der UdSSR nicht zur Last legen.» – «Und die Komintern?» fragt Schneider. «Bildest du dir ein, zwischen Ribbentrop und Molotow würde nie über die Komintern gesprochen?» Er redet ohne Aggressivität, mit neutraler Stimme. Trotzdem ist etwas Verdächtiges an seiner laschen Beharrlichkeit. «Spielen wir nicht die Strategen am grünen Tisch», sagt Brunet. «Ich weiß nicht, was Ribbentrop zu Molotow sagt, ich sitze nicht unter dem Tisch. Was ich aber weiß – weil es deutlich auf der Hand liegt –, ist, daß die Verbindungen zwischen der UdSSR und der Partei unterbrochen sind.» – «Meinst du?» sagt Schneider. Er fügt nach einer Weile hinzu: «Wenn sie heute unterbrochen sind, werden sie morgen jedenfalls wiederhergestellt sein. Es gibt ja die Schweiz.» Die Messe ist aus, die Soldaten gehen schweigend und entrückt an ihnen vorbei. Schneider spricht leiser: «Ich bin überzeugt, daß die Naziregierung die Sowjetunion für die Aktivität der KP verantwortlich macht.» – «Zugegeben», sagt Brunet. «Was bedeutet das für uns?» – «Stell dir vor», sagt Schneider, «die Sowjetunion setzt den Kommunisten in Frankreich und Belgien einen Dämpfer auf, um Zeit zu gewinnen.» Brunet zuckt die Achseln. «Einen Dämpfer! Wie stellst du dir das Verhältnis zwischen der Sowjetunion und der KP vor? Weißt du nicht, daß es in der KP Zellen gibt und Leute, die in den Zellen diskutieren und abstimmen?» Schneider lächelt und fährt geduldig fort: «Ich wollte dich nicht kränken. Ich formuliere meinen Satz anders: stell dir vor, die KP will der Sowjetunion keine Schwierigkeiten machen und setzt sich selbst einen Dämpfer auf ...» – «Das wäre neu.» – «Nicht so neu. Was habt ihr bei der Kriegserklärung gemacht? Und seitdem hat sich die Situation für die Sowjetunion verschlechtert. Wenn England kapituliert, wird Hitler freie Hand haben.» – «Die Sowjetunion hat Zeit gehabt, sich vorzubereiten. Sie ist auf den Zusammenstoß gefaßt.» – «Bist du da sicher? Die Rote Armee war in diesem Winter nicht so glänzend. Und du hast selbst gesagt, daß Molotow eine Hinhaltetaktik betreibt ...» – «Wenn das Verhältnis zwischen der UdSSR und der KP so ist, wie du sagst, werden die Genossen zu gegebener Zeit über den Stand der Vorbereitung der Roten Armee informiert werden.» – «Die Genossen, ja. Zu Hause in Paris. Aber du nicht. Und *du* arbeitest *hier* ...» – «Worauf willst du eigentlich hinaus?» sagt Brunet lauter werdend. «Was willst du beweisen? Daß die KP faschistisch geworden ist?» – «Nein, aber daß der Sieg der Nazis und der deutsch-sowjetische Pakt zwei Realitäten sind, die der KP vielleicht nicht gefallen, denen sie sich aber anpassen muß. Und du weißt eben nicht, *wie* sie sich ihnen anpaßt.» – «Soll ich die Hände in den Schoß legen?» – «Das sage ich ja nicht», sagt Schneider. «Wir unterhalten uns ...» Nach einer Weile streicht er mit dem Zeigefinger an seiner großen Nase entlang und fährt fort: «Die KP hat für die kapitalistischen Demokratien nicht mehr übrig als die Nazis, wenn auch aus anderen Gründen. Solange es möglich war, sich ein Bündnis der Sowjetunion mit den westlichen Demokratien vorzustellen, habt ihr die Verteidigung der politischen Freiheiten gegen die faschistische Diktatur als Plattform gewählt. Diese Freiheiten sind illusorisch, das weißt du besser als ich. Heute liegen die Demokratien am Boden, die Sowjetunion hat sich Deutschland angenähert, Pétain hat die Macht übernommen, die Partei muß ihre Arbeit in einer faschistischen oder zum Faschismus tendierenden Gesellschaft fortsetzen. Und du wirst ohne Führer, ohne Losung, ohne Kontakt, ohne Nachrichten aus eigener Initiative diese veraltete Plattform übernehmen. Wir haben eben vom Geist der

Volksfront gesprochen: aber sie ist tot, die Volksfront. Tot und begraben. 1936, in der damaligen historischen Situation, hatte sie einen Sinn. Heute hat sie keinen mehr. Nimm dich in acht, Brunet, du wirst mit deiner Arbeit im dunkeln tappen.» Seine Stimme war scharf geworden; er unterbrach sich auf einmal und fuhr sanft fort: «Deshalb habe ich dich gefragt, ob du deiner Arbeit sicher bist.» Brunet lacht: «Na komm!» sagt er. «Das ist alles nicht so schlimm. Laß uns die Männer organisieren, laß uns versuchen, den Pfaffen und den Nazis Kontra zu geben; alles andere werden wir schon sehen: die Aufgaben stellen sich von selbst.» Schneider nickt zustimmend: «Sicher», sagt er, «sicher.» Brunet sieht ihm in die Augen: «Du machst mir Sorgen», sagt er. «Ich finde dich ziemlich pessimistisch.» – «Ach, ich!» sagt Schneider gleichgültig. «Wenn du meine Meinung hören willst, ich denke, daß das, was wir tun, keinerlei politische Bedeutung hat: die Situation ist abstrakt, und wir sind nicht verantwortlich. Wer von uns später nach Hause zurückkehrt, wird eine organisierte Gesellschaft mit ihren Strukturen und ihren Mythen vorfinden. Wir sind ohnmächtig. Auf diesem Gebiet zumindest. Aber wenn wir andererseits den Genossen wieder etwas Mut geben können, wenn wir verhindern, daß sie verzweifeln, wenn wir ihnen hier einen wenn auch illusorischen Lebenssinn geben, dann lohnt es sich schon.» – «Na gut», sagt Brunet ... «So!» sagt er nach einem Augenblick des Schweigens. «Ich gehe ein bißchen spazieren, schließlich bin ich zum erstenmal draußen. Bis nachher.» Schneider grüßt ihn mit zwei Fingern und geht. ‹Ein negativer Geist, ein Intellektueller, mit dem mußte ich mich gerade einlassen. Komischer Kerl: mal so freundschaftlich und so herzlich, mal eiskalt, fast zynisch, wo habe ich ihn gesehen? Warum sagt er *die* Genossen, wenn er von den Parteileuten spricht, und nicht *deine* Genossen, wie man es von ihm erwarten würde? Ich muß irgendwie versuchen, einen Blick in sein Soldbuch zu werfen.›

Auf dem sonntäglichen Hof haben die Männer ihre

Ausgangsmienen; auf all diesen gewaschenen, rasierten Gesichtern ist die gleiche Abwesenheit. Sie warten, und ihr Warten hat jenseits der Mauer eine ganze Garnisonsstadt mit Gärten, Bordellen und Cafés hervorgebracht. Mitten auf dem Hof spielt einer Harmonika, Paare tanzen, die Phantomstadt überragt mit ihren Dächern und ihrem Laub die Gefängnismauer, sie spiegelt sich auf den blinden Gesichtern dieser Phantomtänzer. Brunet macht kehrt, geht zurück auf den anderen Hof, Szenenwechsel: man hat die Kirche verpflanzt; die Jungs spielen mit Geschrei Barlauf, sie rennen wie die Verrückten. Brunet steigt schließlich auf den kleinen Hügel hinter dem Stall, er sieht die Gräber an, er fühlt sich wohl. Man hat Blumen auf die festgeklopfte Erde gestreut, man hat drei kleine Kreuze nebeneinander aufgestellt. Brunet setzt sich zwischen zwei Gräber, die Toten liegen unter ihm; das beruhigt ihn; auch für ihn wird sie eines Tages kommen, die Schuldlosigkeit. Er gräbt eine verrostete offene Sardinendose aus, er wirft sie vor sich hin: ‹Ein Picknick- und Friedhofssonntag; ich ging auf einem Hügel spazieren, unter mir spielten Kinder in einer Stadt Barlaufen, und ihr Geschrei drang zu mir herauf. Wo war das?› Er weiß es nicht mehr; er denkt: ‹Es stimmt, daß wir bei der Arbeit im dunkeln tappen werden.› Was dann? Nichts tun? Bei diesem Gedanken revoltiert seine Kraft. ‹Ich würde bei Kriegsende nach Hause zurückkommen, ich würde den Genossen sagen: Da bin ich wieder. Ich habe gelebt. Das wäre das Letzte. Fliehen?› Er sieht die Mauern an, sie sind nicht besonders hoch; ich brauchte bloß bis Nancy zu kommen, die Poullains würden mich verstecken. Aber unter ihm sind diese drei Toten, da sind die Kinder, die an diesem ewigen Nachmittag schreien: er legt die Handflächen auf die kühle Erde, er beschließt, nicht zu fliehen. Anpassungsfähigkeit. Die Jungs organisieren und abwarten, ihnen allmählich wieder Vertrauen und Hoffnung geben, sie auf jeden Fall dazu bringen, den Waffenstillstand abzulehnen, und sich dann bereithalten, die Direktiven den Ereignissen entsprechend abzuändern. ‹Die Partei wird uns nicht im Stich lassen›, denkt Brunet. ‹Die Partei *kann uns nicht* im Stich lassen.› Er legt sich der Länge nach hin, wie die Toten, auf die Toten; er sieht in den Himmel; er steht wieder auf, geht langsam wieder hinunter, er denkt, daß er allein ist. Der Tod ist rings um ihn wie ein Geruch, wie das Ende eines Sonntags; zum erstenmal in seinem Leben fühlt er sich auf unbestimmte Weise schuldig. Schuldig, allein zu sein, schuldig, zu denken und zu leben. Schuldig, nicht tot zu sein. Jenseits der Mauern stehen tote, schwarze Häuser mit all ihren erloschenen Augen: die Ewigkeit des Steins. Dieser Lärm einer sonntäglichen Menge steigt von jeher zum Himmel empor. Nur Brunet ist nicht ewig: aber die Ewigkeit ist über ihm wie ein Blick. Er geht: als er in die Kaserne zurückkommt, wird es Abend, er ist den ganzen Tag spazierengegangen, er mußte etwas abtöten, er weiß nicht, ob es ihm gelungen ist: wenn man nichts tut, hat man Gemütszustände, das ist unvermeidlich. Der Dachbodenflur riecht nach Staub, die Käfige summen, das Ende des Sonntags zieht sich hin. Am Fußboden ist ein richtiger gestirnter Himmel mit Sternschnuppen: die Männer rauchen im Dunkeln. Brunet bleibt stehen, er sagt an niemand bestimmten gerichtet: «Paßt auf, wenn ihr raucht: steckt die Baracke nicht in Brand.» Die Männer brummen unter dieser Stimme, die ihnen von oben auf die Schultern fällt. Brunet schweigt verwirrt; er fühlt sich überflüssig. Er geht ein paar Schritte weiter: ein roter Stern zuckt auf und rollt träge vor seine Füße, er setzt den Fuß darauf; die Nacht ist mild und blau, die Fenster zeichnen sich im Dunkeln ab, malvenfarbig wie die Bilder, die vor den Augen herziehen, wenn man zu lange in die Sonne gesehen hat. Er findet seinen Käfig nicht wieder, er ruft: «Hallo, Schneider!» – «Hier, hier!» sagt eine Stimme. «Hier lang!» Er macht kehrt, einer singt ganz leise vor sich hin *sur la route, la grand-route, un jeune homme chantait,** Brunet denkt: ‹Sie lieben den Abend.› – «Hier lang», sagt Schneider, «noch ein bißchen weiter, jetzt bist du da.» Er geht hinein, er sieht

* Auf der Straße, auf der Hauptstraße, sang ein junger Mann.

die Dachluke durch die Gitterstäbe an, er denkt an eine Gaslaterne, die anging, als die Nacht blau war. Er setzt sich schweigend, er sieht die Luke an, die Gaslaterne, wo war das? Die Männer um ihn herum flüstern. Morgens schreien sie, abends flüstern sie, weil sie den Abend lieben, mit der Nacht kommt der Frieden auf leisen Sohlen in die große dunkle Bude, der Frieden und die alten Zeiten; man könnte sogar meinen, daß sie ihr Leben geliebt haben. «Ich», sagt Moûlu, «hätte lieber ein schönes Bier ohne Schaum. Um diese Zeit würde ich im *Cadran Bleu* eins trinken und mir die vorbeigehenden Leute ansehen.» – «Der *Cadran Bleu,* wo ist denn das?» fragt der Blondkopf. – «An der Metrostation Gobelins. An der Ecke Avenue des Gobelins und Boulevard Saint-Marcel, wenn dir das was sagt.» – «Ach, da, wo das Kino *Saint-Marcel* ist?» – «Zweihundert Meter weiter; klar kenne ich das, ich wohne gegenüber der Kaserne Lourcine. Nach der Arbeit habe ich zu Hause einen Bissen gegessen, und dann bin ich ins *Cadran Bleu* gegangen oder manchmal ins *Canon des Gobelins.* Aber im *Cadran Bleu* gibt es eine Kapelle.» – «Übrigens, im Kino *Saint-Marcel* gab es tolle Attraktionen.» – «Und ob. Trenet war da, Marie Dubas war da, ich habe sie leibhaftig rauskommen sehen, sie hatte einen kleinen Flitzer, nicht größer als so.» – «Ich bin auch reingegangen», sagt der Blondkopf. «Ich wohne in Vanves, wenn es eine schöne Nacht war, bin ich zu Fuß nach Haus gegangen.» – «Das ist ziemlich weit.» – «Ja, aber man ist ja jung.» – «Ich», sagt Lambert, «brauche kein Bier, ich habe mir nie viel draus gemacht. Aber Rotwein. Ich konnte mir zwei Liter am Tag hinter die Binde gießen. Manchmal drei. Aber dann mußte ich schwitzen. Stell dir vor, wir hätten heute abend Wein hier, einen guten Médoc.» – «Sag bloß!» sagt Moûlu. «Drei Liter!» – «Ja klar!» – «Wenn ich mehr als einen trinke, kriege ich Sodbrennen.» – «Dann trinkst du Weißwein.» – «Ja», sagt Moûlu. «Weißwein. Was anderes kommt nicht in Frage.» – «Da haben wir's. Nimm mal meine Alte, die ist fünfundsechzig, ich wohne bei ihr. In ihrem Alter schluckt sie noch ihren Liter Rotwein am Tag. Natürlich nur Rotwein.» Er schweigt einen Augenblick, er träumt. Die anderen träumen auch; sie hören, ohne sie unterbrechen zu wollen, den Stimmen zu, die für alle sprechen. Brunet denkt an Paris, an die Rue Montmartre, an eine kleine Bar, in der er einen Weißen trank, wenn er von der *Humanité* kam. «An so einem Sonntag», sagt der Unteroffizier, «wäre ich mit meiner Frau in meinen Garten gefahren. Ich habe einen Garten fünfundzwanzig Kilometer von Paris, ein Stück hinter Villeneuve-Saint-Georges, er wirft tolles Gemüse ab.» Eine laute Stimme jenseits der Gitterstäbe gibt ihm recht: «Oh, da in der Gegend ist überall guter Boden.» – «Um diese Zeit fuhren wir zurück», sagt der Unteroffizier. «Oder vielleicht etwas früher, gerade bei Sonnenuntergang; ich fahre nicht gern mit Licht. Meine Frau nahm auf ihrer Lenkstange Blumen mit, und ich hatte Gemüse auf meinem Gepäckträger.» – «Ich», sagt Lambert, «bin sonntags nicht ausgegangen. Es ist zuviel Betrieb auf den Straßen, und außerdem arbeite ich montags, und zur Gare de Lyon ist es ziemlich weit.» – «Was treibst du denn an der Gare de Lyon?» – «Ich bin bei der Auskunft; das Gebäude außerhalb. Wenn du mal eine kleine Reise machen willst, kannst du bei mir reservieren. Auch noch am Tag vorher: ich arrangiere das für dich.» – «Ich», sagt Moûlu, «könnte nicht zu Hause bleiben, da würde ich Katzenjammer kriegen. Ich lebe nämlich allein.» – «Sogar samstags», sagt Lambert, «kam es oft vor, daß ich nicht aus dem Haus ging.» – «Und die Puppen?» – «Die Puppen ließ ich zu mir raufkommen.» – «Zu dir», sagt der Blondkopf verblüfft. «Und was hat deine Alte dazu gesagt?» – «Nichts. Sie machte uns was zu essen, und dann ging sie ins Kino.» – «Ach so!» sagt der Blondkopf. «Die spielt also mit, wenn ich bedenke, daß meine Mutter mir eine runtergehauen hat, noch als ich achtzehn war, wenn sie mich mit einem Mädchen erwischte.» – «Wohnst du auch bei ihr?» – «Jetzt nicht mehr: ich habe geheiratet.» Er schweigt eine Weile, dann sagt er: «Heute abend wären wir auch nicht ausgegangen. Wir hätten uns geliebt.» Ein langes Schweigen tritt ein, Brunet hört ihnen zu; er fühlt sich alltäglich, er fühlt sich ewig, er sagt beinah schüchtern: «Ich war um diese Zeit in einem Bistro in der Rue Montmartre, ich trank mit den Freunden einen geharzten Weißwein.» Niemand antwortet, einer singt mit metallischer Stimme *Mon cabanon.* Brunet fragt Schneider: «Wer ist der Junge?» Schneider sagt: «Gassou, ein Steuereinnehmer, er ist aus Nîmes.» Der Mann singt, Brunet denkt: ‹Schneider hat nicht gesagt, was er sonntags gemacht hat.›

Unvermittelt ein langer melodiöser Laut, was war das? Weiß das Viereck der Dachluke; auf dem weißen Fußboden werfen die Gitterstäbe ihre Schatten, drei Uhr morgens. Die Weinstöcke wogen unter dem Schwefelsalz des Mondes, der Allier liebkost sich an seinen baumbestandenen Inseln, in Pont-de-Vaux-Fleurville warten die Winzer auf den Dreiuhrzug und treten von einem Fuß auf den anderen; Brunet fragt fröhlich: «Was war das denn?» Er zuckt zusammen, weil jemand ihm antwortet: «Pst! Pst. Horch!» *Ich bin nicht* in Mâcon in meinem Bett, *es sind nicht* die großen Ferien. Wieder der lange tonlose Laut: drei Pfiffe dehnen sich, ziehen sich, verklingen. Etwas ist passiert. Der Dachboden raschelt, das riesige Tier regt sich auf dem Fußboden; tief in der alterslosen Nacht die Stimme von einem Ausguck: «Ein Zug! Ein Zug! Ein Zug!» Das war es also: der erste Zug. Etwas beginnt: die abstrakte Nacht wird sich verdichten und zu neuem Leben erwachen, die Nacht wird wieder anfangen zu singen. Alle fangen gleichzeitig an zu reden: «Der Zug, der erste Zug, die Strecke ist repariert, man muß zugeben, daß das ruck, zuck ging, der Deutsche ist immer ein guter Arbeiter gewesen; na, das ist in ihrem eigenen Interesse, sie müssen alles wieder reparieren; an dem Zug könnt ihr mal sehen, Frankreich, an dem Zug könnt ihr mal sehen; wohin fährt er, Nancy, Paris vielleicht; o Jungs, o Jungs, wenn Gefangene drin wären, Gefangene, die nach Hause fahren, stellt euch mal vor?» Der Zug rollt draußen über ein Behelfsgleis, und ein ganzes großes, dunkles Haus liegt auf der Lauer. Brunet denkt: ‹Es ist ein Munitionszug›; er versucht vorsichtshalber seine Kindheit zu verdrängen; er versucht die rostigen Waggons zu sehen, die Planen, eine Wüste aus Gußeisen und Stahl; er kann nicht: Frauen schlafen unter dem blauen Licht einer Nachtbeleuchtung, in einem Geruch nach Wurst und Wein, ein Mann raucht auf dem Gang, und die vor den Fenstern hängende Nacht wirft ihm sein Bild zurück; morgen früh Paris. Brunet lächelt, in seine Kindheit eingewickelt, im wispernden Licht des Mondes, legt er sich wieder hin, morgen Paris, er döst im Zug, den Kopf auf einer zarten, nackten Schulter, er erwacht in einem seidigen Licht, Paris! Er dreht die Augen nach links, ohne den Kopf zu bewegen: sechs Fledermäuse hängen an den Füßen von den Wänden, ihre Flügel fallen wie Röcke herab. Er wird ganz wach: die Fledermäuse sind die schwarzen Schatten der an den Wänden aufgehängten Jacken, natürlich hat Moûlu seine Jacke nicht ausgezogen, ihn zwingen, daß er sie beim Schlafen auszieht. Und daß er das Hemd wechselt, er wird uns noch Läuse einschleppen. Brunet gähnt, ein weiterer Morgen; was war das heute nacht? Ach ja, der Zug. Er richtet sich plötzlich auf, wirft die Decke zurück und setzt sich. Sein Körper ist aus Holz, kreuz und quer zerschlagen, eine holzige Freude in seinen steifen Muskeln, als wäre die Härte des Fußbodens in sein Fleisch übergegangen; er streckt sich, er denkt: ‹Wenn ich davonkomme, werde ich nie wieder in einem Bett schlafen.› Schneider schläft noch mit offenem Mund und schmerzlichem Ausdruck; der Schtimi lächelt selig; mit zerzausten Haaren und roten Augen pickt Gassou Brotkrusten von der Decke auf und ißt sie; ab und zu macht er den Mund auf und reibt sich mit dem Daumen über die Zungenspitze, um ein Roßhaar oder eine Wollfluse zu entfernen, die an einem Krümel hängengeblieben ist; Moûlu kratzt sich ratlos den Kopf, kohlschwarze Streifen heben seine Falten hervor, man könnte schwören, er hätte geschminkte Augen: ein Mittel finden, um ihn zu zwingen, sich zu waschen; der Blondkopf blinzelt trübsinnig und suchend, plötzlich leuchtet sein Gesicht auf: «Sag bloß!» Nur sein Kopf ragt aus der Decke hervor, er sieht erstaunt und entzückt aus. «Was hast du denn, Kleiner?» fragt Moûlu. – «Ich habe einen Ständer», sagt der Blondkopf. – «Du hast einen Ständer», sagt Moûlu ungläubig, «das kannst du mir nicht erzählen!» Der Blonde wirft seine Decke zurück, sein Hemd ist über seine behaarten blonden Beine hinaufgerutscht: «Tatsächlich», sagt Moûlu. «Du Glückspilz!» – «Glückspilz?» sagt Gassou verkniffen. «Ich finde, das ist eher Pech!» – «Du bist ja nur neidisch!» sagt der Blondkopf. «Du hättest selbst gern dieses Pech.» Moûlu schüttelt Lambert am Arm, Lambert schreit und fährt auf: «He?» – «Sieh mal!» sagt Moûlu. Lambert reibt sich die Augen und konstatiert: «Scheiße!» sagt er bloß. Er sieht noch einmal hin: «Darf ich mal anfassen?» – «Ja nicht!» sagt der Blondkopf. – «Wenn er nun unecht ist.» – «Unecht! Unecht!» wiederholt der Blonde angewidert. «Im Zivilleben bin ich jeden Morgen mit einer zweimal so dicken Latte aufgewacht.» Er liegt mit verschränkten Armen, halbgeschlossenen Augen auf dem Rücken und lächelt kindlich. «Ich machte mir schon Sorgen», sagt er und beobachtet durch die Wimpern sein Glied, das sich bei jedem Atemzug hebt und senkt. «Ich habe nämlich eine Frau.» Sie lachen. Brunet wendet den Kopf ab, und Wut steigt in ihm auf. Moûlu sagt: «Ich bin in den Puff gegangen, das heißt: falls es bei mir nicht wiederkommen sollte, würde ich was sparen.» Sie lachen wieder. Der Blondkopf streichelt mit lässiger, väterlicher Hand seinen Penis, er sagt abschließend: «Das Paradies auf Erden!» Brunet dreht sich abrupt zu dem Blonden um, er stößt hervor: «Deck das zu!» – «Wieso denn?» fragt der Blonde mit vor Wollust belegter Stimme. Gassou, der gebildet ist, äfft Brunet nach: «Bedecke diesen Busen, dessen Anblick ich nicht ertrage.» – «Ihr seid alle Schweine!» sagt Brunet barsch. Sie haben ihm das Gesicht zugewandt, sie sehen ihn an, und Brunet denkt: ‹Sie können mich nicht ausstehen.› Gassou brummt etwas, Brunet beugt sich zu ihm hinüber: «Was sagst du?» Gassou antwortet nicht, Moûlu sagt mit verbindlicher Offenheit: «Hin und wieder ist es kein Verbrechen, über die Liebe zu reden, das lenkt ab.» – «Impotente reden über die Liebe», sagt Brunet. «Liebe macht man. Wenn man kann.» – «Und wenn man nicht kann?» – «Dann schweigt man.» Sie sehen verlegen und tückisch aus; langsam, widerwillig, zieht der Blondkopf seine Decke wieder hoch. Schneider schläft immer noch; Brunet beugt sich über den Schtimi und schüttelt ihn, der Schtimi brummt und macht die Augen auf: «Frühsport!» sagt Brunet. – «Bah!» sagt der Schtimi. Er steht auf und nimmt seine Jacke, sie gehen hinunter auf den Hof hinter dem Stall. Vor einer der Baracken warten der Drucker, Dewrouckère und die drei Chasseure auf sie. Brunet ruft ihnen von weitem zu: «Wie geht's?» – «Prima. Hast du heute nacht den Zug gehört?» – «Ja», antwortet Brunet gereizt, «ich habe ihn gehört.» Sein Ärger legt sich schnell: die hier sind jung, lebendig, sauber; der Drucker hat seine Mütze mit einer Spur Koketterie schräg aufgesetzt. Brunet lächelt sie an. Es nieselt; hinten auf dem Hof wartet die Menge auf die Messe; Brunet stellt erfreut fest, daß es nicht so viele sind wie am ersten Sonntag. «Hast du getan, was ich dir gesagt habe?» Ohne zu antworten, macht Dewrouckère die Tür der Baracke auf: er hat Stroh auf den Fußboden gestreut, Brunet atmet feuchten Stallgeruch ein. «Woher hast du das?» Dewrouckère lächelt: «Man muß sich nur zu helfen wissen.» – «Gut», sagt Brunet; und er sieht sie freundschaftlich an. Sie gehen hinein, sie ziehen sich aus, sie behalten nur Unterhosen und Socken an; Brunet drückt seine Füße in das weiche und spröde Stroh, er ist zufrieden, er sagt: «Dann mal los.» Die Männer stellen sich mit dem Rücken zur Tür in einer Reihe auf, Brunet macht ihnen gegenüber die Bewegungen und zählt. Sie machen es ihm nach, und ihr Atem zischt durch die Zähne. Brunet sieht ihnen erfreut zu, während sie sich, die Hände im Nacken, kräftig, mit langen sehnigen Muskeln, auf die Fersen hocken. Dewrouckère und Brunet sind am stärksten, aber sie haben Muskelpakete; der Drucker ist zu dünn; Brunet mustert ihn etwas beunruhigt, und dann kommt er auf eine Idee, er richtet sich auf, er ruft: «Aufhören.» Der Drucker scheint heilfroh zu sein, daß aufgehört wird, er schnauft. Brunet geht zu ihm: «Sag mal! Du bist ziemlich dünn!» – «Seit dem 20. Juni habe ich sechs Kilo abgenommen.» – «Woher weißt du das?» – «Im Krankenrevier ist eine Waage.» – «Du mußt zunehmen», sagt Brunet. «Du ißt nicht genug.» – «Wie soll ich denn . . .?» – «Es gibt ein ganz einfaches Mittel», sagt Brunet, «wir geben dir alle was von unserer Ration ab.» – «Ich . . .», sagt der Drucker. Brunet gebietet ihm Schweigen: «Ich bin der Arzt und verordne dir Überernährung. Einverstanden?» fragt er die anderen. – «Einverstanden», sagen sie. – «Also schön, du gehst jeden Morgen durch die Stuben und sammelst. Im Takt.» Rumpf beugen und kreisen; nach einer Weile taumelt der Drucker, Brunet runzelt die Stirn: «Was ist denn nun schon wieder?» Der Drucker lächelt entschuldigend: «Es ist ein bißchen hart.» – «Hör nicht auf», sagt Brunet, «hör ja nicht auf.» Die Rümpfe drehen sich wie Räder, die Köpfe fordern den Himmel heraus und werfen sich zwischen die Beine, heben sich wieder, fallen wieder herab. *Genug!* Sie legen sich auf den Rücken, für die Bauchmuskelübungen, zum Schluß kommt die Brücke: das macht ihnen Spaß, weil sie sich für Catcher halten. Brunet fühlt seine Muskeln arbeiten, ein anhaltender leichter Schmerz durchzieht seine Leiste, er ist glücklich; es ist der einzige gute Augenblick des Tages, die schwarzen Deckenbalken rollen nach hinten, das Stroh springt ihm ins Gesicht, er atmet dessen gelben Geruch ein, seine Hände berühren es ganz weit vor seinen Füßen. «Los!» sagt er. «Los!» – «Das zieht», sagt der Chasseur. – «Um so besser. Los! Los!» Er steht auf: «Du bist dran, Marbot!» Marbot war vor dem Krieg Catcher; von Beruf ist er Masseur. Er geht zu Dewrouckère und faßt ihn um die Taille; Dewrouckère lacht, weil es kitzelt, und läßt sich nach hinten auf die umgedrehten Hände fallen. Jetzt ist Brunet an der Reihe, er fühlt diese warmen Pranken auf seinen Hüften, er wirft sich nach hinten: «Nein, nein», sagt Marbot, «verkrampf dich nicht. Locker, verdammt noch mal, nicht mit Kraft.» Brunet streckt seine Schenkel, es knackt, er ist zu alt, zu verknöchert, er berührt kaum den Boden mit den Fingerspitzen, er richtet sich trotzdem zufrieden wieder auf, er schwitzt, er kehrt ihnen den Rücken zu und hüpft auf der Stelle. «Aufhören!» Er dreht sich abrupt um: der Drucker ist ohnmächtig geworden. Marbot legt ihn sanft ins Stroh, er sagt mit leisem Vorwurf: «Das ist zu hart für ihn.» – «Ach was», sagt Brunet gereizt. «Er ist es bloß nicht gewohnt.» Außerdem schlägt der Drucker die Augen wieder auf. Er ist blaß und atmet mühsam: «Na, Sportsfreund?» fragt Brunet freundlich. Der Drucker lächelt ihn vertrauensvoll an: «Geht schon, Brunet, geht schon. Entschuldige, ich . . .» – «Gut, gut», sagt Brunet, «dir wird's besser gehen, wenn du mehr ißt. Das ist alles für heute, Jungs. Im Dauerlauf unter die Dusche.» In Unterhosen, ihre Kleidung unter dem Arm, laufen sie zum Wasserschlauch; sie werfen ihre Kleidung auf eine Zeltplane, machen ein wasserdichtes Bündel daraus, duschen sich im Sprühregen. Brunet und der Drucker halten die Spritze und richten den Strahl auf Marbot. Der Drucker wirft einen ängstlichen Blick zu Dewrouckère, räuspert sich und sagt zu Brunet: «Wir würden gerne mit dir reden.» Brunet dreht sich nach ihm um, ohne die Spritze loszulassen: der Drukker senkt die Augen, Brunet ist leicht gereizt: er mag es nicht, wenn sie Angst vor ihm haben. Er sagt kurz: «Heute nachmittag um drei auf dem Hof.» Marbot reibt sich mit einem Stück Khakihemd ab und zieht sich wieder an. Er sagt: «He, Jungs! Es gibt was Neues!» Ein großer Dunkelhäutiger schwadroniert in einer Gruppe von Gefangenen: «Das ist Chaboche, der Schreiber», sagt Marbot ganz aufgeregt. «Ich sehe mal, was es gibt.» Brunet sieht ihm nach: der Idiot hat sich nicht die Zeit genommen, seine Wickelgamaschen wieder anzuziehen, er hält in jeder Hand eine. «Was meinst du, worum es geht?» fragt der Drucker. Er hat einen unbeteiligten Ton angenommen, aber seine Stimme täuscht nicht: es ist die Stimme, die sie alle hundertmal am Tag haben, ihre Hoffnungsstimme.

Brunet zuckt die Achseln: «Die Russen werden in Bremen gelandet sein, oder die Engländer haben um Waffenstillstand gebeten: immer dasselbe.» Er sieht den Drucker unfreundlich an. Der Kleine brennt darauf, hinter den anderen herzugehen, aber er wagt es nicht. Brunet ist ihm für seine Ängstlichkeit nicht dankbar: ‹Sobald ich den Rükken gekehrt habe, rennt er da rüber, stellt sich mit aufgerissenen Augen, geweiteten Nasenflügeln, sperrangelweiten Ohren vor Chaboche.› «Dusch mich ab», sagt Brunet. Er zieht seine Unterhose aus, seine Haut jauchzt unter dem Hagel, der die Poren zusammenzieht, Hagelkörner, Millionen von Fleischkörnchen, Kraft; er reibt sich mit den Händen den Körper ab, die Augen starr auf die Gaffenden gerichtet; Marbot hat sich mitten in die Gruppe gedrängt, er hebt seine Stupsnase zu dem Redenden auf. Mein Gott, wenn sie nur die Hoffnung verlieren könnten; wenn sie nur *etwas zu tun* hätten. Vor dem Krieg war es die Arbeit, die ihnen als Prüfstein diente, die über die Wahrheit entschied, die ihr Verhältnis zur Welt bestimmte. Jetzt, wo sie nichts mehr tun, halten sie alles für möglich, sie träumen, sie wissen nicht mehr, was wahr ist. Die drei Spaziergänger, die da in langen, natürlichen Wellenbewegungen hergehen, mit einem pflanzlichen Lächeln auf dem Gesicht, sind sie wach? Hin und wieder kullert ein Wort aus ihrem Mund, wie im Traum, und sie scheinen es nicht zu merken. Wovon träumen sie? Wie zur Selbstvergiftung fabrizieren sie von morgens bis abends das Sensationelle, das sie entbehren; sie erzählen sich tagaus, tagein die Geschichte, die sie nicht mehr machen: eine Geschichte voller Knalleffekte und Blut. «Gut so.» Der Strahl senkt sich, Schaum zwischen den Kieselsteinen, Brunet trocknet sich ab, Marbot kommt mit blinder, glorreicher Miene zu ihnen zurück. Er wiegt sich einen Augenblick hin und her, dann entschließt er sich zu sprechen. Er sagt mit geheuchelter Gleichgültigkeit: «Wir kriegen Besuch.» Das Gesicht des Druckers wird ganz rot: «Was? *Was für* Besuch?» – «Die Familien.» – «Wirklich?» sagt Brunet ironisch. «Wann denn?» Marbot richtet sich flink auf und sieht ihm mit sensationellem Ausdruck in die Augen: «Heute.» – «Klar», sagt Brunet. «Und man hat zwanzigtausend Betten bestellt, damit die Gefangenen mit ihren Frauen schlafen können.» Dewrouckère lacht; der Drukker wagt nicht, nicht zu lachen, aber seine Augen bleiben hungrig. Marbot lächelt friedlich: «Nein, nein», sagt er. «Das ist amtlich! Chaboche sagt es.» – «Ja dann! Wenn Chaboche es sagt!» sagt Brunet und lacht sich kaputt. – «Er sagt, daß es heute morgen angeschlagen wird.» – «Auf meinem Hintern», sagt Dewrouckère. Brunet lächelt ihn an. Marbot sieht erstaunt aus. «Im Ernst, Gartiser hat man es auch gesagt, ein deutscher Lastwagenfahrer hat es ihm gesagt, anscheinend kommen sie aus Epinal und aus Nancy.» – «Wer, sie?» – «Na, die Familien. Sie sind gestern mit dem Fahrrad, zu Fuß, auf Karren, im Güterzug angekommen, sie haben im Rathaus auf Strohsäcken geschlafen, und heute morgen haben sie einen Bittgang beim deutschen Kommandanten gemacht, da», sagt er, «*da*! Da ist das Plakat.» Ein Mann ist dabei, einen Anschlagzettel an die Tür zu kleben, alles stürzt hin, die Menge wogt rings um die Treppe; Marbot zeigt mit einer großartigen Handbewegung auf die Tür: «Na?» fragt er triumphierend. «Wird das Plakat auf deinem Hintern angeschlagen? Auf deinem Hintern?» Dewrouckère zuckt die Achseln. Brunet zieht langsam Hemd und Hose an, es ärgert ihn, daß er unrecht hatte. Er sagt: «Salut, Jungs. Dreht nachher den Hahn zu.» Er geht in aller Ruhe zu der Menge hinüber, die sich vor der Tür drängt: es besteht immer noch die Chance, daß es wieder einmal nur eine Latrinenparole ist, Brunet haßt die unverdienten kleinen Glücksfälle, mit denen die feigen Seelen von Zeit zu Zeit erfreut werden, eine Zusatzration Suppe, der Besuch der Familien, das erschwert die Arbeit. Er liest von weitem, über die Köpfe hinweg: «Der Lagerkommandant erlaubt den Gefangenen Besuche von ihren Familien (Verwandte ersten Grades). Zu diesem Zweck wird im Erdgeschoß ein Raum hergerichtet. Die Besuche finden bis auf weiteres sonntags von vierzehn bis siebzehn Uhr statt. In keinem Fall dürfen zwanzig Minuten überschritten werden. Wenn das Verhalten der Gefangenen dieser Ausnahmeregelung nicht entspricht, wird sie wieder aufgehoben.» Godchaux hebt den Kopf und schnauft glücklich: «Das muß man ihnen lassen: gemein sind sie nicht.» Links von Brunet fängt der kleine Gallois an zu lachen. Ein komisches schläfriges Lachen. «Was lachst du?» fragt Brunet. – «He!» sagt Gallois. «Es kommt. Es kommt nach und nach.» – «Was kommt?» Gallois sieht irritiert aus, er macht eine unbestimmte Geste, hört auf zu lachen und wiederholt: «Es kommt.» Brunet bahnt sich einen Weg durch die Menge und geht die Treppe hinauf: rings um ihn, im Dunkel des Erdgeschosses, wimmelt es, ein Termitenhügel, als er den Kopf hebt, sieht er blaßblaue Hände auf dem Geländer und eine lange, schwingende Spirale blauer Gesichter, er schiebt, er wird geschoben, er zieht sich an den Sprossen hoch, er wird gegen das Geländer gedrückt, das nachgibt; den ganzen Tag laufen die Männer ohne den geringsten Grund treppauf, treppab; er denkt: ‹Nichts zu machen: sie sind nicht unglücklich genug.› Sie sind Rentiers, Eigentümer geworden, die Kaserne gehört ihnen, sie organisieren Expeditionen aufs Dach, in die Keller, sie haben in einem Kellerraum Bücher entdeckt. Natürlich gibt es keine Medikamente im Krankenrevier und keine Lebensmittel in der Küche, aber es gibt ein Krankenrevier, es gibt eine Küche, es gibt ein Büro und sogar Friseure: sie fühlen sich verwaltet. Sie haben ihren Familien geschrieben, und seit zwei Tagen hat die Zeit der Städte wieder angefangen zu laufen. Als die Kommandantur ihnen vorgeschrieben hat, ihre Uhren nach deutscher Zeit zu stellen, haben sie sofort gehorcht, sogar jene, die seit dem Juni zum Zeichen der Trauer stehengebliebene Uhren am Handgelenk trugen: diese vage Dauer, die ins Kraut schoß, hat sich militarisiert, man hat ihnen deutsche Zeit zur Verfügung gestellt, richtige Siegerzeit, dieselbe, die in Danzig, in Berlin gilt: heilige Zeit. Nicht unglücklich genug: gelenkt, verwaltet, verpflegt, untergebracht, beaufsichtigt, nicht verantwortlich. Heute nacht war da dieser Zug, und jetzt kommen die Familien, die Arme voller Konserven und Tröstungen. Wieviel Gezeter, wieviel Tränen, wieviel Küsse! ‹Das fehlte ihnen gerade noch; bisher waren sie wenigstens bescheiden. Jetzt werden sie sich interessant fühlen.› Ihre Frauen und Mütter haben sich in aller Ruhe den großen Heldenmythos vom Gefangenen zurechtlegen können, sie werden sie damit infizieren. Er kommt auf den Dachboden, geht den Gang entlang, betritt seinen Käfig und sieht seine Kameraden wütend an. Sie liegen wie üblich da und tun nichts, träumen behaglich und angeschmiert ihr Leben; Lambert liest mit hochgezogenen Augenbrauen, schmollend und erstaunt *Les petites filles modèles.* Ein Blick genügt, um zu erkennen, daß die Neuigkeit noch nicht auf dem Dachboden angekommen ist. Brunet zögert: soll er sie ihnen mitteilen? Er stellt sich ihre glänzenden Augen, ihre schwatzhafte Aufregung vor. ‹Sie werden es noch früh genug erfahren.› Er setzt sich schweigend. Schneider ist zum Waschen hinuntergegangen; der Schtimi ist noch nicht wieder oben; die anderen sehen Brunet bestürzt an. «Was ist denn nun schon wieder?» fragt Brunet. Sie antworten nicht gleich, dann sagt Moûlu leise: «Auf Nummer 6 sind Läuse.» Brunet zuckt zusammen und verzieht das Gesicht. Er fühlt sich nervös, er wird noch nervöser, er sagt aufbrausend: «Ich will hier keine Läuse haben.» Er schweigt plötzlich still, beißt sich auf die Unterlippe und sieht die Männer unsicher an. Niemand reagiert: die Gesichter, die sich ihm zuwenden, bleiben stumpf und belemmert, Gassou fragt: «Sag mal, Brunet, was sollen wir machen?» – ‹Ja, ja, ihr mögt mich nicht besonders, aber wenn es hart auf hart geht, kommt ihr zu mir.› Er antwortet sanfter: «Ihr wolltet ja nicht umziehen, als ich es euch gesagt habe . . .» – «Wohin denn umziehen?» – «Es waren Buden frei. Lambert, ich hatte dich doch gebeten nachzusehen, ob die Küche im Erdgeschoß frei ist.» – «Die Küche!» sagt Moûlu. «Vielen Dank, auf den Fliesen schlafen, da holt man sich Dünnpfiff, und außerdem ist sie voller Küchenschaben.» – «Immer noch besser als Läuse. Lambert, ich rede mit dir! Warst du dort?» – «Ja.» – «Und?» – «Belegt.» – «Da haben wir's: seit acht Tagen solltest du hingehen.» Er spürt, wie seine Bakken rot werden, seine Stimme schwillt an, er schreit: «Hier wird es keine Läuse geben! Hier nicht!» – «Na, na!» sagt der Blondkopf. «Mach nicht so einen Wirbel; es ist ja nicht unsere Schuld.» Aber jetzt schreit auch der Unteroffizier: «Er hat recht, daß er schimpft! Er hat recht! Ich habe den ganzen Krieg von 1914 mitgemacht und habe nie Läuse gehabt, ich will heute nicht welche kriegen, wegen solchen Dreckschweinen wie euch, die sich nicht mal waschen können!» Brunet hat sich wieder gefangen; er sagt ruhig: «Man muß sofort Maßnahmen ergreifen.» Der Blondkopf grinst: «Schon gut, aber welche?» – «Erstens», sagt Brunet, «werdet ihr *alle* jeden Morgen duschen gehen. Zweitens wird sich jeder *jeden Abend* entlausen.» – «Was heißt das?» – «Ihr zieht euch nackt aus, ihr nehmt eure Jacken, Unterhosen, Hemden und seht nach, ob in den Nähten Nissen sind. Wenn ihr Flanellbinden tragt, da setzen sie sich am liebsten rein.» Gassou seufzt: «Das wird lustig!» – «Wenn ihr ins Bett geht», fährt Brunet fort, «hängt ihr eure Sachen an die Nägel, auch die Hemden: wir werden nackt in den Decken schlafen.» – «Scheiße noch mal!» sagt Moûlu. «Ich werde mir eine Bronchitis holen.» Brunet dreht sich lebhaft zu ihm um. «Jetzt komm ich zu dir, Moûlu. Du bist ein Läusenest, das kann nicht so weitergehen.» – «Das ist nicht wahr!» sagt Moûlu, sprachlos vor Entrüstung. «Das ist nicht wahr, ich habe keine Läuse.» – «Vielleicht jetzt nicht, aber wenn es im Umkreis von zwanzig Kilometern eine gibt, dann hängt sie sich an dich, das ist so sicher, wie wir den Krieg verloren haben.» – «Es gibt keinen Grund», sagt Moûlu pikiert: «Wieso an mich und nicht an dich? Es gibt wirklich keinen Grund.» – «Es gibt einen», sagt Brunet mit donnernder Stimme, «nämlich, daß du dreckig bist wie ein Schwein!» Moûlu wirft ihm einen giftigen Blick zu, er macht den Mund auf, aber schon haben alle anderen angefangen zu lachen und zu schreien: «Er hat recht, du stinkst, du verpestest die Luft, du riechst wie ein verschlamptes kleines Mädchen, du bist ein Ferkel, mir vergeht der Appetit, ich kann nicht mehr essen, wenn ich dich ansehe!» Moûlu richtet sich auf und mustert sie von oben herab. «Ich wasche mich», sagt er erhaben. «Ich wasche mich vielleicht öfter als ihr. Nur bin ich nicht so wie gewisse Leute, die sich splitternackt auf den Ehrenhof stellen, bloß um aufzufallen.» Brunet hält ihm den Finger unter die Nase: «Hast du dich gestern gewaschen?» – «Na klar.» – «Dann zeig mal deine Füße her.» Moûlu geht hoch: «Du bist wohl bekloppt.» Er zieht die Füße unter sich und setzt sich auf die Fersen wie ein Türke: «Nie im Leben zeige ich meine Füße.» – «Zieht ihm die Latschen aus», sagt Brunet. Lambert und der Blondkopf stürzen sich auf Moûlu, umfassen ihn und drücken ihn nach hinten auf den Boden, Gassou kitzelt ihn an den Rippen. Moûlu zittert, keucht, sabbert und stöhnt: «Aufhören, aufhören, Jungs! Seid nicht so gemein! Ich kann Kitzeln nicht aushalten.» – «Dann verhalt dich ruhig», sagt der Unteroffizier. Noch von Schaudern geschüttelt, hält Moûlu still; Lambert hat sich auf seine Brust gesetzt; der Unteroffizier bindet ihm den rechten Schuh auf, zieht, der Fuß kommt hervor, der Unteroffizier erbleicht, läßt den Schuh fallen und springt auf: «Großer Gott!» sagt er. – «Ja», sagt Brunet, «großer Gott!» Lambert und der Blondkopf stehen schweigend auf, sie sehen Moûlu mit bewundernder Überraschung an. Moûlu setzt sich ruhig und würdevoll wieder auf. Eine wütende Stimme schreit aus dem Nachbarkäfig: «He, ihr Jungs von Nummer 4! Was treibt ihr da? Es stinkt bei euch, es riecht nach ranziger Butter.» – «Moûlu zieht sich die Schuhe aus», sagt Lambert schlicht. Sie sehen Moûlus Fuß an: der große Zeh kommt schwarz aus der durchlöcherten Socke. «Hast du die Fußsohle gesehen?» fragt Lambert. «Das ist keine Socke mehr, das ist Spitze.» Gassou atmet durch sein Taschentuch. Der Blonde schüttelt den Kopf und wiederholt mit einem gewissen Respekt: «O Mann! O Mann!» – «Es reicht», sagt Brunet. «Weg damit!» Moûlu steckt den Fuß blitzartig wieder in den Schuh. «Moûlu», fährt Brunet ernst fort, «du bist eine Gefahr für die Öffentlichkeit. Du wirst mir die Freude machen, duschen zu gehen, und zwar sofort. Wenn du in einer halben Stunde nicht gewaschen bist, kriegst du nichts zu essen und wirst heute nacht nicht hier schlafen.» Moûlu sieht ihn haßerfüllt an, aber er steht widerspruchslos auf, er sagt nur: «Hast du hier etwa zu befehlen?» Brunet hütet sich zu antworten; Moûlu geht hinaus, die Männer lachen, Brunet lacht nicht, er denkt an die Läuse, er denkt: ‹*Ich* werde jedenfalls keine kriegen.› «Wie spät ist es?» fragt der Blondkopf. «Mir hängt der Magen durch.» – «Zwölf», sagt der Unteroffizier. – «Zwölf, Zeit für die Essensausgabe, wer hat Essensdienst?» – «Gassou.» – «Dann beweg dich, Gassou.» – «Das hat Zeit», sagt Gassou. – «Beweg dich, sag ich dir, wenn du Essensdienst hast, kommen wir immer als letzte dran.» – «Schon gut!» Gassou setzt wütend seine Mütze auf und geht. Lambert hat wieder angefangen zu lesen. Brunet hat ein nervöses Jucken zwischen den Schulterblättern; Lambert kratzt sich beim Lesen den Schenkel, der Blondkopf sieht ihn an: «Hast du Läuse?» – «Nein», sagt Lambert, «aber es juckt mich, seit von ihnen geredet wird.» – «Stimmt!» sagt der Blondkopf. «Mich auch.» Er kratzt sich am Hals: «Brunet, juckt es dich nicht?» – «Nein», sagt Brunet. Sie schweigen, der Blondkopf kratzt sich mit einem verkrampften Lächeln, Lambert liest und kratzt sich; Brunet stopft die Hände in die Tasche und kratzt sich nicht. Gassou erscheint wutentbrannt wieder in der Tür: «Ihr wollt mich wohl verarschen?» – «Wo ist das Brot?» – «Das Brot? Du blöder Hund, es ist kein Mensch unten, die Küchen sind nicht mal auf.» Lambert hebt verstört den Kopf: «Fängt das jetzt wieder an wie im Juni?» Ihre prophetischen und trägen Seelen sind immer bereit, das Schlimmste oder das Beste anzunehmen. Brunet wendet sich an den Unteroffizier: «Wieviel Uhr hast du?» – «Zehn nach zwölf.» – «Bist du sicher, daß deine Uhr richtig geht?» Der Unteroffizier lächelt und sieht selbstgefällig auf seine Uhr. «Das ist eine Schweizer Uhr», sagt er bloß. Brunet ruft den Männern im Nachbarkäfig zu: «Wieviel Uhr habt ihr?» – «Zehn nach elf», antwortet eine Stimme. Der Unteroffizier triumphiert: «Was habe ich euch gesagt?» – «Du hast uns gesagt: zehn nach zwölf, du Trottel», sagt Gassou grollend. – «Ja, genau: zehn nach zwölf in Frankreich, zehn nach elf bei den Boches.» – «Blödmann!» sagt Gassou wutschnaubend. Er steigt über Lambert hinweg und läßt sich auf die Decke fallen. Der Unteroffizier fährt in aller Ruhe fort: «Nur weil Frankreich in der Scheiße sitzt, werde ich doch nicht die französische Zeit aufgeben!» – «Es gibt keine französische Zeit mehr, du Affe. Von Marseille bis Straßburg haben die Fritzen ihre vorgeschrieben.» – «Kann schon sein», sagt der Unteroffizier friedlich und stur. «Aber wer mich dazu bringen will, *meine* Zeit zu ändern, der muß früher aufstehen.» Er dreht sich zu Brunet um und erklärt: «Wenn die Fritzen erst mal im Hemd dastehen, werdet ihr heilfroh sein, die französische Zeit wiederzubekommen.» – «He!» schreit Lambert. «Seht mal, Moûlu als Mann von Welt!» Moûlu kommt frisch und rosig, mit sonntäglicher Miene herein. Die Männer lachen: «Na, Moûlu, war es angenehm?» – «Was?» – «Das Wasser.» – «Ja, ja», sagt Moûlu zerstreut, «sehr angenehm.» – «Gut», sagt Brunet. «Von jetzt an zeigst du uns jeden Morgen deine Füße.» Moûlu scheint ihn nicht zu hören, er setzt ein wichtigtuerisches, geheimnisvolles Lächeln auf. «Es gibt Neuigkeiten, Jungs, haltet euch fest!» – «Was denn, was denn? Neuigkeiten, was für Neuigkeiten?» Die Gesichter leuchten, werden rot, blühen auf. Moûlu sagt: «Wir bekommen Besuch!» Brunet steht lautlos auf und geht hinaus, hinter seinem Rücken schreit es, er beschleunigt den Schritt, er zwängt sich in den Kletterpflanzenwald auf der Treppe, auf dem Hof wimmelt es, die Männer gehen langsam im Sprühregen hintereinander im Kreis; sie sehen alle in den Kreis hinein, den sie beschreiben; aus allen Fenstern schauen Gesichter hinaus: irgend etwas ist passiert. Brunet reiht sich ein, er geht auch im Kreis, aber ohne Neugier: jeden Tag passiert an dieser Stelle irgend etwas, Männer, die stehenbleiben und zu warten scheinen, die anderen gehen um sie herum und sehen sie an. Brunet geht im Kreis, der Unteroffizier André lächelt ihn an: «Ach, da ist ja Brunet, ich wette, er sucht Schneider.» – «Hast du ihn gesehen?» fragt Brunet schnell. – «Und ob», sagt André lachend. «Er sucht dich auch.» Er dreht sich zu den anderen um und grinst: «Die beiden sind wie Pech und Schwefel, sie sind immer zusammen oder laufen einander nach.» Brunet lächelt: Pech und Schwefel, warum nicht? Er duldet die Freundschaft mit Schneider, weil sie ihm keine Zeit wegnimmt: sie ist wie eine Schiffsbekanntschaft, sie verpflichtet zu nichts; wenn sie jemals aus der Gefangenschaft zurückkommen, werden sie sich nicht mehr wiedersehen. Eine Freundschaft ohne Ansprüche, ohne Recht, ohne Verantwortung: gerade eben ein bißchen Wärme in der Magengrube. Er geht im Kreis, André geht schweigend neben ihm. Im Zentrum dieses trägen Malstroms ist eine Zone absoluter Stille: Männer in Mänteln sitzen auf der Erde oder auf ihren Beuteln. André hält Clapot im Vorbeigehen an: «Was sind denn das für Burschen?» – «Das sind Bestrafte», sagt Clapot. – «Was für welche?» Clapot macht sich ungeduldig los: «Bestrafte, sag ich dir.» Sie gehen weiter im Kreis, ohne diese reglosen und stummen Männer aus den Augen zu lassen. «Bestrafte!» brummt André. «Das erste Mal, daß ich Bestrafte sehe. Bestraft wofür? Was haben sie getan?» Brunet freut sich: da ist Schneider, an den Rand des Malstroms gedrängt; er beobachtet das Grüppchen der Bestraften und reibt sich die Nase. Brunet mag die Art, wie Schneider den Kopf zur Seite neigt; er denkt erfreut: ‹Wir werden uns unterhalten.› Schneider ist sehr intelligent. Intelligenter als Brunet. Intelligenz ist nicht so wichtig, aber sie macht den Umgang angenehm. Er legt die Hand auf Schneiders Schulter und lächelt ihn an; Schneider erwidert sein Lächeln unfroh. Brunet fragt sich manchmal, ob Schneider sich freut, wenn er ihn sieht: sie trennen sich zwar kaum, aber wenn Schneider Sympathie für Brunet hat, so zeigt er sie nicht oft. Eigentlich ist Brunet ihm dafür dankbar: er kann Gefühlsäußerungen nicht leiden. «Na?» fragt André. «Hast du ihn gefunden, deinen Schneider?» Brunet lacht, Schneider lacht nicht. André fragt Schneider: «Sag mal, wofür sind die bestraft?» – «Wer?» – «Die Jungs da.» – «Die sind nicht bestraft», sagt Schneider. «Das sind die Elsässer. Siehst du denn nicht Gartiser in der ersten Reihe?» – «Ach so!» sagt André. «Ach so!» Er sieht zufrieden aus, er bleibt eine Weile mit den Händen in der Tasche neben ihnen stehen, informiert, befriedigt; dann wird er plötzlich unruhig: «Warum sind sie da?» Schneider zuckt die Achseln: «Frag sie doch selber.» André zögert, dann geht er langsam, Gleichgültigkeit heuchelnd, zu ihnen. Die Elsässer sitzen steif und unruhig, kerzengerade, unsicher da, ihre Mäntel wie Röcke um sich herum, und sehen aus wie Emigranten auf einem Schiffsdeck. Gartiser hockt im Schneidersitz, die Hände flach auf den Schenkeln, seine großen Hühneraugen rollen in seinem breiten Gesicht. «Na, Jungs», sagt André, «was Neues?» Sie antworten nicht; Andrés unsicheres Gesicht bewegt sich über ihren gesenkten Schädeln hin und her. «Was Neues?» Keine Antwort. «Ich dachte, es gäbe was Neues, als ich euch so im Kreis sitzen sah. He, Gartiser?» Gartiser hat sich entschlossen, den Kopf zu heben, er sieht André hochmütig an. «Wie kommt es, daß ihr Elsässer euch versammelt habt?» – «Weil man es uns befohlen hat.» – «Aber die Mäntel, die Affen, hat man euch gesagt, ihr sollt sie mitbringen?» – «Ja.» – «Warum denn?» – «Weiß nicht.» Andrés Gesicht ist puterrot vor Aufregung: «Aber ihr habt doch irgendeine Ahnung?» Gartiser antwortet nicht; hinter ihm wird ungeduldig elsässisch gesprochen, André strafft sich beleidigt: «Schon gut», sagt er. «Im Winter wart ihr nicht so stolz, da wärt ihr uns nicht mit eurem Platt gekommen, aber jetzt, wo wir besiegt sind, könnt ihr kein Französisch mehr.» Die Köpfe heben sich nicht einmal; das Elsässische ist dieses ständige, natürliche Rauschen von Laub im Wind. André starrt grinsend auf dieses Beet von Schädeln: «Es ist wohl nicht gerade witzig, heutzutage Franzose zu sein, was, Jungs?» – «Mach dir keine Sorgen um uns», sagt Gartiser lebhaft, «wir werden es nicht lange bleiben.» André zögert, runzelt die Stirn, sucht eine schneidende Antwort und findet sie nicht. Er macht kehrt und geht zu Brunet zurück: «Da haben wir's!» Hinter Brunets Rücken ertönen ärgerliche Stimmen: «Was mußt du auch mit denen reden? Laß sie bloß in Ruhe, das sind Boches.» Brunet sieht sie an; säuerliche, bleiche Gesichter, sauer gewordene Milch: der Neid. Der Neid der Kleinbürger, der kleinen Kaufleute, sie haben die Beamten beneidet, dann die Unabkömmlichen, jetzt die Elsässer. Brunet lächelt: er sieht diese vor Ärger glühenden Augen an, sie sind wütend, daß sie Franzosen sind: das ist immerhin besser als passive Resignation; sogar mit Neid wird man arbeiten können. «Haben sie dir jemals etwas geborgt oder bei etwas geholfen?» – «Bist du verrückt? Ich habe welche gesehen, die in den ersten Tagen Fleisch hatten, das haben sie vor deiner Nase gefressen, die hätten dich mit offenem Maul krepieren lassen.» Die Elsässer hören es; sie wenden den Franzosen ihre roten, blonden Gesichter zu, vielleicht gibt es Stunk. Ein heiserer Ruf: die Franzosen machen einen Satz rückwärts, die Elsässer springen auf und stehen stramm: auf den Stufen der Treppe ist ein deutscher Offizier erschienen, lang und zerbrechlich, mit tiefliegenden Augen in einem verschwommenen Gesicht. Er spricht, die Elsässer hören zu, Gartiser ist knallrot und reckt den Hals. Die Franzosen hören mit ehrerbietigem Interesse auch zu, ohne zu verstehen. Ihre Wut hat sich gelegt: sie sind sich im klaren darüber, daß sie einer offiziellen Zeremonie beiwohnen. Eine Zeremonie ist immer schmeichelhaft. Der Offizier spricht, die Zeit vergeht steif und heilig, diese fremde Sprache ist wie das Latein einer Messe; niemand wagt mehr, die Elsässer zu beneiden: sie haben die Würde eines Chors angenommen. André nickt, er sagt: «Das ist gar nicht so häßlich als Sprache, ihr Kauderwelsch.» Brunet antwortet nicht: das sind Affen, sie können ihre Wut nicht länger als fünf Minuten durchhalten. Er fragt Schneider: «Was erzählt er?» – «Er sagt ihnen, daß sie frei sind.» Die Stimme des Kommandanten kommt in begeisterten Stößen aus seinem finsteren Gesicht; er schreit, aber seine Augen leuchten nicht. «Was sagt er?» Schneider übersetzt leise: «Dank dem Führer wird das Elsaß in den Schoß des Mutterlandes heimkehren.» Brunet dreht sich zu den Elsässern um: aber ihre Gesichter reagieren langsam, sind immer hinter ihren Leidenschaften zurück. Zwei oder drei haben sich jedoch gerötet. Brunet amüsiert sich. Die deutsche Stimme erhebt sich und fällt, springt von Stufe zu Stufe, der Offizier hat die Fäuste über den Kopf erhoben, er skandiert seine Ruhmesstimme mit den Ellbogen, alle sind ergriffen wie beim Vorbeiziehen der Fahne oder der Militärkapelle; die beiden Fäuste öffnen sich und schnellen hoch, die Männer erschauern, der Offizier hat Heil Hitler! gebrüllt. Die Elsässer sehen versteinert aus; Gartiser dreht sich zu ihnen um und wirft ihnen einen vernichtenden Blick zu, dann wendet er sich dem Kommandanten zu, wirft die Arme nach vorn und schreit: *Heil!* Eine unmerkliche Stille tritt ein, und dann heben sich die Arme; Brunet ergreift unwillkürlich Schneiders Handgelenk und drückt es fest. Jetzt wird geschrien. Manche schreien mit einem gewissen Überschwang *Heil*, und andere machen nur den Mund auf, ohne einen Ton von sich zu geben, wie die Leute, die in der Kirche so tun, als sängen sie. In der letzten Reihe steht mit gesenktem Kopf und in den Taschen vergrabenen Händen ein großer Kerl, der zu leiden scheint. Die Arme senken sich, Brunet läßt Schneiders Handgelenk los; die Franzosen schweigen, die Elsässer stehen wieder stramm, sie haben Gesichter aus weißem Marmor, blind und taub, unter der goldenen Flamme ihrer Haare. Der Kommandant stößt einen Befehl aus, die Kolonne setzt sich in Bewegung, die Franzosen weichen zurück, die Elsässer ziehen an einem Spalier von Neugierigen vorbei. Brunet dreht sich um, er sieht die schnaufenden Gesichter seiner Kameraden an. Er würde gern Wut und Haß von ihnen ablesen, er sieht nur ein sanftes, aufblitzendes Verlangen. Weit hinten ist das Gittertor aufgegangen; von der Treppe aus sieht der deutsche Kommandant mit einem gutmütigen Lächeln der abziehenden Kolonne nach. «Nicht zu fassen», sagt André. «Nicht zu fassen.» – «So 'ne Scheiße», sagt ein Bärtiger, «wenn ich bedenke, daß ich in Limoges geboren bin . . .» André nickt, er wiederholt: «Nicht zu fassen!» – «Was ist denn mit dir?» fragt ihn der Koch Charpin. – «Nicht zu fassen!» sagt André. Der Koch sieht fröhlich und aufgekratzt aus; er fragt: «Sag mal, Schwachkopf, wenn du nur Heil Hitler zu schreien brauchtest, damit sie dich nach Haus schicken, würdest du dann nicht schreien? Das verpflichtet zu nichts. Du schreist, aber du sagst nicht, was du denkst.» – «Oh, ich, klar», sagt André, «ich würde schreien, was man will, aber bei denen da ist es was anderes: sie sind Elsässer; sie haben Frankreich gegenüber Pflichten.» Brunet winkt Schneider; sie machen sich davon, flüchten auf den anderen Hof, der leer ist. Brunet lehnt sich gegenüber vom Stall unter der Überdachung an die Mauer; nicht weit von ihnen sitzt, die Arme um die Knie gelegt, ein großer Soldat mit spitzem Schädel und spärlichen Haaren. Aber er stört nicht. Er sieht aus wie der Dorftrottel. Brunet sieht auf seine Füße. Er sagt: «Hast du gesehen, die beiden elsässischen Sozialisten?» – «Was für Sozialisten?» – «Bei den Elsässern: wir hatten zwei Sozialisten ausfindig gemacht; Dewrouckère hatte sie vorige Woche angesprochen; sie wollten alles mitmachen.» – «Ja und?» – «Sie haben mit den anderen den Arm hochgehoben.» Schneider antwortet nichts: Brunet heftet seinen Blick auf den Dorftrottel, einen jungen Mann mit gebogener, ziselierter Nase, der Nase eines Reichen; in seinem von dreißig Jahren bürgerlichen Lebens geformten Elitegesicht mit feinen Falten, mit den klaren und scharf geschnittenen Zügen der Intelligenz, hat sich die stille Verstörtheit der Tiere eingenistet. Brunet zuckt die Achseln: «Es ist immer dasselbe: am einen Tag triffst du einen, er ist einverstanden: am nächsten Tag niemand mehr, er hat die Bude gewechselt, oder er tut so, als würde er dich nicht kennen.» Er zeigt mit dem Finger auf den Trottel: «Ich war es gewohnt, mit Männern zu arbeiten. Aber nicht mit so was.» Schneider lächelt: «*Das*, das war ein Ingenieur bei Thompson. Was man einen Mann mit Zukunft nennt.» – «Tja», sagt Brunet, «jetzt hat er seine Zukunft hinter sich.» – «Wie viele sind wir eigentlich?» fragt Schneider. – «Ich hab dir ja gesagt, daß ich es nicht feststellen kann; das schwankt. Nimm mal an, etwa hundert.» – «Hundert von dreißigtausend?» – «Ja. Hundert von dreißigtausend.» Schneider hat die Frage mit neutraler Stimme gestellt; er gibt keinen Kommentar ab: trotzdem wagt Brunet nicht, ihn anzusehen. «Irgendwas läuft nicht richtig», fährt Brunet fort. «Auf den Grundlagen von 36 müßten wir gut ein Drittel der Gefangenen organisieren können.» – «Wir haben nicht mehr 1936», sagt Schneider. – «Ich weiß», sagt Brunet. Schneider legt den Zeigefinger an den Nasenflügel: «Wir heuern eher Nörgler an. Das erklärt die Unbeständigkeit unserer Anhänger. Ein Nörgler ist nicht unbedingt unzufrieden; er ist im Gegenteil zufrieden, wenn er nörgeln kann. Wenn du ihm vorschlägst, die Konsequenzen aus dem zu ziehen, was er sagt, behauptet er, natürlich einverstanden zu sein, damit es nicht aussieht, als würde er kneifen, aber sobald du ihm den Rücken zukehrst, löst er sich in Luft auf: die Erfahrung habe ich zehnmal gemacht.» – «Ich auch», sagt Brunet. – «Man müßte die wirklich Unzufriedenen anheuern können», sagt Schneider, «all die wackeren Linken, die *Marianne* und *Vendredi* lasen, die an die Demokratie und an den Fortschritt glaubten.» – «Ja, sicher!» sagt Brunet. Er sieht die Holzkreuze oben auf dem Hügel an und das vom Sprühregen glänzende Gras; er fügt hinzu: «Ab und zu begegne ich einem Burschen, der ganz allein wie ein von schwerer Krankheit Genesender rumläuft, und ich denke: das ist einer. Aber was soll man machen? Sobald du dich an sie heranmachst, kriegen sie Angst. Als würden sie allem mißtrauen.» – «Ganz so ist es nicht», sagt Schneider. «Ich glaube eher, daß die armen Kerle sich schämen. Sie wissen, daß sie die großen Verlierer des Krieges sind und daß sie sich nie wieder davon erholen werden.» – «Im Grunde», sagt Brunet, «sind sie nicht scharf darauf, den Kampf wiederaufzunehmen: lieber reden sie sich ein, daß ihre Niederlage unabänderlich ist; das ist schmeichelhafter.» Schneider stößt mit komischer Miene hervor: «Na und? Das ist doch ein Trost.» – «Was?» – «Es ist immerhin ein Trost, wenn du denken kannst, daß deine Schlappe die der ganzen Gattung ist.» – «Selbstmörder!» sagt Brunet angewidert. – «Wenn du so willst», sagt Schneider. Er fügt sanft hinzu: «Aber weißt du, Frankreich, das sind sie. Wenn du sie nicht erreichst, nützt das, was du tust, gar nichts.» Brunet dreht den Kopf und sieht den Trottel an, er wird von diesem verödeten Gesicht angezogen; der Trottel gähnt wollüstig und weint, ein Hund gähnt, Frankreich gähnt, Brunet gähnt: er hört auf zu gähnen und fragt, ohne aufzublicken, leise und schnell: «Soll man weitermachen?» – «Weitermachen womit?» – «Mit der Arbeit.» Schneider lacht hart und unangenehm: «Das fragst du mich!» Brunet hebt lebhaft den Kopf, er ertappt auf Schneiders dicken Lippen ein sadistisches und schmerzliches Lächeln, das gerade vergeht. Schneider fragt: «Was würdest du tun, wenn du es sein ließest?» Das Lächeln ist verschwunden, das Gesicht ist wieder glatt, schwer und ruhig geworden, ein totes Meer, ich werde dieses Gesicht nie verstehen. «Was ich tun würde: ich würde türmen und mich den Genossen in Paris anschließen.» – «In Paris?» Schneider kratzt sich am Kopf, Brunet fragt schnell: «Glaubst du, daß es da genauso ist?» Schneider überlegt: «Wenn die Deutschen höflich sind ...» – «Das kannst du aber annehmen, daß sie höflich sind!» sagt Brunet. «Du kannst sicher sein, daß sie den Blinden über die Straße helfen.» – «Ja dann», sagt Schneider. «Dann wird es genauso sein.» Er richtet sich plötzlich auf und sieht Brunet mit unsanfter Neugier an: «Worauf hoffst du?» Brunet wird steif: «Ich hoffe auf nichts; ich habe nie auf etwas gehofft, ich pfeife auf die Hoffnung: ich *weiß*.» – «Was weißt du denn?» – «Ich weiß, daß die Sowjetunion früher oder später in den Krieg eintritt», sagt Brunet. «Ich weiß, daß sie auf ihre Stunde wartet, und ich will, daß unsere Jungs bereit sind.» – «Ihre Stunde ist vorbei», sagt Schneider. «Vor dem Herbst wird es mit England aus sein.

Wenn die Sowjetunion nicht eingegriffen hat, als noch Hoffnung bestand, zwei Fronten zu schaffen, wieso soll sie dann jetzt eingreifen, wo sie allein kämpfen würde?» – «Die Sowjetunion ist das Land der Arbeiter», sagt Brunet. «Und die russischen Arbeiter werden es nicht zulassen, daß das europäische Proletariat unter der Naziknute bleibt.» – «Warum haben sie dann zugelassen, daß Molotow den deutsch-sowjetischen Pakt unterzeichnet?» – «Damals konnte man nicht anders. Die UdSSR war noch nicht soweit.» – «Was beweist dir, daß sie heute weiter ist?» Brunet legt gereizt die flache Hand an die Mauer: «Wir sind nicht im *Café du Commerce*», sagt er, «ich werde mit dir nicht darüber diskutieren: ich bin Funktionär und habe meine Zeit nie mit hochpolitischen Spekulationen vergeudet: ich hatte meine Arbeit, und ich tat sie. Ansonsten habe ich mich auf das Zentralkomitee und auf die UdSSR verlassen; ich werde mich nicht ausgerechnet heute ändern.» – «Das meinte ich ja», sagt Schneider traurig, «du lebst von Hoffnungen.» Dieser düstere Tonfall macht Brunet wütend: es kommt ihm so vor, als sei Schneiders Traurigkeit geheuchelt. «Schneider», sagt er, ohne die Stimme zu erheben, «man kann nicht ausschließen, daß das gesamte Politbüro verrückt geworden ist. Aber genausowenig kann man ausschließen, daß diese Überdachung dir auf den Kopf fällt; trotzdem beobachtest du nicht dein Leben lang die Decke. Natürlich kannst du mir, wenn es dir Spaß macht, sagen, daß du auf Gott hoffst oder dem Architekten vertraust, aber das sind Worte: du weißt genau, daß es Naturgesetze gibt und daß Häuser gewöhnlich stehenbleiben, wenn man sie nach diesen Gesetzen gebaut hat. Also? Warum sollte ich die ganze Zeit über die Politik der UdSSR nachdenken, und was kommst du mir mit meinem Vertrauen zu Stalin? Ja, ich habe Vertrauen zu ihm und zu Molotow und zu Shdanow: genauso, wie du Vertrauen in die Haltbarkeit dieser Mauern hast. Anders gesagt, ich weiß, daß es historische Gesetze gibt und daß auf Grund dieser Gesetze das Land der Arbeiter und das europäische Proletariat dieselben Interessen haben. Ich denke übrigens nicht oft daran, nicht öfter, als du an das Fundament deines Hauses denkst: das ist der Boden unter meinen Füßen, das Dach über meinem Kopf, das ist eine Gewißheit, die mich trägt und schützt und es mir ermöglicht, die konkreten Ziele zu verfolgen, die die Partei mir anweist. Wenn du die Hand ausstreckst, um dein Kochgeschirr zu nehmen, postuliert allein schon deine Handbewegung den universalen Determinismus; bei mir ist es genauso: meine geringste Handlung bestätigt implizit, daß die Sowjetunion die Avantgarde der Weltrevolution ist.» Er sieht Schneider ironisch an und sagt abschließend: «Was willst du? Ich bin nur ein Funktionär.» Schneider hat immer noch diese entmutigte Miene; seine Arme hängen herab; seine Augen sind stumpf. Man könnte meinen, er wollte seine geistige Beweglichkeit mit der Langsamkeit seiner Mimik tarnen. Brunet hat es oft bemerkt: Schneider versucht, seine Intelligenz zu verlangsamen, als wollte er eine bestimmte Art geduldigen und zähen Denkens in sich einführen, von dem er wahrscheinlich glaubt, daß es die Art der Bauern und Soldaten ist. Warum? Um bis in sein Innerstes seine Solidarität mit ihnen zu äußern? Um gegen die Intellektuellen und gegen die Führer zu protestieren? Aus Haß gegen die Pedanterie? «Na schön», sagt Schneider, «kämpfe, alter Freund, kämpf ruhig. Nur hat dein Handeln ziemlich viel Ähnlichkeit mit dem Stammtischgerede im *Café du Commerce:* wir haben mit großer Mühe an die hundert unglückliche Idealisten aufgegabelt und versorgen sie mit Enten über die Zukunft Europas.» – «Das ist unvermeidlich», sagt Brunet, «solange sie noch nicht arbeiten, kann ich ihnen nichts zu *tun* geben; man unterhält sich, man nimmt Verbindung auf. Warte noch etwas, bis man uns nach Deutschland gebracht hat, dann wirst du sehen, wie wir uns an die Arbeit machen.» – «O ja, ich werde warten», sagt Schneider mit seiner schläfrigen Stimme. «Ich werde warten: ich muß ja warten. Aber die Pfaffen und die Nazis warten nicht. Und ihre Propaganda ist verdammt viel wirkungsvoller als unsere.» Brunet sieht ihm durchdringend in die Augen:

«Und? Worauf willst du hinaus?» – «Ich?» sagt Schneider erstaunt. «Auf gar nichts. Wir haben über die Schwierigkeiten beim Anheuern gesprochen ...» – «Ist es etwa meine Schuld», fragt Brunet heftig, «daß die Franzosen Schweine sind, die weder Schwung noch Mut haben? Ist es meine Schuld, daß ...» Schneider richtet sich auf und schneidet ihm das Wort ab; sein Gesicht ist hart geworden, er spricht so schnell und stammelnd, daß man meinen könnte, *ein anderer* hätte ihm den Mund gestohlen, um Brunet zu beschimpfen: «Du bist ... du bist immer ... *Du* bist das Schwein», schreit er, «*du!* Es ist leicht, den Überlegenen zu spielen, wenn man eine Partei hinter sich hat; wenn man politisch geschult und an harte Schläge gewöhnt ist, es ist leicht, die armen Kerle zu verachten, die nicht mehr durchblicken.» Brunet regt sich nicht auf: er macht sich nur Vorwürfe, daß er die Geduld verloren hat. «Ich verachte niemanden», sagt er. «Und gerade den Genossen billige ich selbstverständlich alle mildernden Umstände zu.» Schneider hört ihm nicht zu: seine großen Augen werden noch größer, er scheint auf einen inneren Vorgang zu warten. Plötzlich fängt er an zu schreien: «Ja, es ist deine Schuld! Natürlich ist es deine Schuld!» Brunet sieht ihn verständnislos an: eine ungesunde Röte erhitzt Schneiders Backen, das ist mehr als Wut, man könnte meinen, ein alter Haß, ein lange verborgener Familienhaß, der frohlockt, daß er endlich ausbrechen kann. Brunet sieht dieses ungeheure, erzürnte Gesicht an, dieses Gesicht eines öffentlichen Geständnisses, und er denkt: ‹Irgendwas wird passieren.› Schneider packt ihn beim Arm und zeigt ihm den Ingenieur von Thompson, der unschuldig Däumchen dreht. Einen Augenblick herrscht Schweigen, weil Schneider zu erregt ist, um sprechen zu können; Brunet fühlt sich kalt und ruhig: die Wut anderer beruhigt ihn immer. Er wartet; er wird erfahren, was mit Schneider los ist. Schneider gibt sich einen heftigen Ruck: «Das ist eins! Das ist eins von den Schweinen, die weder Schwung noch Mut haben. Einer wie ich, wie Moûlu, wie wir alle; nicht wie du natürlich. Es *stimmt*, daß er ein Schwein geworden ist, es *stimmt*, es stimmt so sehr, daß er selbst davon überzeugt ist. Nur habe ich ihn im September in Toul gesehen, er haßte den Krieg, aber er nahm ihn auf sich, weil er glaubte, Gründe zum Kämpfen zu haben, und ich schwöre dir, daß er kein Schwein war, und ... und das da hast du aus ihm gemacht. Ihr seid euch alle einig, Pétain und Hitler, Hitler und Stalin, ihr alle erklärt ihnen, daß sie doppelt schuldig sind: schuldig, den Krieg mitgemacht zu haben, und schuldig, ihn verloren zu haben. Ihr seid dabei, ihnen alle Gründe, die sie zu haben glaubten, wegzunehmen. Diesem armen Kerl, der sich einbildete, zu einem Kreuzzug für Recht und Gerechtigkeit aufzubrechen, wollt ihr einreden, daß er sich aus Unbesonnenheit in einen imperialistischen Krieg hat hineinziehen lassen; er weiß nicht mehr, was er will, er erkennt nicht wieder, was er getan hat. Nicht nur die Armee seiner Feinde hat gesiegt, sondern deren Ideologie; er bleibt übrig, aus der Welt und aus der Geschichte herausgefallen, mit gestorbenen Ideen, er versucht sich zu verteidigen, die Situation zu überdenken. Aber womit? Sogar seine Denkinstrumente sind veraltet: ihr habt ihn in tödliche Verzweiflung gestürzt.» Brunet muß lachen: «Sag mal», fragt er, «mit wem sprichst du eigentlich? Mit mir oder mit Hitler?» – «Ich spreche mit dem Redakteur der *Humanité*, mit dem Mitglied der KP, mit dem Mann, der am 29. August 1939 in zwei Spalten die Unterzeichnung des deutsch-sowjetischen Pakts feierte.» – «Darum geht's also», sagt Brunet. – «Jawohl», sagt Schneider, «genau darum geht es.» – «Die KP war gegen den Krieg, das weißt du ganz genau», sagt Brunet ganz ruhig. – «Gegen den Krieg, ja. Zumindest hat sie es laut hinausposaunt. Aber gleichzeitig hat sie den Pakt gebilligt, der ihn unvermeidlich machte.» – «Nein», sagt Brunet mit Nachdruck, «der Pakt war unsere einzige Chance, ihn zu verhindern.» Schneider lacht schallend: Brunet lächelt und schweigt. Schneider hört plötzlich auf zu lachen: «Ja, ja, sieh mich an, sieh mich ruhig an; setz deine Leichenbeschauermiene auf. Hundertmal habe ich dich dabei ertappt, wie du die Kameraden mit deinen kalten Augen beobachtet hast, als wolltest du etwas feststellen. Und? Was stellst du fest? Daß ich ein Abfall des historischen Prozesses bin? Gut. Ein Abfall, wenn du willst. Aber nicht tot, Brunet, *nicht tot*, leider. Meinen Verfall muß ich leben, er ist ein Geschmack in meinem Mund, du wirst das nie verstehen. Du bist abstrakt, und ihr alle, die ihr abstrakt seid, ihr habt aus uns den Abfall gemacht, der wir sind.» Brunet schweigt, er sieht Schneider an: Schneider zögert, seine Augen sind hart und erschrocken, er sieht aus, als hätte er nicht wiedergutzumachende Worte auf der Zunge. Er wird auf einmal blaß, ein Schleier des Entsetzens trübt seinen Blick, er macht den Mund zu. Nach einer Weile fährt er mit seiner lauten, ruhigen und eintönigen Stimme fort: «Na schön! Wir sitzen alle in der Scheiße, du genauso wie wir, das ist deine Entschuldigung. Natürlich hältst du dich weiterhin für den historischen Prozeß, aber du bist nicht mehr mit dem Herzen dabei. Die KP wird ohne dich reorganisiert und auf Grundlagen, die dir unbekannt sind. Du könntest fliehen und wagst es nicht, aus Angst vor dem, was du dort vorfinden wirst. Du bist auch zu Tode verzweifelt.» Brunet lächelt: nein. So nicht. So wird man ihn nicht kriegen, das sind Worte, die ihn nicht treffen. Schneider schweigt und fröstelt: eigentlich ist nichts passiert. Gar nichts: Schneider hat nichts gestanden, nichts enthüllt; er hat sich ein bißchen aufgeregt, das ist alles. Was die Tirade gegen den deutsch-sowjetischen Pakt angeht, so hört Brunet sie seit September etwa zum hundertstenmal. Der Soldat hat offenbar gemerkt, daß über ihn geredet wurde: er richtet sich langsam auf und geht auf seinen langen Weberknechtbeinen seitlich wie ein erschrecktes Tier davon. *Wer* ist Schneider? Ein bürgerlicher Intellektueller? Ein Rechtsanarchist? Ein verkappter Faschist? Die Faschisten wollten auch keinen Krieg. Brunet wendet sich ihm zu: er sieht einen zerlumpten, ratlosen Soldaten, der nichts mehr zu verteidigen, nichts mehr zu verlieren hat und der sich abwesend die Nase reibt. Brunet denkt: ‹Er wollte mir weh tun.› Aber er kann es ihm einfach nicht übelnehmen. Er fragt sanft: «Wenn du so denkst, warum bist du dann zu uns gekommen?» Schneider sieht alt und verbraucht aus; er sagt kläglich: «Um nicht allein zu bleiben.» Schweigen tritt ein, dann hebt Schneider mit einem unsicheren Lächeln den Kopf: «Etwas muß man doch tun, oder? Irgend etwas. Man braucht sich ja nicht in allen Punkten einig zu sein . . .» Er schweigt. Brunet schweigt. Nach einer Weile sieht Schneider auf seine Uhr: «Jetzt ist Besuchszeit. Kommst du mit?» – «Ich weiß nicht», sagt Brunet. «Geh nur; ich komme vielleicht nach.» Schneider sieht ihn einen Augenblick so an, als wollte er ihm etwas sagen, dann wendet er sich ab, geht davon und verschwindet. Der Vorfall ist erledigt. Brunet legt die Hände auf den Rücken und spaziert im Sprühregen auf dem Hof herum; er denkt an nichts, er fühlt sich hohltönend, er spürt auf seiner Backe, auf seinen Händen ein winziges feuchtes Prickeln. Tödliche Verzweiflung. Schön. Na und? ‹Das ist Psychologie!› denkt er verächtlich. Er bleibt stehen, er denkt an die Partei. Der Hof ist leer, unbeständig und grau, er riecht nach Sonntag; ein Exil. Plötzlich fängt Brunet an zu laufen und rennt auf den anderen Hof. Die Jungs drängen sich vor der Absperrung und schweigen, alle Köpfe sind auf das Tor gerichtet: *sie* sind da, jenseits der Mauern, in demselben Sprühregen. Brunet sieht Schneiders mächtigen Rücken in der ersten Reihe; er bahnt sich einen Weg, er legt ihm die Hand auf die Schulter. Schneider dreht sich um und lächelt herzlich: «Ach, da bist du ja!» sagt er. – «Da bin ich.» – «Es ist fünf nach zwei», sagt Schneider, «gleich geht das Tor auf.» Neben ihnen beugt sich ein Fahnenjunker zu seinem Kameraden und murmelt: «Vielleicht sind Puppen dabei.» – «Es macht mir Spaß, Zivilisten zu sehen», sagt Schneider aufgekratzt, «das erinnert mich an die Sonntage in der Penne.» – «Warst du im Internat?» – «Ja. Wir haben vor dem Sprechzimmer ein Spalier gebildet, um die Verwandten kommen zu sehen.» Brunet lächelt, ohne zu antworten: er pfeift auf die Zivilisten; er ist froh, weil alle Jungs um ihn herumstehen und ihn warm halten. Das Tor geht quietschend auf, ein enttäuschtes Geflüster geht durch die Reihen: «Sind das alle?» Es sind etwa dreißig: über die Schädel hinweg sieht Brunet das schwarze, zusammengedrängte, eigensinnige Trüppchen unter Regenschirmen. Zwei Deutsche kommen ihnen entgegen, sprechen lächelnd mit ihnen, überprüfen ihre Papiere, treten dann beiseite, um sie hineinzulassen. Frauen und Alte, fast alle in Schwarz: eine Beerdigung im Regen; sie tragen Koffer, Taschen, mit Servietten zugedeckte Körbe. Die Frauen haben graue Gesichter, harte Augen und sehen müde aus; durch die Blicke, die sie verschlingen, in Verlegenheit gebracht, gehen sie mit kleinen Schritten und zusammengepreßten Schenkeln vorwärts. «Scheiße, sind die häßlich!» seufzt der Fahnenjunker. – «He!» sagt der andere. «Da ist was zu machen: sieh dir das Popochen der Dunkelhaarigen an.» Brunet sieht die Besucherinnen voller Sympathie an. Natürlich sind sie häßlich, sie sehen hart und verschlossen aus, als wollten sie ihren Männern sagen: ‹Bist du verrückt, daß du dich hast gefangennehmen lassen? Wie soll ich zurechtkommen, ganz allein mit dem Kleinen?› Doch sie sind gekommen, zu Fuß oder auf Lastwagen, mit diesen schweren Eßkörben; immer sind sie es, die kommen und die unbeweglich, ausdruckslos vor den Türen der Krankenhäuser, Kasernen, Gefängnisse warten: die hübschen Puppen mit dem flimmernden Blick trauern zu Hause. Auf ihren Gesichtern findet Brunet gerührt die Not und das Elend des Friedens wieder; diese fiebrigen, mißbilligenden und treuen Augen hatten sie, als ihre Männer Sitzstreik machten und sie ihnen Suppe brachten. Die meisten Männer sind dicke, kräftige Alte mit ruhiger Miene. Sie gehen langsam, schwerfällig, sie sind frei: sie haben ihren Krieg seinerzeit gewonnen und haben ein gutes Gewissen. Trotzdem übernehmen sie die Verantwortung für diese Niederlage, die nicht *ihre* Niederlage ist: sie tragen sie auf ihren breiten Schultern, weil man, wenn man ein Kind gemacht hat, die Fensterscheiben bezahlen muß, die es kaputtmacht: ohne Wut und ohne Scham kommen sie das Söhnchen besuchen, das seine letzte jugendliche Dummheit begangen hat. Auf diesen halb bäurischen Gesichtern findet Brunet plötzlich wieder, was er verloren hatte: den Sinn seines Lebens. ‹Ich redete mit ihnen, sie waren nicht sehr schnell im Begreifen, sie hörten mit der gleichen ruhigen Bedächtigkeit zu und hielten sich ein wenig bei Kleinigkeiten auf; was sie verstanden hatten, vergaßen sie nicht wieder.› In seinem Herzen regt sich ein alter Wunsch: ‹Arbeiten, diese erwachsenen, verantwortlichen Blicke auf mir fühlen.› Er zuckt die Achseln, er wendet sich von dieser Vergangenheit ab, er sieht die *anderen* an, diesen Haufen kleiner Nervöser mit ausdruckslosen, verzerrten Gesichtern: ‹Das sind meine Leute.› Auf Zehenspitzen stehend, recken sie den Hals und sehen den Besuchern mit einem aufdringlichen und angstvollen Affenblick nach. Sie hatten geglaubt, daß der Krieg sie ins Mannesalter brächte, daß er ihnen die Rechte des Familienoberhaupts und des Veteranen verschaffte; er war ein feierlicher Initiationsritus, er sollte den anderen, den *Großen*, den Weltkrieg ablösen, dessen Ruhm ihre Kindheit erstickt hatte; dieser sollte noch größer, noch weltweiter werden; mit dem Feuer auf die Fritzen hätten sie das rituelle Blutbad an den Vätern begangen, mit dem jede Generation ins Leben eintritt. Sie haben auf niemanden geschossen, sie haben keinerlei Blutbad angerichtet, es ging alles daneben: sie sind Minderjährige geblieben, und die Väter marschieren quicklebendig vor ihnen auf; gehaßt, beneidet, vergöttert, gefürchtet marschieren sie auf und stürzen zwanzigtausend Krieger wieder in die duckmäuserische Kindheit von dummen Jungen. Plötzlich dreht sich einer um und sieht den Gefangenen ins Gesicht: alle Köpfe weichen zurück; er hat buschige schwarze Augenbrauen und knallrote Backen, er trägt ein kleines Bündel an seiner Stockspitze. Er kommt näher, legt eine Hand auf den Draht und sieht sie mit seinen großen, blutunterlaufenen Augen von unten her an. Unter diesem trägen, ausdruckslosen scheuen Tierblick warten die Männer verkrampft, mit angehaltenem Atem, bereit aufzumucken: sie warten auf die Ohrfeigen. Der Alte sagt: «Da seid ihr also!» Es ist still, und dann murmelt einer: «Tja, Papa, da sind wir.» Der Alte sagt: «Was für ein Jammer!» Der Fahnenjunker räuspert sich und wird rot; Brunet erkennt den gleichen verhaltenen Argwohn auf seinem Gesicht. ‹Ja, Papa, da sind wir: zwanzigtausend Männer, die Helden sein wollten und die sich kampflos auf freiem Gelände ergeben haben.› Der Alte schüttelt den Kopf, er sagt tiefsinnig und gewichtig: «Arme Jungs!» Alles entspannt sich, man lächelt ihm zu, die Oberkörper beugen sich zu ihm hin. Der deutsche Wachposten kommt, berührt höflich den Arm des Alten, gibt ihm ein Zeichen, sich zu entfernen, der dreht sich kaum um und sagt: «Eine Minute, mein Gott, ich komme ja.» Er zwinkert den Gefangenen verständnisinnig zu, und die Männer lachen, sie sind froh, weil das ein Alter ist, der keinen Schiß hat, ein zäher Alter aus ihrer Heimat, durch ihn fühlen sie sich frei. Der Alte fragt: «Ist es sehr hart?» Und Brunet denkt: ‹Jetzt fangen sie gleich an zu jammern.› Aber zwanzig fröhliche Stimmen antworten: «Nein, Papa. Nein, nein, es geht schon.» – «Na, um so besser», sagt der Alte. «Um so besser.» Er hat ihnen nichts mehr zu sagen, aber er bleibt da, schwer, massig, felsig, der Posten zieht ihn sanft am Ärmel; er zögert, sein Blick schweift über die Gesichter, als suchte er das seines Sohnes: nach einer Weile dringt ein Gedanke von sehr weit her in seine Augen, er sieht unsicher aus, schließlich sagt er mit seiner knarrenden Stimme: «Wißt ihr Jungs, das ist nicht eure Schuld.» Die Männer antworten nicht: sie stehen steif da, fast stramm. Der Alte will seinen Gedanken genauer ausdrücken, er fügt hinzu: «Niemand bei uns zu Hause denkt, daß es eure Schuld ist.» Die Männer antworten immer noch nichts, er sagt: «Auf Wiedersehen, Jungs.» Und er geht. Da, auf einmal, läuft ein Schauer durch die Menge; sie rufen begeistert: «Auf Wiedersehen, Papa, bis bald! Bis bald! Bis bald!» Und ihre Stimmen schwellen an, je weiter der Alte sich entfernt; aber er dreht sich nicht um. Schneider sagt zu Brunet: «Siehst du.» Brunet fährt zusammen, er sagt: «Was denn?» Aber er weiß genau, was Schneider sagen will. Schneider sagt: «Es genügt, uns ein bißchen Vertrauen zu schenken.» Brunet lächelt und sagt: «Sehe ich aus wie ein Leichenbeschauer?» – «Nein», sagt Schneider, «momentan nicht.» Sie sehen sich freundschaftlich an. Brunet wendet sich plötzlich ab und sagt: «Sieh dir die Frau an.» Sie humpelt, sie bleibt stehen, klein und grau, läßt ihr Bündel in den Matsch fallen, nimmt den Strauß, den sie in der linken Hand hält, in die rechte und hebt den rechten Arm über den Kopf. Ein Augenblick vergeht, als hätte sich dieser triumphierende Arm, der ihr die Schulter und den Hals verzieht, gegen ihren Willen gereckt; schließlich wirft sie die Blumen mit einer ungeschickten Bewegung, so daß sie auf den Boden fallen. Sie liegen verstreut da, Feldblumen, Löwenzahn, Kornblumen, Klatschmohn: sie muß sie am Straßenrand gepflückt haben. Die Männer drängeln sich; sie scharren über die Erde und greifen mit ihren schmutzigen Fingernägeln nach den Stielen; sie stehen lachend wieder auf und zeigen ihr die Blumen, als wären sie für sie. Brunets Kehle ist zugeschnürt; er dreht sich zu Schneider um und sagt wutentbrannt: «Blumen! Wie wäre es erst, wenn wir den Krieg gewonnen hätten.» Die Frau lächelt nicht, sie hebt ihr Bündel wieder auf, geht weiter, man sieht nur noch ihren Rücken, der sich unter dem Mantel hin und her bewegt. Brunet macht den Mund auf, um etwas zu sagen, aber er sieht Schneiders Gesicht und schweigt. Schneider macht sich frei, indem er seine Nebenmänner wegstößt, er tritt aus den Reihen. Es scheint ihm nicht besonders gut zu gehen. Brunet folgt ihm, er legt ihm die Hand auf die Schulter: «Was ist denn?» Schneider hebt den Kopf, und Brunet wendet die Augen ab, sein eigener Blick macht ihn verlegen, sein Leichenbeschauerblick. Er sieht auf seine Füße und wiederholt: «Hm? Was ist?» Sie sind allein mitten auf dem Hof, im Nieselregen. Schneider sagt: «Zu blöd.» Ein Schweigen entsteht, dann fügt er hinzu: «Das kommt daher, daß man wieder Zivilisten sieht.» Brunet sagt, ohne aufzublicken: «Ich bin genauso blöd wie du.» – «Bei dir ist das was anderes», sagt Schneider, «du hast niemanden.» Nach einer Weile knöpft Schneider seine Jacke auf, kramt in der Innentasche, zieht eine merkwürdig flache Brieftasche heraus. Brunet denkt: ‹Er hat alles zerrissen.› Schneider macht die Brieftasche auf: es ist nur noch ein Foto in Postkartengröße darin. Schneider gibt es Brunet, ohne es anzusehen. Brunet sieht eine junge Frau mit dunklen Augen. Unter den Augen ist ein Lächeln: Brunet hat nie ein ähnliches gesehen. Sie sieht so aus, als wüßte sie genau, daß es überall auf der Welt Konzentrationslager, Kriege und in Kasernen zusammengepferchte Gefangene gibt; sie weiß es und lächelt trotzdem: den Besiegten, den Verschleppten, dem Abfall der Geschichte schenkt sie ihr Lächeln. Dennoch sucht Brunet in ihren Augen vergebens den gemeinen, sadistischen Funken der Barmherzigkeit: sie lächelt ihnen voller Vertrauen, ganz ruhig zu, sie lächelt ihrer Kraft zu, als bäte sie sie, gnädig mit ihren Siegern umzugehen. Brunet hat in der letzten Zeit viele Fotos gesehen und manches Lächeln. Der Krieg hat sie alle abgenutzt, man kann sie nicht mehr ansehen. Dieses kann man ansehen: es ist eben erst entstanden, es richtet sich an Brunet, einzig an Brunet. An Brunet den Gefangenen, an Brunet den Abfall, an Brunet den Siegreichen. Schneider hat sich über Brunets Schulter gebeugt. Er sagt: «Es ist schon ganz eingerissen.» – «Ja», sagt Brunet, «du solltest die Ränder abschneiden.» Er gibt ihm das vom Sprühregen glänzende Foto zurück; Schneider wischt es sorgfältig mit dem Ärmel ab und steckt es wieder in seine Brieftasche. Brunet fragt sich: ‹Ist sie hübsch?› Er weiß es nicht; er hat keine Zeit gehabt, sich darüber klarzuwerden. Er hebt den Kopf, er sieht Schneider an, er denkt: ‹Für ihn hat sie gelächelt.› Es kommt ihm vor, als sähe er ihn mit anderen Augen. Zwei Männer gehen vorbei, blutjung, Chasseure; sie haben sich Mohnblumen ins Knopfloch gesteckt, sie reden nicht, ihre Lider verleihen ihnen ein komisches Kommunikantenaussehen. Schneider blickt ihnen nach; Brunet zögert, ein altes Wort kommt ihm wieder auf die

Zunge, er sagt: «Ich finde sie rührend.» – «Sag bloß?» sagt Schneider. Hinter ihnen hat sich das Spalier der Neugierigen aufgelockert, die Besucher sind in die Kaserne gegangen. Dewrouckère kommt mit Perrin und dem Drucker angetänzelt. ‹Stimmt ja›, denkt Brunet, ‹es ist drei Uhr.› Sie haben alle drei verschlossene Gesichter; Brunet wird bei dem Gedanken ärgerlich, daß sie miteinander geredet haben: so was kann man nicht verhindern. Er ruft von weitem: «Na, Jungs?» Sie kommen näher, bleiben stehen und sehen sich eingeschüchtert an. «Dann legt mal los mit eurem Geschwafel», sagt Brunet geradeheraus, «wo hapert's denn?» Der Drucker heftet seine schönen, unruhigen Augen auf ihn; er sieht wirklich schlecht aus. Er sagt: «Wir haben doch immer getan, was du von uns verlangt hast, oder?» – «Ja», sagt Brunet ungeduldig. «Ja, ja. Und?» Der Drucker kann nicht weiterreden, an seiner Stelle spricht Dewrouckère, ohne aufzusehen: «Wir wollen gerne weitermachen, und wir werden weitermachen, solange du es von uns verlangst. Aber es ist verlorene Zeit.» Brunet sagt nichts. Perrin sagt: «Die Männer wollen nichts hören.» Brunet sagt immer noch nichts, der Drucker fährt mit neutraler Stimme fort: «Erst gestern bin ich mit einem aneinandergeraten, weil ich gesagt habe, die Fritzen würden uns nach Deutschland bringen. Der Kerl war verrückt, er hat gesagt, ich wäre von der fünften Kolonne.» Sie blicken auf und sehen Brunet eigensinnig an. «Das geht so weit, daß man ihnen nicht mal mehr etwas Schlechtes über die Deutschen sagen kann.» Dewrouckère nimmt seinen Mut zusammen und sieht Brunet ins Gesicht: «Ehrlich, Brunet, wir weigern uns ja nicht zu arbeiten, wenn wir uns dumm angestellt haben, müssen wir es eben anders machen. Aber du mußt uns verstehen. Wir treiben uns überall rum. Es ist selten, daß wir an einem Tag mit weniger als zweihundert Leuten reden, wir erkunden die Stimmung im Lager; du siehst zwangsläufig weniger, dir wird das nicht klar.» – «Ja und?» – «Na ja, so wie die Jungs sind, wenn man morgen zwanzigtausend Gefangene freiließe, wären das zwanzigtausend Nazis mehr.»

Brunet spürt, daß seine Backen glühendrot werden, er sieht sie nacheinander an, er fragt: «Ist das eure Meinung?» Die drei antworten: «Ja», und er fragt sie: «Habt ihr alle diesen Eindruck?» Sie antworten wieder: «Ja», und er platzt ungestüm heraus: «Es sind Arbeiter in dem Haufen, Bauern, ihr solltet euch schämen zu denken, sie würden Nazis, oder es ist eben eure Schuld: ein Mensch ist kein Stück Holz, versteht ihr, den kann man aufrütteln, verflucht noch mal, überzeugen: wenn ihr es nicht schafft, sie umzustimmen, dann versteht ihr eure Arbeit nicht.» Er kehrt ihnen den Rücken zu, geht drei Schritte und kommt plötzlich mit ausgestrecktem Finger zu ihnen zurück: «In Wirklichkeit ist es so, daß ihr euch für Führer haltet. Ihr verachtet eure Kameraden. Merkt euch das: ein Parteimitglied verachtet niemanden.» Er sieht ihre verdutzten Augen, er wird noch ärgerlicher, er schreit: «Zwanzigtausend Nazis, ihr seid wohl verrückt! Ihr werdet nichts aus ihnen machen, wenn ihr sie verachtet. Versucht erst mal, sie zu verstehen: sie sind zu Tode verzweifelt, die Jungs, sie wissen nicht mehr, wo ihnen der Kopf steht; sie werden dem ersten nachlaufen, der ihnen Vertrauen schenkt.» Schneiders Gegenwart reizt ihn: er sagt zu ihm: «Los, komm!», und im Weggehen dreht er sich zu den anderen um, die stumm und zerknirscht dastehen: «Ich nehme an, ihr habt einen schwachen Moment gehabt. Ist schon vergessen. Aber kommt mir nicht wieder mit eurem Quatsch. Bis morgen.» Er läuft die Treppe hinauf, Schneider keucht hinter ihm; er geht in den Verschlag, er läßt sich auf seine Decke fallen, er streckt die Hand aus und nimmt ein Buch: *Leurs sœurs* von Henri Lavedan. Er liest konzentriert Zeile für Zeile, Wort für Wort; er beruhigt sich. Als das Licht allmählich grau wird, legt er das Buch weg, und ihm fällt ein, daß er mittags nichts gegessen hat: «Habt ihr mein Brot zurückgelegt?» Moûlu gibt es ihm, Brunet schneidet das Stück ab, das er morgen dem Drucker geben muß, steckt es in seinen Beutel und ißt; Cantrelle und Livard erscheinen im Türrahmen: um diese Zeit besucht man sich. «Salut!» – «Salut!» sagen die Männer, ohne den Kopf zu heben. «Na?» fragt Moûlu. «Was habt ihr Schönes zu erzählen?» – «Es wird erzählt, daß es ganz Freche gibt!» sagt Livard. «Und wer wird natürlich dafür büßen? Wir.» – «So!» sagt Moûlu. «Es gibt also was Neues?» – «Das Neuste ist, daß ein Spieß geflohen ist», sagt Livard. – «Geflohen? Warum?» fragt der Blondkopf vor Überraschung ganz direkt. Die Männer brauchen Zeit, um die Neuigkeit zu verdauen, in ihren Augen ist eine ganz leichte Verwirrung, ein leises Entsetzen, wie früher in den erschöpften Menschenmassen der Metro, wenn ein Verrückter unerwartet anfing zu zetern. «Geflohen», wiederholt Gassou langsam. Der Schtimi hat den Stock, an dem er schnitzte, hingelegt. Er scheint unruhig zu sein. Lambert kaut schweigend mit starren, harten Augen vor sich hin. Nach einer Weile sagt er, unangenehm lachend: «Es gibt immer welche, die meinen, sie hätten es eiliger als die anderen.» – «Oder er geht gern zu Fuß», sagt Moûlu. Brunet schneidet mit der Messerspitze verschimmelte Brotkrumen heraus und läßt sie auf die Decke fallen; er fühlt sich unbehaglich. Die graue Luft von draußen ist in den Raum gedrungen; draußen, in der toten Stadt, ist ein gehetzter Mann, der sich versteckt. Wir sind hier, wir essen, heute nacht schlafen wir unter einem Dach. Er fragt widerwillig: «Wie ist er rausgekommen?» Livard sieht ihn gewichtig an und sagt: «Rate mal!» – «Ich weiß nicht: über die hintere Mauer?» Livard schüttelt lächelnd den Kopf, er läßt sich Zeit, dann triumphierend: «Durchs Tor, um vier Uhr nachmittags, unter den Augen der Fritzen!» Die Männer sind wie vor den Kopf geschlagen, Livard und Cantrelle genießen einen Augenblick die allgemeine Verblüffung, dann erklärt Cantrelle mit seiner schrillen, hastigen Stimme: «Seine Alte war zu Besuch da, sie hat ihm in einem Koffer Zivilklamotten mitgebracht; der Spieß hat sich in einem Wandschrank umgezogen und ist dann Arm in Arm mit ihr rausgegangen.» – «Und niemand hat ihn angehalten?» fragt Gassou entrüstet. Livard zuckt die Achseln: «Wie sollte man ihn denn anhalten?» – «Also», sagt Gassou, «wenn ich ihn beim Rausgehen erkannt hätte, hätte ich einen Fritz gerufen und hätte ihn einlochen lassen!» Brunet sieht ihn verblüfft an: «Du spinnst wohl?» – «Ich spinne?» braust Gassou auf. «Armes Frankreich! Heutzutage wird man als Spinner beschimpft, wenn man seine Pflicht tun will.» Er wirft einen Blick in die Runde, um zu sehen, ob man ihm zustimmt, und widerspricht noch vehementer: «Du wirst ja sehen, ob ich spinne, wenn sie die Besuche verbieten. Ich sage dir nämlich, sie haben sie reingelassen und waren nicht dazu verpflichtet. Seid ihr nicht auch der Meinung, Jungs?» Moûlu und Lambert nicken, Gassou fügt streng hinzu: «Ist doch wahr! Dies eine Mal waren die Deutschen nicht so gemein, und wie dankt man es ihnen? Indem man ihnen in die Hand scheißt. Sie werden stinkwütend werden, und nicht zu Unrecht.» Brunet macht den Mund auf und will ihn als Schwein beschimpfen, aber Schneider wirft ihm einen schnellen Blick zu und schreit: «Gassou, du bist widerlich.» Brunet schweigt, er denkt bitter: ‹Er hat sich beeilt, ihn zu beschimpfen, damit ich ihn nicht *verurteile*. Er verurteilt Gassou nicht, er verurteilt nie jemanden: er schämt sich ihretwegen vor mir; was auch geschieht und was sie auch tun, er stellt sich auf ihre Seite.› Gassou sieht Schneider mit funkelnden Augen an, Schneider erwidert seinen Blick: Gassou senkt die Augen: «Schön», sagt er, «na schön! Nur los. Laßt die Besuche verbieten; mir ist das doch scheißegal: meine Alten sind in Orange.» – «Und mir erst!» sagt Moûlu. «Ich bin Waise. Man muß aber trotzdem an die Kameraden denken.» – «Allerdings», sagt Brunet. «Und ausgerechnet du mußt das sagen, Moûlu, wo du dich jeden Morgen so sorgfältig wäschst, damit die Kameraden keine Läuse kriegen.» – «Das ist was anderes», sagt der Blondkopf heftig. «Moûlu ist ein Ferkel, das stimmt, aber er geht nur uns auf die Nerven. Der Kerl dagegen scheut sich nicht, aus persönlichen Gründen zwanzigtausend Mann in die Scheiße zu bringen.» – «Wenn die Boches ihn erwischen», sagt Lambert, «und ihn ins Loch stecken, werde ich ihn jedenfalls nicht bedauern.» – «Stell dir mal vor», sagt Moûlu, «sechs

Wochen vor der Entlassung macht der Herr sich davon. Konnte er es nicht so machen wie wir? Nein?» Diesmal ist der Unteroffizier mit ihnen einer Meinung: «Das ist der französische Charakter», sagt er seufzend, «und deshalb haben wir auch den Krieg verloren.» Brunet feixt, er sagt: «Trotzdem wärt ihr gern an seiner Stelle und schämt euch, daß ihr es nicht versucht habt.» – «Da täuschst du dich aber», sagt Cantrelle lebhaft, «wenn er etwas riskiert hätte, irgendwas, einen Schuß in den Hintern, dann schon, dann könnte man denken: das ist ein Idiot, ein Wahnsinniger, aber er hat Courage gehabt. Statt dessen geht der Herr in aller Ruhe weg, läßt sich von seiner Frau schützen wie eine Memme, das ist keine Flucht, das ist Vertrauensmißbrauch.» Ein eisiger Schauer läuft Brunet über den Rükken, er richtet sich auf und sieht ihnen nacheinander in die Augen: «Gut. Unter diesen Umständen teile ich euch mit: morgen abend klettere ich über die Mauer und haue ab. Mal sehen, ob sich einer findet, der mich verpfeift.» Die Männer sehen verlegen aus, aber Gassou läßt sich nicht aus der Fassung bringen. Er sagt: «Wir werden dich nicht verpfeifen, das weißt du ganz genau, aber du kannst dich drauf verlassen, wenn ich hier rauskomme, werde ich dir eine Lektion erteilen: denn wenn du fliehst, kannst du sicher sein, daß wir es auszubaden haben.» – «Eine Lektion», sagt Brunet mit beleidigendem Lachen, «eine Lektion, du?» – «Na, wenn's sein muß, machen wir es zu mehreren.» – «Du kannst mich in zehn Jahren noch mal darauf ansprechen, wenn du aus Deutschland zurückkommst.» Gassou will antworten, aber Livard schneidet ihm das Wort ab: «Streite dich doch nicht mit ihm. Wir werden am 14. entlassen, das ist amtlich.» – «Amtlich?» fragt Brunet lachend. «Hast du es schwarz auf weiß gesehen?» Livard tut so, als antworte er ihm nicht, er wendet sich den anderen zu und sagt: «Ich habe es nicht schwarz auf weiß gesehen, aber so gut wie.» Die Gesichter leuchten im Dunkeln auf: Radioröhren, dunkel und milchig. Livard mustert sie gutmütig lächelnd, dann erklärt er: «Hitler hat es gesagt.» – «Hitler!» wiederholt Brunet entgeistert.

Livard übergeht die Unterbrechung. Er fährt fort: «Nicht, daß ich den Kerl mag: natürlich ist er unser Feind. Und was den Nazismus angeht, bin ich weder dafür noch dagegen: bei den Boches kann das klappen, aber es entspricht nicht dem französischen Temperament. Nur eins spricht für den Hitler: er tut immer, was er sagt. Er hat gesagt: am 15. Juni werde ich in Paris sein; und er war auch da; sogar zu früh.» – «Hat er von unserer Freilassung gesprochen?» fragt Lambert. – «Und ob. Er hat gesagt: am 15. Juni werde ich in Paris sein, und am 14. Juli werdet ihr mit euren Frauen tanzen.» Eine schüchterne Stimme ertönt, die Stimme des Schtimi: «Ich dachte, er hätte gesagt: *wir* tanzen mit euren Frauen. Wir: wir, die Fritzen.» Livard sieht ihn von oben herab an: «Warst du dabei?» – «Nein», sagt der Schtimi. «Man hat es mir erzählt.» Livard grinst, Brunet fragt ihn: «*Du* warst dabei?» – «Natürlich war ich dabei! Das war in Haguenau; die Kameraden hatten ein Radio; als ich reinkam, hatte er es gerade gesagt!» Er nickt und wiederholt selbstgefällig: «Am 15. Juni werden wir in Paris sein, und am 14. Juli werdet ihr mit euren Frauen tanzen.» – «Ha!» wiederholen die Männer aufgeheitert. «Am 15. Juni in Paris, und wir werden am 14. Juli tanzen.» Frauen, Tanzen. Mit eingezogenem Hals, nach oben gekehrtem Gesicht, die Handflächen auf die Zeltplanen gedrückt, fangen die Männer an zu tanzen; der Fußboden knackt, dreht sich und tanzt unter den Sternen, zwischen den hohen Wänden der Kreuzung Châteaudun. Besänftigt beugt Gassou sich zu Brunet und erklärt ihm in logischem Ton: «Verstehst du, Hitler ist nicht verrückt. Kannst du mir sagen, wieso er eine Million Gefangene in Deutschland unterbringen sollte? Eine Million Münder, die ernährt werden müssen?» – «Um sie arbeiten zu lassen», sagt Brunet. – «Arbeiten? Mit den deutschen Arbeitern? Na, die Moral der Fritzen würde schön aussehen, wenn sie sich ein bißchen mit uns unterhalten hätten.» – «In welcher Sprache?» – «In irgendeiner Sprache, in einem Kauderwelsch, in Esperanto: der französische Arbeiter ist von Hause aus aufmüpfig, ein Widerspruchsgeist, ein Querkopf, er hätte den Fritzen im Nu die Augen geöffnet, und du kannst sicher sein, daß Hitler daran gedacht hat. O nein, er ist nicht verrückt, o nein! Mir geht es wie Livard: ich mag den Mann nicht, aber ich habe Respekt vor ihm, und es gibt nicht viele, von denen ich das sagen könnte.» Die Männer nicken zustimmend, ernst: «Das muß man ihm lassen: er liebt sein Land.» – «Das ist ein Mann, der ein Ideal hat. Nicht unseres natürlich: aber es ist trotzdem respektabel.» – «Alle Meinungen sind respektabel, wenn sie nur aufrichtig sind.» – «Und unsere Abgeordneten, Mensch, was hatten die für ein Ideal? Sich die Taschen füllen, jawohl, und die Weiber und den ganzen Krempel. Die haben sich Freßorgien von unserem Geld geleistet. Bei ihnen ist es nicht so: du bezahlst deine Steuern, aber du weißt, was mit deinem Geld gemacht wird. Jedes Jahr schickt dir der Steuereinnehmer einen Brief: Monsieur, Sie haben soundso viel bezahlt, das bedeutet soundso viele Medikamente für die Kranken oder soundso viele Quadratmeter Autobahn. So ist das bei denen.» – «Sie wollten keinen Krieg mit uns», sagt Moûlu, «wir haben ihnen den erklärt.» – «Halt mal: nicht mal wir; Daladier, er hat nicht mal das Parlament gefragt.» – «Das sag ich ja. Und er, verstehst du, ist kein Drückeberger; er hat gesagt: ihr sucht Streit mit mir, Jungs, den könnt ihr kriegen. Und in Null Komma nichts hat er uns verdroschen. Gut. Und jetzt? Glaubst du, er ist froh über eine Million Gefangene? Du wirst sehen: in ein paar Tagen wird er uns sagen: Jungs, ihr seid mir eher lästig, geht doch nach Hause. Und dann wird er sich gegen die Russen kehren, und sie werden sich in den Haaren liegen. Was interessiert ihn Frankreich? Er braucht es nicht. Er wird uns das Elsaß wieder wegnehmen, klar, das ist eine Prestigesache. Ich sag dir bloß: wir pfeifen auf die Elsässer; ich konnte sie nie ausstehen.» Livard lacht still vor sich hin: er sieht selbstgefällig aus: «Unter uns», sagt er, «wenn wir einen Hitler gehabt hätten!» – «Mein lieber Mann!» sagt Gassou. «Hitler und der französische Soldat? Furchtbar! Dann wären wir jetzt in Konstantinopel. Weil», fügt er anzüglich zwinkernd hinzu, «der französische Soldat der beste der Welt ist, wenn er richtig geführt wird.» Brunet denkt, daß Schneider sich bestimmt schämt, er wagt nicht, ihn anzusehen. Er steht auf, er kehrt den besten Soldaten der Welt den Rücken, er denkt, daß da nichts mehr zu machen ist; er geht hinaus. Auf dem Treppenabsatz zögert er, er sieht die Treppe an, die sich in das Halbdunkel hinunterwindet: um diese Zeit ist die Tür sicher abgeschlossen. Zum erstenmal fühlt er, daß er ein Gefangener ist. Früher oder später wird er in seinen Kerker zurückkehren und sich neben die anderen auf den Fußboden legen und ihre Träume anhören müssen. Unter ihm lärmt die Kaserne, Schreien und Singen steigt durch den Treppenschacht nach oben. Der Fußboden knackt, er dreht sich schnell um: Schneider kommt durch die letzten Strahlen des Tageslichts im dunklen Gang auf ihn zu. Ich werde ihm sagen: ‹Na! Du wirst dich doch nicht entblöden, sie zu verteidigen!› Schneider steht jetzt dicht neben ihm, Brunet sieht ihn an und sagt nichts. Er stützt sich mit den Ellbogen auf das Geländer; Schneider stützt sich neben ihm auf, Brunet sagt: «Dewrouckère hat recht.» Schneider antwortet nicht: was soll er schon antworten? Ein Lächeln, rote Blumen im Nieselregen, man braucht ihnen nur Vertrauen zu schenken, ein bißchen, ein ganz kleines bißchen, das kannst du wohl annehmen; er denkt wutentbrannt: ‹Nichts zu machen. Nichts! Nichts! Nichts! Vertrauen genügt natürlich nicht! Vertrauen zu wem? Vertrauen in was? Leiden, Angst und Haß sind nötig, Revolten und Massaker, eine eiserne Disziplin. Wenn sie nichts mehr zu verlieren haben, wenn ihr Leben schlimmer als der Tod ist . . .› Sie beugen sich beide über das Dunkel, es riecht nach Staub. Schneider fragt leise: «Stimmt es, daß du fliehen willst?» Brunet sieht ihn an, ohne zu antworten, Schneider sagt: «Ich werde dich vermissen.» Brunet sagt bitter: «Da wärst du aber der einzige.» Im Erdgeschoß singen welche im Chor: *Buvons un coup, buvons-en deux, à la santé des amoureux,** fliehen, ein Kreuz über

* Trinken wir einen, trinken wir zwei, auf das Wohl der Verliebten.

zwanzigtausend Männer machen, sie in ihrer Scheiße eingehen lassen, hat man je das Recht zu sagen: da ist nichts mehr zu machen? Und wenn man in Paris auf mich wartete? Er denkt mit einem Widerwillen, dessen Stärke ihn wundert, an Paris. Er sagt: «Ich werde nicht fliehen: ich habe das in meiner Wut gesagt.» – «Wenn du denkst, daß man nichts mehr machen kann . . .» – «Man kann immer irgend etwas machen. Man muß da arbeiten, wo man ist, mit den Mitteln, die man hat. Später werden wir weitersehen.» Schneider seufzt; Brunet sagt plötzlich: «*Du* solltest fliehen.» Schneider schüttelt den Kopf, Brunet sagt schüchtern: «Da ist deine Frau.» Schneider schüttelt den Kopf; Brunet fragt: «Warum denn nicht? Hier hält dich doch nichts.» Schneider sagt: «Überall sonst wird es schlimmer sein.» *Buvons un coup, buvons-en deux, à la santé des amoureux.* Brunet sagt: «Ab nach Deutschland!» Und zum erstenmal wiederholt Schneider mit einer Art Scham: «Ab nach Deutschland, ja! So schnell wie möglich!» Und scheiß auf den König von England, der uns den Krieg erklärt hat.

Siebenundzwanzig Mann, der Waggon quietscht, der Kanal läuft neben dem Gleis entlang, Moûlu sagt: «Eigentlich ist es gar nicht mal so zerstört.» Die Deutschen haben die Schiebetür nicht zugemacht, Licht und Fliegen dringen in den Waggon; Schneider, Brunet und der Drucker sitzen in der Türöffnung und lassen die Beine nach draußen hängen, es ist ein schöner Sommertag. «Nein», sagt Moûlu voller Genugtuung, «gar nicht so zerstört.» Brunet hebt den Kopf: stehend sieht Moûlu befriedigt die vorbeiziehenden Felder und Wiesen an. Es ist heiß, die Männer riechen stark; hinten im Wagen schnarcht einer. Brunet beugt sich vor: auf dem Güterwagen glänzen deutsche Stahlhelme über Gewehrläufen. Ein schöner Sommertag, alles ist ruhig, der Zug rollt, der Kanal fließt; hier und da hat eine Bombe einen Weg aufgerissen, ein Feld aufgewühlt; in den Löchern steht Wasser, das den Himmel spiegelt. Der Drucker sagt zu sich selbst: «Es wäre nicht schwer, abzuspringen.» Schneider deutet mit einer Schulterbewegung auf die Gewehre: «Sie würden dich abknallen wie einen Hasen.» Der Drucker antwortet nicht, er beugt sich vor, als würde er gleich hinausstürzen; Brunet hält ihn an der Schulter fest. «Es wäre gar nicht schwer», wiederholt der Drucker gebannt. Moûlu streichelt ihm über den Nacken: «Wir fahren doch nach Châlons.» – «Stimmt das? Fahren wir da hin?» – «Du hast das Plakat genauso gesehen wie ich.» – «Da stand nicht, daß wir nach Châlons fahren.» – «Nein, aber da stand, daß wir in Frankreich bleiben. Stimmt's, Brunet?» Brunet antwortet nicht gleich: *es stimmt*, daß vorgestern ein vom Kommandanten unterzeichnetes Plakat an der Wand hing: «Die Gefangenen des Lagers Baccarat bleiben in Frankreich.» Trotzdem sind sie jetzt im Zug und werden an ein unbekanntes Ziel gebracht. Moûlu läßt nicht locker: «Stimmt's oder stimmt's nicht?» Und hinter ihnen schreien ungeduldige Stimmen: «Klar stimmt es, es stimmt! Fallt uns nicht auf den Wecker, ihr wißt genau, daß es stimmt.» Brunet wirft dem Drucker einen Blick zu und sagt sanft: «Es stimmt.» Der Drucker seufzt, er sagt mit einem beruhigten Lächeln: «Zum Totlachen, ich fühle mich immer komisch, wenn ich Zug fahre.» Er wendet sich Brunet zu und lacht jetzt offen heraus: «Ich bin in meinem Leben vielleicht zwanzigmal Zug gefahren; jedesmal wirkt das so bei mir.» Er lacht, Brunet sieht ihn lachen und denkt: ‹Es geht ihm nicht besonders.› Lucien sitzt etwas weiter hinten; er hat die Arme um die Knöchel gelegt und sagt: «Meine Alten sollten Sonntag kommen.» Er ist ein sanft aussehender junger Kerl mit Brille. Moûlu sagt zu ihm: «Ist es dir nicht lieber, sie zu Hause wiederzusehen?» – «Doch, schon», sagt der Mann. «Aber da sie Sonntag kommen sollten, wäre es mir lieber gewesen, wenn wir erst Montag abgefahren wären.» Der Wagen protestiert: «Der da wäre gerne drei Tage länger geblieben; Scheiße, manche sind nicht mehr ganz dicht; ein Tag länger, Mensch, warum nicht gleich bis Weihnachten?» Lucien lächelt sie sanft an, er erklärt: «Sie sind nicht mehr jung, wißt ihr, es ärgert mich, daß sie sich umsonst die Mühe gemacht haben.» – «Ach was!» sagt Moûlu. «Wenn sie wieder nach Hause kommen, wirst du sie empfangen.» – «Ich möchte schon», sagt Lucien, «aber so viel Schwein habe ich nicht: es wird mindestens acht Tage dauern, bis wir entlassen sind.» – «Wer weiß?» sagt Moûlu. «Wer weiß? Bei den Fritzen kann das schnell gehen.» – «Das einzige, was ich möchte», sagt Jurassien, «ist, daß ich zur Lavendelernte zu Hause bin.» Brunet dreht sich um: der Waggon ist weiß vor Staub und Rauch, die einen stehen, die anderen sitzen; durch die gekrümmten Stämme eines Waldes von Beinen sieht er friedliche und unbestimmt lächelnde Gesichter. Jurassien ist ein Dicker mit harter Miene, völlig kahl rasiertem Kopf und einer schwarzen Binde über dem Auge. Er hockt im Schneidersitz, um weniger Platz einzunehmen. «Wo bist du her?» fragt Brunet. – «Aus Manosque; ich war bei der Marine; jetzt wohne ich bei meiner Frau; ich möchte nicht, daß sie die Ernte ohne mich macht.» Der Drucker sieht immer noch auf den Bahndamm, er sagt: «Es war höchste Zeit.» – «Was ist, Kleiner?» fragt Brunet. – «Daß sie uns freilassen. Es war höchste Zeit.» – «Ja?» – «Ich hatte schon Katzenjammer», sagt der Drucker. Brunet denkt: ‹Er auch!› Aber er sieht seine tiefliegenden, glänzenden Augen und schweigt. Er denkt: ‹Er wird es noch früh genug merken.› Schneider sagt: «Stimmt, Kleiner, du bringst uns nie mehr zum Lachen, was hast du denn?» – «Oh!» sagt der Drucker. «Jetzt geht's.» Er möchte etwas erklären, aber ihm fehlen die Worte. Er macht eine entschuldigende Handbewegung und sagt bloß: «Ich bin aus Lyon.» Brunet wird verlegen, er denkt: ‹Ich hatte vergessen, daß er aus Lyon ist. Seit zwei Monaten lasse ich ihn arbeiten und weiß nichts von ihm. Jetzt spüre ich ihn ganz warm neben mir, und er hat Heimweh.› Der Drucker hat sich ihm zugewandt, in seinen Augen liest Brunet ängstliche Wehmut. «Stimmt es wirklich, daß wir nach Châlons fahren?» fragt der Drucker plötzlich. «Fängst du schon wieder an!» sagt Moûlu ungeduldig. – «Na», sagt Brunet. «Na, na! Auch wenn wir nicht nach Châlons fahren, kommen wir schon irgendwann zurück.» – «Es muß Châlons sein», sagt der Drucker. «Es muß Châlons sein.» Er sieht aus, als betete er. «Weißt du», sagt er zu Brunet, «wenn du nicht gewesen wärst, wäre ich längst abgehauen.» – «Wenn ich nicht gewesen wäre?» – «Ja klar. Sobald ein Verantwortlicher da war, mußte ich einfach bleiben.» Brunet antwortet nicht. Er denkt: ‹Natürlich, er ist meinetwegen geblieben.› Aber das freut ihn überhaupt nicht. Der Drucker fährt fort: «Ich wäre jetzt in Lyon. Ist dir klar, ich bin seit Oktober 37 eingezogen, ich kenne meinen Beruf nicht mehr.» – «Das kommt schnell wieder», sagt Lucien. Der Drucker schüttelt besonnen den Kopf. «Oh!» sagt er. «Nicht so schnell. Ihr werdet sehen, das wird hart, wieder damit anzufangen.» Er bleibt mit leeren Augen reglos sitzen, dann sagt er: «Abends, bei meinen Alten, habe ich alles auf Hochglanz gebracht, ich war nicht gern untätig, alles mußte sauber sein.» Brunet sieht ihn aus den Augenwinkeln an: er hat seine klare, fröhliche Miene verloren, die Wörter kommen träge aus seinem Mund; Büschel schwarzer Härchen wachsen hier und da auf seinen abgemagerten Backen. Ein Tunnel verschlingt die vorderen Waggons; Brunet sieht das schwarze Loch an, in dem der Zug verschwindet, er dreht sich plötzlich zu dem Drucker um: «Wenn du abhauen willst, jetzt ist der richtige Moment.» – «Was?» sagt der Drucker. – «Du brauchst nur zu springen, wenn wir im Tunnel sind.» Der Drucker sieht ihn an, und dann wird alles schwarz, Brunet bekommt Rauch in den Mund und in die Augen; er hustet. Der Zug wird langsamer. «Spring», sagt Brunet hustend. «Spring doch.» Keine Antwort; graues Licht dringt durch den Rauch, Brunet reibt sich die Augen, die Sonne überflutet ihn plötzlich; der Drucker ist immer noch da. «Nun?» fragt Brunet. Der Drucker blinzelt und sagt: «Wozu denn? Wo wir doch nach Châlons fahren.» Brunet zuckt die Achseln und sieht den Kanal an. Am Ufer ist ein Ausflugslokal, ein Mann trinkt, man sieht seine Mütze, sein Glas und seine lange Nase über dem Laubengang. Zwei andere gehen den Leinpfad entlang, sie haben Strohhüte auf und unterhalten sich ruhig; sie drehen nicht mal den Kopf nach dem Zug um. «He!» schreit Moûlu. «He, Jungs!» Aber schon sind sie außer Sichtweite. Noch ein Lokal, ganz neu: *A la bonne pêche*. Das wiehernde Klimpern eines elektrischen Klaviers trifft Brunet im Vorbeifahren und entschwindet; jetzt hören es die Fritzen auf dem Güterwagen, Brunet sieht ein Schloß, das sie noch nicht sehen, ein Schloß hinter einem Park, ganz weiß mit zwei spitzen Türmen; im Park sieht ein kleines Mädchen mit einem Reifen ernst herüber: durch seine jungen Augen sieht ein ganzes unschuldiges und veraltetes Frankreich sie vorbeifahren. Brunet sieht das kleine Mädchen an und denkt an Pétain; der Zug fährt durch diesen Blick, durch diese Zukunft voll artiger Spiele, braver Gedanken, kleiner Sorgen, er fährt den Kartoffelfeldern, den Fabriken und Rüstungswerken, der dunklen und wahren Zukunft der Menschen entgegen. Die Gefangenen hinter Brunet winken; in allen Waggons sieht Brunet Hände mit Taschentüchern: aber die Kleine winkt nicht zurück, sie drückt ihren Reifen an sich. «Sie könnten grüßen», sagt André. «Im September waren sie heilfroh, daß wir losfuhren, um uns für sie verprügeln zu lassen.» – «Na ja», sagt Lambert, «wir haben uns ja gar nicht verprügeln lassen.» – «Ja und, ist es etwa unsere Schuld? Wir sind französische Gefangene, wir haben ein Recht auf einen Gruß.» Ein Alter auf einem Klappstuhl angelt; er hebt nicht einmal den Kopf; Jurassien feixt: «Sie haben ihr angenehmes kleines Leben wieder aufgenommen . . .» – «Es sieht mir ganz so aus», sagt Brunet. Der Zug rollt durch den Frieden: Angler, Ausflugslokale, Strohhüte und dieser so stille Himmel. Brunet wirft einen Blick hinter sich, er sieht mürrische, aber entzückte Gesichter. «Ganz unter uns», sagt Martial, «er hat nicht unrecht, der Alte. In acht Tagen gehe ich Fische fangen.» – «Womit fängst du sie? Mit der Angel?» – «Aber nein, Mensch, mit der Fliege.» Sie *sehen* sie, ihre Freilassung, sie ist in dieser vertrauten Landschaft, auf diesen stillen Gewässern für sie zum Greifen nahe. Der Frieden, die Arbeit, der Alte wird heute abend mit Gründlingen nach Hause kommen, in acht Tagen sind sie frei: der Beweis ist da, einschmeichelnd und lieblich. Brunet fühlt sich unbehaglich: es ist nicht gut, als einziger die Zukunft zu kennen. Er dreht den Kopf weg, er sieht die fliehenden Schwellen des anderen Gleises an. Er denkt: ‹Was kann ich sagen? Sie werden mir nicht glauben.› Er denkt, daß er sich freuen sollte; daß sie dann endlich begreifen, daß er dann endlich arbeiten kann. Aber er spürt die fiebrige Wärme des Druckers an seiner Schulter und an seinem Arm, und ihn überkommt eine dumpfe Übelkeit, die einem Schuldgefühl ähnelt. Der Zug wird langsamer. «Was ist los?» – «Aha!» sagt Moûlu eingebildet. «Das ist die Abzweigung. Ihr könnt mir glauben, daß ich die Strecke hier kenne. Vor zehn Jahren war ich Handlungsreisender, da bin ich sie jede Woche gefahren. Ihr werdet sehen: wir fahren nach links. Rechts geht es nach Lunéville und Straßburg.» – «Lunéville?» sagt der Blondkopf. «Aber ich dachte gerade, daß wir über Lunéville müssen.» – «Nein, nein, ich sage dir doch, daß ich die Strecke kenne. Wahrscheinlich ist die Strecke nach Lunéville unterbrochen, deshalb haben wir den Umweg über Saint-Dié gemacht, jetzt geht's wieder rauf.» – «Rechts liegt Deutschland?» fragt Ramelles ängstliche Stimme. – «Ja, ja, wir fahren nach links. Links liegt Nancy, Bar-le-Duc und Châlons.» Der Zug wird langsamer und hält. Brunet dreht sich um und sieht sie an. Sie haben harmlose, ruhige Gesichter, manche lächeln. Nur Ramelle, der Klavierlehrer, beißt sich auf die Unterlippe und faßt sich erregt und deprimiert an die Brille. Es wird immerhin still, und dann, auf einmal, ruft Moûlu: «Hallo, ihr Püppchen! Einen Kuß, ihr Süßen, ein Küßchen.» Brunet dreht sich schnell um: sechs Mädchen in leichten Kleidern, mit dicken roten Armen und gesunden Gesichtern, sechs, die von der Schranke aus zu ihnen herübersehen. Moûlu wirft ihnen Handküsse zu. Sie lächeln nicht; eine dicke Dunkelhaarige, nicht häßlich, fängt an zu seufzen; die Seufzer heben ihre kräftige Brust: die anderen schauen mit großen, tiefbetrübten Augen; die sechs Münder in diesen bäuerlichen, ausdruckslosen Gesichtern machen Kinderschnuten kurz vor dem Weinen. «Kommt!» sagt Moûlu. «Kommt! Eine nette Geste!» In einer plötzlichen Eingebung fügt er hinzu: «Gibt es keine Kußhändchen für Jungs, die nach Deutschland fahren?» Hinter ihm protestieren Stimmen: «He! Red das Unglück nicht herbei.» Moûlu dreht sich ganz locker um: «Seid doch still, ich sage das, damit sie uns ein Lächeln schenken.» Die Männer lachen, sie rufen: «Na, kommt! Kommt!» Die Dunkelhaarige sieht sie immer noch an mit ihren verängstigten Augen; sie hebt eine zögernde Hand, drückt sie auf ihre herabgezogenen Lippen und schwingt sie mit einer .mechanischen Bewegung. «Besser!» ruft Moûlu. «Besser!» Eine wütende Stimme schreit ihn auf deutsch an; er zieht hastig den Kopf ein. «Halt 's Maul», sagt Jurassien, «deinetwegen wird der Wagen noch zugemacht.» Moûlu antwortet nicht, er brummt vor sich hin: «Sind die Frauen in diesem Kaff blöd.» Der Zug quietscht, er setzt sich langsam in Bewegung, die Männer schweigen, Moûlu wartet mit halboffenem Mund, der Zug rollt, Brunet denkt: ‹Jetzt kommt's›, ein plötzliches Knarren, ein Stoß, Moûlu verliert das Gleichgewicht und klammert sich mit einem Siegesschrei an Schneiders Schulter: «Seht mal, Jungs! Seht mal! Wir fahren nach Nancy.» Alles lacht und schreit. Ramelles nervöse Stimme ertönt: «Dann ist es sicher, daß wir nach Nancy fahren?» – «Du brauchst nur rauszugucken», sagt Moûlu und zeigt auf das Gleis. Tatsächlich ist der Zug nach links abgebogen, er macht einen großen Bogen, in diesem Moment kann man, ohne sich hinauszulehnen, die kleine Lokomotive sehen. «Und? Ist das direkt?» Brunet dreht sich um, Ramelles Gesicht ist noch fahl, seine blassen Lippen zittern immer noch. «Direkt?» fragt Moûlu lachend. «Meinst du etwa, man läßt uns umsteigen?» – «Nein, ich meine: gibt es keine weiteren Abzweigungen?» – «Noch zwei», sagt Moûlu. «Eine vor Frouard, die andere in Pagny-sur-Meuse. Aber du brauchst dir keine Sorgen zu machen: wir fahren nach links, immer nach links: Richtung Bar-le-Duc und Châlons.» – «Wann können wir sicher sein?» – «Was willst du denn noch? Wir sind sicher.» – «Aber bei den Abzweigungen?» – «Ach so!» sagt Moûlu. «Wenn du das meinst: bei der zweiten. Wenn wir nach rechts fahren, heißt das Metz und Luxemburg. Die dritte zählt nicht, das wäre die Strecke nach Verdun und Sedan, was sollten wir denn da?» – «Also die zweite», sagt Ramelle. «Die nächste ...» Er sagt nichts mehr, er kauert sich fröstelnd und verloren, das Kinn auf den Knien, zusammen. «Hör mal, öde uns nicht an», sagt André. «Du wirst schon sehen.» Ramelle antwortet nicht; drückendes Schweigen hat sich über den Wagen gelegt; die Gesichter sind ausdruckslos, aber etwas angespannt. Brunet hört den scheckigen Klang einer Harmonika; André geht hoch: «Nein, keine Musik!» – «Ich darf doch wohl noch Harmonika spielen», sagt eine Stimme hinten im Wagen. – «Keine Musik!» sagt André. Der Mann ist still. Der Zug ist allmählich schneller geworden; er fährt über eine Brücke. «Schluß mit dem Kanal», seufzt der Drucker. Schneider schläft mit wackelndem Kopf im Sitzen. Brunet langweilt sich, er sieht auf die Felder, sein Kopf ist leer; nach einer Weile wird der Zug langsamer, und Ramelle richtet sich mit verängstigten Augen auf: «Was ist los?» – «Keine Sorge», sagt Moûlu, «das ist Nancy.» Der Bahndammabhang ist jetzt höher als der Waggon; er ist eine Mauer. Auf der Mauer ist ein Gesims weißer Steine; über dem Gesims ist ein eiserner Gitterzaun. «Da oben ist eine Straße», sagt Moûlu. Brunet fühlt sich plötzlich von einem ungeheuren Gewicht niedergedrückt. Die Männer stützen sich auf ihn und lehnen sich hinaus; sie wenden den Kopf nach oben; dicke Rauchflocken dringen in den Waggon; Brunet hustet. «Seht euch den Kerl da oben an», sagt Martial. Brunet legt den Kopf zurück, er spürt eine harte Berührung an seinem Schädel, Hände stoßen seine Schultern: tatsächlich beugt sich ein Mann über den Gitterzaun. Durch die Gitterstäbe sieht man sein schwarzes Jackett und seine gestreifte Hose. Er hat eine lederne Aktentasche; er ist etwa vierzig. «Salut», ruft Martial. – «Guten Tag», sagt der

Mann. Er trägt einen gepflegten Schnurrbart in einem harten, mageren Gesicht; er hat sehr helle blaue Augen. «Salut! Salut!» sagen die Männer. – «Na?» fragt Moûlu. «Wie geht's in Nancy? Nicht zu zerstört?» – «Nein», sagt der Mann. – «Gott sei Dank», sagt Moûlu. «Gott sei Dank.» Der Mann antwortet nicht; er starrt sie neugierig an. «Gehen die Geschäfte wieder?» fragt Jurassien. Die Lokomotive pfeift; der Mann legt die Hand ans Ohr und schreit: «Was?» Jurassien gestikuliert über Brunets Kopf, um ihm klarzumachen, daß er nicht lauter schreien kann; Lucien sagt zu ihm: «Frag ihn nach den Gefangenen in Nancy.» – «Nach den Gefangenen? Was denn?» – «Ob er was über die Gefangenen weiß.» – «Warte», sagt Moûlu, «man hört ja nichts mehr.» – «Schnell, der Zug fährt gleich weiter.» Das Pfeifen hat aufgehört. Moûlu schreit: «Die Geschäfte? Gehen sie wieder?» – «Und ob», sagt der Zivilist. «Bei all den Deutschen, die in der Stadt sind!» – «Sind die Kinos wieder auf?» fragt Martial. – «Was?» fragt der Zivilist. – «Scheiße», sagt Lucien, «die Kinos können uns gestohlen bleiben, laß uns mit den Kinos in Ruhe, laß mich reden.» Und er fügt in einem Atemzug hinzu: «Und die Gefangenen?» – «Welche Gefangenen?» fragt der Zivilist. – «Waren hier denn keine Gefangenen?» – «Doch, aber es sind keine mehr hier.» – «Wo sind sie hin?» schreit Moûlu. Der Zivilist sieht ihn ein bißchen erstaunt an, er antwortet: «Nach Deutschland natürlich!» – «Heda!» sagt Brunet. «Drängelt nicht.» Er stemmt sich mit beiden Händen auf den Boden; die Männer erdrücken ihn und schreien alle auf einmal: «Nach Deutschland? Bist du verrückt? Nach Châlons meinst du wohl? Nach Deutschland? Wer hat dir gesagt, sie kämen nach Deutschland?» Der Zivilist antwortet nichts, er sieht sie ruhig an. «Seid still, Jungs», sagt Jurassien. «Redet nicht alle auf einmal.» Die Männer verstummen, und Jurassien schreit: «Woher wissen Sie das?» Ein wütender Schrei ertönt; ein deutscher Posten springt mit aufgepflanztem Bajonett vom Güterwagen und stürzt zu ihnen. Es ist ein blutjunger Kerl, rot vor Wut, er schreit mit heiserer Stimme sehr schnell auf deutsch; Brunet fühlt sich plötzlich um das ungeheure Gewicht erleichtert, das ihn niederdrückte, die Männer müssen sich blitzschnell wieder gesetzt haben. Der Posten schweigt, er bleibt Gewehr bei Fuß vor ihnen stehen. Der Zivilist ist immer noch da, er sieht, über das Geländer gebeugt, hinunter; Brunet ahnt im Dunkel des Waggons all die fiebrigen Augen, die sich nach oben gerichtet haben und schweigend Fragen stellen. «Wie blöd!» murmelt Lucien hinter ihm. «Wie blöd.» Der Mann bleibt unbeweglich, stumm, unbenutzbar und doch von einem geheimen Wissen erfüllt stehen. Die Lokomotive pfeift, ein Rauchwirbel verfängt sich im Waggon, der Zug fährt an und setzt sich wieder in Bewegung. Brunet hustet; der Posten wartet, bis der Güterwagen an ihm vorbeifährt, er wirft sein Gewehr drauf; Brunet sieht zwei Paar Hände an graugrünen Ärmeln, die ihn an den Schultern packen und hochziehen. «Was weiß der Idiot denn überhaupt?» – «Ja, was weiß der schon? Wenn sie weggefahren sind, hat er sie wegfahren sehen, mehr nicht.» Die wutentbrannten Stimmen platzen hinter Brunet heraus, Brunet lächelt, ohne etwas zu sagen. «Er vermutet es, das ist alles», sagt Ramelle. «Er *vermutet*, daß sie nach Deutschland gefahren sind.» Der Zug rollt schneller, er fährt an langen menschenleeren Bahnsteigen vorbei, Brunet liest auf einem Schild: «Ausgang. Unterführung.» Der Zug rast. Der Bahnhof ist ausgestorben. An Brunets Schulter zittert die Schulter des Druckers. Der Drucker macht sich plötzlich Luft: «Dann ist er ein Schwein, daß er es gesagt hat, wenn er nicht sicher ist.» – «Kann man wohl sagen», sagt Martial, «ein schönes Schwein.» – «Und was für eins!» sagt Moûlu. «So was macht man nicht. Da muß man ziemlich blöd sein . . .» – «Blöd?» wiederholt Jurassien. «Du hast ihn dir nicht angesehen! Da kannst du Gift drauf nehmen, daß der nicht blöd ist. Der wußte, was er tat, sag ich dir.» – «Er wußte, was er tat?» Brunet dreht sich um, Jurassien lächelt hart. «Das ist einer von der fünften Kolonne», sagt er. – «Sagt mal, Jungs», sagt Lambert, «wenn er doch recht hätte?» – «Schnauze, Idiot! Wenn du nach Deutschland willst, meld dich doch freiwillig, aber öde den von der Marine nicht an.» – «Scheiße doch», sagt Moûlu, «an der Abzweigung wissen wir's.» – «Wann kommt die Abzweigung?» fragt Ramelle. Er ist grün. Er trommelt mit den Fingern auf seinen Mantel. «In einer Viertelstunde ungefähr, zwanzig Minuten.» Die Männer sagen nichts mehr, sie warten. Sie haben harte Gesichter, starre Augen, wie Brunet sie seit dem Zusammenbruch nicht an ihnen gesehen hat. Dann ist alles in Schweigen versunken, man hört nur noch das Quietschen der Waggons. Es ist heiß, Brunet würde gern seine Jacke ausziehen, aber er kann nicht, er ist zwischen dem Drucker und der Wand eingeklemmt. Schweißtropfen rollen ihm in den Hals. Der Drucker sagt, ohne ihn anzusehen: «He, Brunet!» – «Was?» – «Hast du mich vorhin verarschen wollen, als du sagtest, ich sollte springen?» – «Warum?» fragt Brunet. Der Drucker wendet ihm sein reizendes, kindliches Gesicht zu, das auch die Falten, der Schmutz und der Bart nicht hat alt machen können. Er sagt: «Ich könnte es nicht aushalten, nach Deutschland zu kommen.» Brunet antwortet nicht. Der Drucker sagt: «Ich könnte es nicht aushalten. Ich würde da eingehen. Ich bin sicher, daß ich da eingehen würde.» Brunet zuckt die Achseln, er sagt: «Du wirst tun, was alle tun.» – «Aber alle werden eingehen», sagt der Drucker, «alle, alle, alle.» Brunet macht eine Hand frei und legt sie ihm auf die Schulter. «Reg dich nicht auf, Kleiner», sagt er liebevoll. Der Drucker zittert, Brunet sagt: «Wenn du so herumbrüllst, kriegen die Kameraden Schiß.» Der Drukker schluckt, er sieht folgsam aus, er sagt: «Du hast recht, Brunet.» Er macht eine verzweifelte und ohnmächtige kleine Handbewegung, er fügt traurig hinzu: «Du hast immer recht.» Brunet lächelt ihn an. Nach einer Weile fährt der Drucker mit dumpfer Stimme fort: «War das dann Bluff?» – «Was?» – «Als du gesagt hast, ich sollte springen, war das Bluff?» – «Ach, kümmer dich nicht drum», sagt Brunet. – «Wenn ich jetzt springen würde», sagt der Drucker, «würdest du es mir übelnehmen?» Brunet sieht die Gewehrläufe an, die aus dem Güterwagen herausragen und funkeln. Er sagt: «Mach keinen Mist, die würden dich umlegen.» – «Laß mich doch mein Glück versuchen», sagt der Drucker. «Hör mal, laß mich doch mein Glück versuchen.» – «Das ist nicht der richtige Moment . . .», sagt Brunet. – «Egal wie», sagt der Drucker, «wenn ich dorthin komme, gehe ich ein. Ich gehe so oder so ein . . .» Brunet antwortet nicht; der Drucker sagt: «Sag mir nur, ob du es mir übelnehmen würdest.» Brunet sieht immer noch die Gewehrläufe an. Er sagt langsam und kalt: «Ja. Ich würde es dir übelnehmen. Ich verbiete es dir.» Der Drukker senkt den Kopf, Brunet sieht, daß seine Backenmuskeln sich bewegen. «Du bist ganz schön gemein», sagt Schneider. Brunet dreht den Kopf: Schneider sieht ihn hart an. Brunet antwortet nicht, er drückt sich fester gegen den Türrahmen; er würde Schneider gern sagen: ‹Siehst du denn nicht ein, daß er abgeknallt wird, wenn ich ihm nicht verbiete abzuspringen?› Er kann nicht, weil der Drucker es hören würde; er hat das unangenehme Gefühl, daß Schneider ihn beurteilt. Er denkt: ‹So was Blödes.› Er sieht den dünnen Nacken des Druckers an, er denkt: ‹Und wenn er dort eingeht?› Er denkt: ‹Scheiße! Ich bin nicht mehr der Alte.› Der Zug wird langsamer: die Abzweigung. Bestimmt wissen alle, daß es die Abzweigung ist, aber sie sagen nichts. Der Zug hält, es herrscht Schweigen. Brunet hebt den Kopf. Über ihn gebeugt, sieht Moûlu mit offenem Mund auf das Gleis; er ist leichenblaß. Im Gras des Bahndamms hört man Grillen zirpen. Drei Deutsche springen auf das Gleis, um sich die Füße zu vertreten; sie kommen lachend am Waggon vorbei. Der Zug setzt sich in Bewegung; sie machen kehrt und laufen zum Güterwagen. Moûlu stößt ein Gebrüll aus: «Nach links, Jungs! Wir fahren nach links.» Der Waggon vibriert und quietscht, als würde er gleich aus den Gleisen springen. Wieder fühlt Brunet auf seinen Schultern das Gewicht von zehn vorgebeugten Körpern. Die Männer schreien: «Nach links! Nach links! Wir fahren nach Châlons!» In den anderen Waggontüren kommen rauchgeschwärzte lachende Gesichter zum Vorschein.

André schreit: «He, Chabot! Wir fahren nach Châlons!» Und Chabot, der sich aus dem vierten Waggon lehnt, lacht und schreit: «Das war knapp, Jungs, das war knapp.» Alles lacht, Brunet hört Gassous Stimme: «Mensch, sie haben genauso Angst gehabt wie wir.» – «Seht ihr, Jungs!» sagt Jurassien. «Der war von der fünften Kolonne.» Brunet sieht den Drucker an. Der Drucker sagt nichts, er zittert immer noch, eine Träne läuft über seine linke Backe und hinterläßt im Schmutz und im Kohlenstaub eine Spur. Einer fängt an, Harmonika zu spielen, ein anderer singt dazu: «*Mon petit kaki, je te resterai fidèle.*»* Brunet fühlt sich entsetzlich traurig, er sieht auf das dahinsausende Gleis, er hat Lust abzuspringen. Der Wagen ist in Feststimmung, der Zug singt. Wie bei den Zugfahrten ins Blaue vor dem Krieg. Brunet denkt: ‹Am Ende dieser Fahrt ins Blaue gibt es eine Überraschung.› Der Drucker stößt einen tiefen Seufzer der Erleichterung und des Wohlbehagens aus. Er sagt: «O Mann, o Mann!» Er sieht Brunet verschmitzt an, er sagt: «Du hast geglaubt, wir fahren nach Deutschland.» Brunet macht sich etwas steif, er merkt, daß sein Ansehen angekratzt ist; aber er antwortet nichts. Außerdem ist der Drucker versöhnlich gestimmt, er fügt lebhaft hinzu: «Jeder kann sich mal irren; ich habe es auch geglaubt.» Brunet schweigt, der Drucker pfeift. nach einer Weile sagt er: «Ich werde sie benachrichtigen lassen, bevor ich selbst hingehe.» – «Wen denn?» fragt Brunet. – «Mein Mädchen», sagt der Drucker. «Sie wäre imstande umzukippen.» – «Du hast ein Mädchen?» sagt Brunet. «In deinem Alter?» – «Und ob», sagt der Drucker. «Ohne diese Sache mit dem Krieg hätten wir geheiratet.» – «Wie alt ist sie?» fragt Brunet. – «Achtzehn», sagt der Drucker. – «Hast du sie bei der Partei kennengelernt?» – «N-nein», sagt der Drucker. «Beim Tanzen.» – «Denkt sie wie du?» – «Worüber?» – «Über alles.» – «Also», sagt der Drucker, «ich weiß nicht, was sie denkt. Eigentlich glaube ich, daß sie überhaupt nichts denkt: sie ist ein Mädchen. Aber sie ist gut und fleißig und außerdem . . . tolle Figur!» Er träumt

* Meine kleine Khakiuniform, ich bleibe dir treu.

ein bißchen, er sagt: «Vielleicht hatte ich deshalb Katzenjammer. Ich habe mich nach ihr gesehnt. Hast du eine Puppe, Brunet?» – «Keine Zeit», sagt Brunet. – «Wie machst du es dann?» Brunet lächelt: «Manchmal so nebenbei», sagt er. – «Ich könnte so nicht leben», sagt der Drukker. «Würde dir das nicht gefallen, ein richtiges Zuhause mit einer Frau drin?» – «Ich wäre nie da.» – «Stimmt ja», sagt der Drucker. «Stimmt ja.» Er sieht verwirrt aus, er sagt wie zur Entschuldigung: «Ich brauche nicht viel; sie auch nicht. Drei Stühle und ein Bett.» Er lächelt ins Leere, er fügt hinzu: «Ohne diesen Krieg wären wir glücklich geworden.» Brunet wird ärgerlich und sieht den Drucker ohne Sympathie an; auf diesem Gesicht, das die Magerkeit zu ausdrucksvoll macht, erkennt er einen gierigen Appetit nach Glück. Er sagt sanft: «Dieser Krieg ist nicht durch Zufall gekommen. Und du weißt genau, daß man unter einem Unterdrückungssystem nicht glücklich leben kann.» – «Oh!» sagt der Drucker. «Ich hätte mir mein kleines Nest gebaut . . .» Brunet wird lauter und sagt barsch: «Warum bist du dann Kommunist? Kommunisten sind nicht dazu da, sich in ihr kleines Nest zurückzuziehen.» – «Wegen der anderen», sagt der Drucker. «Es gab soviel Elend in meinem Viertel, ich hätte mir gewünscht, daß sich das ändert.» – «Wenn man in die Partei eintritt, zählt nur noch die Partei», sagt Brunet. «Du hättest wissen müssen, worauf du dich einläßt.» – «Ich wußte es ja», sagt der Drucker lebhaft. «Habe ich mich jemals geweigert, zu tun, was du verlangt hast? Nur, wenn ich vögele, braucht die Partei nicht die Kerze zu halten. Es gibt Momente, wo . . .» Er sieht Brunet an und bricht jäh ab. Brunet sagt nichts, er denkt: ‹Er ist so, weil er denkt, ich hätte mich geirrt. Man müßte unfehlbar sein.› Es wird immer heißer, sein Hemd ist von Schweiß durchnäßt, die Sonne knallt ihm voll ins Gesicht: all diese jungen Leute, man müßte wissen, warum sie in die KP eintreten; wenn man aus selbstlosen Idealen eintritt, kommt immer ein Moment, in dem man schwach wird. *Und du, und du, warum bist du eingetreten?* Pah, das ist so lange her, das ist nicht mehr wichtig, ich bin Kommunist, weil ich Kommunist bin, das ist alles. Er macht seine rechte Hand frei, wischt den Schweiß ab, der in seinen Augenbrauen hängt, sieht auf die Uhr. Halb fünf. Bei diesen Umwegen sind wir nicht so bald da. Die Fritzen werden die Waggons heute nacht dichtmachen, und wir werden auf einem Abstellgleis übernachten. Er gähnt, er sagt: «Schneider! Du sagst ja nichts.» – «Was soll ich denn sagen?» fragt Schneider. Brunet gähnt, er sieht das Gleis dahinsausen, ein bleiches Gesicht lacht zwischen den Schienen, ha, ha, ha, sein Kopf fällt, er schreckt aus dem Schlaf, die Augen tun ihm weh, er rückt nach hinten, um der Sonne zu entgehen, jemand sagt: «Todesurteil», sein Kopf fällt, er wacht wieder auf und hebt die Hand an sein feuchtes Kinn: ‹Ich habe gesabbert, ich muß mit offenem Mund geschlafen haben›; er haßt das. «Leerst du sie mal aus?» Man reicht ihm eine offene Dose, sie ist ganz warm, er sagt: «Was ist . . .? Ach so.» Er kippt sie nach draußen, die gelbe Flüssigkeit regnet auf das Gleis. «He, gib sie schnell weiter!» Er reicht sie, ohne sich umzudrehen, nach hinten, man nimmt sie ihm aus der Hand, er will wieder einschlafen, jemand klopft ihm auf die Schulter; er nimmt die Dose und leert sie. «Gib sie mir», sagt der Drucker. Brunet gibt die Dose dem Drucker, der mühsam aufsteht. Brunet wischt sich die nassen Finger an seiner Jacke ab; nach einer Weile streckt sich ein Arm über seinen Kopf und neigt die Blechdose, das gelbe Wasser sprüht auseinander und fliegt in klaren Tropfen nach hinten. Der Drucker setzt sich wieder und wischt sich die Finger ab, Brunet läßt seinen Kopf auf die Schulter des Druckers fallen, er hört das Harmonikaspiel, er sieht einen schönen Garten voller Blumen, er schläft ein. Ein Stoß weckt ihn, er schreit: «Was?» – «Nichts», sagt Moûlu, «du kannst weiterschlafen: wir sind in Pagny-sur-Meuse.» Brunet dreht sich um, alles ist ruhig, die Männer haben sich an ihre Freude gewöhnt, ein paar spielen Karten, andere singen, und wieder andere erzählen sich selbst schweigend und entzückt Geschichten, die Augen voller Erinnerungen, die sie endlich aus ihrem Herzen aufsteigen lassen; niemand beachtet das Halten des Zugs. Brunet schläft fest ein, er träumt von einer seltsamen Ebene, wo splitternackte Männer mit grauen Bärten und dünn wie Skelette rings um ein großes Feuer sitzen; als er wach wird, steht die Sonne ganz tief am Horizont, der Himmel ist lila, zwei Kühe grasen auf einer Wiese, der Zug bewegt sich immer noch nicht, einige singen; auf der Böschung pflücken deutsche Soldaten Blumen. Einer, ein kleiner, sehr kräftiger Dicker mit roten Backen, geht, ein Gänseblümchen zwischen den Zähnen und breit lächelnd, zu den Gefangenen hinüber. Moûlu, André und Martial lächeln ihn an. Der Deutsche und die Franzosen sehen sich einen Moment lächelnd an, dann sagt Moûlu plötzlich: *«Zigaretten. Bitte schön Zigaretten.»* Der Soldat zögert und dreht sich nach der Böschung um; seine drei Kameraden stehen gebückt und zeigen ihren Hintern; er durchwühlt flink seine Tasche und wirft sein Päckchen Zigaretten in den Wagen; Brunet hört ein regelrechtes Getöse hinter sich, Ramelle, der nicht raucht, hat sich aufgerichtet und ruft lächelnd: *«Danke schön!»* Der kräftige Kleine gibt ihm ein Zeichen, still zu sein. Moûlu sagt zu Schneider: «Frag ihn, wo wir hinfahren.» Schneider spricht mit dem Soldaten deutsch; der Soldat antwortet lächelnd; die anderen sind fertig mit Pflücken, sie kommen mit umgekehrten Sträußen in der linken Hand näher; ein Unteroffizier und zwei Soldaten; sie sehen heiter aus und beteiligen sich lachend an der Unterhaltung. «Was sagen sie?» fragt Moûlu ebenfalls lächelnd. – «Warte doch mal», sagt Schneider ungeduldig. «Laß mich erst mal verstehen.» Die Soldaten rufen ihnen noch einen Scherz zu und kehren gemächlich zum Güterwagen zurück, der Unteroffizier bleibt stehen, um an die Waggonachse zu pinkeln, er knöpft breitbeinig die Hose wieder zu, er wirft einen Blick zu seinen Männern hin, und während sie ihm den Rücken zukehren, wirft er ein Päckchen Zigaretten in den Waggon. «Ha!» sagt Martial mit einem Glücksschnaufer. «Sie sind gar nicht so gemein.» – «Weil wir entlassen sind», sagt Jurassien, «wollen sie, daß wir sie in guter Erinnerung behalten.» – «Könnte sein», sagt Martial träumerisch. «Tatsächlich ist ja alles, was sie machen, Propaganda.» – «Was haben sie gesagt?» fragt Moûlu Schneider. Schneider antwortet nicht; er sieht komisch aus. «Ja», sagt André, «was haben sie gesagt?» Schneider schluckt mühsam, er sagt: «Sie sind aus dem Hannoverschen, sie haben in Belgien gekämpft.» – «Was haben sie gesagt, wo wir hinkommen?» Schneider breitet die Arme aus, lächelt entschuldigend und sagt: «Nach Trier.» – «Trier», sagt Moûlu. «Wo liegt das denn?» – «In der Pfalz», sagt Schneider. Ein kaum wahrnehmbares Schweigen entsteht, dann sagt Moûlu: «Trier, in Bochien? Dann haben sie dich verarscht.» Schneider antwortet nicht. Moûlu sagt mit ruhiger Selbstsicherheit: «Über Bar-le-Duc geht's nicht nach Bochien.» Schneider sagt immer noch nichts; André fragt lässig: «Haben sie Spaß gemacht oder was?» – «Du hast doch gesehen, daß sie Spaß gemacht haben», sagt Lucien. «Sie haben sich kaputtgelacht.» – «Sie haben keinen Spaß gemacht, als sie mir das geantwortet haben», sagt Schneider widerwillig. – «Hast du nicht gehört, was Moûlu gesagt hat?» fragt Martial wütend. «Über Bar-le-Duc geht es nicht nach Bochien. Das ist doch Blödsinn.» – «Wir fahren nicht über Bar-le-Duc», sagt Schneider, «wir biegen nach rechts ab.» Moûlu lacht: «Na, hör mal! Du gestattest wohl, daß ich die Strecke besser kenne als du. Rechts geht's nach Verdun und Sedan. Wenn du rechts weiterfahren würdest, kämst du vielleicht nach Belgien, aber nicht nach Deutschland!» Er wendet sich mit einer Miene beruhigender Gewißheit den anderen zu: «Wenn ich euch doch sage, daß ich jede Woche durch diese Gegend gekommen bin. Manchmal zweimal in der Woche!» fügt er hinzu, und sein Gesicht bringt verzweifelt Überzeugung zum Ausdruck. «Klar», sagen die Männer. «Ist doch klar, daß er sich nicht täuschen kann.» – «Wir fahren über Luxemburg», sagt Schneider. Er zwingt sich zum Reden; jetzt, wo er angefangen hat, scheint es Brunet, daß er ihnen die Wahrheit einhämmern will, er ist blaß und redet, ohne jemanden anzusehen. André nähert sein Gesicht dem

Schneiders und schreit ihn an: «Warum haben wir dann diesen Umweg gemacht? Warum?» Die Männer hinter ihm schreien: «Warum? Warum? Das ist doch idiotisch. Warum? Dann hätten wir gleich über Lunéville fahren können.» Schneider wird rot, er wendet sich ganz dem Wageninnern zu und sieht den schreienden Männern ins Gesicht: «Wie soll ich das wissen, ich weiß nichts, *nichts*», schreit er wutentbrannt. «Vielleicht weil die Gleise kaputt sind oder weil auf den anderen Strecken deutsche Transporte fahren, ich kann euch doch nicht mehr sagen, als ich weiß, und glaubt, was ihr wollt.» Eine schrille Stimme übertönt alle anderen: «Keine Sorge, Jungs, wir werden's bald erfahren.» Und die Männer wiederholen: «Genau, wir werden schon sehen, wir werden sehen, kein Grund zur Aufregung.» Schneider setzt sich wieder, ohne zu antworten; aus dem vorletzten Waggon kommt ein Lockenkopf zum Vorschein, eine jugendliche Stimme ruft ihnen zu: «He, Jungs! Haben sie euch gesagt, wo wir hinfahren?» – «Was sagt er?» – «Er fragt, wo wir hinfahren.» Die Männer im Wagen lachen schallend: «Der kommt gerade richtig, der hat einen guten Riecher, gerade jetzt zu fragen.» Moûlu lehnt sich hinaus, legt die Hände an den Mund und ruft: «In meinen Arsch!» Der Kopf nebenan verschwindet. Alles lacht, das Lachen hört auf; Jurassien sagt: «Spielen wir, Jungs? Das ist besser, als sich verrückt zu machen.» – «Ja, los», sagen sie. Die Männer kauern sich im Schneidersitz um einen zusammengefalteten Mantel, Jurassien hat die Karten aufgenommen, er gibt. Ramelle kaut schweigend an seinen Fingernägeln; die Harmonika spielt einen Walzer; an der hinteren Wand steht einer und raucht nachdenklich eine deutsche Zigarette. Er sagt wie zu sich selbst: «Es macht Spaß, zu rauchen.» Schneider dreht sich zu Brunet um und sagt entschuldigend: «Ich konnte sie nicht belügen.» Brunet zuckt, ohne zu antworten, die Achseln, Schneider sagt: «Nein, ich konnte nicht.» – «Das hätte nichts genutzt», sagt Brunet, «nachher müssen sie es sowieso erfahren.» Er merkt, daß er nachgiebig gesprochen hat; er ist ärgerlich auf Schneider;

wegen der anderen. Schneider sieht ihn komisch an und sagt: «Schade, daß du kein Deutsch kannst.» – «Wieso?» fragt Brunet erstaunt. – «Weil *du* froh gewesen wärst, sie aufzuklären.» – «Da irrst du dich», sagt Brunet müde. – «Diese Verlegung nach Deutschland», sagt Schneider, «hast du aber doch herbeigewünscht.» – «Ja», sagt Brunet, «ich habe sie herbeigewünscht.» Der Drucker hat wieder angefangen zu zittern, Brunet legt ihm den Arm um die Schultern und drückt ihn unbeholfen an sich. Mit einer Kopfbewegung weist er Schneider auf ihn hin und sagt: «Sei still.» Schneider sieht Brunet mit einem erstaunten Lächeln an; er sieht aus, als wollte er sagen: ‹Seit wann liegt dir daran, die Leute zu schonen?› Brunet wendet den Kopf ab, aber nur um das gierige junge Gesicht des Druckers wieder vor sich zu haben. Der Drucker sieht ihn an, seine Lippen bewegen sich, seine sanften großen Augen drehen sich in seinem dämmrigen Gesicht. Brunet will schon sagen: ‹Habe ich mich etwa geirrt?› Aber er sagt nichts, er sieht seine Füße über die stillstehenden Räder hängen, er pfeift: die Sonne sinkt, es ist weniger heiß; ein Junge treibt mit einem Stock Kühe vor sich her, sie galoppieren, dann beruhigen sie sich und gehen majestätisch auf der Straße davon; ein Kind, das nach Hause geht, Kühe, die in den Stall zurückkehren: herzzerreißend. Sehr weit weg, über einem Feld, kreisen schwarze Vögel: die Toten sind nicht alle unter der Erde. Brunet weiß nicht mehr, ob diese Beklommenheit seine ist oder die der anderen; er dreht sich um, er sieht sie an, um sie sich vom Leibe zu halten: graue, zerstreute, fast ruhige Gesichter, er erkennt die abwesende Miene der Massen wieder, die gleich wutentbrannt explodieren werden. Er denkt: ‹Gut so. Sehr gut.› Aber ohne Freude. Der Zug fährt an, rollt einige Minuten und hält. Moûlu lehnt sich aus dem Waggon und sucht den Horizont ab, er sagt: «Bis zur Abzweigung sind es noch hundert Meter.» – «Merkst du nicht, daß sie uns bis morgen hier stehenlassen?» sagt Gassou. – «Schön für die Moral!» sagt André. Brunet spürt die drückende Bewegungslosigkeit bis in die Knochen. Einer sagt: «Der Nervenkrieg fängt wieder an.» Ein sprödes Knattern läuft durch den Wagen, das ist ein Lachen. Es erstirbt; Brunet hört Jurassiens unerschütterliche Stimme: «Trumpf und noch mal Trumpf!» Er fühlt einen Stoß, er dreht sich um; Jurassiens Hand, die ein Herz-As hält, ist in der Luft geblieben, der Zug hat sich wieder in Bewegung gesetzt; Moûlu linst hinaus. Nach einer Weile fährt der Zug etwas schneller, dann tauchen zwei Schienen unter den Rädern auf, zwei parallele Blitze, die sich links, zwischen den Feldern verlieren. «Scheiße!» sagt Moûlu. «Scheiße! Scheiße!» Die Männer schweigen: sie haben verstanden; Jurassien läßt sein As auf den Mantel fallen und streicht den Stich ein; der Zug rollt mit einem regelmäßigen kleinen Fauchen gemütlich dahin, die untergehende Sonne rötet Schneiders Gesicht, es wird allmählich ganz kühl. Brunet sieht den Drucker an und faßt ihn plötzlich bei den Schultern: «Mach keinen Mist, ja? Mach keinen Mist, mein Junge!» Der schmächtige Körper verkrampft sich unter seinen Fingern, er drückt fester, der Körper entspannt sich, Brunet denkt: ‹Ich halte ihn bis in die Nacht fest.› Nachts werden die Deutschen den Waggon zumachen, am Morgen wird er sich beruhigt haben. Der Zug rollt unter dem lila Himmel in vollkommener Stille dahin: sie wissen es jetzt, in allen Waggons wissen sie es. Der Drucker hat sich wie eine Frau an Brunets Schulter sinken lassen. Brunet denkt: ‹Habe ich das Recht, ihn am Abspringen zu hindern?› Aber er hält ihn immer noch fest. Ein Lachen hinter seinem Rücken, eine Stimme: «Die Alte, die ein Kind wollte! Ich muß ihr schreiben, daß sie sich vom Nachbarn besteigen läßt.» Sie lachen. Brunet denkt: ‹Sie lachen vor Unglück.› Das Lachen hat den Waggon erfüllt, die Wut steigt; eine lachende Stimme wiederholt: «Waren wir blöd! Waren wir blöd!» Ein Kartoffelfeld, die Stahlhütten, die Bergwerke, die Zwangsarbeit: mit welchem Recht? Mit welchem Recht ihn hindern? «Waren wir blöd!» wiederholt die Stimme. Die Wut rollt und steigt. Unter seinen Fingern spürt Brunet die mageren Schultern schwanken, die schlaffen Muskeln sich bewegen, er denkt: ‹Er wird nicht durchhalten können.› Er hält ihn fest, mit welchem Recht? Er hält ihn noch fester, der Drucker sagt: «Du tust mir weh!» Brunet hält fest: das ist ein Kommunistenleben, er gehört uns, solange er lebt. Er sieht dieses Eichhörnchenschnäuzchen an: solange er lebt, jawohl; aber lebt er noch? Er ist fertig, gebrochen, er wird nicht mehr arbeiten. «Laß mich doch los», schreit der Drucker, «verflucht noch mal, laß mich los.» Brunet fühlt sich komisch; er hält diese leere Hülle in den Händen: ein Parteimitglied, das zu nichts mehr nütze ist. Er würde gern mit ihm reden, ihn ermuntern, ihm helfen, er kann nicht: seine Worte gehören der Partei, die Partei hat ihnen ihren Sinn gegeben; innerhalb der Partei kann Brunet lieben, überzeugen und trösten. Der Drucker ist aus diesem riesigen Lichtkegel herausgefallen, Brunet hat ihm nichts mehr zu sagen. Dabei leidet dieser Junge noch. So oder so eingehen . . . Ach! Er soll sich entscheiden! Sein Glück, wenn er davonkommt; wenn er dabei draufgeht, wird sein Tod nützen. Der Waggon lacht immer lauter; der Zug rollt langsam, als wollte er gleich anhalten; der Drucker sagt hinterhältig: «Gib mir mal die Büchse, ich muß pissen.» Brunet sagt nichts, er sieht den Drucker an, er sieht den Tod. Den Tod, diese Freiheit. «Scheiße, Mann», sagt der Drucker, «kannst du mir nicht mal die Büchse geben? Soll ich mir in die Hose machen?» Brunet sieht sich um, er ruft: «Die Büchse! . . .» Aus dem vor Wut blitzenden Dunkel kommt eine Hand und hält die Büchse hin, der Zug wird noch langsamer, Brunet zögert, er bohrt die Finger in die Schulter des Druckers, dann läßt er plötzlich alles los, nimmt die Büchse, wie blöd wir doch waren, wie blöd wir waren! Die Männer hören auf zu lachen. Brunet spürt ein hartes Schaben an seinem Ellbogen, der Drucker ist unter seinem Arm hindurchgerutscht, Brunet streckt die Hand aus, greift ins Leere: die graue Masse ist vorn hinuntergekippt, ein schwerfälliger Flug, Moûlu schreit, ein Schatten schlägt mit gespreizten Beinen und ausgebreiteten Armen auf dem Bahndamm auf, Brunet erwartet die Schüsse, sie sind *schon* in seinen Ohren, der Drucker springt wieder auf, jetzt steht er, ganz schwarz, frei. Brunet *sieht* die Schüsse: fünf schreckliche Mündungsfeuer. Der Drucker läuft am Zug entlang, er hat Angst bekommen, er will wieder aufspringen, Brunet schreit ihm zu: «Spring die Böschung runter, Herrgott noch mal, spring!» Der ganze Waggon schreit: «Spring! Spring!» Der Drucker hört nicht, er rennt, er erreicht den Waggon, er streckt die Arme aus, er schreit: «Brunet! Brunet!» Brunet sieht seine erschreckten Augen: er brüllt ihm zu: «Die Böschung!» Der Drukker ist taub, er ist nichts mehr als diese riesengroßen Augen, Brunet denkt: ‹Wenn er schnell aufspringt, hat er eine Chance.› Er lehnt sich hinaus: schon hat Schneider begriffen und umfaßt ihn mit dem linken Arm, damit er nicht hinausfällt. Brunet streckt die Arme aus. Die Hand des Druckers berührt seine Hand, die Fritzen schießen dreimal, der Drucker sackt schlaff nach hinten, er fällt, der Zug entfernt sich, die Beine des Druckers fliegen nach oben, fallen wieder herunter, die Schwelle und der Schotter sind rings um seinen Kopf schwarz vor Blut. Der Zug hält ruckartig an, Brunet fällt auf Schneider, er sagt mit zusammengebissenen Zähnen: «Sie haben genau gesehen, daß er wieder aufspringen wollte, sie haben ihn zum Spaß abgeknallt.» Der Körper liegt da, zwanzig Schritte entfernt, schon ein Ding, frei. *Ich hätte mir mein kleines Nest gebaut.* Brunet merkt, daß er immer noch die Büchse in der Hand hält, er hat die Arme nach dem Drucker ausgestreckt, ohne sie loszulassen. Sie ist lauwarm. Er läßt sie auf den Schotter fallen. Vier Fritzen kommen aus dem Güterwagen und laufen auf den Körper zu; die Männer hinter Brunet knurren, jetzt geht's los, die Wut ist entfesselt. Aus einem Waggon an der Spitze sind etwa zehn Deutsche gekommen. Sie klettern auf den Bahndamm und stellen sich mit ihren Maschinenpistolen in der Hand dem Zug gegenüber auf. Die Männer haben keine Angst; einer brüllt hinter Brunet: «Schweine! Schweine!» Der dicke deutsche Unteroffizier sieht wütend aus, er bückt sich, hebt den Körper an, läßt ihn wieder fallen und gibt ihm einen Fußtritt. Brunet dreht sich schroff um: «Heda! Ihr schmeißt mich noch runter!» Zwanzig Männer haben sich hinausgelehnt. Brunet sieht zwanzig mordgierige Augenpaare: das wird hart auf hart gehen. Er schreit: «Springt nicht, Jungs, ihr werdet abgeknallt.» Er stemmt sich gegen sie und steht mühsam auf, er ruft: «Schneider!» Schneider steht auch auf. Sie fassen sich gegenseitig um die Taille, und jeder klammert sich mit dem anderen Arm an den Türrahmen. «Ihr kommt nicht durch.» Die Männer drängeln; Brunet sieht diesen ganzen Haß, *seinen* Haß, *sein* Werkzeug, und er hat Angst. Drei Deutsche nähern sich dem Waggon und legen auf die Männer an. Die Männer knurren, die Deutschen sehen sie an; Brunet erkennt den lockigen Dicken wieder, der ihnen Zigaretten zugeworfen hat: er hat Mörderaugen. Franzosen und Deutsche sehen sich an, *es ist Krieg*: zum erstenmal seit September 39 ist Krieg. Langsam lockert sich der Druck, die Männer weichen zurück, er kann wieder atmen. Der Unteroffizier tritt näher, er sagt: *«Hinein! Hinein!»* Brunet und Schneider drücken gegen Brüste, hinter ihrem Rücken zieht ein Fritz die Schiebetür zu, im Waggon wird es stockdunkel, es riecht nach Schweiß und Kohle, die Wut kocht, Füße scharren über den Boden wie bei einer marschierenden Menge. Brunet denkt: ‹Sie werden es nicht mehr vergessen. Das wäre erreicht.› Er hat Schmerzen, er kann schlecht atmen, seine Augen sehen weit offen ins Dunkle: ab und zu spürt er, wie geschwollen sie sind, zwei dicke Apfelsinen, die seine Augenhöhlen sprengen werden. Er ruft leise: «Schneider! Schneider!» – «Ich bin hier», sagt Schneider. Brunet tastet um sich, er hat das Bedürfnis, Schneider zu berühren. Eine Hand nimmt seine Hand und drückt sie. «Bist du's, Schneider?» – «Ja.» Sie schweigen, Seite an Seite, Hand in Hand. Ein Ruck, der Zug fährt quietschend an. Was haben sie mit dem Körper gemacht? Er fühlt Schneiders Atem an seinem Ohr. Plötzlich zieht Schneider seine Hand weg, Brunet will sie festhalten, aber Schneider macht sich mit einem Ruck los und löst sich im Dunkeln auf. Brunet bleibt allein, steif und unbequem in einer Backofenhitze zurück. Er steht auf einem Fuß, der andere ist über dem Boden in einem Gewirr von Beinen und Schuhen eingeklemmt. Er versucht nicht, ihn frei zu machen, er hat das Bedürfnis, in einer provisorischen Stellung zu bleiben: er ist auf der Durchreise, sein Denken ist in seinem Kopf auf der Durchreise, der Zug ist in Frankreich auf der Durchreise, die Gedanken sprudeln undeutlich hervor und fallen auf die Gleise hinter ihm, bevor er sie hat erkennen können, er entfernt sich, er entfernt sich, er entfernt sich; bei dieser Geschwindigkeit ist es noch erträglich, zu leben. Völliger Stillstand: die Geschwindigkeit entgleitet und fällt vor seine Füße; er weiß noch, daß der Zug fährt: das quietscht, stößt und vibriert; aber er spürt die Bewegung nicht mehr. Er ist in einem großen Mülleimer, und jemand tritt mit dem Fuß dagegen. Hinter ihm, auf der Böschung, liegt der schlaffe Körper; Brunet weiß, daß man sich mit jeder Sekunde von ihm entfernt, er würde es gern fühlen, er kann nicht: alles steht still. Über dem Toten und dem bewegungslosen Waggon vergeht die Nacht, das einzige, was lebt. Morgen wird der Tagesanbruch sie mit demselben Tau bedecken, das tote Fleisch und der rostige Stahl werden von demselben Schweiß triefen. Morgen werden die schwarzen Vögel kommen.

Anhang

Vorbemerkung des Verlages

Die in diesem Anhang zusammengefaßten Texte sind Teile der von Sartre geplanten, aber nicht ausgeführten Fortsetzung des Romanzyklus *Die Wege der Freiheit*, dessen abschließender Band den Titel *La Dernière Chance (Die letzte Chance)* tragen sollte. Unter diesen Fragmenten ist das Kapitel *Eine komische Freundschaft*, in welchem der Leser der Gestalt des Kommunisten Brunet in einem deutschen Kriegsgefangenenlager wiederbegegnet, das einzige literarisch ausgearbeitete Stück; es wurde von Sartre selbst 1949 in der Zeitschrift *Les Temps Modernes* veröffentlicht und ist als endgültige Fassung anzusehen. Die nachfolgenden Texte dagegen sind Szenenfragmente und -entwürfe dieses vierten Bandes, die von dem Amerikaner George H. Bauer in den 60er Jahren aufgefunden wurden und erstmalig 1981 bei Gallimard in Paris erschienen. Sartre hatte es für richtiger gehalten, daß sie als Dokumente und getrennt von dem abgeschlossenen Kapitel *Eine komische Freundschaft* abgedruckt würden, obwohl sie es von der inhaltlichen Logik her offensichtlich einrahmen.

Eine Sonderstellung nimmt darunter das Textstück mit dem Titel *Mathieus Tagebuch* ein. Es wurde erst 1982 aufgefunden und im selben Jahr in *Les Temps Modernes* veröffentlicht. Die deutsche Übersetzung von Andrea Spingler erschien erstmals in: Marius Perrin, *Mit Sartre im deutschen Kriegsgefangenenlager* (Rowohlt Taschenbuchverlag, Reinbek 1983).

Eine komische Freundschaft

Brunet wacht auf, springt auf den Fußboden, macht das Nachtlicht an; die Kältediamanten fressen sich in sein Fleisch, die Schatten tanzen, es riecht nach Nacht und nach Morgen, es riecht nach Glück. Draußen, im Dunkeln, sind zweihundert tote Baracken, dreißigtausend Männer, die schlafen: Brunet, als einziger auf, legt eine Hand auf den Bettpfosten und beugt sich über ein Häufchen Schlaf:

«Aufstehen!»

Moûlu schüttelt den Kopf, ohne die Augen aufzumachen, ein großer Schlaubergermund zerfurcht dieses blinde Gesicht.

«Wie spät ist es?»

«Zeit, daß du aufstehst.»

Moûlu seufzt und setzt sich mit geschlossenen Augen auf:

«Es muß heute nacht gefroren haben.»

Er macht die Augen auf, sieht auf seine Armbanduhr und stößt seinen täglichen verblüfften Schrei aus:

«Jesus Maria! Fünf Uhr.»

Brunet lächelt; Moûlu weint, wühlt die Hände in die Haare und massiert sich den Schädel; Brunet fühlt sich aus Stein: ein munterer kalter Stein.

«Fünf Uhr!» sagt Moûlu. «Es gibt im ganzen Stalag keine verdammte Baracke außer unserer gottverfluchten, in der die Jungs bereit wären, um fünf Uhr aufzustehen, wo die Boches nicht verlangen, daß wir vor sechs auf sind;

in diesem Punkt ist das schlimmer als Gefangenschaft, das ist wie im Zuchthaus.»

Er zögert, er sucht, plötzlich glänzen seine Augen, und er stößt mit fröhlicher und sicherer Stimme seinen allmorgendlichen Einfall hervor:

«Dreckiger Faschist.»

Brunet lacht vor Freude: er mag alles, was sich wiederholt. Die Kälte, die Dunkelheit, dreckiger Faschist: sechs Monate Stalag und ein einziger Morgen, immer der gleiche, der jeden Morgen wiederkehrt, immer dunkler, immer kälter, immer tiefer, immer mehr der seine. Moûlu schießt aus dem Bett, stöhnt vor Kälte, streift sein Hemd über, zieht seine Hose an. Brunet sieht ihm unfroh zu, wie er sich am Ofen zu schaffen macht: er hätte die Kälte gern noch länger genossen.

«Verschwende die Kohlen nicht, nachher haben wir keine mehr.»

Moûlu hat Papier angesteckt, das Reisig knistert; er richtet sich ganz rot wieder auf und lacht Brunet ins Gesicht:

«Wofür hältst du sie, deine Haushälterin? Wann hat sie dich was entbehren lassen?»

Er weist mit dem Zeigefinger auf eine Kiste voller Eierkohlen; Brunet runzelt die Stirn:

«Woher hast du das?»

«Küche.»

«Das hab ich dir verboten!» sagt Brunet ärgerlich.

Moûlu unterbricht ihn empört:

«Hör mal, weißt du, wo sie hinkommt, die Kohle der Küchenbullen? Zu den Fritzen in der Kommandantur! Also, wenn schon, dann können genausogut wir etwas davon haben.»

Brunet antwortet nicht: er rasiert sich. Unter dem Schaben des Rasiermessers fangen seine Backen aus Stein wieder an zu leben; die Wärme dringt wie eine Versuchung in ihn ein.

«Schokolade?»

Der Ofen bullert, Moûlu stellt ein Kochgeschirr mit

Wasser darauf, holt zwei Riegel Schokolade aus seinem Brotbeutel, wirft sie in das Kochgeschirr und sagt, während er zusieht, wie sie schmelzen:

«Du rasierst dich früh.»

«Ich gehe raus.»

«Weshalb?»

«Heute morgen kommt Neuzugang; Jungs, die in Frankreich gearbeitet haben. Ich bekomme zehn für die Baracke.»

«Grünschnäbel!» sagt Moûlu belustigt.

Er rührt das Wasser im Kochgeschirr mit der Klinge seines Messers um; er nickt:

«Die armen Grünschnäbel! Nicht, daß es ihnen hier schlechter ginge als woanders, aber sie werden sich dran gewöhnen müssen.»

Im Kochgeschirr blubbert eine braune Flüssigkeit, Blasen steigen auf, zerplatzen, Tröpfchen spritzen auf den Ofen und werden zischend weiß. Moûlu faßt das Kochgeschirr mit einem Taschentuch an und stellt es auf eine Kiste. Brunet setzt sich neben ihn.

«Herein.»

Zimmer, der Sanitäter, steckt seinen Wuschelkopf durch die halboffene Tür.

«Schon auf?» sagt Moûlu.

«Wegen dieser Hurensöhne, die aus Frankreich eintrudeln. Ich muß nachsehen, ob keine Kranken dabei sind.»

Er zieht die Nase kraus:

«Es riecht nach Schokolade.»

«Ich habe ein Paket bekommen», sagt Moûlu schnell.

«Du hast Schwein.»

«Komm!» fragt Brunet gereizt. «Was wolltest du mir sagen?»

«Es ist wegen Cognard. Er wird heute morgen ins Lazarett runtergebracht. Ruhr.»

«Danke», sagt Brunet.

Der Kopf verschwindet, die Tür geht wieder zu. Moûlu schneidet Scheiben von einem altbackenen Brotranken ab.

«Willst du was zum Stippen?»

«Nein», sagt Brunet schroff.

«Das ist ein Fehler», sagt Moûlu ungerührt. «Du weißt nicht, was gut ist.» Er steht auf, holt die Becher vom Haken und gießt die Schokolade ein. Er zeigt auf Cognards Becher, der an einem Nagel hängt:

«Das tut mir leid. Dir nicht?»

Brunet zuckt die Achseln: Cognard war ein Simulant.

«Wen nimmst du an seiner Stelle?» fragt Moûlu. «Schneider?»

«Natürlich Schneider.»

«Ich bin dafür», sagt Moûlu. «Er macht keinen Mist.»

Brunet steht auf und zieht seinen Mantel an, Moûlu nimmt den Besen. Brunet macht die Tür auf.

«Tür zu!» schreit Moûlu. «Du läßt meine ganze Wärme raus.»

Brunet macht die Tür zu und spürt wieder die Kälte in dem langen Flur, der durch die Baracke führt: die ewige Kälte; von den Schuhsohlen und den Mänteln abgefallene Klümpchen ewiger Schnee werden in diesem Nacht- und Windtunnel festgestampft und hart, ich muß ihnen sagen, daß sie ihre Schuhe draußen abstreifen, sonst verfault mir der Fußboden; eine Tür klappt, das Holz knackt, am Ende des Tunnels wabert ein unbestimmter grauer Nebel, der Morgen. In der Nacht, in der Kälte, im Wind, im Schnee, auf den Hügeln des Morgens steht Brunet und überblickt den Tag: um zehn Uhr Chancelier, Bericht über seine Tätigkeit im Krankenrevier, Propaganda und Anwerbung verstärken; mittags Armand, wir werden das Problem der Farbe zum Vervielfältigen endgültig regeln; um drei Uhr Komiteesitzung bei Brada, die Organisation bitten, sich um die spanischen Gefangenen zu kümmern, die von der Lagerverwaltung isoliert und ausgehungert werden, das ist Arbeit, es ist Gefahr dabei, das eint. Er atmet tief, die Kälte fließt durch die Nase in ihn hinein, birst in seinen Adern zu einer Freudengarbe. Hinter den Türen rutscht, schlurft, schabt und flüstert es, eine Menschenmenge steht auf; alles schläft außer meinen Jungs. Er stößt eine

Tür auf: Nachtlichter auf dem Tisch, große Schatten hüpfen an den Wänden:

«Keine Kranken?»

Vertrauensvoll lächelnde Gesichter, blitzende Zähne.

«Keine Kranken.»

Brunet macht Türen auf und zu; es wimmelt, einer singt, ein anderer spielt Harmonika; sie sind munter, die Kälte und der Haß halten sie frisch, das habe ich aus ihnen gemacht. In Lamberts Bude versteckt sich ein dikkes nacktes Baby im Dunkel seiner Pritsche, Brunet faßt es unter den Achseln, zieht es heraus und läßt es mitten im Zimmer auf alle viere fallen, alles lacht, der Dicke protestiert gut gelaunt:

«Darf man nicht mehr ausschlafen?»

«Du hast genug geschlafen, Fettwanst.»

«Das ist es nicht, aber ich hatte einen schönen Traum.»

«Lagst du mit deiner Kleinen in der Falle?» fragt Lambert.

«Ach was! Ich stand auf dem Wachturm mit einem Maschinengewehr, und die Fritzen waren an unserer Stelle in den Baracken.»

«Keine Sorge», sagt Brunet. «Das wird eines Tages kommen.»

Lambert zieht Brunet am Ärmel:

«Die Makkaroni, stimmt es, daß sie Prügel bezogen haben?»

«Und ob.»

Die Männer richten sich auf, sie sehen mit harten Augen zu Brunet hinüber:

«Ist das kein fauler Zauber? Ist das keine Ente?»

Brunet sieht mitten in diese brutalen Gesichter:

«Habt ihr denn gestern abend keine Nachrichten gehört?»

«Wir hatten keine Zeit.»

Bei Thibaut hat er einen Rundfunkempfänger in eine Seifenkiste einbauen lassen.

«Schickt jemanden zu Thibaut», sagt er. «Es gibt gute Nachrichten.»

Ihre Augen glänzen, Haß und Freude färben ihre Bakken. Brunet fühlt sein Herz klopfen, das habe ich aus ihnen gemacht.

«In Albanien, Jungs: die Griechen haben's ihnen gezeigt, sie sind in voller Auflösung.»

Er macht die Tür wieder zu, er ist bewegt: sie werden ihren Tag ruhmreich beginnen. Er öffnet eine letzte Tür, die richtige: von achtzehn Bewohnern siebzehn Kommunisten, siebzehn wackere Bürschchen, die überall herumschleichen, Informationen sammeln und die Parolen weitergeben, der achtzehnte ist Schneider. Brunet geht hinein und lächelt: diese lächelt er immer als erster an.

«Salut, Jungs.»

Er setzt sich auf die Bank, und sie umringen ihn. Er hat ihnen nichts Bestimmtes zu sagen, aber das ist der beste Moment des Tages. Er holt seine Pfeife aus der Tasche und stopft sie, während er sich umsieht: alles ist sauber, der Fußboden schon gefegt und mit Wasser übergossen; vorgebeugt, einen Fuß auf der Bank, reibt Schneider seine Schuhe mit einem Wollappen ab.

«Wer spricht heute?»

Sie zeigen auf Dewrouckère.

«Er.»

«Worüber?»

Dewrouckère wird rot:

«Über das Leben der Bergleute im Revier.»

«Sehr gut», sagt Brunet. «Ausgezeichnet.»

Er weiß, daß Dewrouckère darauf wartet, daß er weggeht, um anzufangen. Aber er geht nicht, er ist hier zu Hause: noch fünf Minuten. Toussus beugt sich über ihn:

«Hör mal, Brunet: mein Schwager ist im Lager.»

«Dein Schwager?»

«Der Bruder meiner Frau. Ich habe seinen Namen auf der Krankenliste gesehen.»

«So?»

«Er ist nicht in der Partei, weißt du», sagt Toussus verlegen.

«Was ist er?»

«Unpolitisch.»

«Ja und?»

«Soll ich ihn besuchen? Darüber haben wir gerade diskutiert, als du reinkamst.»

Brunet antwortet nicht. Perrin tritt einen Schritt vor:

«Nimm mal an, der Junge läßt sich von den Frankisten einwickeln, er kann uns verpfeifen.»

Brunet macht ein Zeichen, daß er den Mund halten soll. Alles sieht ihn an, er beeilt sich nicht zu entscheiden: ihr Vertrauen ist wie warme Lippen auf seinen Händen.

«Du hast ihn gern, deinen Schwager.»

«Es geht so. Wir verstehen uns gut, wenn wir nicht über Politik reden.»

Er macht eine knappe kleine Geste, um die Wichtigkeit seines Wunsches abzuschwächen:

«Weißt du, mir liegt nicht soviel daran, ihn wiederzusehen: es wäre eher für den Fall, daß er Nachrichten von meiner Frau hat.»

Brunet legt ihm die Hand auf den Arm und sagt leise:

«Es ist besser, wenn du ihn nicht besuchst.»

Der Kranz von Augen rund um seinen Kopf leuchtet auf: er hat richtig getroffen, die Jungs wollten nicht, daß Toussus seinen Schwager besucht. Er fügt lächelnd hinzu:

«Wenn du ihn natürlich irgendwann zufällig triffst, ist das keine Katastrophe.»

Die Köpfe nicken, stimmen zu:

«Das haben wir ihm auch gesagt.»

«Aber ich bin ja einverstanden», sagt Toussus hastig. «Es war nur wegen meiner Frau.»

Der Vorfall ist erledigt; sie schweigen beruhigt, Brunet raucht seine Pfeife, er ist glücklich. Plötzlich packt ihn die Kälte. Nicht diese reine und keusche Herrlichkeit des frühen Morgens; eine feuchte Kälte, die ihn am Bauch und an den Schenkeln leckt. Er fröstelt:

«Macht ihr den Ofen nicht an?»

«Wir haben beschlossen, daß wir ihn morgens nicht mehr anmachen.»

«Ich verstehe», sagt Brunet.

Er steht abrupt auf, er ruft:
«Schneider!»
Schneider richtet sich auf.
«Was?»
«Komm mit, ich muß mit dir sprechen.»
Dewrouckère seufzt erleichtert und geht zum Tisch, er hält ein Blatt Papier, die Männer umringen ihn, alles bleibt stehen wegen der Kälte.
«Also», beginnt Dewrouckère. «Also.»
Er schweigt, er wartet. Brunet grüßt mit der Hand und geht hinaus. Schneider folgt ihm pfeifend.
«Du pfeifst falsch.»
«Ich habe schon immer falsch gepfiffen», sagt Schneider.
Brunet dreht sich um und lächelt ihn an. Auch Schneider hat sich verändert. Er sieht schlecht aus und hustet, aber seine Augen sind beinah vergnügt. Brunet stößt die Tür zu seiner Bude auf:
«Komm rein.»
Schneider geht hinein, grüßt Moûlu mit zwei Fingern, nähert sich dem Ofen und streckt die Hand zum Feuer. Er hört auf zu pfeifen, er fröstelt.
«Geht's dir nicht gut, Alter?» fragt Brunet.
Schneider zuckt die Achseln:
«Das kommt von diesem Schwitzkasten, da zittert man ja.»
Brunet sieht Moûlu ärgerlich an, ich hätte seine Kohle aus dem Fenster schmeißen sollen. Moûlu lächelt unschuldig. Brunet zögert, dann sagt er bloß:
«Mach ihm eine Tasse Schokolade.»
«Schokolade ist keine mehr da», sagt Moûlu betrübt. «Du hast sie vorhin ausgetrunken.»
Er lügt. Brunet zuckt die Achseln.
«Dann mach ihm eine Bouillon.»
Moûlu wirft zwei Würfel Viandox in das kochende Wasser, Brunet setzt sich, Schneider bibbert.
«Sie bringen Cognard ins Lazarett», sagt Brunet.
«Was hat er?»

«Ruhr.»
«Armer Kerl», sagt Schneider, «er ist im Arsch.»
Moûlu verzieht das Gesicht und sagt lebhaft:
«So darf man nicht reden. Es ist vielleicht im Gegenteil seine Chance. Vielleicht schicken sie ihn nach Hause.»
Schneider lacht ungut auf.
«Du spinnst wohl.»
Brunet fragt ihn:
«Willst du ihn vertreten?»
Schneider dreht sich zu ihm um:
«Was hat er eigentlich gemacht?»
«Dolmetscher.»
«Das kann ich machen.»
«Gut.»
Brunet zeigt auf Cognards Pritsche.
«Du schläfst heute abend hier.»
«Nein», sagt Schneider.
«Nein?»
«Ich übernehme die Arbeit, aber ich schlafe lieber drüben.»
«Ich sehe nicht ein, warum», sagt Brunet. «Es wäre so viel bequemer . . .»
Er wagt nicht zu sagen: und du hättest es warm.
«Ich fühle mich da drüben wohl», sagt Schneider.
Ich hätte es vorhersehen müssen: er lehnt es ab, hier zu schlafen, weil man hier einigermaßen seine Ruhe hat und nicht vor Kälte eingeht, immer diese Manie, Belastungen zu übernehmen und Vorteile abzulehnen. *Es sind keine* Vorteile: diese Bude ist mein Arbeitsinstrument. Brunet steht auf, nimmt eine Schaufel Kohlen und wirft sie mit Schwung ins Feuer. Schneider trinkt seine Bouillon, er fröstelt nicht mehr, er bemerkt, ohne die Stimme zu heben:
«Ihr heizt höllisch ein.»
«Warum nicht?»
«Wenn wir unsere Kohle unter den Buden in der Baracke aufteilten», sagte Moûlu schnell, «kämen auf jede drei Kohlen.»

Schneider antwortet nicht. Man müßte ihm mal ordentlich die Meinung sagen: diese Sturheit, nicht mehr haben zu wollen als die anderen, das ist nicht einmal christliche Demut, das ist eine arrogante Art, Verantwortung zu meiden. Du bist nur ein Anarchist, einer von diesen albernen Intellektuellen, derentwegen wir den Krieg verloren haben, weil sie sich geweigert haben, Offiziere zu werden. Brunet zuckt die Achseln, steckt die Hände in die Tasche und schweigt; durch die Hitze kommt hinten in seinen Augen ein bißchen übriggebliebene Müdigkeit auf. Plötzlich blendet ihn Licht: die Birne, die von der Decke herabhängt, ist angegangen. Schneider zwinkert.

«Sechs Uhr!»

Mit einem Freudenschrei hat Moûlu nach dem Nähkasten gegriffen, er holt einen Fingerhut, Faden, eine Nadel heraus, er hebt die Nadel gegen das Licht und sieht sich schielend ihr Öhr an. Brunet beugt sich über das Nachtlicht und bläst es aus: er bläst seinen Morgen aus, jetzt fängt der Morgen aller an. Das Licht säubert, putzt und scheuert, vernichtet die Müdigkeit in Brunets Kopf, meißelt Schneiders Falten und seine dicken, vom Schmerz gezeichneten Lippen heraus; in Schneiders Augen hat sich die ganze Nacht geflüchtet. Brunet sieht diese dunklen Augen an, er möchte gern zu ihm sagen: warum läßt du mich allein? Er strafft sich, er sagt:

«Du kannst schlafen, wo du willst, Hauptsache, du bist jeden Morgen um fünf Uhr hier.»

Schneider nickt, Moûlu hat angefangen zu nähen, er steckt die Zunge heraus, er macht gezierte und präzise kleine Bewegungen.

«Was nähst du schon wieder?» fragt Schneider.

«Gardinen für das Fenster», sagt Moûlu. «Das sieht freundlicher aus.»

Brunet zieht seinen Mantel an:

«Du kannst das später machen, ich nehme dich mit.»

«Wohin?» fragt Moûlu betrübt.

«Auf die Place Noire. Ich gehe meine Männer abholen.»

Schneider ist aufgestanden.
«Brauchst du einen Dolmetscher?»
«Nein», sagt Brunet.
Er sieht dieses noch vor Kälte fahle Gesicht an, er zögert, dann fügt er hinzu:
«Aber bleib bloß hier: ich brauche dich, sobald ich zurück bin.»
Schneider lächelt ihn breit, fast komplizenhaft an; plötzlich werden seine Augen durchsichtig und fröhlich. Brunet sieht ihn kopfschüttelnd an, er denkt: eine komische Freundschaft.
«Also hopp!»
Er schiebt Moûlu vor sich her. Draußen waten sie im Schlamm. Moûlu stöhnt.
«Meine Fresse! Da holt man sich ja den Tod!»
«Denk an die Jungs, die auf der Place Noire warten.»
«Das wärmt mich auch nicht auf.»
Er trabt durch die Dunkelheit, er schnauft und stöhnt. Plötzlich hört er auf zu stöhnen, hebt den Kopf und sagt mit geheimnisvoller und aufgeregter Stimme:
«Er macht einen Fehler, daß er nicht zu uns kommt, der Schneider.»
«Er mag seine Kumpel», sagt Brunet neutral.
Moûlu lacht kurz auf.
«Das kann schon sein», sagt er. «Nur, seine Kumpel mögen ihn nicht.»
«So!» sagt Brunet schockiert. «Was weißt du darüber?»
«Sie sagen, er ist zu eifrig.»
«Man kann nie zu eifrig sein», sagt Brunet schroff.
«Ich sage dir, was sie mir gesagt haben. Sie sagen, daß man nie weiß, was er denkt, und daß er nicht in ihre Bude gehört, weil er keiner von euch ist.»
«Das sollen sie mir selbst sagen», sagt Brunet.
Es tut ihm leid für Schneider, aber er ist nicht allzu überrascht: das war klar, die Typen mögen es nicht, wenn man *zu* eifrig ist, Märtyrer machen ihnen angst. Brunet geht schneller: er wird sich noch verhaßt machen, und das kompliziert die Arbeit. Er beschließt abrupt: nichts da, er

schläft heute nacht bei mir, ich werde ihm sagen, das wäre ein Befehl.

«He, Brunet!»

Thibaut mit dem spaßigen Mondgesicht kommt aus seiner Baracke. Brunet lächelt ihm freundschaftlich zu: er macht seine Arbeit gut, obwohl er Radikalsozialist ist.

«Salut.»

Thibaut ist stehengeblieben, seine kleinen Augen tränen in seinem breiten flachen Gesicht, die Kälte verschlägt ihm den Atem:

«Verflucht noch mal, das beißt! Gehst du zur Place Noire?»

«Ich bekomme zehn Mann.»

«Ich fünfzehn. Diese Affen, so was Blödes, zu solchen Zeiten einzutrudeln.»

Sie gehen in der Stille voran, ein unbestimmtes gelb phosphoreszierendes Leuchten hüllt sie ein; nacheinander treten die Baracken an ihrem Weg aus dem Nebel. Das Lager ist menschenleer, sie schlendern zwischen zwei Reihen von Geisterschiffen hindurch. Plötzlich verschwinden die Baracken: das no man's land, der Nebel. Sie rühren diese schmutzige Creme auf, und ihre Schuhsohlen schaben über einen harten Boden. Brunet bleibt stehen, um zu verschnaufen, Schatten bewegen sich. Brunet tritt näher, begrüßt Cosmet, Astruc, Rioul, weitere Barakkenchefs. Sie sind betriebsam und wichtigtuerisch, gut aussehend in ihren englischen Jacken, wie Offiziere.

«Nun?» fragt Cosmet lachend. «Kommt ihr zum Sklavenmarkt?»

Brunet wendet sich ab, ohne zu antworten. Ein wimmelndes Klagen, er blickt auf: die Sklaven sind da, vier- oder fünfhundert, zusammengedrängt, ein großer Haufen Kleider und Schlamm, die letzten Reihen verlieren sich im Nebel. Er geht einen Schritt auf sie zu, ihre erdfarbenen Gesichter gleichen sich alle: es ist die Spezies, er mustert einen nach dem anderen, er lächelt sie gütig an, aber ihre nächtlichen Augen zwinkern, als könnten sie den menschlichen Blick nicht mehr ertragen. Brunet reibt sich die Hände: er wird Männer aus ihnen machen. Eine dröhnende Stimme kommt aus dem Lautsprecher:

«Gebt eure Koppel, eure Rasiermesser und eure Taschenlampen ab; gebt eure Koppel . . .»

Mayer, der Vertrauensmann, tritt hinzu, ein kleiner Lackaffe, den Brunet nicht mag.

«Los! Jeder holt sich seinen Anteil.»

Cosmet wirft vor der Horde seine Hand in die Luft und rollt abschreckend die Augen.

«Hört auf mein Kommando! Die ersten fünfzehn zu mir.»

Thibaut beugt sich zu Brunets Ohr.

«So ein Arsch!»

Eine Welle von Erde, Haaren und Stoff rollt auf Cosmet zu, er weicht fürchterlich schreiend zurück.

«Ich habe gesagt *fünfzehn*!»

Die Welle schwappt und bleibt stehen.

«In Dreierreihen aufstellen. Vorwärts, marsch.»

Er dreht sich um und geht los, ohne ihnen einen Blick zuzuwerfen, fünfzehn Männer stolpern hinter ihm her. Mayer wird ungeduldig.

«Vorwärts, ihr anderen! Wir erfrieren, stellt euren Zug zusammen.»

Astruc wählt endlos lange aus, er geht langsam vor den Gefangenen her, sieht sie prüfend an, faßt die kräftigsten beim Kragen, zieht sie aus der Reihe und schickt sie hinter sich her.

«Brunet!»

Brunet schaut sich um und sieht niemanden.

«Brunet, Brunet!»

Astruc hat einen großen, kräftigen und vor Kälte blauen Kerl bei der Schulter gepackt. Der Typ macht sich mit einem Stoß frei und lächelt Brunet an.

«He, Brunet! Erkennst du mich nicht?»

«Maurice!» sagt Brunet. «Sag bloß!»

Er legt die Hand auf Astrucs Arm:

«Das ist ein Kumpel.»

«Nimm ihn», sagt Astruc höflich, «er gehört dir.»

Brunet schüttelt Maurice lachend:

«Grüß dich, mein Kleiner, das ist ja ein Witz! Sieh mich mal an: du bist ja noch gewachsen!»

«Grüß dich», sagt Maurice ernst. «Hör mal: Chalais ist auch da.»

«Chalais!» wiederholt Brunet überrascht.

«Ja.»

«Sag ihm, er soll kommen.»

Die Kälte beißt. Brunet fröstelt und blickt sich suchend nach Chalais' langer, dünner Gestalt um.

«Der zweite von links in der zweiten Reihe.»

Brunet winkt freudig. Chalais nähert sich, fahl, mit roter Nase.

«Grüß dich», sagt Brunet.

«Guten Tag, Genosse», murmelt Chalais.

Sie lächeln sich etwas verlegen an, Chalais klappert mit den Zähnen.

«Du bist erfroren», sagt Brunet.

Chalais zuckt die Achseln, seine Augen sind hart und stumpf.

«Nicht schlimmer als die anderen.»

Doch, schlimmer als die anderen. Chalais friert oder schwitzt immer schlimmer als die anderen. Er geht schlecht mit seinem Körper um.

«Ich nehme dich mit», sagt Brunet. «Beim Gehen wird dir wärmer werden.» Chalais antwortet nicht. Brunet dreht sich um und ruft:

«Acht Männer zu mir, wer will.»

Acht Männer lösen sich aus den Reihen. Brunet sieht sich diese acht nicht unterscheidbaren Gesichter aufmerksam an: bei ihnen ist das Leiden kein Ausdruck, es ist eine Hautfärbung. Das ist mir lieber.

«Habt ihr heute morgen was gegessen?»

«Kieselsteine. Wir haben seit gestern nichts gehabt.»

«Moûlu!» sagt Brunet. «Bitte Servien, daß er uns unauffällig was zum Beißen bringt, fünf Kommißbrote und zehn Dosen Ölsardinen. Los!»

Moûlu läuft los. Maurice und Brunet gehen nebeneinanderher. Chalais zögert einen Augenblick, dann bleibt er zurück, Brunet dreht sich um und sieht ihn mit den anderen hinterherkommen, seine dicken und kurzen Beine wetzen unter seinem langen Oberkörper.

«Ich bin froh, daß Chalais da ist», versichert Brunet.

Maurice lächelt überzeugt.

«Da hast du recht: das ist ein As. Du findest in der Partei keinen zweiten wie ihn.»

Brunet nickt, ohne zu antworten: natürlich ist Chalais ein As.

«Halt!»

Deutsche nähern sich: Alte von der Landwehr, Harmlose. Sie zählen die Gefangenen, ein Feldwebel mit grauem Schnurrbart und Mädchenbacken lächelt Brunet zu.

«Guten Morgen.»*

«Guten Morgen»*, sagt Brunet.

Maurice stößt ihn mit dem Ellbogen an.

«Spricht er französisch?»

«Nein.»

Maurice lächelt den Feldwebel liebenswürdig an:

«Guten Morgen, altes Arschloch!»

Der Feldwebel lächelt wieder, Maurice feixt.

«So muß man die behandeln.»

Brunet lacht nicht. Sie gehen weiter, der Tag bricht an. An den Fenstern und auf den Türschwellen sehen welche ihnen gähnend nach. Brunet kennt sie alle, aber an diesem Morgen erscheinen sie ihm fremd und fern.

Er grüßt sie mit einer Art Beklommenheit: die Männer lächeln ein bißchen überrascht: im Lager grüßt man nicht. Da ist Chapelot, der sich aus einem Fenster beugt:

«Salut, Grünschnäbel.»

Maurice antwortet ihm schnell:

«Die Alten auf die Latrine!»

Er dreht sich zu Brunet:

«Zack!»

Er wirkt wie ein Pariser Rekrut, der krakeelend in einer

* Deutsch im Original.

Provinzkaserne Einzug hält. Brunet sieht ihn aufmerksam an: er ist härter und dünner geworden, er hat sich etwas gemausert, er ist selbstsicherer geworden.

«Das letzte Mal habe ich dich in der Rue Royale gesehen», sagt Brunet.

«Ja», sagt Maurice. «38. Damals haben wir uns Sorgen gemacht, das möchte ich nicht noch einmal erleben.»

Er deutet auf die Baracken:

«Pennt ihr da drin?»

«Wo denn sonst?»

Maurice lacht sich einen Ast:

«Ein hübsches Loch.»

«Was soll das?» fragt Brunet gereizt. «Habt ihr es da drüben besser gehabt?»

«In Soissons? Wir haben in einer nagelneuen Kaserne gewohnt. Manche haben sogar in der Stadt geschlafen.»

Brunet pfeift mit geheuchelter Bewunderung, Maurice lächelt bei seinen Erinnerungen, er wirkt unzugänglich. Brunet fragt:

«Wie geht es deiner Frau?»

«Mäßig. Sie hat mich in Soissons besucht. Wir konnten soviel Besuch bekommen, wie wir wollten.»

Brunet senkt die Stimme:

«Habt ihr Kontakte gehabt?»

«Ich nicht: Chalais. Mir», sagt Maurice stolz, «hat Zézette zwei Nummern der *Humanité* zugesteckt.»

«So!» sagt Brunet lebhaft. «Erscheint sie wieder?»

«Seit Juli.»

Brunet wiederholt:

«Seit Juli.»

Das tut ihm beinah weh.

«Jede Woche?»

«Nein, nicht jede Woche: wenn es geht.» Er fügt lachend hinzu: «Aber demnächst irgendwann wirst du erleben, daß sie wieder offen erscheint, und du kannst sie an den Kiosken kaufen, und es gibt welche, die halten uns schon für tot, und die werden vielleicht blöd gucken!»

«Wieder offen? Mit den Fritzen in Paris?»

«Warum nicht?»

Brunet gibt es vorläufig auf zu diskutieren: sogar die Besten müssen immer wieder geschult werden, sie sind zu lange in Frankreich geblieben, das korrumpiert. Er denkt plötzlich: was hat Chalais ihnen nur erzählt? Er fragt:

«Hast du eine Nummer der *Humanité*?»

«Nein; frag Chalais, er hat vielleicht welche. Wir haben sie weggeschmissen, um uns nicht damit erwischen zu lassen.»

«Habt ihr sie nicht herumgehen lassen?»

«Nein.»

«Warum nicht?»

«Die meisten gehörten nicht zu uns.»

«Man kann sie bearbeiten, die Leute. Hat Chalais es denn nicht versucht?»

«Ich weiß nicht, was Chalais gemacht hat», sagt Maurice unwirsch. Brunet sieht ihn an. Maurice lächelt.

«Ich kann dir auf jeden Fall sagen, daß es immer noch unsere gute alte *Huma* war.»

Sie gehen schweigend weiter. Maurice amüsiert sich, seine Augen huschen überallhin, bemerken alles, ein überlegenes Lächeln spannt seine Lippen, das Lager hat einen Zeugen. Plötzlich bleibt er stehen: halbnackt, über einen Steintrog gebeugt, waschen sich etwa zwanzig Männer eilig unter einem Schutzdach. Maurice schüttelt den Kopf, Brunet kehrt um und faßt ihn am Arm.

«Wir haben keine Zeit zu verlieren.»

Maurice antwortet nicht. Brunet beobachtet die Jungs, die sich waschen, und plötzlich *sieht* er sie: er sieht ihre gebeugten Schultern, ihre mageren Oberkörper, ihre aufgeblähten Bäuche, ihre Alteleutebewegungen. Er dreht sich wütend zu Maurice um; es kommt ihm vor, als würde sein Werk angegriffen. Maurice friert mehr als sie, und seine Hände zittern, aber er wirkt stolz und hart, als trüge er eine Fahne zum Ersten Mai, und er hält sich gerade. Brunet strafft sich automatisch, er bohrt Maurice seine Finger in den Bizeps, er zieht ihn mit: es ist leicht, den Schlauen zu spielen, wenn man sechs Monate in Frankreich gesessen hat, in sechs Monaten werden wir ja sehen, ob du besser dastehst als sie. Er sagt:

«Du scheinst keinen Schiß zu haben, mein Junge.»

«Kein bißchen», sagt Maurice.

«Hoffentlich bleibt das so!»

«Warum sollte es nicht so bleiben?»

«Du wirst sehen», sagt Brunet sanft. «Es ist nicht immer lustig in Deutschland.»

«Pah!» sagt Maurice. «Wir bleiben nicht hier.»

Brunet zieht unwillig die Augenbrauen hoch. Er murmelt:

«Willst du abhauen?»

Maurice sieht ihn überrascht an.

«Ich? Wozu denn, wo sie uns doch laufenlassen werden?»

Brunet zuckt zusammen, Maurice fährt erregt fort:

«Du wirst sehen, Genosse! Du wirst sehen, wie Väterchen Stalin ihnen demnächst Bescheid sagen wird. Er wird ihnen sagen: ‹Schluß mit dem Spaß, Jungs. Schließt Frieden mit Frankreich, schließt Frieden mit England und schickt die französischen Arbeiter nach Hause.›»

«Und die Fritzen werden Frieden schließen?» fragt Brunet.

«Und ob!»

«Einfach so, ganz freundlich? Bloß weil man es von ihnen verlangt hat?»

«Oh!» sagt Maurice. «Du hast keine Ahnung! Jetzt hat die Sowjetunion das Heft in der Hand, die Fritzen tun alles, was sie will.»

«Ach!» sagt Brunet. «Das wußte ich gar nicht!»

«Kein Wunder», sagt Maurice nachsichtig. «Weil du sechs Monate keine Kontakte hattest. Anfangs war das nicht so, aber jetzt hat sie sie in der Hand.»

«Und wieso?»

«Menschenskind! Weil sie ihnen Material liefert.»

Brunet fährt auf:

«*Was für* Material?»

«Von allem etwas. Chalais kann dir mehr sagen als ich.

Jedenfalls, wenn sie ihre Lieferungen einstellte, müßten die Fridolins in die Knie gehen.»

«Und wie habt ihr das alles erfahren?»

«Na, das stand doch in der *Humanité*», sagt Maurice.

Brunet hat sich beherrscht, er lächelt Maurice an und reibt sich die Hände.

«Um so besser!» sagt er. «Um so besser. Das sind gute Nachrichten.»

Sie sind angekommen. Die Sonne geht auf, der Tag beginnt, fett und matschig, vollgesogen mit Wasser, und an diesem Tag, der allen anderen gleicht, liegt etwas in der Luft. Brunet fühlt weder Angst noch Wut, er sieht Maurice mit eisigem Interesse an, dann dreht er sich um zu den anderen:

«Geht rein!»

Sie gehen hinein, Brunet ruft Lambert:

«Bring sie unter. Moûlu besorgt etwas zu beißen, ich kümmere mich später um sie.»

Er winkt Maurice und Chalais.

«Ihr zwei, folgt mir.»

Sie gehen hinter ihm her, am Ende des Flurs bleibt Brunet stehen, er sagt, bevor er die Tür aufmacht:

«Hier gehören alle zu uns.»

Er tritt ein, die Männer ziehen ihre Mäntel an: sie gehen zur Arbeit.

«Nun? Und das Revier?»

«Es war gut», sagen die Männer, «es war interessant.»

«Es war lehrreich», sagt Bénin mit einer Art Inbrunst.

Brunet ist gerührt, er dreht sich stolz zu Chalais um.

«Sie halten sich morgens Vorträge, sie teilen alles, was sie wissen.»

Chalais antwortet nicht, er klappert mit den Zähnen. Brunet fügt für sich selbst hinzu:

«Man müßte ihnen Bücher geben können.»

Er zeigt auf Chalais und Maurice.

«Das sind zwei neue Genossen. Sie kommen aus Frankreich.»

Alle Köpfe wenden sich ihnen warm lächelnd zu. Brunet sieht seine Jungs voller Genugtuung an: mit diesen kann Maurice sich jedenfalls messen. Er lächelt ihnen seinerseits zu, er hat den flüchtigen Eindruck, als sei er dabei, ihnen Lebewohl zu sagen, er legt die Hand auf Chalais' Schulter und schiebt ihn vor, er sagt laut und feierlich:

«Dieser hier, das ist, als wäre ich es.»

Die Blicke wenden sich von ihm ab und richten sich auf Chalais. Brunet sieht einen Augenblick lang diese Augen an, die ihn nicht mehr ansehen, er glaubte, er hätte noch etwas hinzuzufügen, aber er hat vergessen, was es war. Er geht weg und ruft Chalais über die Schulter zu:

«Komm nach dem Essen zu mir, dann reden wir.»

Er geht hinaus, er denkt: etwas liegt in der Luft, er beschleunigt den Schritt, er will so schnell wie möglich wieder zu Schneider: bei all seinen Fehlern ist Schneider die Familie. Er stößt die Tür auf: Schneider ist da, über den Ofen gebeugt. Brunet fühlt sich erleichtert.

«Da bin ich.»

Er tritt ein und fröstelt, die Hitze streichelt ihn zuerst, dann steigt sie ihm in einer Blutwelle plötzlich ins Gesicht. Er zieht den Mantel aus und wirft ihn auf seine Pritsche, er schämt sich, daß ihm warm ist.

«Na?» fragt Schneider.

Brunet setzt sich, der Stuhl knackt. Er schlägt Schneider fest auf den Rücken.

«Alter Spitzbube! Verflixter alter Sozialverräter!»

Er lacht. Schneider dreht sich um und sieht ihn an, wie er lacht.

«Was ist passiert? Etwas Schlimmes?»

Brunet hört auf zu lachen.

«Nein», sagt er. «Alles läuft bestens.»

Er streckt die Beine zum Feuer, atmet tief, zündet seine Pfeife an.

«Sie wird schmecken.»

«Was?»

«Meine Pfeife. Ich habe sie gestern in der Kantine gekauft: sie wird schmecken.»

Die Pfeife ist gut, Schneiders vom Feuer gerötetes gutes Gesicht zu sehen ist eine Freude. Man fühlt sich zu Hause, in Sicherheit.

«Ich habe zwei Genossen wiedergefunden: einen Kumpel von Le Flaive und außerdem Chalais.»

Schneider hebt den Kopf, sieht Brunet mit toten Augen an und wiederholt zerstreut:

«Chalais . . . Chalais . . .»

«Ja», sagt Brunet, «sein Name sagt dir nichts: außerhalb der Partei war er wenig bekannt, aber er ist ein wichtiger Mann. Er war 39 Abgeordneter, sie haben ihn in den Knast gesteckt und von da direkt in die vorderste Linie geschickt.»

Schneider sagt nichts, Brunet fährt fort:

«Ich bin froh, ihn hierzuhaben. Sehr froh. Immer allein entscheiden ist ganz schön, aber . . . Sieh mal, gegenüber dem freien Frankreich, welche Haltung soll man da einnehmen? Ich habe dir gesagt, daß mich das beschäftigt. Nun, *er* muß es wissen: er hat Kontakte gehabt.»

Er unterbricht sich. Schneider, puterrot, die Augen halb geschlossen, scheint zu schlafen. Brunet tritt ihm mit dem Absatz in die Wade:

«Hörst du mir zu?»

«Ja», sagt Schneider.

«Chalais hat viel Erfahrung», sagt Brunet. «Ganz und gar nicht die Art Erfahrung, die ich habe: er ist ein Pastorensohn, ein Intellektueller. Er hat nie viel mit der Basis zu tun gehabt und hat etwas Puritanisches behalten. Aber er ist ein kühler Kopf. Und er weiß, was er will.»

Er schüttelt seine Pfeife in den Ofen aus und sagt abschließend:

«Er wird sehr wertvoll sein.»

Er hält inne. Schneider spitzt die Ohren, als höre er Geräusche von draußen.

«Was hast du denn?» fragt Brunet ungeduldig.

Schneider lächelt.

«Wenn du es wissen willst, ich bin müde. Letzte Nacht habe ich vor Kälte nicht geschlafen.»

«Ab heute abend schläfst du hier», sagt Brunet gebieterisch. «Das ist ein Befehl.»

Schneider macht den Mund auf, im Flur geht jemand, er schweigt. Auf seinen Lippen schwebt ein komisches Lächeln.

«Hörst du?» fragt Brunet.

«Wir werden heute abend sehen», sagt Schneider. «Wenn du es dann von mir verlangst, tue ich es mit Vergnügen.»

Die Schritte nähern sich, es klopft. Er schweigt, er scheint zu warten.

«Herein!»

Es ist Chalais, er ist auf der Schwelle stehengeblieben, er sieht sie an.

«Wir erfrieren», sagt Brunet. «Mach die Tür zu.»

Chalais tritt einen Schritt vor und bleibt stehen; er sieht Schneider an. Er macht die Tür mit einem Fußtritt hinter sich zu und sieht ihn dabei weiter an.

«Das ist Schneider, mein Dolmetscher», sagt Brunet. Er dreht sich zu Schneider um. «Das ist Chalais.»

Schneider und Chalais sehen sich an. Schneider ist immer noch so rot. Er steht lahm, langsam auf. Er sagt verlegen:

«Ich werde mal gehen.»

«Bleib doch», sagt Brunet. «Du holst dir eine Erkältung.»

Schneider antwortet nicht, Chalais sagt mit seiner klaren Stimme:

«Ich möchte dich unter vier Augen sprechen.»

Brunet runzelt die Stirn, dann lächelt er gutmütig, hebt die Hand und läßt sie schwer auf Schneiders Schulter fallen. Schneiders Gesicht bleibt schlaff und ausdruckslos.

«Das ist mein Vertrauensmann», erläutert Brunet. «Alles, was ich hier gemacht habe, habe ich mit ihm gemacht.»

Chalais bleibt völlig regungslos, er sieht niemanden mehr an, er wirkt gleichgültig. Schneider entzieht sich Brunets Hand und geht schlurfend zur Tür. Die Tür geht wieder zu. Brunet starrt eine ganze Weile auf die Türklinke, dann dreht er sich zu Chalais um:

«Du hast ihn beleidigt.»

Chalais antwortet nicht, Brunet wird ärgerlich:

«Hör mal zu, Chalais . . .», sagt er barsch.

Chalais hebt die rechte Hand, wobei er den Ellbogen an den Körper gepreßt hält. Brunet unterbricht sich, Chalais sagt:

«Das ist Vicarios.»

Brunet sieht ihn verständnislos an, Chalais spricht. Sein Körper friert, seine laute Volkstribunenstimme friert nicht.

«Dieser Mann, der gerade rausgegangen ist, das ist Vicarios.»

«*Welcher* Vicarios?» fragt Brunet.

Aber er hat die Antwort schon erraten. Chalais antwortet, ohne einen schärferen Ton anzuschlagen:

«Der Vicarios, der 39 aus der Partei ausgeschlossen worden ist.»

«Dieser Mann heißt Schneider», sagt Brunet schwach.

Mit der gleichen knappen und mechanischen Geste hebt Chalais den Unterarm und streckt Brunet seine offene Handfläche entgegen.

«Gib dir keine Mühe. Er hat mich wiedererkannt. Und er weiß, daß ich ihn wiedererkannt habe.»

Brunet wiederholt:

«Vicarios!»

Der Name rumort in seinem Kopf, er denkt: das ist ein Name, den ich irgendwie kenne. Er sagt mühsam:

«Ich wußte nicht, daß es Vicarios ist.»

«Natürlich nicht», sagt Chalais.

Brunet glaubt aus dieser Stimme eine Nuance von Herablassung zu hören, er hebt schnell den Kopf. Aber Chalais' Augen sind trübe, er drückt die Arme an seine Rippen, zieht den Hals zwischen die Schultern: man könnte meinen, er sammele seine Gliedmaßen, um sie besser zu kontrollieren. Brunet fragt ruhig:

«Vicarios, war das nicht ein Journalist?»

«Warte!» sagt Chalais.

Er durchquert schnell den Raum und stellt sich dicht an den Ofen. Er wirkt gedemütigt.

«Ich werde einfach nicht warm.»

Brunet wartet: er friert nicht, er fühlt sich schwer und stark, Herr seiner selbst und seines Körpers. Er wartet, er hat Zeit zu warten, er lächelt Chalais geduldig an, er ist nichts weiter als endlose Geduld. Chalais zieht einen Stuhl zu sich heran und setzt sich. Er findet schnell seine abgehackte Stimme wieder.

«Hast du letzten Winter die Warnung der Partei nicht bekommen?»

«Vor Vicarios?»

«Ja.»

«Ich glaube, doch», sagt Brunet langsam. «Aber ich war Soldat, und da es keinen Vicarios im Regiment gab ...»

«Er war Chefredakteur bei einem Oraner Blättchen», sagt Chalais. «Das Blättchen gehörte nicht direkt zur Partei, sympathisierte aber mit ihr. Vicarios war Mitglied. Seine Frau ebenfalls. Er ist im September 39 ausgestiegen.»

«Wegen dem Pakt.»

«Natürlich. Er hat seine Austrittserklärung in seiner Zeitung veröffentlicht, danach hat er drei Leitartikel gegen uns losgelassen, und dann hat er sich freiwillig gemeldet. Oder er wurde eingezogen, ich weiß es nicht mehr.»

«Sag bloß!» sagt Brunet.

Er fühlt sich ganz aufgeregt, wie bei der Nachricht von einem Todesfall. Chalais redet, und das Leben des verstorbenen Schneider ist aus und vorbei. Sterben, aus der Partei austreten, das ist ein und dasselbe.

«Sag bloß.»

Er wiederholt: sag bloß; er denkt: etwas liegt in der Luft.

«Danach», sagt Chalais, «haben wir erfahren, daß er für das Generalgouvernement von Algier Berichte schrieb. Die algerischen Genossen haben die Beweise dafür in der Hand gehabt.»

Brunet läßt sich auf einen Stuhl fallen und lacht aus vollem Hals. Chalais sieht ihn an.

«Ich lache», erklärt Brunet, «weil ich gerade heute morgen erfahren habe, daß meine Jungs ihn nicht riechen können.»

Chalais nickt ernst.

«Die Basis irrt sich nie.»

Brunet denkt: was weißt du von der Basis? Er sagt:

«Ja. Für solche Sachen haben sie eine Nase.»

Chalais wärmt sich. Brunet denkt: Schneider war ein Spitzel. Das kribbelt. Er macht die Augen halb zu, er beißt die Zähne aufeinander, er sieht durch die Wimpern hindurch Chalais' unschönes Gesicht an, er denkt: mein Genosse ist der da. Er fühlt sich sehr ruhig: das ist nicht wirklich unangenehm, das kribbelt. Jedesmal, wenn man gute Gründe entdeckt, zu denken, daß die Menschen Schweine sind und daß es sich nicht lohnt, zu leben, fängt es an, Spaß zu machen. Er sieht Chalais an: jetzt werden wir zusammenleben, in diesem Lager, monatelang und jahrelang, tagaus, tagein.

Das kribbelt. Chalais mustert ihn neugierig und fragt:

«Was hast du vor zu tun?»

Fassungslos beißt Brunet sich auf die Lippen: *Gibt es etwas zu tun?* Eine Sekunde lang fühlt er sich schlaff und träge, dann, plötzlich, schäumt er vor Wut.

«Das fragst du?» stammelt er. «Das fragst du?»

Er beherrscht sich und fährt unwirsch fort:

«Ich werde ihn rausschmeißen, du wirst schon sehen. Und zwar schnellstens!»

Chalais wirkt kalt und unschlüssig. Er murmelt:

«Das ist riskant.»

«Riskant wäre es, ihn in der Baracke zu behalten.»

«Weiß er schon, daß du in der Partei bist?»

Brunet wendet den Kopf ab, seine Wut verraucht.

«Er hat mich gleich am ersten Tag erkannt.»

«Und die Genossen? Weiß er es von ihnen auch?»

«Natürlich.»

«Um so schlimmer!» sagt Chalais.

Brunet erklärt schnell.

«Das war notwendig, er hat mir sehr bei meiner Arbeit geholfen.»

«Was für eine Art Arbeit hast du gemacht?» fragt Chalais nachlässig.

Brunet runzelt die Stirn:

«Darüber sprechen wir noch.»

«Jedenfalls», sagt Chalais, «muß man, wo er so viel weiß, auf das Schlimmste gefaßt sein: wenn du ihn wie den letzten Dreck rausschmeißt, wird er uns verpfeifen.»

Brunet zuckt die Achseln:

«Ach, woher! So einer ist er überhaupt nicht.»

Chalais sagt ungeduldig:

«Aber ich sage dir doch, daß er dem Gouverneur Berichte geschrieben hat.»

«Ja», sagt Brunet. «Ja, natürlich. Aber ich kenne ihn in- und auswendig: so einer ist er nicht.»

Chalais sagt langsam wie zu sich selbst:

«Ich habe mich gefragt, ob es nicht diplomatischer wäre, ihn hierzubehalten. Wir würden ihm sagen, es sei keine Rede davon, seine Verurteilung rückgängig zu machen, dazu seien wir nicht befugt, aber unter den jetzigen Umständen . . .»

Brunet lacht kurz auf:

«Er ist nicht verrückt. Er war nicht zehn Jahre Genosse, ohne zu wissen, daß die Partei nie verzeiht: wenn wir ihn behalten, wird er denken, er macht uns angst.»

«Nicht unbedingt», sagt Chalais. «Man kann . . .»

Wieder das Aufschäumen der Wut. Brunets Hände zittern, er kocht, er schreit laut:

«Jetzt reicht's. Ich will keine fünf Minuten länger dieselbe Luft atmen wie dieses Miststück. Er hat mich reingelegt, er legt mich nicht weiter rein.»

«Wie du willst», sagt Chalais.

Brunet fügt mühsam hinzu:

«Ich gebe ihn an Thibaut weiter, der Barackenchef ist. Ein zuverlässiger Typ, der seinen Mund halten wird.»

Sie schweigen, Brunet beruhigt sich allmählich, er versteht nicht so recht, was mit ihm passiert ist. Zusammenhanglose Wörter kreisen in seinem Kopf; wenn er an Schneider denkt, möchte er am liebsten zuschlagen. Ihm graut vor allem, was zwielichtig ist.

«Nun gut», sagt Chalais, «ruf Vicarios, damit wir ihm unsere Entscheidungen mitteilen. Du sagst ihm, daß er glimpflich davonkommt und daß er Scherereien bekommt, wenn er dabei erwischt wird, wie er um die Kommandantur herumschleicht.»

Ein kurzes Schweigen tritt ein.

«Ruf ihn!» wiederholt Chalais. «Ich bin sicher, daß er nicht weit ist.»

Brunet rührt sich nicht. Chalais runzelt die Stirn.

«Worauf wartest du?»

«Daß du weggehst.»

Chalais steht widerwillig auf. Natürlich, denkt Brunet. Du trauerst dem Ofen nach.

Chalais hat die Hand auf die Türklinke gelegt. Brunet sagt plötzlich:

«Sag den Genossen nichts.»

Chalais dreht sich erstaunt um.

«Warum nicht.»

«Darum. Er ... er hing an ihnen. Man gewinnt nichts damit, jemanden zum Äußersten zu treiben ...»

Chalais zögert:

«Es ist vor ihm gewarnt worden.»

«Ich bitte dich, den Genossen nichts zu sagen», sagt Brunet, ohne die Stimme zu heben.

Chalais zuckt die Achseln.

«Gut.»

Er geht hinaus, Brunet geht hinter ihm hinaus, stellt sich in den Barackeneingang und sieht sich suchend nach Schneider um. Er bemerkt ihn, reglos, an die Wand von Nr. 28 gelehnt. Sie sehen sich an, Brunet macht kehrt, geht in sein Zimmer zurück und läßt die Tür offen. Fast sofort erscheint Schneider, tritt seine Schuhe auf den Dielen ab, um den Schnee abzuklopfen, kommt rein und macht die Tür zu. Brunet setzt sich und wendet die

Augen ab. Er hört einen Stuhl knacken. Schneider hat sich gesetzt. Brunet blickt auf: Schneider sitzt neben ihm, wie jeden Tag, mit seinem guten runden Gesicht; es ist nichts passiert.

«Ich habe diesen Mann in Oran gesehen», sagt Schneider ruhig.

«Du hattest mir nicht gesagt, daß du aus Oran bist», sagt Brunet.

«Nein, ich hatte es dir nicht gesagt.»

«Du bist Vicarios?»

«Ja.»

Vicarios sitzt vor Brunet, er redet. Brunet sieht nur Schneider.

«Ich bin dir trotzdem irgendwo begegnet», sagt Brunet. «In der ersten Zeit, in Baccarat, habe ich gedacht, ich kenne dieses Gesicht.»

«Wir sind uns 32 begegnet», sagt Schneider. «Auf dem Parteitag. *Ich* habe dich sofort wiedererkannt.»

«Auf dem Parteitag! Genau!»

Er durchforscht diese schweren Züge, diese dicke hängende Nase; in Ermangelung von Vicarios versucht er den Schneider vom Juni 40 wiederzufinden, den zweideutigen, vage vertrauten Fremden, den man noch hassen konnte. Aber Schneider ist *ganz und gar* Schneider geworden. Brunet senkt die Augen, er spricht und sieht dabei auf den Boden.

«Ich werde dich in Thibauts Baracke anmelden. Du kannst deine Sachen nach dem Abendbrot rüberbringen.»

«Gut.»

«Wir sagen den Genossen nichts.»

«Gut», sagt Schneider. «Danke.»

Er steht auf, er will gehen, er macht einen Schritt in Richtung Tür, und Brunet streckt die Hand aus, sein Mund öffnet sich gegen seinen Willen, eine ungeheuerliche Stimme kommt heraus, eine Stimme, die nicht ihm gehört:

«Warum hast du mich angelogen?»

Schneider sieht ihn überrascht an, Brunet richtet sich

auf, er ist ebenso überrascht wie Schneider. Er verbessert sich schroff:

«Warum hast du *uns* angelogen?»

«Weil ich euch kenne», sagt Schneider.

Er friert, wie Chalais, aber es ist nicht das gleiche Frieren. Er macht kehrt, er streckt seine guten dicken Hände zum Ofen. Brunet betrachtet schweigend Vicarios' gute dicke Hände. Nach einer Weile fragt Brunet:

«Was mußtest du dich an uns hängen, wo du doch aus der Partei ausgetreten bist?»

«Ich hatte die Schnauze voll, allein zu sein», sagt Schneider.

Brunet sieht ihn aufmerksam an.

«Gab es keinen anderen Grund?»

«Nein.»

Er geht schlafwandlerisch ein paar Schritte durch den Raum, er fügt wie zu sich selbst hinzu:

«Natürlich dachte ich mir schon, daß das nicht so weitergehen kann.»

Er wird plötzlich wach, hebt den Kopf und lächelt Brunet an:

«Ich bin froh, daß wir uns anständig trennen», sagt er.

Brunet antwortet nicht. Schneider wartet lächelnd, dann erlischt sein Lächeln, und er sagt unbewegt:

«Leb wohl, Brunet. Wir haben gute Arbeit zusammen geleistet.»

Er dreht sich um sich selbst, er geht, wir werden uns nie wiedersehen, das Blut steigt Brunet ins Gesicht, vor Wut kreisen weiße Scheiben in seinen Augen. Er sagt leise und schnell:

«Das ist ja alles Gewäsch. Du hast uns bespitzelt.»

In den Rücken von Vicarios hat er seinen Satz geschleudert. Schneider ist es, der sich umdreht und ihn ansieht. Brunet rutscht auf seinem Stuhl herum; er sucht seine Wut und findet sie nicht mehr. Schneider sagt sanft:

«Ist das wirklich nötig?»

Brunet antwortet nicht, Schneider fügt hinzu:

«Ich tauche bei Thibaut unter, ich werde zusehen, daß ich zurechtkomme, und du weißt genau, daß ich nicht versuchen werde, euch zu schaden.»

Es ist vor ihm gewarnt worden. Brunet sieht Schneider in die Augen und sagt ruhig:

«Du bist vom Generalgouverneur bezahlt worden.»

Schneider sieht ihn verdutzt, fast spöttisch an.

«Wer hat dir das gesagt? Chalais?»

«Du warst Gegenstand einer Warnung», sagt Brunet, «die ich selbst im letzten Winter gelesen habe.»

«Das wußte ich nicht.»

Ein langes Schweigen tritt ein. Vicarios ist leichenblaß. Jetzt *ist es* unwiderruflich Vicarios. Brunet findet seine Wut wieder: voller Wut sieht er auf Vicarios' Gesicht dieses Leiden, das wie Blut fließt und bei dem man Lust bekommt, es noch mehr zum Bluten zu bringen.

«Was stand denn in deiner Warnung?» fragt Vicarios.

«Daß du ein Spitzel warst. Die Genossen in Algier haben den Beweis dafür.»

Vicarios wirft sich nach vorn, Brunet glaubt, daß er zuschlagen wird, und steht mit geballten Fäusten auf. Vicarios schlägt nicht zu. Er steht direkt vor Brunet, Auge in Auge mit ihm. Vicarios' Augen haben keinen Blick. Es sind zwei klaffende Münder, die rufen. Brunet wird schwindlig, er wirft den Kopf zurück, weil Vicarios aus dem Mund riecht.

«Brunet! Das glaubst du doch nicht etwa?»

Brunet weiß nicht, ob es Vicarios' Lippen oder seine Augen waren, die gesprochen haben. Er will mit einem Schlag alle Münder verschließen, die um Gnade bitten. Er sagt:

«Ich glaube alles, was die Partei sagt.»

Vicarios richtet sich auf. Seine Augen sind schwarz und hart in diesem kreideweißen Gesicht, jetzt *sehen sie.* Brunet tritt einen Schritt zurück, aber er zwingt sich, *vor seinen Augen* zu wiederholen:

«Ich glaube alles, was die Partei sagt.»

Vicarios sieht ihn lange an, dann wendet er sich ab und geht zur Tür. Man muß bis zum Letzten gehen: das ist nützlich. Brunet schreit hinter ihm her:

«Wenn du mit den Fritzen sprichst, gibt es Krach.»

Vicarios dreht sich um, zum letztenmal sieht Brunet Schneider.

«Armer Brunet!» sagt Schneider.

Die Tür schließt sich wieder: es ist vorbei. Der Ofen ist ausgegangen, denkt Brunet. Ich werde mir den Tod holen. Er sieht einen Moment lang die Kohlenkiste an, dann wendet er sich ab und geht hinaus, dein Pech, du brauchtest ja nicht zu lügen. Am Ende des Flurs bleibt er stehen, macht die Tür auf. Chalais sitzt auf der Bank. Toussus, Bénin und Lamprecht stehen über ihn gebeugt und reden alle auf einmal; neben dem Fenster nagt Maurice mit verschränkten Armen an einer Wut. Bei Brunets Eintreten verstummt alles.

«Seid ihr denn nicht bei der Arbeit?» fragt Brunet.

«Der Feldwebel ist krank», erklärt Toussus. «Sie haben uns in die Baracken zurückgeschickt.»

«Gut», sagt Brunet. «Gut, gut.»

Er fügt wütend hinzu:

«Macht Feuer an, verflucht noch mal!»

Chalais sieht ihn aufmerksam an. Brunet sagt zu ihm: «Komm mit, wir wollen reden.»

Chalais steht auf, ohne einen Ton von sich zu geben. Auf dem Flur sagt Brunet zu ihm:

«Es ist erledigt.»

«Ich habe es mir gedacht», sagt Chalais.

Sie gehen schweigend, dann fragt Chalais:

«Wird er brav sein?»

Brunet lacht schallend:

«Kreuzbrav.»

Sie treten in Brunets Zimmer ein, in abgestandene Wärme, die nicht mehr wärmt. Chalais wirkt enttäuscht, er schlägt den Jackenkragen hoch, steckt die Hände in die Tasche und setzt sich. Brunet sieht den ausgegangenen Ofen an und möchte lachen.

«Weißt du, daß ich Kontakte gehabt habe?» sagt Chalais nach einer Weile.

Brunet erschauert und sieht Chalais leidenschaftlich an:

«Ernsthafte Kontakte? Häufige?»

Chalais lächelt:

«Ich glaube, du kennst Buchner persönlich?»

«Ich denke schon.»

«Das letzte Mal habe ich ihn Montag gesehen.»

Brunet blickt Chalais immer noch an, aber er sieht ihn nicht mehr.

«Wie steht's mit der Partei?» fragt er.

«Es geht so», sagt Chalais. «Anfangs haben wir Fehler gemacht: der sowjetische Rundfunk hatte die Genossen aufgefordert, die Pariser Region nicht zu verlassen, aber die meisten Genossen haben einem alten chauvinistischen Reflex nachgegeben: sie sind trotzdem weggegangen, weil sie nichts mit dem Feind zu tun haben wollten. Das Ergebnis: *L'Humanité* hätte vor dem Eintreffen der Deutschen erscheinen können, das Exemplar war fertig, aber alles ist steckengeblieben, weil das Personal fehlte. Jetzt sind die Genossen auf ihrem Posten, es läuft ausgezeichnet.»

Brunet hört mit einer Mischung aus Achtung und Ärger zu: er ist enttäuscht. Es gibt Fragen, die er stellen möchte, aber es gelingt ihm nicht, sie zu formulieren. Er sagt:

«Durch die Verhaftungen und die Flucht muß es einen enormen Wechsel in der personellen Besetzung geben. Wer ist denn jetzt im Zentralkomitee?»

Chalais lächelt schmal:

«Offen gestanden, ich habe keine Ahnung. Gromaire wahrscheinlich: das ist alles, was ich dir sagen kann. Die Zeiten haben sich geändert, alter Freund: je weniger du weißt, desto besser.»

«Ich verstehe», sagt Brunet.

Er ist bedrückt. Ohne zu wissen, warum, räuspert sich Chalais, dann hebt er den Kopf und betrachtet Brunet eine Weile.

«Dieser Bénin», fragt er, «ist er einer von uns?»

«Ja.»
«Und Toussus? Und Lamprecht?»
«Sie auch.»
«Woher sind sie?»
«Warte mal», sagt Brunet.
Er denkt einen Augenblick nach und sagt:
«Bénin, Zeichner bei Gnome et Rhône. Lamprecht: städtischer Schlachthof von Nantes. Toussus: Schlosser in Bergerac. Warum?»
«Sie haben mich überrascht», sagt Chalais.
Brunet zieht die Augenbrauen hoch, Chalais lächelt gutmütig:
«Sie sind ein bißchen erregt, oder?»
«Erregt?» wiederholt Brunet. «Nicht besonders.»
Chalais fängt an zu lachen:
«Toussus behauptet, unter der Baracke wären Waffen versteckt. Er will das Lager stürmen, wenn die sowjetischen Armeen in Deutschland einmarschieren.»
Brunet lacht ebenfalls:
«Er ist aus der Gascogne», sagt er.
Chalais hört auf zu lachen. Er bemerkt mit neutraler Stimme:
«Die anderen waren einverstanden.»
Brunet holt seine neue Pfeife heraus und stopft sie:
«Sie sind vielleicht ein bißchen aufgeregt», sagt er, «ich gebe zu, daß ich es nicht mehr richtig wahrnehme. Aber das kann ihnen jedenfalls nicht schaden; das hilft ihnen, die Zeit herumzubringen.»
Ohne aufzublicken, fügt er mit schleppender, verständnisvoller Stimme, die er selbst nicht wiedererkennt, hinzu:
«Sie wissen, daß sie erledigt sind, wenn sie sich aufgeben. Deshalb sind sie äußerst nervös, sie nehmen sich die ganze Zeit zusammen, und alle ihre Reaktionen sind übertrieben. Du weißt, Chalais, der Älteste von ihnen ist keine fünfundzwanzig.»
«Das habe ich gemerkt», sagt Chalais. «Ihr wirkt alle schrecklich angespannt.»

Er fügt mit kurzem Auflachen hinzu:
«Sie haben mir schönes Zeug erzählt.»
«Was zum Beispiel?»
«Der Krieg ist nicht zu Ende, die Sowjetunion wird Deutschland vernichten, die Arbeiter haben die Pflicht, den Waffenstillstand abzulehnen, die Niederlage der Achse wird ein Sieg für das Proletariat sein.»
Er hält inne, um Brunet zu beobachten. Brunet sagt nichts. Chalais fügt mit etwas gezwungenem Lachen hinzu:
«Einer hat mich sogar gefragt, ob die Pariser Arbeiter streiken und ob in den Straßen von Paris auf die Deutschen geschossen wird.»
Brunet sagt immer noch nichts. Chalais beugt sich zu ihm und fragt sanft: «Hast du ihnen diese Ideen in den Kopf gesetzt?»
«Nicht in dieser Form», sagt Brunet.
«In dieser Form oder in einer anderen, warst du es?»
Brunet steckt die Pfeife an. Etwas liegt in der Luft.
«Ja», sagt er. «Ich war es.»
Sie schweigen beide. Brunet raucht, Chalais denkt nach. Ein tristes und gelbes Licht kommt durch das Fenster: es wird bestimmt regnen. Brunet wirft einen Blick auf seine Uhr und denkt: ‹Es ist erst halb neun.› Er steht abrupt auf:
«Ich muß dir das alles ein wenig erklären», sagt er. «Haben sie dir von unserer Organisation erzählt?»
«Sie haben mir ein paar Worte darüber mitgeteilt», sagt Chalais zerstreut. «Hast du sie aufgebaut?»
«Ja.»
«Aus eigener Initiative?»
Brunet zuckt die Achseln und fängt an, auf und ab zu gehen.
«Natürlich», sagt er. «Ich hatte keine Kontakte.»
Er geht auf und ab, Chalais' Augen folgen ihm.
«Man mußte eine komische Strömung überwinden», fährt er fort. «Die Leute waren auf dem Nullpunkt, die Nazis und die Pfaffen machten mit ihnen, was sie wollten.

Weißt du, daß es hier sogar eine frankistische Partei gibt, von den Fritzen offiziell anerkannt und protegiert? Da habe ich die erstbesten Mittel gebraucht.»

«Was für Mittel?» fragt Chalais.

«Es gab vier entscheidende Faktoren», sagt Brunet. «Den Hunger, die Verlegung nach Deutschland, die Zwangsarbeit und die nationalistische Reaktion. Ich habe alles benutzt.»

«Alles»? wiederholt Chalais.

«Ja, alles. Es bestand Lebensgefahr, und ich hatte kein Recht, zimperlich zu sein. Im übrigen», fügt er hinzu, «war meine Aufgabe durch die Umstände strikt festgelegt: ich brauchte nur ihre Unzufriedenheit zu organisieren.»

«Auf welcher Basis?»

Brunet stößt mit der Handfläche gegen die Trennwand, er dreht sich abrupt um und geht zur anderen Trennwand hinüber:

«Ich habe ihnen eine ideologische Plattform gegeben», sagt er. «Oh! Ein winziges Minimum, ein ABC: die Herrschaft geht vom Volk aus, Pétain usurpiert die Macht, seine Regierung hatte nicht das Recht, den Waffenstillstand zu unterzeichnen. Der Krieg ist nicht zu Ende, die Sowjetunion wird früher oder später eingreifen; alle Gefangenen müssen sich als Kämpfer betrachten.»

Er bricht abrupt ab. Chalais fragt:

«Ist das deine Arbeit?»

«So ist es», sagt Brunet.

Chalais schüttelt traurig den Kopf.

«Offensichtlich!»

Er sieht Brunet an und lächelt ihm offen zu:

«Es gibt Momente, in denen man krepieren würde, wenn man nicht *irgend etwas* versucht, nicht? Ganz egal, was. Und da du keine Verbindung hattest, hast du nicht mehr ein noch aus gewußt.»

«Schon gut», sagt Brunet, «reg dich nicht auf.»

Er redet mit harter Stimme, er weiß nicht mehr, ob er mit Chalais spricht oder mit der Partei, er fragt:

«In einem Wort, was wirfst du mir vor?»

Die Partei antwortet mit noch härterer Stimme:

«Alles muß zurückgenommen werden, Alter. Du liegst völlig falsch.»

Brunet schweigt. Chalais beugt sich vor und befühlt ratlos den Ofen.

«Er ist aus.»

Brunet befühlt ebenfalls den Ofen.

«Ja», sagt er. «Er ist aus.»

«Habt ihr in eurem Kaff etwas vom Gaullismus gehört?»

Brunet denkt: genausoviel wie du. Er setzt an zu sagen: wir haben ein Empfangsgerät. Er hält sich zurück.

«Vage», sagt er.

«De Gaulle», sagt Chalais mit seiner schrecklichen didaktischen Stimme, «ist ein französischer General, der Bordeaux bei der Niederlage verlassen und die radikale Politikerclique und die Freimaurergrößen mitgenommen hat.»

«Ich verstehe», sagt Brunet.

«Sie sind jetzt alle in London, Churchill gibt ihnen seinen Rundfunk, und sie spucken jetzt jeden Tag über ihr Mikro auf alles Deutsche. Natürlich bezahlt die City.»

«Und?»

«Und? Nun, weißt du, was sie sagen?»

«Daß der Krieg weitergeht, nehme ich an?»

«Ja, und daß er sich auf die ganze Welt ausdehnen wird, eine diskrete Art, die Sowjetunion und Amerika mit reinzuziehen. Sie sagen auch, daß Frankreich nur eine Schlacht verloren hat, daß die Vichy-Regierung illegitim und der Waffenstillstand ein Verrat ist.»

Brunet zuckt die Achseln, Chalais lächelt:

«Sie gehen nicht so weit, von der Herrschaft des Volkes zu sprechen, das nicht. Aber das wird eines Tages kommen, wenn die Regierung Seiner Majestät es für ihre Propaganda für nötig hält.»

«Du sagst mir nichts Neues», sagt Brunet.

Er faltet die Hände, knackt mit seinen Fingergliedern und fährt ruhig fort.

«Du sagst mir nichts Neues. Ich habe dir schon gesagt,

daß mein Programm ein ABC war. Später wird es schwieriger werden. Es gibt Leute in dieser Baracke, die ich an der Hand in die KP führen werde. Aber es eilt nicht: wir sind für lange hier. Was deine kleinen Freunde in London angeht, nun, das ist nun mal so, es gibt unvermeidliche Zusammentreffen. Die Engländer führen Krieg gegen die Achse, um ihre Interessen zu schützen, und wir, wir kämpfen gegen Hitler, weil wir Antifaschisten sind. Trotzdem haben wir vorübergehend dieselben Feinde; es ist also nicht verwunderlich, daß wir manchmal dieselben Worte benutzen.»

Er sieht Chalais an und möchte lachen, als ließe er gleich einen guten Witz los, aber seine Kehle ist zugeschnürt:

«Ich nehme an, bis auf weiteres ist Antifaschismus keine Abweichung geworden.»

«Nein», sagt Chalais. «Das ist keine Abweichung geworden. Wir sind gegen den Faschismus in jeglicher Form, wie wir es immer gewesen sind. Aber es wäre falsch von dir, daraus zu schließen, daß wir uns den bürgerlichen Demokratien annähern werden.»

«Das habe ich nie gedacht», schreit Brunet.

«Was du denkst, ist ziemlich egal. Objektiv gesehen rührst du die Reklametrommel für Churchills Knechte.»

Brunet fährt in die Höhe. Er sagt:

«Ich?»

Er beruhigt sich, er lächelt, er merkt, daß er die Fäuste geballt hat, er öffnet die Hände und legt sie flach auf die Knie. Er sagt:

«Das sollte mich wundern.»

«Nimm mal an», sagt Chalais, «die Jungs, die du indoktriniert hast, werden befreit. Sie kommen nach Frankreich zurück, sie erkennen nichts und niemand wieder, die Vichy-Propaganda kotzt sie an. Wohin werden sie gehen?»

«Tja, mein Gott . . .!» sagt Brunet.

Chalais' Augen versengen ihn:

«Wohin werden sie gehen?»

«Nun», sagt Brunet bitter, «bisher habe ich angenommen, sie würden in die Partei gehen.»

Chalais lächelt und fährt ruhig fort:

«Sie werden sich blindlings in den Gaullismus stürzen, sie werden ihr Leben in einem imperialistischen Krieg aufs Spiel setzen, der sie nichts angeht, und du, Brunet, wirst diese Irreführung mit deiner Autorität unterstützt haben.»

Der Blick erlischt, Chalais versucht zu lächeln, aber sein Gesicht gehorcht ihm nicht mehr. Einzig die Stimme kommt warm und einschmeichelnd aus dieser violetten Maske mit der puterroten Nase:

«Es ist nicht der richtige Moment, Brunet. Wir haben gewonnen, unser schlimmster Feind liegt auf den Knien . . .»

«Unser schlimmster Feind», wiederholt Brunet verständnislos.

«Unser schlimmster Feind, jawohl», sagt Chalais nachdrücklich. «Der Imperialismus der französischen Generäle und der zweihundert Familien.»

«*Das* ist unser schlimmster Feind?» fragt Brunet.

Er verkrampft die Hände auf den Knien, es gelingt ihm, mit neutraler Stimme zu sagen:

«Die Partei hat ihre Politik geändert.»

Chalais sieht ihn aufmerksam an.

«Und wenn sie sie geändert hätte? Was würdest du machen?»

Brunet zuckt die Achseln:

«Ich frage dich lediglich, ob sie sie geändert hat.»

«Die Partei ist keinen Zentimeter abgewichen», sagt Chalais. «39 hat sie Position gegen den Krieg bezogen, und du weißt, was uns das gekostet hat. Aber du warst einverstanden, Brunet, und die Partei hatte recht. Sie hatte recht, weil sie den grundlegenden Pazifismus der Massen, ob Kommunisten oder nicht, ausdrückte. Heute brauchen wir nur noch die Früchte dieser Haltung zu ernten: unsere Organisation ist die einzige, die sich zum Fürsprecher des Friedenswillens der Arbeiter machen kann.

Wo ist da die Veränderung? Du rechnest unterdessen mit dem Nationalismus deiner Genossen und möchtest uns in eine kriegerische Politik hineinziehen. Nicht die Partei hat sich geändert, Brunet, du hast dich geändert.»

Fasziniert hört Brunet dieser Lautsprecherstimme zu: es ist nicht mehr die Stimme eines Menschen, es ist die Stimme des historischen Prozesses, die Stimme der Wahrheit. Zum Glück fangen Chalais' Augen an zu glänzen. Brunet fährt auf und fragt schroff:

«Ist das deine Meinung, die du mir darlegst, oder die jetzige Politik der Partei?»

«Ich habe nie eine Meinung», sagt Chalais, «ich lege dir die Politik der Partei dar.»

«Gut», sagt Brunet, «dann mach weiter, ich höre dir zu, aber gib keine Kommentare ab, wir verlieren Zeit.»

«Ich gebe keine Kommentare ab», sagt Chalais erstaunt.

«Du tust nichts anderes. Du sagst: 39 drückte die KP den Pazifismus der Massen aus. Das ist eine *Meinung*, Chalais, nichts weiter als eine Meinung. Wir sind etliche in der Partei, die wissen, daß die Kurve vom September eine Haarnadelkurve war und daß wir sie beinah nicht gekriegt hätten. Wir sind etliche, die wir zu unserem Schaden erfahren haben, daß die Massen damals gar nicht so pazifistisch waren.»

Er hebt den Unterarm und die Hand wie Chalais, er lächelt abgezirkelt und schmal wie Chalais.

«Ich weiß: du hast nie viel Kontakt mit der Basis gehabt, das war nicht deine Sache, und ich habe schon festgestellt, daß du mit einer gewissen Romantik von ihr sprachst. *Ich* hatte Kontakte, das war meine Arbeit, ich habe mittendrin gearbeitet, und ich kann dir versichern, daß die Leute nicht in erster Linie Pazifisten waren, sie waren *in erster Linie* Nazigegner, sie hatten weder Äthiopien noch Spanien, noch München geschluckt. Wenn sie 39 bei uns geblieben sind, dann, weil man ihnen erklärt hat, daß die Sowjetunion Zeit gewinnen wollte und in den Krieg eintreten würde, sobald sie ihre Rüstung soweit hätte.»

Chalais erwidert sein Lächeln. Brunet hat es nicht einmal geschafft, ihn in Wut zu bringen.

«Die Sowjetunion wird nie in den Krieg eintreten», sagt Chalais bloß.

«Das ist deine *Meinung*!» schreit Brunet. «Das ist deine *Meinung*!»

Er beruhigt sich und fügt grinsend hinzu:

«Ich habe die gegenteilige Meinung.»

«*Du*?» sagt Chalais. «*Du, ich* . . . Was sind wir schon?»

Er sieht Brunet mit vernichtendem Erstaunen an, als sähe er ihn zum erstenmal. Nach einer Weile setzt er hinzu:

«Ich habe nicht den Eindruck, daß ich dir sehr sympathisch bin . . .»

«Laß das doch», sagt Brunet verlegen.

Chalais lacht spröde:

«Oh», sagt er, «ich erwähne es nur am Rande. Das wird mich nicht um den Schlaf bringen. Wir dürfen das nur nicht verwechseln: wir sind nicht dabei, unsere Ansichten zu konfrontieren. Ich habe Kontakte gehabt, als du keine hattest, also informiere ich dich, das ist alles. Es geht weder um deine noch um meine Person. Wir werden nichts Gutes hinkriegen, wenn wir uns schon am Anfang von Fragen der Person aufhalten lassen.»

«Genau das denke ich», sagt Brunet knapp.

Er sieht Chalais an und versucht, ihn nicht mehr zu sehen; er denkt: seine Person steht nicht zur Debatte. *Es ist nicht* die Person Chalais, die sieht und die urteilt; die Person Chalais urteilt nicht, denkt nicht, sieht nicht. Man darf keine Frage der Person, man darf keine Frage des Stolzes daraus machen. Er sagt:

«Die Sowjetunion wird den Krieg also nicht mitmachen. Warum nicht?»

«Weil sie den Frieden braucht: weil die Erhaltung des Friedens seit zwanzig Jahren das Ziel Nummer eins ihrer Außenpolitik ist.»

«Ja», sagt Brunet verärgert. «Das habe ich früher bei den Reden am 14. Juli gehört.»

Er lacht:

«Den Frieden erhalten! Welchen Frieden? Von Norwegen bis Äthiopien wird gekämpft.»

«Eben», sagt Chalais. «Die Sowjetunion wird sich aus dem Konflikt heraushalten und alles daransetzen, zu verhindern, daß er global wird.»

«Woher wißt ihr das?» fragt Brunet ironisch. «Hat Stalin euch unterrichtet?»

«Stalin nicht», sagt Chalais ruhig. «Molotow.»

Brunet sieht ihn an, macht den Mund auf und schweigt; Chalais fährt fort:

«Am 1. August hat Molotow vor dem Obersten Sowjet erklärt, daß die Sowjetunion und Deutschland die gleichen grundlegenden Interessen haben und daß der deutsch-sowjetische Vertrag auf dieser Gemeinsamkeit der Ziele beruht.»

«Gut!» sagt Brunet. «Ja, ja. Und?»

«Im November», sagt Chalais, «ist er nach Berlin gefahren, wo ihm ein begeisterter Empfang bereitet wurde. Bei dieser Gelegenheit hat er die englische und anglophile Presse angeprangert; er hat gesagt – ich zitiere aus dem Gedächtnis: ‹Die bürgerlichen Demokratien setzen ihre letzte Hoffnung in angebliche Meinungsverschiedenheiten, die uns von Deutschland trennen sollen; sie werden bald merken, daß diese Meinungsverschiedenheiten nur in ihrer Phantasie existieren.›»

«Pah!» sagt Brunet. «Er mußte das einfach sagen.»

«Vor drei Wochen», sagt Chalais, «haben die Sowjetunion und Deutschland ein Handelsabkommen abgeschlossen. Die Sowjetunion liefert fünfundzwanzig Millionen Zentner Getreide, eineinhalb Millionen Tonnen Heizöl, Fette, Petroleum und Schweröle.»

«Ein Handelsvertrag», wiederholt Brunet.

«Ja.»

«Gut», sagt Brunet. «Zur Kenntnis genommen.»

Er steht auf, geht zum Fenster, lehnt seine Stirn gegen die eiskalte Scheibe, sieht die ersten Regentropfen fallen. Er sagt:

«Ich . . .»

«Wie?» fragt Chalais hinter seinem Rücken.

«Nichts. Ich habe mich geirrt, das ist alles.»

Er dreht sich um, setzt sich wieder hin, schlägt den Kopf seiner Pfeife gegen seinen Absatz, um die Asche herauszuklopfen.

«Wenn du die Situation konkret erfaßt», sagt Chalais herzlich, «wirst du sehen, daß die französischen Arbeiter kein Interesse daran haben, daß die Sowjetunion sich an dem Konflikt beteiligt.»

«Die französischen Arbeiter», sagt Brunet, «sind hier, in diesem Lager. Oder in anderen, ganz ähnlichen. Und die, die nicht hier sind, machen Zwangsarbeit für die Fritzen.»

«Ja, eben», sagt Chalais, «deshalb muß die Sowjetunion ihre unabhängige Politik fortsetzen. Sie ist dabei, schlicht und einfach der ausschlaggebende Faktor der europäischen Diplomatie zu werden. Bei Kriegsende werden die kriegführenden Nationen erschöpft sein, und sie wird den Friedensvertrag diktieren.»

«Gut», sagt Brunet. «Gut. Gut.»

Chalais fröstelt nicht mehr: er ist aufgestanden, er geht lebhaft um seinen Stuhl herum, seine Hände schlüpfen aus den Taschen, er blüht auf. Brunet bückt sich, hebt ein Stückchen Holz auf und fängt an, seine Pfeife zu reinigen, er friert bis ins Mark, aber das ist ihm egal: Kälte und Hunger haben keinerlei Bedeutung mehr.

«Unter dieser Voraussetzung», sagt Chalais, «was müssen die französischen Massen fordern?»

«Das frage ich dich», sagt Brunet, ohne den Kopf zu heben.

Chalais' Stimme kreist über seinem Nacken, mal nah und mal fern, Chalais' Schuhe knarren munter.

«Die französischen Massen», sagt er, «müssen vier Forderungen formulieren: 1. sofortige Unterzeichnung des Friedens, 2. ein französisch-sowjetischer Nichtangriffspakt nach dem Modell des deutsch-sowjetischen Pakts, 3. ein Handelsvertrag mit der Sowjetunion, der das Proletariat gegen die Hungersnot absichert, 4. eine allgemeine

Regelung der europäischen Situation unter Einbeziehung der Sowjetunion.»

«Und die Innenpolitik?» fragt Brunet.

«Bei jeder Gelegenheit und mit allen Mitteln die Legalität der Partei und die Erlaubnis für das Wiedererscheinen der *Humanité* verlangen.»

«Die Nazis würden die *Humanité* wiedererscheinen lassen?» fragt Brunet entgeistert.

«Sie schonen uns», sagt Chalais.

Er fügt ohne Eile hinzu:

«Worauf sollen sie sich denn stützen? Die Parteien sind in voller Auflösung, die Verantwortlichen haben die Flucht ergriffen.»

«Sie können eine faschistische Bewegung ins Leben rufen.»

«Sie können es versuchen. Und kurz gesagt, sie versuchen es: aber sie sind nicht verrückt, sie wissen genau, daß sie die unteren Volksschichten nie erreichen. Nein, die einzige Organisation, die sich gegen den Krieg ausgesprochen hat, die einzige, die den deutsch-sowjetischen Pakt verteidigt hat, die einzige, die das Vertrauen der Massen behalten hat, ist unsere, und du kannst sicher sein, daß das den Deutschen nicht unbekannt ist.»

«Willst du damit sagen, daß sie uns die Hand reichen?»

«Noch nicht. Aber Tatsache ist, daß ihre Presse uns nicht angreift. Und außerdem kannst du dir wohl denken, daß sie Geheimabkommen hinsichtlich der europäischen KPs mit der Sowjetunion abgeschlossen haben.»

Er beugt sich über Brunet und spricht im Vertrauen zu ihm:

«Unsere Partei muß gleichzeitig legal und illegal sein, das kennzeichnet ihre Struktur und ihr Handeln. Die Umstände haben uns in eine Halb-Illegalität gebracht, wir hatten die Vorteile der Legalität und die der Illegalität in unseren Händen vereint, jetzt haben wir nur noch die Nachteile der einen wie der anderen: durch den Verlust unseres Status als offiziell anerkannte Partei verlieren wir die Möglichkeit, unsere Forderungen in aller Öffentlichkeit geltend zu machen und als Kommunisten die Schlüsselpositionen der Bourgeoisie einzunehmen, aber gleichzeitig sind wir zu bekannt: die Parteiführer werden verfolgt, der Feind hat Listen, Adressen, er ist mit unserer Taktik vertraut. Da müssen wir, so schnell es geht, herauskommen. Aber wie? Indem wir den Deutschen Streiche spielen, indem wir ‹Tod den Boches› in die Pissoirs schreiben?»

Brunet zuckt die Achseln, Chalais hebt die Hand, um ihm Schweigen zu gebieten:

«Angenommen, wir könnten Meutereien, Attentate und Streiks organisieren. Wem käme das zugute? Dem englischen Imperialismus. Und nicht lange, denn England ist schon jetzt besiegt. Aber wenn wir wieder eine legale Partei werden mit einem Programm und Verantwortungen, können wir eine Volksregierung mit Sitz in Paris und Anklageerhebung gegen die Kriegstreiber verlangen. Dann und erst dann stellt sich die Frage nach einer neuen, illegalen Aktionsform, die den Umständen eher entspricht.»

«Und du bildest dir ein, daß die Deutschen . . .?»

Chalais unterbricht ihn pfiffig:

«*La Voix du peuple*, kennst du die? Das Blatt der belgischen KP.»

«Kenn ich», sagt Brunet.

Chalais macht eine Pause, lächelt und fügt beiläufig hinzu:

«*La Voix du peuple* erscheint seit Juni wieder.»

Brunet rutscht tiefer auf seinen Stuhl, steckt die Hand in die Tasche und umfaßt den Kopf seiner Pfeife, denn er ist noch warm. Er sagt:

«Was muß *hier* getan werden?»

«Genau das Gegenteil von dem, was du tust.»

«Das heißt?»

«Den Imperialismus der bürgerlichen Demokratien angreifen, de Gaulle und Pétain angreifen, den Friedenswillen der arbeitenden Massen unterstreichen.»

«Und den Deutschen gegenüber?»

«Zurückhaltung.»

«Gut», sagt Brunet.

Chalais reibt sich die Hände: er hat gute Arbeit geleistet und ist zufrieden.

«Wir beide», sagt er, «werden uns die Aufgaben teilen. Die Genossen müssen nach und nach wieder in die Hand genommen werden, aber es ist besser, wenn nicht du sie übernimmst: ich werde mich um sie kümmern. Du beschäftigst dich mit denen, die nicht in der Partei sind.»

«Und was soll ich mit ihnen machen?»

Chalais sieht Brunet aufmerksam an, scheint ihn aber nicht zu sehen: er denkt nach.

«Vorerst», sagt er, «ist deine berühmte Organisation eher gefährlich als nützlich. Aber es schadet nicht, daß sie existiert, und eines Tages wird sie nützlich sein können: es wäre wünschenswert, sie einschlafen zu lassen, ohne sie gänzlich zu liquidieren. Du bist der einzige, der das kann.»

«Die armen Kerle», sagt Brunet.

«Was?»

«Ich sage: die armen Kerle», sagt Brunet.

Chalais sieht ihn erstaunt an:

«Was sind denn das für Jungs?»

«Radikale», sagt Brunet. «Sozialisten ... Es gibt auch Parteilose.»

Chalais zuckt die Achseln.

«Radikale!» sagt er verächtlich.

«Sie haben gut gearbeitet», sagt Brunet. «Und dann, weißt du, das Leben ist hart hier für die, die keine Hoffnung mehr haben.»

Er bricht ab, er hat die fremde Stimme wiedererkannt, die seinen Mund benutzt, es ist die Stimme eines Verräters. Sie sagte: «Setz nicht deine Totenarztmiene auf.» Sie sagte: «Die armen Kerle, sie sind zu Tode verzweifelt.»

«Sie gehen sowieso vor die Hunde», sagt Chalais. «Man kann sie krepieren lassen.»

Er feixt:

«Die Radikalen! Da sind mir die Nazis noch lieber. Sie sind zwar Schweine, aber sie haben soziales Empfinden.»

Brunet denkt an Thibaut. Er sieht dessen breiten lachenden Mund vor sich, er denkt: ‹Er ist erledigt, er taugt weniger als ein Nazi, er hat kein soziales Empfinden.› Er denkt: ‹Wir hatten ein Radiogerät.› Er fängt an zu zittern. Er denkt: ‹*Unser* Radio.› Er steht auf, er geht herum, sie stehen sich gegenüber. Er sagt:

«Das hat Hand und Fuß.»

«Und ob», sagt Chalais mit barscher Herzlichkeit. «Und ob das Hand und Fuß hat!»

«Alles hat immer Hand und Fuß», sagt Brunet. «Man kann alles beweisen.»

«Willst du Beweise?»

Chalais kramt in der Innentasche seiner Jacke herum. Er zieht eine schmutzige und zerknitterte Zeitung heraus:

«Da!»

Brunet nimmt die Zeitung: es ist die *Humanité*. Er liest: Nr. 95, 30. Dezember 1940. Das Blatt ist so mürbe, daß es halb einreißt, als er es auffaltet. Er versucht den Leitartikel zu lesen, er kann nicht. Er denkt: ‹Es ist die *Humanité*›, er fährt mit den Fingern blind über die Buchstaben des Kopfes und der Schlagzeilen. Es ist die *Humanité*, ich habe darin geschrieben. Er faltet die Zeitung sorgfältig wieder zusammen und reicht sie Chalais.

«Schon gut.»

Er wird hinausgehen und Schneider anlächeln, er wird zu ihm sagen: «Du hast es mir ja gesagt.» Die Blase platzt: es gibt keinen Schneider mehr. Es gibt Vicarios, den Spitzel. Das Licht wird vor seinen Augen dunkler, er bekommt einen Klaps auf die Schulter und zuckt zusammen. Es ist Chalais: auf Chalais' Mund zeichnet sich ein spitzbübisches Lächeln ab, seine Hand zieht sich mit mechanischer Präzision zurück und fällt wieder an seiner Seite herunter.

«So ist das!» sagt Chalais. «So ist das, alter Junge.»

«So ist das», sagt Brunet.

Sie sehen sich gerade ins Gesicht, sie nicken und lächeln sich an. 39 hatte er Angst vor mir.

«Ich muß Thibaut Bescheid sagen», sagt Brunet. «Du kannst hierbleiben.»

Chalais schüttelt den Kopf, sein Gesicht erschlafft, er sagt mit kindlicher Stimme:

«Ich glaube, ich rolle mich lieber in eine Decke ein und lege mich auf mein Bett.»

«Die Decken sind hinter dem Ofen», sagt Brunet. «Nimm dir zwei. Ich sehe dich später.»

Er geht hinaus in den Regen. Er rennt, um warm zu werden. Der Nebel dringt ihm in den Kopf, es gibt nicht mehr draußen und drinnen: nur noch den Nebel. Thibaut ist allein, auf dem Tisch liegt ein Kartenspiel.

«Legst du Patience?»

«Nein», sagt Thibaut, «ich habe Radio gehört. Ich lasse das Spiel auf dem Tisch für den Fall, daß jemand kommt.»

Er lächelt pfiffig: es muß Neuigkeiten geben, er wartet darauf, daß Brunet ihn ausfragt. Brunet fragt ihn nicht aus: er interessiert sich nicht für die Siege des englischen Imperialismus. Er sagt:

«Hast du noch Platz in deinem Bordell?»

«In der Bude der Holländer, ja», sagt Thibaut.

«Ich schicke dir einen meiner Leute. Still und leise.»

Thibauts Augen funkeln.

«Wen denn?»

«Schneider.»

«Hat er Ärger?» fragt Thibaut. «Suchen ihn die Fritzen?»

«Nein», sagt Brunet, «im Moment nicht.»

«Ich verstehe», sagt Thibaut. Er schüttelt den Kopf: «Es wird öde für ihn werden, die Holländer sprechen kein Wort Französisch.»

«Macht nichts.»

«Dann soll er kommen, wann er will.»

«Ist es bei den Holländern warm?» fragt Brunet.

«Wie im Backofen. Einer von ihnen ist Küchenbulle, sie haben so viele Kohlen, wie sie wollen.»

«Fabelhaft», sagt Brunet. «Also gut, ich gehe.»

Aber er geht nicht. Er hat die Hand auf die Türklinke

gelegt und sieht Thibaut an, wie man eine Stadt ansieht, die man verlassen wird. Er hat ihm schon nichts mehr zu sagen. Ein Radikaler, jemand, der schon jetzt erledigt ist ... Thibaut lächelt ihn vertrauensvoll an; Brunet kann dieses Lächeln nicht ertragen: er macht die Tür auf und geht hinaus. Draußen regnet es stark, man kann kaum die Baracken erkennen. Brunet watet durch Schlamm und geschmolzenen Schnee. Die Jungs von Nr. 39 haben eine Bank draußen stehenlassen, ein Mann sitzt auf der Bank, er hält den Kopf gesenkt, der Regen rieselt in seine Haare und in seinen Nacken. Brunet geht hin:

«Du bist wohl verrückt!»

Der Mann hebt den Kopf: es ist Vicarios. Brunet sagt:

«Thibaut erwartet dich.»

Vicarios antwortet nicht. Brunet setzt sich neben ihn. Sie schweigen: Vicarios' Knie berührt das von Brunet. Die Zeit rinnt, der Regen rinnt, Zeit und Regen sind das gleiche. Nach einer Weile steht Vicarios auf und geht. Brunet bleibt allein sitzen, er senkt den Kopf, der Regen rieselt in seine Haare und in seinen Nacken.

Brunet gähnt: Mittag, zehn Stunden totzuschlagen. Er reckt sich, und seine Kraft erstickt ihn, ich muß mich kaputtmachen. Ab morgen Gymnastik bis zur Erschöpfung. Es klopft, er richtet sich auf: ein Besucher, damit vergeht immerhin Zeit.

«Herein.»

Es ist nur Thibaut. Er kommt herein und sagt:

«Bist du allein?»

«Wie du siehst», sagt Brunet.

«Ich sehe es, aber ich traue meinen Augen nicht. Ist Chalais nicht da?»

«Beim Zahnarzt», sagt Brunet gähnend.

Thibaut feixt.

«Der tut es immer irgendwo weh, dieser Mißgeburt.»

Er nimmt einen Stuhl, schiebt ihn neben den von Brunet, setzt sich.

«Ihr seid unzertrennlich, Chalais und du.»

«Ich brauche ihn die ganze Zeit», erklärt Brunet. «Er ist Dolmetscher.»

«War vorher nicht Schneider Dolmetscher?»

«Richtig, Schneider.»

Thibaut zuckt die Achseln:

«Du bist wie eine hübsche Frau, du leistest dir Liebschaften. Vorigen Monat gab es für dich nur Schneider. Jetzt bist du ganz für Chalais. Schneider war mir lieber.»

«Geschmackssache», sagt Brunet.

Thibaut wirft den Kopf zurück und betrachtet Brunet durch die Wimpern:

«Schneider und du, seid ihr keine Freunde mehr?»

«Aber sicher doch.»

«Dann wirst du dich freuen», sagt Thibaut mit einem winzigen Lächeln. «Er hat mich beauftragt, dir etwas auszurichten.»

«Schneider?»

«Er will dich sehen.»

«Schneider?» wiederholt Brunet.

«Jawohl, Schneider. Er hat mir gesagt, ich soll dir sagen, daß er um eins hinter Nr. 92 ist.»

Brunet sagt nichts, Thibaut sieht ihn neugierig an.

«Nun?»

«Sag ihm, ich werde versuchen hinzukommen», sagt Brunet.

Thibaut geht nicht. Er öffnet seinen großen Mund, er lacht, aber sein Blick bleibt lästig:

«Ich bin froh, dich zu sehen, altes Haus.»

«Ich auch», sagt Brunet.

«Du machst dich rar.»

«Ich habe viel zu tun.»

«Ich weiß. Ich auch. Aber man findet immer Zeit, wenn man will. Die Jungs fragen mich zehnmal am Tag, was mit dir los ist.»

Brunet antwortet nicht.

«Natürlich habe ich das Radio demoliert», sagt Thibaut. «Wir wissen nichts mehr, wir sind verratzt: alle sind wütend.» Brunet geht dieser starre Blick auf die Nerven. Er antwortet schroff:

«Ich habe es dir bereits erklärt. Jemand hat einen zu losen Mund gehabt, die Fritzen behalten uns im Auge. Vorerst müssen wir unsere Beziehungen lockern, das ist die elementarste Vorsicht.»

Thibaut sieht nicht einmal so aus, als hörte er zu. Er fährt in aller Ruhe fort:

«Manche sagen, du hättest nicht soviel Theater zu machen brauchen, wenn du uns dann bei der ersten Schwierigkeit fallenläßt.»

«Ach, Quatsch!» sagt Brunet jovial. «So ist das in der Politik: man tritt auf der Stelle, man weicht zurück, und dann geht's um so schärfer voran.»

Er lacht, Thibaut sieht ihn an, ohne zu lachen, jemand tritt gegen die Tür, Brunet steht schnell auf und geht öffnen: es ist Moûlu, die Arme voll Konservendosen. Cornu und Paulin folgen ihm auf den Fersen, sie tragen die Brotlaibe in einer Decke. Moûlu stellt die Dosen auf den Tisch, tritt zurück und betrachtet sie, die Hände über dem Bauch gefaltet, voller Güte.

«Heute gibt es Ölsardinen.»

Thibaut steht auf:

«Also, bis bald», sagt er. «Wenn du Zeit hast.»

«Ja», sagt Brunet. «Bis bald.»

Thibaut geht hinaus, Moûlu macht eine Bewegung zur Tür hin:

«Ich gehe die Jungs rufen.»

«Nein», sagt Brunet.

Moûlu sieht ihn verdutzt an.

«Wieso nein?»

Brunet wendet den Kopf ab und sagt:

«Heute machen wir die Austeilung in den Buden.»

«Warum denn?»

Warum? Weil Chalais nicht da ist. Brunet sagt mit schuldbewußter Stimme:

«Darum.»

«Das haben wir noch nie gemacht», sagt Moûlu.

«Eben, das ist eine neue Erfahrung. Ich glaube, damit gewinnt man Zeit.»

«Was kann man hier schon damit anfangen, mit der Zeit, die man gewinnt.»

«Also los jetzt!» sagt Brunet ungeduldig. «Folgt mir.»

Sie gehen von Bude zu Bude, wie früher. Brunet macht die Türen auf und geht hinein, Moûlu folgt ihm auf den Fersen und verkündet:

«Wir liefern euch ins Haus, ihr kleinen Glückspilze. Wartet ein Weilchen, morgen bringen wir euch die Schokolade ans Bett.»

Die Männer antworten nicht. Sie kommen von der Arbeit, sie sind erschöpft, haben langsame Blicke und zähe Gesten. Die meisten sitzen auf den Bänken, ihre groben Hände liegen flach auf den Tischen, sie sehen niemanden an und schweigen. Brunet denkt: ein Monat hat ausgereicht. Ein Monat, und die Baracke gleicht allen anderen. Früher sangen sie mittags. Vor der Bude der Genossen zögert er, er hat beinah Angst: er hat sie nie mehr ohne Chalais betreten, es ist, als käme er von einer Reise zurück.

«Nun», sagt Moûlu, «machst du uns die Tür auf, oder?»

Brunet antwortet nicht. Cornu drückt mit der linken Hand die Klinke herunter, sie treten ein und lassen die Tür offen. Brunet bleibt im Flur. Erstaunte Gesichter wenden sich ihm zu, er muß hineingehen. Er tritt über die Schwelle, er denkt: ‹Ich hätte es nicht tun sollen, das ist ein Riesenfehler.›

«Na sieh einer an», sagen die Männer, «da ist Brunet.»

«Tja», sagt Brunet, «da bin ich.»

Er sucht einen Blick, er sieht nur halbgeschlossene Lider, die Männer umringen den Tisch, Hände befingern das Brot und die Ölsardinendosen, eine Stimme sagt:

«Scheiße! Schon wieder Ölsardinen.»

«Ihr kleinen Glückspilze», sagt Moûlu, «wir liefern euch ins Haus ...»

«Halt 's Maul!» sagt Brunet. «Leg eine andere Platte auf.»

Er hat zu laut gesprochen: die Blicke wimmeln zu ihm hinüber, werden schnell von den Lidern bedeckt, wieder die blinden Gesichter. Brunet geht einen Schritt nach vorn. An den Bettpfosten gelehnt, sieht Maurice ihn frech und träge an.

«Na, Jungs?» fragt Brunet munter. «Wie läuft's?»

«Es läuft», sagen sie, «es läuft.»

Die Lider heben sich wieder, einige sehen Brunet an, und andere sehen die an, die ihn ansehen. Alle wirken so, als warteten sie und als hätten sie Angst. Brunet spürt seine Macht, und dann, mit einem Schlag, geht die Angst auf ihn über. Er hätte nicht hereinkommen dürfen, das war ein Fehler. Jetzt reden. Irgend etwas sagen, schnell. Schon das Schweigen ist eine Demonstration. Er sagt:

«Chalais ist beim Zahnarzt.»

«Ja», sagen die Männer. «Beim Zahnarzt.»

«Deshalb ist er nicht gekommen», erklärt Brunet.

«Ja», sagen die Männer. «Ja.»

«Wußtet ihr es?»

«Er hat uns gestern Bescheid gesagt, daß sein Kurs heute morgen ausfällt.»

«Sein Kurs über die Geschichte der Kommunistischen Partei?»

«Genau. Über die Geschichte der Kommunistischen Partei in Frankreich.»

Schweigen. Wie weit hat Chalais sie gewonnen? Wie weit würden sie mir noch glauben? Er hebt den Kopf, begegnet einem Blick und wendet eingeschüchtert die Augen ab. Sie möchten, daß ich gehe. Die Wut packt ihn beim Nacken, er stopft die Hände in die Taschen und setzt sich auf die Bankkante wie früher. Früher umringten ihn die Männer. Sie rühren sich nicht. Er sagt mit beruhigender Stimme:

«Er hält seinen Kurs morgen weiter.»

Die gleiche Stimme schlug er an, um ihnen zu sagen: «Die Sowjetunion wird im Frühjahr in den Krieg eintreten.» Sénac nickt mit dem Kopf.

«Vielleicht muß er wieder hin.»

Sénac sagte: «Vielleicht wird sie nicht gerüstet sein. Vielleicht muß sie noch ein Jahr abwarten.»

«Das würde mich wundern», sagt Brunet. «Ich glaube, sein Zahn soll ihm heute morgen gezogen werden.»

«Es ist ein Weisheitszahn», erklärt Maillard stolz. «Er wächst quer.»

Brunet steht auf. Er sagt geradeheraus:

«Na dann, Salut, Jungs! Guten Appetit.»

«Danke», sagen sie. «Gleichfalls.»

Er dreht sich um und verläßt den Raum. Er geht den Flur entlang, Moûlu läuft, von Cornu und Paulin verfolgt, an ihm vorbei. Sie lachen, sie springen nach draußen, in die Sonne. Brunet sieht sie, zart vor dem hellen Himmel, herumwirbeln, sich packen, sich loslassen und sich bükken, um Schnee aufzuheben; er geht schneller, stellt sich auf die Schwelle der Baracke und sieht ihnen zu. Sie verschwinden, miteinander raufend, hinter Nr. 18; er fühlt sich allein. Er legt die Hand auf die Klinke der Tür. Sie ging auf. Vicarios saß neben dem Ofen und lächelte mir zu. Was mag er bei seiner Verabredung von mir wollen? Jedenfalls wird es klug sein, nicht hinzugehen. Er hält die Türklinke in der Hand, er geht nicht hinein: er weiß, daß die Bude leer ist. Jemand berührt ihn von hinten:

«Brunet!»

Es ist Toussus. Mit Bénin.

«Was wollt ihr?»

Toussus ist leichenblaß, seine Augen sehen nicht, er sucht seine im Hals steckengebliebene Stimme. Hinter ihm, halb abgewandt, scheint Bénin bereit wegzulaufen. Toussus findet endlich seine Stimme wieder:

«Wir möchten mit dir sprechen, wir beide.»

Brunet lehnt sich an die geschlossene Tür.

«Mit mir?»

«Ja. Mit dir.»

Brunet runzelt die Stirn.

«Über was?»

«Über alles.»

Brunet stößt mit dem Rücken gegen die Tür, sie knackt. Er hört Bénins kräftige rußige Stimme, der redet, ohne ihn anzusehen.

«Wir möchten verstehen.»

«Verstehen!» sagt Brunet mit beleidigendem Lachen. «Verstehen! Hör sich das einer an!»

Er sieht sie unfreundlich an: er weiß nicht, ob er es ihnen übelnimmt, daß sie gekommen sind, um Rechenschaft von ihm zu verlangen, oder daß sie so spät gekommen sind oder daß sie als einzige gekommen sind.

«Wendet euch an Chalais!»

Er faßt sich und schenkt ihnen ein gutmütiges Lächeln.

«Ich ziehe ab: zuviel Arbeit.»

«Wir wollen mit dir sprechen», sagt Toussus geduldig. «Du hast doch wohl fünf Minuten Zeit?»

«Fünf Minuten! Wenn ich all die fünf Minuten addierte, um die man mich an einem Tag bittet», sagt Brunet, «hätte ich keine Zeit mehr, mich um euren Fraß zu kümmern. Ich schicke alle zu Chalais: wir haben uns die Arbeit geteilt.»

Bénin spricht und sieht dabei auf seine Schuhspitzen: «Chalais brauche ich nichts zu fragen. Er schränkt sich mit Reden nicht ein, und ich könnte dir seine Antworten im voraus aufsagen.»

«Ich werde euch die gleichen geben.»

«Wenn du sie uns gibst, gelingt es uns vielleicht, sie zu glauben.»

Brunet zögert. Ablehnen? Das wirkt verdächtig. Sie haben sich ihm gleichzeitig, mit dem gleichen verschlagenen und fordernden Ausdruck zugewandt. Brunet sagt:

«Ich höre.»

Ihre Augen weiten sich, sie werfen verschreckte Blicke um sich, sie schweigen. Brunet wird rot vor Wut. Er macht brutal die Tür auf, kehrt ihnen den Rücken zu, geht mit schweren Schritten hinein. Hinter ihm wird die Tür leise wieder zugemacht. Er geht zum Ofen, er dreht sich um, er fordert sie nicht auf, sich zu setzen.

«Nun?»

Toussus tritt einen Schritt vor, Brunet weicht zurück: keine Komplizenschaft.

Natürlich senkt Toussus die Stimme.

«Chalais scheint zu sagen, daß die Sowjetunion nicht in den Krieg eintreten wird.»

«Ja und?» fragt Brunet mit lauter und klarer Stimme. «Was stört euch daran? Hat man euch nie beigebracht, daß die Heimat der Arbeiter sich nie in einen imperialistischen Konflikt hineinziehen lassen würde?»

Sie schweigen, sie wechseln heimliche Blicke, um sich Mut zu machen. Plötzlich hebt Bénin den Kopf und sieht Brunet von Mann zu Mann an.

«Das hast du nicht gesagt.»

Brunets Hände zittern, er bohrt sie in die Tasche:

«Ich habe mich geirrt», sagt er.

«Woher weißt du, daß du dich geirrt hast?»

«Chalais hat Kontakte gehabt.»

«Das sagt er.»

Brunet lacht heraus.

«Glaubt ihr etwa, daß er von den Nazis gekauft ist?»

Er geht einen Schritt vor, legt die Hände auf Toussus' Schultern und sagt mit lauter, schneidender Stimme:

«Als Chalais in die KP eintrat, mein Lieber, hast du noch kurze Hosen getragen. Stellt euch nicht blöd, Jungs: wenn ihr erst anfangt, die führenden Männer jedesmal für gekauft zu halten, wenn ihr nicht mit ihnen einverstanden seid, werdet ihr mir schließlich sagen, Väterchen Stalin sei ein Agent Hitlers.»

Bei den letzten Worten stimmt er sein ansteckendes Lachen an und schaut Toussus in die Augen. Toussus lacht nicht. Ein Schweigen entsteht, dann hört Brunet Bénins langsame und argwöhnische Stimme:

«Es ist trotzdem komisch, daß du dich so sehr geirrt hast.»

«So was kommt vor», sagt Brunet leichthin.

«Du bist auch ein führender Mann», sagt Toussus. «Du warst auch in der Partei, als ich kurze Hosen trug. Also, wem sollen wir glauben?»

«Wenn ich euch doch sage, daß wir einig sind!» schreit Brunet.

Sie schweigen, sie glauben ihm nicht. Sie werden ihm

nie glauben. Die Wände drehen sich vor Brunets Augen. Alle Genossen sind da, alle Genossen sehen ihn an, er muß sprechen, um die Unordnung zu unterdrücken. Er streckt seine zitternden Hände aus, kehrt die Innenflächen nach vorn und erklärt öffentlich:

«Ich habe mich geirrt, weil ich mich für schlau hielt und weil ich allein, auf der Grundlage ungenauer Informationen entscheiden wollte, ich habe mich geirrt, weil ich einem alten hurrapatriotischen und reaktionären Instinkt nachgegeben habe.»

Er verstummt erschöpft. Unter seinen zusammengezogenen Brauen wandern die Augen vom einen zum anderen und drücken Haß aus: er würde ihnen am liebsten die Ohren abreißen. Aber die beiden Gesichter bleiben stumpf und trotzig: sie haben seine Erklärung nicht aufgenommen, sie haben ihr nicht einmal zugehört. Die Worte lösen sich in der Luft auf, Brunet beruhigt sich: ich habe mich umsonst gedemütigt.

«Wenn die Sowjetunion für den Frieden ist», sagt Bénin, «warum hat sie uns dann in den Krieg gestürzt?»

Brunet strafft sich, er sieht sie streng an:

«Bénin», sagt er, «nimm dich in acht: es steht schlimm um dich. Ich werde dir sagen, wo du es herhast, dein Argument: aus dem Mülleimer. Ich habe es hundertmal aus dem Mund französischer Faschisten gehört, aber es ist das erste Mal, daß ich es einen Genossen wiederholen höre.»

«Das ist kein Argument», sagt Bénin, «das ist eine Frage.»

«Gut, hier ist meine Antwort: Wenn Stalin den bürgerlichen Demokratien nicht zuvorgekommen wäre, hätten diese die Deutschen auf die Sowjetunion gehetzt.»

Bénin und Toussus sehen sich an, sie verziehen das Gesicht. Bénin sagt:

«Ja. Chalais hat uns das erzählt.»

«Was den Krieg betrifft», sagt Brunet, «wie könnt ihr wünschen, daß er weitergeht? Die deutschen Soldaten sind Arbeiter und Bauern. Wollt ihr, daß die sowjetischen

Arbeiter für den alleinigen Profit der Londoner Bankiers gegen Arbeiter und Bauern kämpfen?»

Sie schweigen und fühlen sich eher verschaukelt als überzeugt. Sie werden kläglich in ihre Bude zurückkehren, mitten unter ihre Genossen, werden sich auf ihr Bett werfen, und bis zum Abend wird es in ihrem Kopf drunter und drüber gehen, und sie werden nicht einmal mehr den Mut haben, einander anzusehen, und jeder wird für sich selbst wiederholen: ich verstehe nicht. Brunets Kehle schnürt sich zusammen, es sind Kinder, man muß ihnen helfen. Er geht einen Schritt vor, sie sehen ihn näher treten, sie begreifen, und ihre dunklen Augen leuchten zum erstenmal auf. Er bleibt stehen: die Partei ist ihre Familie, sie haben nichts auf der Welt als die Partei, die beste Art, ihnen zu helfen, ist, zu schweigen. Ihre Augen erlöschen. Er lächelt sie an:

«Denkt nicht zuviel nach, Jungs, versucht nicht zu sehr zu verstehen: wir wissen nichts. Es ist nicht das erste Mal, daß die KP unrecht zu haben scheint. Und dann, jedesmal, haben wir gemerkt, daß sie recht hatte. Die KP ist eure Partei, sie existiert für euch und durch euch, sie hat kein anderes Ziel, als die Arbeiter zu befreien, sie hat keinen anderen Willen als den Willen der Massen. Deshalb irrt sie sich nie. Nie! Nie! Behaltet das gut im Kopf. Sie kann sich nicht irren.»

Er schämt sich wegen dieser heftigen und schwachen Stimme, er würde ihnen gern die Unschuld zurückgeben, er sucht seine alte Kraft. Aber die Tür geht auf, und Chalais stürzt atemlos ins Zimmer. Toussus und Bénin rücken schnell von ihm ab. Brunet macht einen Schritt zurück, er haßt ihre Miene von ertappten Schülern. Alles lächelt, Brunet lächelt und denkt: ‹Er ist gerannt, jemand muß ihm Bescheid gesagt haben.›

«Salut, Jungs!» sagt Chalais.

«Salut!» sagen sie.

«Und der Zahn?» fragt Toussus.

Chalais lächelt, sein Gesicht ist kreideweiß: das scheint nicht ganz von selbst gegangen zu sein.

«Vorbei, gezogen!» sagt er fröhlich.

Brunet ärgert sich, daß seine Hände feucht sind. Chalais lächelt unentwegt, seine Augen gehen vom einen zum andern, er hat etwas Schwierigkeiten beim Sprechen:

«Mein Mund ist ganz taub. Nun», fügt er hinzu, «wolltet ihr mich besuchen?»

«Wir sind vorbeigekommen», sagt Toussus.

«Wußtet ihr denn nicht, daß ich beim Zahnarzt war?»

«Wir dachten, du wärst zurück.»

«Gut, da bin ich», sagt er. «Wolltet ihr mich etwas fragen?»

«Zwei oder drei kleine Fragen», sagt Bénin. «Zu deinem Kurs. Es ist nicht eilig!»

«Wir kommen wieder!» sagt Toussus. «Wir wollen dich jetzt nicht stören: du brauchst Ruhe.»

«Wann ihr wollt», sagt Chalais. «Ich bin immer da, wißt ihr. Es ist dumm, daß ihr an dem einzigen Tag gekommen seid, an dem ich weg war.»

Sie gehen rückwärts hinaus, lächelnd und grüßend. Die Tür schließt sich, Brunet zieht die Hände aus den Taschen und wischt sie am Stoff seiner Hose ab; jetzt hängen sie neben seinen Schenkeln herunter. Chalais zieht seinen Mantel aus und setzt sich; allmählich bekommt er wieder Luft und Farbe.

«Sie sind nett, diese beiden Bürschchen», sagt er. «Ich mag sie gern. Waren sie schon lange da?»

«Fünf Minuten.»

Brunet geht einen Schritt vor und fügt hinzu:

«Sie haben *mich* besucht.»

«Das habe ich mir gedacht», sagt Chalais. «Sie haben viel Vertrauen zu dir.»

«Sie haben mir Fragen über die Partei gestellt», sagt Brunet.

«Und was hast du ihnen geantwortet?»

«Dasselbe, was du ihnen geantwortet hättest.»

Chalais steht auf, tritt zu Brunet und legt den Kopf zurück, um ihn anzusehen. Aus seinem lächelnden Mund kommt ein Apothekengeruch.

«Heute morgen hast du die Austeilung in den Buden gemacht, oder?»

Brunet nickt.

«Verflixter Brunet!» sagt Chalais.

Er faßt ihn bei den Ellbogen, er versucht ihn freundschaftlich zu schütteln. Brunet macht sich schwer, Chalais kann ihn nicht bewegen. Chalais' Hände öffnen sich und fallen herab, aber sein herzliches Lächeln schwindet nicht.

«Du machst es natürlich nicht mit Absicht. Aber du kannst dir nicht vorstellen, wie du mich in meiner Arbeit störst.»

Brunet antwortet nicht. Er weiß Wort für Wort, was Chalais sagen wird.

«Welche Autorität kann ich bei unseren Jungs haben», fragt Chalais, «wenn sie deine Erlaubnis brauchen, um mir zu glauben?»

Brunet zuckt die Achseln; er sagt ohne Überzeugung:

«Was macht das aus, wo wir doch einig sind?»

«Die Wahrheit ist», sagt Chalais, «daß sie nicht denken, wir wären einig. Du wiederholst ihnen, was ich sage, aber sie können nicht vergessen, daß du das Gegenteil gesagt hast. Wie soll ich unter diesen Bedingungen arbeiten?»

«Was kann ich noch tun?» fragt Brunet. «Seit einem Monat bemühe ich mich, im Hintergrund zu bleiben.»

Chalais lacht auf:

«Im Hintergrund zu bleiben! Armer Brunet, ein Typ wie du *kann nicht* im Hintergrund bleiben. Du hast zuviel Gewicht, zuviel Umfang. Und wenn du nichts sagst, wenn du dich nicht sehen läßt, bist du um so gefährlicher, du polarisierst ihren Widerstand, als hättest du die Führung der Opposition übernommen.»

Brunet lacht unfroh:

«Der Oppositionelle wider Willen.»

«Genau. Es genügt, daß du existierst, es genügt, daß sie, wenn sie durch den Flur gehen, wissen, daß du hinter dieser Tür bist. Deshalb kannst du ruhig schweigen: objektiv übertönt deine Stimme meine.»

Brunet sagt sanft:

«Du kannst mich schließlich nicht umbringen.»

Chalais lacht, ohne aufzublicken.

«Das würde nichts besser machen. Im Gegenteil.»

Es ist soweit. Brunet hat keine Illusionen, er weiß, daß er schon jetzt besiegt ist, aber da sind Toussus, Bénin, alle anderen: er muß einen letzten Versuch machen. Er legt die Hände auf Chalais' Schultern und sagt mit der gleichen Sanftheit:

«Das alles ist ein bißchen deine Schuld.»

Chalais hebt den Kopf, sagt aber nichts. Brunet fährt fort:

«Dein Irrtum ist gewesen, selbst mit ihnen Kontakt aufzunehmen. Du eignest dich hervorragend zur Schulung von Funktionären, aber bei unseren kleinen Jungs hast du nicht die richtigen Worte gefunden.»

Alles umsonst: eisige Wut glimmt in Chalais' Augen auf, er ist eifersüchtig auf mich. Brunet läßt die Hände an Chalais' Armen herabgleiten, aber er redet pro forma weiter:

«Ich hatte sie in der Hand. Wenn du im Hintergrund geblieben wärst, wenn du die Anweisungen gegeben hättest und ich die Arbeit gemacht hätte, hätten sie nur mit einer einzigen Person zu tun gehabt, und wir hätten die Kurve gekriegt, ohne daß sie es gemerkt hätten.»

Chalais' Augen erlöschen, sein Mund lächelt. Brunet sagt:

«Auch für sie wäre es weniger hart gewesen.»

Chalais antwortet nicht, Brunet sieht dieses leblose Gesicht an und fügt ohne jede Hoffnung hinzu:

«Vielleicht ist es noch Zeit.»

«Es ist nie Zeit gewesen», sagt Chalais hart. «Du verkörperst eine Abweichung und mußt mit ihr verschwinden: das ist ein ehernes Gesetz. Du bist entlarvt, verstehst du. Wenn du schweigst, wenn du dich versteckst, behältst du eine bedauerliche Autorität. Aber wenn du sprächest, wenn du ihnen sagtest, was ich ihnen sage, würden sie dir ins Gesicht lachen.»

Brunet sieht dieses Männchen mit einer Art Verblüffung an: ein einziger Schlag, und ich zerschmettere ihn, ein einziges Wort, und ich ruiniere seine Glaubwürdigkeit; aber ich stehe hier, gelähmt, ich habe meinen Untergang besiegelt und lasse ihn machen, eine Hälfte von mir ist Chalais' Komplize. Er fragt, ohne die Stimme zu heben:

«Also? Was soll ich tun?»

Chalais antwortet nicht gleich. Er setzt sich hin, legt die Unterarme auf die Schenkel und faltet die Hände. Er träumt, es ist selten, Chalais träumen zu sehen. Nach einer Weile sagt er im Traum:

«An anderen Orten, mit anderen Genossen könntest du wieder aktiv werden.»

Brunet sieht ihn schweigend an, Chalais lauscht inneren Stimmen, plötzlich erwacht er:

«Fast jeden Tag gehen Transporte zum Arbeitseinsatz ab . . .»

«Ich verstehe», sagt Brunet.

Er lächelt:

«Ich gehe zu keinem Arbeitseinsatz, rechne nicht damit. Ich will arbeiten, ich will nicht zwischen zwanzig Bauern verschimmeln, die unter der Fuchtel der Priester stehen.»

Chalais zuckt die Achseln.

«Mach, was du willst.»

Sie schweigen, sie sinnieren, der eine stehend, der andere sitzend, über das beste Mittel, Brunet auszuschalten. Auf dem Flur sind Männer, die hin und her gehen, die die geschlossene Tür ansehen und denken: er ist da. Ich habe mich untergeordnet, und Brunet protestiert; ich verstecke mich, und Brunet exponiert sich.

«Wenn du mich zu einem Arbeitseinsatz schickst, werden die Genossen glauben, daß du mich verbannst.»

Chalais wirft ihm einen ratlosen Blick zu.

«Das sage ich mir auch.»

«Und wenn ich fliehen würde?»

«Das ist das Schlimmste, was du tun kannst: sie werden glauben, du wärst nach Paris protestieren gegangen.»

Brunet schweigt, er schabt mit seinem rechten Absatz über den Boden, er senkt die Augen, er schnauft, er denkt: ich störe. Seine Hände haben angefangen zu schwitzen. Ich werde überall stören. Hier und in Paris, ich stifte Unordnung. Er haßt Unordnung, Disziplinlosigkeit, individuelle Revolte, ich bin der Span im Stahl, der Sand im Getriebe.

«Man könnte die Genossen zusammenrufen: du würdest deine Kritik an mir vorbringen, und ich würde die Fehler vor allen zugeben.»

Chalais hebt lebhaft den Kopf:

«Das würdest du tun?»

«Ich würde alles tun, um meine Arbeit wiederaufnehmen zu können.»

Chalais ist weiterhin ungläubig; plötzlich ertappt Brunet in seinem Innern einen dunklen Aufruhr. Er weiß, was das ist, er hat Angst. Er muß sofort sprechen und sehr schnell.

«Eine Abstimmung ist nötig», sagt er zwischen zusammengebissenen Zähnen hervor. «Wenn sie selbst mich verurteilt haben . . .»

«Keine Verurteilung», sagt Chalais lachend, «kein Drama: das würde nur dazu beitragen, sie zu verwirren. Ich sehe das so: nichts Feierliches, eine freundschaftliche Diskussion unter Genossen, und am Schluß stehst du auf . . .»

Zu spät, die Rakete zischt, kreist, explodiert, erhellt die Nacht: *die Sowjetunion wird besiegt werden.* Sie wird den Krieg nicht vermeiden, sie wird allein in ihn eintreten, ohne Verbündete, ihre Armee taugt nichts, sie wird besiegt werden. Er sieht Chalais' starre Augen: habe ich gesprochen? Er beherrscht sich, langes Schweigen. Dann feixt Brunet:

«Ich habe dich schön reingelegt», sagt er mühsam.

Chalais sagt nichts, er ist blaß. Brunet sagt:

«Ich werde keine Selbstkritik machen, mein Lieber. Alles hat seine Grenzen.»

«Ich habe nichts von dir verlangt», sagt Chalais sanft.

«Natürlich hast du nichts von mir verlangt: dazu bist du zu gerissen.»

Chalais lächelt, Brunet sieht ihn neugierig an: wie wird er es anstellen, mich zugrunde zu richten? Plötzlich steht Chalais auf, nimmt seinen Mantel unter den Arm und geht ohne ein Wort hinaus. Brunet folgt ihm auf den Fersen und taucht in die Sonne ein. Sie wird besiegt werden. Sie werden die Genossen demoralisiert haben, und sie wird trotzdem besiegt werden. Er schaut in seinem Innern auf diesen hartnäckigen Gedanken, der hundertmal am Tag aufkommt, diese glasige und wabbelige kleine Kugel, die wehrlos am Boden klebt: man könnte sie mit einem Fußtritt zerquetschen, das ist so weich, ein Gedanke, so durchsichtig, so nachgiebig, so privat, so mitschuldig, das scheint nicht wirklich zu existieren: und *deshalb* gehe ich zugrunde! Denke ich tatsächlich, daß die Sowjetunion besiegt werden wird? Habe ich nur Angst, es zu denken? Und selbst wenn ich es denken würde, was würde es ausmachen? Ein Gedanke in einem Kopf, das ist nichts, ein innerer Bluterguß, hat nichts zu tun mit einer Wahrheit. Eine Wahrheit ist anwendbar, sie läßt sich durch Handeln beweisen; wenn er recht hätte, wüßte man das, er könnte den Lauf der Dinge ändern, die Partei beeinflussen. Ich kann nichts, folglich habe ich unrecht. Er beschleunigt den Schritt, er beruhigt sich: das alles ist nicht so schlimm. Ideen hat er immer gehabt, wie alle, das waren Schimmelpilze, Rückstände seiner Hirntätigkeit; nur kümmerte er sich nicht darum, er ließ sie im Keller wuchern. Nun gut, er wird sie an ihren Platz zurückbefördern, und alles wird in Ordnung sein: er wird linientreu bleiben, er wird die Disziplin einhalten und seine Ideen in sich tragen, ohne einen Ton darüber zu äußern, wie eine schändliche Krankheit. Das wird nicht weiter gehen, das kann nicht weiter gehen: man denkt nicht gegen die Partei, die Gedanken sind Wörter, die Wörter gehören der Partei, es ist die Partei, die sie bestimmt, es ist die Partei, die sie ausgibt; die Wahrheit und die Partei sind eins. Er geht, er ist froh, er entfernt sich: Baracken, Gesichter, der Himmel. Der Himmel rieselt ihm in die Augen. Hinter ihm, vergessen, sammeln sich die Wörter und schwatzen ganz von selbst: *wo es doch nicht zählt, wo es doch wirkungslos ist, warum sollst du dann nicht bis ans Ende deines Gedankens gehen?* Er bleibt abrupt stehen, er fühlt sich komisch. So muß das bei denen sein, die sich für Napoleon halten: sie reden sich vernünftig zu, sie beweisen sich, daß sie nicht der Kaiser sind, es nicht sein können. Und sobald sie fertig sind, klingt hinter ihrem Rücken eine Stimme auf: «Guten Tag, Napoleon.» Er dreht sich nach seinem Gedanken um, er will ihm ins Gesicht sehen: Wenn die Sowjetunion besiegt würde ...

Er durchbricht das Dach, saust ins Dunkel, explodiert, die Partei ist unter ihm, eine lebende Gallerte, die den Globus überzieht, ich habe sie noch nie gesehen, ich war drin; er kreist über dieser verderblichen Gallerte: die Partei kann sterben. Er friert, er biegt ab: wenn die Partei recht hat, bin ich einsamer als ein Verrückter; wenn sie unrecht hat, sind *alle Menschen* einsam, und die Welt ist im Arsch. Die Angst steigt auf, er dreht sich im Kreis, bleibt außer Atem stehen und lehnt sich an eine Barackenwand: was ist mit mir los?

«Ich habe mich gefragt, ob du kommen würdest.»

Es ist Vicarios. Brunet sagt:

«Du siehst: ich bin gekommen.»

Sie reichen sich nicht die Hand. Vicarios trägt jetzt einen Bart, er ist grau. Er heftet einen fiebrigen Blick auf Brunets Stirn, knapp über den Augenbrauen. Brunet wendet den Kopf ab: ihm graut vor Kranken, sein Blick irrt zwischen den Baracken umher, und plötzlich ertappt er in der Ferne ein Aufblinken zwischen zwei nicht ganz geschlossenen Augenlidern, dann einen Rücken, der flieht: Maurice. ‹Er spioniert mir nach, er war es, der Chalais im Krankenrevier informiert hat.› Brunet strafft sich, das belustigt ihn und heitert ihn auf. Er dreht sich zu Vicarios um:

«Was willst du von mir?»

«Ich will fliehen», sagt Vicarios.

Brunet zuckt zusammen: er wird im Schnee verrecken.

«Mitten im Winter? Warum wartest du nicht den Frühling ab?»

Vicarios lächelt, Brunet sieht dieses Lächeln und wendet die Augen ab.

«Ich hab's eilig.»

«Na gut», sagt Brunet, «hau ab.»

Die dumpfe, düstere Stimme gleitet seinen Nacken hinab:

«Ich brauche einen Zivilanzug.»

Brunet zwingt sich, den Kopf zu heben, er antwortet verdrossen:

«Es gibt eine Organisation im Lager. Sie hilft den Leuten zu fliehen. Wende dich an sie.»

«Kennst du sie?» fragt Vicarios.

«Nein: ich habe davon gehört.»

«Alle Welt hat davon gehört, niemand weiß etwas. Die Wahrheit ist, daß sie nicht existiert.»

Er richtet seinen tintenschwarzen Blick wieder auf Brunets Augenbrauen, er sieht aus wie ein Blinder, er stößt widerwillig seine kräftige, lahme Stimme aus seinem Mund:

«Es tut mir leid, aber nur ihr könnt mir helfen. Ihr habt überall Männer. Manoël ist im Magazin, und da gibt es Tausende von Anzügen.»

Brunet fragt ihn:

«Warum willst du fliehen?»

Vicarios hebt die Hand und lächelt seine Fingernägel an. Er sagt, als spräche er mit sich selbst:

«Ich will mich verteidigen.»

«Gegen wen? Vor wem?» fragt Brunet gequält. «Die Partei hat sich in Luft aufgelöst.»

Vicarios lacht leise und hart.

«Das werden wir sehen!» sagt er. «Das werden wir ja sehen!»

Brunet fühlt sich erschöpft und versöhnlich: er wird im Schnee verrecken, da ist es mir noch lieber, ihn im Lager zu wissen.

«Was kann es dir ausmachen, was wir von dir denken? Du hast uns vor über einem Jahr sitzenlassen: laß uns doch in Ruhe.»

«Meine Frau ist noch bei euch», sagt Vicarios.

Brunet senkt den Kopf und antwortet nicht. Nach einer Weile fügt Vicarios hinzu:

«Das älteste meiner Kinder ist zehn: für ihn ist die Partei der liebe Gott. Es hat sich bestimmt jemand gefunden, der ihm gesagt hat, er sei der Sohn eines Verräters.»

Er grinst leicht, während er seine Finger ansieht.

«Das ist nicht gerade das, was ich ihm als Start ins Leben gewünscht habe.»

«Warum hast du dich an mich gewandt?» fragt Brunet ärgerlich.

«An wen sollte ich mich sonst wenden?»

Brunet hebt den Kopf, er stopft die Fäuste in die Tasche.

«Zähle nicht auf mich.»

Vicarios antwortet nicht: er wartet. Brunet wartet ebenfalls, dann verliert er die Geduld und taucht die Augen in diese blinden Augen.

«Du bist gegen uns», sagt er.

«Weder gegen noch für euch. Ich will mich verteidigen, das ist alles.»

«Du bist gegen uns, was du auch tust.»

Keine Antwort. Brunet fährt fort:

«Und außerdem ist es nicht der richtige Moment, deinen Fall wiederaufzunehmen. Du hast dem Feind Argumente geliefert, du bist ganz für dich allein ein Schlagwort: der fanatische Kommunist, den die Partei schließlich doch angewidert hat. Die Genossen brauchen ihr ganzes Vertrauen: selbst wenn du teilweise unschuldig bist, brauchen sie es, daß du ganz und gar schuldig bist. Später werden wir sehen.»

«Später!»

Vicarios senkt leicht den Blick, Brunet bekommt ihn voll in die Augen.

«Nein, Brunet: du nicht!»

Sie sehen sich an. Weder der eine noch der andere wird die Augen senken.

«Du nicht. Du bist der einzige, der nicht das Recht hat.»

«Wieso nicht?»

«Weil du ganz genau weißt, daß ich kein Verräter bin: wenn du mir deine Hilfe verweigerst, hinderst du die Genossen wissentlich daran, die Wahrheit zu erfahren.»

Die Wahrheit ist, was die Partei beschließt. Die Wahrheit, die Partei sind eins. Wenn die Partei sich irrt, sind alle Menschen allein. Alle Menschen sind allein, wenn du kein Verräter bist.

«Du hast uns fallenlassen, als wir in der Scheiße saßen», sagt Brunet grob, «du hast versucht, die Partei in deinem Blättchen anzuschwärzen. Das ist genauso verbrecherisch, wie wenn du dich an den Gouverneur verkauft hättest.»

«Das ist vielleicht genauso verbrecherisch», sagt Vicarios sanft, «aber es ist nicht das gleiche Verbrechen.»

«Ich habe keine Zeit, feine Unterschiede zu machen.»

Sie sehen sich an. Plötzlich kreist die Rakete: sie wird besiegt werden. Brunet sieht Vicarios' leichenblasses Gesicht an: was er sieht, ist sein eigenes Gesicht. Sie wird besiegt werden, alle Menschen sind allein, Vicarios und Brunet sind allein und gleichen sich. Gut, wenn er verrecken will, ist es seine Sache.

«Du bekommst deinen Anzug.»

Das dumpfe Gesicht bleibt ausdruckslos. Vicarios sagt nur:

«Ich brauche auch Zwieback.»

«Du bekommst welchen.» Brunet denkt nach. «Ich werde versuchen, dir einen Kompaß zu verschaffen.»

Vicarios' Augen leuchten zum erstenmal auf:

«Einen Kompaß? Das wäre toll.»

«Ich verspreche dir nichts», sagt Brunet.

Sie wenden sich gleichzeitig ab. Brunet atmet tief. Er braucht nur noch wegzugehen. Er bleibt, er fragt sich, warum Vicarios nicht weggeht. Er hört plötzlich eine schüchterne und traurige Stimme:

«Du bist alt geworden.»
Brunet sieht Vicarios' grauen Bart an und antwortet nicht.
«Geht's dir gut?» fragt Vicarios.
«Es geht.»
«Und die Genossen? Was habt ihr ihnen über mich gesagt?»
«Daß du krank bist und daß ich dich zu Thibaut gebracht habe, weil es da weniger kalt ist.»
«Sehr gut.»
Er nickt und bemerkt mit neutraler Stimme:
«Niemand hat mich besucht.»
«Das ist gut so.»
«Ja, natürlich.»
«Hattest du mir nichts anderes zu sagen?»
«Nichts.»
«Gut.»
Er geht weg, er marschiert, er biegt in den Schnee ein, Vicarios' fiebrige Augen begleiten ihn und begegnen seinen Augen. Er verschließt sich, die Augen erlöschen: ob er verreckt oder nicht, er ist erledigt, der Setzer war auch erledigt, die Partei hat ihre Abfälle, das ist normal. Er ballt die Fäuste, er macht eine Kehrtwendung: niemand wird aus mir Abfall machen. Er geht: eine freundschaftliche Diskussion, Chalais wird mir in herzlichem Ton Vorwürfe machen, dann werde ich vor allen aufstehen . . . Im Eingang der Baracke raucht Moûlu genüßlich eine Zigarette mit Goldfilter. Brunet bleibt stehen: «Was ist denn das?»
«Eine Zigarette.»
«Mit Goldfilter? Die werden nicht in der Kantine verkauft.»
Moûlu wird puterrot:
«Es ist eine Kippe. Ich habe sie vor der Kommandantur aufgehoben.»
«Ihr ekelt mich alle an mit eurer Manie, Kippen aufzuheben», sagt Brunet. «Ihr werdet euch noch die Syphilis holen.»
Hochrot, die Augen halb geschlossen, den Kopf zwi-

schen die Schultern eingezogen, raucht Moûlu hastig weiter. Brunet denkt: *vorher* hätte er seine Zigarette weggeworfen.

«Sind die Genossen bei der Arbeit?»

«Noch nicht: sie sind in Chalais' Bude.»

«Hol mir Manoël», sagt Brunet. «Schnellstens. Und sieh zu, daß niemand etwas davon erfährt.»

«Verstanden», sagt Moûlu wichtigtuerisch.

Er läuft los. Am anderen Ende des Flurs geht eine Tür auf, Sénac und Rasque kommen herausgestürzt. Sie erblikken Brunet, ihre Augen erlöschen, sie bleiben stehen, stecken die Hände in die Tasche und gehen mit lässigem Schritt weiter. Brunet lächelt ihnen im Vorbeigehen zu, und ihre Köpfe nicken kriecherisch. Sie entfernen sich, Brunet blickt ihnen zerstreut nach, er denkt: Sénac war mir der liebere. Jemand zupft ihn am Ärmel, er dreht sich um: es ist Toussus.

«Du schon wieder!» sagt Brunet gereizt. «Was willst du?»

Toussus sieht komisch aus. Er fragt:

«Ist es wahr, daß Schneider Vicarios heißt?»

«Wer hat dir das gesagt?» fragt Brunet.

«Chalais.»

«Wann?»

«Eben gerade.»

Er sieht Brunet mißtrauisch an, er wiederholt:

«Ist es wahr?»

«Ja.»

«Ist es wahr, daß er im September 39 die Partei verlassen hat?»

«Ja.»

«Ist es wahr, daß er beim Gouverneur von Algerien kassiert hat?»

«Nein.»

«Also irrt sich Chalais?»

«Er irrt sich.»

«Ich glaubte, er irrte sich nie.»

«Darin irrt er sich.»

«Er sagt, daß die Partei eine Warnung herumgeschickt hat. Ist das wahr?»

«Ja.»

«Also irrt sich die Partei auch?»

«Die Genossen sind falsch informiert worden», sagt Brunet. «Das ist nicht so schlimm.»

Toussus wiegt den Kopf:

«Für Vicarios ist es schlimm.»

Brunet antwortet nicht. Toussus stellt leichthin fest:

«Du hast ihn gern gehabt, den Vicarios. Er war dein Freund, vorher.»

«Ja», sagt Brunet. «Vorher.»

«Jetzt dagegen wäre es dir egal, wenn er zusammengeschlagen würde?»

Brunet packt ihn am Arm:

«Wer will ihn zusammenschlagen?»

«Hast du Rasque nicht mit Sénac vorbeigehen sehen? Sie waren zu ihm unterwegs.»

«Hat Chalais ihnen den Befehl dazu gegeben?»

«Er hat keinen Befehl gegeben. Er ist mit Maurice gekommen, und dann hat er seine kleine Geschichte ausgepackt.»

«Welche Geschichte?»

«Daß Vicarios ein Verräter ist, daß er dich eingewickelt hat und daß du dich nicht von ihm trennst, daß das gefährlich ist und daß wir eines Tages aufwachen werden und verraten sind.»

«Was haben die Genossen gesagt?»

«Sie haben nichts gesagt, sie haben zugehört. Daraufhin sind Sénac und Rasque aufgestanden, das ist alles.»

«Und Chalais hat nichts zu ihnen gesagt?»

«Er hat nicht einmal so getan, als sähe er sie.»

«Gut», sagt Brunet. «Danke.»

Toussus hält ihn zurück:

«Soll ich nicht mit dir gehen?»

«Nur das nicht», sagt Brunet. «Das ist eine Falle, und sie ist nur für mich.»

Er läuft; hinter Nr. 18 niemand; er bleibt stehen, verschnauft und läuft weiter. Er läuft seinem Untergang entgegen, nie ist er so schnell gelaufen. Vor Thibauts Baracke sieht er Vicarios mit Sénac und Rasque. Sie stehen in der Sonne, ganz schwarz mitten auf der menschenleeren Straße. Rasque spricht, Vicarios schweigt. Jetzt treten Sénac und Rasque näher und sprechen beide gleichzeitig. Vicarios hat die Hände in die Tasche gesteckt, er antwortet nichts. Brunet läuft schneller, Rasque hebt den Arm und schlägt Vicarios auf den Mund. Vicarios zieht eine Hand aus der Tasche und wischt sich den Mund ab, Rasque will noch einmal schlagen, Vicarios packt sein Handgelenk, Sénac wirft sich nach vorn und schlägt ebenfalls zu, Vicarios dreht den Kopf weg, und Sénacs Faust trifft ihn hinter dem Ohr. Es ist ein chinesisches Schattenboxen, ohne Laut und Plastizität: man glaubt es nicht. Brunet stürzt hinzu und schleudert Sénac mit einem Faustschlag gegen die Baracke. Vicarios blutet, Rasques Augen funkeln. Brunet sieht das Blut und den Haß, die Falle schnappt über ihm zu, der Haß umgibt ihn: er glaubt es.

«Was macht ihr, ihr Idioten?»

Vicarios läßt Rasques Arm los. Rasque dreht sich zu Brunet um und sieht ihn herausfordernd an:

«Wir bringen ihm bei, wie wir denken.»

«Ja. Und bringt ihr es den Fritzen bei, wenn sie kommen, und zeigt ihnen als Beweis euer Parteibuch? Los, macht, daß ihr wegkommt, haut ab.»

Rasque rührt sich nicht. Er sieht Brunet tückisch und finster an. Sénac kommt langsam zu ihnen zurück, er wirkt nicht eingeschüchtert.

«Hör mal, Brunet: ist das nicht ein Verräter, der Junge da?»

«Geht nach Hause», sagt Brunet.

Sénac wird rot, er spricht lauter.

«Ist das nicht ein Verräter? Sag schon! Ist das nicht ein Verräter, den du verteidigst?»

Brunet sieht ihm in die Augen und wiederholt ruhig:

«Ich sage euch, ihr sollt nach Hause gehen: das ist ein Befehl.»

Sénac feixt:
«Das zieht nicht mehr.»
«Du hast uns keine Befehle zu geben, Papa», sagt Rasque. «Du bist nicht mehr dran, uns Befehle zu geben.»
«Nein?»
Brunet denkt: es gibt eine Prügelei. Eine Bewegung, und das Spinnengewebe, das ihn paralysiert, reißt von oben bis unten auf.
«Nein, Brunet», sagt Rasque mit ruhiger Festigkeit, «du kannst uns nicht mehr befehlen, das ist vorbei.»
«Kann schon sein», sagt Brunet. «Aber ich kann dich für vierzehn Tage ins Lazarett befördern. Das kann ich noch.»
Sie zögern. Brunet sieht sie vor Ungeduld lachend an: sie wissen, daß sie nicht werden entscheiden können, welcher von beiden wird das Gesicht wahren wollen und die nicht wiedergutzumachenden Worte aussprechen? Sénac verzerrt den Mund und wird blaß, er schreckt vor dem zurück, was er sagen wird. Es wird Sénac sein, na gut: ihn mochte ich lieber. Die Falle funktioniert gut.
«Da ihr ja unter einer Decke steckt . . .», sagt Sénac.
Brunet schwingt seine Faust und schmettert sie fröhlich auf Sénacs rechtes Auge; Sénac sinkt schlaff in die Arme von Rasque, der schwankt. Brunet sieht sie interessiert an, dann haut er noch einmal zu, genau auf die gleiche Stelle, um ganze Arbeit zu leisten. Sénacs Augenbraue platzt auf und fängt an zu bluten. Brunet breitet die Arme aus und lacht: der Stapel Teller liegt auf der Erde, alles ist kaputt, alles ist aus. Rasque und Sénac gehen mit kleinen Schritten, einer den anderen stützend, davon; sie werden Bericht erstatten, und die Temperatur wird in der Bude steigen, die Falle ist zugeschnappt, Brunet reibt sich die Hände, Vicarios wischt sich den Mund ab, seine Lippen zittern, ein Blutfaden besudelt seinen grauen Bart. Brunet sieht ihn betäubt an, er denkt: für ihn habe ich das getan.
«Tut's weh?»
«Ist nicht schlimm.»
Das Taschentuch reibt, der Bart knistert. Vicarios sagt:

«Du hattest mir versprochen, den Genossen nichts zu sagen.»

Brunet zuckt die Achseln. Vicarios richtet große leere Augen auf ihn und sagt besorgt:

«Sie mochten mich nicht, oder?»

«Wer?»

«Alle.»

«Nein», sagt Brunet, «sie mochten dich nicht.»

Vicarios nickt:

«Sie werden mir das Leben schwermachen.»

«Pah!» sagt Brunet. «Du wirst bald weg sein.»

Vicarios hat sich halb umgewandt, er blickt Sénac und Rasque nach.

Brunet sieht seine Nasenspitze und seine eingefallene bärtige Wange.

«Freundschaft», sagt Vicarios, «das müßte doch möglich sein.»

«Sie ist möglich», sagt Brunet, «zwischen zweien von der Partei.»

«Vorausgesetzt, sie bleiben linientreu.»

Er spricht mit entrückter Stimme, ohne sich umzudrehen:

«In Oran, letztes Jahr, haben drei Genossen meine Frau aufgesucht und haben ihr einen Zettel unter die Nase gehalten: sie wollten, daß sie ihn unterschreibt; sie hatten darauf geschrieben, daß ich ein Miststück bin und daß sie mich verleugnet. Sie hat sich natürlich geweigert, da haben sie sie als Hure beschimpft und bedroht. Es waren meine besten Freunde.»

Brunet sagt nichts: er reibt sich vorsichtig die Finger der rechten Hand, er versteht nicht mehr so recht, was er getan hat.

«Trotzdem», sagt Vicarios, «daß wir so gekämpft haben, daß wir noch kämpfen, ist das nicht *auch* für die Freundschaft?»

Brunet denkt: und daß ich Sénac geschlagen habe, daß ich schnurstracks in Chalais' Falle gegangen bin, weißt du nicht, daß das aus Freundschaft geschah? Er möchte seine

Schulter berühren oder ihm das Handgelenk drücken, er möchte ihn anlächeln, damit seine Geste nicht ganz und gar umsonst war. Er lächelt nicht, er streckt nicht die Hand aus: zwischen ihnen wird es nie Freundschaft geben.

«Nun ja», sagt er. «Damit sie eines Tages, nach uns, möglich ist.»

«Nach uns, warum? Warum nicht heute?»

Brunet platzt plötzlich heraus:

«Heute? Mit einer Milliarde Sklaven und Krieg an allen Ecken der Welt? Du willst Freundschaft? Du willst Liebe? Du willst sofort ein Mensch sein? Sonst noch was? Wir sind keine Menschen, mein Lieber, noch nicht. Wir sind Mißgeburten, halbe Portionen, halbe Tiere. Alles, was wir tun können, ist, daran zu arbeiten, daß die Kommenden uns nicht ähneln.»

Vicarios taucht aus seinem Traum auf, er sieht Brunet aufmerksam an, er sagt leise:

«Stimmt ja: du bist auch davon angesteckt.»

Brunet lacht:

«Ich?» fragt er. «Nein. Ich habe allgemein gesprochen.»

«Komm, komm!» sagt Vicarios mit lebhafter und froher Stimme. «Ich weiß, was vorgeht. Thibaut hat mir gesagt, daß man dich nicht mehr sähe, du hast angeordnet, daß sie das Radio abbauen, du läßt dich von Chalais einwickeln . . .»

Brunet antwortet nicht: Vicarios' große Augen flackern, dann erlöschen sie, er sieht erstaunt gerade vor sich hin, dann sagt er lahm:

«Ich habe geglaubt, es würde mir Spaß machen . . .»

«Spaß?» wiederholt Brunet.

Vicarios grinst:

«Du kannst dir nicht vorstellen, wie sehr ich euch gehaßt habe!»

Er dreht sich abrupt um, und seine Augen werden böse.

«Von dem Tag an, an dem ich euch verlassen habe, habe ich mich nur überlebt: aber das hat euch nicht genügt, und ihr habt mich verdorben. Ihr habt ein Inquisitionstribunal in mir errichtet: der Großinquisitor, das war ich; ich bin *die ganze Zeit* euer Komplize gewesen, und ihr wußtet, daß ihr euch auf mich verlassen konntet. Manchmal war ich verrückt: ich wußte nicht mehr, wer sprach, ihr oder ich selbst, du wirst das kennenlernen. Schlimmer noch: ihr habt mir beigebracht, als Verräter zu denken, als Verräter zu leben: ich fühlte mich zwielichtig, ich habe alle Erfahrungen der Scham und der Angst gemacht. Es ist gut geregelt, das kannst du mir glauben: wer euch im Stich läßt, muß euch hassen, oder ihm muß vor sich selbst grauen. Wenn er euch haßt, habt ihr gewonnen, er läuft zum Faschismus über, das sollte ja bewiesen werden. Ich habe widerstanden, so gut ich konnte, und ihr habt immer fester draufgehauen, ihr habt blind draufgehauen. Und die anderen warteten währenddessen mit offenen Armen auf mich. Ich mochte ihnen den Rücken kehren, sie beleidigen: alles nützte ihnen. Ich schrieb in meiner Zeitung *für euch*, ich flehte euch an zu verstehen, ich versuchte, euch zu warnen, mich zu rechtfertigen: sie übernahmen meinen Artikel und entstellten ihn, und ihr, ihr beeiltet euch, diese Auszüge in *Alger rouge* abzudrucken. Ich stellte richtig, ich dementierte in ihren eigenen Zeitungsspalten, sie beglückwünschten mich zu meiner Loyalität, meiner Würde, das kostete sie nichts, mir Tugenden zuzuschreiben: je mehr ich davon hatte, um so verbrecherischer wart ihr. Ihr meldetet den Genossen sogleich, daß ich in den reaktionären Blättern schriebe; ihr sagtet, ich sei zu Doriot, zu *Je suis partout* übergelaufen, und gabt als Beweis ihre Lobesreden an. Ihr verschwort euch mit ihnen, um mir ein Bild von mir selbst zu bieten, das mich anwiderte und faszinierte, mir wurde schwindlig, ich wäre beinah gefallen ...»

Er sieht Brunet mit düsterem Stolz an.

«Ich habe mich vergraben, ich habe geschwiegen; davon, daß ich euch gehaßt habe, hat niemand etwas erfahren, mein Haß hat niemandem genützt; *ich* habe gewonnen, aber um welchen Preis! Du bist stark, Brunet, aber ich war auch stark: sieh her, was aus mir geworden ist.»

Brunet murmelt unsicher:

«Das hättest du dir überlegen sollen, bevor du uns verlassen hast.»

«Glaubst du, ich hätte es mir nicht überlegt? Ich wußte alles im voraus.»

«Nun, und?»

«Nun, du siehst: ich habe euch verlassen.»

Er lächelt bei seinen Erinnerungen; das rote Rinnsal in seinem Bart ist geronnen und flicht in der Mitte der Barthaare ein schwarzes Zöpfchen.

«O ja, ich habe euch gehaßt! In Baccarat war mir kalt, ich war ein Schatten, ich bin zu dir gekommen, weil du lebendig und warm warst, ich nährte mich von deinem Leben, ich war dein Parasit und verabscheute dich um so mehr. Als du mir von deinen Plänen erzählt hast, habe ich begriffen, daß du erledigt warst, und ich habe mir gesagt: einen von ihnen habe ich. Ich arbeitete mit dir – ich mochte die Arbeit, die wir gemeinsam taten: wir halfen den Jungs, wir gaben ihnen wieder Lebensfreude, das war anständig –, und ich sagte mir: eines Tages wird er sein wie ich. Ich wollte dabeisein, um dein Gesicht zu sehen, und ich freute mich im voraus.»

Er schüttelt den Kopf, er sieht Brunet aufmerksam an, er sagt nach einer Weile:

«Es macht mir keinen Spaß.»

«Weißt du», sagt Brunet ruhig, «du darfst dich nicht täuschen: kann sein, daß ich dieser Tage einige kleine Schwierigkeiten hatte, aber ich werde *nie* aus der Partei austreten. Wenn ich mich unterordnen muß, werde ich mich unterordnen, wenn ich mich verleugnen muß, werde ich mich verleugnen. Ich bin nichts. Was ich geglaubt oder gesagt haben mag, ist gänzlich unwichtig.»

Vicarios denkt nach:

«Ja», sagt er langsam, «das kann man auch tun. Was ändert das? Auf jeden Fall ist der Wurm drin.»

Langes Schweigen.

«Vicarios», sagt Brunet plötzlich, «weißt du, daß du in sehr schlechtem körperlichem Zustand bist? Wenn du fliehst, hast du alle Chancen, auf der Strecke zu bleiben.»

«Natürlich weiß ich es», sagte Vicarios.

Sie schweigen, sie sehen sich verstohlen, mit verschämter Freundschaft an, dann geht Brunet mit schweren Schritten weg. In Höhe von Nr. 27 begegnet er Manoël.

«Ich habe dich gesucht», sagt Brunet.

«Wolltest du etwas von mir haben?»

«Ja», sagt Brunet. «Ich brauche zwei Zivilanzüge.»

Der Wind stößt gegen die Scheiben, alles knackt. Brunet liegt auf dem Rücken und schwitzt; draußen und in ihm ist es kalt. Die Nacht erwartet ihn. Er lauscht: Moûlu schnarcht schon, von Chalais kommt kein Laut, der Haß wacht. Brunets Körper bleibt völlig regungslos, während sein Kopf sich langsam dem Aschenglühen des ausgehenden Ofens zuwendet. Er sieht die vertrauten Schatten tanzen, das sanfte rote Licht wird immer sanfter, jetzt ist es ein vorwurfsvoller Blick. Der Wärme vertrauen, schlafen: alles wäre einfach, immerhin war ich hier nicht schlecht aufgehoben.

Ein pedantisches und regelmäßiges leises Pfeifen, er zuckt zusammen: es ist soweit, kein Haß mehr, kein Chalais mehr. Er hält sein nach oben gekehrtes Handgelenk vor die Augen, er errät zwei blasse Phosphoreszenzen: zehn nach zehn, ich habe mich verspätet. Er schlüpft aus dem Bett, er zieht sich im verglühenden Schein des Feuers geräuschlos an. Als er seine Jacke überzieht, knistert der Ofen und geht aus, sein Augenhintergrund überzieht sich mit Herbstzeitlosen; er bückt sich, findet tastend seine Schuhe, nimmt sie in die linke Hand und erreicht die Tür. Er muß kämpfen, um sie öffnen zu können: der Wind drückt dagegen wie ein Mann. Er schleicht hinaus, nimmt seine Schuhe in die rechte Hand, umklammert mit der linken die äußere Klinke und zieht die Tür langsam wieder ins Schloß. So. Auf dem Flur stürmt es, er tritt mit beiden Füßen in eine Pfütze. Er zieht seine Schuhe an, bückt sich, um sie zuzubinden, der Wind stößt ihn, er fällt beinah auf den Kopf. Als er sich wieder aufrichtet, trifft ihn die Kälte auf den Mund und auf die Ohren, umschließt ihn bis zum Hals mit einem Panzer aus Glas, er bleibt reglos stehen, seine Augen sehen nichts, nicht einmal die Dunkelheit: Büschel malvenfarbener Blumen blenden sie. Im lauten eiskalten Klagen des Windes vernimmt er einen Klang wie von einem Fest: das ist Bénins Harmonika. Lebt wohl. Lebt wohl. Er stürzt hinaus, stolpert, schwankt, um ihn herum knattert das unermeßliche schwarze Tuch, er streckt die Hand aus, die Nacht erstickt ihn, er stößt auf die Barackenwand und geht, sich mit der Schulter dagegen lehnend, daran entlang. Seine Haare flattern, eine Bö reißt ihn fort, er wird bis zur Straße abgetrieben, überall Nacht: nichts schützt ihn, er fühlt sich nackt, die tiefe Nacht ist ein Volk, Millionen von Augen, die ihn sehen. Er geht, er stemmt sich gegen den Wind, die Nacht teilt sich: eine Taschenlampe in der Ferne, ein goldener Strich läuft über das schwarze Wasser bis an seine Füße, Brunet duckt sich an eine Baracke und hält den Atem an. Klappendes Geräusch von Schuhen, zwei Männer gehen vorbei, ihre Mäntel sind außer Rand und Band, sie wehen und flattern um ihre Schenkel. Die Nacht schließt sich wieder, Brunet geht weiter, watet: er wird die ganze Nacht waten müssen. Er stößt auf eine erste Baracke, dann auf eine zweite: hier ist es. Er tritt ein, ohne zu klopfen. Thibaut und Bouillé sehen ihn sprachlos an. Als sie ihn erkannt haben, fangen sie an zu lachen. Brunet schnauft und lächelt sie an: hier ist Zwischenstation. Er kneift die Augen zusammen, erschauert, schüttelt die Kälte und die Nacht ab.

«Es stürmt wie wahnsinnig.»

«Auch das noch!» sagt Thibaut vorwurfsvoll. «Ihr mußtet euch ja diese Scheißnacht aussuchen!»

«Mit Absicht», sagt Brunet. «Wenn es windig ist, quietscht der Stacheldraht.»

Bouillé setzt eine pfiffige Miene auf:

«Halt dich fest, es gibt eine Überraschung.»

«Was für eine Überraschung?»

«Mach die Augen zu», sagt Thibaut. «Mach sie wieder auf.»

Brunet macht die Augen wieder auf und sieht einen Zivilisten.

«Ist er nicht süß so?»

Brunet antwortet nicht: er sieht den Zivilisten an, und das schüchtert ihn ein.

«Wo warst du?»

Vicarios lächelt ihn an:

«Ich habe mich unter die Planen geschmissen, als du reingekommen bist.»

Er sieht aus, als käme er aus einem Schrank oder aus einem Grab, aber er weiß es nicht. Er hat seinen Bart abrasiert, er trägt ein weißes Hemd ohne Kragen und wirkt in seinem braunen Anzug beengt. Er setzt sich, schlägt die Beine übereinander, stützt mit etwas steifer Ungezwungenheit die Ellbogen auf den Tisch, als erinnere sich sein Körper dunkel daran, gelebt zu haben.

«Ich dachte nicht, daß du so dick wärst», sagt Brunet.

«Menschenskind, ich habe mir überall Brotscheiben hingesteckt: du mußt es genauso machen.»

«Wo sind meine Klamotten?»

«Unter dem Bett.»

Brunet zieht sich aus, er streift fröstelnd ein blaues Hemd mit Kragen über, schlüpft in eine gestreifte Hose, zieht eine schwarze Jacke über. Er lacht:

«Ich muß aussehen wie ein Notar.»

Er hört auf zu lachen: Vicarios sieht ihn seinerseits verblüfft an. Brunet dreht sich um und fragt Thibaut:

«Keine Krawatte?»

«Nein.»

«Ist auch egal.»

Er zieht die Zivilschuhe an und kann eine Grimasse nicht unterdrücken:

«Ein bißchen eng.»

«Behalt doch deine Latschen.»

«Du spinnst wohl, auf die Weise ist Séruzier geschnappt worden. Nein, nein, es muß gehen, und es wird gehen.»

Sie stehen sich in ihren anachronistischen Verkleidungen gegenüber, sie lächeln sich geheimnisvoll an. Brunet dreht sich zu Thibaut und Bouillé um, die sich kaputtlachen: diese beiden wirken echt.

«Schnauze», sagt Thibaut.

Er reicht ihnen zwei flache Feldflaschen:

«Die sind für das Wasser.»

Brunet steckt die Feldflasche in seine Gesäßtasche und sagt:

«Der Mantel . . .»

«Zack!»

Bouillé und Thibaut helfen ihnen mit gespielter Servilität, die Mäntel anzuziehen, dann treten sie zurück und feixen:

«Oh, là, là! Kleider machen Leute!»

Thibaut mustert Brunet mit kritischem Blick:

«Paßt auf, daß ihr mit dem Mantel nicht im Stacheldraht hängenbleibt: ihr seid es nicht mehr gewohnt!»

«Keine Angst», sagt Brunet.

Sie lachen eine Weile, dann verstummen sie, und ihre aufgesetzte Lustigkeit fällt in sich zusammen. Brunet steckt die Karte, die Lampe und den Kompaß in die Tasche. Ihm wird plötzlich klar, daß er fertig ist, es läuft ihm kalt den Rücken hinunter.

«Und los geht's!» sagt er.

Vicarios erschauert, er sagt:

«Los.»

Seine ungeschickten Hände knöpfen langsam den Mantel zu. Brunet wartet, er versucht die Zeit festzuhalten. Es ist soweit: der letzte Knopf ist in seinem Knopfloch, zwischen ihnen und der Nacht ist nichts mehr. Brunet blickt auf, er sieht die Bank an, die Pritschen, den öligen Docht des Nachtlichts, den Klatschmohn, der an der Spitze des Dochtes tanzt, den schwarzen Rauch, der zur Decke hinaufzieht, die großen vertrauten Schatten, die sich hin und her bewegen: es ist warm, es riecht nach Mensch und nach Staub; es kommt ihm vor, als verließe er sein Zuhause. Thibaut und Bouillé sind ganz blaß geworden:

«Verflixte Glückspilze!» sagt Thibaut.

Er tut so, als beneide er sie, aus Großherzigkeit, Vicarios schüttelt den Kopf und sagt leise:

«Ich habe Schiß.»

«Pah!» sagt Brunet. «Das ist bald überstanden: das geht von selbst weg, sobald wir auf der anderen Seite sind.»

«Das ist es nicht, wovor ich Schiß habe», sagt Vicarios.

Er leckt sich über die trockenen Lippen:

«Was werden wir dahinten vorfinden?»

Brunet fühlt einen unangenehmen leichten Stich und antwortet nicht. Die Nacht: am Ende liegt Paris. Man wird wieder anfangen müssen zu leben. Thibaut redet überstürzt drauflos:

«Wenn ihr in Paris seid, vergeßt nicht, meiner Frau zu schreiben. Madame Thibaut, Saint-Sauveur-en-Puisaye: das genügt. Gebt ihr Nachricht von mir, daß es mir gut geht, daß ich kein Heimweh habe und daß sie mir schreiben soll, daß ihr gut angekommen seid. Sie braucht nur anzugeben: die Kinder sind gut angekommen.»

«Abgemacht», sagt Brunet.

Das Brett ist da, es steht an die Wand gelehnt. Er befühlt es: es ist fest und schwer. Er nimmt es unter den Arm. Thibaut tritt zu ihm und schlägt ihm unbeholfen auf die Schulter.

«Verflixte Glückspilze! Verflixte Schafsköpfe!»

Schneider geht zur Tür, Bouillé folgt ihm.

«Irgendwann mal», sagt Bouillé, «machen wir es vielleicht genauso wie ihr.»

«Vielleicht», sagt Thibaut, «seht ihr uns wieder zu Hause landen.»

Schneider lächelt sie an:

«Meine Frau», sagt er, «wohnt in der Rue Cardinet Nr. 13.»

Brunet dreht sich um. Thibaut und Bouillé drängen sich aneinander. Thibaut lächelt sie unglücklich und liebevoll an, er streckt ihnen sein dickes flaches Gesicht entgegen, das vor Güte entstellt ist, sein breiter Mund lacht vor Liebe und Ohnmacht: sein Gesicht ist eine unnütze Gabe.

«Ich wünsch euch Hals- und Beinbruch!»

«Hals- und Beinbruch!» wiederholt Bouillé und reißt die Augen dabei auf.

«Und denkt manchmal an die Kameraden.»

«Da kannst du sicher sein!» sagt Vicarios.

«Und spielt nicht verrückt, wenn ihr merkt, daß ihr gefaßt seid. Versucht nicht, euch aus dem Staub zu machen, sie haben nämlich Befehl, euch abzuknallen.»

«Wir werden nicht gefaßt», sagt Brunet. «Macht das Nachtlicht aus.»

Die Nacht schluckt diese beiden Zwillingköpfe und ihr letztes Lächeln für immer, die Bude verschwindet im Dunkeln und in der Kälte. Die Ohrfeigen des Windes mitten ins Gesicht, im Mund ein Stahlgeschmack, in den Augen violette Scheiben, die kreisen. Hinter ihnen schlägt die Tür zu, der Rückzug ist abgeschnitten: vor ihnen ein Tunnel, eine lange Ausdauer und, sehr weit weg, eine trübe Morgendämmerung; der Schlamm klebt an den Füßen. Brunet ist froh, weil Vicarios neben ihm geht. Hin und wieder streckt er die Hand aus und berührt ihn, hin und wieder fühlt er sich von einer Hand berührt. Ein Windstoß hält sie an, sie werfen sich an die Baracken, um sich zu schützen, sehen aber überhaupt nichts. Brunet stößt mit seinem Brett gegen ein Fenster und springt zurück: zum Glück hat die Scheibe gehalten. Er hört einen Fluch, einen dumpfen Schlag: Vicarios ist mit dem Knie gegen eine Treppenstufe geschlagen. Brunet zieht ihn wieder hoch und schreit ihm ins Ohr:

«Hast du dir weh getan?»

«Nein. Aber wir können nicht so weitermachen.»

Sie kämpfen sich wieder zur Straße durch. Brunet fühlt sich dort nicht wohl: zuviel Leere, sie sind von überallher verwundbar. Er schätzt voller Unruhe, daß sie in Höhe der Entlausungsanstalt* sein müßten: aber seine Augen durchforschen umsonst die Dunkelheit. Ein Loch öffnet

* Deutsch im Original.

sich in der Nacht, hinter einer aufgegangenen Tür vage Helligkeit: die Kommandantur, Scheiße, wir haben uns zu weit links gehalten. Mit seiner freien Hand umklammert Brunet Vicarios und zieht ihn nach rechts. Sie rennen, das Brett stößt gegen eine Wand, Brunet springt zur Seite und wirft Vicarios beinah um, sie laufen. Brunet richtet das Brett auf und versucht, es senkrecht zu tragen, das ist ermüdend, weil es über den Boden schabt. Er läuft, den linken Arm mit der Handfläche nach vorn ausgestreckt, er wirft sich gegen die Wand der Nacht, die Wand weicht zurück, aber manchmal ahnt Brunet sie vor seiner Hand und spürt, daß er sich daran den Kopf einschlagen wird, die Angst kriecht in seine Beine, und sie verhaspeln sich. Lange zertreten seine Schuhsohlen Matsch, dann haften sie auf festem Boden, eine Insel taucht auf: die Place Noire, das ist eine erste Etappe. Brunet schwitzt, seine Schuhe drücken ihn weniger, als er befürchtete, er gibt Vicarios einen Rippenstoß und hört ihn lachen. Sie müssen sich nur noch orientieren. Er nimmt ihn beim Arm, sie marschieren gegen den Wind, plötzlich fühlen sie sich von der Seite angerempelt, dann wachsen ihnen Flügel, sie fliegen.

«Wir drehen uns im Kreis», sagt Vicarios.

Sie wenden und geraten wieder gegen den Wind, Arm in Arm, das heult, ein Insektengezirpe durchdringt diesen müßigen Wortschwall, es nimmt zu: Brunets Herz schlägt schneller: der Stacheldraht. Er denkt: jetzt müssen wir die Latrinen anpeilen. Im gleichen Moment schleudert der Wind einen Gestank nach Graupeln und Ammoniak an seine Nase. Sie richten sich nach dem Lärm und dem Geruch, sie schleichen an den Latrinen entlang, sie ducken sich hinter einen Abfallhaufen, einen Meter von ihnen entfernt peitschen die Stacheldrähte wie Springseile kreisend die Luft, es ist ein Höllenspektakel. Es gibt zwei Nächte: die, die hinter ihnen versackt, eine grobe, jähzornige Masse, schon außer Gefecht, und die andere, ganz fein, komplizenhaft, die jenseits der Einzäunung beginnt, ein schwarzes Licht. Vicarios drückt Brunets Hand: sie sind glücklich. Brunet streicht sanft mit den Fingern über das Brett. Drei Reihen Stacheldraht auf einer Breite von einem Meter zwanzig, das Brett ist einen Meter dreißig lang, das wird gehen. Plötzlich drückt Vicarios sein Handgelenk, Brunet zuckt zusammen: die Wache marschiert auf der Straße. Brunet lauscht diesem unsichtbaren Schritt, eine eisige Freude läßt ihn erstarren: alle sind da, es kann losgehen. Drei Nächte hintereinander hat er sich hinter den Latrinen versteckt, hat er die Wache beobachtet: sie geht von ihrem Schilderhaus los, direkt gegenüber von ihnen, legt etwa hundert Meter zurück und kommt zu ihrem Posten zurück. Wenn man mit sechs Stundenkilometern rechnet, macht das ungefähr zwei Minuten für Hin und Zurück: sie haben dreißig Sekunden Zeit. Er hört den Schritt sich entfernen, er zählt leise, die ersten Zahlen heften sich an jeden Schritt, dann Stille, die Wache hat sich aufgelöst, sie ist überall, es ist die Nacht selbst, auf der Lauer, die Zahlen fallen ins Leere und tönen hohl. Bei hundertneunzehn klingen die Schritte wieder auf, die Wache verdichtet sich, schlüpft in die Nacht, besteht plötzlich nur aus diesem einsamen und mühseligen klappernden Geräusch, geht an ihnen vorbei, bleibt stehen, geht wieder los. Eins, zwei, drei, vier ... Diesmal kommt sie bei hundertsiebenundzwanzig zurück, das nächste Mal bei hundertzweiundzwanzig, rechnen wir mit hundertzwanzig, das ist sicherer. Er fängt wieder an zu zählen, bei fünfundvierzig legt er die Hand auf Vicarios' Schulter und fühlt harte Finger, die sein Handgelenk drücken, er ist gerührt: es sind die Finger der Freundschaft. Sie stehen auf, Brunet streckt die Hand vor, eine Eisenwespe springt sie an und zerkratzt ihm die Handflächen, er fährt mit den Fingerspitzen über den Draht, weicht einem anderen Stachel aus, berührt einen Pflock und zählt dabei weiter, hebt das Brett hoch und läßt es sachte nach vorn kippen: es hält, ein sanft von der dreifachen Welle des Stacheldrahts geschaukeltes Floß, Brunets Hände sind voller Schlamm, er nimmt sich die Zeit, sie an dem Pfosten abzuwischen, siebenundfünfzig, er stellt den linken Fuß auf den unteren Stacheldraht, klemmt die Sohle gegen den Pfosten, nimmt Schwung, zieht sich hoch, setzt den rechten Fuß auf den mittleren Stacheldraht, hebt das linke Knie, schabt unterwegs damit über die Spitze des Pfostens und setzt es schließlich auf das Brett, neunundfünfzig, jetzt kriecht er auf Händen und Knien, die Zeit verrinnt im Zeitlupentempo, sechzig, dahinten hat die Wache kehrtgemacht, sie sieht ihn an, rechts von Brunet ist die Nacht ein Leuchtturm. Er kriecht voran, er streckt die Hand aus, berührt den zweiten Pfosten, er kriecht trotz des Schlingerns weiter, berührt den dritten, bewegt sich etwas zurück und dreht sich auf dem Brett um, es kippt beinah und richtet sich von selbst wieder gerade: das ist Vicarios, der sich daran festgeklammert hat. Brunet tastet mit dem Fuß ins Leere, trifft auf einen Draht, zweiundsechzig, er will springen, denn er hat Angst, Vicarios Zeit zu stehlen, der Saum seines Mantels bleibt an einem Stachel hängen, wie dumm, er zittert vor Ungeduld, er springt, und das Mantelfutter reißt auf. Er faßt das Brett mit beiden Händen und bewegt es sachte, um anzuzeigen, daß er gut angekommen ist. Der Stacheldraht knirscht, das Brett rutscht, Brunet hält es fest, er denkt an die Wache, er fühlt sie zu ihnen zurückkommen, er denkt voller Wut an Vicarios: was macht er denn, dieser Idiot, seinetwegen werden wir noch geschnappt, er streckt die Hand aus, trifft auf einen Schädel, Vicarios dreht sich mühsam auf dem Brett um, Brunet hört ihn schnaufen, dann nichts mehr. Ein Schuh streift seinen Ärmel, er packt ihn und führt ihn vorsichtig bis auf den Stacheldraht, Vicarios springt auf die Erde, ein Freudenstrahl durchdringt sie, frei! Oben vom Wachturm blitzt ein anderer Strahl auf sie hinunter, sie blinzeln, ohne zu begreifen, die Straße ist sonnenweiß mitten in einer Arena von Finsternis, die Pfützen funkeln, überall sind Diamanten. Brunet packt Vicarios an der Schulter und zwingt ihn zu laufen, das klappert, sie laufen, Kugeln pfeifen, es wird vom Wachturm und vom Schilderhaus aus auf sie geschossen. *Vom Schilderhaus:* sie hatten jemanden darin versteckt, man hat uns verpfiffen. Brunet läuft, die Straße ist breit wie das Meer, alle Welt sieht ihn, es ist ein Alptraum, die Kugeln pfeifen. Auf einmal wird Vicarios schlaff und sackt zusammen, Brunets Faust reißt ihn wieder hoch, er fällt wieder, Brunet schiebt und zieht ihn: da ist der Wald, mit allem, was von der Nacht übrig ist, er wirft ihn zwischen die Bäume, fällt auf seinen Rücken, sie rollen durch den Schnee, Vicarios heult.

«Halt die Schnauze», sagt Brunet.

«Du tust mir weh!» heult Vicarios.

Sie rollen den Abhang hinunter, Vicarios stöhnt, Brunet läßt ihn nicht los, die Wut würgt ihn, man hat uns verpfiffen. Da oben brüllt und schießt es. Sie rollen, Brunets Schädel donnert gegen eine Mauer, die Augen schießen ihm aus den Höhlen, das ist nicht der richtige Moment, in Ohnmacht zu fallen, er reißt sich mit aller Gewalt zusammen, seine Finger kratzen durch den Schnee, er richtet sich wieder auf. Sein Kopf ist gegen eine Wurzel gestoßen, er ist zwischen einem Baumstamm und Vicarios' Körper eingeklemmt, er regt sich vorsichtig, sein Arm stößt an Vicarios' Schulter und entlockt ihm einen Schrei des Hasses:

«Hau ab!»

Brunet kniet sich hin. Jetzt weiß er, daß er verloren hat, aber er wird bis zum Ende gehen, er schiebt die Hände unter Vicarios' Hüften, er will ihn hochheben und ihn auf den Armen tragen, Vicarios stößt ihn zurück, Brunet versucht es noch einmal, sie kämpfen, ohne sich zu sehen: plötzlich kotzt Vicarios auf seine Hände, Brunet läßt ihn los, sie fallen wieder hin. Da oben, das ist ein Feenball: die Baumstämme tanzen im Licht. Brunet nähert sein Gesicht dem Gesicht von Vicarios.

«Vicarios!» sagt er flehend.

«Hau ab!» sagt Vicarios. «Alles ist eure Schuld.»

«Ich gehe nicht», sagt Brunet, «ich bin ausgebrochen, um mit dir zu gehen.»

«Alles ist eure Schuld», sagt Vicarios.

«Wir fangen neu an, mein Gott!» sagt Brunet. «Ich spreche mit den Leuten von der Partei. Ich . . .»

Vicarios fängt an zu kreischen:

«Neu anfangen! Siehst du nicht, daß ich krepiere?»

Er reißt sich mit aller Gewalt zusammen und sagt mühsam:

«Die Partei ist schuld, daß ich krepiere.»

Er kotzt in den Schnee, er fällt zurück, er schweigt. Brunet setzt sich hin, zieht ihn zu sich heran, hebt ihm sanft den Kopf hoch und lehnt ihn an seinen Schenkel. Wo ist er getroffen? Er fährt mit der Hand über die Ziviljacke, über das Zivilhemd, alles ist naß, ist das Schnee oder Blut? Die Angst läßt ihn erstarren: er wird in seinen Armen dahinscheiden. Er steckt die Hand in die Tasche und holt seine Lampe heraus, da oben schreien sie, rufen sie. Brunet ist es ganz egal. Er drückt auf den Knopf, ein leichenblasses Gesicht tritt aus der Nacht hervor. Brunet sieht es an. Er pfeift auf die Fritzen, er pfeift auf Chalais, er pfeift auf die Partei, nichts zählt mehr, nichts existiert mehr, außer diesem haßerfüllten und blendenden Gesicht mit den geschlossenen Augen. Er murmelt: wenn er bloß nicht stirbt. Aber er weiß, daß Vicarios sterben wird: die Hoffnungslosigkeit und der Haß gehen allmählich den Lauf dieses vergeudeten Lebens zurück und werden es bis hin zur Geburt verderben. Dieses Absolute an Leiden wird kein Sieg der Menschen auslöschen können: die Partei ist schuld, daß er krepiert, selbst wenn die Sowjetunion gewinnt, die Menschen sind allein. Brunet beugt sich vor, er gräbt seine Hand in Vicarios' verdreckte Haare, er schreit, als könnte er ihn noch vor dem Entsetzen retten, als könnten zwei verlorene Menschen in letzter Minute die Einsamkeit besiegen:

«Ich pfeife auf die Partei: du bist mein einziger Freund.»

Vicarios hört nicht, sein bitterer Mund gurgelt und macht Blasen, während Brunet in den Wind schreit:

«Mein einziger Freund!»

Der Mund geht auf, der Kiefer hängt herunter, die

Haare flattern; diese Bö, die sie peitscht und entflieht, das ist der Tod. Er schaut gebannt auf dieses betäubte Gesicht, er denkt: dieser Tod geschieht *mir.* Die Deutschen rennen, sich an den Bäumen festhaltend, den Abhang hinunter, er steht auf und geht ihnen entgegen: sein Tod hat erst begonnen.

Mathieus Tagebuch

15. September

Ich weiß: um ein Tagebuch führen zu können, darf man nichts zu tun, also nichts zu sagen haben; und ich bin in mein Alter gekommen, ohne je von mir zu schreiben. Aber dieser Fall ist etwas anders: wir tun zwar nichts, aber wir sind die passiven Gegenstände einer Verwandlung. Alles hat sich verändert: unsere Augen, was sie sehen. Im großen und ganzen vermute ich, daß es ein Abstieg, eine Vereinfachung, eine Rückkehr in die Kindheit ist, und meine Kameraden denken wie ich. Doch sicher sind wir dessen nicht. Also werde ich in Übereinstimmung mit ihnen jeden Tag auf diesen randlosen und deutsch linierten Blättern alles notieren, was mir einfällt und was direkt oder indirekt unsere Lage berührt. Tatsächlich haben wir Angst davor, daß wir sie später schlimmer oder besser in Erinnerung haben, als sie war. Die Gewalttätigkeiten, die wir erleiden, sind zum Beispiel am leichtesten heraufzubeschwören. Ihre groben, lebhaften Bilder werden nicht so schnell vergehen: Schmitt zu Boden gestoßen, ein Deutscher versetzt ihm Kolbenstöße; Richard mit heruntergelassener Hose im Krankenrevier – das ist ein armer Kerl, den der Krieg mehr als nur halb schwachsinnig gemacht hat und den man mit den Unheilbaren heimschicken muß; er ist um die Place Noire herumgestrichen, der wir uns nicht nähern dürfen, der Posten hat ihm mit dem Bajonett einen kräftigen Stoß in den Hintern gegeben; seine Gesäßbacke platzte zu einer großen blauen Fleischwunde auf. Wenn wir das später erzählen, sind wir sicher, daß wir zuviel Entsetzen oder zuviel Mitleid erregen. Zunächst sind die Schläge nicht sehr häufig. Freilich auch nicht sehr selten. Jedenfalls stellen sie nie eine Drohung dar; wir denken nicht daran, bevor wir sie bekommen haben. Auch nicht danach. Und wenn wir sie schon erwähnen müssen, wäre es ungerecht, nicht auf den Geisteszustand hinzuweisen, in dem sie gegeben und empfangen werden. Der Feldwebel, dem wir den Beinamen Pilchard gegeben haben, ohrfeigt uns gern. Aber ich glaube nicht, daß er uns demütigen will: er ist nicht schlechter als andere, er reagiert nur empfindlicher auf die Verschiedenheit der Sprachen; er erregt sich wie ein Stotterer und schlägt zu, aus Wut, nicht verstanden zu werden; die Schläge ziehen Schläge nach sich: wenn er angefangen hat zu schlagen, macht er weiter, weil er Angst hat, aufzuhören und diese Brutalitäten, die er sich bestimmt vorwirft, *hinter sich* zu haben als etwas Nichtwiedergutzumachendes. Man muß außerdem hinzufügen, daß er trinkt. Im allgemeinen schlägt man hier, um Zeit zu sparen, um Verwaltungsstrafen, die Zeit und Papier schlucken, zu umgehen, aus einem plumpen Patriarchalismus oder aus dem wütenden Eingeständnis der Ohnmacht heraus. Was die Deutschen in der Tat überrascht, entmutigt oder aufbringt, ist unser passiver Ungehorsam. Angesichts einer erklärten Revolte, die sie niederschlagen könnten, würden sie sich wohler fühlen. Aber es macht sie zum Beispiel rasend, daß sie uns beim Zapfenstreich nicht dazu bringen können hineinzugehen. Wir bleiben vor den Baracken, still, entspannt, jede gestohlene Minute genießend, so zahlreich, so anonym, so unterschiedslos, daß keiner von uns glaubt, daß er persönlich die Vorschriften verletzt und sich einer persönlichen Bestrafung aussetzt. Pilchard kommt vorbei, schreit, seine Stimme wird heiser vor Wut; die ihm am nächsten stehen, gehen hinein, kommen aber wieder heraus, sobald er ihnen den Rücken gekehrt hat, die anderen warten und verschwinden, wenn er sich nähert. Er kehrt um: wir sind alle vor der Tür. Wir wissen, daß er schließlich zuschlagen wird; das ist sogar genau das, worauf wir warten, damit wir ihm gehorchen; aber da er nur einen Mann auf einmal erwischen kann und da es reiner Zufall ist, wen es gerade trifft, fürchten wir nichts, die Drohung ist zur Zeremonie geworden. Nach zehn Minuten solchen Treibens verliert er den Kopf und prügelt; alles flieht. «Wir erniedrigen uns», hat Pinette gestern zu mir gesagt. «Denn wir erwarten die Schläge, das heißt, wir akzeptieren, daß wir sie bekommen.» Das stimmt. Aber nur in einer Hinsicht. Denn unsere Haltung ist auch ein Sichwehren gegen die Erniedrigung: indem wir erzwingen, daß die Ohrfeigen zufällig treffen, machen wir aus diesen Gewalttätigkeiten ein blindes und fast natürliches Ereignis, wie eine Lawine, die es nicht auf uns abgesehen hat. Im übrigen gibt es noch viele andere Formen der Abwehr: von der starren Bewegungslosigkeit bis zum einfältigen Lachen; im allgemeinen *absentieren* wir uns, während man uns schlägt. Oder aber es ist im Gegenteil die Ohrfeige, die wir ausklammern. Und dann, das muß man zugeben, gibt es Fälle, in denen wir eine kurze Demütigung ohne Erinnerung nobleren, aber folgenreicheren Strafen vorziehen. Gestern abend zum Beispiel hat es mir Spaß gemacht, einen Tritt in den Arsch zu kriegen. Ich hatte mich bei Abbé Rodière verspätet, und die Stunde des Zapfenstreichs war schon lange vorbei. Aber die Nacht wimmelte von flinken Schatten, die sich gegen die Wände pressen oder von einer Baracke zur anderen springen. Als ich an meine Tür kam, stieß ich fast an den Rücken eines Postens. Ich bin umgekehrt und habe einen großen Umweg gemacht in der Absicht, durchs Fenster in meine Stube einzusteigen. Als ich auf leisen Sohlen den Seitenweg erreichte, traf mich das Licht einer Taschenlampe voll ins Gesicht. Der Posten hatte sich fortbewegt; als ich ihm ausweichen wollte, war ich wieder auf ihn getroffen. Er brüllte los und bedrohte mich mit dem Bajonett. Ich bin entschlossen auf ihn zugegangen und habe ihm erklärt, ich sei krank gewesen und käme vom Klo. Im allgemeinen besänftigt man sie, wenn man sie in ihrer Sprache anspricht: sie denken irgendwie, das sei eine Huldigung.

Der Typ zögerte: es war ein untersetztes, affenähnliches Kerlchen; er hatte sicher etwas gegen mich, weil ich größer war als er. Er fragte mich, wo meine Baracke sei, und ich zeigte sie ihm mit dem Finger. «Na», sagte er, «dann geh rein.» Ich verstand, daß er nicht die Absicht hatte, mir sein Bajonett in den Bauch zu stoßen, aber daß er mit dem Gedanken spielte, mir damit in den Hintern zu stechen. Er wartete darauf, daß ich ihm den Rücken zukehrte. Ich machte langsam kehrt, nie habe ich so lebhaft und deutlich dieses ganze ohnmächtige Fleisch gespürt, das sich unter meinem Rücken zusammenballt. Ich dachte an Richard und seine große blaue Wunde. Schließlich habe ich einen gewaltigen Fußtritt bekommen, der mich gegen die Tür geschleudert hat. Ich lachte noch darüber, als ich in die Stube trat. Ich habe zu den Kumpeln gesagt: «Ich habe gerade einen ihrer Arschtritte bekommen!», und sie haben alle herzlich losgelacht. Der einzige Nachteil dieser körperlichen Züchtigungen ist, daß sie bei den meisten von uns einen gewissen Infantilismus hervorrufen. Alte Erinnerungen steigen wieder an die Oberfläche – die erste Ohrfeige, die erste Tracht Prügel –, Autorität wird von uns mit väterlicher Macht gleichgesetzt. Über Gut und Böse wird an unserer Stelle entschieden, ohne daß unsere Meinung eingeholt wird, es ist nicht ausschließlich unsere Angelegenheit und wird leicht mit Erlaubt und Verboten gleichgesetzt. Was verboten ist, weiß man: es genügt, sich nicht erwischen zu lassen. In der Kaserne verteidigt der Soldat, da das Reglement zugleich allgemeingültig und belanglos ist, seine Freiheit mit Zynismus: vierzehn Tage Bau, wenn er beim Ausreißen erwischt wird, das ist ein Risiko, das er abschätzen, akzeptieren kann wie das einer Verstauchung, wenn er hinfällt. Aber in unserer gegenwärtigen Situation können wir uns nie ganz und gar zynisch zeigen, denn die Strafe ist unvorhersehbar, und die abstrakte Allgemeingültigkeit der Regeln ist dem feudalen Willen unserer Besieger gewichen. So sind wir ins Stadium der Familienmoral zurückgekehrt, wo sich verschwommen allgemeingültige Gebote in der launischen und despotischen Person des Familienvaters verkörpern. Nicht, daß die moralischen Werte ganz verschwunden wären, aber sie sind uns entzogen: vertraut genug, um zu beruhigen, fremd genug, um zu nichts zu verpflichten, hält der deutsche Wille sie über uns wie ein Dach, er hat sie einfach übernommen, entfremdet. Selbst wenn es dieselben Werte sind, denen wir in Friedenszeiten dienten, erkennen wir sie nicht mehr, sehen sie fremd aus. Es gibt zwar durchaus legitime Strafen, aber da es auch absurde gibt und sie im gleichen Kodex stehen, stecken sie sich gegenseitig an, die dümmsten gewinnen eine Art Erhabenheit, die gerechtesten einen Anschein von Willkür. Da es unsere Feinde sind, die uns befehlen, sind wir um so bereiter, ihre Verbote und Befehle zu akzeptieren, je unverständlicher sie uns erscheinen: es versteht sich von selbst, daß unsere Gebieter nicht nach unserem Wohl trachten können, sondern nach ihrem, und daß ihre Gründe für uns nicht zählen; es ist also völlig normal, daß man uns verbietet, Abzeichen zu tragen oder auf die Place Noire zu gehen. Doch sind wir überrascht, daß sie Homosexualität oder Paketdiebstähle unterbinden wollen. *Wir* sind es doch, die einander bestehlen, was brauchen sie sich darum zu kümmern? Sind wir nicht ihre Feinde? Und wenn wir alle einem Laster verfielen, das sie im übrigen selbst praktizieren, was geht es sie an? So erscheinen uns gerade die Bestimmungen, die den Gesetzen unseres Landes am nächsten kommen, am verdächtigsten, und sie zu übertreten, wären wir daher am meisten versucht; wir fürchten, daß sich dahinter Fallen verbergen. Bei den meisten von uns, die gewohnt sind, sich nach den festgeschriebenen Prinzipien und den diffusen Tabus der Gemeinschaft zu richten, entsteht daraus eine Art Krise der Moral. Zumal wir seit zu kurzer Zeit erst zusammen sind und zu oft durcheinandergewürfelt wurden, als daß wir schon gemeinsame Sitten hätten erwerben können; das wird noch kommen, nehme ich an. Im Moment befinden wir uns noch im Zustand der Benommenheit. Die körperlichen Strafen erzielen jedoch oft die gleichen Wirkungen wie die «Selbstbestrafung» der Psychoanalytiker: wenn der Vater, das heißt der Feldwebel, prompt und streng züchtigt, befreit er uns von Gewissensbissen; wenn er brutal züchtigt, erniedrigt er sich und mit ihm das Gute, macht uns also weniger schuldig. Die Gefangenschaft wirft uns in eine entsetzliche Unschuld, in die Nicht-Verantwortlichkeit zurück.

Umgekehrt sollten wir, wenn wir heimgekehrt sein werden, gewissen Fraternisierungsversuchen nicht allzuviel Gewicht beimessen. Ich weiß: Deutsche haben uns Schokolade, Zigaretten geschenkt, sie plaudern mit uns über den Krieg, über Frankreich und Deutschland, über unsere Familien, über ihre, es kommt sogar vor, daß sie uns kleine Dienste erweisen. Im September hatte Feldwebel Langen sich zur Gewohnheit gemacht, abends in meine Baracke zu kommen, um mir von seiner kleinen Tochter Lena zu erzählen, die drei Jahre alt ist. Er kam rein, wir standen ohne Eile auf; da er kein Wort Französisch kann, murmelte Charlot zwischen den Zähnen: «Scheiße, schon wieder der!», und die anderen drehten sich um und lachten. Solche risikolosen Frechheiten sind häufig; sie tragen dazu bei, daß wir das bißchen Würde, das uns bleibt, verlieren, weil sie uns die Illusion geben, es zu bewahren. Langen sah nichts: er hat träge und müde blaue Augen. Er lächelte, grüßte mit der Hand diese abgekehrten Rücken, sagte auf deutsch zu mir: «Sagen Sie ihnen, sie sollen sich setzen.» Ich übersetzte; die Leute setzten sich. Langen blieb stehen und fing an zu sprechen: der Kleinen ging es nicht gut, der Arzt war besorgt, er fürchtete, sie habe Diphterie. Dann, durch die Stille peinlich berührt, unterbrach er sich plötzlich und sagte zu mir: «Sagen Sie ihnen, sie sollen tun, als wäre ich nicht da.» Ich wandte mich zu ihnen und sagte: «Tut, als wäre er nicht da.» – «Wenn's weiter nichts ist!» sagte Chauchard. Dann amüsierten sie sich damit, zu «tun», als wäre er nicht da. Der eine sang mit näselnder Stimme vor sich hin, der andere trommelte leicht auf den Tisch, ein dritter sagte Vaterunser auf, ein vierter sprang und tanzte vor dem Fenster. Diese Geräusche beruhigten Langen; er sprach, langsam, bedächtig, manchmal seufzend; ich antwortete ihm nicht, und er hatte nicht das Bedürfnis danach, daß ich ihm antwortete. Er ist ein dicker, großer Mann mit weichen Backen, einem grauen Schnurrbart; wenn er spricht, werden seine sanften Augen manchmal feucht. Zum Schluß sah er auf die Uhr, hielt einen Moment träumerisch inne, sagte: «Nun!», grüßte mit der Hand und machte kehrt. Kaum hatte er den Raum verlassen, umringten mich alle: «Schmeiß ihn doch raus; jetzt reicht's, man fühlt sich ja nicht mehr unter sich.» Eines Tages kam er herein mit einem Telegramm in der Hand; er hat es mich lesen lassen: Lena war außer Gefahr. «Bei Ihnen hätte man sie nicht gerettet, was?» Die Leute saßen ganz steif und höchst gereizt da: Pilchard hatte Charlot geohrfeigt. «Sie sehen traurig aus heute. Ist das Heimweh?» Ich antwortete nicht. «Sagen Sie ihnen, sie sollen tun, als wäre ich nicht da.» – «Sie wissen doch», sagte ich zu ihm, «daß sie nicht so tun *können*, als wären Sie nicht da.» Und da er schwieg, fügte ich hinzu: «Der Abend ist der einzige Moment der Ruhe.» Er sah sie einen Moment an, dann begann er, ohne zu zeigen, daß er verstanden hatte, zu sprechen wie sonst auch, über Kinderkrankheiten und Erziehung. Aber er ist nie wieder gekommen. Meine Kameraden haben mich beglückwünscht, als ich ihnen die Geschichte erzählte, und Charlot hat gesagt: «Er hat verstanden!» Aber ich bin nicht ganz sicher: vor allem war es, glaube ich, daß er, nachdem Lena gesund war, mich nicht mehr brauchte. So viele Deutsche schütten ja den Gefangenen ihr Herz aus, weil sie uns weniger mißtrauen als ihren Kameraden. Wir hören zu, ohne ein Wort zu sagen, oder vielmehr, wir hören nicht zu, aber bewahren dabei mehr oder weniger den Anschein der Aufmerksamkeit: das brauchen sie; sie fassen unsere Gleichgültigkeit als Aufnahmebereitschaft auf; sie sind froh, ihren Fall einem fast unpersönlichen Bewußtsein erklären zu können, das ihren inneren Monologen eine gefahrlose Objektivität verleiht; sie sprechen, und jemand hört sie. Ein Gefangener: kaum ein Mensch, ein vertrautes, harmloses Tier, das ihre Worte widerspiegelt, ohne sie zu deformieren; das genügt, damit sie sich selbst bemitleiden können. Wir wissen das alles und tragen es ihnen nach. Wir wissen wohl, daß es nicht *dieser* Feldwebel oder dieser Soldat ist, der uns gegen unseren Willen gefangenhält; aber wir werfen ihnen vor, daß sie unsere Gefangenschaft ausnutzen, um unsere Freundschaft zu erschwindeln. Es ist immer möglich, sich gegen Gewalt durch innere Verweigerung zu wehren; aber diese zarten Seelen wollen uns außerdem unser Einverständnis abnötigen; die anderen, die Pilchards, beschränken sich darauf, uns zum Arbeiten zu zwingen; aber wenn wir müde zurückkommen, wollen diese Heuchler uns ein wenig Rührung abluchsen, uns das einzige stehlen, was uns noch bleibt. Eigentlich sehen wir nicht ohne eine gewisse Befriedigung, wie sie erschüttert sind, wie sie mit tränenerstickter Stimme über ihre Frau sprechen, die sie seit sechzehn Monaten nicht gesehen haben und die so schön ist, über ihren kleinen Jungen, der in den ersten Monaten des Jahres 39 geboren ist und seinen Papa nicht wiedererkennen wird: auch wir haben Frauen, Kinder, Eltern, Freunde, und wir sprechen nicht über sie. Wir bleiben spröde und hart. Der Deutsche zieht ein Foto heraus: «Das ist sie; das blonde Kind ist meins, das andere ist der Sohn meines Bruders.» Wir sehen hin; wir haben ein Gefühl starker Überlegenheit, das sich je nach Charakter hinter dem Anschein von Unterwürfigkeit oder bloßer Höflichkeit verbirgt. Wären wir im übrigen versucht, uns rühren zu lassen, würde uns immer etwas im Ton unseres Gesprächspartners hemmen: eine didaktische und moralisierende Nuance. Man könnte meinen, sie rechtfertigen in ihren eigenen Augen die Vertrauensseligkeit, die sie sich erlauben, indem sie diese auch noch in den Dienst der Nazipropaganda stellen. «Bei Ihnen hätte man sie nicht gerettet, nicht wahr?» Feldwebel Langen wußte dieses Wort trotz allem aus der Tiefe seiner Ergriffenheit zu holen; Tränen rollten ihm aus den Augen, als er noch immer belehrte. Und wir wissen nie genau, wenn ein Deutscher uns das Foto seiner Eltern und seiner Frau zeigt, ob er uns rühren und uns begreiflich machen will, was ihn der Krieg kostet, oder ob er uns mit dem Schauspiel einer deutschen Familie erbauen will. Als Gegenleistung und um uns bis zum äußersten auszunutzen, vergessen sie nie, uns um eine Französischlektion zu bitten: «Dieses Wort, wie spricht man das aus? Ist es männlich? Weiblich?» Und mit einem breiten, treuherzigen Lachen fügen sie hinzu: «Denn ich komme vielleicht im Laufe des nächsten Monats nach Paris.» Manchmal sind sie etwas verlegen wegen der Unterschiedlichkeit unserer Lage, und sie wischen sie schnell mit einem Wort weg, um wieder zu ihren Vertraulichkeiten zurückkehren zu können: «Wir sind alle Soldaten, nicht wahr? Wir tun alle unsere Pflicht an unserem Platz, Sie wie wir.» Oder auch: «Sie sind Gefangene, gewiß. Aber wir auch: wir haben genau wie Sie nicht das Recht, dieses Gelände zu verlassen.» Aber auch wenn sie diesen Unterschied um der Sache willen verschleiern, so vergessen sie ihn doch nicht und wünschen schon gar nicht, daß wir ihn vergessen. Schaar, einer der Soldaten, die mit mir «fraternisieren» – er arbeitet wie ich im Gefangenenbüro in der Kemmelkaserne –, hatte ein Abführmittel genommen. Er hat mich gleich morgens ausführlich darüber informiert, mit allen Details: ich weiß, daß sein Darm ein wenig träge ist und daß der Arzt von nervöser Verstopfung spricht. Da er mit einer durchschlagenden Wirkung rechnete, schienen ihm die für das deutsche Personal reservierten Klos zu weit entfernt vom Büro, wo wir arbeiteten, und er zog es vor, unsere zu benutzen, die zwar ekelhaft sind, aber näher gelegen. Er hat mir also ein Schloß gegeben, das er mitgebracht hatte, mit der Bitte, es innen an der Scheißhaustür anzuschrauben; damit er sich gegebenenfalls einschließen könnte. Das tat ich. Am nächsten Tag ging ich meinerseits aufs Klo und drehte mechanisch den Riegel um. Aber sofort wurde die Tür von heftigen Fußtritten erschüttert, und ich hörte Schaars Stimme: «Aufmachen! Aufmachen!» Ich machte auf: Schaar war rot vor Wut. «Nehmen Sie das Schloß ab, und geben Sie es mir! Sie haben nicht das Recht, es zu benutzen; Sie sind Gefangene, wir müssen Sie immer und überall überwachen.» – «Warum haben Sie es mich dann anbringen lassen?» – «Das war für mich.» Er fügte hochmütig hinzu: «Es ist nicht gut, wenn ein Besiegter seinen Besieger in niederer Position sieht.» Ich behaupte nicht, die Deutschen zu kennen, aber nur bei ihnen habe ich diese Mischung aus Unaufrichtigkeit, ein wenig zittriger Rührseligkeit, pedantischem Bekehrungseifer und Utilitarismus angetroffen. Alle meine Kameraden reagieren darauf empfindlich. Und dann ist uns die Sympathie, die sie uns manchmal entgegenbringen, nicht angenehm; wir kennen ihren Ursprung nur zu gut: sie sind uns auf versteckte Weise dankbar, daß wir uns haben schlagen lassen: «Die Franzosen verstehen zu leben», sagte Langen ohne Ironie zu mir, «wenn sie verloren haben, werden sie nicht störrisch. Die Polen sind Wilde; sie merken nicht einmal, daß sie besiegt sind. Zehn Tage nach der Einnahme Warschaus schossen ihre Frauen noch aus den Fenstern auf uns, als wir in ein Dorf einmarschierten. Die Ihren», sagte er und verbeugte sich mit einem galanten Lächeln, «erwarteten uns mit Blumensträußen an den Toren von Paris.» Auf diese Herablassung haben wir die richtige Antwort gefunden: ironische Verachtung, Mitleid. Wir können es nicht fassen, daß man Deutscher sein kann. Neulich hat mich Galmot ans Fenster des Büros gerufen, um mir junge Rekruten zu zeigen, die im Kasernenhof exerzierten. Die Soldaten warfen sich voll ausgerüstet auf die Erde, krochen durch den Schlamm, sprangen wieder auf, liefen, nahmen Hindernisse, kletterten mit Schwung auf eine kleine Mauer und behielten dabei das Gewehr in der Hand. Galmot lachte Tränen: «Stell dir das vor!» Als die Rekruten in perfekter Ordnung stillstanden, wandte er sich ab und spuckte auf den Boden: «Arme Kerle!» – «Das ist nicht so schlecht», sagte ich zu ihm. «O ja, ja», sagte er ohne Begeisterung. «Die geben sich hin.» Er hob den Kopf wieder und fügte stolz hinzu: «Trotzdem. Franzosen könnte man solchen Quatsch nicht machen lassen.» Wir haben, im eigenen Interesse, den Mythos des «durchtrieben geborenen», «gewieften» Franzosen, des «Pariser Bengels», der dem dicken deutschen Rohling durch die Finger witscht, wiederbelebt. Sogar die Schtimis, selbst die bretonischen Bauern, die nicht den Ruf haben, besonders aufgeweckt zu sein, feixen spöttisch, wenn sie Deutsche vorbeigehen sehen. Chardin, ein blasser, weichlicher Typ, der immer in Pantoffeln herumgeht, amüsiert sich, wenn er von den «Boches» spricht. «Seht sie euch an! Seht doch mal. Ha, der Franzose wird sie immer in die Tasche stekken. Sollen sie uns schlagen, soviel sie wollen, die legen wir noch immer aufs Kreuz.» Diese totale Verachtung hat ihn übrigens auf den Weg, den sie in Paris Kollaboration nennen, gebracht: man muß sich mit den «Fritzen» verstehen, um sie besser hintergehen zu können, sie werden für uns die Kastanien aus dem Feuer holen; wenn wir es richtig anstellen, werden wir die Sieger des Krieges sein.

Diese gegenseitige und unter Höflichkeit versteckte Verachtung erleichtert die Beziehungen sehr, sie nimmt den Gewalttätigkeiten das Demütigende, der Rührung das Kommunikative. Ein Deutscher, der weint, ein Deutscher, der schlägt: diese Bilder sind trügerisch. In Wahrheit haben wir keine *Beziehungen* zu den Deutschen. Und vor allem sehen wir sie auch wenig; alle Anekdoten, die ich berichtet habe, haben einen Ausnahmecharakter. Ich für meinen Teil begegne einigen, weil man mich in der Kaserne arbeiten läßt, aber es vergehen ganze Wochen, ohne daß man sich anspricht. Innerhalb des Lagers werden die meisten Befehle vom Vertrauensmann oder von den Barackenchefs übermittelt. Hier und da zwischen dem Stacheldraht gibt es *deutsche Orte*, die Place Noire, die Kohlenbaracke, die Kommandantur: man meidet sie, auch wenn die Umgebung nicht verboten ist; sie haben etwas leicht Unheimliches. Sie sind tabu. Der Friede war eine gewisse Seinsweise der Franzosen unter sich; ebenso die *drôle de guerre*, wo der Feind unsichtbar blieb. Die Gefangenschaft ist eine andere Seinsweise derselben Franzosen, das ist alles.

Wenn ich diese Seinsweise von innen charakterisieren wollte, dann würde ich sie zweideutig nennen. Unsere Situation ist ja selbst zweideutig: da ist die ständige Gegenwart: Aufstehen, Arbeit oder Freizeit, Suppe, Arbeit, Suppe, Nachtruhe. Und dann ist da auch die ganze Vergangenheit, von der wir abgeschnitten sind, die Frauen, die Familien, die Arbeiten und die Freuden des Friedens – und die ganze Zukunft, die wir kaum ahnen. Die Gegenwart ist nicht hart. Man ißt zwar schlecht, aber man arbeitet wenig, hart ist es, keine Zukunft mehr zu haben, von der Welt getrennt zu sein. Deshalb würde ich sagen, daß wir nicht traurig sind und daß wir nicht froh sind. Die der Realität zugewandte Seite von uns ist eitel farblose Sorglosigkeit. Die Gefangenschaft gleicht insofern der Pottschen Krankheit, als sie eine Rechtfertigung ist. Wir tragen nicht die Verantwortung dafür, daß wir hier sind; wir sind hier, weil wir nicht hinauskönnen. Welche Erholung für den Geist. Die Zeit scheint nicht lang: genau wie dem Kranken. Sie fließt, gleichmäßig und lau, wie ein breiter, langsamer Strom, erwärmt von tropischer Sonne. Wir schlafen gut, wir haben tausend Beschäftigungen, die uns in Anspruch nehmen. Chauchard zum Beispiel hatte, als er in Baracke 17 war, seinen Strohsack im obersten Stock des Bettgestells. Inzwischen hat man uns in Baracke 23 verlegt. Er war im Krankenrevier, als wir umgezogen sind; er kam wieder und fand einen Platz im Parterre. Seither müht er sich ab, die Leute vom obersten Stock zu überreden, daß sie mit ihm tauschen. Vor allem Sertillange nimmt er aufs Korn; denn Sertillange hat ihm erklärt: «Mir ist das schnuppe: erster oder sechster, das ist doch Wurscht.» Aber seit er Sertillange hofiert, ist dieser plötzlich auf den außerordentlichen Wert gekommen, den Chauchard seinem Platz beimaß; dadurch ist er ihm teurer geworden. Jetzt rechnet er, wartet. Chauchard zählt auf sein nächstes Paket, um das Geschäft zu regeln: er wird Sertillange getrocknete Bananen schenken. Das genügt, um den Tag auszufüllen. Er sinnt darüber nach, wenn er seine Schuhe putzt; er macht Pläne: er liest nicht, weil es im Parterre zu dunkel ist, aber er sammelt Bücher für den Tag, wo er im obersten Stock sein wird. Truchon hat sich eisern vorgenommen, keine Läuse zu bekommen. «Sie werden mich nicht kriegen», hat er zu mir gesagt. Er schafft es, jeden Samstag außer der Reihe in die Entlausungsanstalt geschickt zu werden, den Rest der Woche entlaust er sich selbst, splitternackt in der Baracke, er trennt die Nähte auf und macht Jagd auf die Nissen. Bisher ist noch niemand Sieger in diesem zweifelhaften Kampf: jeden Tag tötet er welche, jeden Tag kommen sie wieder. Aber er ist in Anspruch genommen; er meidet gewisse Gefangene, die ihm ihre Tierchen übertragen könnten, er verkehrt nur mit sauberen Leuten, und wenn jemand sich über Ungeziefer beklagt, ist es ihm ein Vergnügen, zu sagen: «*Ich* habe keins. Man muß nur wollen, weißt du.» So schafft sich jeder eine begrenzte Zukunft innerhalb des Lagers, indem er etwas plant, was ihn davon abbringt, an die Freilassung zu denken. Wir erfinden Widerstände, die man bezwingen muß, suchen Mittel, und die Tage vergehen. In einer Hinsicht wäre die Freilassung das Leben, aber ebensosehr einem Tod vergleichbar: sie wird den Kreis dieser Pläne sprengen, die nur in diesem eingeschränkten Leben Sinn haben; wenn Chauchard morgen oder in sechs Monaten nach Frankreich abreist, wird er nie wissen, ob er schließlich Sertillanges Platz bekommen hätte, und Truchon wird nie wissen, ob er das Ungeziefer bis zum Ende des Krieges von sich ferngehalten hätte. Von Frankreich aus können wir diese Pläne nicht mehr aufnehmen, genausowenig wie man nachträglich eine tote Liebe wiederaufnehmen kann. Was uns sehr hilft bei unserer Sorglosigkeit, ist die *Durchschnittlichkeit.* Der Gefangene ist ein Massenmensch; nie allein, selbst beim Pissen, selbst beim Schlafen, seine Vergehen sind kollektiv wie die Strafen, die er erduldet; kollektiv seine Mißgeschicke und seine Freuden; er tritt nie hervor, nie richtet sich auf ihn eine besondere Absicht seiner Wächter: wenn jemand aus Baracke 76 entflohen ist, wird man die ganze Baracke bestrafen; wenn man für die Kommandos Leute rekrutiert, wird er nicht allein gehen. Immer Gefährten; er ist verloren in der Menge wie eine Nadel im Heuhaufen; er fühlt sich darin wohl; die Befehle und Unglücke müssen erst durch eine enorme Mauer von Fleisch, bevor sie ihn erreichen; ohne Frauen, ohne Kinder, ohne Hab und Gut bietet er den Katastrophen die geringste Angriffsfläche. Die Nahrung ist ihm bis auf weiteres zugesichert; wenn er krank ist, wird er behandelt. Ich schäme mich, es zu sagen, aber auch ich habe schon meine Gewohnheiten. Ich empfinde sehr lebhaft, daß ich auf einem Berg wohne, über einer Stadt. In der Ebene wäre ich mehr gedemütigt gewesen. Wo immer ich bin, setze ich die Höhe meiner geographischen Lage mit irgendeiner moralischen Überlegenheit gleich, die ich mir nicht formuliere. Ich mag es, wenn die Geräusche der Stadt zu mir aufsteigen; sonntags scheint mir das Glockengeläut von sehr weit her, von tief unten zu kommen. Alles liegt zu meinen Füßen: die Deutschen, Vichy, England. Ich erlebe, ohne es mir klarzumachen, eine erhabene Gefangenschaft. Ich nähere mich manchmal dem Stacheldraht, betrachte die gelbe, kahle Hochebene, die auf der anderen Seite der Stadt liegt. Ich kann nur sie sehen; das Tal ist verdeckt. Mir scheint, daß ich mit dieser unberührten, verlassenen Einsamkeit kommuniziere; sie ist wie meine Freiheit, ich denke nicht oft an Paris oder Juan-les-Pins. Aber es kommt mir vor, als ginge ich allein über diese Hügel; ich identifiziere den Petrisberg mit dieser Einsamkeit, deren Wildheit ich übertreibe: eigentlich sieht er ganz genauso aus, abgesehen von den Baracken und der Kaserne. Ich vergesse sie, wir kommunizieren von Kraft zu Kraft. Manchmal bewegt sich ein schwarzer Punkt langsam auf dem Hügel gegenüber. Das ist ein Mensch, das bin ich. Alles in mir ist dazu angetan, mir eine erhabene Gefangenschaft zu gewähren; manchmal setze ich sie der exaltierten Zurückgezogenheit des Weisen gleich, der Wahnsinn ist im Tal. Vor vierzehn Tagen gab es Alarm; das Gewieher der Stadt drang bis zu meinen Ohren; man hat sich nicht einmal die Mühe gemacht, uns in den Luftschutzraum zu bringen. Ich genoß es: ich war in der Höhe, auf der Seite der Flugzeuge und der Sterne, und die Stadt, diese wiehernde gestürzte Stute, lag unten ausgestreckt zwischen den Steinen. Schon habe ich meine Vorlieben: im Norden gibt es weiter unten ein kleines Spindelbaumwäldchen, wo ich mich oft hinsetze: das ist die Natur oder eher der Stadtrand, Sceaux, Robinson. Dagegen graut mir, ich weiß nicht, warum, vor einem ganzen Bezirk zwischen dem großen Tor und dem Krankenrevier. Sonntags mache ich wie die anderen, wie alle Angestellten, alle Bürger aller Städte Frankreichs, meinen Spaziergang auf der Hauptstraße, das heißt auf der mittleren Trasse. Links ist es erfreulich (schon schreibe ich *links*; tatsächlich ist es rechts, wenn man das Lager betritt, für mich links, weil meine Baracke im Nordosten ist) mit seinen Baracken (die Baracken der Pfarrer, die Baracke der Elsässer, das Krankenrevier).

Heute morgen rempelt mich Martin, der Kassenprüfer, auf dem Flur an. «Wo läufst du hin?» – «Zu den Postlern.» – «Warum das?» Er zieht mich in eine Ecke. «Behalt es für dich, sie kommen weg.» – «Wohin?» – «Stell dich nicht dumm: nach Châlons, um demobilisiert zu werden. Also hör zu, dir sage ich es, weil ich weiß, daß du es nicht weitersagst: ich werde Postler. Sie nehmen mich auf. Da ist einer, der eine Bescheinigung ausstellt, und ich ziehe bei ihnen ein. Es gibt einen freien Platz.» Martin war hintereinander Polizist, Eisenbahner, Landwirt; jetzt ist er Postler. Er geht acht Tage hintereinander zum Essen in eine Baracke, besticht jemanden mit Tabak und wartet. Die Polizisten und die Eisenbahner sind nicht weggekommen; die Landwirte sind weg, aber nach Pommern, wo sie den Boden bearbeiten sollen. Ich kehre in die Stube zurück und sage lachend zu den Leuten: «Martin ist Postler.» – «Na, diesmal klappt's», sagt Chomard. «Er wird wegkommen.» – «Die Postler kommen weg?» – «Das ist amtlich. Mit ihnen wird angefangen. Danach die Eisenbahner, die Fabrikarbeiter und die Beamten. Bist du Beamter, Delarue?» – «Ja, Lehrer.» – «Na, dann wirst du gegen Anfang

Dezember wegkommen. Danach gibt es eine Massenfreilassung zum 1. Januar. Manche sagen, zu Weihnachten.» Luget mischt sich ein: «Das ist alles gut und schön, aber die Postler werden nicht als erste wegkommen. Gib zu, sie werden weniger gebraucht als die Eisenbahner!» – «Das ist nicht gesagt», sagt Chomard, «der Eisenbahnverkehr läuft schlecht in Frankreich. Es gibt kein rollendes Material mehr. Während die Post . . .» – «Außerdem muß Delarue es ja wissen.» – «Ich weiß nichts», sage ich. «Davon war gestern in der Kemmel nicht die Rede.» – «Man weiß nicht alles in der Kemmel. Das kommt aus Wiesbaden. Charlier hat es im Radio gehört.» – «In welchem Radio?» – «Das er in seiner Sardinenbüchse versteckt. Sollen wir es ansehen gehen?» – «Geht ohne mich», sage ich. «Ich habe keine Lust, mich umsonst zu bemühen.» – «Du Unglücksrabe. Du wirst schön enttäuscht sein, wenn es ernst wird.» – «Arme Irre», sage ich, «wann werdet ihr bloß die Wahrheit begreifen: wir sind noch lange hier.» – «Wieso lange? Was soll das heißen: lange?» – «Bis Kriegsende, drei Jahre, fünf Jahre, zehn Jahre, was weiß ich.» Sie hören mir nicht mehr zu, sie drängeln sich lachend, um ihre Mützen zu nehmen, und gehen. Drei Monate dauert es jetzt, es wird bis zum Ende dauern. Jede Woche ein neues Märchen, jede Woche bricht es in sich zusammen, und ein neues kommt: es sind immer Freilassungspläne. Bald nach Alter, bald nach Familienverhältnissen, bald nach Rang. Ich habe zwei Leute streiten sehen: der eine, ein Zurückgestellter, behauptete, es würde nach Dienstzeit freigelassen, der andere, nach dem Datum der Einberufung. Es geht immer darum, sich seine Lage zu verbergen, sie als kurzfristig zu erleben. Im Grunde wissen sie genau, daß sie für Jahre da sind, aber sie wollen es dreimonatsweise erleben. Sie wollen die Baracken nicht mit dem Gedanken betrachten, daß sie sie jahrelang Tag um Tag sehen werden, sie wollen nicht, daß der Geschmack des deutschen Brots die Stärke hat, die ihm dadurch, daß es auf unbegrenzte Zeit gegessen wird, verliehen würde. Sie wollen, daß der Geschmack, daß alles provisorisch ist.

Und ich, bin ich authentisch? Augenblicke der Ewigkeit: die [ ]*, die angezündet wird.

15. September

Der Feldwebel mit der Brille, den wir Pilchard nennen, hat Charlot geohrfeigt. Charlot ist hingefallen, und der Feldwebel ist fortgegangen. Charlot ist wieder aufgestanden, hat sich endlos mit gesenktem Kopf die Ärmel abgebürstet; ich sah seine Lippen zittern, es war unerträglich. Endlich hat er uns angeschaut und gesagt: «O Mama! Was für eine Prügel.» Er fing an zu lachen, und wir haben auch gelacht. Wir sind zurückgegangen in die Baracke, Pinette und ich, und Pinette hat gesagt: «Die Schweine!» Ich habe die Achseln gezuckt, und er hat hinzugefügt: «Das werden wir ihnen nicht vergessen. Nie.»

Gewiß. Wir haben alle solche groben, lebendigen Bilder, an die wir uns lange erinnern werden.

16. September

Zeuge, immer Zeuge. Zeuge der anderen und meiner selbst. Warum muß ich dieses Tagebuch führen, und was hat sich verändert? Das Dekor ist nicht mehr dasselbe, das gebe ich zu, und ich habe viel Schweiß, viel Blut fließen sehen; aber das ungewöhnlichste Ereignis bewirkt vielleicht nur, daß wir in uns selbst verankert werden: wir ziehen es in unser Leben hinein, dessen Geschmack es annimmt. Bis zum Krieg habe ich nichts gemacht: ich spielte vor Kindern mit Ideen, die zu alt waren, um Schaden anzurichten; eine Behörde zahlte mir jeden Monat Geldbeträge, die in keinem erkennbaren Verhältnis zu meinem Geschwätz standen: ich war Rentier mit schlechtem Gewissen, ein reiner Konsument. Im übrigen schlaff und schuldig, immer aber klarsichtig, immer hoch über mir stehend, um von oben meine Wünsche zu beurteilen: sie starben nicht völlig daran, sie wurden langweilig. Ich

* unleserliches Wort im Manuskript.

drehte mich im Kreis, ich machte manchmal mit, ich gab mich nicht hin: ich war eine Jungfrau, die für ein extravagantes Verlöbnis bestimmt war, ich habe alle Bewerber abgelehnt, weil sie nicht schön genug waren, besonders den Spanischen Bürgerkrieg, weil er nicht *mein* Krieg war. Mein Krieg ist gekommen, er war nach meinem Bild: abstrakt und lau, lasch wie meine Wünsche, von vornherein verloren, und ich drehe mich im Kreis in einem runden Gehege, immer noch Rentier, ernährt von einer deutschen Behörde, frei, die verrücktesten Gedanken zu entwickeln, weil hier wie im Gymnasium Gedanken zu nichts verpflichten. Frei zwischen dem Stacheldraht, den man kaum wahrnimmt, zu klug, um mich von seinen Dornen zerfetzen zu lassen, habe ich nicht einmal die Erfahrung meiner Knechtschaft. Lambesc hat die seine ermessen, weil er versucht hat zu fliehen: er ist verwundet in den Stacheldrahtverhau gefallen, er hatte Schmerzen, die Scheinwerfer suchten das Lager und die Straße ab, und als sie ihn in ihr kaltes Licht tauchten, konnte er über seinem Kopf Hunderte rostiger Sterne sehen, von denen einige rot waren von seinem Blut. Ich bleibe immer zwei Meter von der Einzäunung entfernt: zwei Meter von der Einzäunung entfernt ist man frei; man denkt nach, man unterscheidet, man analysiert. Auf diese Entfernung ist der Stacheldraht vielleicht nur ein Schein von Stacheldraht; das ist eine Hypothese, die aufzustellen ein klarsichtiger Mensch sich schuldig ist.

Arbeiter, Bauern, Familienväter: man hat ihnen ihre Verantwortung geraubt. Mir hat man meine nicht geraubt: ich hatte keine. Alles, was ich machte, brach ein wie Sand, alles, was ich zerstörte, blieb intakt. Einmal habe ich ein Gewehr ergriffen ... Ich habe sicher niemanden getroffen. Schließlich hat man mir auch noch den Schein, etwas zu machen und zu zerstören, genommen, das ist ehrlicher. Ich schreibe fünf Stunden am Tag Namen von Gefangenen auf Listen ab: bald nach Rängen, bald alphabetisch, bald nach Beruf. Wenn das jemandem nützen kann, dann dem Feind. Aber nicht einmal das: wenn die Tinte trocken ist, verschließt man die Listen in Schubfächern, wo sie niemand herausholen wird. Berechtigt, hier zu sein und nicht woanders, weil ich nicht weggehen kann; berechtigt, nichts zu tun, weil es nichts zu tun gibt; berechtigt, mich nicht rechtfertigen zu können. Ich wartete auf *meine* Chance, mit welcher Unruhe! Sie hat mir nur mich selbst geboten oder mich gnädig in den Vollbesitz meiner Nichtverantwortlichkeit gebracht.

Lachend lese ich diese Seiten noch einmal: immer wieder die Klarsichtigkeit. Höchste Feigheit der Klarsichtigkeit: das ist ein Alibi, alles verstehen, um nichts tun zu müssen; sich über sich selbst beugen, um doppelt sein zu können. Mathieu Delarues Tagebuch oder Prozeß der Klarsichtigkeit durch sie selbst. So kommen wir nicht heraus, ich gehe schlafen.

17. November

Ich notiere die Worte Jouhandeaus aus der *Algèbre des valeurs morales*, die mir Abbé Rodière geliehen hat:

«Manche beobachten von weitem an sich selbst die Phänomene des Lebens, als wären sie ihnen persönlich fremd. An ihren eigenen Begierden nehmen sie teil wie an einem Ereignis allgemeiner Art. Daher ihre Parteilichkeit, ihre Unnachgiebigkeit nur der Sünde gegenüber; der Tugend verzeihen sie alles.»

*

Dein Irrtum, sagst du, war, zu glauben, deine Chance sei in den Dingen enthalten. Du wartetest auf sie, als du darüber hättest entscheiden müssen. Aber man entscheidet nicht ohne Grund. – Sehr gut: ich werde auch über die Gründe entscheiden. – Aber welchen Grund wirst du haben, darüber zu entscheiden?

*

Man müßte leidenschaftlich sein.

18. November

Leidenschaftlich, ja, gewiß. Und *wofür*? Das ist der geheime Traum der Klarsichtigkeit: gute Gründe zu finden, um blind zu werden; das ist der geheime Traum des Lichts: daß die Finsternis in ihm aufsteigt wie eine Flutwelle. Gewiß, gewiß: wer hat nicht davon geträumt, ein schwarzes Licht zu sein? Das Unglück ist, daß es im Licht nichts gibt, was nicht durch und durch Licht ist, keinen Grund, Nacht zu werden.

19. November

Betrachte jedes Ereignis, was es auch sei, als Chance. Ziehen, wenn es schiebt, schieben, wenn es zieht, wie beim Jiu-Jitsu, um mich auf jeden Fall nur von mir selbst zu haben. – Gut. Aber wenn nichts geschieht?

Warum so viele Anstrengungen? Man wetzt sich wie einen Säbel; wenn die Klinge scharf ist, kommt der Tod, der einen für immer in die Scheide steckt.

Für wen? Für was dieser Wille, besser zu werden? Ich bin der moralischen Manie verfallen. Ich möchte schöner werden, reicher werden, mir den erlesensten Geschmack geben, damit es einmal auf der Welt ein gewisses Absolutes an Reinheit gäbe, und dieses Absolute wäre *ich*. Aber gerade die Moral verlangt, daß man sich vergißt. Goethe sagt, daß wir im dunkeln seien über uns selbst und sein müssen, nach außen gewandt und die Welt bearbeitend, die uns umgibt. Aber wie soll ich das machen? Mich vergessen? Das heißt zu jeder Zeit daran denken, mich zu vergessen. Das heißt mich verlieren in der Hoffnung, mich besser wiederzufinden. Gipfel der Unaufrichtigkeit. Man müßte verloren geboren werden. Von Natur aus in eine Aufgabe hineingestellt: ein Arbeiter per Status in eine revolutionäre Partei geworfen. Wenn ich als Bürger, Intellektueller, Junggeselle, Beamter, reiner Konsument in seine Partei einträte, geschähe das aus einem Edelmut, der sich seiner allzu bewußt wäre, um moralisch *sein* zu können. Die KP hat ganz recht, den Intellektuellen zu mißtrauen.

Sich obendrein retten. Das ist nötig. Nein, das ist es auch nicht: selbst die Begriffe sind morsch. Alle Heilsmoral ist morsch, denn es ist *unser* Heil, was wir erwirken wollen. Sich verdammen, indem man die anderen rettet? Aber noch in dieser Neigung zur Verdammung entdecke ich Eigenliebe. Die Hölle ist nicht mehr die Hölle, wenn man sie erhobenen Hauptes betritt. Sich verlieren oder sich retten, das ist genau dasselbe. Die Moral ist eine List, sich der Welt zu bemächtigen.

Manchmal sage ich mir: sei bescheiden. Du bist Gefangener, es gibt nichts zu tun, außer deine Lage ohne Feigheit und Unaufrichtigkeit zu ertragen und dabei, wenn möglich, die anderen aufzuklären. Nur: das habe ich schon immer getan; diese Aufgabe fällt mir nur allzu leicht.

Ein Sprung ist zu machen.

Mir nicht mehr gehören, mich nicht mehr vorhersehen, mich nicht mehr wiedererkennen.

Samstag

Heute morgen, als ich mit Charlot und Pinette zum Appell gehe, höre ich es hinter mir laufen. «Delarue!», und Abbé Rodière faßt mich außer Atem an der Schulter. Das ist ein großer, nervöser junger Mann mit einem männlichen Gang: der einzige der Pfarrer, den ich mir nicht in Soutane vorstellen kann. Ich habe ein- oder zweimal mit ihm gesprochen: unter der angelernten salbungsvollen Art kommt, wenn er sich vergißt, eine bittere, fast böse Heftigkeit zum Vorschein. Aber er scheint von Zeit zu Zeit eine intensive und geheimnisvolle Genugtuung zu empfinden: dann verschränkt er die Arme und lacht allein vor sich hin. Er reicht mir eine dicke Brieftasche: «Verstecken Sie das.» Ich sehe ihn überrascht an, und er wiederholt gebieterisch: «Nehmen Sie sie. Das ist nichts Gefährliches.» Mit tiefer Verachtung fügt er hinzu: «Moneten, Mark.» Ich stecke die Brieftasche ein. Er dreht sich um und fängt an zu lachen:

«Das hätten wir!» Er zeigt auf die Baracke der Pfarrer: sie ist von einem Kordon deutscher Posten umringt. Er lacht immer noch mit einem komplizenhaften Gesicht: «Es wird Heulen und Zähneklappern geben.» Er grüßt mit der Hand und geht lässig davon oder eher – denn er kann nie wirklich lässig sein –, indem er Lässigkeit schlecht spielt. «Ist er bekloppt?» fragt mich Charlot, der die Pfarrer nicht mag. Ich antworte nicht, meine Augen folgen Abbé Rodière. Er nähert sich den Posten. Langes Palaver. Dann geht er ohne Eile wieder in seine Baracke.

Abends verlasse ich Charlot und Pinette am Eingang des Lagers und streife um die Baracke der Pfarrer herum. Die Posten bewachen immer noch alle Ausgänge; einer jagt mich weg. Durch ein offenes Fenster höre ich Hammerschläge: man befestigt oder lockert Dielen.

*

Pinette verläßt kaum noch die Baracke außer zum Arbeiten in der Kemmel; er ist um zehn Jahre gealtert. Seine Brauen glätten sich nicht, drei vertikale Falten über der Nase durchschneiden dauernd seine Stirn; sein hübsches, eigensinniges kleines Gesicht ist zerfurcht; die Haare über den Schläfen sind weiß geworden. Er bleibt schweigend unter uns, die Augen hart und starr, er antwortet uns schlecht gelaunt mit Zeichen und wird nur an Tagen lebendig, wo die Verpflegung besonders schlecht ist. Dann sieht er uns an und kneift die Augen zusammen, als hätte er uns einen schönen Streich gespielt: «Sie haben uns erwischt!» sagt er feixend. «Und es ist noch nicht zu Ende; wir werden noch ganz anderes erleben!» Meistens gibt er seine Suppe den Spaniern, und wenn er zufällig bereit ist, sie zu probieren, nimmt er nicht selten ohne ein Wort sein ganzes Eßgeschirr und schüttet die Suppe aus dem Fenster; so daß er in einen beunruhigenden Schwächezustand verfallen ist. Dennoch ist er nicht deprimiert, er läßt sich nicht gehen, im Gegenteil: er steht von uns allen am frühesten auf. Frisch rasiert, immer sauber, sorgfältig geflickte, saubere Wäsche tragend, macht er seine Arbeit mit einer Gewissenhaftigkeit, die ihm die Achtung der Deutschen eingetragen hat; in der Baracke erlegt er sich mit mürrischem Edelmut unnütze Arbeiten auf; oft findet der, der Stubendienst hat, beim Aufstehen den Boden gekehrt und gespritzt: «War ich nicht an der Reihe?» fragt er. Atemlos, beunruhigende Röte auf den Wangen, wendet Pinette ihm seinen toten Blick zu: «Worüber beklagst du dich denn, du Idiot?» Man könnte meinen, er legt es hartnäckig darauf an, sich zu zerstören: neulich hat er sich über unseren schweren Tisch hergemacht, er wollte ihn ganz allein wegrücken. Ich bin hingestürzt, um ihm zu helfen, aber er hat mich mit ungeduldiger Miene weggestoßen. Schließlich konnte er ihn nicht heben: einen Moment blieb er mit gesenktem Kopf mitten im Zimmer stehen, dann drehte er sich um und ging, ohne jemanden anzusehen, hinaus. Ich habe ihn lange nach dem Zapfenstreich zurückkommen hören. Als ich heute von der Baracke der Pfarrer zurückkam, habe ich ihn dabei angetroffen, wie er mit einer alten Rasierklinge Schuhbänder zerschnitt. «Was machst du denn da?» Er scheint nicht zu hören; er hat sich in den Daumen und den Zeigefinger der rechten Hand geschnitten. Ich lege ihm die Hand auf die Schulter: «Was machst du denn da?» Er hebt nicht den Kopf: «Das siehst du doch: Nachtlampen für alle.» Die Deutschen sperren uns um zehn den Strom: wir stellen Lampen her, indem wir in der Küche gestohlenes Fett in unsere Schuhcremebüchsen drücken und alte Schuhbänder oder Schnüre hineinstecken, die man am überstehenden Ende anzündet. «Laß doch und komm mit spazieren: jeder macht seine eigene.» Keine Antwort; ich versuche, mit ihm über seine Frau zu sprechen; er hat gestern einen Brief bekommen. Er feixt: «Ja, ja!» – «Hast du schlechte Nachrichten?» – «Nein, es geht.» Nach einem Moment sagt er zwischen den Zähnen: «. . . sich die Mühe macht, mir zu schreiben.» – «Was?» Er hebt den Kopf, wiederholt wütend: «Ich frage mich, warum sie sich die Mühe macht, mir zu schreiben. Wie lange wird es noch dauern, dieses Spielchen? An Tote schreibt man nicht. Sie sollte lieber daran denken, ihr Leben noch einmal zu beginnen.» Ich nehme ihn an den Schultern: «Pinette! Sei kein Idiot. Sie kann ruhig ein bißchen auf dich warten.» Er macht sich lachend los: «Ein bißchen? Reden wir in zehn Jahren wieder davon!» Charlot, der gerade eingetreten ist, frisch und rosig wie immer, lacht seinerseits vor Entrüstung: «Zehn Jahre! Warum nicht hundert! Du redest Scheiße.» Pinette steht jäh auf, seine Augen funkeln vor Wut: «Arme Irre! Ihr glaubt alle an den Weihnachtsmann. Was muß man euch antun, damit ihr begreift?» – «Es gibt nichts zu begreifen», sagt Charlot erschrocken. «Wir werden alle bei Kriegsende zurückkommen.» – «Bei Kriegsende! Bei Kriegsende! Wer sagt dir, daß er enden wird, der Krieg? Und außerdem, Krieg oder nicht, das ist Jacke wie Hose, wir sind keine Gefangenen, du Idiot! Wir sind *Deportierte*: sie lassen uns arbeiten, bis wir krepieren.» Ich sage zu ihm: «Komm, Pinette, geh eine Runde mit uns.» Er hat sich wieder hingesetzt; er fängt wieder an, seine Schuhbänderstücke zu schneiden. Ich zucke die Achseln und gehe mit Charlot hinaus. Wir laufen schweigend; nach einer Weile sagt Charlot ängstlich zu mir: «Findest du nicht, daß er übertreibt?» – «Doch», sage ich, «genau das: er übertreibt.» – «Aber warum?» Charlot sieht mich mit konziliánter und überzeugender Miene an: über meinen Kopf hinweg wendet er sich an Pinette: «Wenn man sich ein bißchen arrangiert, kann man sich ein kleines, nicht allzu schlechtes Leben einrichten.» Ich zucke die Achseln: «Eine Frage des Stolzes.» – «So», sagt Charlot geschlagen, «so, wenn das Stolz ist . . .»

Ein kleines, nicht allzu schlechtes Leben . . . Das Paradoxe an unserer Lage ist, daß sie zugleich unlebbar und leicht zu leben ist.

Sonntag morgen

Heute nacht aus dem Schlaf hochgeschreckt durch das Geheul, das vom Tal hochstieg. Neben mir jubelte Pinette: «Die Sirenen! Jetzt kriegen sie ihr Fett.» Schritte schlurfen draußen, Lichter durchzucken die Scheiben, aber man macht sich nicht einmal die Mühe, uns in die Luftschutzräume zu bringen. Bunoust schimpft: ich höre seine laute Stimme im Dunkeln, mehr entrüstet als beunruhigt: «Sie gehen natürlich in Deckung, und uns läßt man in der Scheiße.» Aber ich genieße es, gut eingerollt in meine Decke das Wiehern dieser auf dem Rücken liegenden Stadt zu hören. «Hörst du das Flugzeug?» flüstert Charlot. Ich höre nichts: ich schwebe, ich schwebe, ich bin ganz oben; zwischen dem Piloten am Himmel und mir auf meinem Hügel . . . Ich schrecke hoch: *mein* Hügel . . . Wie geschickt man sich wehrt! Ich gebe mich demütig und bescheiden, ich behaupte, unserer Situation ins Gesicht zu sehen, aber in mir gibt es eine emsige Bürokratie, die eifrig Änderungen, Korrekturen macht, hinter meinem Rükken die glücklichen Illusionen, die ich gerade zerstört habe, in neuer Form wiederherstellt, mir Zufluchtsorte, Rückzugsmöglichkeiten sichert, während ich mich hartnäckig bemühe, unserem Unglück auf den Grund zu kommen. Entwarnungssirene; als einziger der ganzen Stube behauptet Charlot, die Flugzeuge gehört zu haben. Der Schlaf übermannt mich wieder: morgen werde ich das klären.

Keine Messe. Die Pfarrer sind immer noch in ihre Baracke eingeschlossen. Die Katholiken haben sich trotzdem im Theatersaal versammelt und sind niedergekniet, um gemeinsam ihr Gebet zu sprechen.

*

Im Grunde haben sie alle wie ich das Gefühl, daß sie von vorne beginnen können. Sie sind weit weg, Frankreich ist besiegt, sie werden auf jeden Fall bei der Rückkehr nicht ihre alte Situation vorfinden. Jetzt sind sie umgeben von nackten Männern, wie sie es selbst sind, Papiere und Ränge sind abgeschafft. Da sagen sie ihre Träume: jener Meistertitel, den sie verdienten, den sie nicht bekommen haben, zufällig natürlich, ungerechterweise, endlich haben sie das Recht, sich mit ihm zu schmücken. Sie lügen nicht; sie sagen eine Wahrheit, die wahrer ist als das Wahre. Sie wären Ingenieure geworden, selbstverständlich, wenn ihre Familien nicht ihr Studium unterbrochen hätten, wenn man ihnen nicht ein Stipendium verweigert hätte. Der Unter-Bürochef gibt sich, wenn er sich Bürochef nennt, genau die Beförderung, die er erlebt hätte, wenn er nicht an die Front gemußt hätte. Und da sie wissen, daß die Kameraden sich eine Stufe höher gestellt haben, stellen sie sich auch höher, um die echten Verhältnisse zu wahren. So wird dieses Lager von Besiegten, Arbeitern, Bauern, kleinen Angestellten, kleinen Kaufleuten ein Lager von Zufriedenen, von Glücklichen dieser Welt. Ich bin sicher, daß das für manche eine Chance ist und daß sie ihr nachtrauern werden. Die Ungerechtigkeiten des Schicksals sind wiedergutgemacht.

22. November

Der Feldwebel Katz, Leiter des Krankenreviers, ein großer, ziemlich fetter Junge, schön, aber weichlich, mit wirren blonden Haaren, gönnt sich neronische Unterhaltungen. Gestern ist er mittags in der Zeit des größten Menschengedränges mit dem Motorrad in die Hauptstraße gerast. Die Gefangenen liefen schreiend zur Seite. Auf dem Platz, der von Menschen wimmelte, fing er an, mit Vollgas Runden zu fahren. Dann hat er plötzlich gestoppt, einen Neger entdeckt, hat ihn mit seinem Revolver bedroht und gezwungen, sich auf den Gepäckträger des Motorrads zu setzen. Dann ist er wieder losgefahren, hat wieder Runden gedreht mit dem verängstigten Schwarzen hinten drauf.

23. November

Die frankistische Gruppe ist gebildet unter den Auspizien der Kommandantur. Zwei Anführer: Major Rignard und Gilly, der angeblich Justitiar der Filmgesellschaft Pagnol ist. Erste Versammlung heute abend um 8 Uhr in Baracke 17. Das Tragen des frankistischen Abzeichens ist erlaubt.

24. November

Ich bin zum Essen eingeladen bei Rinaldi, dem kleinen Korsen, Chef von Baracke 12. Der Magen knurrt uns hier vor Hunger, aber von Zeit zu Zeit lädt man zum Essen ein: ein Paket ist angekommen, und dann kauft man Lebensmittel von den Gefangenen, die draußen arbeiten gehen. Der Kreislauf ist kompliziert: der Braconnier zum Beispiel, den man gerne den Braco oder Braco nennt, arbeitet in der Stadt. Er stiehlt im Magazin englische Jakketts und tauscht sie bei Zivilisten gegen Brot, Eier, Fleisch oder Cognac; dann verkauft er die Nahrungsmittel wieder an reiche Gefangene. Die, die man hier reiche Gefangene nennt, sind Gefangene, die Geld bei sich hatten, als sie gefangengenommen wurden. Das hat nichts zu tun mit der Plutokratie der Küchen, über die ich ein andermal sprechen will. Die Scheine verleihen keine Macht, außer der, von Zeit zu Zeit etwas zu essen kaufen zu können. Im übrigen schmilzt ihr Geld, das sich nie erneuert, langsam dahin, und das ganze Geld des Lagers wird sich in einigen Händen konzentrieren. Es wird angehäuft, unproduktiv. Aber das sind Leute, die weit blicken: es ist für die Freilassung. Der Braco zum Beispiel. Sein einziges Ziel ist, zu Geld und Beziehungen zu kommen. Er ist Findelkind. Fürsorge. Ausbrüche, Erziehungsanstalten. Dann läßt er sich im Norden nieder und wildert. Er ist ein kleiner häßlicher, verdreckter Mann mit vor Intelligenz leuchtenden Augen. Kurz vor dem Krieg verheiratet er sich mit einem hübschen Mädchen des Dorfes. Es folgt eine Geschichte, die er gerne erzählt und die ich für sehr verdächtig halte: im April 40, als er 90 Kilometer von dort im Feld stand, hat er Wind bekommen, daß sie ihn betrog. Er desertiert, kommt nachts nach Hause, findet seine Frau mit einem schönen Soldaten im Bett, schießt beiden mit dem Gewehr in den Bauch, irrt die ganze Nacht durchs Gelände und stellt sich am Morgen. Die Militärbehörde leitete die Untersuchung ein, als die Armee zusammengebrochen war; er ist aus dem Gefängnis geflohen, hat sein Soldbuch vernichtet, und die Deutschen haben ihn auf der Straße aufgelesen und für einen von seinem Regiment abgeschnittenen Soldaten gehalten. Ich glaube gern, daß er im Moment des Zusammenbruchs im Bau war, aber es muß wegen eines weniger noblen Delikts gewesen sein. Jedenfalls hat er an alles gedacht: er kann nicht mehr in den Norden zurück, also wird er sich in der Gegend von Bordeaux niederlassen. Aber er braucht am Anfang Geld und außerdem gute Beziehungen, die ihn protegieren. Er lebt also hier unter falschem Namen, stehlend, plündernd, tauschend, hart arbeitend, um das Vermögen zu erwerben, das er nach der Freilassung ausgeben will. Man übergibt ihm die Bestellungen acht Tage vorher, und nur selten bringt er nicht, was er versprochen hat. Er begünstigt den Sohn eines Großindustriellen aus Toulouse und bringt ihm gratis Lebensmittel mit. Einen Moment hat er auch mich begünstigen wollen; er hat erfahren, daß ich Lehrer bin, und hat sich vorgestellt, ich könnte gegebenenfalls «günstig über ihn aussagen». Er hat mir zweimal Tabak mitgebracht. Das drittemal habe ich abgelehnt, und dabei blieben unsere Beziehungen stehen.

Wir sind also zum Korsen gegangen, Bunoust und ich. Bunoust macht leidenschaftlich gern Besuche. Er hat seine Handschuhe angezogen, er zappelt. Sonntags geht er von Baracke zu Baracke und kennt allen Klatsch im Lager. Vor dem Krankenrevier hat er mich angehalten: «Sieh mal.» Feldwebel Katz, der Sadist, überprüft die Füße der Sanitäter. Alle sind da, jung und alt barfuß, auf dem Kies hüpfend, ihre Knobelbecher neben sich. Draußen steht schon die Menge, um sie in dieser lächerlichen Haltung zu sehen. Die Sanitäter sind nicht sehr beliebt; es ist die Aristokratie des Lagers: sie leben für sich, im Krankenrevier, gehen wenig hinaus, haben keine Flöhe, üben eigentlich einen freien Beruf aus und verkehren nicht mit uns. Und dann vor allem gibt es die Genfer Konvention: sie werden nicht als kämpfende Soldaten betrachtet; früher oder später wird man sie freilassen. Katz weiß es; er weiß, daß wir sie hassen, er macht sich einen Spaß daraus, sie uns ihre schmutzigen Füße entgegenstrecken zu lassen. Rot und stumm verharren die Sanitäter, während Katz schreit und tobt. Plötzlich hat er genug, er zieht seinen Revolver, schießt in die Luft und richtet ihn brüllend auf uns. Wir zerstreuen uns ohne Eile: wir kennen Katz und den Revolverschuß. «Ist das ein Sadist?» fragt mich Bunoust. «Ich denke, ja. Und dann nehme ich an, daß er sich langweilt.» Wir treten beim Korsen ein. Er hat Abbé Gennbart, Pirard und Ramadier eingeladen. Auf dem großen Tisch Teller; auf jedem Teller die Speisefolge: Ei auf Corned beef, Schweinebraten mit Erbsen, Apfelkuchen, Moselwein, Liköre. «Nicht schlecht!» sagt Bunoust. «Nicht schlecht, finde ich!» Aber die Unterhaltung wird schnell gereizt, als Rinaldi berichtet, daß er den Frankisten beitreten will. «Es gibt einen Dreh mit dem Chefarzt», erklärt er uns. «Die ersten zweihundert Mitglieder werden für unheilbar erklärt und freigelassen. Wenn ihr Lust habt ...» – «Ich habe keine Lust», sagt Bunoust. «Nein. Nicht einmal, um freigelassen zu werden. Davon abgesehen ist es sehr wahr, daß die Frankisten unheilbar sind.» Rinaldi hört auf zu essen und legt geräuschvoll seine Gabel hin: «Du bist Junggeselle.» – «Nein», sagt Bunoust. – «Kinder?» – «Nein.» – «Das macht nichts. Es ist ein Verbrechen, eine Gelegenheit, wegzukommen, auszuschlagen, wenn man Familie hat.» – «Ich werde nicht der frankistischen Partei beitreten», sagt Bunoust. «Und du?» fragt mich Rinaldi. «Ich», sage ich zu ihm, «ich bin Junggeselle.» Ich habe keine Lust zu diskutieren: ich habe hinter seinem Dickschädel seinen Pferdestolz erraten. Er wird in die frankistische Partei eintreten und genausowenig wegkommen wie die anderen: ich werde nicht mehr zu ihm gehen, das ist alles. Im übrigen ahne ich, daß der echte oder falsche Dreh mit dem Chefarzt ihn nur halb interessiert. Er schiebt ihn vor aus Ziererei und weil er sich weniger schämt, zynisch zu erscheinen als überzeugt. Wenn Bunoust nicht lockerläßt, werden wir einen Streit von zwei Stunden über Politik haben. Ich gebe Bunoust unter dem Tisch einen Fußtritt, aber es ist zu spät: «Von wegen daß sie sauber war, eure Republik», sagt Rinaldo. «Durch und durch verfault. Im übrigen hat man ja gesehen, wie sie sich bewährt, oder? Beim ersten Schlag ist sie zu Boden gegangen.» Er sieht Bunoust mit seinen großen Augen an: «Was nützt es heute, der Republik treu zu bleiben? Es gibt keine Republik mehr, oder? Wenn man etwas Sauberes machen will, muß man eine andere Lösung suchen.» – «Schon möglich», sagt Bunoust. «Aber ich werde nicht in eine Partei eintreten, die von den Deutschen protegiert wird.» Rinaldi haut auf den Tisch: «Na was denn, was ist denn mit den Deutschen? Im Gegenteil: sie kommen doch zurecht, sie können uns was beibringen.» Es gibt ein allgemeines Geschrei, in dem ich Bunoust das Wort «Freiheit» aussprechen höre, Rinaldi springt hoch: «Ich hab die Nase voll von der Freiheit. Ich weiß, was das ist, Freiheit: Streiks, Attentate, besoffene Arbeiter, Kerle, die mich bei mir zu Hause anschnauzten mit dem Hut auf dem Kopf. Das allein genügte schon, mich zum Frankisten zu machen.» Um den Streit abzubrechen, frage ich Abbé Gennbart, der ißt, ohne etwas zu sagen: «Und Sie, Pater, was denken Sie über den Frankismus?» Er lächelt, führt ein Stück Schweinebraten zum Mund, kaut es und schluckt es, ohne sich zu beeilen, herunter, dann: «Ich werde sicher nicht in die frankistische Partei eintreten: erstens verbietet es mir meine Eigenschaft als Priester. Und außerdem müssen wir uns vor gewissen Übertreibungen hüten, selbst wenn sie von einem richtigen Gefühl für die Situation ausgehen. Wir haben einen Herrn, nicht wahr, in den wir unser ganzes Vertrauen setzen können und sollen.» – «Dieser Herr ist faschistisch wie die anderen.» – «Die Kirche ist so alt wie die Welt; sie existierte in der Zeit der Könige, die Könige sind verschwunden, und sie bleibt; sie hat sich auch den Republiken angepaßt, und jetzt verschwinden die Republiken ihrerseits; sie wird sich genauso dem Nationalsozialismus anpassen.» Er ist mit dem Schweinebraten fertig, er legt die Fingerspitzen aneinander und sagt mit einem feinen Lächeln: «Man muß dem Kaiser geben . . .» Als wir uns von ihnen verabschiedet haben, geht Bunoust schweigend neben mir her. Er hat etwas zuviel getrunken, er ist es nicht mehr gewohnt; sein Gang ist nicht sehr gerade, und ich sehe erstaunte Blicke, die sich auf uns richten. Schließlich halte ich ihn fest am Arm. «Das Essen war gut», sagt er zu mir. «Aber was für Schweine.» – «Richtig», sage ich, «richtig. Paß auf, wo du gehst.» Er stolpert und seufzt. Er sagt: «Sie werden es schaffen, die Schweine! Die Typen sind angewidert von der Republik. Nicht, daß sie die Deutschen lieben, nein. Aber, verstehst du, sie haben Angst vor der Freiheit der anderen.»

25. November

Das Gerücht von dem «Dreh» des Chefarztes verbreitet sich im Lager. Anscheinend gibt es schon 200 Beitritte zum Frankismus. Bei mir wird es jedenfalls keinen geben. Ich habe meine Burschen ordentlich angeschnauzt. Pinette brummelte in seiner Ecke: «Sie haben recht. Jetzt reicht's mit der Republik, mit der Scheißdemokratie.» – «Was denn, willst du Faschist werden?» – «Von wegen!» sagt er. «Ich werde ihnen in die Fresse hauen, wenn sie hierherkommen.» – «Also?» – «Ich wünsche mir ein Erdbeben», sagt Pinette finster. Ich bin erleichtert. Aber die Typen sind lau. Lau dafür und lau dagegen. Sie sind Opfer der demokratischen Illusion: sie betrachten Gilly und seine Clique als «Stars» des Lagers. Sie mögen ihn nicht, aber er ist für sie eine amüsante und bekannte Persönlichkeit. Sie sehen ihn gern vorbeigehen mit seinen Stiefeln und seiner Chechia, die sein freches, blasses und flaches Gesicht zusammendrückt. Sie sind froh, daß sich einer von ihnen unterscheidet, so wie man froh ist, wenn man Raimu oder Pierre Blanchar im Restaurant trifft. Sie stoßen sich mit dem Ellbogen an, wenn er vorbeigeht; sie sagen zueinander: «Da ist Gilly.» Komische Figur, dieser Gilly. Neulich in der Bibliothek hat er vor einem gebildeten Publikum mit geschlossenen Augen und sanfter, süßlicher Stimme die *Invitation au voyage* rezitiert. Noch einer, der im Lager *seine* Chance findet. Das wird seine beste Zeit sein.

Abbé Rodière holt mich zu einem Spaziergang ab. Er schätzt mich, ich weiß nicht, warum. Ich sage zu ihm: «Ich habe meine Probleme, das stimmt; ich habe meine Unschlüssigkeiten. Aber täuschen Sie sich nicht: ich bin keine Seele für Sie.» Er sagt: «Ich weiß.» Ich atme auf: er ist mir sympathisch. Ich sage es ihm, aber ich füge hinzu: «Sie sind wie die Kommunisten: Ihre Sympathien sind immer eigennützig.» Er lächelt und sagt: «Es stimmt, daß wir fast nur Gott zugetan sind. Aber ich glaube, das ist dumm. Ein echter Priester muß *alles* haben. Ich will weder Untermensch noch Parasit sein.» Ich lächle ihm meinerseits zu. Er sagt: «Sie denken an die Frau. Das stimmt. Aber wir dürfen die Frau nicht vernachlässigen. Wir können nicht eine ganze Hälfte der Menschenwelt ignorieren. Wir können die Frau als Mutter und als Schwester erfahren. Überall, wo ich war, habe ich Frauen, die ich als meine Schwestern betrachte.» Mit einer Art Unruhe befragt er mich: «Sie, Sie als Philosoph denken doch, daß man zu einer Frau andere als Liebesbeziehungen haben kann?»

Deutsch von Andrea Spingler

Die letzte Chance (Fragmente)

Auf der Treppe hatte Mathieu mit weichen Knien dreimal stehenbleiben müssen. Er ging mit langsamen Schritten den Flur entlang. Als er am zweiten Saal vorbeikam, traten zwei deutsche Soldaten heraus: der eine stützte sich auf Krücken, der andere trug einen Verband um die Stirn. Als sie Mathieu erblickten, brachen sie in ein lautes Lachen ohne Bosheit aus; Mathieu lachte auch, die Soldaten nickten und entfernten sich. Mathieu sah ihnen eine Weile nach, dann ging er sehr langsam weiter.

Auf der Schwelle des «Franzosensaals» blieb er stehen: jemand hatte die Tür und sämtliche Fenster aufgemacht.

«He, Jungs!» sagte Mathieu. «Soll ich die Tür zumachen? Es zieht.»

Er wartete einen Augenblick und wiederholte lauter:

«Die Tür, soll ich sie zumachen?»

Eine gedämpfte Stimme kam aus einem Bett:

«Stell dich nicht dumm; wir haben sie aufgemacht, weil es stinkt.»

Mathieu bewegte sich mit argwöhnischer Nase zwischen den Betten hindurch. In den hinteren dösten die Ruhrkranken, die am vorgestrigen Tag aus dem Lager heruntergebracht worden waren. Sie hatten seit ihrer Ankunft entkräftet dagelegen, und Mathieu hatte kein Wort aus ihnen herausholen können. Er trat an ein Fenster, betrachtete eine Weile den Hügel, blau in der Ferne im Sonnenschein, und lächelte. Dann ging er weiter. Bollard, sein Bettnachbar, sah ihn mit seinen starren und glänzenden Augen an. Als Mathieu ganz nah bei ihm war, fing Bollard liebevoll an zu lachen:

«Schon wieder! Man muß dich erst umbringen, um dich vom Lächeln abzuhalten.»

«Entschuldige», sagte Mathieu lächelnd.

«Idioten sind so: sie lachen sich den ganzen Tag kaputt, und wenn man sie fragt, warum, dann weil die Suppe gut schmeckt oder weil man ihnen am Morgen die Haare geschnitten hat.»

«Das sind gesunde Freuden», sagte Mathieu, während er sich auf sein Bett setzte. «Ich sehe nicht ein, warum man sie ihnen nicht gönnen sollte.»

Bollard sah ihn mit gespielter Strenge an:

«Warum hast du gelächelt?»

«Wie die Idioten», sagte Mathieu. «Weil das Wetter schön ist und weil ich geheilt bin.»

Er verstummte plötzlich. Aber Bollard schien nicht zugehört zu haben. Er strich mit der flachen Hand die Dekken glatt, er wirkte nervös und verlegen.

«Ich komme weg», sagte er abrupt.

«Wann?» sagte Mathieu.

«Gleich.»

Mathieu hörte auf zu lächeln. Bollard fügte, ohne den Kopf zu heben, hinzu:

«Sie transportieren die Unheilbaren aus dem Stalag in die Heimat, gleich kommt ein Konvoi runter, und dem schließe ich mich am Bahnhof an.»

Mathieu sah auf diesen gesenkten Kopf und wußte nicht, was er sagen sollte.

«Das ist komisch für mich, weil ihr hierbleibt», sagte Bollard.

«Na gut, wir bleiben hier», sagte Mathieu. «Und?»

Sein Hals war zugeschnürt, er dachte: glaub mir, wir haben noch die größere Chance.

«Sie werden euch da raufschicken», fuhr Bollard fort. «Und von da zum Arbeitseinsatz . . .»

«Wenn es nur das ist», sagte Mathieu, «da brauchst du dir um mich keine Sorgen zu machen: mir macht es Spaß, da raufzukommen.»

Bollard hob den Kopf:

«Oh, dir natürlich!» sagte er mit vernichtender Geringschätzung. «Was macht dir keinen Spaß? Aber zum Glück sind nicht alle wie du.» Er fragte: «Bist du nicht zu müde?»

«Nein», sagte Mathieu. «Wieso?»

«Ich möchte, daß du mich anziehst.»

Mathieu stand auf:

«Wo sind deine Klamotten?»

«Am Fußende.» Er fügte hinzu: «Die Sanitäter kommen bestimmt wieder, aber ich will nicht, daß sie mich anfassen.»

Er hatte sein Hemd aufgeknöpft, Mathieu zog es ihm aus und sah voller Bewunderung seinen muskulösen Oberkörper an.

«Sag mal! Du hättest einen Ochsen totschlagen können.»

Bollard lächelte und ließ seinen Bizeps spielen:

«Faß mal an!»

Mathieu faßte ihn an und pfiff, dann nahm er das Khakihemd vom Bett und half Bollard, es überzuziehen.

«Wie machen wir es mit der Hose?» sagte er.

«Du hebst mich hoch», sagte Bollard. «Bück dich ein bißchen.»

Mathieu bückte sich, Bollard legte die Arme um seinen Hals; Mathieu hob ihn mit einem Ruck hoch: er war unangenehm leicht, wie eine Hantel, von der man geglaubt hat, sie sei aus Gußeisen, und die aus Holz ist. Mathieu fiel beinah auf den Rücken. Er kam wieder ins Gleichgewicht und nahm mit der freien Hand die Hose vom Bett.

«Wird sie halten?» fragte Bollard.

«Warum nicht? Sie wird nicht von den Beinen gehalten, eine Hose. Vom Gürtel, du dummer Kerl. Halt dich gut fest, ich lasse dich nämlich los.»

Bollard umklammerte seinen Hals; Mathieu ließ ihn los,

faßte die Hose mit beiden Händen und versuchte, sie über die Strümpfe zu streifen.

«Verdammte Scheiße», sagte er.

«Ist zu schwierig?»

«Es ist schwierig, weil ich nichts sehe. Warte.»

Er legte eine Hand auf Bollards Bauch und schob ihn etwas zurück; mit der anderen Hand zog er die Hose hoch. Zum Glück waren die beiden Schenkel in der gleichen Höhe abgenommen.

«Fertig; beweg dich nicht.»

Er knöpfte den Schlitz zu: die Hose hielt.

«Sie drückt mich», sagte Bollard, «ich muß einen Bauch angesetzt haben. Das Widerliche ist, daß ich fett werde.»

Mathieu beugte sich schon vor, um ihn aufs Bett zu legen.

«Nein», sagte Bollard. «Trag mich zum Fenster, wenn du nicht zu müde bist. Ich will ihn wenigstens einmal sehen, diesen Hügel.»

Mathieu trat an das offene Fenster; Bollard sah hinaus und lächelte:

«Ich sah, daß ihr ihn ansaht, ich hörte, daß ihr über ihn spracht; ihr könnt nicht anders: wenn ihr vorbeigeht, hopp, ein Blick zum Fenster. Aber ich, ich habe ihn nie gesehen, weißt du.»

Er schaute begierig:

«Da oben werdet ihr sein. Ich dachte, er wäre höher. Das weiße Gebäude, ist das die Kaserne?»

«Ja.»

«Aber euer Lager, sieht man das nicht?»

«Es ist hinter der Kaserne.»

«Das heißt, du hast es auch noch nie gesehen?»

«Natürlich nicht.»

«Beobachte die Straße, die zwischen den Bäumen ansteigt.»

Mathieu fixierte die Straße und sah einen schwärzlichen Schaum, der darauf entlangfloß.

«Das sind sie», sagte Bollard. «Das sind die Unheilbaren, die runterkommen.»

Er sah plötzlich erregt aus. Er sagte:

«Du kannst mich wieder hinlegen.»

Es wurde Zeit; Mathieus Herz schlug laut in seiner Brust. Er lehnte Bollard an den Bettpfosten; die beiden Hosenbeine, platt und leer, lagen auf dem Bettuch. Bollard sah sie an:

«Das sieht beschissen aus, nicht? Hast du keine Nadeln?»

«Wo soll ich denn Nadeln herhaben», sagte Mathieu achselzuckend.

«Wenn du welche gehabt hättest, hättest du die Hosenbeine an meiner Jacke festgesteckt. Das wäre weniger beschissen gewesen.»

Sie schwiegen. Bollards hübsches lustiges Gesicht hatte einen neuen Ausdruck angenommen: einen entschuldigenden, nachdenklich und verschmitzt leidenden Ausdruck.

Er sagte:

«Das ist bestimmt nicht häßlich von da oben, der Blick.»

«Bestimmt nicht», sagte Mathieu.

«Vor dem Krieg», fuhr Bollard fort, «war da vielleicht ein Restaurant. Oder eine Kneipe.»

Mathieu antwortete nicht.

«Na ja, so ist das», schloß Bollard. «Im Moment seht ihr den Hügel vom Lazarett aus, wenn ihr erst mal oben seid, ist es umgekehrt.»

Er biß sich sorgenvoll auf die Lippen und sagte zu sich selbst:

«Den hübschesten Ausblick wird man auf die Dauer leid.»

Mathieu schwieg, und plötzlich kam ein frischer Wasserstrahl aus Bollards Mund, eine vernünftige und fröhliche Stimme, die Mut machte:

«Du wirst fliehen. Wie ich dich kenne, wirst du nicht anders können.»

«Hm!» machte Mathieu.

«Du wirst sehen!» sagte Bollard eifrig. «Du wirst sehen.

Das ist bestimmt unwiderstehlich. Zum einen, weil es leicht ist. Wenn man so nah an der Grenze ist . . .»

Mathieu unterbrach ihn: ihm brauchte nicht Mut gemacht zu werden.

«Warum willst du, daß ich fliehe?» fragte er lächelnd. «Wo ich dir doch sage, daß es mir da oben gefallen wird.»

«Da oben?»

«Ja.»

Bollard schüttelte den Kopf:

«Wenn ich dich nicht kennen würde, bekäme ich eine Stinkwut. Man hat kein Recht, so zu reden.»

«Weswegen nicht?»

«Wegen allem. Ein Gefangener muß fliehen, dazu ist er da.»

Er sah Mathieu streng an:

«Ich weiß, was du mir sagen wirst: daß man vernünftig sein muß; ich kenne die Leier. Nun, *ich* würde nicht vernünftig sein wollen, wenn ich an deiner Stelle wäre. Wenn sie mich nicht in die Heimat zurückgebracht hätten, hätte ich gebrüllt, ich wäre in Hungerstreik getreten.»

«Welchen Zweck hätte das für dich gehabt?»

«Ein Signal zu setzen: es gibt Dinge, die man nicht akzeptieren darf. Die Fritzen sind Menschen wie wir: sie haben kein Recht, dir deine Freiheit zu nehmen.»

Mathieu wollte nicht antworten: aber Bollard war seinem Blick gefolgt. Er schrie hitzig:

«Das ist nicht dasselbe. Die Granate ist zufällig da hingefallen.»

Er wurde rot und fügte, durch Mathieus Schweigen aufgebracht, hinzu:

«Sie wußten nicht einmal, daß jemand in dem Wald war, sie schossen pro forma. Niemand hat mir meine Beine weggenommen. Niemand. Es war ein Unfall.»

Er sah Mathieu mit einem so peinlichen Ausdruck von Wut und Angst an, daß Mathieu schnell sagte:

«Wenn du meinst.»

Bollard versuchte zu lächeln:

«Du sagst das, damit ich den Mund halte.»

Es war der Haß, der blanke Haß, der ihn auf den Boden geschmissen und ihm mit seiner eisernen Faust die Beine abgerissen hatte. Mathieu kannte diesen Haß; Bollard hatte das Recht, ihn nicht zu kennen.

«Das heißt», gab Mathieu zu, «daß alle Welt für deine Verwundung verantwortlich ist. Man kann nicht der ganzen Welt böse sein. Nur, mit mir ist es dasselbe: daß ich hier bin, ist die Schuld der ganzen Welt.»

«Stimmt nicht! Es gibt Soldaten, die eigens dazu da sind, dich am Weggehen zu hindern, und später gibt es andere, die dir Schläge verpassen, wenn du nicht arbeitest. Menschen, die du wiedererkennen könntest, wenn du sie auf der Straße treffen würdest: und sie werden dir deine Freiheit bis ins einzelne nehmen, tagtäglich, absichtlich.»

«Was habe ich schon damit angefangen», sagte Mathieu lächelnd.

«Sogar um aufs Scheißhaus zu gehen», sagte Bollard, «wirst du sie um Erlaubnis bitten müssen.»

Und du, dachte Mathieu, du mußt hingetragen werden. Er wandte den Kopf ab: Bollard war ein Mann; er hatte ein Anrecht darauf, daß Mathieu ihn nicht mit seinem Mitgefühl beleidigte.

«Hast du denn alles vergessen? Sonntagmorgens, wenn du mit dir zu Rate gingst, ob du einen Ausflug aufs Land machen solltest. Und abends, wenn du ohne Eile pfeiferauchend von der Arbeit nach Hause kamst . . .»

Mathieu biß die Zähne zusammen: nicht ich verliere das alles; er verliert es. Und für immer. Wie ist es möglich, daß er es noch nicht weiß? Doch Bollard pries begeistert diese vergangene Welt, weil er sich schämte wegzukommen, weil er sich weigerte, zu denken, daß er resignierte Sklaven zurücklassen würde. Mathieu unterbrach ihn und heuchelte schlechte Laune:

«Das ist Gewäsch», sagte er. «Wir waren frei, ja. Und? Frei wofür? Frei wovon? Konnten wir etwa Francos Sieg oder den Krieg verhindern? In gewisser Hinsicht», fuhr er fort, «habe ich mich nie so frei gefühlt, wie seit ich hier bin.»

Bollard zuckte die Achseln:

«Versteh ich nicht.»

«Da gibt es nichts zu verstehen: es ist so.»

Bollard schwieg, und Mathieu fügte liebenswürdiger hinzu:

«Der Kern der Sache ist, daß ich eine Menge Kameraden im Stalag habe. Ich habe sie seit Ende Juni nicht gesehen und möchte wieder mit ihnen zusammen sein.»

«Regimentskameraden!» sagte Bollard verächtlich.

«Meinetwegen: die Leute, die mit mir im Krieg waren.»

«Komisch», sagte Bollard, «die Regimentskameraden, das zählt für mich nicht. In Bordeaux habe ich richtige Kameraden, von denen man sagen kann, daß sie mit mir geboren sind. Einer ist dabei, seit zehn Jahren habe ich keinen Tag verbracht, ohne ihn zu treffen. Die von hier, wenn du erst mal frei bist, gebe ich dir keine vierzehn Tage, bis du ihre Namen vergessen hast.»

«Nun», sagte Mathieu, «für mich sind gerade die die richtigen.»

(«Die richtigen, das sind die, vor denen du dich nicht schämst, amputierte Beine zu haben.»)

Bollard sah ihn verständnislos an:

«Hast du denn keine Freunde?»

Daniel; Brunet. Mathieu hob die Schultern:

«Pah!»

«Und Frauen? Hattest du denn keine?»

«Das kam vor, daß ich welche hatte, wie jeder.»

«Und mochtest du das nicht, ein schönes Püppchen im Bett?»

«Ich mochte es im Gegenteil sehr. Ein Intellektueller, was soll der schon machen? Mit Männern reden, mit Frauen vögeln. Mir war Vögeln lieber.»

«Darin kann ich dir folgen.»

«Pah!» sagte Mathieu. «Wenn es nichts Besseres gab.»

«Besseres?»

«Es muß etwas Besseres geben.»

«Denkst du!»

«Im Juni war es besser. Wir redeten nicht mehr: wir warteten auf die Deutschen, und wir waren zusammen. Zum Beispiel: als unsere Offiziere sich aus dem Staub gemacht haben . . .»

«Na und?»

«Na, wir waren zusammen. Wenn es unter Männern immer so wäre, würde ich nur noch einmal im Monat vögeln.»

«Im Juni, ja . . . weil wir besiegt waren. Aber . . .»

Mathieu unterbrach ihn:

«Da oben muß es genauso sein. Ich bin sicher, daß es genauso ist.»

Er trat einen Schritt zurück und wiederholte, dem Hügel zugewandt:

«Ich bin sicher, daß es genauso ist.»

Sie schwiegen eine Weile, dann sagte Bollard, ohne Mathieu anzusehen:

«Ich habe meine Frau jeden Tag gevögelt. Einmal morgens, zweimal abends. Ich habe von meinem Hochzeitstag bis zum Tag der Mobilmachung kein einziges Mal ausgesetzt.»

«Na», sagte Mathieu fröhlich, «du wirst wieder damit anfangen.»

«Natürlich», sagte Bollard. Nach einer Weile fügte er hinzu: «Du kannst dir nicht vorstellen, wie das war. Es kam vor, daß wir sonntags das Theater vor dem Schluß verließen, um nach Hause zu gehen und uns zu lieben. Was für ein Glück», sagte er lachend, «daß die Granate mir nicht die Eier abgerissen hat, so nah, wie sie dran war.»

«Du wirst wieder damit anfangen», wiederholte Mathieu mechanisch, «du wirst wieder damit anfangen.»

«Sie ist gut, meine Frau, weißt du», sagte Bollard. «Sie spielt Tennis und Basketball. Wenn du ihr gegenüber respektlos warst, legte sie dich im Handumdrehen um. Manchmal, wenn wir im Bett schmusten, hob sie mich mit ausgestreckten Armen hoch. Und zierlich: wenn du sie siehst, würdest du nie denken, daß sie Sportlerin ist.»

Er streckte seine starken Arme aus und betrachtete sie lächelnd:

«Sie liebte vor allem meine Arme. Meine Arme und meinen Oberkörper; sie streichelte meine Schultern und meine Brust; das ließ sie nie aus. Manchmal mit den Fingerspitzen, manchmal mit den Lippen. Wenn man sie gefragt hätte, was ich lieber behalten sollte, meine Arme oder meine Beine, hätte sie bestimmt gesagt: die Arme. Da siehst du mal, wie sich das trifft, es hätte schlimmer für mich kommen können.»

Er blickte mit seinen fiebrig glänzenden Augen zu Mathieu auf, und sie fingen beide an zu lachen.

«Weißt du, womit ich mich nachts beschäftige?» sagte Bollard. «Ich lege mich auf den Bauch und versuche festzustellen, ob ich die Liebesbewegungen noch machen kann. Ich sage dir nämlich, wegen der Pflege mache ich mir keine Sorgen, das macht sie alles. Aber es ist ausgeschlossen, sie dazu zu bringen, sich auf mich zu legen. Sie will nicht. Das ekelt sie an.»

«Und?» fragte Mathieu. «Kannst du?»

«Ich weiß nicht», sagte Bollard. «Es ist schwierig. Vielleicht wenn ich mich mit den Armen abstoße. Aber der Stützpunkt fehlt.»

Er blickte in die Ferne und sah aus, als hätte er Angst.

«Sie weiß nicht Bescheid . . .»

Er fing sich plötzlich und fügte nachdrücklich hinzu:

«Ihretwegen habe ich übrigens keine Angst: sie ist tapfer. Die anderen werden mir auf die Nerven gehen, meine Eltern, ihre, die Freunde. Sie werden oh und ah machen. Ich mag Rouen gern, weißt du, tja, es ist komisch, so was zu sagen, aber in gewisser Hinsicht bin ich ganz froh, daß sie Bomben draufgeworfen haben. Von meinem Standpunkt aus, verstehst du: in einer halbzerstörten Stadt fällt ein Krüppel weniger auf. Die Leute sind daran gewöhnt, und außerdem, ich weiß nicht, ich werde zu ihren Gebäuden passen. Marseille ist zum Beispiel ein Ort, wo ich nicht wohnen möchte: sie haben noch nicht begriffen, sie würden mich mitleidig behandeln wie einen, der einen Arbeitsunfall hatte. Ich will kein Mitleid: ich will dazugehören. Wir fahren durch die Schweiz, weißt du», sagte er aufgeregt.

«Durch die Schweiz?»

«Ja, ja. Durch die Schweiz. Wir bekommen Schokolade und Brötchen, das ist sicher. In drei Tagen um diese Zeit . . .»

Er sah Mathieu erstaunt an.

«Das kommt mir komisch vor.»

Mathieu antwortete nicht.

«Ich war glücklich, weißt du», sagte Bollard. «Da war meine Frau, und dann trieben wir Sport. Nie eine Krankheit, nicht einmal ein Wehwehchen. Wir waren nicht reich, aber wir kamen aus. Ich habe ganz auf das Glück gesetzt. Die Liebe, der Sport, mein Beruf . . . im Sommer haben wir gezeltet. Magst du das, das Zelten?»

Mathieu lächelte:

«Nein, nicht besonders.»

«Schlappschwanz! Wanderst du nicht gern?»

«Nicht sehr.»

Bollard fing an zu lachen:

«Es gibt keine Gerechtigkeit. Nicht ich müßte ein Krüppel ohne Beine sein, sondern du.»

Mathieu lachte ebenfalls:

«Nein», sagte er, «es gibt keine Gerechtigkeit.»

Bollard wurde wieder ernst:

«Werde ich noch glücklich sein können?»

Mathieu zögerte. Bollard sah ihm gerade ins Gesicht:

«Verstehst du, das Glück ist jetzt für mich eine Pflicht.»

«Ich denke, du wirst es können», sagte Mathieu.

Sie schwiegen. Zwei deutsche Sanitäter kamen mit einer Tragbahre und Decken herein. Bollard drehte sich zu ihnen hin und sah sie mit seinen großen Augen an: er war sehr blaß geworden, und seine Hände fingen an zu zittern. Die Deutschen traten ohne ein Wort zu ihm, faßten ihn an den Schultern und am Hinterteil, hoben ihn hoch und wickelten ihn in die Decke ein. Er sah aus wie ein winzig kleines Paket. Mathieu wollte sprechen, aber die Worte kamen nicht heraus. Bollard sah ihn jetzt an; er rief um Hilfe: er machte den Mund auf, aber nur um zu sagen:

«Leb wohl, alter Junge.»

Mathieu trat einen Schritt vor, nahm ihn den Sanitätern aus den Händen, drückte ihn, ohne etwas zu sagen, an sich und spürte wieder dieses gräßliche *Fehlen* von Gewicht; dann bückte er sich und legte ihn auf die Tragbahre.

«Paß nachts im Zug auf», sagte er. «Erkälte dich nicht.»

«Keine Angst!» sagte Bollard. «Ich habe keine Chance, mir einen Schnupfen zu holen: ich habe mir immer mit den Füßen Schnupfen geholt.»

Die Sanitäter hoben die Trage hoch und setzten sich in Bewegung.

«Leb wohl», rief Bollard. «Leb wohl. Und Hals- und Beinbruch!»

«Dir auch Hals- und Beinbruch», sagte Mathieu.

Schon waren die Sanitäter hinausgegangen. Mathieu dachte: er geht in die Hölle; und eine Sekunde lang graute ihm vor jener Welt, die Bollard wiedersehen würde. Die Rue La Fayette um sechs Uhr abends, durchkreuzt von Tausenden von einsamen Bahnen. Von oben bilden sie eine Masse ... Alle frei natürlich, frei und ohnmächtig. Sie sind verantwortlich für alles, was ihnen zustößt, und können nicht einmal den kleinen Finger rühren. Bollard kehrte da hinein zurück. Immer noch genauso frei, frei mit den beiden an der Schenkelmitte amputierten Beinen; die Freiheit, das dient nur dazu, einem Gewissensbisse zu machen. Frei, von sich selbst und von allen durch ihre Freiheiten getrennt. Mathieu ging ein paar Schritte zum Fenster, er sah den dunklen und grünen Hügel an, die Kolonne der Unheilbaren unten auf der Straße; er fühlte seine Fröhlichkeit zaghaft wiederaufkeimen, er dachte: «Ich bin nicht mehr frei.» Sechsunddreißig Jahre abstrakte Einsamkeit, sechsunddreißig Jahre Gedanken über *nichts*.

Er sah die Kaserne an; hinter der Kaserne erwarteten ihn die Kameraden, vereint durch *ein* Unglück, *ein* Schicksal, durch die gleiche Müdigkeit, den gleichen Hunger, die gleiche Wut. Hinter der Kaserne, in einer Stacheldrahtumzäunung, hatte man für ihn einen Geburtsort gebaut und bevölkert.

Mathieu bohrte ihm mit seinen Hörnern im Bauch herum, ein schönes ernstes Auge sah ihn vorwurfsvoll an: *Weißt du überhaupt, was du getan hast?* Mathieu wollte sich rechtfertigen, aber umsonst: Stiere sprechen nicht. *Weißt du überhaupt, was du getan hast?* Er strengte sich heftig an, schrie: Nein!, und seine Augen öffneten sich im Dunkeln. Alles war verschwunden, außer seiner Ratlosigkeit, dieser alten Benommenheit, die vom 18. Juni stammte und die nicht störte, außer beim Aufwachen, weißt du überhaupt, was du getan hast? Sehr weit entfernt fingen Zehen an sich zu regen; waren es seine? Gehörte er ihm, dieser ausgestreckte larvenhafte, schuppige Körper, teilweise schmerzend, teilweise gefühllos? Ein Stier, bestimmt nicht: aber vielleicht ein verendeter Fisch, mit dem Bauch nach oben. Er versuchte, sich aufzurichten, stieß mit der Stirn gegen den Deckel seines Sargs und fiel zurück auf den Rücken, tot und begraben. Es roch nach Stroh, Schweiß, Säuerlichem und allen inneren Gerüchen. Er stöhnte, dann hob er sachte, behutsam den Arm und betastete die Nacht: es stimmte, da war *wirklich* eine Art Decke zehn Zentimeter über seinem Gesicht. Der Arm fiel entmutigt wieder herab. Er drehte die Augen, ohne den Kopf zu bewegen, und erblickte, verflucht, ganz weit weg einen leuchtenden Nebel rund um seine Füße. Rechts von ihm regte sich ein Tier, ein dickes Ungeziefer, er hörte seinen unruhigen Atem; es würde ihm seinen Rüssel in die Rippen stoßen: er spürte an seiner Seite eine feiste lebendige Wärme, die nicht ihm gehörte. Er streckte die Hand aus, tastete, stöberte ein Lachen und eine unbekannte kräftige Stimme auf:

«Bist du wach, alter Junge?»

Mathieu wachte ganz auf und schüttelte den Kopf. Aber diesmal hielt die Szenerie stand: er hatte die Augen voll von diesem Tintenschwarz, er konnte nichts machen, um es loszuwerden, außer er sah am Ende des Tunnels auf dieses Kellerlochlicht. Die Stimme schwatzte ganz allein neben ihm:

«Du hast geschlafen wie ein Stein! Sind alle weg, weißt du. Nur noch wir zwei sind da.»

Eine andere Stimme kam von der Decke herab:

«Stimmt nicht. Ich bin da.»

«Wer redet da?» sagte die erste Stimme.

«Hubert, du Idiot!»

«Salut!» sagten beide auf einmal.

Mathieu versuchte sich auf die Seite zu drehen, es gelang ihm aber nur, sich schräg zwischen Sargdeckel und -boden einzuklemmen. Seine Augen taten ihm weh, aber sie gewöhnten sich an die Dunkelheit. Rechts von ihm erkannte er schließlich in Höhe seiner Achsel ein monströs verkürztes Gesicht: ein Mund lächelte unter einer dicken runden Nase; keine Stirn, keine Augen, keine Haare; ein unförmiges, von einem Kropf verlängertes Kinn verlor sich im Dunkeln. Der Mund bewegte sich, die Stimme kam heraus; zwischen den Worten und den Lippenbewegungen war eine leichte Verschiebung wie in den ersten Tonfilmen.

«Bist du heute nacht angekommen?»

«Ja.»

«Ich habe dich gehört, als sie dich gebracht haben.»

Mensch! dachte Mathieu erleichtert, ich sehe diesen Kopf verkehrt herum. Sein Besitzer mußte ziemlich klein sein; er lag auf dem Rücken; was Mathieu für eine Nase gehalten hatte, war sein Kinn.

«Kommst du aus dem Knast?» fragte der andere weiter.

«Nein. Aus dem Lazarett unten.»

«Ruhr?» fragte die Stimme von oben.

«Eine Kugel in der Lunge.»

«Oje, oje!»

Die Stimme von oben war respektvoll und entrückt geworden. Der neben Mathieu machte es ihr respektvoll nach:

«Oje!»

Ein kurzes Schweigen trat ein.

«Wenn du sie so hörst», sagte der umgekehrte Mund, «haben sie alle ihren Boche abgeknallt. Aber in Wirklichkeit sind es nicht viele, die gekämpft haben.»

Mathieu gähnte und ließ sich auf den Rücken zurückfallen:

«Ich habe nicht gekämpft», sagte er, «ich war beim Hilfsdienst. Ich habe mir das wie einen Schnupfen geholt.»

Der andere fing an zu lachen.

«Ich habe auch nicht gekämpft», sagte er voller Einverständnis.

«Dann kommst du also aus dem Knast?» fragte Mathieu.

«Gestern.» Er rief: «Hörst du, Hubert?»

«Was?»

«Ich hatte einen Kerker für mich ganz allein», sagte er triumphierend.

«Glückspilz!» sagte Hubert.

Der andere erklärte Mathieu:

«Im Lager bist du nie allein. Nicht einmal beim Scheißen.»

«Was hast du angestellt?» fragte Mathieu.

«Ach! Ich bin abgehauen.»

Jetzt war Mathieu voller Respekt. Er fragte ehrerbietig:

«Wo haben sie dich wieder geschnappt?»

«An der Grenze: ich hatte das Schlimmste hinter mir.»

«Pech gehabt.»

Die Stimme posaunte ins Dunkle:

«Ich bereue nichts.»

«Haben die Gendarmen dich nicht verprügelt?» fragte Hubert.

«Denkst du! Sie haben mir Wurst zugesteckt, ja, und haben mich im Lastwagen zurückgebracht, eine tolle Spazierfahrt. Aber das ist es nicht: auch wenn sie mich mit Fußtritten im Zug zurückgebracht hätten, würde ich nichts bereuen. Sobald du einen Fuß nach draußen gesetzt hast, bist du verrückt! Du kannst dir nicht vorstellen, wie das wirkt.»

Er hatte sich auf einen Ellbogen gestützt und sah Mathieu voller Interesse an. Mathieu lächelte diesem dicken liebenswürdigen Mond zu, der sich in seinen Himmel herabbeugte, er erinnerte sich an das Land und an die Nacht.

«Reizt dich das nicht?» fragte der andere.

Mathieu fing an zu lachen.

«Hör mal, laß mich verschnaufen: ich bin gerade angekommen!»

«Du hast zwei Monate im Lazarett gelegen?» fragte Hubert erstaunt. «Dann hatte es dich also ganz schön erwischt?»

Mathieu lachte immer noch:

«Ganz schön!» sagte er.

Er hob voller Befriedigung nacheinander die Arme. Es kam nicht in Frage, zu fliehen: Gefangene fliehen. Mathieu war noch kein Gefangener, er war gerade geboren. Das Morgenlicht breitete sich zwischen seinen Füßen aus; rund um die Baracke gab es eine unbekannte Stadt, und Männer gingen darin herum. Er brannte plötzlich vor Verlangen, sich unter sie zu mischen, wie früher, wenn er nach einer Nachtfahrt in Granada oder in Meknes aufwachte. Er preßte die Handflächen gegen den Fußboden und drückte sich mit den Unterarmen ab. Seine feuchten Hände klebten wie Saugnäpfe am Holz, sein Rücken rutschte langsam dem Licht entgegen, sein Hinterkopf schabte über den Sargboden, es war sehr amüsant. Nach einer Weile hielt er inne: seine Beine hingen ins Leere und strampelten vergebens nach einem Halt; er wand sich, um sich auf den Bauch zu drehen, aber es gelang ihm nicht: ein Krebs auf dem Rücken.

«Wer macht diesen Krach?» fragte Hubert.

Mathieu hörte seinen Nachbarn kichern:

«Das ist der Neue, der sich Bewegung verschafft.»

Er sagte zu Mathieu:

«Rutsch einfach runter, du kannst dir nicht weh tun.»

«Gut», sagte Mathieu.

Er stieß sich ab und sprang mit geschlossenen Augen.

«Na also», sagte Hubert gütig, «es ist ein bißchen eng hier, aber du gewöhnst dich schnell dran. Weißt du, wie wir das nennen: Särge.»

«Das hab ich mir fast gedacht», sagte Mathieu.

Er machte die Augen zu und sah *nichts*; er war nirgends. Zwischen den beiden Familiengrüften mit rechteckigen Löchern standen ein Tisch und Bänke, aber das war nichts, nicht einmal Möbel, nicht einmal Utensilien, nicht einmal Dinge: die träge Kehrseite einiger elementarer Gesten; das schwebte im Leeren. Die Leere umfing Mathieu mit einem glasigen und zersetzenden Blick, drang ihm in die Augen, zernagte sein Fleisch, es blieb nur noch ein Skelett übrig: «Ich werde in der Leere leben.» Das Skelett nahm eine sitzende Haltung ein. Üppig und blond drang Septemberlicht durch das offene Fenster, da es aber nichts zu beleuchten fand, starb es in der Luft und fiel als schlaffer Nebel auf den Tisch. Mathieu konnte nur mit Mühe atmen. Er dachte: ‹Ich gerate noch sehr schnell außer Atem.›

«Nun», sagte die Stimme von oben, «wie findest du das?»

Mathieu hob schnell den Kopf und sah zwei Tieraugen, die tief in einem Loch glänzten.

«Das hat Ähnlichkeit mit dem Leichenschauhaus», sagte er.

Es kam ihm vor, als strecke ihm eines der Löcher die Zunge heraus. Aber es waren nur zwei Beine. Sie schoben sich hinaus, strampelten und verbreiterten sich zu einem prallen Hintern; ein kleiner Dicker im Khakihemd plumpste wie ein reifer Apfel auf den Boden. Er lächelte Mathieu an und betrachtete das Zimmer sachlich:

«Diese Bude hier», sagte er, «ist ein ziemlicher Bunker; es ist für die Durchreisenden. Sie stecken dich so lange hier rein, wenn du aus dem Knast oder aus dem

Lazarett kommst, bis du eine Beschäftigung gefunden hast.»

«Und dann?» fragte Mathieu.

«Dann kommst du in eine andere Bude mit den Jungs, die die gleiche Arbeit machen wie du.»

«Und sind sie besser, die anderen Buden?»

«Zwangsläufig», sagte der kleine Dicke.

«Was haben sie zusätzlich?»

«Sie haben nichts zusätzlich, aber du bist zu Hause.»

Mathieu zog seine Jacke an:

«Ich habe Kameraden im Lager», sagte er. «Weißt du nicht, was ich machen könnte, um sie wiederzufinden?»

Der kleine Dicke fing an zu lachen:

«Wir sind dreißigtausend», sagte er bloß.

«Ich verstehe», sagte Mathieu.

«Wie heißen deine Kumpel?» fragte Hubert.

«Da ist Charlot», sagte Mathieu, «und dann Lubéron und Longin. Sie sind alle aus der Achtundsechzigsten.»

«Kenn ich nicht.»

«Und Pierné?»

«Nein», sagte Hubert. «Das sagt mir nichts.»

«Geh zu den Sanitätern», sagte der kleine Dicke. «Sie sehen so viele kommen und gehen, könnte sein, daß sie sie kennen.»

«Wo ist das Revier?»

«Du gehst die Hauptstraße entlang: du kannst es nicht verfehlen.»

«Gut», sagte Mathieu. «Salut.»

«Salut», sagten sie.

Er machte die Tür auf und ging hinaus; er glaubte, in Wärme und Helligkeit einzutauchen, aber er wurde von einem kühlen Unterholzschatten eingehüllt. Er befand sich mitten in einem Tunnel; Licht flammte an beiden Enden. Er ging; die Bretter unter seinen Füßen schwangen und knackten; er lief, ohne stehenzubleiben, an geschlossenen Türen vorbei: er wußte jetzt, daß sie in die Leere führten, und er wurde vom Draußen angezogen: draußen schlenderten dreißigtausend Gaffer in der Sonne umher;

er würde unter ihnen herumspazieren, würde die Sehenswürdigkeiten besichtigen.

Goldschaum prasselte ihm in die Augen, blendete ihn, zerschmolz zu violetten Flecken, die verblaßten, vergingen, und wieder sah er *nichts*. Nichts; da war genausowenig eine Stadt wie Butter am Hintern: große verlassene Kästen auf einem unbebauten Gelände. Zwischen den Kästen Leere und dahinter weitere Kästen. Der Boden war grau und aufgewühlt: getrockneter Schlamm. Eine Welle der Sintflut voller Wracks und Archen mußte über den Hügel gebrandet und wieder abgeflossen sein: die Archen waren geblieben. Sehr weit entfernt, rechts, erhob sich ein großes Holztor in der Leere, einsam und verschlossen; er drehte sich um und sah links in der Ferne ein weiteres, völlig gleichartiges Tor sich vom Himmel abheben. Zwischen diesen beiden barbarischen Portalen, die sich in der Wüste gegenüberstanden wie Überreste einer antiken Katastrophe, wimmelte es. Von verschiedenen Strömungen durchfurcht, schlich eine Menge an den Baracken entlang; man hätte sie beinah für eine Menschenmenge halten können. Mathieus Blick wanderte eine dieser Strömungen entlang, das Chaos der verlassenen Archen nahm an ihrem Verlauf eine Form an, sie fügten sich zusammen und begannen einen dichtbevölkerten Boulevard zu säumen. Aber das war zwielichtig: eine unechte Menge auf einem unechten Boulevard; sobald Mathieu die Augen auf die Baracken richtete, fielen sie in die Isolierung zurück, der Boulevard löste sich auf, der Raum gerann, es blieben nur durch eine undifferenzierte Leere getrennte Kästen übrig; Mathieu schnürte es das Herz zusammen. Die Flut trug zwei jener befremdlichen Kreaturen zu ihm herüber, die so starke Ähnlichkeit mit Menschen hatten. Von nahem verrieten sie sich durch ihre Baumwollaugen und durch ihre stumpfen Gesichter; sie redeten in einer fremden Sprache miteinander, und hin und wieder ließ eine schroffe und gezwungene Lebendigkeit ihre Backen plötzlich erglühen und gleich wieder erlöschen wie der kurze Frühling in einem Polarland. Sie wirkten weder jung noch alt, weder glücklich noch unglücklich. Oder vielleicht hatten sie in den Augen von ihresgleichen einen Ausdruck von Jugend, von Glück oder von Unglück, und Mathieu verstand ihre Züge nicht zu entziffern. Im Vorbeigehen musterten sie ihn, ein brutales Lachen entstellte ihren Mund und verschwand; Mathieu dachte verlegen: ‹Ich sehe aus wie ein Tourist.›

«Sagt mal . . .», begann er.

Schon hatten ihre Augen sich abgewandt, das Gespräch ging weiter wie ein Regenschauer: die unbekannte Sprache war Französisch. «Wie kommt es, daß ich es nicht sofort verstanden habe?» Weil er aus dem Lazarett kam, wo nur deutsch gesprochen wurde? Weil das Französische schon eine tote Sprache geworden war? Oder weil diese auf fremdem Boden vergessenen Gefangenen ihre Muttersprache jeden Tag etwas mehr deformierten? Er spitzte die Ohren, fing grobe und rauhe, fast mechanische Laute auf.

«Ich war auf der *Paris*, Liftboy. Ich bin weit herumgekommen.»

Und dann:

«Arizona . . . Painted Desert . . .»

Sie entfernten sich, und Mathieu wiederholte: Painted Desert, Arizona, um sich daran zu erfreuen, diese schönen kleinen bemalten Holzgegenstände, diese russischen Ostereier zu versammeln, die Wörtern ähnelten, aber nichts bezeichneten und ganz für sich funkelten. Er wiederholte: Arizona, Painted Desert, und zu Hunderten traten Augen aus der Menge, drängten sich an ihn, streichelten ihn im Vorbeigehen und hinterließen feuchte Spuren auf seinem Gesicht und auf seinen Händen, Desert, Arizona, und das ergab ein Gedicht, das ihn mit seinem Duft erfüllte: «Hier haben die Wörter keinen Sinn mehr; sie haben Gerüche.» Wörter trafen ihn, andere, wieder andere, Radio, Überzieher, Biribi, Semaphor: diese fremdartigen Tiere, die so tun, als sprächen sie, sind Dichter. Sie brandeten auf ihn zu, streiften ihn, stießen ihn an, und doch blieb er *draußen*, und ihre Verhaltensweisen erschienen ihm unerklärlich: sie schlenderten nicht umher, und doch gingen sie nirgendwo hin. Sie *liefen aus*, ernsthaft, voller Eifer, feierlich. Obwohl sie ihm leichten Widerwillen und sogar Furcht einflößten, wie die Verrückten, die er 1936 in Rouen gesehen hatte, wußte er genau, daß er nicht in einer Irrenanstalt war: eher in einem Vivarium von Krabben und Langusten. Er war gebannt von diesen prähistorischen Schaltieren, die über den aufgewühlten Boden eines unbekannten Planeten krochen, auf einmal schnürte sich ihm das Herz zusammen, und er dachte: in ein paar Tagen werde ich einer von ihnen sein. Er würde diese Augen, dieses Äußere, diese Gesten haben; er würde diese unverständlichen Tiere *von innen* her verstehen, er wäre eine Krabbe, und das würde ihm auf grauenhafte Weise natürlich erscheinen. Er wiegte sich auf den Fersen, er sah sein Schicksal an, das sich vor ihm kräuselte: ein einziger Schritt, und er trat hinein; aber er wagte es nicht, er blieb zwischen Verlangen und Furcht hin und her gerissen; er zögerte, als ginge es um ein Engagement von äußerster Wichtigkeit, meine Worte werden gefrieren, ich werde das Sehvermögen verlieren, seltsame Blumen werden in meinem Kopf aufblühen. ‹Daß es nur schnellstens zu Ende geht!› dachte er und warf sich nach vorn. Nichts geschah, außer einem geringen Hin und Her von Gesichtern, das er auslöste, als er sich hineindrängte. Gesichter wandten sich ihm zu und beschnupperten ihn, brutal und neugierig wie Blindgeborene. Er ging eine Weile verlegen voran, ein Fremdkörper, ein Stein im Tümpel, die Menge schwieg um ihn herum. Zum Glück erblickte er zu seiner Linken eine Gruppe von Gebäuden, die mit Stacheldraht eingezäunt waren; über dem Türgiebel des größten las er *Krankenrevier**. Er brach aus der Menge aus und ging an dem Stacheldrahtzaun entlang; seine Jacke blieb an einem Stachel hängen, er machte sie los und stieß das Gittertürchen auf.

«Heda!»

Mathieu blieb sprachlos stehen. Ein großer Schnurrbär-

* Deutsch im Original.

tiger, der eine Armbinde mit einem roten Kreuz umhatte, stürzte auf ihn zu:

«Eintritt verboten. Was willst du?»

«Ich möchte einen Sanitäter sprechen», sagte Mathieu höflich.

«Welchen? Wieso?»

«Irgendeinen. Es geht um eine Auskunft.»

Der Schnurrbärtige musterte ihn. Es war ein gemeiner Soldat, aber er hatte den Dünkel eines Hauptmanns.

«Eintritt verboten», wiederholte er. «Die Gefangenen sind nicht berechtigt, das Krankenrevier zu betreten.»

«Was machst du denn dann hier?»

Der Schnurrbärtige sah ihn schief an:

«Ich bin kein Gefangener», sagte er.

Er kehrte ihm den Rücken zu und trat wieder ins Krankenrevier. Hinter Mathieu hatte jemand angefangen zu lachen. Mathieu fuhr zusammen, drehte sich abrupt um und sah einen schwarzen Mund: aus ihm kam das Lachen, unbeholfen und fern.

«He?»

Der Typ winkte und senkte die Augenlider; der Mund blieb unter den geschlossenen Augen offen, das Lachen gurgelte immer noch darin. Das gab ihm einen abschreckenden Ausdruck nicht mitteilbaren Ergötzens.

«So ist das», sagte er. «So ist das.»

Er legte die Hand vertraulich, fast zärtlich auf den Stacheldraht und kitzelte einen verrosteten Stachel mit dem Finger.

«Sind nicht wie wir, die Sanitäter. Sind nicht wie du und ich. Schlafen in Betten, sind keine Gefangenen.»

«Sie sind keine Gefangenen?» fragte Mathieu erstaunt.

«Sind keine Gefangenen.»

Es war schwer zu erkennen, ob er Mathieu antwortete oder ob er die Worte zu seinem persönlichen Vergnügen wiederholte. Er fügte lachend hinzu:

«Versuch mal, ihnen zu sagen, sie wären Gefangene, da wirst du schön ankommen.»

«So?» sagte Mathieu verlegen. «Warum denn?»

Der Gefangene schien ihn nicht zu hören. Er dachte eine Weile mit offenem Mund nach, dann kamen die Wörter explosionsartig zwischen seinen Zähnen hervor, und rote Flecken überzogen sein Gesicht:

«Davon abgesehen hat die Hälfte die Armbinde und ist Sanitäter wie ich.»

«Was haben sie gemacht?» fragte Mathieu interessiert. «Haben sie ihr Soldbuch gefälscht?»

Keine Antwort: der Typ machte sich an der Spitze eines Stachels den Fingernagel des Zeigefingers sauber.

«So ist das!» sagte er schließlich. «So ist das!»

Er schlug die Augen auf und schien Mathieus Anwesenheit zu bemerken:

«Du bist nicht von hier», sagte er argwöhnisch. «Woher kommst du?»

«Aus dem Lazarett.»

Der Typ bestätigte:

«Das sieht man sofort, daß du nicht von hier bist.»

Er blinzelte beruhigt:

«Ich heiße Chomis.»

«Ich Delarue», sagte Mathieu.

«Was willst du von den Sanitätern?»

«Ich suche die Kameraden aus meiner Division, sie sind zur gleichen Zeit wie ich erwischt worden.»

Er wurde rot und verstummte: er hatte gemerkt, daß er schrie, als spräche er mit einem Tauben. Mit leiserer Stimme fügte er hinzu:

«Sie müssen seit mehr als einem Monat hier sein.»

Der Gefangene sah ihn stolz an:

«Na dann», sagte er großartig, «hast du einiges vor dir! Es gibt nämlich einige im Lager, das sage ich dir.»

«Die Sanitäter», sagte Mathieu, «ich dachte, sie würden sie vielleicht kennen.»

Der Typ schüttelte den Kopf.

«Keiner kennt den andern. Es ist wie in Babylon, sage ich dir. Du könntest nicht mal deinen Bruder wiederfinden.»

Ein Mann kam aus dem Krankenrevier, schlank und

schneidig, in einer Phantasieuniform, mit roten Backen, menschlichem Blick.

«Da kommt Stoegler», sagte der Gefangene. «Frag ihn doch.»

Stoegler öffnete das Türchen und trat aus dem eingezäunten Gelände. Bevor er in die Menge eintauchte, blieb er einen Augenblick stehen, um seine Handschuhe anzuziehen.

«He, hör mal!» sagte Mathieu.

Stoegler zog an seinem rechten Handschuh. Er hob den Kopf und betrachtete Mathieu unwirsch.

«Was?»

«Ich komme aus dem Lazarett», sagte Mathieu. «Ich habe Kameraden im Lager und möchte sie wiederfinden.»

«Und? Was habe ich damit am Hut?»

«Mir wurde gesagt», fuhr Mathieu geduldig fort, «die Sanitäter würden vielleicht ihre Namen kennen.»

«Ich kenne keine Namen. Wende dich an Chauviré, er führt die Krankenliste.»

«Ich darf nicht rein.»

«Dann warte, bis er rauskommt.»

Er ging mit langem federndem Schritt davon. Chomis blickte ihm nach und sagte traurig:

«Er war kein schlechter Junge. Aber er ist übergeschnappt.»

«Gut», sagte Mathieu, «schön, ich warte.»

«Was bleibt dir übrig?» sagte Chomis.

Er lachte:

«Zeit kostet hier nichts, stimmt's.»

«Das sieht ganz so aus.»

Tatsächlich ging Chomis nicht weg. Er blieb da, wie angewurzelt, sogar ohne Mathieu anzusehen; er ließ die Zeit verrinnen.

«Du kennst sie nicht zufällig?» fragte Mathieu.

«Bist du verrückt?» fragte Chomis entrüstet. «Ich sage dir doch, daß keiner den andren kennt.»

«Jungs von der 70.?»

Chomis verzog den Mund.

«Nein. Nein, nein.»

«Pierné, Longin, Lubéron», sagte Mathieu.

«Nein, nein: ich sage dir doch, daß ich sie nicht kenne.»

«Charlot, Nippert?»

«Spar deine Spucke, ich sage dir, daß ich sie nicht kenne. So wirst du sie nie finden.»

«Gut, gut!» sagte Mathieu.

Sie verfielen wieder in Schweigen; Mathieu streckte die Hand aus und fing an, mit dem Fingernagel am Stacheldraht zu kratzen. Sie kehrten sich den Rücken zu, und Mathieu dachte: ich werde sie finden, ich werde sie trotzdem finden. Er sah Charlots dickes lächelndes Gesicht vor sich und fühlte sich froh. Nach einer Weile legte Chomis die Hand auf Mathieus Schulter:

«Longin hast du gesagt?»

«Longin, ja.»

«Und Lubéron? Und Charlot? Und Nippert?»

«Ja.»

Chomis drehte sich nach dem langsamen Zug der Gefangenen um, sah ihn einen Augenblick lang aufmerksam an, dann rief er:

«He! Derrien!»

Einer trat aus den Reihen hervor, gefolgt von zwei weiteren Soldaten. Sie blieben schweigend zwei Schritte vor Chomis und Mathieu stehen und sahen sie mit ihren geduldigen und welken Augen an.

«He, Derrien», sagte Chomis würdevoll, «hör zu!»

Er zeigte auf Mathieu:

«Der da kommt aus dem Lazarett, oder? Er sucht seine Kumpel, stimmt's? Gut! Nun, er muß ausgerechnet an mich geraten!»

Die Männer sahen nicht so aus, als verstünden sie.

«Ich sage so zu ihm: Auf wen wartest du?» erklärt Chomis. «Er sagt zu mir: Ich warte auf die Sanitäter. Was willst du von den Sanitätern, sage ich. Er sagt zu mir: Kann ja sein, daß sie wissen, wo meine Kumpel hausen. Ich sage zu ihm: Sag mir für alle Fälle, wie sie heißen. Er sagt es mir. Und wißt ihr, wer es ist? Lubéron, Longin,

Charlot und Nippert, mit denen ich in Nummer 57 hause!»

Allgemeines Schweigen; es schien Mathieu, als habe man seine Freude weggeblasen; er würde wieder in die Menge eintauchen, eine Baracke betreten, Freudenschreie ausstoßen, Fragen beantworten müssen: zu schwierig. Um ihn herum gingen die Münder unter den toten Augen weit auf; sie gaben rollend ihr Lachen von sich: wieder das gleiche blinde und brutale Lachen, das einem Trommelwirbel ähnelte.

«Schwein gehabt», sagte Derrien.

Ein kleiner Rothaariger nickte:

«Er kann damit angeben, ein Glückspilz zu sein, der Bursche.»

«Er sagt zu mir: Ich warte auf die Sanitäter, kann ja sein, daß sie wissen, wo meine Kumpel sind», erklärte Chomis. «Ich sage zu ihm: Wie heißen sie, deine Kumpel? Er sagt es mir, und es trifft sich zufällig, daß es die Jungs sind, die mit mir in Nummer 57 hausen!»

«Einmalig!» sagte der Rothaarige.

«Das kannst du laut sagen», sagte Chomis stolz. «Das kannst du laut sagen, daß das einmalig ist und daß das nicht jeden Tag vorkommt. Weil nämlich das Stalag wie Babylon ist, das sage ich euch. Wer darin ein Schlachtschiff verloren hätte, würde es nicht wiederfinden. Und er, der geradewegs aus dem Lazarett kommt, muß ausgerechnet an mich geraten.»

«Einmalig!»

Sie kehrten Mathieu den Rücken zu und lachten, ohne sich um ihn zu kümmern. Mathieu hätte gerne mit ihnen gelacht, aber das wäre taktlos gewesen. Er wartete geduldig und kratzte an dem roten Belag des Stacheldrahts herum, das war aufreizend und lustvoll, man glaubte die ganze Zeit, die Rostkrusten würden abgehen, aber sie hielten und färbten die Finger mit rostrotem Puder; wenn ich diesen Chomis nicht getroffen hätte, bliebe ich hier, wärmte mich in der Sonne und lauerte darauf, daß die Sanitäter herauskommen: vollauf genug, um einen Tag auszufüllen. Ihm fiel ein, daß er noch vier deutsche Zigaretten hatte, und er hatte Lust zu rauchen, aber seine Tasche war meilenweit entfernt, so weit unten an seiner Seite, daß er einen Riesenarm gebraucht hätte, um daran zu kommen. Die Lust verflog: alle Gelüste hier waren wohl genauso: Gemütszustände, nichts weiter. Sein Kopf fiel von selbst zurück, und er sah einen zu zarten, zu blassen, zu hohen Himmel. Natürlich sind die Himmel vorübergehend, sie schweben nach Westen; kein Gedanke, daß das Stalag einen für sich ganz allein hat. Hinter ihm das Tosen und Rauschen der Stadt, vor ihm einige Isbi auf dem flachen Land, über ihm diese abstrakte Geschwindigkeit ... Er schüttelte die Schultern, die Gegenstände nahmen wieder ihre normalen Dimensionen an, sein Arm löste sich vom Stacheldraht, tauchte kurz und stämmig in seine Jakkentasche, holte eine Zigarette heraus; es kam Mathieu vor, als habe er sich für einen Moment wie eine lange Schwarzwurzel in die Länge gezogen; jetzt dagegen fühlte er sich dicht und gedrungen. Er steckte seine Zigarette an, zog ein paarmal, und auf einmal erhob sich ein Chor von Pariser Stimmen. Er drehte sich abrupt um und sah zunächst nichts als die Prozession von Schnecken ohne Gehäuse, die sich im Schlamm der Felder dahinschleppte. Aber gleich darauf fühlte er, wie er rot wurde: die Schnekken sahen ihn an, fünfzig Augenpaare hatten sich ihm zugewandt, voller Verblüffung und Entrüstung. Er verstand nicht, dann sah er, daß Chomis' Blick an seinen Lippen hing. Er hob die Hand, nahm die Zigarette aus dem Mund und ließ sie unten am Arm an seinem Schenkel herunterhängen.

«Ich habe sie im Lazarett bekommen», sagte er.

«Wir hier», erklärte Chomis im Ton völliger Objektivität, «wir haben seit Juni nicht geraucht. Sie reden immer davon, eine Kantine einzurichten, aber das wird nicht so bald passieren.»

Die Blicke blieben auf Mathieu gerichtet. Er wiederholte lauter:

«Ich habe sie im Lazarett bekommen.»

Sie rührten sich nicht; sie sahen nicht so aus, als verstünden sie Französisch. Mathieu kramte in seiner Tasche und zog die drei anderen Zigaretten heraus.

«Nehmt sie», sagte er hastig, «ich rauche kaum, deswegen kann ich sie entbehren.»

Er reichte sie Chomis und Derrien. Sie nahmen sie gleichgültig entgegen; Derrien gab eine an den Rothaarigen weiter, der sie sich hinters Ohr steckte. Mathieu spürte die Hitze seiner Zigarette an den Fingerspitzen. Er wagte nicht, sie fallen zu lassen:

«Ich wollte nur eben zwei Züge machen», erklärte er.

Er drückte seine Zigarette am Absatz aus und steckte sie wieder in die Tasche. Die Blicke waren erloschen, der Zug der pendelnden Köpfe mit den Stoffaugen hatte sich wieder in Bewegung gesetzt. Derrien und der Rothaarige schlossen sich wieder der Menge an und verschwanden darin; Chomis betrachtete Mathieu weise und tiefsinnig, sagte aber nichts.

«Nun?» fragte Mathieu.

«Nun, dann gehen wir», sagte Chomis.

Die Menge schloß sich über ihnen, warf sie hin und her, trieb sie einige Minuten mit sich fort und spuckte sie dann wieder aus.

«Rechts», sagte Chomis.

Sie stapften jetzt zwischen zwei Baracken durch den Schlamm.

«Wieder rechts.»

Sie bogen ab und stapften weiter. Chomis drehte sich nach Mathieu um.

«Kennst du das Lager nicht?»

«Ich bin gestern abend angekommen.»

«Dann gehe ich mit dir da entlang», sagte Chomis. «Das ist nicht der kürzeste Weg, aber der hübscheste.»

Das Gelände fiel sanft bis zu einem dreifachen Stacheldrahtzaun ab; Chomis winkte:

«Du wirst sehen; ich werde dir einen schönen Empfang machen.»

Er sprang behende zwischen den Pfützen hindurch;

Mathieu hatte Mühe, ihm zu folgen. Chomis merkte es und verlangsamte sein Tempo.

«Na ja!» sagte er als Entschuldigung. «Ich habe eben den Seemannsgang.»

«Wie geht es ihnen?» fragte Mathieu plötzlich. Er war unruhig; er sah Chomis aufmerksam an und fragte sich, ob er angefangen hatte, ihm zu ähneln. Chomis schien verwundert; doch er antwortete:

«Sehr gut. Es geht allen sehr gut.»

Aber die Worte schienen auf dem Weg durch seinen Mund ihren Sinn zu verlieren. Sie waren ganz nah an der Einzäunung; Chomis legte seinen Arm auf den Mathieus.

«Bleib stehen», sagte er und zeigte einen deutschen Wachposten auf der Plattform eines Wachturms. «Sonst werden wir beschimpft.»

Sie blieben stehen; einige Leute schlichen mit leeren Gesichtern um sie herum. Auf der anderen Seite der Einzäunung sah Mathieu eine asphaltierte Straße, jenseits der Straße eine Wiese und weit entfernt den Gipfel eines Hügels.

«Das», sagte Chomis, «ist der Aussichtspunkt. Weißt du, was unter uns liegt?»

«Nein.»

«Trier», sagte Chomis triumphierend.

«So?»

«Trier!» wiederholte Chomis, indem er ihn durchdringend ansah.

«Na gut», sagte Mathieu, «aber ich sehe nichts.»

«Natürlich siehst du nichts, aber es gibt keinen Zweifel. Am Ende der Wiese ist ein abschüssiger Wald und ein kleiner steiler Pfad am Ende des Waldes, wenn du ihn hinuntergingst, kämst du in der Stadt an.»

Seine Augen wurden starr:

«Es gibt da wohl einen Fluß. Und alte Baudenkmäler.»

«Ja», sagte Mathieu.

«Ach? Kennst du es?»

«In letzter Zeit hat man uns dort herumgeführt.»

«Ich bin bei Nacht gekommen, ich habe nichts gesehen:

darum steht mir die Überraschung noch bevor. Aber es gibt Jungs bei uns, die unten arbeiten und die mir gesagt haben, wie es ist.»

Er machte eine weitläufige Geste und schloß:

«Jedenfalls: die Stadt und der Fluß sind unterhalb von dir.»

Mathieu wiederholte folgsam für sich: Trier liegt unterhalb von mir, und er freute sich einen kurzen Moment: wenn er schon in Gefangenschaft leben mußte, dann wenigstens oben auf einem Hügel.

«Sieh mal da hin», sagte Chomis.

Sie waren weitergegangen, sie kamen an einer langen klingenden und singenden Baracke vorbei, ohne Fenster, mit großen Stalltüren.

«Das ist die Kanakenbaracke.»

Mathieu sah durch die offenen Türen tiefe Finsternis. Dinge bewegten sich im Dunkeln.

«Hörst du das Tamtam?»

«Ja.»

«Du kommst dir vor wie in Afrika, nicht? Jede Nacht ist Radau; offenbar wie im Kongo, manchmal kann man nicht schlafen. Mensch», sagte er, «kannst du dir das vorstellen, wie viele Rassen und Völker es im Stalag gibt, du triffst Typen von überallher, Belgier, Holländer, Spanier, Araber, Indochinesen, Inder, alles durcheinander! Und es gibt Geheimgesellschaften, politische Organisationen, eine Loge, ich könnte einen ganzen Roman schreiben: die Geheimnisse vom Stalag.»

Geheimnisse! Mathieu sah die vorbeigehenden Männer an, mit diesen Augen wie Narben, diesen von unbegreiflichen Gewohnheiten gebeugten, gedehnten, gestreckten Körpern, und sie schienen ihm ohne Geheimnisse: Geheimnisse hatte das Stalag *für sie*, weil sie sich untereinander kannten, mit Andeutungen verständigten, weil sie in ihren Augen eine Menschengesellschaft bildeten, weil ihre Gesichter für sie verheißungsvoll und bedrohlich waren, weil jeder von ihnen für jeden anderen dessen intimster Feind und dessen Bruder war; später vielleicht, wenn

Mathieu ein Gefangener geworden war, würde er mit jenem gespannten Stolz an die Geheimnisse des Lagers denken. Vorerst sah er platte und austauschbare Wesen herumwimmeln, alle mit ein und demselben Gesicht; sie waren ganz nah, und es war so, als sähe er sie aus sehr großer Entfernung. Ameisen haben keine Geheimnisse; außer vielleicht für andere Ameisen. Mathieu dachte, daß es ein komisches Los für einen noch ganz lebendigen Menschen war, eine Ameise zu werden.

Sie gingen an der Araberbaracke vorbei; das Tamtam verstärkte sich plötzlich, es wurde ein ständiges Auffliegen von Tauben, das Schlagen von Tausenden aufgescheuchter Flügel. Chomis musterte Mathieu:

«Na?»

«Ja», sagte Mathieu.

«Kommst du dir nicht vor wie in Afrika?»

«Doch, natürlich», sagte Mathieu höflich.

Er kam sich überhaupt nicht vor wie in Afrika. Noch wie sonstwo auf der Erde der Menschen. Er ging kalt und verkrampft zwischen den Scheiben eines Aquariums herum. Das Grauen war noch nicht in ihm, er konnte sich noch dagegen wehren: es war in den Dingen und in diesen Augen, die sahen, was er nicht sah. Aber bald würden die Scheiben unter dem Druck des Wassers und der großen Meeresspinnen bersten. Er dachte jetzt daran, daß er Charlot, Pierné und Lubéron wiedersehen würde, und es gelang ihm, sich zu freuen: wir werden unter Menschen sein.

«Hier.»

Sie traten in eine Baracke, gingen einen Flur entlang; Chomis blieb vor einer Tür stehen und lachte:

«Das wird eine Überraschung; sie sind nicht darauf gefaßt.»

Er stieß die Tür auf, Mathieu trat unmittelbar hinter ihm ein: der Tisch, die Bänke und die beiden vertikalen Friedhöfe; am Tisch spielten vier Gefangene Bridge; neben dem Fenster lehnten zwei weitere am Bettgestell, es dauerte einen Moment, bis Mathieu merkte, daß es Charlot und Lubéron waren. Er trat einen Schritt vor und blieb dann unschlüssig stehen: in gewisser Weise hatten sie sich nicht verändert, sie waren nicht einmal dünner geworden. Aber sie hatten die Lageraugen. Sie hatten den Kopf gehoben und sahen ihn an, ohne ihn zu erkennen; wer hat sich verändert, sie oder ich? Nach einer Sekunde gab in Charlots Gesicht etwas nach, ein Loch tat sich trichterförmig für das Lachen auf. Aber es war nicht mehr sein fröhliches Lachen von früher: es war das Lagerlachen.

«Delarue: Mensch!»

Lubéron lachte ebenfalls und wiederholte:

«Delarue.»

Mathieus Herz krampfte sich zusammen, als er freudig rief:

«Salut, Jungs!»

«Salut», sagten sie.

«Da bist du also, alter Junge», sagte Charlot. «Da bist du also.»

Einer der Bridgespieler stand auf und warf die Karten auf den Tisch: es war Longin.

«Salut, alter Clown», sagte Mathieu zu ihm.

Longin lächelte ihn ernst an. Er sagte:

«Du hast Schwein, daß ich gerade aussetzen muß. Auf die Weise kann ich dir die Pfote schütteln.»

Keiner von ihnen schien erstaunt.

«Das wundert euch also nicht, mich wiederzusehen?» fragte Mathieu. «Ich dachte, ihr hieltet mich für tot.»

Seine Stimme war lauter geworden; er empfand sie als künstlich.

«Nein», sagte Charlot, «nein, nein. Wir wußten, daß du nicht tot warst. Wir wußten, daß du im Lazarett warst.»

«Und jetzt», fragte Longin, «bist du wieder gesund?»

Sie sahen ihn mit etwas gereizter Verwirrung an, als hätte man sie aus dem Schlaf geholt, wie Kinder, die man aus ihren Spielen reißt, um sie in die Welt der Erwachsenen zu locken; sie sahen nicht so aus, als freuten sie sich sehr, ihn wiederzusehen.

«Ich bin wieder gesund, ja», sagte Mathieu traurig.
«Also setz dich», sagte Lubéron.
Mathieu setzte sich.
«Wo bist du? In welcher Baracke?»
«In Nummer 17.»
«Nummer 17?» sagte Longin stirnrunzelnd.
«Na ja», sagte Charlot, «die Durchgangsbaracke.»
«Die hinter den Scheißhäusern?»
«Nein, nein», sagte Lubéron lebhaft. «Sie geht auf die Hauptstraße, die Nummer 17, direkt oberhalb vom Krankenrevier.»
«Aha!» sagte Longin befriedigt. «Aha!»
Charlot drehte sich höflich zu Mathieu um:
«Und bist du schon lange im Stalag?»
Mathieu wollte antworten, aber Chomis schnitt ihm das Wort ab:
«Seit gestern!» sagte Chomis triumphierend. «Heute nacht schläft er in Nummer 17, heute morgen geht er raus, um einen Rundgang zu machen: und er gerät ausgerechnet an mich.»
Die Männer sahen Chomis gespannt an. Charlot fragte:
«Kanntest du ihn?»
«Überhaupt nicht», sagte Chomis. «Ich habe ihn nie im Leben gesehen, den Kerl da.»
«Ja und?» sagte Charlot verständnislos.
«Also, das war so», sagte Chomis, «er ist auf mich zugekommen, er sagt: Du kennst nicht zufällig meine Kumpel? Welche Kumpel, sage ich. Er sagt: Lubéron, Longin und Charlot. Ich sage zu ihm: Du brauchst nur hinter mir herzugehen, dann findest du sie. So war das.»
Ihre Backen röteten sich, sie sahen Chomis mit gierigem Interesse an; Longin sagte:
«Ehrlich?»
Charlot ließ sich die Geschichte wiederholen:
«Er kannte dich nicht, er hat dich getroffen und hat dich gefragt, wo wir sind?»
«Vor dem Krankenrevier war das», sagte Chomis.
«Wenn das kein Glücksfall ist», sagte Charlot.

«Ein Glücksfall von eins zu tausend», sagte Longin.

Sie sprachen jetzt unter sich. Mathieu senkte den Kopf; er hörte sie undeutlich über dieses außergewöhnliche Zusammentreffen reden und fühlte sich allein. Plötzlich hörte er seinen Namen und blickte auf: er wurde den Bridgespielern vorgestellt.

«Der Dunkle da», sagte Longin, «das ist Garnier, er ist aus Marseille. Der Blonde, der aussieht wie ein Mädchen, das ist Roquebrune; der Kleine ist Charlier.»

Mathieu hob die Hand zu ihrer Begrüßung. Garnier fragte ihn interessiert:

«Du kommst aus dem Lazarett?»

«Ja.»

«Was kriegt ihr da zu fressen?»

«Je nachdem», sagte Mathieu. «Brot, Suppe; manchmal Wurst oder Ölsardinen, manchmal Kunsthonig.»

«Fett, Talg?»

«Ja.»

«Wieviel Brot? Ungefähr 350 Gramm?»

«Ungefähr.»

Garnier sah zufrieden aus:

«Genau wie bei uns.»

«Halt!» sagte Chomis. «Sie haben Tabak gekriegt.»

Sie fuhren auf, und Garnier sah Mathieu streng an:

«Tabak?»

«Aber nein», sagte Mathieu verlegen, «die Sanitäter haben uns Zigaretten zugesteckt, wenn sie gute Laune hatten.»

«Wenn es nur das ist», sagte Garnier beruhigt, «die Soldaten stecken uns manchmal auch Zigaretten zu.»

Er entspannte sich, schien sich zu beruhigen und wiederholte beschwichtigt:

«Ja, ja, genau wie bei uns.»

Schweigen; Mathieu wagte endlich die Frage zu stellen, die ihm auf der Zunge brannte:

«Wie ist es, das Leben hier?» fragte er schüchtern. «Erträglich?»

Sie antworteten nicht gleich, so als käme die Frage für

sie unerwartet, dann hob Charlot mit bescheidenem Lächeln den Kopf zu Mathieu:

«Du wirst sehen», sagte er, «wenn du dich arrangierst, kannst du eine ruhige Kugel schieben. Es ist natürlich kein Leben in Saus und Braus, aber es ist ein nettes kleines Leben.»

Ein nettes kleines Leben. Mathieu sah Charlot voller Entsetzen an, als hätte er sich plötzlich in eine abscheuliche Kellerassel verwandelt. Die anderen schwiegen mit verschlossenen Gesichtern. Unmöglich festzustellen, ob sie diese Meinung teilten. Jemand furzte, ein langes sprödes Knattern. Alles fing an zu lachen.

«Das ist Charlier! Schon wieder Charlier.»

Charlier zeigte mit dem Finger an die Decke und tat so, als sähe er ein Feuerwerk:

«Aaah!»

Chomis und Roquebrune warfen sich lachend auf ihn und verprügelten ihn:

«Willst du wohl aufhören zu furzen, wenn wir Besuch haben, du Sau! Wo hat man dir Manieren beigebracht?»

Charlier lachte und wehrte sich zappelnd; Garnier wandte sich Mathieu zu und erklärte ihm vornehm:

«Das ist die Suppe: das bläht. Du kennst das sicher, ihr habt sie ja im Lazarett gekriegt.»

«Ja, natürlich», sagte Mathieu hastig.

Charlot furzte ebenfalls, blickte auf und sagte kindlich:

«Manchmal furzen wir um die Wette.»

Mathieu antwortete nicht, Charlot wurde plötzlich rot. Mathieu wandte den Kopf weg, er dachte: ‹Ich störe sie.› Ein langes Schweigen entstand: Longin setzte sich wieder an den Tisch und nahm seine Karten wieder in die Hand; Lubéron sah aus dem Fenster. Sie hatten sich nichts mehr zu sagen.

«Da kommt die Suppe», sagte Lubéron.

Sie beugten sich zum Fenster hinüber, und ihre Gesichter nahmen flüchtig einen fast menschlichen Ausdruck des Wartens an.

«Ha!» sagten sie. «Ha! Ha!»

Charlot sagte zu Mathieu:
«Schwartz wird überrascht sein: er spricht oft mit uns über dich.»
«Schwartz», sagte Mathieu, «unser Schwartz? Der aus Sarrebourg?»
«Ja, der. Er kommt gerade mit der Suppe.»
Mathieu sah zwei Gefangene, die mühsam einen Feldkessel trugen. Der erste war Schwartz, ganz der alte, außer daß er zu schlafen schien. Der andere, ein langer spindeldürrer Typ mit gelben Augen, sah fiebernd und krank aus. Mathieu kannte ihn nicht.
«Ich dachte, er wäre mit den Elsässern weggekommen», sagte er.
«Nein, nein.»
Die Tür ging auf; sie traten ein und setzten den Feldkessel ab. Die Suppe hob den Deckel und schwappte auf den Fußboden.
«Suppe fassen», sagte Schwartz mit matter Stimme.
«Was gibt es?»
«Kabeljau.»
«Scheiße», sagte Longin, «immer dasselbe.»
«He, Schwartz!» sagte Charlot. «Rate mal, wer da ist.»
Schwartz hob gespannt den Kopf; er erblickte Mathieu, und seine Augen glänzten. Mathieu dachte mit einem Rest von Hoffnung: er wirkt weniger mitgenommen.
«Alter Junge!» sagte Schwartz. «Alter Junge!»
Er war mit zwei Sprüngen bei ihm, packte ihn am Hals und küßte ihn.
«Das freut mich», sagte er. «Verflucht, das freut mich.»
«Ich freue mich auch», sagte Mathieu herzlich.
Sie sahen sich an und lachten; Mathieu wurde warm ums Herz: er war mitten im Busch auf einen Menschen gestoßen.
«Ich hätte nicht gedacht, dich hier wiederzufinden», sagte er. «Sind die Elsässer denn nicht entlassen worden?»
«Ich habe nicht gesagt, daß ich Elsässer bin.»

«Warum nicht?»
«Einfach so», sagte Schwartz. «Im letzten Moment habe ich Schiß gekriegt.»
Er verzog den Mund und bekam wieder seinen trüben Ausdruck. Mathieu wollte ihn ausfragen, aber ein Feixen schnitt ihm das Wort ab. Das große Skelett musterte ihn ironisch:
«Nun? Also ist schließlich weder der eine noch der andere tot.»
Mathieu zuckte zusammen und sah benommen diese gelbliche und verlebte Maske an.
«Du kannst mich nicht einordnen?» fragte der Typ.
«Pinette», murmelte Mathieu widerwillig.
Pinette lachte und rollte große wütende Augen. Die anderen sahen ihn schweigend, mit einer gewissen Scheu an. Schwartz war einen Schritt zurückgegangen.
«Pinette», wiederholte Mathieu tief betrübt.
Pinette war näher gekommen und blies ihm seinen Atem ins Gesicht: er roch nach Fieber und nach Keller. Mathieu sagte gegen seinen Willen:
«Ich hielt dich für tot.»
Pinette hörte auf zu lachen:
«Nicht toter als du», sagte er mit unangenehmer Stimme. Er fügte kopfschüttelnd hinzu: «Wir haben uns wie Idioten angestellt, wir anderen. Wir haben eben Schiß gehabt.»
«Schiß!» sagte Mathieu. «Ich glaube nicht, daß ich Schiß gehabt habe.»
«Ha!» sagte Pinette. «Wir müssen schon Schiß gehabt haben: alle anderen sind tot und wir nicht. Wie erklärst du dir das?»
«Aber . . .», sagte Mathieu.
Pinette lachte unangenehm:
«Oder», sagte er, «es gibt einen lieben Gott für Glückspilze.»
Niemand gab einen Ton von sich. Pinette sah aus wie ein Zauberer mitten in seinem Stamm. Er sah Mathieu noch eine Weile mit seinen großen Feueraugen an, dann

machte er kehrt und ging weg, wobei er ihm angeberisch über die Schulter hinweg zuwarf:

«Übrigens wirst du sehen, daß wir trotzdem tot sind: wir haben die gleichen Nachteile wie beim Totsein, ohne die Vorteile.»

Mathieu sah, wie er auf das Bettgestell zuging, sich auf die Zehenspitzen stellte, einen Klimmzug machte und mit der Geschwindigkeit einer Kellerassel in einem Loch verschwand. Er drehte sich zu Schwartz um und sah ihn fragend an. Schwartz wirkte peinlich berührt. Er hob den Zeigefinger und faßte sich schweigend an die Stirn. Die anderen schwiegen weiter, man hörte nichts als das Auf-den-Tisch-Knallen der Karten. Um sie wiederzufinden, dachte Mathieu, muß man erst durch ein Nadelöhr hindurch. Man muß erst wie sie werden.

I

Der Deutsche musterte sie streng:

«Die Franzosen sind Diebe», sagte er.

Er sah Pinette an und wartete auf einen Widerspruch. Aber Mathieu hielt Pinettes Arm immer noch fest; der Deutsche fuhr etwas enttäuscht fort:

«Diebe. Sie stehlen im Lager, sie bestehlen sich gegenseitig und versuchen, uns zu bestehlen.»

«Wer hat Sie bestohlen?»

Der Deutsche schüttelte den Kopf:

«Ein dicker Hund», sagte er. «Sie werden sehen. Die Franzosen haben im Magazin gestohlen. Einen Pelz.»

«Einen was?»

«Einen Damenpelz.»

«Wie kam er da hin?» sagte Pinette.

Mathieu sah es kommen: gleich würde er sagen: «Sie haben ihn selbst in Frankreich gestohlen.» Er sagte:

«Hat man sie gefaßt?»

Der Deutsche schüttelte traurig den Kopf und wiederholte:

«Dicker Hund! Dicker Hund!»

Er sah auf sein Handgelenk und sagte:

«Aufstellen: und gehen Sie zurück.»

Sie standen auf wie Schüler. Beim Hinausgehen flüsterte Mathieu Pinette zu:

«Jungs von Nummer 28 haben das Ding gedreht. Wir müssen sie warnen.»

Sie sammelten sich auf dem Kasernenhof. Zehn Schritte weiter wartete eine andere Gruppe von Gefangenen, fünfzehn Schritte weiter noch eine. Die französischen Schreiber schlossen sich ihnen wie gewöhnlich an. Mathieu war in einem Park, in einem prächtigen Park, er sah die kahlen Bäume oberhalb der Kasernenmauer an und dachte, daß er in einem Park war. Alle Feinheiten, die er entbehren mußte, Straßen, Städte, Gärten, versetzte er hierhin, auf diese geplünderten Landstriche. Er liebte den Kasernenhof. Es gab Pfade zwischen den Baracken, die er genauso haßte wie die Avenue La Bourdonnais. Sein ganzes Universum war da. Deutsche Soldaten liefen, Befehle schreiend, auf sie zu. Die Gefangenengruppen stellten sich in Viererreihen auf; sie überquerten den Hof, und das Kasernentor öffnete sich. Das war der kurze Moment, den Mathieu am liebsten hatte. Die Kaserne lag auf der einen Seite der Straße und das Lager auf der anderen. Der Moment, in dem er die schwarze und endlose Straße überquerte, in dem er in die Freiheit der anderen eintauchte, enthielt alle Abende, die, an denen er vom Lycée in eine Stadt heimkehrte, die ihre Lichter anzündete. Sie marschieren los, Pinette kopfschüttelnd und vor sich hin redend.

«Weil wir besiegt sind, haben wir noch lange nicht die Würde verloren.»

«Eh?» fragt Charlot.

«Weil er gesiegt hat, hat er noch lange nicht das Recht, meinen Arsch zu sehen», sagt Pinette.

«Pah!» sagt Charlot, «wenn er ihn sehen will, soll er ihn sehen, meinen Arsch, und ich werde mich nicht beleidigt fühlen.»

Charlot ist bescheiden, damit sucht er sich zu retten, er versucht sein Mißgeschick mit antiker Demut hinzunehmen. Er ist entspannt. Pinette ist zu Tode getroffen. Da ist ein Knoten, ein dunkler Punkt, in dem seine Frau und sein verpaßter Tod vom 20. Juni 40 zusammenlaufen. Pinette, das sind Rachsucht und Gegenbeschuldigung. Er verweigert die Gefangenschaft, wie Pierné den Krieg verweigerte. Aber da er auch nicht in Paris ist und nicht dort leben kann, Verweigerung seiner Frau, ist er nirgendwo. Er ist das Ressentiment, alles, was er sieht, verletzt ihn, und er verachtet es. Charlot versucht zu leben. Er sagt, während Pinette sich anstellt:

«Wenn man sich keine Illusionen macht, könnte man ein nettes kleines Leben haben: Lebertran, vierhundert Gramm Brot pro Tag, wir haben keinen Hunger; wir schlafen zwar auf Brettern, aber wir schlafen genug, nicht zu anstrengende Arbeit, Schläge sind selten, und wir werden bezahlt: dreißig Mark im Monat.» Ein nettes kleines Leben: bloß ist es nicht lebenswert. Wir sind Frauen, Sklaven und Tote. Ernährt, untergebracht, ausgehalten. Kein Verhältnis zwischen unserer Arbeit und unserem Lohn. Man hat uns die Zukunft genommen. Die Vergangenheit ist zweideutig, ungewiß, die Niederlage hat wie ein Tod den Sinn all dessen zerstört, was wir erlebt haben. Die Gegenwart ist die reine Wiederholung, sie ist allgemein. Er dreht sich um und sieht die Jungs an: harte Gesichter, harte Augen. Viele lachen miteinander. Sie sehen nicht traurig aus. Nicht schwermütig. Hart und weich. Sie lachen oft, aber sie lächeln nie. Sie lachen schallend. Und jeder kämpft mit demselben Problem: Wie soll man leben, welche Lüge soll man erfinden, um zu leben? Hunger und Schmerzen würden diesem Leben einen Sinn geben, aber wir haben keinen Hunger, und wir leiden nicht. Wir sind abstrakt. Sie betreten das Lager, der Deutsche, der sie anführt, gibt dem Wachposten ein Zeichen. Sie waten durch den Schlamm der Hauptstraße (am Tag davor hat es geregnet), sie biegen nach links zwischen die Baracken ab, Feldwebel Langen kommt und zählt sie. Er macht eine

Handbewegung, und der kleine Trupp löst sich auf. Mathieu betritt die Baracke 28. Er klopft beim Barackenchef. Ein fast kahler Mann macht ihm auf: Ramard.

«Wie geht's?» fragte Mathieu.

«Es geht so», sagt Ramard. «Mein Bein ist steif. Wenn es regnet, tut meine Narbc weh. Dir nicht?» fragt er und zeigt schnell auf Mathieus Schulter.

«Nein», sagt Mathieu.

Es gab eine Bruderschaft der Verwundeten im Lager, derer, die gekämpft hatten. Ramard verlor sich in der Betrachtung seiner Verwundung, und das war auch eine Ausflucht, man hatte ihm seinen Ruhm in den Schenkel eingebrannt. Mathieu hatte einen tieferen Betrachtungsgegenstand: er hatte Menschen getötet. Er hatte gesehen, wie sie sich auf der Fahrbahn wälzten. Er trug den Tod der anderen in sich. Das trennte ihn von den anderen und machte dieses Leben für ihn erträglich. Er setzte sich auf einen Stuhl, Ramard folgte ihm und setzte sich ebenfalls. Er sagte:

«Du machst dich rar . . .»

«Ich arbeite in der Kaserne», sagte Mathieu. Er rieb sich die Hände und sagte: «Hast du von einer Geschichte im Magazin gehört?»

«Nein», sagte Ramard.

Mathieu sah ihn an und sagte:

«Gut. Dann auf Wiedersehen.»

Er stand auf. Ramard bat ihn, sich wieder zu setzen.

«Warte», sagte er. «Warte mal.»

«Hat es da keinen Stunk gegeben?»

Ramard wiegte zögernd den Kopf. Er sagte:

«Nicht, was uns betrifft. Sie haben Fritzen verhaftet, glaube ich.»

«Wieso?»

«Die Fritzen haben den Mädels Seidenstrümpfe runtergebracht. Sie haben sie unter ihren Jacken um ihren Gürtel gebunden. Manchmal sahen sie so dick aus wie Fettwänste.»

«Sind sie im Bau?»

«Ja.»
«Sie haben ausgepackt», sagte Mathieu.
Ramard wurde grün, ohne zu antworten.
«Macht euch auf einen Besuch gefaßt», sagte Mathieu.
Ramard hatte sich auf seinem Stuhl vorgebeugt und sah versunken auf seine Füße.
«Ich habe deutschen Kognak», sagte er abrupt.
«Was?»
«Viénot.»
«Er hat deutschen Kognak?»
«Ja. Es ist kompliziert! Er hat Sachen im Magazin gestohlen. Er gab sie an einen weiter, der unten in der Stadt arbeiten geht. Ich weiß nicht, wem. Der tauschte sie gegen Kognakflaschen ein, die er für französische Francs an uns weiterverkaufte.»
«Warum nicht für Mark?»
Ramard zuckte die Achseln:
«Sie wollten in Francs bezahlt werden. Für nach dem Krieg.»
Er lachte unfroh.
«Das Geld wechselt hier den Besitzer. Am Anfang hatten wir alle ein bißchen. Aber es gibt welche, die es horten. Ich hatte eine ganze Menge», schloß er melancholisch, «und das wird allmählich rar.»
Mathieu lächelte ihn an: Ramard stand in dem Ruf, mit der Kasse seines Regiments erwischt worden zu sein.
«Es gibt da einen Chef der Organisation», sagte Ramard mit einem gewissen Haß. «Ich weiß nicht, wer, aber das ist jemand, der geschworen hat, das ganze Lager auszutrocknen.»
Mathieu dachte: die Geheimnisse von Paris. Das Lager war eine riesige geheimnisvolle Stadt, aber eine Traumstadt. Es gab alles: Leidenschaften, Geschäfte, Morde, aber immer geträumt. Nichts zählte.
«Ich muß meine Flaschen verschwinden lassen», sagte Ramard. Er sah Mathieu fragend an.
«Wie viele hast du?» fragte Mathieu.
«Vier. Volle.»

«Schmeiß sie in die Latrine.»
Ramard sah ihn empört an:
«Bist du verrückt? Ich habe doch gesagt, daß sie voll sind.»
«Schon gut», sagte Mathieu, «ich nehme sie mit. Ich bringe sie dir nach der Durchsuchung wieder.»
Er machte seine Jacke auf:
«Steck sie drunter.»
Ramard stand auf. Er unterdrückte einen Schmerzensschrei, als er mit dem linken Fuß auftrat, dann humpelte er zu seinem Strohsack.
«Zerbrich sie nicht», sagte er.
«Nein, nein», sagte Mathieu.
Ramard kam mit den Flaschen zurück:
«Trink sie auch nicht aus.»
«Das würde mir schlecht bekommen.»
Ramard hatte sich gebückt und hatte zwei leere Flaschen aufgehoben.
«Die da werfe ich in den Lokus.»
Mathieu machte seine Jacke über den Flaschen zu. Er bemerkte rote Linien auf Ramards Nasenspitze.
«Du besäufst dich also?» fragt er.
Ramard lächelte lahm.
«Wir picheln ein bißchen», sagte er. «Nur so, um die Zeit rumzubringen.»
«Ich verstehe», sagte Mathieu.
«Stört dich das?»
«Überhaupt nicht», sagte Mathieu. «Jeder schlägt sich durch, wie er kann.»
Er fand das sehr natürlich.
Er ging auf die Tür zu:
«Haben sie wegen dem Pelz alles entdeckt?»
«Ich weiß nicht.»
«Wie kann man nur so blöd sein, einen Pelz zu klauen. Was kann man denn mit einem Pelz anfangen?»
«Legt er ihn abends auf sein Bett, damit es warm ist?»
«Nicht mal das. Weißt du, was er macht, dieser Idiot? Er spaziert im Pelz im Lager herum, um anzugeben.»

Er wickelte die leeren Flaschen in eine Decke.
«Weißt du, ob sie verdächtigt werden?»
«Ich weiß nicht. Aber wahrscheinlich. Es ist besser, sie zu warnen.»
«Ich weiß aber nicht, wo sie sind», sagte Ramard.
Sie gingen zusammen hinaus. Mathieu hatte beide Arme über den Bauch gelegt, um die Flaschen zu halten.

II

(Bei Longin)

Sonntag

Charlot hat zu mir gesagt:
«Besuch Longin. Es geht ihm offenbar nicht besonders.»
Ich nehme Bücher mit und gehe in seine Baracke hinüber. Ich treffe ihn allein an, mit einer Backe auf der Kante der Bank, die Ellbogen auf dem Tisch, mit starrem Blick, einem acht Tage alten Bart. Ein leichter scharfer Wind trägt die Sonntagsgeräusche durch das offene Fenster herein. Am anderen Ende des Zimmers bullert der Ofen: Longin hat sich so weit wie möglich von ihm weggesetzt: er sucht offensichtlich die Kälte und die Unbequemlichkeit; er hat angefangen, ich sehe es genau, seine Schwermut bis zu dem Punkt zu treiben, wo sie ganz unerträglich wird, wahrscheinlich um Gott oder einem unsichtbaren Zeugen zu beweisen, daß die Welt schlecht ist. Verlassen wirkt das Zimmer mit seinen beiden sich gegenüberstehenden hölzernen Bettgestellen wie eine riesenhafte Urnenhalle. Keine Spur von menschlichem Dasein. Und es ist auch keine Natur. Diese hölzernen Bettgestelle mit diesen Nischen haben die unbarmherzige Sauberkeit und Universalität von Geräten. Kein bißchen Schmutz, der, der die Stube saubergemacht hat, muß ein Fanatiker sein; die Leute haben ihre Sachen sorgfältig ganz nach hinten in die Fächer geschoben. Nichts Menschliches, nichts Natürliches. Longin hätte eine *querencia* gebraucht,

eine Ecke für ihn ganz allein. Mitten im Universellen ist er verloren, vom Ammoniak durchtränkt. Offensichtlich überbietet er seine Unbequemlichkeit noch, aus Wut darüber, daß er kein gemütliches Eckchen für sich finden konnte ... Er ist da, abstrakt in dieser abstrakten Welt, er sitzt schlecht, er fühlt sich schlecht; er wendet sich mir zu, seine Augen sehen nicht so aus, als sähen sie: zwei trockene Nebel in seinen Augenhöhlen.

«Geht's dir gut?»

«Nein, mir geht's nicht gut. Mir geht's überhaupt nicht gut.»

«Hast du Katzenjammer?»

Er zuckt leicht die Achseln, gereizt:

«Nein, ich habe keinen Katzenjammer. Ich sehe klar.»

Er lächelt in sich hinein, aber schwach. Offensichtlich geht er sparsam mit sich um, seine Gesten sind rar, kaum Andeutungen, er geht auf Zehenspitzen um seine Verzweiflung. Ich setze mich neben den Ofen, und wir schweigen. Wir respektieren alle beide einen großen Schmerz. Schließlich sage ich:

«Gehst du mit mir raus?»

Er antwortet mir sanft, mit betonter Geduld wie auf eine Kinderei:

«Nein. Nein, ich gehe nicht raus.»

Einen Augenblick lang habe ich Lust, ihn da sitzen zu lassen, aber mir fällt rechtzeitig ein, daß dieses Theater von jemand Realem gespielt wird. Er *durchlebt* seinen Schmerz, mehr oder weniger gut, auf seine Weise. Ein Schmerz ist schwer zu durchleben. Ich weiß, was er erwartet, nur ein bißchen Wärme in meiner Stimme, ein bißchen menschliche Anteilnahme. Ich kann sie ihm nicht ohne weiteres geben: zum einen ist er mir unsympathisch. Er verkehrt mit mir, weil ich studiert habe, das erscheint ihm vornehm. Das ist sein Milieu: er ist Architekt: Ein kleiner Architekt, der anfängt. Ich nehme es ihm auch insgeheim übel, daß er leidet. Ich weiß nicht, warum: es ist eine Art Angst, ich spüre wie ein Tier, daß da etwas ist, was ich um jeden Preis meiden muß. Ich wittere in ihm eine Falle. Ich lege so viel Anteilnahme in meine Stimme, wie ich kann:

«Armer Alter, was ist los?»

Er wartete auf diese etwas singende Modulation, er sieht mich zum erstenmal an, aber ohne sich zu entspannen: er erlaubt sich den Luxus, meine Sympathie zurückzuweisen, sich von ihr belästigt zu fühlen: ich werde noch einmal anfangen müssen. Ich probiere es noch einmal:

«Na? Was ist los?»

Sein ganzes Gesicht ist weggesackt, das Fleisch an den Schläfen und auf den Wangenknochen ist in die Hängebacken gerutscht, dadurch ist sein Kopf birnenförmig geworden. Er sagt mit objektivem Ausdruck zu mir:

«Ich bin ein verkrachter Typ.»

Ich antworte nicht, meine Kehle ist zugeschnürt, ich sehe ihn mit verkrampftem Lächeln an und fühle, wie mein Kopf sich steif auf meinem Hals hin und her bewegt. Er wiederholt selbstgefällig:

«Ein verkrachter Typ.»

Ein verkrachter Typ: auch ich habe mir voriges Jahr gesagt, daß ich ein verkrachter Typ bin. Sah ich so abstoßend aus? Nie wieder, nie wieder werde ich darüber nachdenken, was ich *bin*, das schwöre ich vor dieser Karikatur dessen, was ich war: nur über das, was ich tue. Er holt ein Päckchen Zigaretten aus der Tasche, beobachtet mich eine Weile zögernd, dann steckt er sich eine an:

«Ich biete dir keine an», sagt er, «ich habe fast keine.»

«Schon gut», sage ich.

Ich hatte Lust zu rauchen, aber ich erstarre in dem Moment, als ich meine Pfeife aus der Tasche ziehe: ich kann mich nicht entschließen, die gleichen Handbewegungen zu machen, die er macht. Er zieht an seiner Zigarette und wiederholt:

«Verkracht.»

Es geht darum, zu protestieren: er will, daß ich protestiere. Ich sage:

«Komm, komm!»

Er streckt mir plötzlich seine geschwollenen und schwieligen Hände mit den abgebrochenen Fingernägeln entgegen:

«Sieh dir das an! Sieh dir das bloß an! Meine Erdarbeiterhände, sie zittern dauernd. Bildest du dir etwa ein, ich könnte noch einmal einen Bleistift halten?»

«Warum nicht?»

Er schleudert mir ins Gesicht:

«Puh!» und lächelt plötzlich:

«Das ist so leicht, ein Bleistift. Du drückst nicht auf, weißt du, dein Handgelenk bleibt locker, und du streichelst das Papier mit der Mine. So!»

Er macht eine Bewegung mit dem Handgelenk und sackt in sich zusammen:

«Ich kann es nicht mehr! Ich kann es nicht mehr!»

Er behauptet, Architekt zu sein.

III

(Die Episode mit den Zeitungen)

Chauchard kommt mit einem vergilbten, ganz zerrissenen Stück Papier an, gerade die letzten beiden Seiten, das dabei zu sein scheint, zur Natur zurückzukehren, das stellenweise die brüchige Trockenheit verwelkter Blätter angenommen hat und an anderen Stellen eine ölige Lappigkeit, die an organischen Zerfall erinnert; ein brauner Fleck, umgeben von einem gelblichen Ring breitet sich über die halbe Zeitung aus, er ist so tief eingezogen, daß er gegen das Licht wie ein Wasserzeichen aussieht. Auf diesem verlassenen Garten sind die kleinen schwarzen Buchstaben da, immer noch menschlich, zu aggressiven Spalten zusammengerückt.

«Seht mal!»

Alles steht auf und umringt ihn, sogar Pinette:

«Eine Zeitung!» Er lacht und wehrt sich:

«Drängelt nicht, ihr bekommt sie einer nach dem andern. Wir haben doch Zeit, oder?»

«Woher hast du sie?»

Die Leute setzen sich langsam, widerwillig hin, die Augen weiter starr auf die Zeitung gerichtet. Chauchard setzt sich mit dem Rücken zum Fenster ans Tischende. Er breitet das Blatt auf dem Tisch aus und streicht es mit der Hand glatt; es ist zerknittert, faltig und bläht sich, sobald er es losläßt, zu einer weichen Pyramide auf, die er wieder platt drücken muß. Er erklärt ohne Eile, die Hand flach auf der Zeitung, als wolle er sie zuerst mit dem Tastsinn genießen:

«Von den Männern, die gestern aus Rouen gekommen sind. Ich habe einen von ihnen auf dem Scheißhaus getroffen. Wißt ihr, was er damit machen wollte? Sich abwischen, jawohl. Ich sehe es, ich sage mir: das ist ja eine Zeitung, verdammt noch mal, ich saß am Ende der Reihe, ich bin aufgesprungen, ich bin gerade rechtzeitig gekommen: ‹Du wirst dir doch nicht etwa den Arsch mit einer Zeitung abwischen›, habe ich zu ihm gesagt; ‹wo es Leute gibt, die seit sechs Monaten keine gelesen haben.› Er hebt den Kopf, er war ganz überrascht, er sagt zu mir: ‹Aber sie ist vom vorigen Monat.› – ‹Ja und›, sage ich, ‹glaubst du, wir wissen, was vorigen Monat passiert ist?› – ‹Ich will sie euch ja gerne geben›, sagt er, ‹aber ich brauche Papier.› Ich hatte keins mehr bei mir. ‹Warte›, habe ich zu ihm gesagt. Ich bin in die Baracke Nummer 37 gerannt und habe ihm die Lagerzeitung *Trait d'union* gebracht, er hat gemekkert, er hat gesagt, er hätte sich meinetwegen erkältet, aber er hat die Zeitung hergegeben. Er sagt, daß es noch mehr gibt, daß seine Kumpel sie gegen Zigaretten abgeben.»

«Erzähl uns nicht dein Leben», sagt Roquebrune. «Lies, und dann gib sie an uns weiter.»

Er macht es sich bequem und liest, wir sehen ihm ungeduldig zu. Er hat die Augenbrauen hochgezogen, das gibt seinem Gesicht einen Ausdruck bornierter Bestürzung, von Zeit zu Zeit kaut er an einem Fingernagel. Niemand spricht mehr, die Bridgespieler haben ihre Partie unterbrochen, wir sehen diesen Mann an, der mitten unter uns in eine Vergangenheit voller Erinnerungen vertieft ist. Irgendwann lacht er ganz für sich und wirkt auf uns halb wie ein Verrückter, halb wie ein freier, schon befreiter Mensch. Er kann seine Belustigung nicht mehr für sich allein behalten:

«Hört mal, Jungs: in Paris gibt es Fahrrad-Taxis.»

«Fahrrad-Taxis, was ist das denn? Meinst du hinter Fahrräder gehängte Taxis?»

«So ungefähr. Ein kleiner Wagen hinter einem Fahrrad, glaube ich. Die Leute fahren so herum.»

«Eine Art Rikscha.»

«Es muß dort Tausende und aber Tausende davon geben.»

«Die Pferderennen. Longchamp. Prairial hat gewonnen. Den kenne ich, Prairial, das ist ein gutes kleines Pferd. Aus dem Gestüt Rothschild.»

«Sieh dir mal die Theateraufführungen an», sagt Charlot.

«Wieso?»

«Ich weiß nicht. Ich möchte wissen, was gespielt wird.»

«Gut. Also du hast Trenet im Alhambra.»

«Und im Kino.»

«Im Kino . . . im Kino, *Bel Ami* im Max-Linder.»

«*Bel Ami*, ist das ein amerikanischer Film?»

«Blödmann, woher sollen die denn kommen, die amerikanischen Filme?»

«Ich sage dir, das ist ein amerikanischer Film. Vor dem Krieg durfte er nicht gezeigt werden. Es geht um die Fremdenlegion.»

«Ach Quatsch, das ist *Beau geste*.»

«Ach ja, richtig», sagt Charlot gekränkt.

«Trenet im Alhambra. Danielle Darrieux. *Carnet de bal. Pépé le Moko*. Da hat sich nichts geändert», sagt Chauchard befriedigt.

Die anderen lächeln und sagen:

«Nein, da hat sich nichts geändert.»

Sie finden es gut, daß sich nichts geändert hat. Was uns stärkt, ist, daß wir uns die Gleichzeitigkeit nicht vorstellen können. Unsere Welt, Paris und ihr Dorf, sobald wir ohne sie gewesen sind, haben wir sie in Gedanken erstarren lassen. Es ereignet sich dort nichts mehr, es ist ein angehaltener Film. Er wird an dem Tag weiterlaufen, an dem wir freigelassen werden und nach Hause zurückkehren, aber wir können uns nicht vorstellen, daß sie sich auch *verändert*, daß die Frauen altern, vergessen, andere Liebesgeschichten haben, daß neue Stars im Kino, im Theater auftauchen, daß Kinder mit ihren neuen Schicksalen geboren werden. Wenn manchmal einer daran denkt, spürt er einen heftigen Stich im Herzen und schweigt mit großen leeren Augen. Und die Zeitung erfreut uns: man könnte meinen, eine Vorkriegszeitung. *Le Matin*. Dasselbe Papier, dieselben Buchstaben, dieselben Theateraufführungen. Alles ist gleich. Eine Welt reiner seelenloser Wiederholung, während wir Tage leben, die nicht zählen. Verlorene Zeit für alles. In Großbuchstaben: der KRIEG. Wir blättern um. Das wissen wir. Eine Geschichte über die Engländer.

«Hier, es wird über uns gesprochen.»

«Über uns?»

«Über die Gefangenen, meine ich.»

«Was sagen sie?»

«Warte.»

Er liest, zu schnell für ihn, und zieht dabei die Augenbrauen hoch. Auf einmal, mit monotoner Stimme, noch ehe er versteht:

«Die Besten unter uns, die Reinsten, die unsere Fehler sühnen, wie werden sie über uns urteilen, wenn sie zurückkehren?»

«Nein!» sagt Charlot. «Steht das da?»

«Ich hab es dir doch vorgelcsen.»

«Na, hör mal!»

Erstaunt über die hervorgerufene Verwunderung, nimmt Chauchard den Text wieder und liest ihn für sich. Seine Lippen bewegen sich. Er sagt:

«Scheiße.»

«Das ist ein von den Fritzen gekaufter Typ, der das sagt», sagt Pinette. «Ein Gekaufter. Du glaubst doch nicht etwa, daß sie so denken, die Jungs zu Hause.»

«Sie denken», sagt Chauchard, «warum haben sie nicht gekämpft.»

Die Fröhlichkeit ist wie weggeblasen. Die Leute sehen verlegen aus, als hätte jemand eine taktlose Bemerkung gemacht.

IV

(Der Traum)

Charlot sah auf sein Handgelenk, zwinkerte Mathieu zu und hielt seine linke Hand mit ausgestreckten Fingern hoch: fünf Uhr. Der Tag ging zu Ende; die großen Fenster bildeten helle Flecken, die Wände wurden grau; man konnte auf den Wänden alles sehen, was man wollte: Totenköpfe, dicke struppige Bärtige. Schon hatte Charlot sich mit der hinterhältigen Miene eines Gymnasiasten über seine Schreibarbeit gebeugt. Natürlich hätte er die Uhrzeit laut sagen können, aber es amüsierte ihn, den Gymnasiasten zu spielen, als bereute er es, daß er die Schule nicht hatte beenden können. Der Kapo gähnte, seufzte «Ach Gott!»*, holte ein in rosa Papier eingewickeltes Päckchen aus der Tasche, das er lange betrachtete, während er mit dem Daumen eine Träne zerdrückte, die ihm die Backe hinunterlief. Mathieu hatte sich mit den Ellbogen auf den langen Tisch aufgestützt, das Halbdunkel drang ihm in die Augen wie eine süße Müdigkeit; sein Kopf leerte sich. Er sah zum Fenster hinaus: deutsche Schatten gingen auf dem Hof in Schußweite vorbei. Er wandte die Augen ab: Pinette arbeitete neben ihm, in Messerweite. Er sagte sich: ‹Es fängt an.› Die Luft wurde fester, die Entfernungen zwischen den Menschen waren

* Deutsch im Original.

Flugbahnen von Kugeln: die kleine Nachmittagsobsession begann. Er machte sich keine Gedanken. Er machte sich nie mehr Gedanken: er sah den langen weißen Schmiß an, der sich von einer Schläfe zur anderen über Pinettes Stirn zog. Pinette hob nicht einmal den Kopf: er schrieb wütend, mit ressentimentgeladenem Eifer; er trug die Namen von Gefangenen auf Pappkärtchen ein. Eine Sekunde lang hob er die Feder und betrachtete mißbilligend seine rechte Hand: sie zitterte. Mathieu fühlte die aufsteigende Obsession: das hatte nichts Unangenehmes, außer einer etwas komischen Empfindung in der Magengrube; sie kam, wann sie wollte, stark oder schwach, eher schwach – die starke war nachts –, sie ging wieder weg, ohne jemandem geschadet zu haben; die Kameraden hatten nie etwas gemerkt. Auf dem Hof werden Befehle auf deutsch gerufen. Mathieu wußte, daß er zuletzt Charlot töten würde, wie gewöhnlich. Töten, nein: in Wirklichkeit sah er ihn nur an. Aber auf eine bestimmte Weise. Er sah ihn an, und Charlot wurde tötbar. Mathieu hatte keinerlei Lust, ihn zu töten; es machte ihm nur Spaß, die Kameraden in große Totenkuchen zu verwandeln. Das war ein Geheimnis, das er über sie wußte und das sie nicht wußten. Er wußte, daß Menschen mit dem Absatz zertreten werden wie Ameisen. Schluß mit der menschlichen Würde. Wahrscheinlich wußte Pinette es auch: er war ein Töter wie Mathieu; der Tod der anderen füllte sie beide bis zu den Augen an. Charlot war eifrig damit beschäftigt, einen Befehl in ein Verzeichnis zu übertragen. Er rollte große, pingelige Augen, er leckte sich die Lippen, er wandte sein Gesicht mit liebenswürdigem Interesse dem Blatt, dann gewichtig dem Verzeichnis zu: er war in ungeheuerlicher Weise sterblich, zum Schreien sterblich – und er ahnte es nicht; sein Nacken bot sich dem Messer dar. Er seufzte, Mathieu bohrte das Messer freundschaftlich hinein. Er liebte sie *bis da hin*, bis hin zu ihrer lächerlichen Zerbrechlichkeit. Natürlich war er auch zerbrechlich. Alles, was sie waren, war er auch; alles, was er fühlte, fühlten sie. Bloß gab es etwas, was ihn von ihnen trennte: er hatte getötet und sie nicht.

Er war fertig mit Schreiben, sein Kopf leerte sich, er suchte ein Opfer. Gewöhnlich tötete er Charlot: es ist angenehmer, Fette zu töten. Vairon war zu häßlich, er hatte bestimmt graues Blut. Pinette war nur noch ein Bündel Knochen, die Klinge wäre abgerutscht, und außerdem wäre es blutschänderisch gewesen: sie hatten gemeinsam Fritzen getötet. Natürlich prahlten die meisten Gefangenen damit, gekämpft zu haben, aber das war ein Traum, niemand glaubte ihnen. Pinette und Mathieu waren bis zu den Augen mit Tod angefüllt. Untereinander sprachen sie nie darüber, aber sie wußten es, es war ein gemeinsames Geheimnis zwischen ihnen. Charlot schrieb, nichts ahnend von dieser furchtbaren Lächerlichkeit: sterblich zu sein. Er bot seinen Nacken wie ein wahres Sühneopfer dar. Zwischen den kaum sichtbaren Sehnen war eine gekennzeichnete Stelle für das Messer, eine breite mondförmige Mulde, Butter. Früher zog Mathieus Blick zerstreut Frauen aus, jetzt tötete er Männer. Charlot seufzte, und Mathieu bohrte das Messer hinein, ohne Haß, ohne Grausamkeit, freundschaftlich. Eine Art und Weise, sich mit Männern zu lieben. Er hatte Deutsche abknallen müssen, um zu erfahren, wie nackt Männer sind. Ihre Sterblichkeit war eine neue Intimität. Mathieu schloß sich ihnen bis dahin an; Schluß mit der menschlichen Würde; er sah das ganze Lager mit Mörderaugen an. Er straffte sich, riß die Augen auf, wurde wach, ließ den Blick über den langen Tisch schweifen, das Tintenfaß aus Porzellan: er war nicht unruhig, aber er mußte sich trotzdem von dieser Obsession befreien. Anfangs, als er aus dem Lazarett gekommen war, packte es ihn drei- oder viermal in der Woche, jetzt war es jeden Tag, jeden Tag tötete er Charlot oder Lubéron. Das war kein Spiel, eher eine Rekonstitution. Rechts von ihm glühte Pinette wie gewöhnlich, er hatte rote Streifen unter den Augen, von Zeit zu Zeit hob er die Feder und schaute mißmutig seine zitternden Finger an.

Vairon sah stolz aus: das war nicht seine Schuld, aber wenn er sich ausruhte, sah er immer stolz aus. Mathieu starrte die weißen Wände, die Fenster an, sah deutsche Soldaten auf dem Kasernenhof vorbeigehen, seine Augen schlossen sich, und es war ein anderes Massaker: an den vier Ecken des Lagers aufgestellt, schossen die Deutschen. Maschinengewehre, Maschinenpistolen, Granaten: sie wollten die Gefangenen loswerden, weil sie nicht mehr konnten/

Charlot war eifrig damit beschäftigt, die Liste der Eingänge in ein Verzeichnis zu übertragen; er rollte pingelige Augen, leckte sich die Lippen, wandte sich mit liebenswürdigem Interesse dem maschinengeschriebenen Blatt zu, dann beugte er ein streng und gesetzgeberisch gewordenes Gesicht wieder über das Verzeichnis und schrieb steif die Namen, wie Gebote: er war in ungeheuerlicher Weise sterblich, zum Schreien sterblich, widerlich sterblich, richtiges Hundefutterfleisch, voller Gedärme zum Ausweiden, und er ahnte es nicht. Mathieu sah seinen Nacken freundschaftlich an, suchte mit den Augen die Stelle, wo er die Klinge hineinbohren konnte. Er liebte sie *bis da hin*. Er würde ihre Köpfe über die Klinge springen lassen, bis eine Holzplanke seinen eigenen zertrümmerte und sie so in einer grauenhaften Brüderlichkeit vereinte. Das war kein Sadismus: er hatte eine neue Art und Weise, sie zu lieben, entdeckt. Charlot fühlte sich beobachtet, zuckte zusammen und sah Mathieu verstört an, Mathieu sah diesen dicken weichen Kopf, den die leichteste Explosion in etwas Zerquetschtes verwandeln konnte, er lächelte über seine gräßliche Zerbrechlichkeit. Er fühlte sich insofern mit Charlot gleich, als er getötet werden konnte, aber er fühlte sich *getrennt*, weil er getötet hatte. Töten war eine grauenhafte Erkenntnis des Menschen und eine neue Liebe. Er würde wahrscheinlich niemanden mehr töten, aber am 17. Juni 1940 war er für immer ein Töter geworden. Fünfunddreißig Lebensjahre, eine einzige Erinnerung: ein splitternackter Deutscher, der auf einem Bürgersteig schwamm. Die anderen Mathieus, sanft und problematisch, waren jenseits dieses Tages, außer Reichweite. Mathieu war nicht mehr derselbe: die Mordobsession kehrte zehnmal am Tag mitten in der sanften irrealen Langeweile der Gefangenschaft wieder. Mit einem Schlag empfand er sich als Töter und die anderen als tötbar. Das *war wahr.* Das einzige, was er nie hatte zurücknehmen können. Er drehte den Kopf und sah durch die Scheibe. Auf dem Hof gingen Deutsche mit Gewehren vorbei. Drei nebeneinandersitzende Gefangene: ein Gymnasiast, ein Töter, ein Toter. Mathieu wußte nichts von den Opern, die sich in den zwölf anderen Gehirnen abspielten. Er wußte nicht, ob es eine Obsession war oder eine Art und Weise, aus dem Lager zu entkommen. Im Grunde lebten Pinette und er pausenlos denselben Tag wieder. Nur war es für Pinette ein Ende und für Mathieu ein Anfang. Der Anfang wovon? Er schüttelte den Kopf, und der Tod wurde wieder unmöglich. Die Wände wurden wieder undurchsichtig, der Herr über Leben und Tod wurde wieder ein Rathausangestellter.

An seinem Platz breitete die menschliche Sterblichkeit sich aus und färbte die Haut blau wie eine Quetschung. Alle sterblich. Sie schrieben würdevoll, und hinter ihrem Rücken schickte sich jemand an, ihnen einen Streich zu spielen. Mathieu war eingeweiht, er steckte mit ihm unter einer Decke. Man brauchte nur hinsehen zu können: man sah transparent ihren möglichen Tod. Nicht den ruhigen Tod der Städte, mitten unter Kindern, mit Elfenbeinhänden auf den Laken. Den Tod durch Gemetzel, obszön mit Halbnackten, mit in die Luft ragenden Schenkeln, halb verbrannt wie Geflügelkeulen, schwarzen Mischungen aus Fleisch und Uniformstoff und die Vermehrung der Löcher. *Alle tötbar, zerquetschbar.* Der Tod durch Gemetzel. Nur Pinette blieb würdevoll in seiner Eigenschaft als *bereits Verstorbener.* Mathieu spielte töten. Sein Blick stach Charlots Nacken an der richtigen Stelle. Charlot brach zusammen und fiel mit dem Gesicht in die Zettel. Mathieu wurde ein ungeheurer Zeigefinger, der sich aufrichten und herabsausen, Charlots Kopf auf den Tisch knallen, ihn wie eine Fliege zerquetschen konnte, die Eintragungen mit Fadennudeln aus Blut verschmierend. Es war Charlot, den Mathieu schließlich tötete.

Ihn (Pinette) hatte der Tod vereinfacht. Zufällig hatten die Deutschen ihn nicht getötet, aber sie waren im Unrecht, und im übrigen ging das nur sie etwas an. Was Pinette betraf, so war er praktisch verstorben, er hatte das Recht erworben, rückwärts zu leben, unempfindlich und taub, den Blick starr auf jenen letzten Morgen gerichtet, auf jene Feuersbrunst, in der sein Stolz und sein Tod sich unentwirrbar ineinander verwickelt hatten. Die Läuse ließen sich nicht davon täuschen, sie fielen von seinem skelettartigen Rumpf ab; die Kameraden ließen sich auch nicht davon täuschen: sie nannten ihn Unglücksbringer.

«He, Pinette!» sagte Mathieu.

Pinette antwortete nicht. Er liebte einen gewissen Mathieu, der mit ihm auf einem Kirchturm gestorben war und dessen von Kugeln durchsiebte Leiche man aufgesammelt hatte, aber der überlebende Mathieu ging ihm eher auf die Nerven.

Charlot sah auf seine Armbanduhr und zwinkerte Mathieu zu. Der Tag ging zu Ende. Die Deutschen machten aus Sparsamkeit noch kein Licht an. Charlot hob drei Finger hoch, und Mathieu begriff, daß es dreiviertel fünf war. Charlot machte sich wieder mit verschlafener und hinterhältiger Miene wie ein Gymnasiast an die Arbeit. In Wirklichkeit war es nicht nötig, so heimlichzutun: die Gefangenen durften miteinander sprechen. Aber Charlot machte es Spaß, den Gymnasiasten zu spielen, als bereute er es, daß er die Schule nicht hatte beenden können (er war mit zwölf Jahren vom Gymnasium abgegangen, um in das Geschäft seines Vaters einzutreten). Der deutsche Gefreite gähnte, er ließ seinen Blick eine Weile über die großen weißen Wände des bereits dunklen Raums schweifen; er träumte eine Weile, auf die lange schwarze Bank gestützt, auf der jeder arbeitete, dann holte er ein in rosa Papier eingewickeltes Päckchen aus der Tasche und betrachtete es lange. Pinette hatte nicht aufgeblickt. Er malte mit seiner kindlichen Handschrift die Namen der Gefangenen auf Kärtchen aus Bristolkarton. Seine Handbewegungen über dem Karton, die Hingabe seines Körpers waren kindlich. Aber sein Gesicht war es nicht mehr. Draußen, auf dem Kasernenhof hörte man, wie deutsche Befehle gerufen wurden. Der Gefreite Schiler wickelte das Päckchen aus. Er beugte sich zu Mathieu und sagte:

«*C'est un verrou.*»

Er sprach fast akzentfrei; er hatte in Frankreich gelebt.

«Ich sehe es», sagte Mathieu.

«Heißt es *une verrou* oder *un verrou*?» fragte Schiler.

«*Un*», sagte Mathieu kurz.

Die Deutschen nutzten ihre Gespräche mit den Gefangenen für kostenlose Französischlektionen.

«Scharlott!» sagte der (Gefreite).

Charlot zuckte zusammen. Er hatte seine Papiere vernichtet und erklärte, daß er Charlot hieße. Während er da war, hatte er sich zum Unteroffizier ernannt, um nicht zu arbeiten. Aber die Arbeit hatte ihre Vorteile, und er war schließlich bereit, in der Kaserne zu arbeiten.

«Kommen Sie mit», sagte der (Gefreite). Er fügte eifrig hinzu: «Wir wollen den Riegel an der Klotür anbringen.»

Die Gefangenen hoben den Kopf und sahen ihn erstaunt an. Er hat eine Schublade aufgezogen und holt einen Hammer und einen Pfriem heraus. Er lächelte und stand auf. Es war ein großer junger Mann mit hartem Gesicht, schwarzen Haaren und glänzenden schwarzen Augen. Charlot schob seinen Stuhl zurück und folgte ihm auch, kugelrund und schmerbäuchig. Vairon lächelte, als er ihnen nachblickte:

«Don Quichotte und Sancho Pansa», sagte er.

Er war Steuereinnehmer und gebildet. Er fuhr sich mit der Hand über seinen rasierten Schädel:

«Hast du gesehen, wie er den Riegel angeschaut hat, der Schiler?»

«Ja und?»

«Das sind Kinder», sagte Vairon. «Jede Kleinigkeit amüsiert sie. Was war daran Besonderes, an diesem Riegel? Nichts. Aber er ist neu, er glänzt. Sie sind wie die Wilden. Sie lachen, wenn etwas glänzt.»

Er lächelte breit und lehnte sich auf seinem Stuhl zurück, er sagte:

«Alle gleich! Wilde. Barbaren.»

Pinette hatte sich abrupt aufgerichtet, er sah Vairon mit seinen starren und unausstehlichen Augen an, er hatte jetzt das Gesicht eines Gehäuteten, man sah alle Muskeln und alle Falten, auf seinen Lippen sind weißliche Hautfetzen. Über seine Stirn lief eine gewaltige, noch rote Narbe. Er war erst seit einem Monat im Lager. Mathieu hatte veranlaßt, daß er in der Baracke aufgenommen wurde. Er sagte oft, daß er hatte verrecken wollen und daß der Tod ihn nicht gewollt hätte. Er roch aus dem Mund, ein komischer kalter Atem, der nach Keller stank. Er haßte es, wenn man sich den Deutschen überlegen fühlte. Er feixte:

«Barbaren! Und du bist der Zivilisierte, was? Na, dann erzähl doch mal, wie sie dich fertiggemacht haben, die Barbaren.»

«Sie haben mich fertiggemacht? Sie haben gar nichts», sagte Vairon.

Er dreht sich um und zeigt auf die beiden friedlichen deutschen Schreiber, er sagt erhaben:

«Diese Jungs haben mich fertiggemacht?»

«Fix und fertig», sagt Pinette.

«Daß ich nicht lache», sagt Vairon. «Diese Jungs da, mit denen macht der Franzose, was er will. Man muß sie zu nehmen wissen. Ich sage dir, Alter: der Deutsche hat immer eine unglückliche Liebe zu Frankreich gehabt. Du brauchst dir nur die Geschichte anzusehen. Sie lieben unser . . . unser . . .»

Er hält inne, der/

«Noch einer, der nicht kapiert hat», sagte Pinette.

«Ich habe vielleicht besser kapiert als du, Blödmann!»

«Dreckiges Arschloch!» murmelte Pinette.

Er hatte die Lippen zusammengekniffen, und seine mageren Backen waren schwarz geworden. Longin sah unter seinem Lächeln auch nicht gut aus. Mathieus Augen wanderten vom einen zum anderen. Er sah diese beiden zutiefst solidarischen Männer an, die beide im Besitz einer nicht mitteilbaren Gewißheit waren und von denen jeder seinen Stolz auf seine Weise pflegte; er dachte, daß sie sich nur noch gegenseitig zu töten brauchten. Longin lächelte immer noch; sein affektiertes Lächeln war eine Art und Weise, Pinette ganz langsam umzubringen. Pinette hatte die Augen nach innen gekehrt und unterhielt sich mit sich selbst. Vielleicht denkt er daran, zuzuschlagen. Vielleicht hat er begriffen, daß jede unserer heimlichen Gewißheiten den Tod jener erfordert, die sie nicht teilen; schließlich ist auch er ein Töter. Mathieu läßt den Blick über die fünfzehn unbestimmten, spöttischen Gesichter, die fünfzehn Blumen wandern. Jeder dieser Männer konnte in jedem Augenblick töten oder getötet werden. Ich habe erfahren, daß Mord die logische Konsequenz von *allem* ist. Sie töteten sich nicht; sie vergaßen den Streit, jeder von ihnen gab nach, sank in sich selbst zusammen und hing seinem getrennten Traum nach. Mathieu konnte nichts vergessen: seit er getötet hatte, hatte er eine merkwürdige Tiefe gewonnen. Da er getötet hatte, ohne zu wissen, warum, und ohne zu begreifen, was er tat, erschien ihm jede seiner Handlungen wie ein kleiner Mord, mit einer geheimen Tiefe, von der er nichts wußte. Vairon sagte hinter ihnen:

«Jedenfalls sind sie nicht gemein.»

«Wieso nicht?»

«Der Riegel. Es ist doch ganz nett, daß er daran gedacht hat.»

Pinette feixte.

«Der Riegel!»

«Eh!» sagte Vairon. «Ich finde es nicht zu verachten. Es

ist nicht witzig, seine Verrichtungen in der Öffentlichkeit zu machen. Wenn ich scheiße, klammere ich mich immer am Türgriff fest, damit niemand reinkommt, das ist unbequem.»

Pinette feixte immer noch.

«Nein!» sagte Vairon unerschütterlich objektiv. «Da kann man nichts sagen: das ist eine Aufmerksamkeit.»

«Die können sie sich in den Arsch stecken.»

Mathieu hatte es plötzlich satt:

«Maul halten!» sagte er brutal.

Sie wandten sich ihm ohne Erstaunen zu, sahen ihn an und verstummten. Mathieu war ein bißchen überrascht, nicht allzusehr: seit er getötet hatte, war er ein Gentleman geworden: die toten Deutschen hatten sich wie Vorfahren in ihm niedergelassen; sie übertrugen ihm dunkle Rechte und Pflichten. Hin und wieder kam ein Gebot, eine Gewalt, ein Schrei aus ihm heraus, ohne daß er so recht begriff, wieso. Kriminell oder heilig? Er konnte es nicht entscheiden. Die Kameraden gehorchten ihm in solchen Momenten, ohne ein Wort zu sagen: es genügt, gegen seinen Willen zu befehlen, damit einem gehorcht wird.

Der Kapo kam mit Charlot zurück. Er pflanzte sich vor Mathieu auf und musterte ihn wichtigtuerisch und mürrisch.

«Riegelbenutzen verboten.»

«Was?»

«Der Riegel. Benutzen verboten.»

Pinette sah Vairon, dann den Kapo mit triumphierendem Haß an.

«Warum haben Sie ihn dann angebracht?» fragte er sanft.

«Für uns.»

«Sie haben ein Scheißhaus im ersten Stock.»

«Zu weit», sagte der Kapo. Er wies mit einer kreisenden Handbewegung auf die Deutschen, die im Büro arbeiteten.

*

Der Abend bricht herein; in den Augen der Strafgefangenen gehen jeweils zu zweit die ersten Laternen an. Brunet gähnt, legt seine Schaufel quer über die Schubkarre und dreht sich zu dem Sonnenuntergang um: jenseits des Stacheldrahts ist die Erde blau, das Gras schwarz, sie haben den ganzen Himmel aufgesogen; der Lichtschein, der sich über den Tannen ausbreitet, die Bucht von Helligkeit zwischen den Bäumen und der Wiese, die Pfützen auf der Straße, das sind die Augen eines glücklichen Tieres. Unter ihren sanften natürlichen Blicken kehrt Brunet zur Natur zurück, er bückt sich und richtet sich wieder auf, dunkles und stummes Laub, seine Menschenwut legt sich.

Los! Los!*

Brunet gähnt noch einmal und faßt die Schubkarre an den Deichseln: die Wache flattert über die Place Noire, sie stößt kreischend und gutmütig mit lautem Flügelrauschen auf die Sträflinge herab, sie sehen sie mit verträumtem Erstaunen an und setzen sich langsam in Bewegung, um sich vor den Ställen zu sammeln. Sie müssen zurück, wieder in die Zelle, in die Nacht, in den Irrsinn.

Jemand schlägt ihm auf die Schulter, seine Wut erwacht wieder; er strafft sich und mustert den Mann mit den Kohleaugen, der ihn anlächelt.

«Salut», sagt der Mann.

Brunet antwortet nicht. Die Wache kommt, der Mann dreht sich um und spricht sie auf deutsch an; er hat eine Hand auf Brunets Schulter vergessen, die andere hält einen Zettel hin. Brunet schüttelt sich, die Hand rutscht ab, fällt herunter, die Wache liest den Zettel, nickt, geht weg, der Mann lächelt Brunet an:

«Bring deine Schubkarre weg.»

Brunet schiebt seine Schubkarre in den Schuppen, stellt sie unter einer Plane ab und geht ohne Eile zurück; der Mann wandert mit zur Seite geneigtem Kopf, die Hände auf dem Rücken verschränkt, auf und ab.

«Nun?» fragt Brunet.

«Ich nehme dich mit.»

«Wohin?»

* Deutsch im Original.

«In meine Baracke, wohin sonst! Ich bin Dolmetscher in Nummer 11.»

Brunet schüttelt den Kopf und sagt leicht verstört:

«Sie haben gesagt, sie würden mich nicht vor morgen freilassen.»

«Der Knast ist voll», erklärt der Dolmetscher, «sie brauchen deine Zelle.»

Der Trupp der Strafgefangenen hat sich in Marsch gesetzt, Brunet betrachtet neidisch diese schweren, dunklen Gestalten, die gleich in ihr Schneckenhaus zurückkehren werden. Er sagt mit vor Beklommenheit leiser Stimme:

«Ich dachte nicht, daß es so bald wäre.»

Die Strafgefangenen biegen um die Ecke von Nummer 72 und verschwinden. Aus, niemand mehr: Brunet bleibt allein, draußen. Der Dolmetscher lacht sich kaputt:

«Er sieht aber gar nicht froh aus! Komischer Kauz, wirklich!»

Die Wut flammt wieder auf; seine Backen brennen ihm:

«Na gut, gehen wir!» sagt er schroff.

«Wir gehen beim Gefängnis vorbei.»

«Wozu? Alles, was ich besitze, habe ich bei mir.»

Sie gehen, die Wut erstickt ihn. Aber nicht mehr für sehr lange: gleich wird er sie herauslassen, sie wird zuschlagen. Heute nacht werde ich schlafen. Sie überqueren die Hauptstraße; in der Menge suchen Brunets Augen Chalais.

«Ich erkenne niemanden mehr», sagt er nach einer Weile.

«Ich weiß schon! Es gibt zehntausend Neue, und außerdem sind die Fritzen hinter den Alten her, um sie jedesmal, wenn Transporte abgehen, zum Arbeitseinsatz zu schicken; es ist ganz einfach, du weißt nicht mehr, wo du bist.»

Brunet bleibt stehen, er sieht diese dämmrigen Gesichter aufziehen; er fühlt sich verjährt. Der Dolmetscher beobachtet ihn ehrerbietig lachend. Schließlich sagt er:

«Alles spricht von dir.»

«Wieso?»

«Wegen deinem Ausbruch: ihr wart mutig.»

Brunet antwortet nicht. Der Mann hüstelt; schließlich rückt er mit seiner Frage heraus:

«Warum haben sie euch gefaßt?»

«Weil man uns verpfiffen hat», sagt Brunet.

«Weißt du, wer?»

«Ja, ich weiß es.»

«Was wirst du mit ihm machen?»

Brunet lächelt, und seine Fäuste ballen sich:

«Gar nichts», sagt er sanft.

«Ach!» sagt der Dolmetscher verblüfft. «Du bist nicht nachtragend.»

«Ich bin wie Jesus», sagt Brunet.

«Aber wenn er dich verpfiffen hat, kann er noch andere verpfeifen.»

«Nein», sagt Brunet. «Nein: er wird keine anderen verpfeifen.»

Der Dolmetscher faßt ihn beim Ellbogen, Brunet macht sich heftig los, der Dolmetscher sieht ihn verständnislos an.

«Keine Sorge», sagt Brunet. «Ich bin nervös.»

Der Dolmetscher zeigt auf eine Baracke:

«Da.»

Ein Flur, eine Tür, Brunet tritt ein: Stille; Männer sitzen auf Bänken, regungslos und grau. Der Dolmetscher tritt vor:

«He!»

Sie regen sich nicht; er erklärt:

«Ich bringe euch den berühmten Brunet.»

Köpfe wenden sich langsam zu Brunet.

«Aha!» sagt einer mit schwacher Traumstimme. «Sag bloß!»

«Wo penne ich?» fragt Brunet.

«Da oben», sagt der Dolmetscher. «Obere Reihe, drittes Bett.»

«Gut. Danke.»

Der Dolmetscher wiegt sich auf den Fersen; er kann sich nicht entschließen wegzugehen. Brunet sagt nichts.

«Also dann, guten Abend!» sagt der Dolmetscher abrupt.

Er steckt die Hände in die Tasche und geht frustriert weg. Brunet macht die Tür hinter ihm zu, dreht sich zu den Männern um und schaut vage in ihre vagen Augen. Er fühlt sich leer, er hört eine Stimme voller Fürsorglichkeit:

«War es sehr hart im Knast?»

«Mir ging es dort viel besser, als es mir in diesem Saustall gehen wird.»

All diese Köpfe sehen aus wie dicke Vögel, die auf Ästen sitzen. Die Überraschung schüttelt leise die Äste und die Vögel. Brunet erklärt:

«Dort war ich allein.»

«Allein?» wiederholt ein Kopf träumerisch. «Du meinst: allein in deiner Zelle.»

«Ja.»

«Das ist sagenhaft. Ich bin seit Juni 1940 nie allein gewesen.»

Brunet verfolgt mit den Augen die wiegenden Bewegungen dieses Baumes voller Ringeltauben. Er spricht den ganzen Baum an:

«Was macht ihr hier?»

Die Köpfe zeigen alle das gleiche klägliche Lächeln:

«Wir öden uns an.»

«Das sieht man», sagt Brunet.

«Nicht, daß es hier schlechter wäre als woanders», sagt ein fahles und feistes Gesicht. «Aber wir wissen, daß wir nicht hier bleiben, deshalb gewöhnen wir uns gar nicht erst ein.»

«Ihr bleibt nicht hier?» wiederholt Brunet verständnislos.

«Das ist die Durchgangsbaracke. Von hier aus gehst du direkt zum Arbeitseinsatz. Die zwei Tage, die wir hier sind, warten wir jede Minute auf den Abmarsch, da kannst du nichts anfangen.»

«Ich verstehe», sagt Brunet.

Er hat Angst. Er denkt, daß er keine Zeit zu verlieren hat. Die Wut flammt wieder auf. Er sagt:

«Bis nachher.»

Er geht in einem Blätterrauschen hinaus; er schlägt einen schnellen Schritt an, er denkt an nichts. Vor seiner ehemaligen Baracke bleibt er stehen, und die Erinnerungen brechen ihm das Herz. Die Wut setzt sie in Brand; als sie zu Asche zerfallen sind, geht er hinein und stößt die Tür seiner alten Bude auf; seine Nüstern sprühen Feuer.

«Kannst du nicht anklopfen, du Bauer?»

Neben dem Ofen sitzen zwei Typen und spielen auf der Kohlenkiste Schach. Brunet hat sie noch nie gesehen.

«He, sag mal! Kannst du nicht anklopfen?»

Brunet antwortet nicht, sein Blick durchschweift das Zimmer. Chalais ist nicht da. Jede Nacht, sobald er die Augen schloß, stieß er diese Tür auf, und seine Nüstern sprühten Feuer: Chalais war nie da; das weckte ihn ruckartig auf. Diesmal wird er nicht wach.

«Antworte, wenn man mit dir redet. Kannst du nicht sprechen?»

«Wo ist Chalais?» fragt Brunet.

«Wer?»

«Chalais. Der Dolmetscher.»

Einer der beiden wendet ihm sein spitzes Gesicht zu:

«Der Dolmetscher bin ich.»

Brunet senkt den Kopf, schnaubt und scharrt mit der Ferse über den Fußboden. Er sagt:

«Und Moûlu?»

Sie sehen ihn schweigend an. Und dann sagt einer versöhnlich:

«Du hast dich in der Baracke geirrt.»

Brunet geht auf sie zu; die beiden stehen abrupt auf, ein Springer schnellt hoch und fällt herunter. Brunet setzt sich auf die Bank. Er legt die Hände auf die Schenkel, sagt:

«Das hier war mein Zuhause.»

Die beiden wechseln einen Blick:

«Tja, das ist es nicht mehr.»

«Maul halten!» sagt Brunet, ohne die Stimme zu heben.

Die Männer schweigen. Sie sitzen ganz steif zu beiden Seiten der Kiste, sie starren auf ihre Füße. Der Größere von beiden hat ein Höflichkeitslächeln auf seinem vornehmen Mund.

«Kommt er nie hierher, Chalais?»

Der kleine Dunkelhaarige schüttelt verneinend den Kopf. Der Große lächelt immer noch und hat die Augen niedergeschlagen. Brunet steht auf und nähert sich ihnen.

«Wie lange seid ihr hier?»

«Gehst du, wenn wir es dir gesagt haben?»

«Natürlich», sagt Brunet lächelnd.

«Seit siebzehn Tagen, so, bist du zufrieden?»

«Sehr zufrieden, du dummes Arschgesicht!»

Sie sagen gar nichts; der Große lächelt. Brunet feixt:

«Was ihr für Arschgesichter habt!»

Er betrachtet sie lüstern, vor allem die Nase des Großen amüsiert ihn: eine lange ziselierte Nase, beim ersten Schlag würde sie zerbrechen wie Glas. Brunet wartet: aber die Männer rühren sich nicht; sie halten den Atem an, und ihre halbgeschlossenen Augen geben ihnen einen komischen Ausdruck keuscher Wollust. Brunet geht, schließt leise die Tür hinter sich und läuft den Flur entlang. Vor der Bude der Genossen bleibt er stehen; er lauscht. Das schreit und singt; eine vulgäre Stimme stimmt *Le Curé de Saint-Sulpice* an, andere Stimmen fallen im Chor ein. Brunet schüttelt den Kopf und geht mit hängenden Armen weg; die Müdigkeit überwältigt ihn.

Bei Thibaut riecht es nach hellem Tabak. Moûlu sitzt mit herabbaumelnden Beinen auf dem Tisch; er raucht, und seine Lippen bilden ein einsames Lächeln. Als er Brunet sieht, steigt ihm ein Blutstrom in die Backen, und er wirft seine Zigarette weg.

«Menschenskind!»

Er springt auf den Fußboden und stürzt in Brunets Arme. Brunet schiebt ihn sanft von sich. Moûlu lacht und boxt ihn fahrig in die Rippen:

«Du bist also raus! Du bist also endlich raus!»

Brunet sagt nichts.

«Wenn ich es bloß gewußt hätte», sagt Moûlu, «hätte ich dich vor dem Knast abgeholt.»

«Wo ist Chalais?» fragt Brunet.

«Chalais? Pffft! Weg!»

«Wohin?»

«Weiß nicht.»

«Und die Kameraden?»

«Auch weg.»

«Wie kommt das?»

«Eines Tages hat man sie auf der Place Noire antreten lassen und hat sie weggebracht.»

Brunet läßt sich auf die Bank fallen. Vierzig Tage Wut kreisen rasend in seiner Brust und suchen einen Ausweg. Er hebt abrupt den Kopf:

«Wer ist weg? Die ganze Baracke oder nur die Genossen?»

«Nur die von der Partei. Aber ich habe mich für alle Fälle verzogen, und seitdem bin ich hier untergetaucht.»

Brunet fängt an zu lachen. Moûlu lacht auch und fragt:

«Worüber lachst du, alter Kumpel?»

«Das geht vorbei», sagt Brunet.

Das geht nicht gleich vorbei. Moûlu hat die Arme verschränkt; er fragt:

«Und wie kommt es eigentlich, daß ihr euren Ausbruch verpatzt habt?»

«Wir sind verpfiffen worden.»

Moûlu wirft ihm einen schnellen und harten Blick zu:

«Von wem? Weißt du es?»

«Pah!» sagt Brunet. «Jetzt ist das nicht mehr wichtig.» Er schüttelt energisch den Kopf.

«Wo ist Thibaut?»

«Er ist nie weit weg. Willst du inzwischen mampfen?»

«Ich habe keinen Hunger.»

«Ich», sagt Moûlu, «muß essen: bei Aufregungen knurrt mir der Magen.»

Er steht auf, geht hinter den Ofen, bückt sich und setzt sich mit einem Kochgeschirr voll kalter Suppe wieder hin.

«Guten Appetit», sagt Brunet.

Moûlu senkt die Augen auf seine Suppe und ist abwesend. Die Löffel voll Suppe steigen langsam zu seinen Lippen; bei jedem blähen sich seine Backen, und die Suppe plätschert in seinem Mund. Schwerfällig und leer. Brunet sieht ihn an und wartet. Nach einer Weile hebt Moûlu wieder den Kopf und sieht Brunet voller Güte an.

«Was willst du jetzt machen?»

«Ich versuch's noch mal.»

Moûlu schüttelt nachdenklich und zustimmend den Kopf, dann ißt er weiter. Brunet fügt hinzu:

«Ich müßte mich sogar beeilen, sie haben nämlich vor, mich zum Arbeitseinsatz zu schicken.»

Moûlu antwortet nicht: er ißt und träumt. Als er fertig ist, nimmt er eine Feldflasche vom Haken, gießt Wasser in das Kochgeschirr und stellt es auf den Ofen. Dann dreht er sich zu Brunet um, wischt sich den Mund mit dem Ärmel ab, rülpst und fragt beiläufig:

«Willst du durch den Stacheldrahtzaun abhauen?»

«Ich habe mich nicht festgelegt: ich nehme es so, wie es kommt.»

«Weil», sagt Moûlu langsam, «ich gerne mit dir abhauen würde; aber vorm Stacheldrahtzaun, das sage ich dir lieber gleich, habe ich Schiß.»

Verblüfft sieht Brunet Moûlu an, der im Licht läuft, wütende Bienen tanzen um seine Ohren, er fällt: e's ist nicht Blut, was herausläuft, es ist Schweineschmalz.

«*Du* willst abhauen?»

«Warum nicht? Warum sollte ich nicht Lust dazu haben wie die anderen?»

Brunet lacht. Moûlu erklärt würdevoll:

«Ich habe einen ruhigen Charakter, das muß gesagt werden. Aber es gibt Situationen, wo man über seinen Schatten springen muß: ich kann nicht bei Thibaut bleiben, ich bin nicht gemeldet. Und wenn ich in meine Baracke zurückgehe, bin ich auch reif für den Arbeitseinsatz.»

«Du hast keinen Mumm in den Knochen», sagt Brunet. «Man wird dich hinterherschleifen müssen.»

Moûlu sieht starr auf seine Füße:

«Vielleicht kippst du eher um. Und außerdem mußt du auf jeden Fall zu zweit sein, nicht wahr? Das kann genausogut ich sein wie ein anderer.»

Brunet beugt sich vor, legt ihm zwei Finger unters Kinn und hebt seinen Kopf an:

«Du kennst einen Trick.»

«Kann schon sein», sagt Moûlu lächelnd.

Brunet runzelt die Stirn; Moûlu fügt schnell hinzu:

«Du brauchst mich nur mitzunehmen: ich sage ihn dir.»

Er sieht ihn flehend an:

«Er ist Klasse, der Trick! Es wäre ein Fehler, ihn abzulehnen.»

Brunet sieht ihn abschätzend an: er ist schlapp, natürlich, aber das kommt von der Moral. Unter diesem Fett sind Muskeln.

«Das ist keine Landpartie», sagt er schroff. «Wenn du unterwegs schlappmachst, darfst du nicht glauben, daß ich dich trage.»

«Ich mache nicht schlapp.»

«Ich würde ohne dich weitergehen», sagt Brunet. «Du wirst nicht sagen, ich hätte dich nicht gewarnt?»

«Ich mache nicht schlapp», wiederholt Moûlu hartnäckig.

«Gut. Dann leg mit deiner Geschichte los.»

Moûlu senkt die Stimme:

«Hast du von einer Organisation gehört?»

Brunet zuckt enttäuscht die Achseln:

«Ist das dein Trick? Dann mußt du ihn noch mal überschlafen: deine Organisation existiert nicht.»

Moûlu lacht sich schief, aber freudlos; seine kleinen Augen zwinkern:

«Sie existiert nicht?»

«Nein.»

«Wie kommt es dann, daß ich die Jungs kenne, die dazugehören?»

Brunet antwortet nicht. Moûlu fährt triumphierend fort:

«Sie sind gerissen, stimmt, aber ich bin auch nicht von

gestern. Sie können sich sonstwo verdrücken, ich habe sie doch gefunden.»

Brunet sieht ihn interessiert an:

«Nun? Sie machen mit.»

«Nein», sagt Moûlu vernünftig. «Nein; man darf nicht zuviel auf einmal verlangen: sie machen nicht mit; sie sind mißtrauisch. Wenn ich mit ihnen rede, tun sie so, als wüßten sie von nichts.»

Er lächelt nachsichtig:

«Für den Fall, daß ich ein Denunziant bin, was? Das ist normal.»

«Das ist vielleicht normal», sagt Brunet. «Aber das nützt uns nichts.»

«Eben!» sagt Moûlu. «Deshalb mußt du dabeisein. Du bist seit deiner Flucht im Viertel bekannt: Brunet hier, Brunet da, beinah ein Star. Wenn du mit ihnen redest, werden sie nicht mißtrauisch sein.»

«Wo sind sie?» fragt Brunet.

«In der Künstlerbaracke.»

Brunet steht auf:

«Gehen wir.»

Moûlu ist ebenfalls aufgestanden; er ist blaß, und seine Hände zittern. Er sieht Brunet erschreckt an:

«Ist das wahr? Willst du wirklich?»

«Du hast doch jetzt nicht etwa Angst?» sagt Brunet.

«Na hör mal . . .», sagt Moûlu.

Er unterbricht sich und zuckt zusammen: die Tür ist aufgegangen. Thibaut erscheint, sieht sie an, reißt seinen großen Mund auf und schweigt.

«Mach 's Maul zu, oder ich springe rein», sagt Brunet.

Thibaut macht den Mund zu. Schweigen entsteht.

«Habe ich mich so verändert?» fragt Brunet.

Thibaut schüttelt den Kopf, ohne zu antworten. Plötzlich kehrt das Blut in seine Backen zurück, und er fängt an zu lachen:

«Bist du dreckig! Ich hätte dich nie wiedererkannt. Das macht nichts: wir sind trotzdem wahnsinnig froh, dich wiederzusehen.»

Sie fassen sich bei den Schultern und kreisen durch das Zimmer. Thibaut läßt los:

«Hast du gegessen?»

«Ja.»

Thibaut lacht noch ein Weilchen, dann hört sein Lachen auf. Er schüttelt gezwungen den Kopf.

«Der arme Schneider, nicht?»

«Ja», sagt Brunet. «O ja!»

Thibaut fügt unsicher hinzu:

«Der hat wirklich kein Glück gehabt.»

«Mach dir nicht in die Hose», sagt Brunet, «ich bin nicht seine Witwe.»

Thibaut verstummt. Sie sehen sich an; Thibauts Mund ist wieder aufgegangen, sein Kiefer hängt herab. Auf einmal stößt Brunet Thibaut beiseite und reißt die Tür auf:

«Komm, Moûlu!»

«Bleibst du nicht?» fragt Thibaut entgeistert.

Brunet zieht Moûlu mit, ohne zu antworten, Thibaut ruft hinter ihnen her:

«Wenn du vor der Sperrstunde zurückkommst, schläfst du hier.»

Brunet läuft. Moûlu bittet:

«Renn nicht so!»

«Ich renne nicht!» sagt Brunet.

Es ist mild; das macht der Nebel; in der Ferne hört man schöne traurige Musik; der Himmel ist violett. Moûlu sagt schüchtern:

«Sag mal, Brunet!»

«Was?»

«Schneider?»

«Was denn?»

«Ist er auf der Stelle gestorben?»

«Nein. Nicht auf der Stelle.»

«Darauf hätte ich gewettet», sagt Moûlu.

Er räuspert sich und fragt:

«Hat er gewußt, daß er stirbt?»

«Jetzt reicht's!» sagt Brunet laut.

Moûlu verstummt. Sie gehen, die Musik schwillt an, sie

betreten eine Baracke, die Musik ist überhaupt nicht mehr traurig: sie ist ohrenbetäubend. Moûlu sagt voller Hochachtung:

«Sie spielen auswendig, weißt du. Das sind Asse.»

Er klopft an eine Tür, macht sie auf, und sie versinken auf dem Meeresgrund; alles ist blau, die Fensterscheiben sind von kräftigem Schwarzblau, im blauen Dunkel erahnt man gesichtslose Wesen, die rauchen. Brunet schließt die Tür.

«He, Pinette!» ruft Moûlu.

Eine bittere und gebrochene Stimme fällt von oben.

«Was soll das?»

«Ich bin's, Moûlu, he!»

Stille. Es wimmelt dicht am Boden: Tiere am Meeresgrund, die kriechen. Die Stimme spricht über ihren Köpfen weiter:

«Ich habe dir schon mal gesagt, fall uns nicht auf den Wecker.»

«Ich falle dir nicht auf den Wecker, Pinette», sagt Moûlu unterwürfig. «Ich bringe dir einen Freund, der mit dir sprechen will.»

«Sag ihm, er soll verduften.»

«Schon gut», sagt Brunet. «Ich verschwinde.»

Er geht einen Schritt rückwärts; Moûlu hält ihn am Arm fest und sagt begeistert:

«Es ist Brunet, Jungs: Brunet, dessen Freund umgelegt worden ist.»

«Na und?»

«Nun», sagt Moûlu, «er will bloß mit euch schwätzen.»

Keine Antwort; Musik. Brunet würde gern gehen, aber er ist durch die Stille wie gelähmt, er wartet. Auf einmal fällt etwas herunter, dann schwebt eine schwarze Gestalt auf sie zu; sie macht vor ihnen fest und schwankt auf der Stelle hin und her, das Schwanken des Schattens ändert ständig seine Umrisse.

«Wo ist der Brunet?» fragt die bittere Stimme.

«Vor dir.»

«Ich bin Pinette: was willst du von mir?»

Auch diesmal wird Brunet nicht zuschlagen: er bohrt die Hände in die Taschen und sagt sanft:

«Komm raus.»

«Warum?»

«Ich kann hier nicht mit dir sprechen.»

«Warum nicht?»

«Na ja!» Brunet senkt die Stimme: «Es scheint, du hast Tricks.»

«Tricks wofür?»

«Zum Abhauen.»

Pinette lacht sich schief:

«Habt ihr das gehört, Jungs?»

Sie haben es gehört: die Nacht schüttelt sich, von überallher sprudelt Lachen.

«Tricks! Alter Freund, wenn ich welche hätte, wäre ich längst nicht mehr hier.»

«Genau», sagt Brunet. «Moûlu ist ein Idiot. Verzeihung, entschuldige und guten Abend.»

Moûlu hält ihn fest, Brunet macht sich los und geht. Er hört sie in ihrer Unterseegrotte lachen. Musik dröhnt auf, dann berührt jemand seine Schulter: es ist Moûlu.

«Du Idiot!» sagt Brunet.

«Schnauz mich nicht an», sagt Moûlu. «Wenn ich dir doch sage, daß sie es sind.»

«Wer, sie?»

«Die Organisation, das sind sie.»

«Kann schon sein, aber was soll ich mit diesen Arschlöchern, wenn sie nicht reden wollen?»

Er macht große Schritte, Moûlu fleht ihn an:

«Geh nicht so schnell! Bleib stehen!»

Brunet bleibt stehen:

«Nun?»

«Man muß Geduld haben! Man muß sie bearbeiten.» Brunet umklammert seine Schultern und schüttelt ihn:

«Geduld!» schreit er. «Geduld! Verflucht noch mal . . .»

Die Tür ist hinter ihnen wieder aufgegangen, jemand kommt herausgerannt:

«Kommt sofort zurück!»

«Wieso?»

«Pinette sagt, ihr sollt zurückkommen.»

«Sag ihm, er kann mich mal.»

«Nein, Brunet, nein, nein, nein», stöhnt Moûlu. «Nein: dazu hast du kein Recht, ich hänge auch mit drin, das ist unsere Chance, du hast kein Recht, dich zu weigern.»

«Gut!» sagt Brunet. «Gehen wir. Aber er soll nicht wieder das Maul aufreißen, wenn er nämlich wieder anfängt rumzureden, hau ich ihn in die Fresse.»

Sie treten ein; schwarze Nacht, man erkennt nicht einmal das Fenster: kleine runde Lichter vagabundieren durch die Finsternis.

«Na?» fragt Brunet. «Habt ihr euch entschieden?»

Keine Antwort; die Tür klappt hinter ihnen zu. Plötzlich schiebt Moûlu seinen Arm unter den Brunets.

«Was ist los?»

«Nichts», sagt Moûlu, «nichts ist los.»

Aber seine Finger umklammern fest Brunets Ellbogen. Er fügt in gleichgültigem Ton hinzu:

«Sie haben Verspätung, die Fritzen: ist es nicht Zeit, Licht zu machen?»

Die Dunkelheit kreist sanft um sie herum, die Lichter kreisen, eine Hand schiebt Brunet vorwärts:

«Setzt euch.»

«Wohin denn?»

«Hier.»

Hände führen ihn, zahlreiche und leichte; sein Knie stößt an eine Bank, er setzt sich, einen kurzen Atem im Nacken, das riecht nach Mensch. Ganz nah an seinem Ohr bricht eine Stimme auf, er *erkennt sie wieder*. Wo hat er sie gehört? Nicht im Lager jedenfalls. Sie kommt von weit her; aus einem anderen Leben.

«Was willst du von uns?»

«Das sollten wir euch fragen: ihr habt uns zurückgeholt.»

Schweigen. Brunet läßt die Hand durch diese Nacht voller Blumen sausen.

«Jetzt reicht's! Ja oder nein, wollt ihr uns helfen?»

«Euch wobei helfen», fragt die Stimme, und Brunets ganzes Leben kehrt durch die Ohren wieder in seinen Kopf zurück. Ein totes und nicht entzifferbares Leben beim Hören dieser Nachtstimme: ein Alptraum.

«Auszubrechen», sagt er ohne Zuversicht.

«Wer hat euch gesagt, wir könnten euch helfen?»

«Zerbrich dir nicht den Kopf», sagt Brunet. «Mir hat es Moûlu gesagt: ich komme aus dem Knast; vor einer Stunde kannte ich euch nicht einmal.»

Er richtet sich an niemand Lebendigen, er wirft die Worte in ein Loch.

«Und dir, Moûlu?» fragt die vermummte Stimme.

Moûlu antwortet nicht, die Stimme schwillt an, Brunet verliert sie.

«Nun, Moûlu?»

Ich habe sie nie gehört. Das Loch schließt sich wieder; alles ist voll. Brunet zappelt unter den kleinen roten Augen der Fledermäuse. Ein Auge geht zu, dann noch eins; Moûlu fängt an zu schreien:

«Laßt das! Laßt das.»

Brunet strafft sich:

«Was ist los?»

Plötzlich erlischt die Nacht. Brunet sitzt im allabendlichen Licht und ist dabei, Moûlu anzusehen. Moûlu steht allein im Licht und sieht bestürzt seine Hände an. Die Stimmen sind in ihre Münder zurückgekehrt; überall Gesichter. Die alltäglichen Allerweltsgesichter: weiter nichts.

«Na, Moûlu, was ist denn in dich gefahren?»

Moûlu zeigt seine Hände und bricht in ein verwirrtes Lachen aus:

«Ich habe mich am Ofen gestoßen: ich habe geglaubt, sie wollten mich verbrennen.»

Brunet schaudert; er erwartet, daß die Männer lachen. Aber niemand lacht. Die Nacht ist immer noch da: im Innern des Lichts wie unsichtbarer Ruß. Brunet dreht den Kopf und entdeckt Schneider, vor dem Fenster. Schneider wird ein großer Typ mit kalten Augen, der Schneider ähnlich sieht, dann wird der Typ Mathieu. Es ist Mathieu, denkt Brunet enttäuscht. Er sieht Schneider ähnlich, nur gemeiner. Brunet heuchelt Überraschung:

«Das ist ja allerhand!» Er fügt wie im Traum hinzu: «Die Welt ist klein.»

Mathieu träumt auch. Er öffnet den Mund; der Satz eines Schlafenden kommt heraus:

«Mehr als drei Monate habe ich nach dir gefahndet.»

Brunet wiederholt:

«Drei Monate.»

Er träumt: ich habe immer gesagt, daß unser Nachrichtendienst schlecht organisiert ist. Er wacht schlagartig auf: Mathieu ist immer noch da. Warum muß er nur Schneider ähnlich sehen? Er sieht nicht gut aus. Brunet läßt die Augen über die anderen Gesichter schweifen: niemand sieht gut aus.

«Willst du fliehen?» fragt Mathieu.

«Ja.»

«Gut. Wir helfen dir dabei.»

Es ist Mathieus Stimme. Alles kommt wieder in Ordnung; tatsächlich, es ist Mathieu, warum sollte er nicht hier sein, ich bin ja auch hier. Brunet wird sich ein andermal wundern: er hat keine Zeit zu verlieren.

«Ich will so bald wie möglich abhauen», sagt er.

Mathieu schüttelt den Kopf:

«Es sind vier vor dir dran.»

«Das paßt mir nicht», sagt Brunet schroff.

Ein junger Tuberkulosekranker sieht ihn feindselig an, es ist Pinettes Stimme, die aus seinem Mund kommt:

«Hast du es eiliger als die anderen?»

«Ja.»

Zwei bärtige Typen, die auf dem Boden sitzen, murren. Brunet sieht diese Piratengesichter an und denkt: sie mögen mich nicht; aber zum erstenmal seit Schneiders Tod fühlt er sich wohl, unter richtigen Männern. Er denkt: meine habe ich gezwungen, sich zu rasieren. Und außerdem war die Bude besser gefegt. Mathieu hebt die Hand, und die anderen verstummen.

«Wir können uns vielleicht einigen», sagt er.

Er wendet sich an einen großen Glatzkopf mit Brille:
«Ist jemand bei dir?»
«Niemand», sagt der Glatzkopf.
Mathieu sagt zu Brunet:
«Wir gehen zu ihm.»
Brunet wirft einen bedauernden Blick auf die Männer.
«Ich muß dich unter vier Augen sprechen», sagt Mathieu. «Ich habe dir einen Vorschlag zu machen.»
«Gehen wir!» sagt Brunet.
Moûlu stürzt sich auf Brunet und nimmt seine Hand:
«Ich gehe mit dir.»
«Nein», sagt Mathieu sanft.
Moûlus Lippen sind blau. Er sagt:
«Nimm mich mit, Brunet. Nimm mich mit.»
Brunet zögert; plötzlich hebt Moûlu Brunets Hand an den Mund und küßt sie. Brunet zieht seine Hand wütend weg. Die Nacht wird noch dichter, das Licht ist erkaltete Nacht. Pinette nähert sich Moûlu:
«Bleib doch. Brunet nimmt dich auf dem Rückweg mit.»
Stimmen rufen in die Lüfte:
«Moûlu! Moûlu! Bleib doch: wir werden unseren Spaß haben.»
Moûlu klammert sich an Brunet, er lächelt immer noch unter seinen verstörten Augen:
«Ich will doch nicht nach dem Zapfenstreich nach Hause gehen.»
«Pah!» sagt Pinette. «Wenn du ausbrichst, wirst du ganz andere Sachen mitmachen.»
Zehn paar Flossen halten Moûlu fest und ziehen ihn zurück. Die Gesichter der Jungs sind ganz grau.
«Kommst du?» fragt Mathieu.
Brunet zuckt die Achseln und geht hinter Mathieu hinaus. Die Musik dröhnt, Mathieu macht eine Tür halb auf und beugt sich hinein:
«Lauter!»
Er macht die Tür wieder zu; Brunet schreit ihm ins Ohr:

«Lauter? Du bist wohl verrückt?»

Mathieu antwortet nicht: er macht eine andere Tür auf und dreht den Schalter; das Licht springt an, sie gehen hinein und setzen sich. Mathieu auf ein Bett, Brunet auf die Bank; sie sehen sich ohne Herzlichkeit an. Die Nacht ist mit ihnen hereingekommen.

«Da bist du also!»

«Tja, da bin ich!»

«Du hast eine Mördervisage», sagt Brunet.

«Du bist auch nicht schön», sagt Mathieu.

Sie lachen. Zwischen zusammengebissenen Zähnen hervor lachend, sieht Brunet seinen alten Freund Delarue lachen und denkt: ‹Wie lästig das ist, ein Jugendfreund.› Er fragt:

«Und was machst du so?»

Mathieu lacht ihm ins Gesicht:

«Was soll ich wohl machen?»

Brunet wendet verdrossen die Augen ab. Mathieu fragt seinerseits:

«Wo bist du gefangengenommen worden?»

«In Verdelais.»

«Ich auch», sagt Mathieu.

«So!»

Die Wörter sind Kaugummi. So vorhersehbar, daß man sie vorher wiederkäut. Brunet gähnt; er weiß nicht, ob vor Beklommenheit oder vor Langeweile. Er macht den Mund wieder zu, zerdrückt mit dem Daumen die Tränen, die aus seinen Augen getreten sind, und fragt:

«Warst du im Juli in Baccarat?»

«Nein: ich war verwundet.»

«Hast du gekämpft?»

«Ich habe eine Viertelstunde gekämpft.»

«Warst du einer dieser tollen Hunde, die vom Kirchturm aus auf uns geschossen haben?»

Mathieus Gesicht heitert sich auf:

«Genau!»

«Schwein!» sagt Brunet fröhlich. «Du hast mich beinah erwischt.»

Mathieu lächelt mit halbgeschlossenen Augen: er sieht verrückt aus.

«Komische Begegnung!» sagt Brunet.

«Was ist daran komisch?» fragt Mathieu.

«Eigentlich», sagt Brunet, «hast du recht: was ist daran komisch?»

Mathieu steht mit abwesender Miene auf, legt die Hand auf die Türklinke und scheint zu lauschen, dann macht er kehrt und setzt sich wieder hin. Brunet betrachtet ihn voller Groll: er nimmt es ihm übel, daß er da ist, daß er nicht mehr Mathieu ist, daß er nur Mathieu ist.

«Warum hast du mir kein Zeichen gegeben?»

Mathieu wirft ihm einen leblosen und grollenden Blick zu.

«Wozu?»

Brunet grinst, Mathieu reißt sich zusammen und erklärt leutselig:

«Wir haben nicht die gleiche Arbeit gemacht.»

«Du wußtest also, daß ich arbeitete?»

«Na ja», sagt Mathieu verdrießlich, «du hast Propaganda gemacht, oder? So etwas wie politische Propaganda?»

Brunet grinst immer noch: Propaganda, das kann man wohl sagen! Es ist lächerlich.

«Ihr wärt nicht einverstanden gewesen», sagt Mathieu. «Wir halfen den Leuten beim Ausbrechen, und ihr habt die Ausbrüche mißbilligt.»

«Wir haben die Ausbrüche mißbilligt, weil sie verfrüht waren», sagt Brunet unwirsch. «Die meisten haben Flausen im Kopf; wenn ihr ihnen unterschiedslos helft . . .»

Mathieus Lächeln wird härter:

«Willst du, daß sie eine Prüfung machen?»

«Eine Prüfung, nein.»

«Wir helfen allen, die darum bitten», sagt Mathieu schroff.

Brunet will ihm antworten und zuckt dann die Achseln: warum diskutieren? Früher ging das noch, als Brunet, der Kommunist, mit Mathieu, dem Lehrer, sprach. Sie waren gleich, damals, gleich naiv, der Genosse, der an den Weihnachtsmann glaubte, und das masochistische alte Kind, das so viel Eifer darauf verwandte, seine Fehler zu beichten, und so wenig, sie sich abzugewöhnen. Zwei vornehme Gestalten aus dem Mittelalter. Jetzt, es könnte schon sein, daß sie immer noch gleich sind: aber gerade deshalb haben sie sich nichts mehr zu sagen. Und außerdem brauche ich ihn auf alle Fälle. Er lächelt:

«Na? Du bist jetzt also Räuberanführer?»

Mathieu sieht ihn unfreundlich an:

«Ich bin für niemanden ein Anführer», sagt er heftig.

«Schon gut!» sagt Brunet. «Ich wollte dich nicht kränken.»

Er fügt, immer noch lächelnd, hinzu:

«Man kann sagen, daß du seit Juni 38 weitergekommen bist.»

«Wieso seit Juni 38? Ach ja: seitdem haben wir uns nicht gesehen!»

«Du wohntest in der Rue Froidevaux», sagt Brunet.

«Nein: in der Rue Huyghens.»

«Stimmt, in der Rue Huyghens.»

Ein bürgerliches Wohnzimmer in einem öden Licht; in Spanien wurde gekämpft: das ist weit weg.

«Du hattest grüne Sessel.»

«Ja. Du sagtest, sie wären korrumpierend.»

Brunet fängt an zu lachen:

«Es *stimmt,* sie waren korrumpierend», sagt er.

Mathieu lacht nicht; er spitzt die Ohren, er sieht unruhig aus. Brunet steht auf und geht hin und her. Es ist etwas Verfaultes in dieser Nacht. Jenseits der Holzwand bläst ein Horn zum Angriff.

«Ist das nicht der Walkürenritt?»

«Das hört sich ganz so an», sagt Mathieu.

«So eine Scheiße!»

Brunet geht hin und her. Plötzlich baut er sich vor Mathieu auf:

«Du hast von einem Trick gesprochen.»

Mathieu zuckt die Achseln. Brunet sagt:

«Ich sage dir noch einmal, daß ich es eilig habe.»

«Und ich sage dir noch einmal: nicht eiliger als die anderen.»

«Doch. Eiliger als die anderen.»

Mathieu sieht ihn aufmerksam an:

«Willst du sehen, wie es mit der KP steht?»

«Genau», sagt Brunet.

«Tja, mein Lieber: du mußt warten, bis du dran bist; ich kann nichts dafür.»

Brunet fängt an zu zittern. Zum Glück sieht Mathieu ihn nicht an. Brunet beherrscht sich und sagt behutsam:

«Haben sie denn so gute Gründe, die anderen?»

«Einer ist dabei», sagt Mathieu, «der nach Hause will, weil es seiner Familie dreckig geht, ein anderer ist verliebt . . .»

Brunet richtet sich auf:

«Und das sind ihre Gründe?»

«Wer bin ich, um zu beurteilen, ob deine besser sind?» sagt Mathieu.

«Die Partei . . .», sagt Brunet.

Mathieu sagt schnell und eisig:

«Ich weigere mich zu wählen. Ich helfe allen oder niemandem.»

Sie wechseln verärgerte Blicke, und die Walküren springen kreuz und quer zwischen ihnen hindurch. Brunet senkt den Blick, faltet die Hände und läßt sich abkühlen. Als er ganz kühl ist, hebt er wieder den Kopf:

«Man hat jemandem unrecht getan.»

«So? Ja und?»

«Ich muß das in Ordnung bringen.»

Mathieu lächelt:

«Sirene!»

«Sirene?» wiederholt Brunet.

«Du singst das Liedchen, das mich verführen kann. Du hast immer geglaubt, daß ich für individuelles Unglück empfänglicher bin als für kollektive Katastrophen.»

Brunet zuckt die Achseln:

«Ich sage die Wahrheit.»

«Das kann sein, aber ich habe mir Wachs in die Ohren gesteckt.»

Brunet lächelt:

«Nimm mal an, ich appelliere an deine Freundschaft?»

Mathieu lacht schallend:

«Du Gangster! Dir sind alle Mittel recht, was?»

Er fügt lachend hinzu:

«1938, als ich an deine appellierte, hast du mich sitzenlassen.»

«Ich hatte unrecht», sagt Brunet.

Er fährt sich mit der Hand über die Stirn und wiederholt:

«Ich hatte unrecht.»

Er wendet sich nicht an Mathieu: Mathieus Freundschaft widert ihn an.

«Nein», sagt Mathieu, «du hattest nicht unrecht: Was hatten wir gemeinsam? Unsere Freundschaft, das war Geschwätz. Du hast zu mir gesagt: ‹Meine einzigen Freunde sind die Genossen.›»

Brunet wiederholt langsam:

«Die Genossen . . .»

Ja, ja, natürlich, das hat er gesagt.

«Die Partei», sagt er, «ich glaube, ich werde aus ihr austreten.»

Mathieu zieht die Augenbrauen hoch:

«Sag bloß! Du bist auch weitergekommen.»

«Ja», sagt Brunet. «Ich bin weitergekommen.»

Mathieu sieht ihn gespannt an:

«Und wenn du ausgetreten bist?»

«Ich trete nicht sofort aus. Da ist diese Sache, die bereinigt werden muß: das wird Zeit brauchen, die Genossen sind starrköpfig.»

«Aber wenn du sie bereinigt hast?»

«Dann pflanze ich Kohl, vermute ich.»

Mathieu sieht ihn immer noch an:

«Ich kann dich mir nicht beim Kohlpflanzen vorstellen.»

Brunet sagt nichts. Mathieu fragt:

«Was wirfst du ihr vor, der KP?»

«Wirft man der KP jemals etwas vor?» antwortet Brunet mürrisch. «Die KP geht bis zum Ende, sie ist in sich logisch. Mir selbst mache ich Vorwürfe.»

«Das läuft auf dasselbe hinaus.»

«Nein.»

«Doch: früher hättest du dir gar keine Vorwürfe machen können, weil du niemand warst. Damit du dir etwas vorwerfen kannst, mußtest du jemand werden. Und das bedeutet, daß du schon mit der KP gebrochen hattest, bevor du dir dessen bewußt wurdest.»

Auf dem Flur ist Lärm. Mathieu zuckt zusammen und spitzt die Ohren; seine Lider mit den langen Wimpern senken sich über die Augen, er sieht aus, als schliefe er. Der Lärm entfernt sich, seine Augen öffnen sich, sein Blick ist auf Brunet geheftet geblieben.

«Du hast ein komisches Gesicht», sagt er. «Man könnte meinen, es wäre in Essig getränkt. Was hast du getan? Was hat man dir angetan?»

«Meine Flucht . . .», sagt Brunet.

«Was denn?»

«Sie ist mißlungen, weil ich von einem Genossen verpfiffen worden bin.»

Mathieu hat einen komischen Ausdruck. Brunet bricht abrupt ab:

«Was ist los? Was weißt du?»

«Ich sage es dir nachher. Red weiter.»

«Das ist alles.»

Mathieu zischt leise:

«Das ist es also, du Frankenstein! Du hattest kein Ich mehr, und die Wut hat dir eins gegeben, und es ist stekkengeblieben, du kannst es weder runterschlucken noch ausspucken. Mangels Gewöhnung, was?»

Brunet zuckt die Achseln, Mathieu fährt gelassen fort:

«Du mußt dich damit abfinden: die Gewöhnung kommt nie.»

Brunet hört ihm zu, er denkt: das ist irgendwer. Ein unpersönliches Bewußtsein, ohne Vergangenheit und Zukunft. Ich werde fliehen, ich werde ihn hinter mir lassen mit seinen Sprüchen und seinen Problemen. Er sagt:

«Ich bin auf niemanden wütend. Den Genossen, der uns denunziert hat, wollte ich an Ort und Stelle erschlagen. Aber ich kann ihm nicht unrecht geben. Ich habe gerade erfahren, daß er weg ist: um so besser für ihn und für mich. Was er getan hat . . . hätte ich vielleicht selbst getan, wenn ich an seiner Stelle gewesen wäre.»

Er steht auf und geht hin und her: er hat Lust, vor irgend jemandem zu sprechen.

«Ich kann total *für* die Genossen und total *gegen* die Klassenfeinde sein. Total, das heißt: mit Leib und Seele und bis zum Tod einschließlich. Aber ich kann nicht gleichzeitig *für und gegen* die Genossen sein. Das ist zuviel für mich.»

«Wer verlangt das von dir?»

«Die Partei. Und sie hat recht. Die KP ist eine Partei der Gewalt, du weißt es. Und die Gewalt hat mir nie angst gemacht. Nur glaubte ich, daß sie ein notwendiges Übel ist und daß man sie steuern kann, ihre Anwendung einschränken.»

«Ja und?»

«Man kann es nicht. Wenn du sie einmal benutzt, ist sie überall, bis hinein in die innere Organisation der Partei.»

Er bricht ab, er starrt Mathieus ausdrucksloses Gesicht an: ich muß ihn schockieren. Das unpersönliche Bewußtsein, das ist ein Traum. Brunet hat einen idealistischen, in seinen Klassenvorurteilen befangenen Kleinbürger vor sich. Er redet trotzdem mit boshaftem Vergnügen weiter:

«Erinnerst du dich, 1926, als du mir mit Platon auf die Nerven gegangen bist: die Gerechtigkeit herrscht bis in die Höhle der Diebe hinein?»

«Ich erinnere mich.»

«Hier hast du jetzt die Ergänzung: die Ungerechtigkeit herrscht bis in die Gemeinschaft der Gerechten hinein. Die Gerechten sind *wir*», fügt er heftig hinzu, «das sind *wir*, ich werde nie aufhören, es zu sagen, auch wenn ich aus der Partei austrete. Das sind wir, weil wir die einzigen sind, die für den Menschen kämpfen. Und eben deshalb ... Sieh mal: ich dachte, man müßte den Genossen jedesmal, wenn es möglich ist, die Wahrheit sagen. Nun, das ist Trotzkismus: es ist *nie* möglich, ihnen die Wahrheit zu sagen, und *sie* muß man zuerst belügen.»

Plötzlich packt ihn wieder die Angst; er sieht Mathieu an, als rufe er um Hilfe:

«Na? Wo sind die Gerechten? Wo sind die Diebe?»

Mathieu lacht herzlich.

«Wie naiv du bist!» sagt er.

Brunet geht wieder hin und her. Es stimmt, daß er naiv ist. Seit der Zeit, da er verlernt hat, allein zu denken, ist sein Denken eingerostet, es gerät sofort außer Atem, es verheddert sich, es kommen komische Ideen heraus, Kinderideen, seit mehr als einem Monat hat er den entmutigenden Eindruck, sich mit Fragen abzuquälen, die andere längst beantwortet haben; er hat eine Binde vor den Augen, und es gibt Leute, die ihn so sehen und lachen.

«Naiv? Natürlich: einem Philosophielehrer gegenüber ...»

Mathieu antwortet nicht. Was weiß er? Kann die Philosophie Antworten liefern? Aber *von welchem* Gesichtspunkt aus? Brunet weiß mit einer Kleinbürgerweisheit nichts anzufangen. Er geht hin und her, Mathieus Augen folgen ihm und verstehen ihn. Brunet beruhigt sich: das tut ihm gut, von dieser erbarmungslosen Intelligenz verstanden zu werden. Mathieu sagt abrupt:

«Bleib bei uns.»

«Bei euch?» wiederholt Brunet verblüfft.

«Ja doch: es gibt Arbeit. Du weißt genau, daß du nie untätig sein kannst.»

Brunet bleibt stehen und steckt die Hände in die Tasche:

«Worin besteht denn überhaupt eure Arbeit? Ihr helft den Leuten beim Ausbrechen, und dann?»

«Das ist alles.»

«Das ist nicht viel.»

Mathieus Augen glänzen:

«Das ist das Beste, was ich gefunden habe, um mein Leben zu rechtfertigen, und du bist sehr hochmütig, wenn du denkst, das würde nicht genügen, um deines zu rechtfertigen.»

«Das sage ich ja nicht», sagt Brunet. Er lacht kurz auf: «Aber ich denke, daß mein Leben keine Rechtfertigung braucht. Sein Leben rechtfertigen!» wiederholt er. «Was für ein komisches Bemühen: Wozu? Das ist kleinbürgerlicher Individualismus.»

«Hast du nie nach einer Rechtfertigung gesucht?» sagt Mathieu kalt. «Warum bist du dann in die Partei eingetreten?»

«Ich habe der Partei mein Leben *gegeben*, das ist alles.»

«Ja. Damit sie es dir zurückgibt, nachdem sie es geweiht hat: den Trick kennt man ja.»

Brunet zuckt die Achseln. Mathieu steht auf und geht zu ihm:

«Hör zu, Brunet, und überleg: es gibt nichts Besseres zu tun, nirgends. Bei uns gibt es weder Gewalt noch Lüge; wir konfrontieren die Leute mit sich selbst, und sie entscheiden in Kenntnis der Sachlage. Niemand wird gezwungen, es wird keinem etwas vorgemacht: Nur wenn sie beschließen zu fliehen, sind wir da. Wir sind Gelegenheiten, Sprungbretter, wir urteilen nicht über sie, wir verlangen nichts von ihnen für unseren Dienst, nicht einmal, gute Republikaner zu sein. Wir sind für alle da. Hast du das nicht im Grunde immer gewollt: für die anderen eine Gelegenheit sein, frei zu sein? Eine Gelegenheit sein, das ist alles, dein Leben aufs Spiel setzen, um sie zu sein, nur sie zu sein, und dich obendrein zu retten?»

Brunet schüttelt den Kopf: die Genugtuung, die er in Mathieus Augen liest, reizt ihn aufs äußerste. Er wird ihm zeigen, daß das Leben kein Roman ist; er hat einen Abscheu vor dem guten Gewissen.

«Das ist fade!» sagt er.

«Fade?» wiederholt Mathieu erstaunt.

«Fade für mich», sagt Brunet. Er fügt väterlich hinzu: «Für dich ist das natürlich eine kleine Abwechslung, weil du Lehrer warst. Deshalb findest du das natürlich besser als dein Geschwätz. Da ist Geheimnis, ein bißchen Gefahr, eine kleine Verschwörung: du bist ganz stolz; du hältst das für Handeln. Aber was weißt du vom Handeln? Und was tut ihr wirklich? Gar nichts. Ein Ausbruch bringt die Dinge nicht voran. Ihr nehmt einen Kerl, den die Nazis im Lager unterdrücken, und befördert ihn in aller Heimlichkeit woandershin, damit er sich dort unterdrükken läßt. Sie waren Gefangene, sie werden ausgebeutet werden, sie werden in ihr Elend und zu ihren Trugbildern zurückkehren. Du kannst dich zwar rühmen, *anständig* zu handeln. Was du tust, ist vielleicht durch und durch anständig, aber es ist kein Handeln. Es ist eine strikt negative und begrenzte Operation im geschlossenen Feld und unter Ausnahmezuständen, die eine Handvoll Männer ins Spiel bringt: gewissermaßen ein Laboratoriumsexperiment. Ihr habt einen verborgenen Ausgang gefunden, stelle ich mir vor, ihr bringt eure Jungs dorthin, und dann, denke ich, gebt ihr ihnen einen Zivilanzug, ein Stück Brot und euren Segen. Das alles bleibt im Rahmen des guten alten bürgerlichen Idealismus, genau wie Madame Boucicauts Mildtätigkeiten.»

Er breitet die Arme aus und lächelt breit:

«Wir haben mehr riskiert. Unser Gewissen. Ich werde nicht zu euch gehören: ich werde mich nie mit diesen Gesellschaftsspielchen abfinden können. Was *wir* wollten, war nicht unsere armselige Existenz retten: wir wollten die Welt verändern; bei der kleinsten unserer Handlungen ging es um das Universum. Gefangene ausbrechen zu lassen», wiederholt er feixend, «was verändert das?»

«Für jeden von ihnen verändert das viel», sagt Mathieu ruhig.

«Das verändert *was*?»

«Champart wird seine Frau wiedersehen.»

«Und das zählt?»

«Vielleicht nicht. Aber dann zählt es auch nicht, daß Vicarios verleumdet wird.»

«Aha!» sagt Brunet. «Das weißt du auch?»

«Ja», sagt Mathieu. «Das auch. Was die Gewalt betrifft, habe ich dir gesagt, daß es *unter uns* keine gäbe. Aber ...»

Er unterbricht sich und sieht Brunet ganz kalt an:

«Was glaubst du, was meine Kumpel jetzt gerade machen?»

«Woher zum Teufel soll ich es wissen?»

«Sie sind dabei, Moûlu zu verurteilen», sagt Mathieu. «Und wenn sie ihn verurteilt haben, werden sie ihn erwürgen.»

«Weswegen?»

Brunet stößt ihn zurück und rennt zur Tür. Er hört hinter sich eine matte Stimme:

«Setz dich wieder: *er* hat dich verpfiffen.»

Brunet dreht sich um. Seine Augen tun ihm weh:

«Willst du sagen, daß *er* Vicarios auf dem Gewissen hat?»

«Ja. Das will ich sagen.»

Brunet sieht ihn unschlüssig an:

«Bist du sicher?»

«Sicher.»

Brunet bleibt regungslos stehen. Zuerst denkt er an nichts, und dann denkt er an Vicarios. Er fährt sich mit den feuchten Händen über die schwitzenden Backen; der Schweiß vermischt sich. Er fragt:

«Was spielen sie? Ich kenne es.»

«Die Ouvertüre zu Fingals Grotten.»

«Das spielte das Klavier zur Zeit des Stummfilms.»

«Genau», sagt Mathieu. «Das oder die *Danse macabre*, wenn der Verräter die Heldin vergewaltigen wollte.»

«Ihr habt die Begleitung gut gewählt», sagt Brunet.

Mathieu antwortet nicht. Brunet fügt mühsam hinzu:

«Die Musik ist dazu da, um ...»

«Ja. Aber ich glaube, er wird keine Zeit haben zu schreien.»

Das Orchester ist verstummt. Die Spannung steigt. Man wartet darauf wie auf den Regen. Brunet läßt sich auf die Bank fallen. Er hat Schmerzen in der Schulter und in den Lenden. Er sagt erschöpft:

«Wenn ihr euch irren solltet?»

«Unmöglich.»

«Auch von Vicarios wurde gesagt, er wäre ein Denunziant», sagt Brunet.

«Das ist nicht dasselbe.»

Plötzlich setzt die Musik wieder ein, das ist der Regen. Ein wildes Durcheinander von Noten, die Instrumente laufen einander nach. Mathieu hebt die Stimme und fängt an, sehr schnell zu sprechen:

«Er ging dauernd nach dem Zapfenstreich in die Kaserne; er hat dreimal den Kommandanten aufgesucht. Du mußt ihm in Andeutungen deine Fluchtpläne anvertraut haben, und er hat ihnen alles erzählt.»

«Warum nur?» fragt Brunet. «Warum?»

«Für Zigaretten mit Goldfilter», sagt Mathieu.

Er fährt im gleichen überstürzten Tempo fort:

«Danach wurde seine Position heikel, weil Leute aus deiner Baracke, Chalais an der Spitze, angefangen haben, ihn zu verdächtigen. Daraufhin hat er sie als Kommunisten denunziert.»

«Ich verstehe», sagt Brunet.

«Ich weiß nicht, wie er uns ausfindig gemacht hat», sagt Mathieu, «aber Tatsache ist, daß er uns seit zehn Tagen belästigt, indem er so tut, als wollte er ausbrechen. Als du aus dem Knast gekommen bist, hat er sich wohl gesagt, daß du uns Vertrauen einflößen würdest, daß wir für dich einen todsicheren Ausbruch vorbereiten würden und daß er alle schnappen lassen würde.»

Brunet sieht Moûlus gutmütiges dickes Gesicht auf rotem Grund; er verschränkt die Hände, läßt die Finger knacken und seufzt. Er sagt:

«Ich werde ihnen helfen.»

Mathieu spitzt die Ohren. Er ist blaß geworden, er sagt:

«Das ist nicht mehr nötig.»

Schweigen tritt ein. Brunet rührt sich nicht: in seiner Brust taut, bricht das Eis einer alten Wut auf. Er atmet heftig. Er sagt:

«Du weißt nicht ... mein Lieber ... du weißt nicht ... Ich dachte, es wäre Chalais!»

Er atmet wieder, er dehnt sich erleichtert: ein Moûlu, was ist das schon? Er fühlt sich leer, eine ganz leere große Holztruhe mit einem fröhlichen kleinen Duft auf dem Boden der Truhe. Und dann, gleich danach die Angst. Sie quillt überall hervor und füllt die Truhe. Er erschauert und fragt:

«Was macht ihr mit der Leiche?»

«Die Latrinen sind gleich nebenan», sagt Mathieu.

Brunet blickt zu diesem Jugendfreund auf, der dabei ist, sich in aller Ruhe in einen Mörder zu verwandeln. Sie sehen sich an, ohne sich zu erkennen. Die Musik spielt, und Moûlu ist tot. Brunet schüttelt den Kopf und sagt:

«Ja, du bist wirklich weitergekommen.»

Mathieu hat seinen ruhigen Ausdruck behalten, aber er ist fahl. Er sagt:

«Es ging darum: entweder er oder wir.»

«Das . . . macht dir nichts aus?» fragt Brunet.

Mathieu schüttelt den Kopf. Brunet bohrt weiter:

«Gar nichts?»

«Ich habe Angst, daß die Kumpel erwischt werden.»

Er sieht Brunet ratlos an:

«Ich habe sie dazu bewogen, die Sache zu versuchen.»

«Wann?»

«Vorhin, als du aus dem Zimmer gegangen bist: in gewisser Weise ist es improvisiert.»

Schritte im Flur; Brunet hört sie in diesen vergrößerten Augen, in denen bei jedem Geräusch Wasser zittert. Etwas schabt an der Wand; Mathieu streckt die Hand nach dem Lichtschalter aus. Sein Gesicht ist leer:

«Ich muß mit ihnen gehen.»

Die Nacht schießt wieder bis in den Himmel, Brunet fällt und fällt. Er lauscht, er hört nichts, er überläßt sich seinem langen reglosen Fall; die Kälte steigt ihm vom Bauch in die Brust auf. Schneider und der Drucker sind da. Moûlu: tot. Mathieu: auch tot. Die Nacht ist die Wahrheit. Die Welt und der Tag sind Alpträume. Die Nacht knirscht, das Licht löscht alles aus, der Traum fängt wieder an, der Mörder hat sich an die geschlossene Tür gelehnt und mustert Brunet kopfschüttelnd. Er sagt:

«Du starrst vor Dreck.»

Brunet fährt auf:

«Was?»

«Du starrst vor Dreck. Gab es im Gefängnis denn kein Wasser?»

«Es gab welches.»

«Dann», sagt er, «bist du noch mitgenommener, als ich glaubte.»

Und als Brunet die Hand ans Gesicht hebt, fügt er schnell hinzu:

«Das ist kein Vorwurf: du warst peinlich sauber.»

Brunet läßt die Hand wieder fallen. Der Typ setzt sich mit Sonntagsmiene hin und legt die Hände flach auf die Schenkel. Sie sind sauber, aber sie stören. Brunet hat das Gefühl, zum erstenmal Hände zu sehen. Sie sehen beide die Hände an, und die vergessene Mörderstimme redet ganz von selbst.

«Ich habe schon getötet.»

Die Hände sind ruhelos, sie kratzen den Hosenstoff; Brunet hebt den Kopf.

«Hier im Lager?» fragt er.

«Nein. Im Juni 1940. Danach bist du nicht mehr derselbe.»

Brunet zuckt die Achseln:

«Ich habe auch auf Fritzen geschossen, wenn du das meinst. Das war ein Spaß. Als das Leben einen Sinn hatte, hatte der Tod auch einen.»

Er sieht mit leichter Übelkeit das finstere Individuum an, das ihm gegenüber raucht:

«Was für ein schäbiger kleiner Mord!»

Mathieu nickt zustimmend. Brunet sagt:

«Da war ein alter Mann, splitternackt in einem runden Salon.»

«Wo denn?»

«Ach, einmal, in einem Bordell. Er bekam keinen Steifen, die Nutten hatten sich zu sechst über ihn hergemacht. Sie zerrten ihn am Schwanz, sie gaben ihm Ohrfeigen.»

«Ja und?»

«Das ist die gleiche Schweinerei. Deine Leute sind über Moûlu hergefallen wie diese Huren über diesen Alten. Und er schaffte es nicht zu sterben, genauso wie der andere es nicht schaffte, einen Steifen zu kriegen.»

«Das ist seine Schuld», sagt Mathieu. «Man bekommt die Ermordung, die man verdient. Die Leute haben mir gerade gesagt, daß sie sich vor Lachen ausgeschüttet haben. Sie hatten den Eindruck, ihm einen derben Streich zu spielen.»

«Schade, daß ich das verpaßt habe», sagt Brunet knapp.

Mathieus Augen füllen sich mit Nebel:

«*Du* hättest ihn nicht getötet.»

Brunet zögert:

«Ich denke, doch. Aber in Wut.»

«Wut ist keine Entschuldigung.»

«Das ist keine Entschuldigung, das ist ein Recht. Und ich hätte allein gehandelt.»

Mathieu lächelt gequält:

«Anarchist!»

«Im übrigen habe ich ihn getötet», sagt Brunet plötzlich. «Ich habe ihn genauso getötet wie ihr, weil ich euch habe machen lassen.»

«Das ist auch meine Meinung», sagt Mathieu.

Sie sehen sich mit dem heimtückischen Haß zweier Komplizen an; Brunet sieht seinen Komplizen mit den zitternden Händen an. Ein Komplize, das ist immerhin besser als ein Jugendfreund. Er lächelt:

«Zwischen uns ist eine Leiche, das kann man wohl sagen.»

Sie schweigen, sie warten, sie lauschen, aber es gibt keinen Moûlu mehr. All dieses Dunkel draußen ist die Leiche und das Blut von Moûlu. Mathieu raucht und spuckt Tabakkrümel aus; Brunet steht auf: er wird die Tür aufmachen und in den Tod eintauchen müssen. Na gut.

«Gut. Salut!»

«Warte!»

Mathieu zieht ein letztes Mal an seiner Zigarette; er wirft sie weg, drückt sie mit dem Absatz aus, dann bläst er den Rauch langsam durch die Nase:

«Du kannst morgen abhauen, wenn du willst.»

Brunet wirft ihm einen argwöhnischen Blick zu:

«Das hast du nicht gesagt.»

«Ich habe dir von einem Trick erzählt.»

«Und?»

«Um ehrlich zu sein», sagt Mathieu, «das ist nicht direkt ein Trick, es ist ein Handel.»

«Ein Handel? Zwischen dir und mir?»

«Zwischen dir und uns. Aber *wir* lügen nicht: ich werde mit offenen Karten spielen.»

Ein Handel. Etwas, was man annehmen, ablehnen, etwas, was man tun kann vielleicht. Brunet fühlt sich hart werden, und Ruhe kommt über ihn. Seit Wochen ist er nicht so ruhig gewesen.

«Ich höre.»

«Champart sollte morgen losgehen. Wenn du willst, stellen wir ihn vierzehn Tage zurück, und du gehst an seiner Stelle.»

«Das ist zu schön», sagt Brunet. «Was steckt dahinter?»

«Ich bin hier, um es dir zu sagen: dahinter steckt, daß, wenn du gefaßt wirst, die Fritzen dir zwölf Kugeln auf den Pelz brennen.»

«Phantastisch!»

Sie lächeln sich an und beobachten sich. Zwei argwöhnische Händler, die versuchen, ihren Ramsch an den Mann zu bringen.

«Moûlu hat dich verpfiffen», erklärt Mathieu. «Gut: heute abend um fünf Uhr kommst du aus dem Knast; ein paar Stunden später wird er erwürgt, und morgen früh, in dem Moment, in dem man seine Leiche in der Latrine findet, meldet dich dein Barackenchef als fehlend. Folgere.»

«Ich folgere sehr wohl», sagt Brunet. «Und das hilft euch?»

«Überleg mal! Die Fritzen werden keine Untersuchung im Lager machen, wenn sie denken, daß du es warst.»

Brunet fängt an zu lachen:

«Und wenn sie nicht von allein daran denken, seid ihr da, um ihnen zu helfen.»

Mathieu macht eine vage Handbewegung. Er schweigt.

«Gratuliere», sagt Brunet. «Und darauf bist du ganz allein gekommen?»

«Ja», sagt Mathieu.

«In der Zeit zwischen dem Moment, als ich eure Bude verlassen habe, und dem, als ich zurückgekommen bin? Du hast Grips.»

Er fängt an zu lachen:

«Und wenn du erfährst, daß sie mich erschossen haben, wird dir das nicht den Schlaf rauben?»

«Das wird mir nicht den Schlaf rauben», sagt Mathieu, «weil ich dich gewarnt habe und du die Verantwortung dafür übernommen hast.»

Er fügt mit sanfter Ironie hinzu:

«Aber es würde mir natürlich leid tun.»

Brunet lacht lauter. Mathieu lacht auch, dann fragt er:

«Nun?»

«Ich nehme an», sagt Brunet fröhlich. «Endlich.»

«Du schläfst hier», sagt Mathieu.

«Gut.»

Er sieht Mathieu voller Herzlichkeit an: er ist ihm dankbar, daß er sich nicht bei ihm bedanken muß. Ich schulde ihnen nichts. Mathieu zögert. Auf einmal sagt er schüchtern:

«Du solltest nicht aus der KP austreten.»

Brunet runzelt die Stirn, Mathieu wiederholt:

«Du solltest nicht austreten.»

«Nein», sagt Brunet, «aber in was mischst du dich ein?»

«Oh, natürlich», sagt Mathieu, «das geht mich nichts an.» Er fügt rot werdend hinzu:

«Weißt du, warum ich dir das gesagt habe?»

«Woher zum Teufel soll ich das wissen?»

«Deswegen.» Mit einer Handbewegung weist er auf die

schmutzige Jacke, dann auf Brunets Gesicht. «Du bist dreckig.»

«Ja und?»

«Für die, die dich vorher gekannt haben, ist es ein Zeichen.»

Neben dem Fenster hängt ein Taschenspiegel an einem Nagel. Brunet steht auf und sieht sich darin an. Mathieu rührt sich nicht. Brunet brummt und setzt sich wieder hin.

«Wenn du aus der Partei austrittst», sagt Mathieu, «ist es aus mit dir.»

Brunet schüttelt den Kopf:

«Das ist burlesk», sagt er.

Er sieht Mathieu betäubt an:

«Du sitzt da, *du*, und gibst mir Ratschläge . . .»

«Wer soll dir denn sonst welche geben? Die deiner Genossen wären eigennützig.»

«Was weißt du von der KP?» fragt Brunet achselzukkend.

«Nicht viel. Aber ich weiß, daß du ihr dein Leben gegeben hast und daß man es nicht zurücknehmen kann.»

Brunet steht auf.

«Du wirst sehen, ob man es nicht zurücknehmen kann.» Er sieht Mathieu verärgert an: «Meine Güte, du nimmst dich ernst. Du glaubst, es kommt daher, daß du ein armes, unbedeutendes kleines Schaf hast liquidieren lassen, einen Verantwortungslosen . . .»

Den Kopf gesenkt, fährt Mathieu mit gelassener Hartnäckigkeit fort:

«Die KP bist du. Du, jenseits deiner selbst. Dein Daseinsgrund ist die Notwendigkeit der Partei, deine Freiheit war ihr Wille, und, siehst du, sogar deine Sauberkeit war ihre Unbeugsamkeit. Sie bediente sich deiner, um die Welt zu verändern, aber du bedientest dich ihrer, um dein Werk in die Erde einzuschreiben.»

«Was bildest du dir ein?» fragt Brunet. «Daß ich an mein Werk und an diesen ganzen Quatsch dachte? Mein Lieber, ich tat meine Arbeit, und das war alles.»

«Natürlich», sagt Mathieu. «Du hattest das Vergnügen, bescheiden zu sein. Wenn man im Besitz der *Wahrheit* ist, braucht man keinen Stolz.»

«Die *Wahrheit*», sagt Brunet mit bitterem Lächeln. «Die *Wahrheit*!»

«Du ohne die Partei», sagt Mathieu, «was ist das? Scheiße. Ein bißchen Stolz und Dreck. Und die Partei ohne dich, was wird sie machen? Eben die Politik, von der du nicht willst, daß sie sie macht. Wenn du austrittst, beschleunigst du sie auf dem Weg, den du verabscheust.»

«Glaubst du, ich könnte irgend etwas verhindern?» fragt Brunet. «Du hältst die KP für einen radikalsozialistischen Parteitag.»

«Versuch es. Versuch von innen her zu kämpfen.»

«Unmöglich. Radikal unmöglich», wiederholt Brunet, jede Silbe einzeln betonend.

«Ich weiß. Versuch es.»

«Wohin führt es, das Unmögliche zu versuchen?»

«Zu nichts. Aber es gibt nichts anderes zu tun.»

«Du hast gut reden: *du* hast ein bescheidenes Ziel, das keineswegs unmöglich zu erreichen ist, und du schlägst dich ganz gut durch.»

Mathieu lächelt:

«Das liegt daran, daß ich noch nicht ganz und gar ein Mensch bin», sagt er.

Brunet hat angefangen, im Zimmer umherzugehen. Er weiß nicht mehr, ob er Mathieu oder sich selbst antwortet:

«Und außerdem, hör mal, hast du mir eben gesagt: vorher war ich niemand. Jetzt bin ich jemand. Glaub mir, daß ich nicht übertrieben stolz darauf bin, aber ich kann nicht zurück. Ich hatte kein Ich; der Groll und die Betäubung haben mir eins gegeben, und es ist steckengeblieben: ich kann es weder ausspucken noch runterschlucken. Mangels Gewöhnung, nehme ich an.»

«Ja», sagt Mathieu. «Mangels Gewöhnung. Aber die Gewöhnung kommt nie.»

«Siehst du! Selbst wenn ich schnurstracks in die Partei

zurückkehre, könnte ich mich nicht mehr vergessen. Ein ganzer Teil von mir bliebe draußen.»

Mathieus Augen funkeln:

«Genau», sagte er. «Draußen. Draußen und drinnen zugleich. Vollständig bei der Sache und vollständig unbeteiligt, das Unmögliche wollend und wissend, daß du es willst, und es wollend, als wenn es machbar wäre: genau das ist ein Mensch.»

Er steht auf und geht zu Brunet.

«Übrigens, was bist du anderes? Was bist du heute, wo du zur Partei gehörst und gleichzeitig schon nicht mehr dazugehörst? Du brauchst nichts zu erfinden, nichts zu verändern: du brauchst nur das sein zu wollen, was du bist. Bis zu dem Tag, an dem du dabei draufgehst.»

Brunet sieht ihn lächelnd an:

«Danke für den Rat.»

Mathieu geht zur Tür:

«Das untere Bett ist frei.»

«Gut.»

«Ich komme dich um sechs Uhr wecken.»

Er macht die Tür halb auf und schleicht hinaus, ohne ihm die Hand zu geben. Brunet läuft eine Weile im Zimmer herum und sieht sich im Spiegel an. Er legt Kohle auf das Feuer, er gähnt, er geht zu einem rot angestrichenen Brett, das quer über zwei Kisten gelegt ist. Auf dem Brett liegt ein Rasiermesser, ein Stück Seife und zwei gebrauchte Klingen. Brunet nimmt das Rasiermesser in die Hand und sieht es an.

Nachwort

Vermutlich hat der Mensch, als Individuum und vor allem als Gattung, von allen Lebewesen das beste Erinnerungsvermögen. Deshalb ist er auch wie kein anderes vom Vergessen bedroht. Nicht zufällig haben alle menschlichen Gesellschaften Mittel entwickelt, die den natürlichen Zeitfluß, wie er durch den Wechsel von Tag und Nacht, von Jahreszeiten, vom Wandel der Natur markiert wird, ergänzen durch Feste, Feiertage, Gedenktage, Geburts- und Sterbedaten. Ritualisiert gehen sie in die Künste ein. Eine ihrer wichtigen Funktionen besteht vermutlich darin, die kollektive Erinnerung bedeutungsvoller Ereignisse durch ästhetische Formen besonders lebendig zu erhalten. Diese Funktion hat in unserer Zeit noch an Gewicht gewonnen, da durch die Vielfalt vermittelter Wahrnehmung der Wirklichkeit in Gestalt zunehmend verfeinerter medialer Apparate der Unterschied zwischen Wirklichkeit und Abbildung, zwischen Sein und Schein immer weniger erkennbar wird oder überhaupt nicht vorhanden ist.

Der französische Philosoph Jean Baudrillard hat dieses Phänomen, das er im Begriff der Simulation zusammenfaßt, in den Mittelpunkt seines Denkens gestellt; er sieht sich politisch, sozial und intellektuell in der Öde einer Zwischenzeit mit falscher oder simulierter Stabilität. Simulation, Verführung, fatale Strategien – diese Hypothesen und Metaphern fordern eine Wirklichkeit heraus, der nicht nur die Selbstgewißheit ihres Seins, sondern auch ihres Sinns abhanden gekommen ist. Doch so neu, wie es scheint, ist ein derartiger Sinnverlust nicht. Für Sartre folgte in den dreißiger Jahren aus dem Ende übergreifender, allgemeinverbindlicher und anerkannter Sinnstiftungen durch große Religionen oder Ideologien die Notwendigkeit einer neuen Romantechnik – nicht um den Sinnverlust hinzunehmen, sondern um Sinn hervorzubringen, der nicht am Bewußtsein seiner Begrenztheit und Vorläufigkeit verzweifelt. Nicht nur Künste und Philosophie erzeugen Sinn, auch die Deutung historischer Ereignisse ist nie endgültig, immer wieder steht ihre Bedeutung in Frage. Der Roman, zumal der historische, vereint beides: Sinnschöpfung durch Erfindung und durch Deutung.

Das Jahr 1989 war reich an geschichtsträchtigen Daten: zweihundert Jahre Französische Revolution, hundert Jahre II. Internationale, fünfzig Jahre seit Beginn des zweiten Weltkrieges ... und Tagen, an denen man der Geburt von Männern gedachte, die, wenn auch auf sehr verschiedene Weise, ihre Zeit nachhaltig prägten: hundert Jahre zuvor wurden, um nur drei Namen herauszugreifen, Charlie Chaplin, Martin Heidegger und Adolf Hitler geboren. Das scheinbar Disparate, Konträre, von der Willkür des Zufalls der Geburt zusammengebracht, ist, da vereint durch *eine* Geschichte, voller Bezüge aufeinander ... 200, 100, 50 Jahre danach hinterlassen die Ereignisse noch immer mehr Fragen als Antworten.

Was wurde aus Freiheit, Gleichheit, Brüderlichkeit? War es die «Dialektik der Aufklärung», die wachsende Kluft zwischen instrumenteller Vernunft und gesellschaftlicher Unvernunft, die wissenschaftliches und technisches Fortschreiten von der ausbleibenden moralischen Entwicklung so weit wegtrieb – was Rousseau für seine Zeit schon sah –, daß am Ende Auschwitz und planetarische Technik zu Chiffren unseres Jahrhunderts wurden? Den technischen Vorrang hatte Heidegger sehr früh gesehen, über Auschwitz schwieg der einflußreiche Denker bis zum Ende seines langen Lebens. Wohlmeinende sprachen an seiner Statt von unaussprechlicher Scham über das eigene Versagen: der Meister der Sprache hätte gewußt, daß auch Sprache hier versagt. So bleibt sein Bild mit Hakenkreuzabzeichen am Revers und bedrückender Eloquenz im Jahr 1933, mit bedrückenderem Schweigen nach 1945.

Anschaulicher als Philosophie und erst recht (massen-)wirksamer kann Kunst, zumal große satirische, die Chiffren unserer Zeit sichtbar machen – besonders die Filmkunst, dieses Kind unseres Jahrhunderts, das sehr schnell zur Nummer eins seiner Künste wurde. *Moderne Zeiten* und *Der große Diktator* sind dafür herausragende Beweise.

Les Temps Modernes nannte auch Sartre die von ihm im Oktober 1945 mitbegründete und herausgegebene Zeitschrift, die bis heute, wenn auch nicht mehr wie in den fünfzehn ersten Nachkriegsjahren, das geistige Leben Frankreichs mit bestimmt. Chaplins Filmtitel war das beste Programm, das Sartre einer Zeitschrift voranstellen konnte, die mit allen intellektuellen und künstlerischen Mitteln in ihre Zeit eingreifen wollte. Schon in ihrer vierten Nummer, im Januar 1946, war von Heidegger die Rede – dann wieder in der zweiundzwanzigsten, im Juli 1947. Und wie konnte es anders sein? Die Herausgeber und Autoren der neuen Zeitschrift hatten gegen den Nationalsozialismus gekämpft, und sie waren, wie Sartre und Maurice Merleau-Ponty, mehr oder weniger Schüler, Interpreten, Fortsetzer der deutschen Phänomenologie und des Existentialismus. Ihre Lehrer hießen Edmund Husserl und Martin Heidegger. Während Husserl als jüdischer Gelehrter bald nach dem Machtantritt der Nazis am Betreten der Universität in Freiburg gehindert wurde, hatte sein ehemaliger Schüler Heidegger dort als Rektor seine Rede *Die Selbstbehauptung der deutschen Universität* gehalten. Darüber konnte, wollte die neue Zeitschrift nicht stillschweigend hinweggehen.

Immer wieder entbrannte nach dem Krieg der Streit darüber, ob und was Heideggers Philosophie mit seiner politischen Haltung zu tun habe und ob diese nur eine zeitweilige Verirrung in den Jahren 1933/34 gewesen sei. Als 1987 Victor Farías zusammentrug, was Heideggers Nähe zum Nationalsozialismus vor, während und nach seiner Herrschaft belegt, entbrannte eine heftige Debatte, die auch noch 1989 viele Gemüter bewegte – besonders in Frankreich, wo allein Hunderte Artikel und ein Dutzend Bücher zu diesem Thema erschienen. Eigenartigerweise kam kaum jemand auf den Gedanken, jene frühen Beiträge in *Les Temps Modernes* zu beachten . . .

Der Entschluß Sartres, ein derartiges Organ zu schaffen, war in den Jahren vor der Befreiung gereift. Am Anfang stand eine doppelte, sich wechselseitig bestätigende und fördernde Erfahrung: die praktische des Krieges und der Gefangenschaft, kurz, der erlebten Geschichte, und die geistige, mit der Sartre das Mittel gefunden hatte, sich in der Geschichte als geschichtlich zu denken: jene bei Martin Heidegger 1927 in *Sein und Zeit* entwickelte «Geschichtlichkeit». Diese Erfahrung war für Sartre ein tiefer Einschnitt in seinem Leben. Damals reflektierte er ihn in seinem Tagebuch, das er mit Beginn des Krieges im September 1939 zu schreiben begann und das 1940, mit der Kriegsgefangenschaft, abbricht. Allerdings versuchte Sartre, als er 1941 nach Paris zurückkehrte, aus dem Gedächtnis sein Tagebuch für die Zeit fortzusetzen, die er nicht in den Briefen an Simone de Beauvoir festgehalten hatte. Das waren vor allem die letzten Tage vor der Gefangennahme und der Beginn der Gefangenschaft zunächst in Frankreich, in Baccarat, dann im Stalag XII D in Trier. Die meisten der Hefte jedoch gingen im Durcheinander der Niederlage verloren. Gleichwohl erschien 1943 Sartres erstes philosophisches Hauptwerk, *Das Sein und das Nichts*. Von den 1941 aus dem Gedächtnis aufgezeichneten Tagebucheintragungen veröffentlichte Sartre im Dezember 1942 in Brüssel eine Auswahl in einem Band unter der Überschrift *Exercice du silence* (*Schweigeübungen*; neben Texten von Bachelard, Eluard, Tardieu, Audisio, Queneau, Frénaud, Adamov, Leiris, Lescure und Bataille). Diesen Tagebuchseiten mit dem Datum des 10. und 11. Juni

1940 gab er auf Anregung von Wanda Kosakiewicz den Titel *La Mort dans l'âme*, eben jenen Titel, der schließlich der des dritten Bandes der *Wege der Freiheit* werden sollte – *Der Pfahl im Fleische*. Neben diesen 1942 veröffentlichten Seiten sind noch Tagebuchaufzeichnungen mit den Daten des 12., 13., 14. Juni, des 18., 19. und 20. August teilweise erhalten geblieben. Es ist bemerkenswert, wie das tatsächliche Tagebuch in ein erinnertes und dann schließlich in ein fiktives übergeht, in *Mathieus Tagebuch*, das umgearbeitet in den geplanten vierten Band, von dem nur einige Fragmente erhalten blieben, eingehen sollte. Selten läßt sich so genau verfolgen, wie die Erlebnisse eines Autors stufenweise in einen Roman übergehen. Und es wird deutlich, wie eng die Tagebücher vor allem mit dem dritten Band der *Wege der Freiheit* zusammenhängen. Dafür spricht auch, daß das 1941 nachgetragene Tagebuch über die Zeit vor der Gefangenschaft bis zum 15. Juni 1940 geführt wird – ebenjenem Datum, an dem der Roman *Der Pfahl im Fleische* beginnt. Das ist ein weiterer Ausdruck der Absicht, die Sartre mit diesen nicht, halb und gänzlich fiktiven Texten verfolgt: sie sind Zeugenaussagen eines Mannes, der plötzlich in die Geschichte geraten ist und sich selbst dabei als geschichtlich erfahren hat. Der erfahren hat, daß Geschichte nicht ein beliebiger, unverbindlicher, unbeeinflußbarer äußerer Rahmen für ein von diesem Rahmen freies individuelles Handeln ist, sondern Ergebnis dieses Handelns. Sartre schloß aus dieser Erkenntnis, daß er für die Geschichte, also auch für den Krieg verantwortlich sei.

Eine Möglichkeit, der eigenen Verantwortung gerecht zu werden, bestand darin, die Erfahrung dieses Krieges festzuhalten. Dazu genügte es nicht, nur Namen und Daten im kollektiven Gedächtnis der Menschen aufzubewahren. Gäbe es nur die Historiker, würde dic erlebte, gelebte Geschichte, würden ihre Farbe, ihr Klang, ihr Geruch und Geschmack, ihre «Stimmung», wie eines jener unübersetzbaren deutschen Wörter lautet, kurz, ihre sinnlich-konkrete Form verlorengehen. Sartre konnte, nach dem Erfolg des *Ekel* im Jahr 1938, sich zu Recht für berufen halten, formgebender Chronist zu sein – Soldat zweiter Klasse wie Hunderttausende und literarischer Zeuge wie kein anderer in einem.

Doch die Geschichte machte es ihrem Chronisten zunehmend schwerer, ihr auf den Fersen zu bleiben; ihre jähen Wendungen zwangen ihn, seine Konzeption immer wieder zu verändern. So wuchs der Abstand bei jeder Runde. Sartres Ziel, seinen Roman in der Gegenwart des Schreibens zu situieren, rückte mit jedem Band der Trilogie weiter weg. Der erste Band der *Wege der Freiheit* spielte ungefähr zu dem Zeitpunkt, da Sartre die Idee zu dem Roman gekommen war: um den 13. Juni 1938. Und Ende 1939 schließt Sartre die erste Fassung von *Zeit der Reife* ab. Doch inzwischen war nicht nur das Münchner Abkommen unterzeichnet worden, auch der «komische Krieg» hatte begonnen. Neben seinem Tagebuch und vielen Briefen überarbeitet und ergänzt der Soldat Sartre jetzt fieberhaft seinen Roman, der nun nicht mehr, wie ursprünglich geplant, zwei Bände umfassen und im wesentlichen auf die Privatsphäre Mathieus beschränkt sein soll. Selbst nach der deutschen Offensive am 10. Mai 1940, nach seiner Gefangennahme am 21. Juni 1940 und seiner Entlassung Ende März 1941 arbeitet Sartre noch an diesem ersten Band, den er schließlich im Sommer 1941 beendet – drei Jahre nach seinem Beginn. Am zweiten Band, *Der Aufschub*, der die Woche von München im September 1938 zum Thema hat, schreibt Sartre von Ende 1941 bis Ende 1944. Zwischen der erzählten Zeit und der des Abschlusses der Erzählung liegen nun schon sechs Jahre! Im September 1945 bringt der Verlag Gallimard die beiden ersten Bände auf den Markt. Zwischen der erzählten Zeit des dritten Bandes – 1940 – und seiner Veröffentlichung im Jahre 1949 werden schließlich neun Jahre liegen.

So erstaunt es nicht, daß bei diesem letzten Band auch der Abstand zwischen ursprünglichem Plan und schließlichem Ergebnis am größten ist. Das bleibt nicht ohne Folgen. Zunächst Folgen inhaltlicher Art: die erzählte Zeit ist zunehmend eine erinnerte, die Sartre nun mit dem Wissen dessen, was aus ihr folgte, gestaltet. Als er nach dem Münchner Abkommen beschlossen hatte, in einem dritten Band den Krieg zu beschreiben, war dieser noch nicht Wirklichkeit, sondern eine Möglichkeit, deren Wirklichwerden Sartre allerdings als unvermeidlich erkannt hatte.

Jetzt, 1947/48, ist er endlich beim Schreiben jenes dritten Bandes angekommen, doch der Krieg ist vorbei. Sartre kann nicht so tun, als wüßte er nicht, was dabei herausgekommen ist; er kann sich schwerlich in die Situation des Zeitzeugen zurückversetzen, zu dem wesentlich gehörte, *inmitten* der Ereignisse zu stehen und nicht *über* ihnen, also auch ihren Ausgang nicht zu kennen. Das war nicht nur ein inhaltliches, sondern mehr noch ein formales Problem. Der Charakter der ersten Bände war dadurch geprägt, daß der Autor Sartre und sein fiktives alter ego Mathieu eine zeitgleiche Erfahrung machten. Sie bestimmte die Erzähltechnik des «Situationsromans», wie Sartre sie 1947 in *Was ist Literatur?* als Konsequenz der tiefgreifenden geschichtlichen Veränderungen und im Kontrast zu den Vorkriegsromanen definiert hatte: «Durch die Umstände gezwungen, den Druck der Geschichte zu entdekken wie Torricelli den Atmosphärendruck, durch die Härte der Zeiten in jene Verlassenheit geworfen, wo man unser Menschsein bis zu den Extremen, bis zum Absurden, bis zur Nacht des Nichtwissens sehen kann, haben wir eine Aufgabe, für die wir vielleicht nicht stark genug sein werden [...], nämlich eine Literatur zu schaffen, die das metaphysische Absolute und die Relativität der historischen Tatsache verbindet und versöhnt und die ich mangels eines besseren die Literatur der großen Umstände nennen würde.» In einer Anmerkung erläutert Sartre an Beispielen, was er darunter versteht: «Was schreiben Camus, Malraux, Koestler, Rousset usw. andres als eine Literatur extremer Situationen? Ihre Geschöpfe sind entweder am Gipfel der Macht oder in Verliesen, kurz davor, zu sterben oder gefoltert zu werden oder zu töten; Kriege, Staatsstreiche, revolutionäre Aktionen, Bombardements und Massaker, das ist ihr Alltag. Auf jeder Seite, auf jeder Zeile ist es immer der ganze Mensch, der in Frage steht.» Für Sartre, für die genannten Autoren geht es nicht darum, sich «ins Ewige fortzustehlen» oder vor dem «historischen Prozeß» abzudanken, es geht darum, Fragen dieser Art nicht auszuweichen: «Wie kann man sich durch und für die Geschichte zum Menschen machen? Gibt es eine mögliche Synthese unseres einmaligen und unreduzierbaren Bewußtseins mit unserer Relativität [. . .]? Wie ist die Beziehung zwischen Moral und Politik?»

Hier wird deutlich, wie eng verbunden Philosophie und Literatur, philosophische Probleme und literarische Techniken für Sartre sind. Überhaupt gibt es in seinem Leben, das so reich an Wandlungen und Wendungen ist, nichts Beständigeres als diese Verbindung. Sein Jugendtraum war es, Spinoza und Stendhal in einem zu sein, und obwohl er nach den *Wegen der Freiheit* keine fiktive Prosa und eines Tages auch keine Theaterstücke, keine «literarischen» Texte im üblichen Sinne mehr schrieb, war es immer sein Ehrgeiz, Autor von *schönen* Büchern zu sein. Mit der Erfahrung der Geschichte um 1940 sah Sartre sich also gezwungen, auch neue literarische Techniken zu entwikkeln, um diese Erfahrung adäquat ausdrücken zu können.

In *Was ist Literatur?* verallgemeinert er das zur Theorie: «Seit 1940 waren wir im Zentrum eines Zyklons; wenn wir uns darin orientieren wollten, hatten wir uns plötzlich mit einem Problem viel größerer Komplexität herumzuschlagen, so wie die Gleichung zweiten Grades komplexer ist als die ersten Grades. Es ging darum, die Beziehungen verschiedener partieller Systeme zum totalen System, das sie enthält, zu beschreiben, wenn die einen wie das andere in Bewegung sind und die Bewegungen sich wechselseitig bedingen. In der stabilen Welt des französischen Vorkriegsromans verfügte der Autor auf einem Punkt *Gamma*, der die absolute Ruhe darstellte, über feste Markierungen zur Bestimmung der Bewegung seiner Figuren. Wir aber, die in einem System in voller Entwicklung steckten, konnten nur relative Bewegungen erkennen; während unsere

Vorgänger sich außerhalb der Geschichte zu halten glaubten und sich mit einem Flügelschlag zu den Gipfeln emporgeschwungen hatten, von wo aus sie die Coups als Wahrheit beurteilten, hatten uns die Umstände wieder in unsere Zeit getaucht: wie hätten wir sie dann insgesamt sehen können, da wir ja drin waren? Da wir ja *situiert* waren, waren die einzigen Romane, die wir zu schreiben versuchen konnten, *Situations*romane ohne innere Erzähler noch allwissende Zeugen.» Dem Ereignis sollte die Kunst «seine brutale Frische, seine Mehrdeutigkeit, seine Unvorhersehbarkeit» belassen, «der Welt ihre bedrohliche und übermächtige Opazität, dem Menschen seine lange Geduld».

Der Autor durfte dann natürlich nicht über den Sinn einer abgeschlossenen Periode verfügen. Als Sartre den *Aufschub* schrieb, war das Ereignis im engeren Sinne zwar auch vorbei, aber sein Sinn noch in der Schwebe, der Ausgang ungewiß. In einem Anzeigentext für die ersten beiden Bände hatte Sartre den zeitlichen Rahmen für das Romanganze festgelegt: «Ich wollte den Weg einiger Personen und sozialen Gruppen zwischen 1938 und 1944 nachzeichnen. Dieser Weg wird sie bis zur Befreiung von Paris, wenn auch vielleicht nicht bis zu ihrer eigenen führen. Aber ich hoffe, daß man zumindest ahnt, was jenseits der Zeit, bei der ich stehenbleiben muß, die Bedingungen für eine vollständige Befreiung sind.» Der unter dem Titel *Die letzte Chance* angekündigte dritte und letzte Band sollte nach Sartres damaligen Vorstellungen also nicht, wie der erste, achtundvierzig Stunden oder, wie der zweite, sieben Tage umfassen, sondern eine Periode von sechs Jahren – vom September 1938 bis zur Befreiung von Paris im August 1944. Für einen einzigen Band war die Behandlung von Krieg, Niederlage, Widerstand und Befreiung sicher etwas viel.

Aber nicht nur die Schwierigkeiten, auf die Sartre bei der Bewältigung eines derartigen Programms stieß, erklären die Verzögerungen und schließlich den Abbruch des Unternehmens. Auch Sartres Lage hatte sich, wie Michel

Contat beschreibt, ab Herbst 1945 im Vergleich zur Zeit davor sehr verändert: «*L'Age de raison* war zu einem Zeitpunkt angefangen worden, als Sartre durch *La Nausée* und dann *Le Mur* eine Art von Bekanntheit erreicht hatte, wie sie vor dem Krieg einem großen und originellen jungen Talent verheißen war. In gleicher Weise wie Nizan zum Beispiel [. . .] gehörte er zu der kleinen Anzahl von Schriftstellern, bei denen das gebildete Publikum darauf zählen konnte, daß sie über kurz oder lang ein literarisches Werk hervorbringen würden, das dem von Schriftstellern wie Malraux oder Céline gleichkam, die ihre Laufbahn früher begonnen hatten, aber längst noch nicht die gefestigte und beherrschende Position eines Gide einnahmen. In dieser Situation eines jungen Schriftstellers mit Zukunft blieb Sartre während des ganzen Krieges; weder die Aufführung von *Les Mouches*, dann von *Huis clos*, noch die Veröffentlichung von *L'Imaginaire*, dann von *L'Etre et le Néant* hatten sie qualitativ verändert.»

1945 jedoch wurde Sartre plötzlich nicht nur Modeautor, sondern Oberhaupt einer Schule. Ihm kam nun die Rolle des Vordenkers einer ganzen Generation zu. Das war mit Angriffen von allen Seiten verbunden: Konformisten sahen in ihm einen Verderber der Jugend, Kommunisten einen Kleinbürger, der vom Klassenkampf ablenkte und auf diese Weise objektiv der Reaktion diente; und von den einen wie den anderen wurde er beschuldigt, gern im Schmutz zu wühlen. Kurz, ihm wurde der höchstmögliche Ruhm zuteil, er wurde zum Skandal.

Diese neue Situation ebenso wie seine Auffassung vom Engagement zwangen Sartre, seine Position immer wieder klarzustellen. Literarische Texte – abgesehen von Theaterstücken, die es allerdings auch eher als Prosa gestatten, ein Publikum direkt und schnell zu erreichen – mußten vor dieser Pflicht zurücktreten. In aktuellen essayistischen Texten wie *Materialismus und Revolution* oder *Was ist Literatur?*, in Artikeln für *Les Temps Modernes* und in Interviews, in Vorträgen wie dem berühmt gewordenen *Der Existentialismus ist ein Humanismus* antwortet Sartre auf diese Angriffe, entwickelt, erläutert, popularisiert er seine philosophischen, politischen, künstlerischen Auffassungen.

Doch hat sich nicht nur seine persönliche Situation als Schriftsteller verändert, sondern die gesamte historische Situation. Hatte er vorgehabt, mit dem dritten Band die positive, konstruktive Etappe seiner Helden auf den Wegen der Freiheit darzustellen, sie zu Kämpfern, zu Helden der Widerstandsbewegung werden zu lassen, so zeigte ihm die Nachkriegszeit sehr bald, daß sie nicht die klaren Fronten jener Jahre fortsetzte: es ging nicht mehr um Widerstand oder Kollaboration, um Bewährung selbst unter der Folter oder Verrat, um die extremen Alternativen Leben oder Tod, Heldentum oder Feigheit. Und auch die alten Bündnisse, der nationale Konsens angesichts des gemeinsamen Feindes, sie waren schnell der Logik des kalten Krieges und der Konfrontation der Blöcke gewichen. Die veränderte Situation bewog Sartre zur Änderung seiner ursprünglichen Absicht und zum Verzicht auf die Darstellung des Widerstandskampfes, um nicht in einen «Résistentialismus» zu verfallen.

Als Sartre 1941 aus der Kriegsgefangenschaft zurückgekehrt war, hatte er mit einigen anderen Intellektuellen eine Widerstandsgruppe unter dem programmatischen Namen Socialisme et liberté gegründet. Von der Notwendigkeit eines solchen Programms war Sartre auch nach der Befreiung überzeugt, doch hatte sich die Lage noch in einer anderen wesentlichen Hinsicht verändert: mit den Atombomben von Hiroshima und Nagasaki war erkennbar geworden, daß die Menschheit in einem kommenden Krieg sich selbst vernichten könnte, daß dann weder Freiheit noch Sozialismus mehr zur Debatte stünden.

Die Entschlossenheit, Freiheit, das heißt alle Rechte der Individuen, Sozialismus, das heißt eine sozial gerechte Ordnung, und Frieden zusammenzuhalten, bestimmten seit 1945 Sartres Denken und Handeln. Er gehörte zu den ersten Intellektuellen, die, ähnlich wie Einstein, Jahrzehnte vor den meisten Politikern erkannten, daß mit den Atomwaffen sich die Prämissen für das Zusammenleben der Menschen auf der Erde, daß sich die Voraussetzungen für Politik grundlegend verändert hatten. Einstein forderte ein neues Denken, Sartre suchte nach politischen Formen, den Kapitalismus zu überwinden, ohne die individuellen, die sogenannten bürgerlichen Freiheiten aufzugeben oder den Frieden aufs Spiel zu setzen. 1947/48 glaubte er dieses Ziel am besten mit einer sowohl demokratischen als auch revolutionären Sammlungsbewegung, einem Rassemblement Démocratique Révolutionnaire, erreichen zu können. Diese Bewegung sollte sich für keine der Großmächte entscheiden, sie sollte Menschen aller Schichten zusammenführen, Kommunisten offenstehen, ohne sich auf sie zu reduzieren . . .

In einem Aufruf des Komitees für das Rassemblement Démocratique Révolutionnaire, der im Februar 1948 mit den Unterschriften von Sartre, David Rousset, Georges Altman, Jean Rous und Paul Fraisse verbreitet wurde, hieß es u.a.: «Der Hölle Entkommene, Überlebende der Résistance, Militants, Sympathisanten oder Weggenossen der großen Bewegungen, die sich auf die Emanzipation der Gesellschaft berufen, sind wir der Meinung, daß die Welt ihre Erlösung vom Hitlerismus so teuer bezahlt hat, daß sie – vom größten Unterjochungsversuch errettet, den die Geschichte je kannte – das Heil nur von der Achtung und Wahrung der Menschenrechte und in der Freiheit erwarten kann. Wir glauben, daß zwischen dem Verkommen der kapitalistischen Demokratie, den Schwächen und Mängeln einer gewissen Sozialdemokratie und der Beschränkung des Kommunismus auf seine stalinsche Form eine Vereinigung freier Menschen für die revolutionäre Demokratie in der Lage ist, den Prinzipien der Freiheit und der Menschenwürde ein neues Leben zu verleihen, wenn sie sie mit dem Kampf um die soziale Revolution verbindet. [. . .] Auf der Grundlage von Gerechtigkeit, moralischer und bürgerrechtlicher Gesetze, Garantien, die im Lauf der Jahrhunderte von allen Völkern im Kampf gegen die Tyrannei ertrotzt wurden, auf der

Grundlage eines Erbes politischer Freiheiten, die allen zivilisierten Völkern gemeinsam sind, wollen wir die revolutionäre Demokratie definieren.» Dieser Text ist sicher in vieler Hinsicht 1989 zeitgemäßer, als er es 1948 war. Damals jedoch konnte er von den Kommunisten nur als Sakrileg und Kampfansage verstanden werden – und wurde auch so verstanden.

Daran ist hier etwas ausführlicher zu erinnern, weil die Jahre 1947/48 für Sartre durch Bemühungen bestimmt sind, die sich in seiner politischen Aktivität im Rassemblement, aber auch in der Niederschrift Hunderter Seiten für eine – unvollendet gebliebene – Abhandlung über Moral, ferner in dem Theaterstück *Die schmutzigen Hände* und schließlich in der Arbeit am dritten Band der *Wege der Freiheit* niederschlagen. Das problematische Verhältnis zur Kommunistischen Partei in jener Zeit, in der der Roman spielt, 1940, ähnelt dem jener Jahre, da Sartre ihn schreibt, 1947/48. Das verstärkt sein Interesse an einer Beziehung, die in beiden historischen Situationen folgenreich war. Am deutlichsten kommt das im Bruch zwischen dem ersten und dem zweiten Teil von *Der Pfahl im Fleische* zum Ausdruck, im Wechsel des «Mathieu-Zyklus» zum «Brunet-Zyklus». Die Verlagerung des Interesses zu dem Kommunisten Brunet folgt der Richtung, in die Sartres politische und moralische Suche in den Nachkriegsjahren geht, und sie weist auf die Kommunistische Partei, da diese bei der Suche nicht umgangen werden konnte. Sartres Beziehung zu Brunet ist nicht mehr mit der zu Mathieu zu vergleichen, sie ist keine Beziehung existentieller Identität, keine innere Beziehung mehr.

Der lange Weg von Roquentin im *Ekel* über Mathieu im ersten und zweiten Band der *Wege der Freiheit* führt nach vielen Um- und Irrwegen schließlich abrupt zu jenem Kirchturm in einem lothringischen Dorf, zu jener Viertelstunde, die der Leser zunächst für Mathieus letzte halten könnte. Hier findet Mathieu *seine* Tat, trifft er eine Entscheidung, die die Vergangenheit auch symbolisch beendet: mit jedem Schuß rächt er sich für jede nichtgetroffene Entscheidung, zerstört er die Gesetze, die Gebote, die Werte, die bislang für ihn galten, all das, was ihm bisher als wahr, gut und schön erschienen ist.

Von Mathieu wird längere Zeit nicht mehr die Rede sein, und wenn er wieder auftaucht, haben sich seine und Brunets Rollen seltsam vertauscht. Brunet hat 1940 den Konflikt zwischen Parteidisziplin, Vertrauen in die Parteibeschlüsse und eigener Entscheidung auf der Grundlage eines eigenen Urteils über seine Situation auszutragen. Diesen Konflikt hatte Sartre für sich selbst nie in dieser Form erlebt, dennoch konnte er ihm von dem Moment an nicht gleichgültig sein, da er sich als geschichtlich handelndes und verantwortliches Individuum erkannt hatte. Als Individuum, das einer Klasse angehörte, die für das Zurückweichen vor dem Faschismus 1936 in Spanien und 1938 in München große Verantwortung trug und schließlich 1940 aus Angst vor einer sozialistischen Alternative die militärische Niederlage in Kauf genommen hatte. Was nicht heißt, daß vor diesen Ereignissen Sartre sich mit dieser Klasse identifiziert hätte, im Gegenteil! Doch war sein Protest, ja sein Haß auf das Bürgertum – in einem späten Interview nannte Sartre diesen Haß das seit seiner Kindheit Beständigste in seinem Leben – bis dahin eher ein anarchistisch-individueller gewesen, eine moralisch und ästhetisch motivierte Abscheu gegen die Heuchelei, die Bigotterie, die Enge des bürgerlichen Alltags.

In Sartres Erzählungen und Romanen waren die Personen entweder Zweifelnde, Suchende, Außenseiter wie Antoine Roquentin und Mathieu Delarue oder Selbstsichere, Selbstzufriedene, von «Natur aus» zu Macht und Reichtum bestimmt, kurz *salauds*, Schweine, wie die Bürger von Bouville in *Der Ekel*, wie Lucien Fleurier in *Die Kindheit eines Chefs* und Mathieus Bruder Jacques in *Die Wege der Freiheit*. Dabei ist bemerkenswert, daß diese von Manichäismus nicht ganz freie Einteilung in «gute» und «böse» (Einflüsse der in der Kindheit verschlungenen Trivialliteratur sind bei Sartre häufig bemerkt worden) eigentlich nur für die männlichen Protagonisten gilt. Die

Frauen, auch die gutbürgerlichen wie Odette, sind nicht so eindeutig zuzuordnen, da sie in der paternalistisch-bürgerlich geprägten Gesellschaft das «zweite», das «andere Geschlecht» sind, wie nach dem Krieg Simone de Beauvoir ihr bedeutendes Buch nennen sollte.

Doch im dritten Band der *Wege der Freiheit* bleibt es nicht beim Widerwillen von Individuen, die ein aufrichtiges, authentisches Leben beanspruchen, gegen andere, die glauben, ihnen sei ebendieser Platz, dieses Vorrecht in der Gesellschaft vorbehalten. Sartre erweitert die primär moralisch begründete Trennung um eine historische Dimension. Das moralische Problem kreist jetzt nicht mehr vorrangig um die Alternative Authentizität – Nichtauthentizität, wie sie Sartre noch bei der kritischen Selbstbefragung in seinen *Tagebüchern* beschäftigt hatte, sondern um die Dialektik von Mittel und Zweck, die in seinen Schriften und in seiner Suche nach entsprechenden politischen Mitteln nach 1945 einen wichtigen Platz einnimmt. Die angestrebten Ziele gesellschaftlicher Veränderungen, die dafür angewandten Mittel stehen nicht im Gegensatz zur individuellen Entscheidung für oder gegen ein authentisches Leben, sondern sind als deren Voraussetzungen erkannt worden, sie sind auf der moralischen Ebene Ausdruck des Spannungsverhältnisses Sozialismus und Freiheit.

Im einsetzenden kalten Krieg entstand 1948 jedoch eine Situation, die insbesondere im Hinblick auf die politische Moral, das heißt auf das Verhältnis von Mittel und Zwecken, mit der Situation von 1939/40 vergleichbar war. In beiden Fällen forderte die politische Führung der Sowjetunion, forderte Stalin von den kommunistischen Parteien, also auch von der französischen, ihre politischen Interessen denen der Sowjetunion unterzuordnen. 1939 hatte das die Rücknahme der 1935 vom VII. Weltkongreß der Kommunistischen Internationale beschlossenen breiten antifaschistischen Bündnispolitik bedeutet. Der Vergleich von zwei Stellungnahmen Georgi Dimitroffs macht das anschaulich. Auf dem VII. Weltkongreß der Komintern im Juli/August 1935 erklärte er, die Kommunisten verteidigten «jeden Fußbreit bürgerlich-demokratischer Freiheiten in den kapitalistischen Ländern, an denen der Faschismus und die bürgerliche Reaktion sich vergreifen, weil die Interessen des Proletariats das diktieren», und er betonte, «daß jetzt, konkret am heutigen Tag, die werktätigen Massen in einer Reihe kapitalistischer Länder nicht zwischen proletarischer Diktatur und bürgerlicher Demokratie zu wählen haben, sondern zwischen bürgerlicher Demokratie und Faschismus.» Im September 1939 jedoch hieß es in seinem Artikel *Der Krieg und die Arbeiterklasse der kapitalistischen Länder*, der in der *Kommunistischen Internationale* veröffentlicht wurde, daß es falsch sei, die imperialistischen Staaten in aggressive und nichtaggressive zu teilen: «Dieser Unterschied existiert nicht mehr. Mehr noch: gerade die englischen und französischen Imperialisten treten jetzt in der Rolle der eifrigsten Anhänger der Fortsetzung und weiteren Anheizung des Krieges auf.» Und: «Für die Arbeiterklasse gibt es nur die eine richtige Position, das ist der unversöhnliche, mutige Kampf gegen den imperialistischen Krieg, der Kampf für die Beendigung dieses Eroberungskrieges, der Kampf gegen die Schuldigen und Träger des Krieges in erster Linie im eigenen Land.»

Das Jahr 1948 wiederum war durch das Ende des in der Antihitlerkoalition und im antifaschistischen Widerstandskampf entstandenen demokratischen Konsenses gekennzeichnet. An die Stelle der Politik des breiten demokratischen Bündnisses, der Achtung der politischen und ideologischen Vielfalt unter der Voraussetzung des verbindenden Humanismus und Antifaschismus, war wieder der Rückzug in die Isolierung, das starre Freund-Feind-Schema, die Bunkermentalität getreten.

1949 erschien in *Les Temps Modernes* ein Fragment des geplanten vierten Bandes der *Wege der Freiheit* unter dem Titel *Eine komische Freundschaft.* Dazu schreibt Michel Contat, Sartre «überträgt seinen eigenen Konflikt mit der Kommunistischen Partei auf den, den Brunet zwischen seiner Freundschaft zu Schneider-Vicarios, der im Roman

Nizan vertritt, und seiner Treue zur Partei erlebt. Deshalb ist es wesentlich, daß die Episode in einer Epoche spielt, wo die Partei *unrecht* hat, das heißt vor ihrem Eintritt in die Résistance, während jener Periode, in der sie sich aus Ergebenheit gegenüber der Sowjetunion in eine abwartende Position den Deutschen gegenüber begibt und von ihnen legalisiert zu werden sucht, bis am 22. Juni 1941 der deutsche Angriff auf die Sowjetunion sie in die Untergrundtätigkeit gegen die Besatzer treibt.»

Diese Darstellung ist etwas vereinfacht, vor allem was den Widerstand der Kommunisten angeht. Die lange Zeit von der offiziellen Historiographie der französischen KP vertretene These, die Partei habe zu allen Zeiten eine richtige Linie verfolgt, wird heute nicht mehr aufrechterhalten, sowenig wie der Versuch im Juni 1940 geleugnet wird, die *Humanité* mit Erlaubnis der deutschen Kommandantur wieder legal erscheinen zu lassen. Doch auch die von der nichtkommunistischen Geschichtsschreibung lange Zeit vertretene These, erst mit dem Überfall Hitlerdeutschlands auf die Sowjetunion hätten die französischen Kommunisten den Kampf gegen die deutschen Faschisten aufgenommen, ist nuancierteren Darstellungen gewichen. So gelangt der französische Historiker Jean-Pierre Azéma auf der Grundlage selbst nur teilweise zugänglicher Dokumente zu zwei provisorischen Schlüssen: die KP hat ihre Politik *vor* dem Juni 1941 gewandelt, und es gab – jedenfalls auf der Ebene der Taktik – mindestens zwei Haltungen innerhalb der Partei. In den meisten Regionen wurden die Anweisungen der Komintern zunächst strikt befolgt, in anderen jedoch nicht. In der Gegend von Bordeaux gab Charles Tillon am 17. Juni 1940 die Losung aus: «Gegen den Hitlerfaschismus und die 200 Familien»; in Westfrankreich schrieb Auguste Havez am 22. Juni, es werde so lange keine Ruhe geben, «bis die Hitlerstiefel aus unserem Lande hinausgezogen sein werden», und im Limousin lehnte Guingouin jede Neutralität ab. Das waren zunächst Einzelfälle, doch im Laufe des Winters gewann die Antinazilinie in der Partei an Breite, weitere Gebiete schlossen sich dem Widerstand an, und in Nordfrankreich vollbrachten junge Kommunisten kühne Sabotageakte gegen die deutschen Besatzer. Kommunistische Intellektuelle oder mit ihnen Sympathisierende wie Jacques Solomon, Georges Politzer, Frédéric Joliot-Curie und Paul Langevin bekundeten in der Zeitschrift *l'Université libre* ihre Abneigung gegen Hitlerdeutschland.

Ab Dezember 1940 geriet alles in Bewegung, zuerst an der Basis. Waffenlager wurden angelegt, Sabotageakte und Streiks nahmen zu. Auch die geistige Auseinandersetzung mit dem Faschismus wurde intensiviert. Im März 1941 erschien *Revolution und Konterrevolution im XX. Jahrhundert* von Georges Politzer, Widerlegung eines Vortrages, den der Naziideologe Rosenberg im November 1940 in Paris gehalten hatte. Einen Monat später veröffentlichte Gabriel Péri seine Broschüre *Nein, der Nazismus ist nicht der Sozialismus*. Politzer, Péri, Solomon, alle drei waren bedeutende marxistische Intellektuelle, die bis 1939 mit ihren Vorlesungen an der Arbeiteruniversität wesentlich zur Verbreitung des Marxismus in Frankreich beigetragen hatten. Alle drei fielen im Kampf gegen die deutschen Faschisten. Im Frühjahr 1941 begann die KP auch Kontakte mit Gaullisten und anderen nichtkommunistischen Organisationen aufzunehmen und gründete am 15. Mai die Nationale Front des Kampfes für die Unabhängigkeit Frankreichs. Dennoch verurteilte die *Humanité* noch am 20. Juni 1941, zwei Tage vor dem Überfall Deutschlands auf die Sowjetunion, gleichermaßen die «Vichyverräter» wie auch de Gaulle und Catroux, die für das in Syrien vergossene Blut verantwortlich gemacht wurden. So gab es zwischen September 1939 und Juni 1941 durchaus eine breite und widersprüchliche Skala möglicher kommunistischer Haltungen; es ist wie bei allen historischen Entwicklungen auch hier Vorsicht vor Vereinfachungen geboten.

Dieser Hintergrund war etwas ausführlicher darzulegen, um Sartres Roman auch als historischem Roman Gerechtigkeit widerfahren zu lassen. Damit soll nicht gesagt werden, man könne einen Roman oder eine andere literarische Form ohne weiteres als historisches Dokument lesen und nach den Maßstäben beurteilen, die für eine wissenschaftliche Arbeit angemessen sind. Zu Recht würde eine derartige Lektüre von Schillers *Wallenstein* oder Goethes *Götz von Berlichingen* Protest hervorrufen. Bei einem Roman jedoch, der als «Situationsroman» Zeitgeschichte zum Gegenstand hat, zumal eine mit solcher politischen Brisanz, ist der genauere Blick auf die Realgeschichte unvermeidlich. Es ist dabei nicht von Belang, daß Sartre zum Beispiel bei seiner Beschreibung von Gomez das New York schildert, das er selbst 1945 kennenlernte. Von Belang ist es, ob seine Darstellung einer der wichtigsten politischen Kräfte zur Zeit der Romanhandlung wie zur Zeit des Schreibens der tatsächlichen historischen Konstellation entspricht.

Zur Zeit der Veröffentlichung des Romans meinten kommunistische Kritiker, ihre Partei und die historischen Bedingungen ihres Handelns seien nicht wahrheitsgemäß wiedergegeben. Die *Lettres françaises* vom 3. November 1949 veröffentlichten eine Rezension von André Wurmser, in der dieser Sartres Roman mit Aragons *Kommunisten* verglich und fragte, ob man bei Sartre vom Talent eines Lügners sprechen könne. Ähnlich äußerte sich Pierre Abraham in *Europe* vom Februar 1950 und Maurice Mouillaud in *La Nouvelle Critique* vom April 1950.

Der Vergleich zwischen Sartres *Wegen der Freiheit* und Louis Aragons *Kommunisten* war tatsächlich in vieler Hinsicht naheliegend. Die Ähnlichkeiten der Absicht sind so offenkundig wie die Unterschiede ihrer Verwirklichung. Beide Autoren wollten in einem großen Zyklus den für die französische Geschichte entscheidenden Zeitraum zwischen den ausgehenden dreißiger Jahren und dem Ende des zweiten Weltkrieges darstellen. Beide schrieben und veröffentlichten ihren Roman annähernd zur gleichen Zeit, beide brachen die Darstellung fast am gleichen Punkt ab. Aragons Zyklus sollte die Ereignisse zwischen Februar 1939 und Januar 1945 in drei mehrbändigen Reihen umfassen. Sechs Bände der ersten Reihe entstanden zwischen 1949 und 1951, sie zeichnen ein Bild der französischen Geschichte zwischen Februar 1939 und Juni 1940. Der erste der sechs Bände ist datiert mit Februar 1939 – September 1939. Zu einem großen Teil stellt er die politischen, ideologischen und moralischen Konflikte dar, die in Frankreich durch den Nichtangriffsvertrag zwischen Nazideutschland und der Sowjetunion ausgelöst wurden. Kommunisten der verschiedenen sozialen Milieus, Intellektuelle, Arbeiter, Bauern geraten mit Vertretern unterschiedlicher politischer Richtungen aneinander. Und es gibt auch, wie bei Sartre, einen kommunistischen Intellektuellen – im Unterschied zu der Gestalt des Schneider-Vicarios im *Pfahl im Fleische* jedoch denkbar unsympathisch gezeichnet –, der dem politischen und ideologischen Druck der Gegner der Kommunisten nicht standhält und die Partei verläßt, sie verrät: der Journalist Patrice Orfilat, Absolvent der Ecole Normale Supérieure und Romanautor. Der Verweis auf Paul Nizan ist überdeutlich.

Solche scheinbar zufälligen Momente von Analogien zwischen beiden Romanwerken offenbaren einen Zusammenhang, erinnert man sich daran, wie vor Abschluß des Nichtangriffsvertrages die Entwicklung in der Sowjetunion in den Auseinandersetzungen zwischen Linken und Rechten in Frankreich, aber auch zwischen kommunistischen und nichtkommunistischen – vor allem trotzkistischen – Linken eine Rolle spielte. 1937/38 hatten die Stalinschen Repressionen einen Höhepunkt erreicht, die Prozesse gegen die ehemaligen Kampfgefährten Lenins lösten auch in Frankreich heftige Debatten aus. Ein dafür bezeichnendes Beispiel war der Artikel im *Figaro* vom 7. Mai 1939 unter dem Titel: *Une partie serrée se joue entre Hitler et Staline*, auf deutsch etwa: Hitler und Stalin spielen ein knappes Spiel. Sein Autor, Boris Souvarine, war russischer Herkunft, jedoch in Frankreich geboren; er spielte eine gewichtige Rolle bei der Gründung der Französischen Kommunistischen Partei im Dezember 1920 in Tours, war führender Funktionär der III. Internationale, bis er im Juli 1924 aus der Internationale ausgeschlossen wurde. Er nahm in diesem Artikel die Ablösung des Außenministers Litwinow durch Molotow zum Anlaß, auf die Schicksale von Sinowjew, Bucharin, Tuchatschewski, Piatikow und Jagoda zurückzukommen und sie mit dem Fall Litwinow in Verbindung zu bringen. Er vertrat die Ansicht, Stalin beseitige die alte bolschewistische Garde, um mit Hitler einen Vertrag schließen zu können. Litwinow sei der letzte Überlebende der «alten Garde», der noch im Weg gestanden hätte. Souvarine führte eine Reihe von Argumenten für die Wahrscheinlichkeit einer Übereinkunft zwischen Hitler und Stalin an, meinte aber auch, Hitler werde sich nicht lange an diese Übereinkunft halten.

Sowohl für Aragon als auch für Sartre waren die Ereignisse um den Vertrag zwischen Nazideutschland und der Sowjetunion von großer politischer, moralischer und auch persönlicher Bedeutung (Aragon war Gründer und Herausgeber der kommunistischen Zeitung *Ce Soir*, für die Nizan geschrieben hatte). Als sie ihre Romane schrieben, war der Hitler-Stalin-Pakt, wie ein sowjetischer Historiker am 23. Juli 1989 in einer Fernsehdiskussion über diesen sagte, das «Lieblingskind des kalten Krieges». Für Aragon, der seit 1927 Mitglied der KPF und 1950 zum Kandidaten, 1954 zum Mitglied des Zentralkomitees gewählt worden war, war die Auseinandersetzung mit der Vergangenheit mit einer schmerzhaften Krise verbunden, die 1951 zum Abbruch der *Kommunisten* und 1956 zu einer öffentlichen Rechenschaftslegung führte. Zwischen 1966 und 1968 schrieb er die *Kommunisten* teilweise neu und revidierte dabei die Darstellung Orfilats.

Mit Daladiers Rückkehr aus München endete Sartres *Aufschub*, der die Woche von München beschrieb. Die Appeasement-Politik hatte zum Münchner Abkommen und zum Scheinfrieden geführt, der ein Jahr währte. Der britische Premier Neville Chamberlain glaubte an eine realistische Verständigung mit Deutschland, solange dieses in seinen Forderungen «vernünftig» blieb und seine Funktion eines Dammes gegen den Bolschewismus erfüllte. In Frankreich konnte diese Politik um so leichter übernommen werden, als ganze Generationen von den Schrecken des ersten Weltkrieges derart geprägt waren, daß die öffentliche Meinung in dem Begriff «la der des der» – der Weltkrieg sollte «la dernière des dernières», der alleraller-letzte gewesen sein – übereinstimmte. 1938 waren in Frankreich die Kommunisten fast die einzigen, die bereit waren, dem Vordringen des Faschismus entgegenzutreten und, wenn nötig, auch einen Krieg zu riskieren. Die Sozialisten vertraten in ihrer Mehrheit den Pazifismus der II. Internationale der zwanziger Jahre und sahen die Aufgabe der Partei darin, alles zu tun, damit nicht wieder ein Krieg die werktätigen Massen erdrücke. Die traditionellen Pazifisten hatten unerwartete Verstärkung durch die integralen Nationalisten à la Charles Maurras erhalten, die zwar nicht prinzipiell gegen den Krieg waren, jedoch eine Wiederholung von 1917 befürchteten, die dem Abendland den Todesstoß versetzen würde. Maurras konnte gar nicht genug wiederholen, daß solch ein «verjudetes», «rassisch vermischtes», «verdemokraschmutztes» Regime keinen Krieg führen könne, ohne die Nation in den Selbstmord zu treiben. Als im Mai 1935 der französisch-sowjetische Beistandspakt ratifiziert wurde, stimmten etwa zweihundert rechte Abgeordnete dagegen, weil «das russische Bündnis Krieg bedeutet», und während der Remilitarisierung des Rheinlandes erschien die *Action française* mit dem Titel: *Vor allem kein Krieg*. Nach dem Sieg der Volksfront wächst diese Welle, schwillt während des Spanienkrieges an und breitet sich beim «Anschluß» aus. Die große Spaltung ist vollzogen, sie wird im September 1938 schwer wiegen, wie Jean-Pierre Azéma in seiner Darstellung der Jahre 1938–1944 in seinem Buch *Von München bis zur Befreiung* schreibt.

Diese und andere Fakten hatten zur Folge, daß nach Abschluß des Münchner Abkommens und besonders nach der Besetzung der Tschechoslowakei im März 1939, wie polnische und sowjetische Historiker in ihrem gemeinsamen Dokument *Zum Beginn des zweiten Weltkrieges** schreiben, «in der sowjetischen Außenpolitik Tendenzen [entstanden], auf irgendeine Weise zu einer Normalisierung der Beziehungen mit Deutschland zu kommen [. . .] Eines der Anzeichen dieser Tendenzen war die Ersetzung des Volkskommissars für Auswärtige Angelegenheiten Maxim M. Litwinow durch Wjatscheslaw M. Molotow Anfang Mai 1939.»

Welche Auswirkungen hatte diese besondere Phase deutsch-sowjetischer Beziehungen zwischen August 1939 und Juni 1941, dem Zeitpunkt des Angriffs Deutschlands auf die Sowjetunion, auf die französische Innenpolitik? Die vom Münchner Abkommen genährten Illusionen waren bald verflogen, die Unvermeidlichkeit eines Krieges wurde immer breiteren Schichten bewußt. An die Stelle des tiefen Wunsches, der Krieg von 1914/18 solle «la der des der» gewesen sein, trat nun eine Mischung von Entschlossenheit und resignierter Überraschung. Laut Meinungsumfragen – es waren die ersten, die Frankreich erlebte – hielt die Mehrheit der Franzosen 1939 den Krieg für unvermeidlich, jedoch nicht für unmittelbar bevorstehend.

Am 1. September hatte die Ungewißheit ein Ende. Die Führung der Kommunistischen Partei nahm zunächst eine Haltung ein, die ihrem Antifaschismus und ihrer Ablehnung des Münchner Abkommens entsprach: sie betonte, die Kommunisten würden in der ersten Reihe stehen, um die Sicherheit des Landes, die Freiheit und Unabhängigkeit der Völker zu verteidigen. Die kommunistischen Abgeordneten stimmten für die 70-Milliarden-Sonderkredite. In der ersten beschlagnahmten Nummer der *Humanité* vom 26. August (drei Tage nach dem deutsch-sowjetischen Vertrag) hieß die Titelüberschrift *Einheit der französischen Nation gegen die Hitleraggression.* Doch vom 20. September an vertrat die KP eine völlig andere Linie, die ihr von der Komintern auferlegt worden war: sie erkannte die Teilung Polens an und verurteilte in heftigen

* *Neues Deutschland* vom 27. Mai 1989.

Worten den «imperialistischen Krieg», forderte die sofortige Einstellung der Feindseligkeiten. Gleichzeitig gingen die KP-Führer in die Illegalität, Maurice Thorez, der Generalsekretär, desertierte am 4. Oktober und emigrierte später in die Sowjetunion. Und ab Mitte Oktober verbreitete die Partei die von der Komintern ausgegebenen Losungen, wonach der Krieg einen imperialistischen, jedoch keinen antifaschistischen Charakter trug («dem Volk Frankreichs ist die Aufgabe zugedacht worden, die Befehle der Londoner Bankiers auszuführen»). Es wurde Molotow zitiert, um «die Legende vom angeblich antifaschistischen Charakter des Krieges» zu zerstören.

Dennoch wurde die Losung von der Umwandlung des imperialistischen Krieges in einen Bürgerkrieg – die aus Lenins Munde nach 1914 eine andere Berechtigung gehabt hatte – nicht übernommen. Sabotageakte in Rüstungsbetrieben blieben eine seltene Ausnahme. Übrigens ergriff die Regierung den willkommenen Anlaß zu Repressionsmaßnahmen gegen die Kommunistische Partei nach dem 23. August bereits, bevor diese die Kominternanweisungen umsetzte. Am 26. August wurden ihre Zeitungen beschlagnahmt, am 27. September ein Dekret verfügt, das die Organisationen der KPF und jene Organisationen, die «den Losungen der III. Internationale folgen», auflöste. Am 8. Oktober ließ ein Militäruntersuchungsrichter am Ende der Parlamentssitzung die etwa vierzig Abgeordneten der neuen «französischen Arbeiter- und Bauernfraktion» wegen «Einvernehmen mit dem Feind» inhaftieren.

Diese Verfolgungen trafen eine Partei, die durch die Entwicklung in der Sowjetunion von tiefen Meinungsverschiedenheiten erschüttert wurde. Das erwähnte Dokument der polnischen und sowjetischen Historiker hebt die verhängnisvollen Auswirkungen hervor, die der Nichtangriffspakt auf die internationale Arbeiterbewegung hatte (er «gab [. . .] Anlaß zu der Behauptung, zwischen der UdSSR und den deutschen Faschisten bestünden freundschaftliche Beziehungen [. . .] Das verzerrte die Klassenorientierung sowohl des gesellschaftlichen als auch des individuellen Bewußtseins.») Andererseits mag der äußere Druck auch eine Solidarität erzeugt haben, die den Folgen des inneren Zustandes entgegenwirkte. Dennoch trat mehr als ein Viertel der kommunistischen Abgeordneten aus der Partei aus. Zu den prominenten Kommunisten, die die Partei aus Protest verließen, gehörte Sartres engster Jugendfreund, der Journalist und Schriftsteller Paul Nizan. Sie waren gleichaltrig, hatten seit 1916 immer wieder gemeinsame Schul- und Studienjahre verbracht, bis zur Agrégation an der Ecole Normale Supérieure im Jahr 1929, dann für gleiche Zeitschriften geschrieben, gemeinsam die Übersetzung von Karl Jaspers' *Allgemeine Psychopathologie* bearbeitet. Man sah sie so oft zusammen, daß man sie mitunter verwechselte: in der Ecole Normale hatten sie den Spitznamen «Nitre et Sarzan». In den dreißiger Jahren trennten sich ihre politischen Wege, ihre Beziehung wurde lockerer, doch blieb ihre Freundschaft bis zu Nizans Tod an der Front im Mai 1940 bestehen.

Als Sartre am *Pfahl im Fleische* schrieb, bewegte ihn nicht nur die Analogie der Situationen von 1940 und 1948, sondern auch der «Fall Nizan». In der Julinummer 1947 der *Temps Modernes* wurde er neben einem «Fall Heidegger» verhandelt. Gemeinsam war ihnen, daß es letztlich um das Verhältnis von Moral und Politik ging. Allerdings war Heidegger der Angeklagte, Nizan der gegen ungerechtfertigte Anschuldigungen zu Verteidigende. In einer Protesterklärung, die neben Sartre auch Raymond Aron, Simone de Beauvoir, die Brüder Bost, André Breton, Julien Benda, Albert Camus unterzeichnet hatten, wurde dagegen protestiert, daß Nizan, «einer der begabtesten Schriftsteller seiner Generation, der von den Deutschen getötet wurde», nicht nur totgeschwiegen, sondern auch verleumdet werde. Insbesondere war Aragon gemeint, der Sartre und anderen gegenüber behauptet hatte, Nizan habe sich dem Innenministerium verkauft und Spitzeldienste geleistet.

Der Fall war nicht nur auf der affektiven Ebene für Sartre so wichtig, daß er im *Zweiten Teil* des Romans und in dem Fragment *Eine komische Freundschaft* die Figur Schneider-Vicarios einführte – Vicarios, der Stellvertreter, Stellvertreter für Sartor gleich Schneider –, er verkörperte auch ein Problem, das für Sartre, Merleau-Ponty und andere linke, nichtkommunistische Intellektuelle in jener Zeit existentielle Bedeutung erhalten hatte. Wie sollten Intellektuelle sich zur Kommunistischen Partei verhalten, wenn diese den Anspruch erhob, die Wahrheit des historischen Prozesses zu verkörpern, und Individuen mit abweichenden Meinungen zu «objektiven Verrätern» erklärte? Dabei spielten die Geschichte der Sowjetunion, die Berichte über die Moskauer Prozesse, die Arbeitslager in den Auseinandersetzungen dieser Jahre eine wichtige Rolle, wie unter vielen anderen Merleau-Pontys Schrift *Humanismus und Terror* belegt.

Sartre mußte bald erleben, daß seine Hoffnungen, mit dem Rassemblement Démocratique Révolutionnaire das Problem auf der politischen Ebene zu lösen, sich nicht erfüllten. Statt zu einer integrativen dritten Kraft zu werden, die die Synthese von Sozialismus und Freiheit voranbringen könnte, kippte der RDR zunehmend in das Lager des Antikommunismus. Sartre ergriff die Initiative, ihn aufzulösen. Er näherte sich in der Folge den Kommunisten, während Merleau-Ponty, der wie andere ehemalige Freunde oder Gefährten Sartres sich von ihnen entfernte, ihm «Ultrabolschewismus» vorwarf.

Die für Sartre damals nicht zu lösenden Konflikte waren sicher einer der gewichtigen Gründe dafür, daß er seinen Romanzyklus nicht beendete – sowenig wie seine umfangreichen *Cahiers pour une morale*, die wie die Romanfragmente erst nach seinem Tod veröffentlicht wurden. Doch wie die Politik moralisch, die Moral politisch, wie Freiheit, Gleichheit, Brüderlichkeit von der Losung zur Wirklichkeit werden und aufhören könnten, einander ausschließende Gegensätze zu sein, hat Sartre bis zu seinem Tod am 15. April 1980 in den verschiedensten Formen beschäftigt.

Juli 1989 *Vincent von Wroblewsky*

Inhalt

Der Pfahl im Fleische

Erster Teil *5*
Zweiter Teil *255*

Anhang

Vorbemerkung des Verlages *393*
Eine komische Freundschaft *394*
Mathieus Tagebuch *482*
Die letzte Chance (Fragmente) *514*
Nachwort *611*

ISBN 3-351-01692-1

1. Auflage 1990
Aufbau-Verlag Berlin und Weimar
Ausgabe mit freundlicher Genehmigung der Rowohlt Verlag GmbH, Reinbek bei Hamburg

Der Band erschien in der Reihe «Jean-Paul Sartre, Gesammelte Werke in Einzelausgaben. In Zusammenarbeit mit dem Autor und Arlette El Kaim-Sartre herausgegeben von Traugott König»

Graphischer Großbetrieb Pößneck GmbH
Printed in Germany